Antonia Riepp

Die Frauen von Capri – Im blauen Meer der Tage

Antonia Riepp

Die Frauen von Capri – Im blauen Meer der Tage

Eine deutsch-italienische Familiensaga

PIPER

Mehr über unsere Autorinnen, Autoren und Bücher:
www.piper.de

Wenn Ihnen dieser Roman gefallen hat, schreiben Sie uns unter Nennung des Titels »Die Frauen von Capri – Im blauen Meer der Tage« an *empfehlungen@piper.de*, und wir empfehlen Ihnen gerne vergleichbare Bücher.

Von Antonia Riepp liegen im Piper Verlag vor:
Die Belmonte-Reihe:
Band 1: Belmonte
Band 2: Villa Fortuna
Band 3: Santo Fiore

Die Capri-Reihe:
Band 1: Die Frauen von Capri – Im blauen Meer der Tage

Unser Versprechen für mehr Nachhaltigkeit
• Klimaneutrales Produkt
• FSC®-zertifiziertes Papier
• Hergestellt in Europa

FSC www.fsc.org MIX Papier | Fördert gute Waldnutzung FSC® C083411

ISBN 978-3-492-06381-4

Redaktion: Kerstin von Dobschütz
Satz: Uhl+Massopust, Aalen
Gesetzt aus der Maiola
Druck und Bindung: CPI Books GmbH, Leck
Printed in the EU

Kapitel 1

Mannaggia

München, Gegenwart

»Nein, ich will dich nicht sehen«, flüsterte Catia. »Schließlich liege ich nicht im Sterben, *ciao*, Daniel.« Hastig legte sie auf. Ihre Wangen glühten, denn es war nicht normal für sie, so mit ihrem Ehemann zu reden. Noch dazu fand das Gespräch unter erschwerten Bedingungen statt, denn Catia war dafür unter die Bettdecke gekrochen. Sie wollte die andere Patientin nicht stören, außerdem sollte diese nicht jedes Wort mitbekommen. Mit einem gemurmelten Fluch wühlte Catia sich wieder unter dem Bettzeug hervor. Zwischen ihren Ärger schlich sich erneut die Angst.

Der Countdown lief. Morgen um elf Uhr sollte es so weit sein. Endoskopische Entfernung der Gallenblase, eine Routineoperation. Ehe das passierte, musste noch die Entzündung zurückgehen, und deswegen hing sie seit vorgestern am Tropf.

Die Operation mochte für die Ärzte etwas Alltägliches sein, doch sie war und blieb ein Eingriff. In ihren Körper. Etwas würde in Bereiche ihres Innersten vordringen, die nicht einmal sie selbst kannte, und ein Stück davon würde herausgeschnitten werden. Eine gruselige Vorstellung. Schon bereute sie es, sich Daniel gegenüber so unversöhnlich gezeigt zu haben. Was, wenn etwas schiefging und sie nicht mehr aus der Narkose erwachte? Wie würde er sich dann fühlen?

Warum musste sie sich auch so aufregen über die Sache

mit Oskars Zimmer? Ja, Daniel hätte mit ihr reden sollen, ehe er sich dort breitmachte, kaum dass sein Sohn das Flugzeug nach Sydney bestiegen hatte. Aber woher hätte er wissen sollen, dass sie sich schon seit Wochen darauf freute, wenigstens für eine Weile ein Zimmer für sich zu haben? Die Aussicht darauf hatte sie sogar ein wenig darüber hinweggetröstet, dass sie ihren Sohn fast ein Jahr lang nur per Videotelefonat sehen würde. Ich bin eine Rabenmutter, dachte sie, und als Ehefrau gebe ich auch kein souveränes Bild ab. Mama wäre das mit dem Zimmer nicht passiert. Die hatte Papa stets im Griff.

Catias Blick begegnete dem der alten Dame, die im anderen Bett lag, dem vor dem Fenster. Frau Santoro, bestimmt achtzig oder noch älter. Sie hatte das Kopfteil des Bettes hochgefahren, vor dem milchigen Grau des süddeutschen Winterhimmels hob sich ihr schwarzes Haar ab wie eine Gewitterwolke. Heute Morgen hatte sie es sorgfältig mit Haarnadeln und Spangen hochgesteckt, nur um das Kunstwerk gleich danach erschöpft in die Kissen sinken zu lassen. Zuvor war sie lange im Bad gewesen, welches sie dezent geschminkt verließ. Angesichts dieser Anstrengungen befürchtete Catia eine Phalanx von Besuchern, doch Frau Santoro bekam keinen Besuch und schien auch keinen zu erwarten. Vielleicht hatte die alte Dame lediglich beschlossen, trotz Alter und Krankheit an gewissen Standards festzuhalten. Tatsächlich haftete ihr etwas Distinguiertes, Vornehmes an, und diesen Eindruck in einem Krankenhausbett zu vermitteln, dazu gehörte schon etwas, fand Catia. Was für einen elenden Anblick bot sie selbst, die nur halb so alt war wie ihr Gegenüber, wohl gerade?

»Ist alles in Ordnung?«, fragte Frau Santoro. »Ihre Wangen sind so rot.«

»Mir ist nur warm«, antwortete sie. »Und ich habe ein bisschen Bammel vor morgen. Es ist dumm von mir, ich weiß, weil es ja nur eine Routineoperation ist, aber trotzdem…«

»Für die Ärzte mag es Routine sein, für Sie nicht. Es ist verständlich, dass Sie Angst haben.«

Catia schaute ihre Mitpatientin dankbar an. Sie wusste nicht, weswegen Frau Santoro hier war. Bestimmt etwas Ernstes. In ihrem Alter dürfte so gut wie alles ernst sein.

Sie hätte gern das Fenster gekippt, aber sie wagte gar nicht erst zu fragen, denn über der Bettdecke hatte Frau Santoro eine weitere Decke liegen, die sie selbst mitgebracht hatte. Sie war aus sehr feiner Wolle, das konnte Catia erkennen, ohne sie angefasst zu haben. Die Farben leuchteten kräftig in Zitronengelb, Türkisblau, verschiedenen Grüntönen und ein wenig Rot, das Muster erinnerte entfernt an Bilder von Kandinsky. Ein Gedanke blitzte auf: Sie könnte in Oskars Zimmer eine Staffelei aufstellen und wieder anfangen zu malen. Es war bestimmt zwanzig Jahre her, dass sie zum letzten Mal einen Pinsel in der Hand gehalten hatte, der nicht dazu diente, Wände zu streichen oder einen Kuchen zu glasieren. Sie war damals gar nicht so schlecht gewesen, das hatte ihr die Kunstlehrerin der Volkshochschule bestätigt. Doch dann stellte sie sich Daniels Gesicht vor, wenn sie ihm dies eröffnete. *Verblühte Frau malt Bilder von Blumen, um die Leere zu füllen, die das Erwachsenwerden ihrer Kinder hinterlässt.* Natürlich würde er das nicht aussprechen. Aber denken.

»Gefällt sie Ihnen?«, fragte Frau Santoro.

»Wie bitte?«

»Die Decke.«

»O ja. Ich muss sie ständig anschauen, Verzeihung. Eine so außergewöhnliche Decke habe ich noch nie gesehen.«

»Es freut mich, dass Sie das erkennen. Ich habe sie nämlich selbst entworfen.«

»Sie ist ein Kunstwerk. Die Farben beleben das ganze Zimmer.«

»Dazu gehört hier drin allerdings nicht viel.« Frau Santoro wechselte das Thema: »Entschuldigen Sie meine ungehörige Frage, Frau Heubeck, aber haben Sie vielleicht neapolitanische Vorfahren?«

Catia war verblüfft. Noch nie hatte jemand Fremdes dies

erraten. Die Gene ihres deutschen Vaters hatten bei ihr voll durchgeschlagen, und mit dunkelblondem Haar, graublauen Augen und einer Größe von eins fünfundsiebzig sah sie überhaupt nicht neapolitanisch aus.

»Was hat mich verraten?«

»*Mannaggia.*«

Stimmt, das Fluchwort hatte Catia am Ende des Telefonats mit Daniel gemurmelt. Die Alte musste Ohren haben wie ein Luchs. »Die Eltern meiner Mutter stammen tatsächlich aus Neapel«, erklärte Catia. »Sie kamen als Gastarbeiter nach München, der Klassiker. Meine Oma hat gerne mal geflucht.«

Catia erinnerte sich gut daran. Brach der Nonna ein Absatz ab – *mannaggia*, schlug der Fischhändler am Viktualienmarkt die Preise auf – *mannaggia*, wankte der Großvater betrunken nach Hause oder verlangte der Vermieter mehr Geld – *mannaggia la miseria!*

Seit dem Tod ihrer Großmutter vor vier Jahren benutzte Catia das Wort öfter einmal selbst, quasi als Reminiszenz an ihre Nonna. »Andere hängen Fotos an die Wand, ich fluche zu ihrem Andenken«, fuhr sie fort.

»Das hätte Ihrer Großmutter sicher gefallen.«

»Woher kennen Sie das Wort, Frau Santoro?«

»Ich bin auf Capri aufgewachsen. Dort flucht man gelegentlich auch.«

Frau Santoro sprach ein perfektes Deutsch, und ihre Art und Wortwahl ließen ahnen, dass sie in kultivierten Kreisen verkehrte. Dennoch konnte oder wollte sie ihren kleinen, aparten Akzent nicht ganz verbergen. Catia hatte ihn bisher nicht zuordnen können, aber auch nicht fragen wollen.

»Capri! Wie schön!«, rief sie jetzt.

»Waren Sie denn schon dort?«

»Nur einmal, da war ich neun. Mein Großvater sollte in der Heimaterde bestattet werden. Ehe wir zurückfuhren, haben meine Oma, meine Mutter und ich einen Abstecher nach Capri gemacht. Heimlich, denn die Verwandtschaft hätte einen solchen Ausflug skandalös gefunden, so kurz nach der Beerdigung. Meine Nonna hatte es vor ihrer Auswanderung nie nach Capri geschafft, obwohl es nur ein Katzensprung ist. Sie waren zu arm. Jetzt wollte sie es endlich sehen, Anstand hin oder her.«

»Das Leben bei den Barbaren hat Ihre Nonna also verdorben für die strengen heimischen Sitten«, bemerkte Frau Santoro mit einem kleinen Lächeln.

»Diese Verwandten!« Catia schüttelte sich bei der Erinnerung daran. »Sie waren alle fürchterlich bigott und gluckten in dieser düsteren Wohnung unter den Neonlampen zusammen wie eine Schar Krähen. Ich weiß noch, wie mich Mama ermahnt hat, bloß nicht vorlaut zu sein oder anstößige Wörter zu benutzen. Wenn meine Oma oder ihre Geschwister früher fluchten oder etwas Unanständiges sagten, wurde ihnen der Mund mit Seife ausgewaschen. Vielleicht hat sie deswegen in Deutschland kein Blatt mehr vor den Mund genommen.« Catia lächelte beim Gedanken an die resolute kleine Person mit den tief liegenden dunklen Augen hinter der hakenartig geformten Nase, die eine Vorliebe für Kleiderschürzen und Lockenwickler hatte.

»Hat sich der Ausflug nach Capri denn wenigstens gelohnt?«, wollte Frau Santoro wissen.

»Auf jeden Fall. Ich bekam dort den besten Eisbecher meines jungen Lebens. Nie wieder sind mir so gute Pfirsiche untergekommen.«

»Pfirsiche hatten wir auch im Garten. Sie schmecken dort wirklich unvergleichlich.« Frau Santoro lächelte und räumte ein, sie habe zudem aus Catias Glücksbringer auf deren Herkunft geschlossen. »Ein *curniciello*. Sehr typisch für Neapel und die Gegend.«

Sie hatte das Wort *cornicello*, Hörnchen, im neapolitanischen Dialekt ausgesprochen und meinte damit die Kette mit dem in Silber gefassten Anhänger aus roter Koralle, der auf den ersten Blick aussah wie eine Chilischote. Catia trug das

Amulett seit Jahren, nur nicht im Bett, deshalb lag das Hörnchen auf dem Nachttisch. »Es soll Glück bringen und den bösen Blick abwehren.«

»Hat es denn geklappt mit dem Glück?«

»Mal mehr, mal weniger.«

»Meine Verwandtschaft war auch abergläubisch«, berichtete Frau Santoro. »Bei mir ist es genau umgekehrt, meine Vorfahren sind aus Capri und Procida, nur meine Großmutter väterlicherseits stammte aus München. Sie hieß Wilhelmine Feldmeier.«

»Und nun leben Sie auch in München«, stellte Catia fest. »Oder?«

»Ja, schon seit vielen Jahren, sogar im Elternhaus meiner Großmutter. So schließt sich der Kreis. Aber das ist eine lange Geschichte.«

»Entschuldigung. Ich wollte nicht neugierig sein.«

»Nur zu. Neugierde ist im Grunde eine positive Eigenschaft.«

»Nennen Sie mich Catia«, sagte Catia aus einem Impuls heraus. »Mit C geschrieben und ohne J.«

»Das ist ein schöner Name. Ich heiße Elisa. Jetzt sollte ich wohl vor dem Abendessen noch ein wenig schlafen.«

»Natürlich, Signora...«

»Signora«, wiederholte sie und lächelte. »So hat mich schon ewig niemand mehr genannt.«

»Nur noch eine Frage: Die Farben Ihrer Decke – ist das Capri?«

»Das haben Sie gut erkannt, Catia.«

»Sie leuchten.«

»Ja, und ein wenig vom Licht des Südens kann man hier drin wirklich gut gebrauchen.«

* * *

Die Signora ließ sich in die Kissen sinken und schloss die Augen. Der Anblick war so friedlich. So sollte man sterben, dachte Catia, mit einem Lächeln auf den Lippen und dem Gedanken an Capri. Oder war das jetzt makaber? Sie checkte ihr stummgeschaltetes Handy. Kein Anruf mehr von Daniel, aber eine SMS von Jakob Pfaller, ihrem Abteilungsleiter. Bis gestern hatte er ihr noch nie eine SMS geschickt und auch keine Blumen. Aber sie war ja auch nie vorher im Büro zusammengebrochen und im Rettungswagen abtransportiert worden. Wie peinlich! Der Strauß, Gerbera und Freesien mit Grünzeug drum herum, stand jetzt auf ihrem Nachttisch. Eine Karte mit Genesungswünschen hing daran, Jakob hatte sie mit vollem Namen unterschrieben. Nur er, nicht das ganze Büro.

Liebe Catia, wie geht es Dir heute? Es grüßt dich Jakob.

Typisch Jakob. Ein Mann, der zur Arbeit Dreiteiler trug, bestand selbstverständlich auch bei der Benutzung digitaler Kommunikationsmedien auf der Wahrung der Form.

Sie und Jakob hatten regelmäßig zusammen den Monats- und den Quartalsabschluss erstellt. Catia fand es angenehm, mit ihm zu arbeiten, besonders wenn nach Feierabend alle anderen weg waren. Vor etwa zwei Jahren lud er sie danach auf ein Glas Wein in eine Kneipe ein. Daraus wurde rasch eine Gewohnheit.

Jakob war Ende fünfzig, besaß kluge braune Augen, schmale Hände und einen kleinen Bauch. In seiner Gegenwart fühlte Catia sich charmant und begehrt. Trotz aller Harmlosigkeit haftete ihren Zusammenkünften der Hauch des Verbotenen an. So empfand es zumindest Catia. Daniel hätte Jakob Pfaller nie und nimmer als Konkurrenten wahrgenommen, aber vielleicht ihre Treffen mit süffisanten Bemerkungen ins Lächerliche gezogen. Deshalb sollte ihr allmonatliches Rendezvous Catias Geheimnis bleiben. Sie kleidete und schminkte sich an diesen Tagen mit besonderer Sorgfalt, und wenn Jakob sie hinterher zwei U-Bahn-Stationen entfernt von ihrem Zuhause absetzte, kam sie sich herrlich verrucht vor, wie eine Frau aus einem französischen Film.

Sie simste zurück: *Morgen werde ich operiert. Alles Routine.*

Seine Antwort kam zwei Minuten später, er war nicht der Schnellste im Tippen: *Liebe Catia, würdest Du mich bitte kurz anrufen? Es ist wichtig.*

Catia wurde mulmig. Was wollte er ihr sagen? Hatte ihr Zusammenbruch irgendetwas an der Art ihrer Beziehung geändert? Sie stand auf, zu rasch, ihr wurde schwindelig. Sie setzte sich wieder hin. Hoffentlich sagte er nichts, was sie zwingen würde, ihre Treffen zu beenden. Bitte, Jakob, verdirb nicht, was wir haben!

Das Ganze noch mal langsam und von vorn: aufstehen, den Bademantel überwerfen, das Handy einstecken, den Infusionsständer nach draußen schieben. Sie hatte sich binnen Kurzem so sehr an die Oase ihres Krankenzimmers gewöhnt, dass ihr der Flur der Station wie ein unbekannter Planet vorkam. Endlos lang, der Boden glänzte, und es roch nach Putzmitteln. Aliens in weißen und grünen Kitteln eilten vorbei. An die Wand gelehnt, rief sie Jakob an. Während die Verbindung aufgebaut wurde, zwang sie sich zu einem Lächeln, das sich hoffentlich auf die Stimme übertrug. Sie wollte nicht klingen wie eine Kranke.

»Hier Jakob Pfaller.«

»Jakob, was ist los? Machst du dir etwa Sorgen? Du weißt doch, Unkraut vergeht nicht.«

»Catia, wie schön, deine Stimme zu hören. Du klingst ja ganz munter.«

»Mir geht es gut. Danke für die schönen Blumen.«

»Das freut mich.« Er räusperte sich. »Catia, ich wollte, dass du es als Erste und von mir erfährst. Ich habe gekündigt.«

Catia wusste nichts darauf zu sagen, und er redete auch bereits weiter: »Diese Umstrukturierung ... Nichts gegen Frauen in Führungspositionen, aber diese Engstler könnte meine Tochter sein, und ich kann sie nicht leiden, ehrlich gesagt.«

»Niemand kann das«, sagte Catia. Gekündigt. Einfach so. »Hast du schon was anderes?«

»Noch nicht. Aber ich sehe da kein Problem. Das gilt auch für dich, Catia. Du verkaufst dich seit Jahren schon unter Wert. Du solltest dir etwas Neues suchen.«

»Wann gehst du denn?«

»Am Montag ist mein letzter Arbeitstag. Catia?«

»Ich... ich weiß nicht, was ich sagen soll. Soll ich dir gratulieren? Dann tu ich's. Gratuliere.«

»Entschuldige, dass ich dich damit behelligt habe. Du hast momentan bestimmt andere Sorgen. Ich wünsche dir alles Gute für morgen, meine Liebe. Melde dich, wenn du die Sache überstanden hast.«

Also gab es künftig auf der Arbeit nichts mehr, worauf sie sich freuen konnte. Im Gegenteil. Es war in ihrer Abteilung niemandem verborgen geblieben, dass Jakob Pfaller ein Faible für sie hatte. Man würde sie ab sofort dafür büßen lassen, so waren die Menschen nun einmal. Vielleicht sollte sie sich wirklich eine neue Stelle suchen. Doch allein die Vorstellung, Bewerbungen zu schreiben, Interviews zu führen und sich bestmöglich verkaufen zu müssen, erfüllte sie mit Widerwillen. Nach zwanzig Jahren wusste sie gar nicht mehr, wie das ging.

»Wir bleiben in Verbindung, Catia«, hörte sie ihn sagen.

»Ja«, sagte sie. »Natürlich.«

Kapitel 2

Wilhelmine

Capri, 1914

Elisa Santoro schlief nicht gleich ein. Das Gespräch über Catia Heubecks neapolitanische Vorfahren hatte Erinnerungen an ihre eigene Großmutter Wilhelmine geweckt.

Elisa hatte Wilhelmine Feldmeier, die Mutter ihres Vaters Edoardo, nie persönlich kennengelernt, aber ihre weit entfernt lebende Vorfahrin hatte Elisas Kindheit und Jugend dennoch stark beeinflusst.

Offiziell sprach man in der Familie Santoro nicht über sie, aber manchmal, besonders wenn Edoardo nicht zugegen war, war ihre deutsche Großmutter doch ein Anlass für boshafte Bemerkungen und Getuschel hinter vorgehaltener Hand. Bei diesen Lästereien wurde nie ihr Name genannt. Man sprach von *la tedesca,* der Deutschen, und verband damit stets eine moralische Botschaft, welche im Großen und Ganzen darauf hinauslief, dass diese Frau alles verkörperte, was gegen Sitte und Anstand verstieß. Mach es wie *la tedesca,* und das ewige Höllenfeuer ist dir sicher, lautete die unterschwellige Drohung. Was Edoardo anging, war man dagegen gern bereit, seine Charakterdefizite zu entschuldigen. Der arme Edoardo, was für eine Bürde er doch zeit seines Lebens zu tragen hatte, mit so einer Mutter…

Elisa, hieß es, komme leider ziemlich nach *la tedesca*. Solche Aussagen, stets begleitet von einem klagenden Seufzer, weckten erst recht Elisas Neugierde. Welches junge Mädchen wollte nicht gerne möglichst viel über eine Person wissen, der man angeblich ähnelte, und sei sie noch so verdorben und des Teufels? Folglich übte Wilhelmine Santoro, geborene Feldmeier, ein Kind des Fin de Siècle, auf ihre Enkelin Elisa Santoro, die mitten im Zweiten Weltkrieg geboren wurde, einen unwiderstehlichen Reiz aus. Dass die Spurensuche einigermaßen mühsam war, machte die Sache nur noch interessanter.

Niemand in der Familie war bereit, Elisa etwas über das Leben ihrer Großmutter zu berichten, am wenigsten derjenige, der am meisten über sie wusste: ihr Vater Edoardo Santoro. Erwähnte man die Persona non grata in seiner Gegenwart, bekam er diesen bitteren Zug um den Mund, und die Ader an seiner Schläfe schwoll an. Diese Warnzeichen hielten alle, die ihn kannten, von weiteren Nachfragen ab, auch Elisa.

Dennoch, aus aufgeschnappten Bemerkungen, erlauschten Gesprächen und dem Dorfklatsch konnte sich Elisa im Lauf der Jahre einiges über ihre Nonna zusammenreimen.

Wilhelmine Feldmeier stammte aus München-Grünwald, wo sie im Jahr 1893 geboren wurde. Sie war die Jüngste von vier Kindern, das verwöhnte Nesthäkchen eines Textilfabrikanten und der Tochter eines Professors der Chirurgie. Münchener High Society also. Rasch besetzte Wilhelmine innerhalb ihrer Geschwisterreihe die bis dahin vakante Rolle des schwarzen Schafes. Ein Part, den Elisa zwei Generationen später aufnehmen und neu interpretieren sollte.

Die anderen drei Kinder der Feldmeiers liefen in der vorgezeichneten Spur. Arthur, der Älteste, war in die Textilfirma eingestiegen und bereits die rechte Hand des Vaters. Agathe, die Zweitälteste, war mit dem Sohn eines Geschäftspartners verlobt, und Cornelius, die Nummer drei, hatte gerade sein Examen in Jura abgeschlossen. Wilhelmine jedoch löste sich aus der Rolle der braven höheren Tochter, indem sie eine Bildungsreise durch Italien nutzte, um auf Capri hängen zu bleiben. Es war die Zeit vor dem Ersten Weltkrieg, und schon damals war die Felseninsel im Golf von Neapel ein Anziehungspunkt für die Boheme aus ganz Europa. Die Feldmeiers waren zwar nicht Boheme, sondern Ärzte und Fabrikanten, aber es handelte sich bei ihnen um gebildete, weltoffene Menschen. Daher gestanden sie ihrer Jüngsten, die zweifellos eine kreative Ader besaß, einen gewissen Freiraum und ein paar Kapriolen zu. Sollte die anstrengende junge Frau doch ruhig eine Weile dem Laisser-faire huldigen, ein wenig zeichnen und malen und sich in Selbstfindung üben. Gab es denn nicht in fast jeder Familie einen bunten Vogel? Warum eigentlich sollte keine Künstlerin aus ihr werden? An der Seite eines künftigen Ehemannes, der sie versorgte, während sie ihr Talent kultivierte, könnte das durchaus eine Bereicherung für die Familie sein, solange sie dabei Mann und Kinder nicht vernachlässigte. Zudem war Capri ja nicht irgendeine Insel, sondern beherbergte zahlreiche Müßiggänger von Rang und Namen. Folglich ließen die Feldmeiers sich nicht lumpen und gestanden Wilhelmine für eine gewisse Zeit eine großzügige Apanage zu, damit sie sorglos und standesgemäß unter ihresgleichen leben konnte.

Doch Wilhelmine zog es nicht zu den Reichen und Berühmten, auch wenn sie hin und wieder als Gast in der Villa Krupp weilte und mit etlichen auf Capri gestrandeten Künstlern verkehrte. Sie schloss sich einem losen Haufen von Zurück-zur-Natur-Bewegten an, die eine pflanzliche Ernährungsweise propagierten, mit Drogen experimentierten, der Freikörperkultur anhingen und obskure Zeremonien zur Verehrung alter Gottheiten in Capris Höhlen durchführten. Gut fünfzig Jahre später nannte man solche Leute Hippies. Schon dieses Betragen hätte wahrscheinlich gereicht, um das Missfallen der Feldmeiers zu erregen, doch München war weit weg und die Familie gutgläubig und ahnungslos. Dann aber schoss Wilhelmine endgültig über das Ziel hinaus.

Im Frühjahr 1914 verliebte sie sich, warum auch immer, in einen Bauernsohn aus Anacapri namens Silvano Santoro, dessen Familie Gärten mit Zitronen- und Olivenbäumen besaß. Silvano Santoro war der älteste und einzige Sohn. Er hielt ein paar Wollziegen und hatte darüber hinaus nicht viel zu bieten, wenn man von einem attraktiven Äußeren einmal absah.

Im Sommer 1914 – gerade war der Große Krieg ausgebrochen, an dem Italien sich jedoch erst ein Jahr später beteiligen sollte – schrieb Wilhelmine ihren Eltern, sie habe sich mit Silvano verlobt und wolle mit ihm ein einfaches Leben im Einklang mit der Natur führen. Sie sei unheimlich glücklich und mit sich im Reinen und entsage hiermit dem Luxusleben ihrer Familie und der Großstadt München. Dem Brief lag eine kolorierte Bleistiftskizze bei, welche die junge Künstlerin angefertigt hatte. Die Zeichnung zeigte sie selbst und einen jungen Mann vor einem schlichten weißen Quader, der inmitten eines Zitronenhaines stand und offensichtlich das Haus darstellte, in dem das junge Paar künftig leben wollte.

»Das ist eine Hütte!«, klagte Frau Feldmeier entsetzt. Woher sollte sie ahnen, dass das Haus eine eklatante Verbesserung des Lebensstandards ihrer Tochter darstellte, hatten die Anhänger der Freikörperkultur doch sogar in Höhlen gehaust.

Alarmiert von solchen Neuigkeiten, schickten die Feldmeiers ihren jüngsten Sohn Cornelius nach Capri. Er solle seine Schwester zur Vernunft und nach Hause bringen. Zu ihm, dem Jurastudenten, hatte Wilhelmine den besten Draht. Er war ihr Lieblingsbruder, sie waren nur ein Jahr auseinander, während zwischen Wilhelmine und den älteren Geschwistern, Arthur und Agathe, zehn beziehungsweise acht Jahre lagen.

Cornelius kam drei Tage zu spät. Als er auf der Insel eintraf, hatten Wilhelmine und Silvano sich schon in der Kirche San Michele in Anacapri das Jawort gegeben. Strahlend empfingen die Frischvermählten den Bruder und Schwager in dem kleinen einstöckigen Bauernhaus mit den bunten Bodenfliesen.

»Ich erkenne erst jetzt, was für ein dekadentes Leben wir zu Hause führen, Nello. Der Mensch kann mit so wenigen

Dingen auskommen und zufrieden sein«, verkündete Wilhelmine.

Nachdem Cornelius sich an Plumpsklo und Wasserpumpe gewöhnt hatte, wäre auch er fast dem Charme der Insel erlegen, zumal zu Hause nur Krieg und schlechtes Wetter auf ihn warteten. Außerdem hatte er möglicherweise ein Techtelmechtel mit seiner Schwägerin Stefania, einer jungen Witwe von vierundzwanzig Jahren. Ob dies wirklich zutraf, wurde allerdings nie ganz aufgeklärt. Sicher ist, dass er drei Monate auf Capri verbrachte und dem Schwager beim Bau eines neuen Hauses half. Schließlich aber kehrte Nello doch pflichtbewusst zurück nach Deutschland, meldete sich freiwillig zum Militärdienst und kam ohne sein rechtes Bein von der Front zurück.

Die Familie des Bräutigams war ebenfalls nicht glücklich über die Heirat ihres Sohnes mit der verrückten Deutschen. War ihnen überhaupt klar, dass Wilhelmine aus einer sehr respektablen und wohlhabenden Familie stammte, also eine wirklich gute Partie war? Falls es so war, zählte das hier wenig. *Moglie e buoi dei paesi tuoi,* lautete das Motto, was so viel hieß wie: Such dir Ehefrau und Ochsen in deinen Dörfern.

Die Capresen sahen dem Treiben der Fremden auf ihrer Insel seit Jahrhunderten gezwungenermaßen zu, sie machten mit ihnen Geschäfte, aber ansonsten blieb man für sich. Schon gar nicht heiratete man eine Ausländerin, egal ob arm oder reich. Nein, man hatte sich für den Sohn eine Einheimische gewünscht, keine exzentrische Deutsche. Wer weiß, was diese seltsame junge Frau noch alles mit Silvano vorhatte. Am Ende entriss sie ihn der Insel und der Familie und zog mit ihm in den Norden, zu den Barbaren. Silvano war doch fast noch ein Kind, gerade erst zwanzig, ein Jahr jünger als seine Braut, von der man in Anacapri munkelte, sie habe den Jungen verhext.

* * *

Diese und andere Dinge erfuhr Elisa mit den Jahren aus verschiedenen Quellen. Eine davon war Großtante Stefania, die ältere Schwester ihres Großvaters Silvano. Stefania hatte Edoardo, den Sohn ihres Bruders Silvano und dieser Deutschen, praktisch aufgezogen. Sowohl aus Dankbarkeit als auch aus pragmatischen Erwägungen heraus nahm Edoardo seine Tante daher in seinen Haushalt auf, nachdem er seine Angela geheiratet hatte.

Zia Stefania, wie man sie nannte, ging Elisas Mutter Angela in Haus und Garten und bei der Kindererziehung zur Hand, ehe sie immer verrückter und damit selbst zu einer Last wurde. Ihr einst üppiger Körper schnurrte mit den Jahren zusammen wie eine Traube, die zur Rosine wurde, und ihrem Gehirn schien es ähnlich zu ergehen. Sie verwechselte Personen und wusste nicht mehr, welcher Tag heute war. Angela war stets dankbar, wenn Elisa sich um Zia Stefania kümmerte, ihr das Essen und die Wäsche brachte und zusammen mit ihr den Gemüsegarten in Ordnung hielt. Sie wunderte sich in solchen Momenten über ihre Älteste, die sich ansonsten, wo es nur ging, vor der Hausarbeit drückte. Bis Angela irgendwann doch misstrauisch wurde, hatte Elisa ihre Großtante längst über Wilhelmine ausgequetscht. Stefania wusste eine Stunde nach dem Mittagessen nicht mehr, was es gegeben hatte, aber was die ferne Vergangenheit anging, so arbeitete ihr Gedächtnis präzise, und Elisa scheute sich nicht, ihr Wissen anzuzapfen.

»Zia Stefania, erzähl mir von der Hochzeit von Nonno Silvano und Nonna Wilhelmine!«

Die Tante zog eine Grimasse und produzierte unter Zuhilfenahme von Mund und Handrücken eine *pernacchia*, ein ordinäres, flatulent klingendes Geräusch, eine für die Gegend typische Missfallensäußerung, ehe sie zu klagen begann. Ärmlich sei die Hochzeit gewesen, grundlos überhastet, eine Schande für die Familie. »Das Essen allein! Ein besseres Sonntagsessen, mehr war das nicht. Sie wollte es so, und Silvano hat gekuscht.

Wenn es nach ihr gegangen wäre, hätte es gar kein Fleisch gegeben, kannst du dir das vorstellen, Kind? Ein Hochzeitsessen ohne Fleisch!«

Was sollte auch dabei herauskommen, wenn man weniger als drei Wochen zur Vorbereitung hatte? Keine Verwandten der Braut seien da gewesen, nur ein paar komische Gestalten von dieser Sekte, bei der sie zuvor gelebt hatte. Und das alles in der glühenden, alles verdorrenden Augusthitze. »Wer heiratet denn bitte schön an Ferragosto? Der Brautstrauß war schon welk, ehe sie in der Kirche angekommen waren. Und dann das Kleid! Dieses Fräulein hätte genug Geld gehabt, um sich in Neapel das schönste Brautkleid machen zu lassen. Aber sie stellt sich in einem Leinenfetzen vor den Altar. Kein Schleier, nur ein Blumenkranz, der war natürlich auch sofort verwelkt. Dabei musste man froh sein, dass die zwei überhaupt den Weg in die Kirche gefunden haben. Denk dir nur, diese gottlose Person wollte sich von irgendeinem Quacksalber aus ihrer Sekte am Strand von Punta Carena trauen lassen!« An dieser Stelle pflegte sich Stefania zuerst zu bekreuzigen und danach die Hand mit ausgestrecktem Zeige- und kleinem Finger zu Boden zu richten, um den bösen Blick abzuwehren. »Wenigstens damit konnte Silvano sich durchsetzen. Mein Bruder stellte sie vor die Wahl: eine richtige Kirche und ein richtiger Pfarrer oder gar keine Hochzeit. Gerüchte hat es gegeben, was sich wohl unter dem weiten Kleid verbarg, und unsere Mutter, Gott hab sie selig, hat fast die ganze Hochzeit hindurch geweint. Aber nicht vor Glück.«

Da war nichts gewesen, unter dem Kleid.

»Dein Vater Edoardo wurde auf den Tag zwölf Monate später geboren, am 15. August 1915. Das arme Würmchen. Seinen Vater Silvano, meinen Bruder, hatten sie kurz zuvor zum Kriegsdienst eingezogen. Der Kleine hätte wahrlich eine bessere Mutter verdient. Wie sie ihn ständig herumgeschleppt hat, wie eine Affenmutter! Von einem Kinderwagen hielt sie nichts. Er war mit drei noch nicht richtig sauber, es hat sie gar nicht gekümmert. Wäre ich nicht gewesen, Gott weiß, ob dein Vater überlebt hätte.«

Es existierte ein Foto des Brautpaares. Silvano mit breiten Schultern, die Gesichtszüge mit der schmalen Römernase und dem etwas zu kleinen Mund wie gemeißelt. Schwarze Locken und sanfte schwarze Augen. Das Lächeln verhalten, als könne er noch nicht fassen, was ihm da gerade geschah. Seine Braut war so groß wie er und stand, ohne ihn zu berühren, neben ihm, aufrecht, mit zusammengezogenen Schultern, das Kinn etwas vorgeschoben und mit einem entschlossenen Ausdruck in den Augen. Auch bei ihr war nur ein sanftes Kräuseln ihrer schmalen Lippen zu sehen. Sie war keine ausgemachte Schönheit, aber in ihrem Blick lag etwas Wissendes, und ihre Züge ließen auf einen starken Willen und Intelligenz schließen – obgleich sie in jungen Jahren nicht unbedingt immer klug handelte. Die Last ihres langen, dunklen Haars drückte auf ihre schmale Gestalt. Sie trug tatsächlich nur ein schlichtes weißes Hängekleid ohne Ärmel, das die mageren Arme entblößte. Ihre Hände, groß und sehnig, hielten einen Blumenstrauß im Würgegriff. Besagten Blumenkranz hatte sie entweder schon abgenommen, oder er war Stefanias Fantasie entsprungen.

Das Foto hing heute in Silber gerahmt und an prominenter Stelle über dem Kaminsims in der Villa der Feldmeiers in Grünwald. Sie würde es mitnehmen, beschloss Elisa in ihrem Krankenhausbett. Nach Capri. Mit diesem Gedanken glitt sie in den Schlaf.

Kapitel 3

Die Sache mit Oskars Zimmer

München, Gegenwart

Catia saß auf dem Bett, das Gesicht zur Tür gewandt. Draußen dämmerte es bereits, das Zimmer lag im Halbdunkel. Sie starrte ins Leere, Tränen standen in ihren Augen.

»Möchten Sie darüber reden?« Signora Santoro hatte ihr Schläfchen beendet und sich aufgesetzt.

Catia wischte sich verlegen über die Wange.

»Es ist nichts, nur … es kommt gerade einiges zusammen.«

Die alte Dame schwieg und schien geduldig auf detailliertere Informationen zu warten. Ihr Konzept ging auf. Catia verspürte plötzlich den Drang, ihr Herz auszuschütten. Vielleicht würde es ihr guttun, mit einer Person zu sprechen, die sie schon bald nie wieder sehen würde. Wenn Catia sich bei ihrer Mutter über ihre Lebensumstände beklagte, führte das immer zu Streit. Eine Freundin, bei der sie sich ausheulen konnte, hatte sie nicht, denn um Freundschaften zu pflegen, fehlte es ihr an Zeit und Energie.

»Wir wohnen seit über zwanzig Jahren in Schwabing, in der Clemensstraße«, begann sie. »In einer Altbauwohnung. Sie hat ein gewisses bourgeoises Flair, ist aber viel zu klein für vier Personen. Schon seit unser Sohn Oskar zur Welt kam, wünsche ich mir, dass wir in die Vorstadt ziehen, aber Daniel, mein Mann, weigert sich, Schwabing zu verlassen.« Sie seufzte. »Ich befürchte, er ist im Herzen ein Snob, er liebt unsere Stuckdecken und das knarzende Parkett mehr als mich und die Kinder. Daniel ist Journalist und arbeitet für diverse Zeitungen. Er ist wirklich talentiert, ab und zu bringt er sogar einen Artikel in der *Süddeutschen* oder einer ähnlich großen Zeitung unter. Aber das mit der Festanstellung wird wohl nichts mehr werden, er hat das nur noch nicht realisiert. Bisher kamen wir einigermaßen über die Runden, ich verdiene ja nicht schlecht. Aber in letzter Zeit wachsen uns die Kosten über den Kopf. Wir heizen schon nur noch die Küche. Trotzdem redete er unserem Sohn zu, ein Jahr nach Australien zu gehen. *Work and travel.*« Catia schnaubte. Sie war nicht so zuversichtlich wie Oskar, dass das mit dem *Work* in Australien so einfach klappen würde. Wer wartete schon auf einen Achtzehnjährigen ohne jegliche berufliche Praxis und mit gerade einmal einem Semester BWL-Studium?

Die Signora schwieg noch immer, und Catia fing an, ihre Redseligkeit zu bereuen. »Entschuldigen Sie. Ich sollte mich nicht so gehen lassen.«

»Nur zu, ich habe ja gefragt«, erwiderte die Signora. Offenbar hatte sie nun aber doch genug von Catias Familiendramen, denn sie erkundigte sich: »Worin besteht Ihre Arbeit?«

»Ich bin bei einer Versicherung im Controlling. Eigentlich habe ich eine Ausbildung im Hotelfach. Ich war in Hotels in der Schweiz und in Österreich. Dann lernte ich Daniel kennen, und nachdem unsere Tochter Valentina da war, suchte ich nach einem Job mit regelmäßigen Arbeitszeiten. Dort bin ich dann hängen geblieben.«

»Also sind Sie diejenige, die die Familie über Wasser hält.«

Eine simple und wahre Feststellung, und doch klang es für Catia wie eine Anklage. Möglicherweise reagierte sie bei dem Thema auch etwas empfindlich. Was Daniel gerne als hippes, zeitgeistiges Familienmodell verkaufte, war für Catias Mutter Renata Anlass, regelmäßig darauf hinzuweisen, dass Catia den falschen Mann geheiratet habe. Nur weil sie in jungen Jahren auf diesen Pseudointellektuellen hereingefallen sei, müsse sie sich nun zeit ihres Lebens abstrampeln, während der feine Herr es ruhig angehen ließ. So lautete ihre Zusammenfassung der Ehe ihrer Tochter.

»Im Moment schon«, sagte Catia zu Frau Santoro und realisierte dabei, dass der Moment schon über zwanzig Jahre andauerte. Wie die Zeit verging!

Catia solle die Mutterschaft ruhig genießen, meinte Daniel nach Valentinas Geburt. Er würde die kleine Familie von den Früchten seiner geistigen Arbeit ernähren. Erst als der Dispo ausgereizt war und die Stadtwerke drohten, ihnen den Strom abzustellen, begriff Catia, dass Daniel zur Selbstüberschätzung neigte und nicht mit Geld umgehen konnte. Sie zog die Notbremse. Ab sofort durfte er die Freuden der Vaterschaft genießen, Catia meldete sich beim Arbeitsamt und bekam sofort einen Job als Aushilfskraft bei einer Versicherung. Nach einem Jahr bot man ihr eine Festanstellung an. Anders als andere Männer hatte Daniel kein Problem damit, dass seine Frau den größten Teil des Lebensunterhalts verdiente und sich um alles Finanzielle kümmerte. Er brachte die Kinder in die Kita und später zur Schule, und er war es auch, der Valentina und Oskar abends Geschichten vorlas, wenn Catia schon vor dem Fernseher eingeschlafen war. Aber Catia war zufrieden. Sie merkte, dass Daniel wesentlich besser mit den Kindern zurechtkam als sie. War der Nachwuchs versorgt oder schlief, flanierte Daniel gern und ausgiebig durch Schwabing. Das war sein Biotop, dort griff er die Themen für seine Artikel auf. Schon deshalb war ein Umzug in die Peripherie für ihn undenkbar. Stets stand er kurz vor seinem großen Durchbruch. Er verfolgte Projekte, die entweder im Sande verliefen oder nicht viel einbrachten. So wie dieses Buchprojekt über *Schwabinger Originale* – überwiegend abgerissene, kiffende Altachtundsechziger. Ein Wunder, dass er dafür einen Verlag gefunden hatte. Die Tantiemen aus dem Buchverkauf waren denn auch eher marginal.

Früher hatte Catia das alles weniger ausgemacht, doch in

letzter Zeit merkte sie, wie ihre Kräfte nachließen. Sie fühlte sich, als würde sie eine abwärts führende Rolltreppe hinaufrennen. Was, wenn sie einfach stehen bliebe? Was schon? Sie würde alle in den Abgrund reißen.

Ein beredtes Schweigen breitete sich im Krankenzimmer aus, und Catia bereute schon, so viel von sich erzählt zu haben. Sie versuchte, das schiefe Bild, das sie von ihrem Leben gezeichnet hatte, wieder einigermaßen geradezurücken: »Verstehen Sie mich nicht falsch, ich bin glücklich, ich liebe meinen Mann. Ich bin nur gerade sehr gestresst und außerdem ziemlich wütend auf ihn.«

Die Signora hob fragend die Augenbrauen.

»Es ist wegen der Sache mit Oskars Zimmer…«

Catia brachte Oskar allein zum Flughafen. Daniel, der angeblich mit Hochdruck an einem Artikel arbeiten musste, verabschiedete sich zu Hause von seinem Sohn. Catia nahm ihm das übel. Wie konnte irgendein Artikel wichtiger sein, als seinem Sohn, den er ein Jahr lang nicht sehen würde, bis zum letzten Augenblick nahe zu sein? Oskar schien es nichts auszumachen. Auch dass seine Schwester Valentina nicht da war, entlockte ihm kein Wort des Bedauerns. Was sind wir nur für eine desolate Familie?, dachte Catia, als sie und ihr Sohn sich allein in der S-Bahn gegenübersaßen. Sie betrachtete sein schmales Gesicht mit den großen grauen Augen. Er hatte ihre Augen und ein bisschen auch ihr Gesicht, die hohen Wangenknochen, die schmale Nase. Ihr war elend zumute. Er war doch noch so ein Kind! Was, wenn ihm am anderen Ende der Welt etwas zustieß? Selbst wenn alles gut ging, würde Oskar als ein anderer zurückkommen. Gereifter, erwachsener. Was ja irgendwie auch der Zweck dieses Aufenthalts war, doch der Gedanke daran schmerzte Catia.

Sie war nie eine Glucke gewesen, wirklich nicht. Als Kleinkinder hatten die beiden mehr Zeit mit Daniel verbracht als mit ihr, und Catia war an manchen Tagen dankbar gewesen, ins Büro zu dürfen. Jetzt fiel es ihr umso schwerer loszulassen. Valentina hatte sich bereits von ihr entfernt, wenn auch mehr geistig als räumlich, und nun entglitt ihr auch noch Oskar. Verschwand auf einen anderen Kontinent, Australien, so weit weg, wie es nur ging. Zu ihrer Traurigkeit gesellte sich eine unterschwellige Wut auf Daniel, der Oskar in dieser Sache bestärkt hatte, anstatt sie ihm auszureden.

Am Terminal tauchte Valentina auf, um ihren Bruder noch einmal zu drücken. Mit ihr hatte Catia am wenigsten gerechnet, umso dankbarer war sie ihr. So musste sie nachher nicht allein zurückfahren. Davor hatte sie sich gefürchtet: allein in der S-Bahn zu sitzen, ohne Oskar. Eine Verlassene.

Als Oskar seinen Riesenrucksack aufgab und schließlich durch den Sicherheitscheck verschwand, war es mit Catias Beherrschung vorbei, sie weinte hemmungslos. Ihr Inneres fühlte sich wund an.

Valentina reichte ihr ein Taschentuch: »Beruhige dich, Mama. Er zieht schließlich nicht in den Krieg.«

Später, in der Bahn, legte Valentina in einer ungewohnt fürsorglichen Geste den Arm um ihre Mutter und meinte: »Keine Sorge, der wird in einem Vierteljahr wieder da sein, vorausgesetzt, ihr bezahlt ihm den Rückflug. Er wird wieder ein Studium anfangen und abbrechen und bis dreißig an deinem Rockzipfel hängen.«

Valentina übertrieb natürlich, aber ganz unrecht hatte sie nicht. Sie war zweiundzwanzig und deutlich zielstrebiger als ihr Bruder. Im Sommer würde sie ihren Bachelor in Kommunikationswissenschaften abschließen und vielleicht noch einen Master draufsetzen. So gesehen war alles in Ordnung mit ihr. Doch seit sie diesen Freund hatte, über den sie nichts erzählen wollte, war Catia auch ihretwegen beunruhigt. Warum machte sie so ein Geheimnis daraus? War er verheiratet? Dann könnte sie wohl schlecht tagelang bei ihm sein. Auf jeden Fall war er ein gutes Stück älter als sie. Catia hatte neulich vom Fenster aus beobachtet, wie Valentina aus einem

Volvo-Geländewagen stieg. Den Fahrer konnte sie von oben nicht erkennen, aber so ein Auto war keines, das gleichaltrige junge Männer fuhren. Die fuhren heutzutage Rad oder mit öffentlichen Verkehrsmitteln.

»Kommst du heute zum Abendessen?«, fragte Catia.

»Ich weiß noch nicht. Rechne lieber nicht mit mir.«

»Du kannst deinen Freund ruhig mitbringen.«

Valentina runzelte verärgert die Stirn.

»Warum nicht? Was stimmt nicht mit ihm?«

»Siehst du! Allein deswegen mag ich ihn nicht mitbringen. Ich habe keine Lust, ihn von euch beurteilen zu lassen wie einen... Bewerber, den man auf Schwachstellen abklopft. Du würdest deine typischen Muttifragen stellen, Papa würde mit seinem kleinbürgerlichen Bildungskanon protzen, und es wäre einfach nur peinlich.«

»Seit wann ist dir dein Vater peinlich?«

Sie antwortete nicht.

»Mit deinen anderen Freunden hattest du dieses Problem aber nicht.«

Valentina verdrehte die Augen. »Es liegt nicht an Tom, es liegt an *mir*, kapier das doch endlich, Mama! Ich bin alt genug, mir meine Freunde selbst auszusuchen.«

»Als hätten wir dir jemals einen ausgesucht!«, protestierte Catia und fuhr fort: »Valentina, ich möchte ihn einfach nur kennenlernen. Du bist meine Tochter, du verbringst ganze Tage bei einem Menschen, über den ich nichts weiß, außer dass er Tom heißt!«

»Du bist ein Kontrollfreak, Mama, das ist dir schon klar?«

»Schließlich bin ich Controllerin«, meinte Catia matt.

»Ich muss hier aussteigen.« Valentina stand ruckartig auf.

»Was willst du denn am Ostbahnhof?«

»Meine Ruhe.«

Weg war sie. Catia hätte nicht damit anfangen sollen, nicht ausgerechnet heute. Valentina war wegen Oskar zum Flughafen gekommen, aber sie hatte sich ihr, Catia, endlich wieder einmal zugewandt. Und was tat sie? Sie vermasselte es prompt.

Catia hatte den Tag freigenommen. Sie ahnte, dass ihr der Abschied von ihrem Sohn schwer zu schaffen machen würde, sie wollte nicht mit verheulten Augen im Büro erscheinen. Doch es war nicht nur das. Seit ein paar Tagen waren diese Schmerzen wieder da, ein diffuses Ziehen zwischen Bauch und Rücken, nicht genau zu lokalisieren. Manchmal gingen sie von selbst wieder weg, manchmal halfen nur starke Schmerzmittel. Oder eine Operation. Ihr Hausarzt appellierte jedes Mal, wenn Catia ihn um ein neues Rezept bat, an ihre Vernunft und meinte, es sei das letzte Mal, dass er ihr etwas aufschrieb. Sie versprach ihm dann, sich beim geringsten Anzeichen einer neuen Kolik von ihm einweisen zu lassen. Nur jetzt passe es eben gerade gar nicht. Oft war danach monatelang Ruhe, und ihr Arzt vergaß seine Drohung und Catia ihr Versprechen.

Was also anfangen mit dem freien Tag? Sie gönnte sich seit Langem wieder einmal einen Bummel durch die Innenstadt, doch es war kalt und windig, und einen Trostkauf konnte sie sich nicht leisten. Die Kosten für Oskars Flug – Daniels Geschenk an seinen Sohn zum Achtzehnten – hatten arg ins Kontor geschlagen, und an die nächste Heizkostenabrechnung durfte sie erst recht nicht denken, sonst bekam sie Panik.

Sie ging nach Hause und schleppte sich die Treppe hinauf. Ihr war, als wiege sie plötzlich das Doppelte. Ein Krampf durchzog ihren Körper, sie musste stehen bleiben und sich am blank polierten Handlauf festhalten. Ein Brocken Putz lag auf den Stufen. Seit Jahren wurde in diesem Achtparteienhaus so gut wie nichts renoviert, weder im Hausflur noch in den Wohnungen. Das Haus, scherzte Daniel zuweilen, glich immer mehr einem dieser bröselnden Paläste in Havanna, deren morbider Charme und verblasste Grandezza einst beide fasziniert hatten. Klar, auf Hochzeitsreise und bei karibischen Temperaturen findet man so etwas romantisch.

Seit Oskar mit vier Jahren ein eigenes Zimmer verlangt und bekommen hatte, schliefen Daniel und Catia im Esszimmer, in dessen Erker Daniel seinen Arbeitsplatz eingerichtet hatte. Es war mit dem Wohnzimmer durch einen breiten Durchgang verbunden. Ursprünglich hatte es dort Flügeltüren gegeben, die Angeln waren noch zu sehen, aber die Türen waren abhandengekommen. Immerhin hatte das Haus zwei Kriege überstanden. Also musste es ein Vorhang aus einem dicken goldfarbenen Stoff tun. Catia fühlte sich dahinter nie mehr richtig geborgen. In gewissen Situationen, fand sie, ging doch nichts über eine geschlossene Schlafzimmertür. Erst recht, wenn man zwei Kinder hatte.

Als Catia die Wohnung betrat, saß Daniel in Oskars Zimmer auf dem Fußboden, umgeben von Kartons. Er wandte sich um, seine Augen leuchteten. »Endlich kann ich meine alte Eisenbahn wieder aufbauen!«

Catia, normalerweise stets harmoniesüchtig und friedfertig, schleuderte Daniel ihre Handtasche in den Rücken und schrie ihn an, was ihm einfiele, ob sie hier denn überhaupt nicht mehr zähle, ob es ihm nicht eine Sekunde lang in den Sinn gekommen sei, sie zu fragen, ob sie vielleicht ebenfalls Pläne mit dem Zimmer habe.

»Hast du denn Pläne mit dem Zimmer?«, fragte Daniel, während er sich aufrappelte und die Tasche betont sachte auf Oskars Schreibtisch stellte.

»Mir wäre schon noch etwas eingefallen.«

Eine erbärmliche Antwort! Ein konkreter Plan, ein Projekt, hätte in Daniels Augen ihren Ärger berechtigt erscheinen lassen. So wirkte sie einfach nur hysterisch.

Bis ihr etwas eingefallen sei, meinte ihr Mann mit provozierender Überlegenheit, könne er ja die Eisenbahnanlage ausprobieren.

Catia ertrug seine Gegenwart nicht länger. Sie brachte im Bad ihr Gesicht einigermaßen in Ordnung und fuhr zur Arbeit. Wohin sollte sie auch sonst? Zu ihrer Mutter, um sich einen Vortrag der Sorte *Augen auf bei der Wahl des Ehemanns* anzuhören? Die Arbeit würde ihr helfen, sich abzulenken.

Eine Stunde später krümmte sie sich vor Schmerzen hinter ihrem Schreibtisch und wollte wieder nach Hause, doch Jakob Pfaller ließ sie nicht gehen. Zusammen mit einer Kollegin schleppte er Catia in den Sanitätsraum und rief den Rettungsdienst.

»Und jetzt bin ich hier, in der Klinik«, beendete Catia ihren Bericht.

»Kein Wunder, dass Ihnen bei alldem die Galle übergekocht ist«, konstatierte Frau Santoro. »Mir scheint, Ihr Mann hat keinerlei Respekt vor Ihnen.«

Das saß. Einen verwirrten Augenblick lang glaubte Catia, ihre Mutter zu hören. Aber die kannte Daniel wenigstens. Was fiel dieser Frau ein, über jemanden zu urteilen, den sie noch nie gesehen hatte? Sie kannte nur Catias Geschichte, diese kleine, vermutlich subjektiv gefärbte Momentaufnahme, aber weder Daniel noch die komplizierten Verflechtungen zwischen ihm und ihr. Sie merkte, wie Ärger in ihr hochkam. Geschieht mir recht, dachte sie. Was erzähle ich dieser Fremden auch meine intimsten Probleme?

»Verzeihen Sie, wenn ich Ihnen zu nahe getreten bin«, hörte sie ihre Bettnachbarin sagen. Catia wollte gerade einlenken und versichern, dass es ihre Schuld sei, dass bei ihrem Gejammer leicht dieser falsche Eindruck hatte entstehen können, da fügte die Signora hinzu: »Aber bedenken Sie, Frau Heubeck, den Boten der Nachricht trifft keine Schuld.«

Catia schnappte nach Luft, eine scharfe Antwort lag ihr auf der Zunge, doch der Pfleger mit den tätowierten Armen kam herein und brachte ihnen das Abendessen. Für den Rest des Abends war es still im Zimmer. Catia tat, als würde sie lesen, und die Signora gab vor zu schlafen.

* * *

Am nächsten Morgen hatten sich Catias Kummer und Aufregung gelegt, und sie war auch nicht mehr eingeschnappt. Sie wünschte der alten Dame freundlich einen guten Morgen, und Frau Santoro antwortete mit einem warmen *buongiorno*.

Möglicherweise kamen Catias Gelassenheit und Großmut auch von der Tablette, die der Pfleger salopp als Leck-mich-Pille bezeichnet hatte.

Oskar hatte eine Nachricht geschickt. Er würde noch drei Tage in Sydney bleiben, dann herumreisen und sich unterwegs Jobs suchen, schrieb er, gefolgt von drei Herzchen. Auf dem angefügten Foto stand er vor der berühmten Oper, die Sonne schien, er trug kurze Hosen und Flipflops. Catia blickte automatisch zum Fenster. Nasse Schneeflocken wurden gegen die Fensterscheibe geweht und rutschten langsam daran hinab.

Zwei Krankenschwestern kamen herein. »Handy weg!«, trompetete die eine, und die andere löste die Bremse an Catias Bett.

»Es wird alles gut, Catia.« Die Signora nickte ihr zu. »Ich weiß das.«

Die Signora sollte recht behalten. Die Stunden nach der Operation verbrachte Catia auf einer Wachstation in einem entspannten Dämmerzustand. Sie stand noch unter der Wirkung von Schmerzmitteln und fühlte sich wohl und geborgen in diesem riesigen Klinikapparat. Alles Routine, alles *easy*. Sie würde ab jetzt gesund sein. Keine Koliken mehr, und vor allen Dingen: keine Angst mehr vor Koliken. Geradezu rosige Aussichten waren das.

Erst am späten Nachmittag rollte man sie zurück in ihr Zimmer. Das Bett am Fenster war leer. Nicht nur leer, sondern frisch bezogen und mit einer Plastikfolie bedeckt. Der sterile Anblick versetzte Catia einen Schrecken. »Ist sie …« Sie wagte nicht, den Satz zu beenden.

»Frau Santoro wurde heute entlassen«, sagte die Schwesternschülerin. »Sie hat Ihnen das da dagelassen.«

Neben Jakobs Blumenstrauß lag, sorgsam zusammengefaltet, die Decke mit den leuchtenden Farben. Dazu eine Visitenkarte und ein Zettel.

Liebe Catia, es ging nun doch schneller als vermutet mit meiner Entlassung. Die Decke soll Sie wärmen in Ihrer noblen, kalten Wohnung. Vielleicht melden Sie sich einmal? Ich würde gerne bei einer Tasse Tee erfahren, wie es Ihnen geht.

In der Hoffnung auf ein baldiges Wiedersehen,

Elisa Santoro.

Kapitel 4

Ein Angebot, das man nicht ablehnen kann

München, Gegenwart

Die Villa in Grünwald lag ein ganzes Stück zurückversetzt vom Gehweg auf einem über viele Jahre hinweg eingewachsenen Grundstück. Altes Geld, dachte Catia beim Anblick des an den Jugendstil angelehnten Gebäudes und des großzügigen Gartens. Sehr viel altes Geld. Sie bereute schon, dass sie die Decke dabeihatte. Sie hatte sich zwischenzeitlich über den Wert von Ziegenhaardecken informiert und war ein wenig erschrocken. Das Geschenk erschien ihr viel zu wertvoll für die kurze Bekanntschaft mit Frau Santoro, deshalb wollte sie ihr die Decke lieber zurückbringen. Womöglich war sich die alte Dame gar nicht darüber im Klaren, was so etwas heutzutage kostete, oder sie war überhaupt ein wenig neben der Spur. Jetzt allerdings überlegte Catia, ob für jemanden, der so wohnte, eine Decke im Wert des Monatsgehalts eines Normalverdieners sonderlich bedeutsam war. Doch nun war es zu spät, wo sollte sie damit hin? Sie klingelte. Ein Summer ertönte, Catia drückte das Tor auf und stakste über den geräumten und mit Sand bestreuten Plattenweg des Vorgartens.

Eine Frau, etwa Mitte fünfzig und ganz in Schwarz gekleidet, begrüßte sie und nahm ihr den Daunenmantel und den wollenen Schal ab.

Frau Santoro erwarte sie im Wintergarten, erklärte die Frau und erkundigte sich, ob Catia Tee recht wäre oder lieber Kaffee?

»Tee ist in Ordnung«, sagte Catia.

Es ging durch ein riesiges Wohnzimmer mit alten Möbeln, deren Holz im milden Licht dezent goldbraun schimmerte, und großflächigen Bildern an den Wänden. Einige Motive erinnerten Catia an das Design der Wolldecke, die sie, in Folie gewickelt, unter dem Arm trug. Die Farben waren ähnlich kräftig. Blickfang des Zimmers war jedoch, zumindest für die seit Tagen frierende Catia, der Kaminofen in Form eines Glaswürfels. Wie schön musste es sein, sich dort am Feuer zu wärmen, wenn es draußen fror so wie jetzt.

Der Wintergarten glich einem Jugendstil-Gewächshaus und war mit Korbmöbeln mit hellen Brokatpolstern ausgestattet. Oleander-, Feigen- und Zitronenbäume fristeten ein mickriges Dasein unter der kraftlosen bayerischen Februarsonne, die durch die mit Sprossen unterteilten Fensterscheiben fiel. Der Garten hinter der Villa war noch einmal doppelt so groß wie der Vorgarten. Schneereste lagen auf dem Rasen, am Rand einer kahlen Buchenhecke lugten die ersten Schneeglöckchen aus der nassen Erde.

Vor dem Hintergrund der winterlichen Gartenlandschaft stellte die Signora einen kräftigen Farbtupfer dar. Ihr weiter wadenlanger Rock changierte in Türkis, Hellgrün und Purpur, dazu trug sie eine kirschrote Seidenbluse unter einer tiefblauen Steppweste. Die Sachen waren todschick für einen normalen Dienstagnachmittag, nur wirkten sie, als seien sie ihr eine Nummer zu groß. Wahrscheinlich hatte sie im Krankenhaus abgenommen. Sie sah gepflegt aus, aber nicht gesund. Das üppig aufgetragene Wangenrouge und der rote Lippenstift unterstrichen die Blässe ihrer Haut. Sie blieb auf Catias Bitte hin in ihrem Sessel sitzen, als sie ihrer Besucherin zur Begrüßung die Hand reichte.

Catia überlegte, ob sie schon einmal in einem Haus wie diesem gewesen war. Vielleicht mit Daniel auf irgendeiner Party, früher, als er noch in der Kulturschickeria verkehrte, in der Hoffnung, die eine oder andere Beziehung würde ihn direkt ins Feuilleton der *Süddeutschen* katapultieren.

Es war nicht nur die Größe und die Lage, die dieses Haus so besonders machten, es war vor allen Dingen diese exquisite Einrichtung, die mit jedem Gegenstand Geschmack und Kultur ausstrahlte, und dies – und das war das Besondere – auf eine so unangestrengte Weise, dass man sich in den Räumen sofort wohlfühlte. Bei aller Ungezwungenheit war Catia dennoch froh, dass sie ihre Jeans und den warmen Pullover gegen die grau melierte Hose, die hellblaue Bluse und den schwarzen Blazer getauscht hatte. Was sie in ihrer kühlen Wohnung einige Überwindung gekostet hatte.

»Catia, bitte setzen Sie sich. Ich freue mich, dass Sie sich gemeldet haben und so kurzfristig hergekommen sind.«

Tatsächlich war Catias Anruf bei Frau Santoro erst drei Stunden her, und deren prompte Einladung zum Tee kam dann doch reichlich überraschend. Sie plane eine Reise, hatte sie angegeben, und sei nur noch diese Woche hier.

Catia sank ihr gegenüber in einen der Korbstühle, der dabei leise knackte. Die Decke ließ sie verschämt neben sich auf den Boden gleiten, was Frau Santoros scharfen Augen jedoch nicht entging.

»Mögen Sie die Decke so sehr, dass Sie sie überallhin mitnehmen?«

»Sie ist wunderbar. Aber ich kann sie nicht behalten. Wie könnte ich so ein Geschenk annehmen, obwohl wir uns doch kaum kennen?«

»Ach, herrje! Sind Sie etwa auch so eine, die sich schwertut, sich etwas schenken oder helfen zu lassen?«

Catia musste darauf nicht antworten, denn die Signora signalisierte mit einer unwilligen Geste, dass sie sich nicht länger über derlei Petitessen unterhalten wollte. Zumal über der Armlehne ihres Sessels ein ähnliches Exemplar hing, und auf dem Polster der Chaiselongue, die direkt am Fenster stand, lagen zwei davon, nebeneinander und zusammengefaltet.

Die Haushälterin erschien und brachte ein Tablett mit einer Teekanne und zwei Gedecken aus dünnem weißem Porzellan. Auf einer Platte lagen Petits Fours, die allesamt wie Kunstwerke aussahen und bei denen Catia das Wasser im Mund zusammenlief.

»Frau Bierbichl, wenn Sie noch im Wohnzimmer den Kaminofen anheizen würden – danach können Sie gehen, den Rest schaffe ich alleine.«

»Gut, dann bis morgen, Frau Santoro.«

Die Hausherrin wartete, bis Frau Bierbichls Schritte verhallt waren, und wandte sich dann mit aufmerksamem Blick an Catia. »Wie geht es Ihnen?«

»Gut, danke.«

»Sie sehen besser aus als neulich. Ich musste oft an Sie denken. Ich hätte Sie nach der Operation noch gerne getroffen, aber man hat mich nicht zu Ihnen gelassen.«

»Es lief glatt, und ich darf auch alles essen.«

»Dann langen Sie zu!«

Zehn Tage waren seit der Operation vergangen, und sie merkte wirklich nichts mehr davon.

»Und wie geht es Ihnen, Signora?«, fragte Catia nach einem Bissen von einem in Pistaziengrün kuvertierten Küchlein.

Frau Santoro stellte die Teetasse ab. Die dünnen Goldarmreifen an ihrem mageren Handgelenken klirrten, als sie abwinkte. »Ach, in meinem Alter ist immer irgendetwas, am besten, man ignoriert es. Lassen Sie uns nicht von Krankheiten sprechen. Hat sich Ihre häusliche Situation denn inzwischen geändert?«

»Mein Mann behandelt mich seit meiner Entlassung aus der Klinik wie ein rohes Ei.«

»Was ist aus der Sache mit dem Zimmer Ihres Sohnes geworden?«

Dass sie sich daran noch erinnerte.

»Ich will es gar nicht mehr«, murmelte Catia und musterte dabei verschämt ihre Stiefeletten.

»Sie haben doch nicht etwa klein beigegeben?«

»Es steht unentschieden. Im Moment benutzt es keiner von uns, denn es ist sowieso nicht geheizt.« Catia hob wieder den Kopf und verkündete mit hochroten Wangen: »Aber etwas hat sich verändert. Ich habe meine Stelle gekündigt.«

»Interessant. Erzählen Sie!«

»Ich hatte mich letzte Woche noch krankschreiben lassen, ich wollte einfach mal durchatmen. Als ich gestern ins Büro kam, dachte ich zuerst, ich hätte mich im Stockwerk vertan. Da war nichts mehr wie vorher. Die Mitarbeiter haben ab sofort keine festen Schreibtische mehr, und statt des Besprechungsraums gibt es nun eine Couchlandschaft in Bonbonfarben.«

»Der Zeitgeist lässt grüßen«, warf die Signora ein.

»Signora Santoro, ich bin nicht von gestern und auch nicht unflexibel«, räumte Catia ein. »Trotzdem war ich schockiert. Da saßen Leute, die meine Kinder sein könnten und die ich gar nicht kannte, und meine neue Chefin wollte von mir erfahren, wie viele Tage Homeoffice ich in Zukunft machen wolle. Dabei besetzt ja Daniel seit zwanzig Jahren unser Homeoffice. Wissen Sie, es war ein gutes Gefühl, sich jeden Tag an diesen Schreibtisch zu setzen, an dem nur ich saß. So einen Ort habe ich zu Hause nicht. Meine persönlichen Sachen hatten sie in einen Karton getan, und es fühlte sich an, als hätten sie auch mich in einen Karton geworfen und in eine Ecke gestellt. Dann bat mich die neue Chefin in ihr Büro – sie hat natürlich schon noch eines für sich allein – und sprach mit mir über meinen zukünftigen Aufgabenbereich. Als ich merkte, dass es auf eine Degradierung hinauslief, wusste ich, es ist Zeit zu gehen.«

»Richtig so!«, sagte Frau Santoro mit Nachdruck. »Man darf sich nicht alles gefallen lassen. Nicht heutzutage, da gute Leute überall gesucht werden. Was meint denn Ihr Mann dazu?«

»Ich sage es ihm erst, wenn ich was Neues habe.«

Frau Santoro sah aus, als müsse sie mit sehr viel Beherrschung eine Bemerkung hinunterschlucken. Sie nippte an ihrer Teetasse und fragte dann: »Drücken Sie sich so lange auf Parkbänken und in öffentlichen Bibliotheken herum?«

»Nein. Ich sage, ich arbeite im Homeoffice.«

»Sie sind mir ja eine!«

Für einen Moment war es still. Aus dem Wohnzimmer hörte man das Knacken eines Scheits, was Frau Santoro an das Feuer erinnerte. Sie bat ihre Besucherin, etwas Holz nachzulegen. Catia kam der Bitte nach und verharrte noch kurz vor dem Ofen. Wie gut diese Wärme tat! In ihrer Wohnung herrschten nur noch um die achtzehn Grad. Wären sie und Daniel beizeiten umgezogen, grollte Catia, hätten sie jetzt vielleicht ebenfalls einen Kaminofen, wenn auch sicher keinen wie diesen hier. Catia ging etwas in die Knie und hielt ihren Rücken und ihr Hinterteil nah an die Scheibe. Könnte sie diese Hitze doch nur ein paar Stunden lang in ihren Knochen speichern! Während sie sich wärmte, betrachtete sie ein rundes, metallenes Wandregal im Art-déco-Stil, in dem allerlei exotische Gegenstände zur Schau gestellt wurden: Statuetten, Masken, Tongefäße. Ihr Blick wurde von einer Schwarz-Weiß-Fotografie angezogen, die Frau Santoro in jüngeren Jahren zeigte, mit einem breitkrempigen Hut auf dem Kopf und einer feinen Stola über einem im Wind flatternden leichten Sommerkleid. Sie wandte sich einem attraktiven, grau melierten Herrn in einem Leinenanzug zu. Das Paar posierte vor einem orientalisch anmutenden Gebäude. Sie schauten nicht in die Kamera, sondern blickten einander lächelnd an. Mit einer Hand hielt die Signora ihren Hut fest, während er einen Arm um ihre schmale Taille geschlungen hatte. Sie wirkten sehr vertraut und ineinander versunken, als würde für die beiden die Umgebung in diesem Moment gar nicht existieren. Das Foto, fand Catia, hätte auch das Kinoplakat zu einem altmodischen Liebesfilm sein können. Ein schönes, nicht mehr ganz junges Paar, das offenbar viel in der Welt herumgereist war und dabei kostbare Souvenirs gesammelt hatte. Und jetzt lebte die alte Dame offenbar allein in diesem Riesenkasten voller Kunst und Erinnerungen.

Catia stellte sich vor, wie ihre Gastgeberin nachher vor diesem Regal in diesem Ohrensessel unter der Leselampe Platz nehmen und die Flammen beobachten oder lesen würde. So kuschelig warm würde es sein...

»Sie haben ein wunderschönes Haus«, sagte Catia, als sie zurückkam. »Um den Kaminofen beneide ich Sie am meisten.«

»Deshalb müssen Sie auch Ihre Decke wieder mitnehmen. Ich will sie nicht wiederhaben, ich habe etliche davon.«

»Gut, wenn das so ist... Dann noch mal vielen Dank.«

»Das Haus ist alter Familienbesitz, aber es gehört mir nicht. Albrecht, mein Mann, starb vor drei Jahren und hat es seiner Stiftung vermacht, die sich der Förderung der schönen Künste widmet. Ich erhielt jedoch ein lebenslanges Wohnrecht.«

»Das würde mir auch schon reichen«, entschlüpfte es Catia.

»Essen Sie noch etwas«, forderte Frau Santoro sie auf, ehe sie unvermittelt feststellte: »Also sind Sie momentan quasi arbeitslos.«

»Hm«, nickte Catia, die gerade in einen winzigen Windbeutel gebissen und den Mund voller Vanillesahne hatte.

»Was wollen Sie in Zukunft machen, Catia?«

»Ich weiß es nicht. Es fühlt sich noch neu und seltsam an. Plötzlich hat man wieder so viele Möglichkeiten. Ich werde mich bei diversen Stellenbörsen im Internet registrieren und sehen, was sich ergibt.«

»Mir kommt gerade eine Idee.« Frau Santoro machte eine Kunstpause und trank von ihrem Tee. Die Petits Fours hatte sie noch nicht angerührt, während Catia sich gerade Nummer vier oder fünf einverleibte.

»Ich besitze ein Haus in meinem Heimatort Anacapri. Es ist mein Elternhaus, und ich habe vor, die nächsten Monate dort zu verbringen und es dann zu verkaufen. Um einen guten Preis zu erzielen, müsste es ein wenig hergerichtet werden. Es steht seit etlichen Jahren leer. Ich habe zwar einen Verwalter, dennoch hege ich gewisse Befürchtungen, was mich dort erwartet. Kurz und gut, ich möchte Ihnen einen Job anbieten, Catia. Ich bin, wie Sie sehen, nicht mehr ganz fit, ich würde mich wohler fühlen, nicht allein reisen zu müssen und jemanden zu haben, der sich um die Dinge vor Ort kümmert. Keine Angst, Sie müssten keine Möbel schleppen, Wände streichen oder Bäume entwurzeln, und Sie wären auch nicht die Putzfrau. Allenfalls würde ich Sie hin und wieder um die Zubereitung einer kleinen Mahlzeit bitten. Es wäre mir eine Erleichterung, wenn ich Sie an meiner Seite hätte. Sie beherrschen die Sprache, Sie sind nicht auf den Mund gefallen, Sie könnten mir in vielerlei Hinsicht behilflich sein. Und ich hätte ein wenig Gesellschaft.«

Catia wusste nicht, was sie sagen sollte.

»Es wäre etwa für drei, vier Monate. Als Bezahlung biete ich Ihnen dasselbe, was Sie jetzt verdient haben, nur in bar und im Voraus und noch einen kleinen Bonus obendrauf. Wenn man unterwegs ist, möchte man sich ja auch etwas gönnen. Capri ist im Vorfrühling wunderschön, ehe die Touristenschwärme und das neureiche Gesocks auf ihren Jachten dort einfällt. Was meinen Sie?«

»Ich… ich weiß nicht recht.«

»Ihnen würde eine Luftveränderung sicher guttun, Catia. Man steigt außerdem gewaltig in der Wertschätzung der Männer, wenn man nicht ständig anwesend ist, glauben Sie mir.«

Catia fehlten noch immer die Worte. Sie nahm erneut einen Schluck Tee, er war kalt geworden.

»Sie müssen nicht sofort antworten. Denken Sie in Ruhe darüber nach. Mein Flug nach Neapel geht am Samstag. Sagen Sie rechtzeitig Bescheid, wenn ich einen zweiten Sitzplatz buchen soll.«

Kapitel 5

Die Reise

Neapel, Capri, Gegenwart

Die Motoren wurden leiser, die Maschine hatte ihre Flughöhe erreicht, Catias Puls normalisierte sich wieder. Sie merkte, dass sie noch immer mit der einen Hand ihr Glückshörnchen und mit der anderen die Armlehne umklammerte. Sie ließ beides los. Start und Landung waren die kritischen Momente. Und Luftlöcher. Die waren das Allerschlimmste. Aber heute war das Wetter gut, und das Flugzeug glitt ruhig über das schneeglitzernde Massiv der Alpen hinweg. Catia versuchte, sich an dem imposanten Anblick der Berge von oben zu erfreuen und nicht an Abstürze und dergleichen zu denken. Sie sollte den Flug genießen, dachte sie, schließlich saß sie nicht alle Tage in der Businessclass.

Die Flugbegleiterin erkundigte sich nach ihren Wünschen, und da es mitten am Vormittag war, bestellte Catia einen Kaffee und ein Croissant. Es war vielleicht ratsam, etwas in den Magen zu bekommen. Die Signora bat um Tee und trockene Kekse.

»Wie hat Ihr Mann es aufgenommen?«, fragte sie.

Catia verzog das Gesicht. »Meine Kündigung – ganz schlecht. Meine Reise nach Capri auch nicht so gut.«

»Ich bin stolz auf Sie!«

»Warum?«

»Dass Sie sich nicht haben abbringen lassen.«

Das Erscheinen der Flugbegleiterin mit den Getränken und dem Gebäck ersparte Catia eine Antwort und eine Umschreibung von Daniels Worten, die man im Original besser nicht wiedergab. »Du reist also als Gesellschaftsdame einer reichen, alten Schachtel nach Capri. Findest du das nicht ein wenig arg neunzehntes Jahrhundert? Das klingt ja wie aus einem Roman der Brontë-Schwestern. Du kennst die Frau doch kaum, du wirst ihren Launen ausgeliefert sein, und glaub mir, solche Leute haben eine Menge Schrullen, für die gilt der normale Rest der Menschheit als minderwertig.« Ehe Catia ihn der Vorverurteilung bezichtigen konnte, wollte er wissen: »Ist das die Rache dafür, dass ich Oskars Australien-Aufenthalt befürwortet habe?«

Da war etwas Wahres dran, doch sie antwortete: »Es geht ausnahmsweise mal nicht um dich, sondern es ist das, worauf ich gerade Lust habe. Selbst wenn es eine schlechte Erfahrung wird, dann ist es meine schlechte Erfahrung.« Sie hatte noch hinterhergeschickt: »Dir ist doch egal, ob ich da bin oder nicht und ob ich zufrieden bin oder unglücklich, solange ich nur die Kohle ranschaffe. Keine Angst, ich lasse dir genug Geld da, damit du weiterhin den Bohemien spielen kannst.«

Sein Mund bekam diesen verkniffenen Zug, und er sagte: »Schade, dass du meine Arbeit so siehst.«

»Die romantische Verklärung deines Berufs ist mir zwischenzeitlich vergangen. Vielleicht solltest du gelegentlich den Tatsachen ins Auge sehen und dir einen Job suchen, der die Miete bezahlt und den Kühlschrank füllt«, war es aus Catia herausgebrochen.

Mitten in ihren Streit platzte Valentina, und Daniel versuchte sofort, sie auf seine Seite zu ziehen. Normalerweise gelang ihm das, denn Valentina war ein ausgemachtes Papa-Kind, schon immer gewesen. Aber dieses Mal überraschte sie alle, indem sie zu Catia sagte: »Ich finde es cool, was du vorhast, Mama. Und für Papa wird es höchste Zeit, dass er erwachsen wird.«

»Warum lächeln Sie?«, fragte die Signora.

Catia, der nicht bewusst war, dass sie gelächelt hatte, sagte: »Meine Tochter findet mein Vorhaben *cool.*«

»Na, dann...«

»Vielleicht wird sie mich mal besuchen. Aber das steht noch in den Sternen. Langfristige Verabredungen sind bei dieser Generation leider völlig aus der Mode. Falls sie kommt, schickt sie mir wahrscheinlich eine WhatsApp-Nachricht von der Fähre.«

Die Signora antwortete nicht, sie war eingenickt. Verständlich, denn der Tag hatte früh begonnen, und die Taxifahrt zum Flughafen, die Prozeduren des Eincheckens und der Sicherheitskontrolle waren für die alte Dame bestimmt anstrengend gewesen. Catia schloss nun ebenfalls die Augen und gab sich der Luxusumarmung des Businessclass-Sessels hin.

Sie wurde erst wieder wach, als das akustische Signal zum Anschnallen ertönte und das Flugzeug sich zur Seite neigte, um eine weite Kurve zu fliegen. Parallel dazu hob sich Catias Magen. Sie presste ihre Hand dagegen und rang nach Luft.

Die Signora deutete mit einem kleinen Lächeln auf das Fenster. Unter ihnen präsentierte sich der Golf von Neapel in seiner ganzen Pracht und bei strahlendem Sonnenschein. Aus dem Wellengeglitzer ragten die Inseln Ischia, Capri und Procida hervor wie die Rücken urzeitlicher Tiere, dahinter lag Neapel mit dem Vesuv, und auch Sorrent konnte man erkennen. Am liebsten hätte Catia das Flugzeug an dieser Stelle angehalten, um den Blick noch eine Weile zu genießen. Das wäre auch ihrem Magen besser bekommen als der Sinkflug, zu dem die Maschine nun ansetzte. Sie machte noch rasch ein paar Fotos mit ihrem Handy, ehe ihr die Ohren pochten und sie ab sofort damit beschäftigt war, ihre Übelkeit zu bekämpfen.

»Jetzt weiß ich wieder, warum es heißt: *Neapel sehen und sterben.*«

»Es ist nur der Magen, Sie sterben nicht.« Frau Santoro

langte in ihre Handtasche und reichte Catia eine silberne Pillendose. »Nehmen Sie eine davon.«

Etwas spät für Reisetabletten, aber sie hatten ja auch noch die Überfahrt mit dem Tragflächenboot vor sich.

Frau Santoro war zweifellos eine routinierte Reisende. Sie fand sich am Flughafen bestens zurecht, hatte alles dabei, was man brauchte, und war sowohl schick als auch zweckmäßig gekleidet. Im Gepäckfach lag ihr knallroter Trenchcoat, sie trug ein safrangelbes Kaschmirtwinset zu einem anthrazitfarben, knielangen Rock. Ihre schwarz bestrumpften dünnen Beine steckten in lammfellgefütterten grauen Ugg-Boots, dasselbe Modell besaß auch Valentina. Probleme wie Übelkeit schien sie nicht zu kennen, sie hatte sich vom ersten Moment an im Sitz zurückgelehnt, als begänne nun der gemütliche Teil, und wirkte auch jetzt vollkommen entspannt. Catia dagegen schaute starr aus dem Fenster, atmete rasch durch den Mund und spürte, wie die Signora ihr kurz die Hand drückte. Sie fragte sich, wer auf dieser Reise eigentlich wen unterstützen musste.

* * *

Eine gute Stunde später saßen sie, umringt vom Gepäck der Signora – zwei riesige Koffer plus Handgepäck – und Catias vergleichsweise bescheidener Reisetasche, vor einem Café an der Anlegestelle Molo Beverello, unterhalb des Castel dell'Ovo. Die Sonne hatte schon genug Kraft, sodass man es an einem windstillen Flecken im Freien gut aushielt. Die Signora hatte den Kragen ihres Trenchcoats hochgeschlagen, darunter spitzelte ein Seidentuch in Blautönen hervor. Sie trug eine überdimensionale Sonnenbrille mit achteckigen Gläsern, ein sehr gewagtes Teil, aber für Capri wahrscheinlich genau das Richtige. Catia, in Jeans und Parka, fühlte sich neben ihr etwas schäbig. Wie eine Bedienstete, schoss es ihr durch den Kopf.

Das *aliscafo* würde in Kürze abfahren und sie in einer knappen Stunde ins Paradies bringen. So versprach es jedenfalls der Prospekt, in dem die Tickets für das Boot und der Fahrplan lagen. Catia hatte im Vorbeigehen an einem Imbiss der Versuchung nachgegeben und sich eine Portion Arancini aus der Tüte gegönnt. Die frittierten Reisbällchen, gefüllt mit Hackfleisch und Erbsen, gab es zwar auch in München, aber hier schmeckten sie viel besser. Zumindest bildete sie sich das ein. Glücklich aß sie ihre Arancini, blinzelte in die Sonne und sog den Geruch nach Meerwasser, Fisch und Diesel tief in ihre Lungen. Ach, Italien!

»Geht es Ihnen wieder gut?« Die Signora lüpfte ihre Sonnenbrille und warf einen prüfenden Blick auf das Gesicht ihrer Reisebegleiterin.

»Alles bestens«, versicherte Catia und schirmte ihre Augen mit der Hand ab. Sie hatte doch glatt ihre Sonnenbrille zu Hause vergessen, aber wer dachte im deutschen Februargrau schon an Sonnenbrillen? Sie würde sich auf der Insel ein mondänes Exemplar zulegen, so eines wie das der Signora, beschloss sie übermütig.

»Oder haben Sie mit Booten ähnliche Probleme wie mit Flugzeugen?«

»Nein, Boote sind in Ordnung, solange kein starker Seegang herrscht. Also, falls Sie in Kürze eine Kreuzfahrt planen, dann bitte ohne mich.«

Die Signora kommentierte das Thema Kreuzfahrten mit einem blasierten Naserümpfen. »Keine Sorge, das wird eine ruhige Überfahrt«, sagte sie mit einem Blick auf das stahlgraue, leicht bewegte Wasser.

»Wenn Sie das sagen.«

»Sie dürfen mir ruhig glauben. Ich habe schon viele Überfahrten bei *mare di sotto* erlebt. Eine Zeit lang fuhr ich täglich nach Sorrent, zur Schule. Zu meiner Jugendzeit gab es noch keine Tragflächenboote, die Qual dauerte anderthalb Stunden, mindestens. Mir genügt ein Blick auf das Meer, und ich weiß, was einen auf dem Boot erwartet. Kritisch sind die

Winde aus dem Süden. Aber heute haben wir eine schöne, frische Tramontana aus dem Norden, das Meer wird glatt sein wie ein Billardtisch.«

»Dann bin ich beruhigt«, sagte Catia und trank von ihrer Aranciata.

»Verzeihen Sie, Catia, ich befürchte, ich bin vorhin im Flieger mitten im Gespräch eingenickt. Sehen Sie es einer alten Frau nach. Wir sprachen von Ihrer Tochter, nicht wahr?«

»Ich glaube schon, ja. Sie heißt Valentina.«

»Laden Sie sie ein. Machen Sie nicht denselben Fehler wie ich, den Kontakt zu Ihren Kindern zu vernachlässigen, sonst reißt er irgendwann einmal ganz ab.«

»Sie haben Kinder? Wie viele denn?«

»Drei«, sagte die Signora nach einem kurzen Zögern.

»Drei Kinder?«, rief Catia so erstaunt, dass sich zwei Frauen auf dem Weg zum Anleger nach ihnen umwandten.

»Sie müssen es nicht so laut hinausposaunen, ich bin nicht schwerhörig. Und die Leute auch nicht.«

»Entschuldigung. Ich dachte nur ... Sie wirken so ...«

»Kinderlos?«, spottete sie mit hochgezogenen Brauen.

Es traf den Nagel auf den Kopf, aber das konnte Catia ja nun schlecht bestätigen, also stotterte sie: »Ich dachte nur ... Ach, egal. Verzeihen Sie.«

Es war nicht nur das Auftreten der Signora, das Catia zu der Annahme verleitet hatte. Der Hauptgrund dafür war die Fotografie des in völligem Einklang schwelgenden Paares im Wohnzimmer der Villa in Grünwald. Leute, die Kinder hatten, sahen einfach nicht so aus. Die Fotos von Catia und Daniel als verliebtes Paar stammten allesamt aus der Zeit vor den Kindern. Danach war es anscheinend keinem von ihnen mehr in den Sinn gekommen, sich als Paar vor eine Kamera zu stellen. Zudem hatte in der Villa nur dieses Foto im Regal gestanden und nirgendwo eines von Kindern.

»Ist der Mann auf dem Foto in Ihrem Wohnzimmer der Vater?«, wollte Catia wissen.

»Albrecht.« Sie lächelte versonnen.

»Verzeihen Sie, ich habe das Bild gesehen, als ich Holz nachgelegt habe. Sie sehen darauf beide aus wie Filmstars.«

»Da waren wir in Isfahan. Wir sind viel gereist.« Die Signora schüttelte den Kopf. »Nein, Albrecht und ich hatten keine Kinder. Gott bewahre, das hätte noch gefehlt! Ich habe ja die ersten drei schon nicht gewollt. Kommen Sie, beeilen wir uns, das Boot wartet nicht auf uns.«

Die Signora zog sich in den Passagierraum des Tragflächenboots zurück, wo sie in ihren Sitz fiel und schon wieder aussah, als würde sie jeden Moment ein kleines Nickerchen halten. Bestimmt war sie nicht ganz gesund.

»Kann ich Sie hier unten alleine lassen? Ich würde gern aufs Deck gehen.«

»Natürlich, ich bin schließlich kein kleines Kind.«

Catia wickelte sich den Schal fest um den Hals und begab sich auf das Deck. Dort, in der frischen Luft, hoffte sie, die Überfahrt ohne Pannen hinter sich zu bringen. Außerdem wollte sie nichts von der Aussicht versäumen.

Die Motoren heulten auf, eine schwarze Dieselwolke wurde in die Luft geblasen, das *aliscafo* setzte sich in Bewegung. Catia stand am Heck, blickte zurück und machte Fotos von Neapel. Zu ihren Füßen sprudelte und schäumte das Wasser. Es ging hinaus aus dem Hafenbecken, vorbei am hohen Leuchtturm und dem vergleichsweise kleinen Schutzheiligen San Gennaro, der ihr von seinem Sockel mit erhobener Hand nachzuwinken schien. Motorjachten kreuzten ihren Weg, und sie ließen einen vor Anker liegenden Tanker hinter sich, dessen Rumpf rostig und nicht sehr vertrauenerweckend aussah. Neapel leuchtete in der Frühlingssonne, der Nobelhügel Vomero mit seinen Villen, das Castel dell'Ovo und weiter nordöstlich das Bankenviertel, das mit seinen verglasten Türmen ein wenig an Frankfurt oder London erinnerte. Dahinter lag der Flughafen, eine Maschine im Landeanflug hielt gerade darauf zu. Wolkenschleier umspielten die zwei Höcker des Vesuv. Wie es sich wohl lebte mit der ständigen Gefahr vor Augen, dass der Vulkan eines Tages alles um sich herum begraben und vernichten könnte? Hatten die Menschen von Pompeji sich an die ständige Bedrohung zu sehr gewöhnt, sie verdrängt, bis der Untergang eintrat? Heute war der Vesuv einer der am besten überwachten Vulkane der Welt. Dennoch, man konnte nie wissen. Catia war jedenfalls froh, dass es nun auf die Insel ging, in sichere Entfernung zu dem schlafenden Monstrum.

Sie wechselte ihren Platz und stellte sich weiter vorn an die Reling. Wasser spritzte auf und benetzte ihr Gesicht. Sie leckte sich die salzigen Tropfen von den Lippen. Der frische Wind biss ihr in die Wangen und ließ sie frösteln, aber er tat gut. Ihr Magen war zur Ruhe gekommen. Wäre auch zu schade gewesen um die Arancini.

Ein Gefühl von Freiheit ergriff sie. Auf zu neuen Abenteuern!

Capri kam in Sicht, erst nur als diffuser Schatten, dann wurde der Umriss deutlicher. Ihre Erinnerungen an den Ausflug ihrer Kindheit ließen sie, was die Landschaft anging, völlig im Stich, und so war es für sie wie eine Premiere. Sie hatte sich Fotos im Internet angesehen und wusste, dass Capri sehr bergig war, und tatsächlich präsentierte sich die Insel schroff und zackig. Mit ihren dramatisch steil abfallenden, nackten Kalksteinwänden wirkte sie wie eine Festung, die es zu erobern galt. Jedenfalls wenig einladend.

»Tja, Capri, für Liebe auf den ersten Blick reicht es noch nicht«, murmelte sie vor sich hin, rief sich aber gleich darauf mahnend ins Gedächtnis, dass die Schönheit dieser Landschaft über Jahrhunderte hinweg Menschen aus aller Welt verzaubert hatte, ganz besonders die deutschen Romantiker. All die Berühmtheiten, die dort zeitweise oder für immer gelebt hatten, konnten sich nicht irren, es musste also etwas dran sein an Capris Ruf als schönste Insel der Welt. Immerhin hatte sogar Kaiser Tiberius Capri der Metropole Rom vorgezogen, zumindest für eine Weile. Dieser steile Felsabsturz zur Linken, das müsste der Tiberio-Felsen sein. Auf der anderen Seite lag Anacapri, und der Berg dazwischen war bestimmt der Monte Solaro, mit fast sechshundert Metern der höchste Berg Capris.

Allmählich wuchs ihre Nervosität. Was erwartete sie in den nächsten Wochen? Wie würde sie mit der Signora klarkommen, was, wenn es nicht funktionierte? Es musste! Nicht auszudenken, wenn sie vorzeitig und reumütig zurückkäme, um sich von Daniel anhören zu müssen, er habe es ja gleich gewusst.

Er frage sich, ob eine Millionärsinsel der richtige Platz für Catia sei, hatte er in den vergangenen Tagen laut vor sich hin sinniert. Capri sei doch zweifellos einer der dekadentesten Orte dieser Erde, eine winzige Insel, auf der sich reiches Pack aus aller Herren Länder tummelte.

»Frau Santoro ist immerhin dort zur Welt gekommen«, wandte Catia ein.

Die Einheimischen, so Daniel, seien doch ebenfalls alle Millionäre, ganz automatisch, sobald sie auch nur ein paar Quadratmeter Land besaßen. »Die armen Schweine sind die Saisonarbeiter, die in den Elendsvierteln von Neapel leben und täglich rüberkommen, um für einen Hungerlohn in den Hotels und als Hausangestellte zu arbeiten…« Er verlor sich in Tiraden über den weltweit herrschenden Raubtierkapitalismus und die Schamlosigkeit des reichsten Prozents der Erdbevölkerung.

Catia gefiel es nicht, dass er ihre Heimatstadt Neapel mit *Elendsvierteln* gleichsetzte, als sei die ganze Stadt mehr oder weniger ein Slum. Sicher, es gab reichlich Problemviertel in Neapel, und es war einiges dran an dem, was er über Capri sagte, aber Catia würde sich von ihm kein schlechtes Gewissen einreden lassen. Capri war das, was es war. Ob sie, Catia Heubeck, die Signora dorthin begleitete oder nicht, würde daran ebenso wenig etwas ändern wie das Weltverbesserungsgeschwafel von einem, dessen Selbstwertgefühl von ein bisschen Stuck und altem Fischgrätparkett abhing.

Vielleicht hätte ihn eine Einladung, sie dort zu besuchen, besänftigt, aber je mehr er versuchte, es ihr auszureden, desto härter wurde dieser Kloß in ihrem Inneren, und die Worte wollten ihr einfach nicht über die Lippen kommen. Er hätte wahrscheinlich sowieso abgelehnt, und wenn sie ganz ehrlich war, dann wollte sie gar nicht, dass er sie besuchte. Immerhin war sie zum Arbeiten dort, zudem verspürte sie das dringende Bedürfnis nach Abstand von ihm.

Seit ihrer Entlassung aus dem Krankenhaus hatte sich etwas verändert. Oft schaute sie ihn heimlich an und merkte, dass seine noch immer vorhandene Attraktivität sie nicht mehr so wie früher in ihren Bann zog. Und seine Redegewandtheit ging ihr manchmal sogar auf die Nerven. Wieso überhaupt mit ihm diskutieren, wenn man sowieso immer verlor? Stattdessen fragte sie sich, weshalb sie eigentlich noch zusammen waren. Liebe? Gewohnheit, Geld, die Wohnung, die Kinder? Diese Gedanken beunruhigten sie, doch es war, als hätte ihr etwas oder jemand die Augen geöffnet. Womöglich hatte es mit ihrer wiedererlangten Gesundheit zu tun. Seit sie keine Angst mehr vor Koliken haben musste, fühlte sie sich stärker, fast wie neugeboren. Vielleicht übertrug sich dies auf ihren Geist und ihren Willen. Der kleine Denkanstoß der Signora hatte bestimmt auch seinen Anteil daran.

So oder so, Abstand zu gewinnen konnte ihrer Ehe gerade nur guttun.

Dies hier, erkannte sie, war das Spektakulärste, was sie seit vielen Jahren unternahm. Die Ereignisse der vergangenen Wochen erschienen ihr im Nachhinein wie eine Aneinanderreihung seltsamer Zufälle. Es brauchte eine Gallenkolik, um Frau Santoro zu treffen, und Jakob Pfaller musste kündigen, damit sie den Mut fand, dies ebenfalls zu tun. Hätte Frau Santoro ihr nicht diese Decke dagelassen und Catia beschlossen, sie zurückzubringen… Es war, als habe ein Zahnrad ins andere gegriffen, und nun stand sie, Catia Heubeck aus München-Schwabing, 43 Jahre, Ex-Controllerin, Hausfrau und Mutter, an Deck eines *aliscafo*, salzige Gischt sprühte ihr ins Gesicht, und sie nahm Kurs auf Capri. Hätte ihr das jemand vor ein paar Wochen prophezeit, sie hätte jedem den Vogel gezeigt. War es verwunderlich, dass Daniel bei diesen rasanten Wendungen nicht mehr mitkam und sich überrumpelt und übergangen fühlte?

Aber hatte er ihre Einwände berücksichtigt, als es um Oskars Australien-Trip ging? Im Gegenteil, er fiel ihr in den Rücken, indem er sie vor Oskar als Spaßbremse hinstellte. Teilte er Catias Sorgen wegen Valentinas neuem Freund? Nein, er wählte die dankbare Rolle des lässigen, verständnisvollen Vaters, der seine Tochter gegen die Nörgelei seiner Mutter abschirmte. Trotzdem, aus der Ferne betrachtet, kam Catia ihr Benehmen der letzten Tage kindisch vor. Sie war ihren niedrigen Instinkten gefolgt, es ihm heimzuzahlen, indem sie ihn vor vollendete Tatsachen stellte.

Ihr Abschied heute Morgen war verkrampft ausgefallen. Beide beherzigten die Regel, nicht im Streit auseinanderzugehen, aber Catia war froh, als sie sich aus seiner steifen Umarmung löste, die Tasche schulterte und die Treppe hinabeilte. Er war gekränkt, kein Zweifel, und prompt meldete sich bei Catia das schlechte Gewissen, als sie ins Taxi stieg und an der Hausfassade hinaufschaute in der Hoffnung, er würde ihr noch zuwinken.

Er tat es nicht.

»Er wird sich schon zu trösten wissen«, hatte ihre Mutter angemerkt, als Catia am Freitag zum Kaffee bei ihren Eltern vorbeischaute, um sich von ihnen zu verabschieden.

An diese Möglichkeit hatte Catia auch schon gedacht. Es wäre nicht das erste Mal. »Wer weiß, vielleicht bin ich es ja, die sich einen feurigen Capresen anlacht.«

»Tu es! Das würde diesem Hallodri recht geschehen.« Ihre Mutter nickte so energisch, dass sich ihre ornamentalen Ohrgehänge in ihren schwarz gefärbten Locken verhedderten. Sie und Catia waren nicht nur im Charakter sehr verschieden, sie sahen auch vollkommen unterschiedlich aus. Ihre Mutter Renata konnte ihre süditalienische Herkunft nicht verbergen. Sie war eins sechzig klein, hatte dichte, dunkle Locken und sehr dunkle Augen. Catias Längen-Gene stammten von ihrem Vater Herbert. Mit fast eins neunzig überragte er seine Frau souverän, was jedoch nichts über die Machtverhältnisse in dieser Ehe aussagte. Sie war wie ein Terrier und er ein Labrador.

»Ich finde es toll, dass du das machst«, urteilte sie.

»Wirklich?« Es kam nicht oft vor, dass Catia und ihre Mutter einer Meinung waren.

»Es wird dir guttun. Und der feine Herr Journalist, ha, der wird sich umschauen ohne dich.« Sie rieb sich schadenfroh die Hände.

»Sei nicht immer so boshaft, Renata«, mahnte ihr Vater, mehr der Form halber als aus Überzeugung.

»Ach, Capri!«, seufzte sie, den Einwand ihres Gatten ignorierend, und stach ihren Apfelkuchen an. Aber dann ließ sie die Gabel sinken, als hätte sie eine plötzliche Eingebung. »Weißt du was, vielleicht besuchen wir dich dort mal. Herbert, wie wäre das? Die Blaue Grotte muss wunderschön sein und die Sonnenuntergänge!« Schon holte sie tief Atem.

»Nicht singen!«, riefen Catia und ihr Vater im Chor.

»Ist ja gut, regt euch ab, ihr verklemmten Deutschen. Und du, Catia, schau nicht so erschrocken. Das ist ja direkt beleidigend.«

»Mama, ich bin dort zum Arbeiten, es ist kein Wellnessurlaub.«

»Ich habe schon verstanden.« Eingeschnappt verschränkte sie die Arme.

»Ich mag sowieso keine Inseln«, meinte ihr Vater.

Lag es an der südlichen Sonne und an der Euphorie und dem Zauber, der bekanntlich jedem Neuanfang innewohnte? Jedenfalls war Catia plötzlich in milder Stimmung. Während sie an der Reling stand und der Wind ihr Haar verwirbelte, kam sie zu dem Schluss, dass sie sich in Souveränität und Großzügigkeit üben sollte. Sie lächelte, machte ein Selfie vor der Kulisse von Marina Grande, dem Hafenort, und schickte es an Daniel und die Kinder.

Die Motoren wurden gedrosselt, sie näherten sich der Mole. Zwei größere Jachten lagen im Hafen, dazu etliche kleinere Boote, winterfest vertäut, doch die meisten Liegeplätze waren leer. Der Ort wirkte verschlafen. Im Sommer sah das sicherlich vollkommen anders aus. Sie war froh, im Vorfrühling anzukommen. So konnte sie die Insel in Ruhe kennenlernen. Falls die Signora ihr dafür überhaupt die Möglichkeit ließ. Sie wirkte zwar nicht wie eine tyrannische Ausbeuterin, aber sie hatten auch noch gar nicht über Arbeitszeiten gesprochen. Was erwartete sie wohl? Dass Catia ständig für sie da sein würde, oder gab es auch mal einen freien Tag? Sie musste das möglichst rasch mit ihr klären. Typisch für sie, dass ihr das erst jetzt einfiel.

Das Boot gab einen langen Hupton von sich.

Höchste Zeit, runterzugehen und der Signora beim Aussteigen behilflich zu sein. Schließlich war sie ja nicht zum Vergnügen hier.

Kapitel 6

Die Firma

Capri, die Nachkriegsjahre

Wäre Elisa, die erstgeborene Tochter von Edoardo und Angela Santoro, ein Junge geworden, hätte man bestimmt gesagt: Er zeigt einen starken Willen und Durchsetzungsvermögen, er ist der geborene Nachfolger für die Fabrik, Gratulation, Edoardo! Elisas Pech war, als Mädchen im südlichen Italien zur Welt gekommen zu sein. Sie stand rasch im Ruch, störrisch und aufsässig zu sein.

»Man muss sie zügeln, sonst wird das kein gutes Ende mit ihr nehmen«, prophezeite Zia Stefania.

Ihr Neffe Edoardo war derselben Meinung. Ohnehin bereiteten ihm Frauen mit starker Persönlichkeit Unbehagen. Frauen wie seine Mutter Wilhelmine. Deshalb hatte er sich bei der Wahl seiner Ehefrau für das Gegenstück entschieden: Angela Sassoli, Tochter des Inhabers eines *tabacchi* auf der Nachbarinsel Procida. Sie war hübsch genug, sodass von ihr kein unansehnlicher Nachwuchs zu erwarten war, ansonsten galt für sie *nomen est omen*. Angela war ein duldsames Geschöpf, gewohnt zu gehorchen und ihre Bedürfnisse hintanzustellen. Sie widersprach ihrem Ehemann so gut wie nie und würde ihn vor allen Dingen niemals verlassen, dazu wäre sie viel zu unselbstständig. Was kümmerte es Edoardo, dass Angela ein wenig langweilig war? Für Esprit sorgte eine Folge kecker und hübscher Sekretärinnen, die auch sonst gewisse

Defizite ausglichen. Um dabei fatalen Verwicklungen mit einheimischen Familien vorzubeugen, achtete er darauf, dass sie vom Festland kamen. Auf der Insel, und ganz besonders in Anacapri, musste man in diesen Dingen sehr vorsichtig sein, denn es herrschte nicht nur Inzucht unter den alteingesessenen Bewohnern, auch ohne Blutsverwandtschaft waren die Familien über ein Netz von Paten und Patinnen in einem undurchsichtigen Knäuel miteinander verstrickt.

Angelas Mutter war vor zwei Jahren gestorben, Edoardos Mutter vor Langem auf und davon, und so nahm Zia Stefania die Rolle der fehlenden Schwiegermütter ein. Sie war die ältere Schwester von Edoardos Vater Silvano, der anfangs ebenfalls noch zum Haushalt gehörte.

Allerdings spielte ein launiges Schicksal Edoardo einen Streich. Es ließ die brave Angela eine Tochter hervorbringen, die Edoardos Mutter Wilhelmine, *la tedesca*, in ihrem Wesen beängstigend nachschlug. Insgeheim bewunderte er zuweilen sogar ihre unbeugsame Art, doch beide lebten in einer Welt, in der es für kleine Mädchen und junge Frauen enge Grenzen gab. Er wies Angela und seine Tante Stefania an, streng mit Elisa zu sein und ihr nur ja nichts durchgehen zu lassen. Es galt, ihren Ruf zu schützen und ihre Tugend, damit man beizeiten für diese eigenwillige Tochter einen passenden Ehemann finden würde. Dann wäre es dessen Aufgabe, ihr die Flausen auszutreiben. Es dürfte nicht allzu schwer sein, heiratswillige Kandidaten für Elisa zu finden. Die Santoros waren eine wohlhabende, angesehene Familie, und regelmäßig wurde Edoardo auf die Schönheit seiner Tochter angesprochen, was ihm wiederum schmeichelte. So war in Wirklichkeit er derjenige, der es oftmals an Konsequenz ihr gegenüber fehlen ließ, sie einerseits verwöhnte und ihr einiges erlaubte, um dann, plötzlich und nicht vorhersehbar, seine Autorität durch übermäßige Strenge unter Beweis zu stellen. Was zur Folge hatte, dass Elisa ihm nie restlos vertraute, auch nicht in guten Phasen.

Carmela kam zwei Jahre nach Elisa zur Welt. Edoardo machte keinen Hehl aus seiner Enttäuschung, dass es wieder kein Junge geworden war. Auch sein Vater Silvano, der zu diesem Zeitpunkt nur noch ein Jahr zu leben hatte, was er natürlich nicht wusste, zog ein enttäuschtes Gesicht.

Es war nicht gerecht. Elisa, die es nicht zu kümmern schien, ob man sie mochte oder nicht, und sich entsprechend benahm, konnte sich im Grunde der Liebe ihres Vaters sicher sein, während die arme Carmela von Anfang an um seine Gunst buhlen musste. Vielleicht war sie deshalb so lieb und brav. Sie war nicht unansehnlich, aber längst nicht so auffallend hübsch wie ihre Schwester Elisa. Carmela glich vielmehr ihrer Mutter mit den etwas zu eng stehenden Augen und der leicht gedrungenen Figur. Doch sie lernte rasch, wie man sich einschmeichelte. Sie habe ein sonniges Gemüt, sagten die Leute, was nicht wirklich stimmte. Carmela, das erkannte Elisa mit der Zeit, war lediglich angepasst und bemüht, es immer allen recht zu machen. Tief im Innern aber war Carmela zeit ihres Lebens eifersüchtig auf ihre ältere Schwester. Sie wusste dies gut zu verstecken, selbst Elisa ahnte lange Zeit nichts davon. Als sie es schließlich herausfand, war es umso folgenschwerer.

* * *

Elisa war in der Tat speziell. Anders als Carmela und andere gleichaltrige Mädchen interessierten sie Puppen nicht, auch hatte sie wenig übrig für adrette Kleidchen und hübsche Flechtfrisuren. Lieber strich sie durch den Garten oder spielte im Matsch. Am besten konnte man sie ruhigstellen, wenn man ihr Malsachen gab. Damit beschäftigte sie sich stundenlang, auch wenn ihre Eltern fanden, dass ihre Bilder nicht gerade von Talent zeugten.

»Was soll das sein, Liebes?«, fragte Angela.

»Ein Pferd.«

»Hm, ja, jetzt kann ich es auch erkennen. Aber ein Pferd ist doch nicht blau!«

»Meines schon.«

»Der Himmel, wie ist der?«

»Gelb.«

»Aber guck doch mal nach oben, Kind! Was siehst du?«

Elisa, fünf Jahre alt und kurz vor der Einschulung, verschränkte trotzig die Arme und verweigerte den Blick in den samtblauen Frühlingshimmel.

»Vielleicht ist sie farbenblind?«, meinte Angela besorgt zu ihrem Mann.

»Dann bring sie zum Arzt!«

Dottore Taccone versicherte nach einem Test, Elisa könne sehr wohl Farben richtig erkennen, die Kleine habe Augen wie ein Adler. Angela und Edoardo waren beruhigt. Ihre Tochter konnte gut sehen, aber nicht gut malen, das war alles.

Auch sonst mangelte es ihrer Ältesten an mädchentypischen Talenten. Verlangte ihre Mutter, dass Elisa ihr in der Küche oder im Haus half, war es jedes Mal ein Kampf. Elisa hatte anderes im Sinn.

»Papà, bitte nimm mich mit in die Fabrik! Jemand muss doch auch dir helfen.«

Ihr Vater gab nach. Die Arbeiterinnen an den Webstühlen und den Spindeln, es waren etwa ein Dutzend Frauen, mussten wohl oder übel Elisas Gesellschaft erdulden und dabei höllisch aufpassen, dass sie den Webstühlen nicht zu nahe kam und ihr nichts passierte. Nicht auszudenken, wenn das Kind ihres Arbeitgebers Schaden nähme.

Das Fabrikgebäude, in dem die Decken und andere Textilien hergestellt wurden, befand sich am Rand von Anacapri in einem ehemaligen Schweinestall. Es war ein rechteckiger Riegel, gebaut aus groben Feldsteinen, zwischen die man Zement gegossen hatte. Nicht schön, aber haltbar. Elisas Großvater Silvano hatte Grundstück und Gebäude günstig erworben und das Stallgebäude entkernen und neu verputzen lassen, damit die Stoffe und vor allem die kostbaren Decken von Capre di Capri nicht etwa nach Schwein rochen.

Während des Zweiten Weltkrieges brach das Geschäft mit den Luxusdecken ein, und die Exporte nach Deutschland kamen völlig zum Erliegen. Silvano rüstete seine Maschinen um und ließ grobe Wolldecken und Zeltstoffe für die Armee herstellen, womit er zwei Fliegen mit einer Klappe schlug. Sein Betrieb galt als kriegswichtig, und dies bewahrte seinen einzigen Sohn Edoardo davor, zum Militärdienst eingezogen zu werden.

Mit wachsendem Erfolg des Unternehmens waren dem ursprünglichen Gebäude immer mehr Erweiterungen und Anbauten hinzugefügt worden, und erst kürzlich hatte Edoardo das gesamte Dach mit neuen Ziegeln eindecken lassen. Das Areal war von einer zwei Meter hohen Mauer umgeben, die aus denselben Steinen wie der Stall errichtet worden war, aber, wie früher gang und gäbe, ohne Mörtel und Zement. Beidseitig davon wuchsen Feigenbäume, Zypressen und Oleander, das Mauerwerk wurde von Glyzinien und Bougainvilleen überwuchert. Der grüne und blühende Wall schirmte das ästhetisch nicht sehr ansprechende Konglomerat an Nutzbauten gnädig gegen seine Umwelt ab, welche hauptsächlich aus Gartenparzellen und kleinen Weinbergen bestand.

* * *

Elisa wurde im Mai 1942 geboren, und als sie mit fünf Jahren erste Ambitionen zeigte, ihren Vater zur Arbeit zu begleiten, war der Krieg vorbei und auch die lausigen, hungrigen ersten Jahre der Nachkriegszeit. Es ging ganz langsam, aber stetig wieder bergauf. Statt rauer Schafwolldecken fürs Militär wurden wieder Ziegenhaardecken produziert. Das Geschäft in diesem Segment lief allerdings nur stotternd an. Deshalb setzte Edoardo auf ein zweites Standbein und produzierte preisgünstige gewebte Möbelstoffe, die die Firma über Wasser hielten. Und dann war da noch ein weiterer kleiner Geschäftszweig, für den einzig und allein Signora Palermo zuständig war.

Xenia Palermo, Ehefrau eines Schusters, war eine freundliche, dralle Frau in den Fünfzigern, die mit ihren groben Hausfrauenhänden erstaunlich Feines, Filigranes erschuf. Sie war die einzige Seidenweberin des Betriebs. Ihr Webstuhl war klein und stand in einem separaten Raum, abseits von den anderen. Dort fertigte sie Bilder und Sofakissenbezüge aus Seide an, in die sie täuschend echte Abbildungen von Blumen und Obst webte, aber zu ihrem Repertoire gehörten ebenfalls Landschaften, Heiligenporträts und Madonnenbilder in allen Variationen. Die religiösen Motive hatten auch in Kriegszeiten ihren Absatz als Kissenbezüge oder Wandbilder gefunden, denn Not macht bekanntlich fromm. Ihre neueste Idee waren die Hochzeitsbilder. Sie brauchte dafür jeweils ein gutes Foto von Braut und Bräutigam, dann webte sie die zwei Konterfeis in Seide, umkränzt von Rosen, Lavendel oder Lorbeer. Elisa trieb sich gern in ihrer Nähe herum, denn sie fand es faszinierend, Signora Palermos flinken Fingern bei der Arbeit zuzuschauen. Außerdem steckte Signora Palermo ihr öfter einmal *confetti* zu, mit Zuckerguss überzogene Mandeln.

Im Stofflager zeigte Signora Palermo Elisa eines Tages einen Stapel mit Kissenbezügen, der in einer Kiste lagerte. Darauf war das Porträt eines Mannes mit kantigem Kinn und einer Militärmütze abgebildet, auf der ein in Goldfäden gewebter Adler prangte.

»Wer ist das?«, wollte Elisa wissen.

»Das war der Duce. Er ist tot«, erklärte Signora Palermo. Ihre Hand berührte ihre zum Kuss gespitzten Lippen und fuhr dann zärtlich über den Stoff. »Benito Mussolini. Leider können wir sein Bild im Moment nicht verkaufen.«

»Weil er tot ist?«

»Weil er gerade nicht so gefragt ist. Aber wer weiß? Es kommen auch wieder andere Zeiten.«

Mit sieben bekam Elisa einen eigenen kleinen Webstuhl geschenkt, in der Hoffnung, sie dadurch von den Maschinen in der Fertigung fernzuhalten. Aus Wollresten fertigte sie kleine Teppiche in sehr bunten Farben, die ihre Mutter dann zu Kissen verarbeitete und damit das heimische Sofa bestückte. Mit der Zeit schien Elisa jedoch die Lust daran zu verlieren.

»Ich will zu Papà ins Büro«, bettelte sie, sobald sie aus der Schule kam, und versprach ihrem Vater, sich still mit ihren Malsachen zu beschäftigen und weder ihn noch Signorina Scotti, die umwölkt von süßlichen Parfumschwaden im Vorzimmer saß, bei der Arbeit zu stören.

Das *ufficio* war in einem Anbau auf der Nordseite untergebracht und in den Sommermonaten einer der kühlsten Räume, da es über dicke Wände und schießschartenartig schmale Fenster verfügte. Eine lange Neonröhre tauchte den Raum in ein kühles, bläuliches Licht, die Wände waren mit dunklem Holz vertäfelt, und ein großer Ventilator drehte sich über ihnen. Elisa malte sich manchmal aus, wie er sich – beispielsweise durch ein Erdbeben – von der Decke löste und die wirbelnden Flügel noch im Herabstürzen alle im Büro Anwesenden köpften. Vorzugsweise Signorina Scotti, wenn sie wieder einmal viel zu dicht um ihren Vater herumstrich und ihm beim Servieren einer Tasse Tee ihre Hand mit den rot lackierten Nägeln auf den Nacken legte.

Elisa war gerne im Büro ihres Vaters, denn sie begriff instinktiv, dass sich hier die Machtzentrale ihrer kleinen Welt befand. Die ganze Arbeit der Weberinnen und Spinnerinnen in der Halle nebenan wäre nichts wert ohne einen Direttore, der ihnen sagte, wo es langging. Und dessen Platz war hier, hinter dem großen Schreibtisch und unter dem Ventilator.

»Papà, wenn du tot bist, bin ich dann der Direttore?«

»Mädchen können kein Direttore werden.«

»Warum nicht?«

»Weil sie heiraten und sich um die Kinder kümmern müssen. Vielleicht wird eines Tages dein Ehemann der Direttore.«

»Ich will keinen Ehemann, ich will der Direttore sein, so wie du.«

Edoardo lächelte gütig. »Darüber reden wir, wenn du größer bist. Außerdem werde ich noch lange nicht tot sein.«

Edoardo machte sich einen Spaß daraus, ihr einen eigenen kleinen Tisch in sein Allerheiligstes zu stellen, und so saß Elisa mit wichtiger Miene seinem riesigen Schreibtisch gegenüber. Dort malte sie, aber sie lernte auch, wie man die Rechenmaschine bedient, und ließ sich von Signorina Scotti in die Geheimnisse der Bedienung einer Schreibmaschine einweihen. Manchmal ließ Edoardo sie Zahlen zusammenrechnen und kontrollierte die Summen sorgfältig nach. Sie stimmten immer. Am liebsten aber zeichnete Elisa neue Entwürfe für Decken. Sie kannte den Musterkatalog auswendig und fand, man müsse auch mal etwas Neues ausprobieren. Signora Grifo, Lehrerin für Italienisch und Kunst an der Grundschule von Anacapri, war im Nebenberuf für die Entwürfe neuer Decken zuständig. Nachdem sie den Eifer des Kindes zuerst belächelt hatte, griff sie mit der Zeit sogar einige von Elisas Ideen auf und sorgte für deren Umsetzung. Wenn dies geschah, dann lief Elisa tagelang strahlend vor Stolz und Freude herum.

Blickte Elisa von ihrem angestammten Platz im *ufficio* auf, sah sie das Porträt ihres Großvaters Silvano Santoro. Er war wenige Monate nach Kriegsende mit nur einundfünfzig Jahren an einem Schlaganfall gestorben. Elisa war damals erst drei Jahre alt gewesen, ihre Erinnerungen an ihn bestanden aus einer leisen, fast flüsternden Stimme und dem Geruch nach Zigarren.

Ein ortsansässiger Künstler, der sich frech Pablo nannte, hatte das Porträt angefertigt, allerdings erst nach Silvanos Tod anhand einiger Fotografien, die Edoardo ihm überlassen hatte. Silvano selbst hätte fürs Modellsitzen wenig übriggehabt, außerdem hatte niemand damit gerechnet, dass er so jung starb, am wenigsten er selbst. Doch Edoardo sah seinen Vater am Beginn einer langen Reihe von Erben der Wolldecken-Dynastie Capre di Capri und bestand daher auf einem Gemälde des Unternehmensgründers. Das Werk war nicht besonders gut gelungen. »So hat er nie geguckt!«, bemängelte Zia Stefania den ernsten, leicht grimmigen Ausdruck, der um Haaresbreite zur Grimasse geriet. »Und geschielt hat er auch nicht.«

Edoardo wollte daher mit seinem eigenen Porträt noch warten, bis er, der ja erst in seinen Dreißigern war, ein respektables Patriarchenalter erreicht hatte und die Finanzen es erlaubten, sich einen Kunstmaler zu leisten, der sein Handwerk verstand.

Trotzdem wies er Elisa regelmäßig auf das Bild hin – als ob man es übersehen könnte – und geriet ins Schwadronieren: »Dein Großvater Silvano, Gott hab ihn selig, war ein Visionär. Er war arm, er hatte nur einen Garten, um sich zu ernähren, und ein paar Ziegen und ein bisschen Land, um sie zu weiden. Eines Tages, es war nach dem Großen Krieg, kam er auf die Idee, ihnen das Bauchfell zu scheren und daraus eine Decke herzustellen. Die war so wunderbar weich und leicht, dass er beschloss, daraus ein Geschäft zu machen. Außerdem besaß dein Großvater eine künstlerische Ader. Er stellte sich vor, dass seine Decken die Farben unserer Insel, der schönsten der Welt, widerspiegeln sollten. Die Menschen aus dem Norden, die sich im kalten Winter in die Decken hüllten, sollten stets die Farben des Südens vor Augen haben. Seine Rechnung ging auf, besonders im Ausland riss man ihm die Decken praktisch aus den Händen. Dann kam der nächste Krieg und warf alles über den Haufen. Doch auch den hat die Firma gut überstanden, weil dein Großvater sich mit seiner Weitsicht klug an die Verhältnisse angepasst hat. Jetzt sind zum Glück die Deutschen besiegt, und es geht wieder bergauf. Wir werden an diesen Erfolg anknüpfen und einen noch größeren haben, das sind wir deinem Nonno schuldig.«

»Und was hat die Nonna gemacht?«, fragte Elisa.

»Nichts.«

Anfangs glaubte die kleine Elisa ihrem Vater natürlich jedes

Wort. Erst mit den Jahren wuchsen in ihr Zweifel an dieser Version der Firmenhistorie, nicht zuletzt aufgrund gewisser unbedachter Äußerungen ihrer Großtante Stefania. Stammte die Idee, Decken aus Ziegenhaar zu fertigen und die Firma Capre di Capri zu nennen, wirklich von Nonno Silvano? Wie hatte ein einfacher Bauer aus Anacapri, der keine Fremdsprachen beherrschte und nur Dialekt und kaum Hochitalienisch sprach, die für den Export notwendigen Verbindungen ins Ausland hergestellt, insbesondere nach Deutschland? Und das alles unmittelbar nach dem Ersten Weltkrieg, als die beiden Länder noch nicht sonderlich gut aufeinander zu sprechen waren. Wer hatte Silvano Santoro, einem Habenichts ohne Sicherheiten, den Kredit gewährt, um das Firmengelände und die Maschinen zu kaufen? Wie konnte es sein, dass das Datum der Firmengründung 1918 lautete? Ihr Großvater Silvano war doch erst im Frühjahr 1919 aus einem Gefangenenlager zurückgekehrt. Das hatte ihr die Großtante oft genug erzählt: Wie ausgehungert er war und anfangs zu nichts zu gebrauchen.

Verdankte die Familie Santoro in Wahrheit ihren Wohlstand Wilhelmine Santoro, geborene Feldmeier, ihrem Schöpfergeist, ihren Ideen und, nicht zuletzt, den Beziehungen und der Unterstützung ihrer Familie in den Anfangsjahren des Unternehmertums? Müsste nicht eigentlich das Porträt von *la tedesca* dort im *ufficio* hängen?

* * *

Es war im Mai, etwa um Elisas neunten Geburtstag herum, als ihr Vater sie an seinen Schreibtisch rief.

»*Figlia*, komm her. Ich möchte dir etwas zeigen.«

Elisa betrachtete gerade den Prospekt für die Decken-Herbstkollektion 1951. Sie fand, dass sie zu viel dunkles Rot und Ockergelb enthielten. Gerade im Winter brauchten die Menschen im kalten Norden doch einen Lichtblick: ein helles Zitronengelb, ein knalliges Orange und ein funkelndes Türkis. Farben wie Herbstlaub konnten sie schließlich sehen, wenn sie aus dem Fenster schauten. Sie überlegte, ob sie ihren Vater darauf hinweisen sollte. War er in der Stimmung für eine solche Unterhaltung? Es galt, vorsichtig zu agieren, wollte man ihren Vater von einer Neuerung oder Verbesserung überzeugen. Er war zwar empfänglich für Schmeichelei und Bestätigung, reagierte aber umso gereizter auf Kritik. Meist blaffte er dann zurück, was sie, ein Kind, denn schon von diesem oder jenem verstünde. Sein Ruf nach ihr rettete Elisa aus ihrem Dilemma. Sofort sprang sie auf und trat mit wichtiger Miene an seinen Tisch heran, denn wenn er sie *figlia,* Tochter, nannte, handelte es sich stets um eine ernsthafte Angelegenheit. Wollte er ihr die Muster für die Weihnachtssonderproduktion zeigen?

»Elisa, weißt du, was ein Architekt ist?«

Natürlich wusste sie das, doch überrascht von der Frage, runzelte sie irritiert die Stirn.

»Nein? Das ist jemand, der Häuser plant und sie danach bauen lässt. Ich werde unser Haus umbauen lassen. Es wird größer werden und schöner.«

Elisa hatte mit allem Möglichen gerechnet, aber nicht damit. Außerdem fand sie die Villa auf dem Hügel am Ortsrand bereits groß und schön genug.

»Sieh her, so wird es aussehen.« Er rollte die Zeichnung vor ihr aus und beschwerte das störrische Papier an den Ecken mit dem Tintenfass, dem Locher, dem Briefbeschwerer und seiner Zigarrenkiste. »Was sagst du dazu? Gefällt es dir? Du wirst ein größeres Zimmer haben, und deine Großtante Stefania bekommt ihr eigenes Reich in einem kleinen Anbau. Dann müssen wir uns nicht jeden Abend ihre alten Geschichten anhören.«

Elisa wusste nicht, was sie davon halten sollte. Sie mochte Stefanias Geschichten, besonders bestimmte. Das Rechercheprojekt *Großmutter Wilhelmine* hatte zu der Zeit gerade Fahrt aufgenommen, dank Zia Stefanias wachsender Zerstreutheit. Auch ihr eigenes Zimmer war Elisa stets groß genug erschienen. Sie begriff jedoch, dass jegliche Widerrede auf taube Ohren stoßen würde. Der Umbau war längst beschlossene Sache, und ihr Vater zeigte ihr die Entwürfe nur, damit sie sie guthieß und lobte.

»Ist es nicht ein wahrer Palazzo?«, fragte er denn auch, nachdem sie die Zeichnung lange, gründlich und schweigend betrachtet hatte. Der Umbau beinhaltete den Anbau einer von Säulen getragene Loggia auf der Ostseite, deren Dach einen großen Balkon für die oberen Zimmer bildete. Das Eingangsportal saß nun mittig in einem Erker, an dessen Oberkante bauchige Balustraden einen Halbkreis beschrieben. An der Westseite war eine hölzerne Pergola eingezeichnet, an der sich später Wein hochranken sollte. Mit dem Seitenflügel entstand praktisch eine neue Wohnung, und Elisa fragte sich, wozu sie die brauchten. Nur für Zia Stefania? Die war doch mit ihrem Zimmer immer ganz zufrieden gewesen.

»Hier soll mein Zimmer sein.« Sie deutete auf eines der oberen Fenster.

»Einverstanden, Prinzessin«, lachte ihr Vater. »Ich sehe schon, du weißt, was du willst. Dein Ehemann wird es einmal nicht leicht mit dir haben.«

Prinzessin. So nannte er sie öfter, wenn sie allein waren, und Elisa war sicher, dass sie eines Tages die Firma zusammen mit ihrem Vater leiten und ihn später auf seinem Posten beerben würde. Das Gerede von einem Ehemann blendete sie einfach aus. Er würde schon noch einsehen, dass so einer überflüssig war. Eine Prinzessin brauchte, wenn schon, einen Prinzen, und Prinzen gab es zum Glück in Anacapri weit und breit keine.

Nach Pfingsten wurden die Arbeiten in Angriff genommen. Elisa fand das aufregend. Sie war an der Seite ihres Vaters, wenn er sich den Vorarbeiter zur Brust nahm und mit dem

Architekten diskutierte. Es war inzwischen nicht mehr so einfach wie zu Nonno Silvanos Zeiten, als man ohne Baugenehmigung und mit einer zupackenden Verwandtschaft einfach loslegte und baute oder das Bestehende erweiterte. Es gab eine Menge Probleme; säumige Handwerker, Schlampereien bei der Ausführung, falsche oder verspätete Materiallieferungen und vor allen Dingen lahme, widerspenstige Behörden, deren Beamte erst mit milden Gaben überzeugt werden wollten, ehe sie diese und jene Genehmigung erteilten. Trotz all dieser Schwierigkeiten war Edoardo Santoro, der eigentlich ein aufbrausendes Naturell besaß, die ganze Zeit über ausgesprochen gut gelaunt. Geduldig und gelassen verhandelte er mit dem Bürgermeister, den Beamten und den Handwerkern, man erkannte ihn kaum wieder. Auch Elisa wunderte sich über seine anhaltend gute Stimmung. Sie dachte, er freue sich eben sehr auf das umgebaute, größere Haus. Dass seine Freude noch einen weiteren Grund hatte, verstand sie erst, als der Sommer sich dem Ende zuneigte und es nicht mehr zu übersehen war: Angela war gegen alle Erwartungen und trotz ihres fortgeschrittenen Alters von vierunddreißig Jahren noch einmal schwanger geworden. Sofia Borgo, die Dorfhexe, hatte gependelt und geschworen, dass es ein Junge werden würde.

Das Kind kam am Tag des heiligen Nikolaus, am 6. Dezember 1951, zur Welt. Die Wehen setzten vier Wochen zu früh ein. Die Niederkunft fand im Schlafzimmer der Eltern statt, wo bereits Elisa und Carmela zur Welt gekommen waren. Es war eine schwere Geburt, die sich über fast zwei Tage hinzog, und es wäre sicher besser gewesen, die Schwangere ins *ospedale* oder am besten gleich in die Geburtsklinik aufs Festland zu bringen, so wie das neuerdings etliche junge Mütter taten. Als die ersten Komplikationen auftraten, war der Zeitpunkt, zu dem ein Transport noch ohne Risiken möglich gewesen wäre, längst überschritten.

Der Zustand von Mutter und Kind sei kritisch, man müsse

sich auf alles Mögliche gefasst machen, meinte Dottore Taccone mit ernstem Gesicht zu Edoardo und riet dem Ehemann, vorsichtshalber schon mal nach dem Pfarrer zu schicken, damit das Kind im schlimmsten Fall nicht ungetauft starb. Edoardo ging dem Arzt fast an die Gurgel und schrie, er müsse beide retten, seine Frau und das Kind, und Padre Sebastiano solle sich zum Teufel scheren.

Nach diesem Ausbruch saß Edoardo zusammengesunken und mit hängenden Schultern im *salotto* vor dem qualmenden Kaminfeuer, rauchte Zigarillos und betete, während ein Stockwerk höher der Arzt, die Hebamme sowie Zia Stefania der Gebärenden beistanden. Die siebenjährige Carmela hatte sich leise weinend in die Ecke des Sofas gekauert und bürstete ihrer Puppe unablässig und mit heftigen Strichen die Haare. Sie würde ihr am Ende noch alle herausreißen.

Elisa hielt es nicht mehr aus in Gegenwart der beiden. Sie ging hinauf in ihr neues, geräumiges Zimmer, warf sich auf das Bett und verschloss mit den Händen die Ohren, um die Schreie ihrer Mutter aus dem Schlafzimmer gegenüber nicht hören zu müssen.

Nach einer Weile nahm sie die Hände herunter. Drüben herrschte eine unheilvolle Ruhe. Da faltete auch sie die Hände und betete.

Lieber Gott, bitte lass meine Mama nicht sterben. Wenn sie stirbt, kriegen wir eine neue Mama, und das wollen wir nicht. Ich verspreche auch, dass ich in Zukunft brav sein werde. Ich bin nicht mehr vorlaut in der Schule, ich mache mich nicht mehr schmutzig, und ich helfe der Mama in der Küche und der Zia im Garten. Ich werde Padre Sebastiano immer alles beichten, was ich Schlechtes getan habe, in Taten und Gedanken, das verspreche ich. Wenn es sein muss, dann nimm meinen neuen Bruder oder die neue Schwester zu dir. Aus denen kann dann ein kleiner Engel werden. Aber lass die Mama bei uns. Bitte, lieber Gott!

Die Stille wurde abgelöst von hektischen Befehlen der Hebamme, es gab Gerenne auf dem Flur. Es war ein Sohn! Dottore Taccone musste den Kleinen beatmen, nachdem er dem geschundenen Körper seiner Mutter entrissen worden war. Dann, endlich, schrie er, mit einer Stimme, die klang wie das zaghafte Meckern eines todgeweihten Drillingslamms.

Elisa wollte zu ihrer Mutter, doch der Dottore und die Hebamme hinderten sie daran. Ihre Mama habe viel Blut verloren, sie sei noch sehr müde. Nur der Vater des Jungen durfte für ein paar Minuten in das Zimmer, aus dessen Tür ein dumpfer Blutgeruch drang.

Angsterfüllt spähte Elisa durch den Türspalt. *Viel Blut verloren.* Wieso raubte ihr dieses Kind ihr Blut? Würde sie doch noch sterben? Sie malte sich grausige Bilder aus. Nach einer Weile sah sie ihren Vater mit zufriedener Miene aus dem Zimmer treten und wieder nach unten gehen. Wenig später kam Zia Stefania mit einem Armvoll blutiger Laken und Decken heraus und trug sie die Treppe hinab, in die Waschküche. Angesichts der Spuren des Gemetzels kam Elisa erneut zu der Überzeugung, dass sie nie, unter keinen Umständen, jemals heiraten würde. Denn wenn man nicht heiratete, so die Schlussfolgerung aus ihrer bisherigen Lebenserfahrung, bekam man auch keine Kinder.

Die Gebete hatten doch geholfen. Angela erholte sich, wenn auch langsam, und der Säugling ebenfalls. Anfangs sah er rot und zerknittert aus und erinnerte an ein sehr hässliches Äffchen. Elisa musste sich überwinden, ihn anzusehen und anzufassen. Sie nahm ihm übel, was er mit ihrer Mutter gemacht hatte. Aber auch wenn er ein garstiger Wurm war, so war er doch ihr Bruder, ein hilfloses Wesen, und ja, zugegeben, seine winzigen Finger faszinierten sie. Als er damit zum ersten Mal Elisas Finger umklammerte, war es, als löste sich in ihrem Innern etwas auf, etwas Warmes, das sich anfühlte wie flüssiges Gold. Sie strich ihm über den dünnen Haarflaum. »Ich bin deine große Schwester, weißt du. Ich werde dich immer beschützen«, flüsterte sie ihm zu.

In den nächsten Wochen wuchs und gedieh der Kleine, seine Schrumpelhaut glättete sich, und er entwickelte sich zu einem wahren Wonneproppen.

Am Dreikönigstag wurde er in der Kirche Santa Sofia von Padre Sebastiano getauft. Seine Mutter Angela war noch schwach und so bleich wie die Altarkerzen, das Kind jedoch glänzte rund und rosig. Sie nannten ihn Niccolò, nach seinem Geburts- und Namenstag.

Schon bald haftete ihm das Etikett »niedlich« an. Die großen Kulleraugen, die kräftigen Locken, die runden Pausbäckchen. Niemand konnte ihm widerstehen, auch nicht Elisa.

Kapitel 7

Die Villa Santoro

Gegenwart, Anacapri

Die Signora telefonierte, als Catia sich zu ihr in den Passagierraum des *aliscafo* gesellte. »Ja, packen Sie sie aus und bringen Sie eine davon in das Balkonzimmer. ... Nein, die andere nicht ... Ja, meinetwegen. ... Alles Weitere klären wir vor Ort. ... Ich muss aufhören, das Boot legt an.« Sie beendete das Gespräch und blickte auf. »Da sind Sie ja. Haben Sie die Fische gefüttert?«

»Nein, alles klar.«

»Das war Tamborini, der Hausverwalter, er ist manchmal ein ziemlicher Umstandskrämer. Ich habe neues Bettzeug und Matratzen für uns bestellt. Wer weiß, was sich über die Jahre in den alten so alles eingenistet hat.«

»Das war sehr vorausschauend«, lobte Catia, die sich tatsächlich schon Gedanken gemacht hatte, ob das Haus überhaupt bewohnbar war.

Die wenigen Passagiere gingen an Land. Es schienen ausnahmslos Einheimische zu sein oder Arbeitskräfte, die vom Festland herüberkamen. Die meisten eilten die Mole entlang und strebten zur Station der *funicolare*. Die Signora hatte ein Taxi bestellt, das sie nach Anacapri bringen sollte, was Catia sehr begrüßte. Nach Flugzeug und Schiff brauchte sie jetzt nicht auch noch eine Seilbahn, erst recht nicht mit dem vielen Gepäck.

Catia zog die großen Rollkoffer nacheinander über die Brücke.

»Sie können mir ruhig einen geben. Mit festem Boden unter den Füßen schaffe ich das schon.«

So bepackt gingen sie entlang der Molo Principale, an deren Ende tatsächlich ein Taxi auf sie wartete.

Das war nun also Capri, und es zeigte sich sogleich fortschrittlich, denn gerade schnurrte ein kleiner, offener Elektrowagen mit einem gelben Blinklicht auf dem Dach an ihnen vorbei.

Aus der Nähe betrachtet, war Marina Grande ein Hafenort wie viele andere im Süden. Hübsch, mit ein paar markanten bunten Häusern, aber noch nichts, was einem den Atem geraubt hätte.

»Willkommen auf Capri«, meinte die Signora, während der Fahrer ihr Gepäck einlud.

»Danke. Wie ist es für Sie, wieder herzukommen?«

»Gemischte Gefühle«, antwortete die Signora kurz angebunden und meinte: »Sehen wir lieber zu, dass wir hier wegkommen.«

Das Taxi war eine der typischen Cabrioversionen mit einem Sonnendach. Dadurch bekam man reichlich frische Luft ab, und das war auch gut so. Die Fahrt dauerte nicht lange, doch sie war erneut eine Tortur für Catias angegriffenen Magen. Sie passierten die Ausläufer von Capri, dann fuhren sie auf der Via Provinciale Anacapri durch einen Wald aus Steineichen. Die Strecke verlief in abenteuerlichen Serpentinen und Spitzkehren, dabei boten sich spektakuläre Ausblicke auf das türkisblaue Meer. Es waren höchstens fünf Kilometer, die gesamte Insel war ja auch nur wenig länger, doch als sie schließlich das Zentrum des Ortes erreichten, war Catia wachsbleich und hatte mit sich zu kämpfen, sodass sie von dem einstigen Bergdorf Anacapri erst einmal nur enge Gassen und weiße Häuser registrierte und viele herabgelassene eiserne Rollgitter vor den

Auslagen der Geschäfte. Entweder weil um diese Uhrzeit noch Siesta herrschte oder weil die Läden den Winter über komplett geschlossen waren.

»Wenn Sie Kurven nicht vertragen, nehmen Sie das nächste Mal einfach die Phönizische Treppe«, meinte die Signora. »Es sind nur neunhunderteinundzwanzig Stufen.«

Noch einmal ging es bergauf, durch eine recht noble Wohngegend, Catia bemerkte ein paar prächtige alte Villen, halb verborgen hinter Mauern, Zäunen und viel Vegetation. Dazwischen hatte man etliche Apartmenthäuser gequetscht, erkennbar an ihren gleichförmigen Balkonen und den ausnahmslos herabgelassenen Rollläden. Ihr Anblick hatte etwas Tristes, und der Begriff *stagione morta*, tote Saison, kam Catia in den Sinn.

Die Signora dirigierte den Fahrer in eine Einfahrt, deren eisernes Tor weit offen stand. Kies knirschte unter den Reifen, als sie die kurze Zypressenallee passierten. Der Wagen hielt vor einer einstöckigen weißen Villa. Sie stiegen aus. Catia, froh, nun sämtliche Transportmittel für heute hinter sich gelassen zu haben, atmete auf und bemerkte sofort die gute Luft, die hier oben, am Fuß des Monte Solaro, herrschte. In Marina Grande war der Geruch des Meeres dominant gewesen, nun roch es würzig, nach Pflanzen und Erde. Spatzen tschilpten, und nach ein paar Atemzügen fühlte Catia sich erfrischt und munter.

Das war also die Villa Santoro. Mit dem gewölbten Dach erinnerte der Bau ein wenig an eine orthodoxe Kirche. Für Catias Geschmack hätte es diese verspielten, historisierenden Elemente wie Balustraden, Erker und Säulen gar nicht gebraucht, die das Ensemble zwar auflockerten, aber im Grunde nicht so recht zu der an sich schlichten Konstruktion passten. Von den Fensterläden blätterte die dunkelgrüne Farbe. Sie waren alle geöffnet, was sicherlich der Verwalter veranlasst hatte, um das Haus einladend wirken zu lassen.

Der Taxifahrer lud ihr Gepäck aus, die Signora bezahlte

ihn, und er preschte davon. Neben dem Eingang bemerkte Catia ein rotes Ape-Dreirad.

Die Eingangstür, erreichbar über eine halbkreisförmige, dreistufige Treppe, lag in der Mitte eines Erkers und war im selben Dunkelgrün lackiert wie die Läden. Im oberen Teil waren Scheiben aus welligem Glas eingelassen, in der Mitte befand sich ein Klopfer aus Messing in Form eines Löwenkopfs. Jetzt zeigte sich ein Schatten hinter dem Glas, und die Tür wurde geöffnet. Heraus kam ein kleiner, älterer Mann mit einem beachtlichen Wanst und einem weißen Haarkranz um die spiegelblanke, braun gebrannte Glatze, die an den Panzer eines Maikäfers erinnerte. Auf kurzen Beinen eilte er die drei Stufen hinab und begrüßte die Signora in einer beflissenen, unterwürfigen Art. Viel fehlte wohl nicht, und er hätte einen Diener gemacht. Für die Begegnung mit der Signora hatte er sich in einen Anzug geworfen, dessen Schnitt vor dreißig Jahren sicher hochmodern war. Er entschuldigte die Abwesenheit seiner Frau, die wegen eines Krankheitsfalls in der Familie auf dem Festland weilte.

»Signor Tamborini – meine Begleiterin, Signora Heubeck«, stellte die Signora die beiden einander vor.

Catia nickte ihm zu, und er deutete ein Lächeln an, während er sie kurz und nach der hier üblichen Art der Männer von oben bis unten taxierte. Dann erging er sich in einem Redeschwall über die Dinge, die er und seine Frau während der letzten Tage bewerkstelligt hatten – den Garten hergerichtet, geputzt, die Heizung in Gang gesetzt –, bis die Signora dem Sermon ein Ende setzte und ihn bat, die Koffer in das grüne Zimmer zu bringen und sie dann alleine zu lassen.

»*Certo, certo,* Signora Santoro«, katzbuckelte er verlegen. »Sie müssen völlig erschöpft sein, Sie haben ja eine lange Reise hinter sich. Ach, der Norden… Ich mag mir gar nicht vorstellen, wie kalt es dort sein muss.«

Der Mann schickte sich an, die erste Ladung Koffer wegzubringen. Die Signora verdrehte hinter seinem Rücken die Augen, blieb aber selbst vor den Stufen des Portals stehen, als hätte sie plötzlich Hemmungen, das Haus zu betreten. Ihr Blick glitt an der Fassade hinauf, dann musterte sie eingehend den Garten, der sich von dem in Grünwald deutlich unterschied, nicht nur, was die Dimensionen betraf. Catia erkannte Zwergpalmen und Feigenbäume, an denen noch ein paar verdorrte Früchte hingen, und Oleanderbüsche, die schon Blütenknospen bildeten. Allerlei Kletterpflanzen rankten sich an der weißen Mauer hoch, die das Grundstück zur Straße hin abgrenzte. Einen Rasen im üblichen Sinn gab es nicht, der Untergrund bestand zum größten Teil aus verdorrtem, grobem Gras, doch an einzelnen Stellen brachen zarte Triebe durch die Erde und bildeten einen grünen Flaum. Kein Zweifel, der Frühling war hier schon greifbar nah.

Die Signora deutete in Richtung des Hanges, der hinter dem Haus sanft anstieg. »Dort hinten stehen die Pfirsichbäume und noch anderes Obst, weiter oben liegt der Zitronenhain, der meinem Großvater gehörte. Jetzt ist das Land allerdings verpachtet.«

Catia fragte sich, ob sie wohl lang genug hier wäre, um die Früchte zu ernten.

Im Garten, der sich unmittelbar an das Haus anschloss, hatte man offenbar versucht, auf die Schnelle den gröbsten Wildwuchs zu beseitigen, nachdem man ihn jahrelang sich selbst überlassen hatte. Hier wartete ein Haufen Arbeit, das erkannte sogar Catia, deren gärtnerische Praxis sich auf Balkonkräuter und Bambus in Kübeln beschränkte.

»Da muss ja noch einiges passieren«, sprach die Signora ihre Gedanken aus. »Früher war das mal ein Paradies«, fügte sie seufzend hinzu. »An der Mauer standen Pinien, aber die mussten gefällt werden. Es war ein paar Jahre hintereinander zu trocken, und Pinien sind Flachwurzler, sie sind fast überall auf der Insel eingegangen.«

Tamborini kam angeschnauft und schnappte sich den Rest des Gepäcks.

»Darf ich mich mal umschauen?«, fragte Catia.

»Lassen Sie Ihrem Forscherdrang freien Lauf.«

Ein mit Granitplatten belegter Weg führte, vorbei an einer abgedeckten Zisterne, bis zu einem überwucherten Schuppen, dessen Tor man gerade erst freigeschnitten hatte; der Haufen mit Schnittgut lag noch neben dem Weg. Das Schloss am Riegel hing offen da, der Schlüssel steckte. Sie schob den Riegel zurück. Die rostigen Angeln knarzten. Ein wenig Licht fiel durch ein mit Spinnweben verhangenes Fenster. Im Halbdunkel erkannte sie eine Plane, die etwas verbarg, das zu klein war für ein Auto. Catia hob sie hoch, und ihr Herz machte einen kleinen Hüpfer. Eine Vespa! Hellblau lackiert, ein Modell aus den Sechzigerjahren. Ob die wohl noch lief? An der Wand hingen diverse Gerätschaften und Werkzeuge, davor standen Rechen, Besen und eine Motorsense. An der linken Wand hatte man zersägte Äste, Abschnitte von Stämmen und Holzscheite aufgestapelt. Das waren wohl die Reste besagter Pinien. Brennholz war also vorhanden. Sie ging wieder hinaus, schloss das Tor und wandte sich um. Der Schuppen lag leicht erhöht, von hier konnte man über die Mauer schauen, und es bot sich eine wunderbare Aussicht auf das Meer. Nun sah Catia auch, dass das Haus noch einen Seitenflügel besaß, der sich ein gutes Stück nach hinten erstreckte, in Richtung des Hanges. Er war schlichter gehalten als der vordere Bau. Vier quadratische Fenster, geteilt durch die separate Eingangstür. Läden und Tür waren verrammelt, kahle Zweige von wildem Wein rankten sich wie ein schwarzes Gerippe an der Wand hoch, während die abgefallenen Blätter am Boden einen dicken braunen Teppich bildeten. Hier war schon lange nichts mehr getan worden. Ein Vogel flatterte auf, sie zuckte zusammen und kehrte zurück.

Die Signora stand noch immer vor dem Eingang und unterhielt sich mit Signor Tamborini, der inzwischen sämtliches Gepäck weggebracht hatte, auch Catias Reisetasche.

»Weiß sie Bescheid?«, hörte sie Signora Santoro fragen.

»Von mir nicht«, antwortete Tamborini. »Meiner Anna

habe ich gesagt, sie soll's nicht herumposaunen. Doch ich befürchte, es wird nicht lange dauern, bis sie es erfährt. Hier ist doch jeder mit jedem verbandelt und die Leute sind neugierig und tratschen für ihr Leben gern, erst recht im Winter, wenn sie sich langweilen und sonst nicht viel zu tun ist.«

Catia kam näher, und Signor Tamborini wechselte etwas hektisch das Gesprächsthema: »Mein Neffe Claudio hat die Vespa auf Vordermann gemacht, sie schnurrt jetzt wie ein Kätzchen. Wenn Ihre Begleiterin damit fahren kann, der Schlüssel steckt.« Er warf Catia einen abschätzigen Blick zu, den diese erwiderte.

»Wenn nicht, fahre ich sie«, verkündete Frau Santoro, und Tamborini musterte sie, als versuchte er einzuschätzen, ob man ihr das tatsächlich zutrauen konnte.

Catia versicherte freudig, dass sie als Jugendliche ein Moped besessen habe und bestimmt auch mit einer Vespa klarkomme.

»Ich danke Ihnen, Signor Tamborini. Ich muss mich nun etwas ausruhen.«

»*Sì, certo,* Signora. Und wenn etwas ist...«

»Dann rufe ich Sie an. Grüßen Sie Ihre Frau.«

Tamborini verabschiedete sich, kletterte in die Ape und knatterte davon.

»Endlich, ich dachte schon, wir werden ihn nie wieder los. Dieser Mensch redet wie ein Wasserfall, und das meiste davon ist Unsinn.«

Catia hätte gern gewusst, von wem sie vorhin mit Tamborini gesprochen hatte. Welche *Sie* wusste oder wusste nicht Bescheid worüber? Über die Ankunft von Signora Santoro? Es schien ein heikles Thema zu sein. In einem günstigeren Moment würde sie darauf zurückkommen.

In der Eingangshalle schlug ihnen der Geruch nach scharfen Putzmitteln entgegen. Vermutlich hatte Frau Tamborini extra viel davon auf den hellen Marmorfliesen ausgegossen. Ein alter Putzfrauentrick, um den Eindruck peinlicher Sauberkeit zu erwecken. Darunter nahm man nämlich sehr deutlich den muffigen Geruch eines unbewohnten Hauses wahr, und wenn man genau hinsah, waren die Böden und Fenster auch nicht gründlich sauber. Rechts ging es in die Küche. Sie hatte bunt gemusterte Bodenfliesen und eine gewölbte, ehemals weiß getünchte, aber nun vergilbte Decke. Sie war mit dunklen Holzmöbeln ausgestattet, deren Anordnung an eine typisch deutsche Einbauküche erinnerte, die schon etwas in die Jahre gekommen war. Neben dem Gasherd stand eine Flasche Wein, ein Supermarkt-Primitivo, welche die Signora kurz zur Hand nahm und dann von sich schob.

Neben der Küche lag eine Kammer mit leeren Regalen für Vorräte. Es gab eine Waschmaschine und einen Trockner und einen Hoover-Staubsauger, der wahrscheinlich noch aus den Sechzigerjahren stammte.

Sie durchquerten erneut den Eingangsbereich und betraten ein Esszimmer, in dem sich ein langer, schwerer Tisch befand, der von lauter unterschiedlichen Stühlen umgeben war. Darunter lag ein großer Perserteppich, allerdings mit etlichen Flecken und Brandlöchern. Von der Decke hing ein mächtiger Leuchter aus blauen Glastropfen.

»Muranoglas«, erklärte die Signora. »War einst der Stolz meiner Eltern.«

Im *salotto* gruppierten sich ein durchgesessenes Ledersofa, ein Brokatsessel und ein Ohrensessel um einen Couchtisch mit einer Glasplatte. Die Signora schien die meisten Dinge selbst nicht zu kennen, jedenfalls betrachtete sie sie mit skeptisch gerunzelter Stirn.

»Wen haben wir denn da? Rudi? Bist du ein Überbleibsel der Norweger?«, sagte sie zu dem ausgestopften Rentierkopf mit den traurigen Augen und den mächtigen Schaufeln, der über dem Kamin hing. »Tja, so eine wechselnde Mieterschaft verleiht der Einrichtung doch einen ganz individuellen Charme.«

Tatsächlich wirkte es, als hätte man sich im Lauf vieler

Jahre nach Gutdünken bedient und mitgenommen, was man gerade gebrauchen konnte, und dagelassen, was man nicht mehr wollte. Besonders schöne Stücke waren nicht darunter. Falls es diese gegeben hatte, hatte sie sich irgendwer unter den Nagel gerissen.

»Gut, dass Sie es so locker nehmen«, antwortete Catia und inspizierte den offenen Kamin. »Zieht der?«, fragte sie. Das wäre nicht schlecht, denn die Raumtemperatur war nicht gerade sehr gemütlich und lag sicher noch unter der in ihrer Schwabinger Wohnung.

»Das müssen wir ausprobieren.«

»Wie wird hier sonst geheizt?«

Die Signora deutete auf die Heizkörper unter den Fenstern. »Mit Strom. Aber man darf es nicht übertreiben, sonst fliegt die Sicherung raus. Irgendwo müsste es auch noch ein paar alte Gasöfen geben, aber die Gasflaschen dazu müssen wir erst organisieren.«

Catia kündigte an, sich darum zu kümmern, und setzte *Gasöfen suchen und Gasflaschen besorgen* im Geist ganz oben auf die To-do-Liste.

Hinter dem Wohnzimmer lag eine Art Arbeitszimmer oder Bibliothek. Die leeren Regale boten einen traurigen Anblick.

Die meisten Innenwände waren verputzt und mit unterschiedlichen Farben abgetönt worden, nur im Esszimmer und im *salotto* gab es verblasste Tapeten, die sich teilweise schon lösten. Die müssen sofort runter, dachte Catia. Wer weiß, was sich dahinter alles verbirgt.

»Wann wurde dieses Haus erbaut?«, fragte Catia, während sie langsam die Zimmer im Parterre durchschritten. Ihre Stimmen hallten.

»Das kann man gar nicht so genau sagen«, meinte die Signora. »Nach seiner Hochzeit, 1914, begann mein Großvater Silvano mit dem Bau. Seine Frau Wilhelmine, meine Großmutter, war trotz ihres Faibles für Schlichtheit und Natur ein verwöhntes höheres Töchterlein, ein Kind der Zivilisation, sie hatte es vermutlich bald satt, in einem Bauernhaus ohne fließend Wasser und Strom zu leben. Wie es damals üblich war, baute er es größtenteils mit eigenen Händen, nur mithilfe einiger männlicher Verwandter. Kein Mensch wäre damals auf die Idee gekommen, einen Architekten zu bemühen, und um eine Baugenehmigung und Bauvorschriften scherte sich auch keiner.«

»Mir ist schon auf der Fahrt aufgefallen, dass einige Häuser einen sehr eigenwilligen Stil haben«, bestätigte Catia.

»Nonno Silvano erzählte uns immer wieder gerne, wie alles mit einem großen Knall begann: der Sprengung des felsigen Untergrunds, um die Zisterne anzulegen. Die war das Wichtigste. Aus den versprengten Steinen wurden nach und nach die Hauswände errichtet und weiß verputzt, während man innen bunte Fliesen verlegte und Fenster und Türen einbaute.«

»Klingt vermutlich einfacher, als es ist«, warf Catia ein.

»Man hat sich damals Zeit genommen mit dem Bauen, denn Mörtel und Putz mussten lange trocknen, und dann war Silvano ja auch noch im Krieg. Erst danach wurde das Kerngebäude fertig. Die Zimmerdecken im Altbau sind gewölbt, wie Sie sehen, genau wie das Dach. Diese Konstruktion hatte sich bewährt, viele Häuser auf der Insel sahen so aus. Wenn die Familie größer wurde, dann baute man eben an. Es war dieser schlichte Capri-Stil, der später bei den Architekten regelrecht in Mode kam. Ich nehme an, meine Großmutter hat am Entwurf mitgewirkt.« Sie seufzte. »Später wurde das Haus dann leider ein Opfer der Renommiersucht meines Vaters. Dieser ganze Säulen-und-Balustraden-Firlefanz war anfangs nicht da und gehört meiner Meinung nach auch nicht dorthin. Aber als 1951 mein Bruder geboren wurde, der lang ersehnte Sohn, da verspürte mein Vater den Drang, das Haus zu erweitern. Er hat auch den Seitenflügel anbauen lassen. Er wollte einen Palazzo, der eines Fabrikanten würdig war.« In ihrer Stimme lag eine Mischung aus Ironie und Bitterkeit.

Von der Deckenfabrik und deren Anfängen hatte ihr die Signora im Boardingbereich des Flughafens erzählt. Auch dass es die Fabrik schon lange nicht mehr gab und auf dem Gelände nun ein Komplex mit Luxuswohnungen stand.

»Lebt Ihr Bruder noch auf der Insel?«, fragte sie.

»Er ist schon sehr lange tot.« Ihrem Ton und dem verschlossenen Gesichtsausdruck nach zu urteilen, verboten sich weitere Nachfragen nach Verwandten, ihren Kindern zum Beispiel.

Catia versuchte es mit etwas Unverfänglichem. »Wie lange stand das Haus leer?«

Die Signora verharrte vor den Bücherregalen ohne Bücher und betrachtete sie mit gerunzelter Stirn, als fände sich darin die Antwort. »Meine Mutter starb vor zwanzig Jahren. Nach ihrem Tod habe ich meine Schwester ausbezahlt und wollte eigentlich die Sommer hier verbringen, aber Albrecht und ich haben es irgendwie immer vor uns hergeschoben. Wahrscheinlich lag es an mir. Später habe ich das Haus vermietet. Vor drei Jahren, nachdem mein Mann gestorben war, habe ich den letzten Mietern gekündigt. Ich plante, selbst ab und zu herzukommen, aber irgendwie hat es wieder nicht geklappt. Aber jetzt bin ich ja hier.«

»Wo lebt Ihre Schwester?«, fragte Catia, aber die Signora war schon weitergegangen, und Catia folgte der Hausherrin die Treppe hinauf in den ersten Stock.

Ein düsterer, schmaler Korridor erwartete sie, an der Seite stand eine zusammengerollte, in Plastik eingeschweißte Matratze. Die Signora steuerte zielsicher eines der hinteren Zimmer an, dessen Tür als Einzige offen stand. Ein milchiger Streifen Licht fiel auf den Boden, der hier oben aus breiten Holzdielen bestand. Der Raum besaß einen verblichenen mintfarbenen Anstrich, einen alten Kleiderschrank, eine Kommode und ein nagelneues Bett mit verstellbarem Lattenrost, auf dem eine neue Matratze lag, sowie Bettzeug und Bezüge aus weißem Leinen. Ein goldgerahmter, halb blinder Spiegel hing über der Kommode. Eine Tür führte auf den großen Balkon, der über der Loggia lag und von einer Balustrade umgeben war. Der Blick auf den Golf, den man von hier aus hatte, war atemberaubend.

»Das nenne ich mal eine Aussicht!«

»In diesem Zimmer wurde ich geboren«, erzählte die Signora. »Genau wie meine Geschwister. Sie können das Zimmer gegenüber haben, wenn Sie mögen. Es liegt über der Pergola, früher war es meines. Man konnte über die Pergola zum Fenster heraus- und hineinklettern«, verriet sie.

»Das habe ich nicht vor«, versicherte Catia.

»Das würde ich Ihnen auch nicht raten, das Holz erscheint mir reichlich morsch.«

»Wenn uns das Brennholz ausgeht, können wir die Pergola verfeuern«, schlug Catia vor.

»Sie haben wirklich Sinn fürs Praktische. Die Heizungen in solchen Villen sind leider nicht das, was man von Deutschland gewohnt ist. Aber es wird ja hoffentlich bald Frühling. Wenn Sie mir vielleicht noch helfen könnten, das Bett zu beziehen? Ich muss mich dringend etwas hinlegen.«

»Natürlich. Möchten Sie einen Tee? Es ist reichlich kühl hier drin.«

»Später vielleicht. Ich ruhe mich erst ein wenig aus.«

Catia überzog das Bett, während die Signora am anderen Ende des Flurs im *bagno* verschwand. Dann nahm Catia ihre Reisetasche und brachte sie in das Zimmer gegenüber. Es war in einem sonnigen Gelb gestrichen, die Möbel waren weiß und schlicht, bis auf das Bett, ein Himmelbett mit einem transparenten Vorhang an den Seiten, der mit einer rosa Schärpe zurückgebunden war. Den Holzboden bedeckte ein heller Webteppich. Das Zimmer gefiel ihr, sie schleifte die neue Matratze hinein und schnitt die Folie mit ihrer Nagelschere auf. Im Schrank fand sie Bettzeug. Am Boden des Schranks lag etwas Zusammengeknülltes, Pinkfarbenes. Catia hob es auf. Es war ein Sommerkleid mit Spaghettiträgern. Es musste einem sehr schlanken Mädchen gehört haben. In einer der Kommodenschubladen fand sie weitere Spuren der letzten Bewohnerin: eine Haarspange und einen rosa Lipgloss. Ein Teenie hatte zuletzt hier gelebt, ganz bestimmt, dachte Catia und musste gerade mit Wehmut an Valentina denken.

Sie fasste den Heizkörper an. Lauwarm. Dabei stand er schon auf höchster Stufe. Das konnte ja heiter werden. Jetzt bereute sie es, die Decke der Signora nicht mitgenommen zu haben. Aber wer fuhr schon nach Capri mit Wolldecken im Gepäck?

Sie ließ sich aufs Bett sinken. Eigentlich müsste sie ebenfalls müde sein, aber sie war noch zu aufgedreht. Sie gestand sich ein, dass das Haus eine kleine Enttäuschung war. Nicht das Gebäude selbst, erst recht nicht die Lage oder der Garten, aber das Innenleben. In ihren naiven Träumen hatte sie einen altehrwürdigen Familiensitz erwartet, mit düsteren, geschichtsbeladenen Möbeln, Familienporträts an den Wänden und alten Briefen und Fotos in den Schubladen.

Sie hörte die Signora den Flur entlanggehen. Catia stand rasch auf und rief ihr hinterher: »Soll ich gleich ein wenig einkaufen? Lebensmittel und solche Sachen?«

Sie wandte sich um. »Wenn Sie mögen.«

»Was essen Sie denn gerne?«

»Alles im Grunde. Nur nicht sehr viel. Und nichts Schweres, Fettes, das vertrage ich nicht. Lieber Gemüse.«

»Pasta?«

»In allen Variationen.«

»Und zum Frühstück?«

Die Signora schmunzelte. »Auch wenn Sie mich jetzt verachten: Ich mag diese mit Creme gefüllten Cornetti aus dem Supermarkt. Und besorgen Sie Ciabatta und Käse. Pecorino, wenn möglich. Und *biscotti*, aber einfache.«

»Okay, Nudeln, Schafkäse, Weißbrot, pappige Hörnchen und trockene Kekse«, wiederholte Catia.

»Müssen Sie das unbedingt übersetzen? Auf Italienisch

klingt es viel eleganter. Warten Sie!« Sie ging in ihr Zimmer, kramte in ihrer Handtasche und drückte Catia einen Umschlag in die Hand. »Darin ist etwas Bargeld und eine EC-Karte für das Haushaltskonto, die PIN steht auf dem Zettel.«

»Alles klar. Ich werde die Belege sammeln«, sagte Catia.

»Unsinn, ich bin keine Krämerseele. Ich weiß, dass Sie eine ehrliche Haut sind. Ach ja, gönnen Sie sich vom Haushaltsgeld eine Sonnenbrille.«

»Aber…«

»Keine Widerrede. Sonst bekommen Sie noch Falten, und diesen Anblick wollen wir uns doch beide ersparen.«

* * *

Das Abenteuer Vespa hob Catia sich lieber für den morgigen Tag auf. Für eine Inselrundfahrt war es ohnehin etwas spät. In knapp zwei Stunden würde die Sonne untergehen, da wollte sie lieber nicht mit einem ungewohnten Fahrzeug auf fremden, kurvigen Straßen unterwegs sein. Sie ging zu Fuß bis ins Zentrum von Anacapri, wobei sie darauf achtete, sich den Weg einzuprägen. Es war nicht viel los, nur wenige Menschen begegneten ihr, zu Fuß oder auf Motorrollern, dagegen fuhren kaum Autos durch die engen Straßen. Nur wer hier lebte, durfte auch ein Auto anmelden, und im Sommer mussten die Touristen ihre Autos auf dem Festland lassen. Gut so, dachte Catia.

Nun galt es, einen Supermarkt zu finden.

Sie schlenderte bis ins Zentrum, doch ein Supermarkt war ihr noch nicht aufgefallen, nur eine geschlossene *salumeria*. Was macht man in Italien, wenn man eine Auskunft haben möchte? Man geht in eine Bar.

Sie wählte eine in der Nähe der Busstation. Sie war gut besucht von lauter Einheimischen. Pendler, die mit dem Bus aus Capri-Stadt angekommen waren oder hinunter nach Capri wollten, nahmen hier noch einen Aperitif zu sich, ehe sie nach

Hause gingen. Und irgendwie gehörte Catia nun dazu, sie war ja keine Touristin, sie war auch zum Arbeiten hier. Übermütig geworden, bestellte sie einen Negroni.

Sie lehnte sich gegen die Theke und lächelte. Gab es etwas, das noch italienischer sein konnte als eine solche Bar? Catia sog die Atmosphäre auf wie ein Schwamm. Sie bewunderte das rasche Hantieren der jungen Frau hinter der Theke, lauschte den Alltagsgesprächen, den Neckereien, den Klagen über die Behörden, die Regierung, die EU, die Preise und die Familie, während im Hintergrund die Espressomaschine zischte, Untertassen schepperten und die winzigen Löffel in den Espressotassen klirrten. Sie war glücklich. Sie stand am Samstagabend in einer Bar auf Capri. War das zu glauben?

Der Negroni wurde serviert und schmeckte, wie erwartet, köstlich, und die Mischung aus Gin und Wermut stieg ihr ein bisschen zu Kopf.

Ein paar Männer, vermutlich Handwerker, die an einem Stehtisch lehnten, maßen sie mit unverhohlenen Blicken, als hätten sie noch nie eine langbeinige, blonde Deutsche gesehen. Catia hielt sich innerlich schmunzelnd vor Augen, dass sie sich in einem Landstrich befand, wo der Machismo zu Hause war, und gegen ihre Überzeugung gestand sie sich ein, dass ihr diese Blicke gerade irgendwie guttaten. Sie waren wie Streicheleinheiten für ihr angekratztes Ego, zu oft hatte sie in letzter Zeit das Gefühl gehabt, allmählich unsichtbar zu werden. Immerhin war sie dreiundvierzig, die Wechseljahre ließen aus der Ferne grüßen. Es blieb bei den Blicken. Andernfalls hätte Catia die verkümmerten Reste des großmütterlichen neapolitanischen Slangs reaktiviert, um die Kerle zu verblüffen.

Leider war davon nicht viel übrig. Catias Mutter Renata hatte sich geweigert, Dialekt zu sprechen. Sie gehörte zur ersten in Deutschland geborenen Generation ihrer Familie, sie wollte deutsch sein, sich anpassen. Als Kind hatte sie nicht einmal Italienisch sprechen wollen, mehr als von ihren Eltern hatte sie es von den anderen Gastarbeiterkindern gelernt. Als Catia geboren wurde, hatte Renata immerhin den Wert einer zweisprachigen Erziehung erkannt und bisweilen Italienisch mit ihren Kindern gesprochen, genau wie Catia mit ihren Kindern. Aber das Neapolitanische musste sie sich von ihrer Großmutter beibringen lassen.

Sie trank den Cocktail aus und erkundigte sich bei der jungen Frau hinter der Bar nach einem Supermarkt. Die *barista* nannte ihr drei Adressen, Catia zahlte und trat mit roten Wangen hinaus auf die Straße.

Eines der Geschäfte lag ganz in der Nähe. Catia ließ sich von ihrem Handy durch die Gassen des Ortes dorthin leiten. Sie liebte es, in italienischen Lebensmittelläden einzukaufen, nur waren sie ihr in München viel zu teuer. Andererseits war Capri sicher auch kein billiges Pflaster.

Ja, das sah gut aus, erkannte Catia wenig später, als sie das Geschäft betrat. *Mariuzzo – alimentari e vini* stand auf der gläsernen Tür, die in einen kleinen Laden führte. Das Gemüse, die Käsetheke, die Würste, alles sah aus wie gemalt, und Catia spürte, dass sie Hunger hatte. Niemals hungrig einkaufen gehen, dachte sie noch, ehe ihr einfiel, dass solche Regeln sie ja gar nicht zu kümmern brauchten. Fröhlich schnappte sie sich einen Einkaufskorb. Die Signora würde es garantiert nicht im Geringsten interessieren, was der Käse kostete, und auch nicht, ob Catia von diesem oder jenem Artikel zu viel einkaufte. Ob es Leuten wie Frau Santoro eigentlich klar war, wie viel Stress und Kummer ihnen tagtäglich erspart blieb? Wussten sie, wie gut sie es hatten? Sicher, Reiche hatten auch ihre Sorgen, aber der ärmere Teil der Bevölkerung hatte die ebenfalls, und die Geldsorgen kamen noch obendrauf, lähmten das Leben, das Denken, beherrschten das gesamte Dasein.

Für Catia war es ein seltsames Gefühl. Diese Datterini-Tomaten waren in der Tat sündteuer, aber sie sahen so gut aus! Sie fand die gewünschten Kekse und sogar die abgepackten Cornetti für die Signora, im Übrigen eine Geschmacksverirrung erster Güte. Sie packte noch eine Flasche sizilianischen Rotwein für fünfzehn Euro in den Korb. Es war noch einer der preiswerteren, doch Catia wollte den Bogen nicht gleich am ersten Tag überspannen. Für Brot und Käse gab es keine Selbstbedienung.

Hinter der Kühltheke saß eine alte Frau, grauhaarig, schwarz gekleidet, das faltige Gesicht wurde von einer großen Brille mit dickem schwarzem Rahmen verschlungen. Sie blätterte in einer Zeitschrift. Als Catia sich der Theke näherte, rief sie nach hinten »Bernardo«, und ein Mann, Ende dreißig, mit dunklem Bart und einer bordeauxroten Schürze, trat hinter einem Perlenvorhang in den Laden. Er fragte Catia nach ihren Wünschen, während sich die alte Frau wieder ihrer Zeitschrift widmete.

Catia stellte den Korb auf die Ladentheke, kaufte dazu noch einen kleinen Laib Pecorino, Salami, Butter und Brot und reichte ihm die Tomaten zum Abwiegen. Das war genug fürs Erste, schließlich musste sie alles den Hang hinaufschleppen. Beim Bezahlen fragte sie, ob sie auch ins Haus lieferten.

»Heute noch?«

»Morgen würde reichen.«

Das sei kein Problem, versicherte er und griff nach Stift und Block.

Catia diktierte ihm, was ihr gerade einfiel. Reis, Pasta, Kartoffeln, Essig und Öl, Salz, Gewürze, Aprikosenmarmelade, Oliven, Tomaten in Dosen... Am Ende kam eine ordentliche Liste zusammen, und Bernardo grinste zufrieden, hatte er ihr doch auch noch ein paar nicht ganz billige Weine empfohlen.

»Ich würde dann morgen Vormittag vorbeikommen. Wohin soll ich es denn liefern?«

Catia holte den Zettel aus ihrer Tasche. »Es ist die Villa Santoro, die Straße ist...«

Weiter kam sie nicht, denn hinter Bernardo erhob sich mit einem Schrei die alte Frau und funkelte Catia an. »Was sagen Sie da?«

»Die Adresse … die Villa Santoro …«, stotterte Catia. »Frau Santoro ist die Besitzerin, ich bin …«

»Raus! Gehen Sie!«, kreischte die Alte.

»Nonna! So beruhige dich doch«, versuchte es Bernardo.

Doch das Gegenteil war der Fall. Die Frau war aufgestanden, sie schoss nun hinter der Theke hervor und kam auf Catia zu. »Wie kann sie es wagen? Hat sie Sie geschickt? Wir verkaufen nichts dorthin! Sagen Sie ihr das!«

Catia wich erschrocken zurück. Die Alte kam noch ein Stück näher und deutete mit ihrem Finger auf sie, als wollte sie sie aufspießen. Dabei kamen die grässlichsten Flüche aus ihrem Mund, schlimmere, als Catia sie jemals von ihrer Großmutter gehört hatte. Catia stolperte rückwärts aus dem Laden. Was war los mit der Frau, war die nicht mehr ganz bei sich? Unwillkürlich verfiel sie in einen Laufschritt, aus Furcht, die Verrückte könnte sie verfolgen. Sie war den Tränen nahe. Was hatte sie getan, dass man sie so behandelte? Hatte die Alte sie mit irgendwem verwechselt? Nein, die Frau hatte erst so eigenartig reagiert, als Catia die Adresse genannt hatte, und sie hatte gefragt: *Hat sie Sie geschickt?* Offenbar hatte Frau Santoro keinen guten Eindruck in ihrer alten Heimat hinterlassen.

Catia ging allmählich die Puste aus, sie wurde langsamer. Verdammt! Sie hatte nicht einmal die Tüte mit ihren Einkäufen mitgenommen, und die Sachen waren schließlich bezahlt. Unschlüssig blieb sie stehen und atmete tief durch. Es widerstrebte ihr, noch einmal in diesen Laden zu gehen, aber es blieb ihr nichts anderes übrig. Immerhin hatte sie fast fünfzig Euro ausgegeben, und es war nicht ihr Geld, sondern das der Signora. So oder so, sie konnte nicht dulden, dass man so mit ihr umsprang. Sie ballte die Fäuste. Reiß dich zusammen, Catia Heubeck, sei nicht so empfindlich! Eine verwirrte alte Frau hat sich danebenbenommen, weiter nichts, also nimm es nicht persönlich! Wenn sie diesen Job machen wollte, sollte sie sich ein dickeres Fell zulegen. Wer weiß, welche Begegnungen sie noch erwarteten.

Die heitere Stimmung, in der sie die Bar verlassen hatte, war dahin. Etwas Dumpfes, Dunkles legte sich über ihr Gemüt. Das fängt ja gut an, dachte sie und ging langsam wieder zurück in Richtung des Ladens.

Ein Motorroller näherte sich und bremste abrupt neben ihr. Sie zuckte zusammen. Wurde sie nun zur Krönung des Tages auch noch ausgeraubt?

Der Fahrer riss sich den Helm vom Kopf. Es war Bernardo, er hielt die Tüte mit ihren Einkäufen in der Hand. »Warte!«, rief er, obwohl sie ja ohnehin schon stand. »Die Sachen! Schließlich sind sie ja bezahlt.«

»Allerdings!«

Er beugte sich hinab, um die Tüte auf den Gehweg zu stellen, aber sie wollte nicht stehen bleiben und Catia musste wohl oder übel einen Schritt auf ihn zugehen, um sie mit ihrem Bein vor dem Umfallen zu bewahren.

»Es tut mir leid«, murmelte er.

»Was genau?«, fragte Catia eisig. Sie war zwar froh, dass er ihr die Einkäufe gebracht hatte, aber dennoch: So leicht sollte er ihr nicht davonkommen.

»Das Benehmen meiner Nonna.«

»Ist sie krank? Dement?«

»Nein!«

»Dann sollte es *ihr* leidtun. So behandelt man keine Kundschaft.«

»Normalerweise tut sie das auch nicht.«

»Warum dann jetzt?«

Er schüttelte den Kopf, fuhr sich verlegen durch das dichte Haar, dann schien ihm eine Idee zu kommen: »Kann ich dich zurückbringen? Als kleine Wiedergutmachung.« Er deutete hinter sich auf den Sitz.

»Danke, es geht schon.« Wieso duzte er sie eigentlich? Weil sie nur ein wenig älter war als er?

»Komm, steig auf. Anacapri ist lang, der Rückweg zieht sich, vor allem mit den ganzen Sachen.«

»Gut, aber fahr langsam, ja?«

Sie stieg hinter ihm in den Sattel und legte die Hände an seinen Gürtel. Er stellte die Tüte vor sich auf das Trittbrett und fuhr vorsichtig an. Der Roller schnurrte durch die ruhigen Straßen den Hang hinauf.

Erst ein paar Stunden auf der Insel, und schon Motorradbraut, dachte Catia.

Er hielt vor der Einfahrt an einer Stelle, die man vom Haus aus nicht einsehen konnte. Catia bedankte sich, und er reichte ihr die Einkäufe.

»Bist du verwandt mit ihr?«, fragte er.

»Und wenn es so wäre?«

»Wie heißt du?«

Catia sah nicht ein, ihm entgegenzukommen. Nicht bevor er ihr sagte, was das alles zu bedeuten hatte. »Warum kann ich bei euch nicht für Signora Santoro einkaufen?«

»Frag sie.« Damit stülpte er sich den Helm über den Kopf und fuhr davon.

* * *

»Musstest du so auf sie losgehen? Sie ist nur eine Haushaltshilfe, die ahnungslos in den Laden gestolpert ist.«

»*Sie* hat sie geschickt! Um uns zu quälen.« Die Frau, die Bernardo Nonna nannte, obwohl sie genau genommen seine Großtante war, stand hinter der Kühltheke, schnitt mit säbelnden Bewegungen eine Salami in dünne Scheiben und legte sie auf die vorbereiteten Tramezzini.

»Du hast doch gewusst, dass sie kommt«, erwiderte Bernardo.

»Nichts habe ich gewusst! Denkst du etwa, sie hätte mir Bescheid gesagt?«

»Sie nicht, aber die Buschtrommeln.«

Ihr zorniges Gesicht verfinsterte sich noch mehr. »Was will sie hier eigentlich? Diese Insel ist nicht mehr ihr Zuhause!«

Typisch, dachte Bernardo. Ein Inselbann für die verhasste Schwester. Warum nicht gleich ganz Italien?

»Immerhin ist sie hier aufgewachsen, und sie hat das Haus behalten«, hielt er dagegen.

»Ich hätte es niederbrennen sollen, das hätte ich tun sollen!«

»Du musstest damit rechnen, dass sie eines Tages wiederkommt. Wollt ihr euch nicht endlich mal aussprechen und versöhnen?«

»Was redest du da, Junge?«, gellte sie.

Bernardo bereute, dass er davon angefangen hatte. Altersstarrsinn, dachte er. In zwei Jahren wurde sie achtzig. Andererseits war sie früher auch nicht anders gewesen.

Sie hatte sich inzwischen in ihre Wut hineingesteigert und geiferte im heimischen Dialekt: »Ich soll ihr verzeihen, diesem Miststück? Denkst du etwa, sie hätte nur einmal ihre Hilfe angeboten, um unsere Mutter zu pflegen? Ganz zu schweigen von dem, was sie ihren Kindern angetan hat!« Sie fuchtelte mit dem Messer in der Luft herum. »Sollte sie es jemals wagen, durch diese Tür zu treten, dann gnade ihr Gott.«

Bernardo hatte genug, er wandte sich um und stapfte davon. Die Ladenglocke schrillte, und die Tür fiel hinter ihm zu.

* * *

»Ihre Schwester?« Catia schaut die Signora an, als wollte sie deren Gesicht auf Ähnlichkeiten mit der Frau im *alimentari* absuchen. Allerdings konnte sie sich an deren Gesicht nicht mehr so recht erinnern. Sie wusste nur noch, dass es hinter der Brille klein und verhutzelt ausgesehen hatte, wie eine vertrocknete Olive.

Sie saßen im *salotto*. Catia hatte das Sofa, den Ohrensessel und einen kleinen Tisch bis vor den Kamin gerückt und zwei Körbe Holz herbeigeschafft. Der Signora gelang es im Handumdrehen, ein Feuer anzufachen. Währenddessen bereitete

Catia ein einfaches Abendessen zu. Es gab Pasta mit grünem Pesto aus dem Glas und gerösteten Pinienkernen. Sie hatte ein paar Stoffservietten gefunden und faltete sie, einer alten Gewohnheit nach, zu Bischofshauben, die sie vor die schlichten weißen Porzellanteller stellte. Das billige Besteck aus der Küche passte nicht so recht dazu, aber natürlich bewahrte man in einem leeren oder vermieteten Haus kein Silber auf. Immerhin hatte sie in einer Vitrine im Esszimmer Weingläser aus Kristall gefunden und auch ein paar Kerzen. Das erste gemeinsame Abendessen sollte in einem halbwegs kultivierten Rahmen stattfinden, fand Catia, und auch die Signora lächelte erfreut, als sie das improvisierte Arrangement betrachtete.

Ihre dünne Gestalt war in einen legeren Hausanzug aus hellgrauem Kaschmir gehüllt, zusätzlich hing ihr eine der bunten Ziegenhaardecken um die Schultern. Eine zweite hatte sie Catia überlassen. Das erklärte, warum sie so viel Gepäck dabeihatte. Aber über die Decke freute Catia sich trotzdem, die konnte man in dieser klammen Villa wahrhaftig gut gebrauchen.

»Carmela!«

Erstaunlich, wie viel Abscheu man in drei Silben legen konnte.

»Konnten Sie mich nicht vorwarnen?«, fragte Catia vorwurfsvoll. »Ich habe es nämlich nicht so gern, wenn man mich mit Flüchen aus Geschäften jagt.«

»Woher sollte ich ahnen, dass es Sie ausgerechnet in diesen Laden ziehen würden? Dass der überhaupt noch existiert! Woher wusste sie eigentlich, für wen Sie einkaufen, haben Sie meinen Namen laut herausposaunt?«

»Ich wollte einige Sachen hierher liefern lassen«, verteidigte sich Catia. »Kaum nannte ich die Adresse, ist sie ausgerastet.«

»Ich kann es mir vorstellen. Bestimmt hat sie gezetert wie ein Fischweib und geflucht wie eine Hafenhure.«

»Warum hasst Ihre Schwester Sie so sehr?«

»Sie war immer von Neid zerfressen. Eine ewig zu kurz Gekommene, und es stimmt ja auch, zumindest in einem Punkt: Die Natur hat ihr viel zu wenig Hirn mitgegeben. Immer schon wollte sie, was ich hatte, und wenn sie es nicht bekam, hat sie es gestohlen. Sie hat mich ihr Leben lang bespitzelt, hintergangen und verraten, diese gottverdammte Hexe. Der Teufel soll sie holen, niemand verdient eine Schwester wie sie!«

Catia lernte gerade eine ganz neue Signora Santoro kennen. Das sonst so blasse Gesicht war vor Erregung und Wut gerötet, ihr Brustkorb hob und senkte sich. Es war, als hätte man eine Statue zum Leben erweckt.

»Anscheinend beruht die Abneigung auf Gegenseitigkeit«, bemerkte Catia.

»Das haben Sie klug erkannt, bravo.«

Catia ließ sich von dem ätzenden Tonfall der Signora nicht einschüchtern. Um ihr Zeit zu geben, sich wieder zu beruhigen, legte Catia Holz nach. Allmählich war die Temperatur hier drin zum Aushalten, zumindest die Vorderseite ihres Körpers fühlte sich schon recht warm an.

»Gibt es noch mehr Verwandte von Ihnen auf der Insel, die mir gefährlich werden könnten?«, fragte sie, als sie wieder Platz genommen hatte.

»Ich denke nicht.« Die Dame des Hauses war nun wieder ganz um Contenance bemüht.

»Wo sind Ihre Kinder jetzt, Signora?«

Mit einem Schnaufen drückte sie ihr Unbehagen aus, gelangte aber zu der Einsicht, dass man um das Thema nicht herumkäme. »Von Neapel bis zum Nordpol.«

»Dass Sie mir bloß nicht ins Plaudern kommen!«

Catia stand vom Sofa auf und setzte sich mit dem Rücken zum Feuer auf den Boden, um auch diese Körperseite zu wärmen. Sie griff nach der Weinflasche und begann sie zu öffnen. »Wir sollten auf unsere Ankunft anstoßen, was meinen Sie?«

»Für mich nur einen Fingerhut, bitte!«

Catia schenkte der alten Dame einen mittelgroßen Schluck

ein, sich selbst einen ordentlichen. Den hatte sie jetzt nötig. »Auf die bucklige Verwandtschaft!«, sagte sie.

»Okay, Sie geben ja doch keine Ruhe«, kapitulierte die Signora. »Wenn Sie es unbedingt wissen wollen. Irene und Adele sind Zwillinge, aber sie waren immer sehr verschieden, äußerlich und auch im Charakter. Irene arbeitet für einen wissenschaftlichen Verlag in Neapel. Sie ist geschieden, wozu man sie nur beglückwünschen kann. Sie hat jung geheiratet, ihr Mann war ein typischer ... nun ja, wie die Männer von hier eben sind. Töchter suchen sich ihren Ehemann bekanntlich oft nach dem Vorbild des Vaters aus, kein Wunder also, dass es so endete. Adele war Flugbegleiterin, sie hat einen Professor für Geschichte aus Bologna geheiratet, ein netter Mann, was man so hörte. Piero, mein Ältester, ist Meeresbiologe, in zweiter Ehe verheiratet mit einer jüngeren Kollegin. Er arbeitet mit seinen fast sechzig noch immer wie ein Besessener, genau wie seine Frau. Mission Weltrettung, Sie wissen schon. Im Moment ist er gerade auf einer Forschungsstation auf Grönland.«

»Also, geht doch«, lächelte Catia. »Gibt's Enkel?«

»Ich finde, das reicht jetzt an Familieninterna.«

»Gut, dann ein anderes Mal.«

»Salute!« Erleichtert hob die Signora ihr Glas.

Sie prosteten einander zu.

»Der Wein schmeckt gar nicht schlecht. Wo haben Sie den gekauft?«

»Beim *alimentari* Mariuzzo.«

Frau Santoro ließ das Glas sinken.

»Gucken Sie nicht so erschrocken«, grinste Catia. »Sie wird ihn schon nicht vergiftet haben.«

Sie lachte schrill auf. »Das können Sie nur behaupten, weil Sie meine Schwester nicht kennen!«

»Das Essen ist uns bis jetzt ja auch ganz gut bekommen«, erwiderte Catia, die nicht sicher war, ob die Signora scherzte oder nicht. Diese Schwester schien ein wunder Punkt zu sein.

Gut, sie war ein mürrischer alter Besen, aber man konnte es auch übertreiben.

»Wie bitte?« Die Augenbrauen der Signora schnellten in die Höhe, gleichzeitig legte sie die Hand auf ihre Magengegend, als wolle sie erste verdächtige Anzeichen erspüren. »Das Essen war auch von denen? Ich denke, sie hat Sie rausgeworfen!«

»Schon, aber der Typ aus dem Laden, dieser Bernardo, ist mir nachgefahren und hat mir die Sachen gebracht.«

»Bernardo?«

»Ja, so hieß er. Er nannte Ihre Schwester Nonna.«

»Ja«, sagte sie bitter. »Natürlich tat er das.«

Kapitel 8

Niccolò

Capri, die Fünfzigerjahre

Alle liebten Niccolò, auch Elisa. Ganz besonders Elisa. Im selben Maß wie aus dem runzeligen, ewig schreienden Säugling ein rundliches, zufriedenes Baby und nach und nach ein drolliges Kleinkind wurde, wuchs in ihr die Liebe zu ihrem Bruder. Es war eine Naturgewalt, sie konnte gar nichts dagegen tun. Sie wollte nur das Beste für ihn, er verdiente es, dass man ihm die Welt zu Füßen legte. Für ihre Schwester Carmela hatte sie ein derartiges Gefühl nie empfunden und würde es gewiss niemals tun, aber auch unter den anderen Familienmitgliedern gab es niemanden, für den Elisa auch nur annähernd so tiefe Gefühle hegte wie für Niccolò. Es machte ihr nichts mehr aus, dass Niccolò eines Tages der Direttore von Capre di Capri sein würde. Diese Rolle war ihm vom ersten Atemzug an zugeteilt worden, auch wenn man sich das bei der Betrachtung des winzigen Kerlchens in seiner Wiege noch kaum vorstellen konnte. Doch alle gingen davon aus: seine Eltern, Zia Stefania, seine Schwestern sowie ganz Anacapri, das zu seiner Taufe in der Kirche erschienen war.

Er würde ein guter Firmenleiter werden, dessen war Elisa ganz sicher, und sie würde das Ihre dazu beitragen. Elisas Horizont und ihr Denken hatten sich zwischenzeitlich erweitert. Seit sie ein katholisches Mädchengymnasium in Sorrent besuchen durfte und dadurch regelmäßig von der Insel wegkam, begriff sie, dass Anacapri und die Fabrik ihres Vaters nicht die Welt waren. Dass es noch andere Möglichkeiten im Leben gab, andere Berufe, andere Orte – zumindest, solange man nicht verheiratet war. Während ihre Schwester Carmela von klein auf von ihrer Hochzeit träumte, wurde Elisa eines immer deutlicher: Die Ehe mochte für Männer bequem sein, für Frauen war sie eine Falle. In die würde sie unter keinen Umständen treten, das schwor sie sich selbst. Dennoch kamen ihr manchmal gewisse Gedanken... Beim Anblick eines kräftigen Nackens im Schulbus, über den sich dunkle Locken ringelten, oder wenn ihr auf der Überfahrt nach Sorrent einer zulächelte und sie schmachtend ansah. In solch schwachen Momenten reichte es, sich das Leben ihrer Mutter vor Augen zu führen, schon konnte sie wieder klar denken.

»Niccolò, wer ist deine Lieblingsschwester?«, fragte Elisa. Sie standen bis zu den Knien im Wasser. Die Sonne brannte herab, und seine kleine Hand in ihrer schwitzte.

Er blinzelte zu ihr hinauf und strahlte sie an. »Du natürlich!«

»Und wer ist mein Lieblingsbruder?«

»Ich!«, quiekte er vergnügt und gluckste vor Lachen.

Der Dialog gehörte zu ihrem täglichen Spiel. Elisa wunderte sich jedes Mal aufs Neue, dass Niccolò dessen nicht überdrüssig wurde. Fast in jeder Situation konnte sie ihn damit aufheitern und ihn seine kleinen Kümmernisse vergessen machen. Davon abgesehen, war Niccolò für sein Alter recht pfiffig, aber anscheinend hatten fünfjährige Jungs einen recht simplen Humor.

Elisa zauste ihm die Locken. »Du vertraust mir doch, oder?«

»Ja, Elisa.«

»Dann komm mit. Nur noch ein kleines Stück. Ich halte dich, versprochen. Du musst tun, was ich dir gezeigt habe. Wie macht der Frosch?«

Er löste seine Hand aus ihrer und machte es vor.

Der Strand beim Leuchtturm von Punta Carena war gut

besucht. Der Tourismus auf Capri blühte auf. Jedes Jahr kamen mehr Menschen, um hier Urlaub zu machen oder auch nur für einen Tagesausflug. Es entstanden neue Hotels und Pensionen, Souvenirläden und Restaurants, und die ersten Ausländer begannen, sich Grundstücke und Häuser zu kaufen. Capresen, die früher ihr Geld mit Fischfang oder Landwirtschaft verdient hatten, sattelten um und wurden Hoteliers oder Ladenbesitzer. Während des Krieges war die Fischerei auf See verboten gewesen, zum einen wegen der Seeminen, aber auch wegen des Verdunklungsgebots. Nun verdienten sich viele ehemalige *marinai* mit viel weniger Aufwand und Gefahr eine goldene Nase, indem sie Besucher zu den Grotten brachten, vorzugsweise der Blauen, oder um die Insel schipperten.

Die Familie Santoro blieb bei dem, was sie immer getan hatten: Decken und Stoffe herstellen. Mit dem Wirtschaftsaufschwung, den Deutschland und der Norden Italiens erlebten, kam auch ihr Geschäft allmählich wieder in Schwung. Eine Decke der Marke Capre di Capri auf dem heimischen Diwan galt in den gehobenen Kreisen Nord- und Westeuropas als Ausdruck von Geschmack und Status. Die Decken waren unverwechselbar, besonders wegen des originellen Designs in den kräftigen Farben der Insel, die von einer Kollektion zur anderen nur geringfügig modifiziert wurden.

Die italienische Kaufhauskette La Rinascente zählte bald zu den regelmäßigen Abnehmern der Luxusdecken, man lieferte sie aber auch an das Lafayette in Paris, das Harrods in London oder das KaDeWe in Berlin. Die Kundschaft wuchs von Jahr zu Jahr. Sollte es so weitergehen, würde Niccolò einen großen Betrieb übernehmen. Dann brauchte er ohnehin eine tatkräftige Hilfe. Elisa stand parat. Bis dahin wollte sie für sich selbst sorgen und in der Welt herumkommen. Keinesfalls würde sie ein Leben wie ihre Mutter führen – ans Haus gebunden und unter der Fuchtel ihres Ehemanns. Ja, Angela Santoro war zwischenzeitlich eine der angesehensten Frauen von Anacapri.

Dennoch bestanden Elisas Gefühle für sie lediglich aus Mitleid und einer leisen Verachtung.

* * *

Einer der ersten Schritte in Richtung Selbstständigkeit war für Elisa, dass sie schwimmen lernte. Denn obwohl man auf einer Insel lebte, war diese Fähigkeit für die Bewohner nicht selbstverständlich, besonders nicht für die ältere Generation. Ihre Mutter und Zia Stefania hatten es nie gelernt, und was ihren Vater Edoardo anging, so behauptete dieser zwar, er könne es, aber er praktiziere es nicht, das Salzwasser schade seiner Haut.

Elisa brachte es sich selbst bei, als sie elf war. Mit der für sie typischen Hartnäckigkeit, die sie an den Tag legen konnte, sobald sie sich etwas in den Kopf gesetzt hatte, bekniete sie in den Sommermonaten ihre Mutter oder Zia Stefania so oft wie möglich, sie an den Lido del Faro zu begleiten oder zu einer anderen Bucht. Manchmal fuhr die ganze Familie zum Picknick an den Strand, aber meistens ließ sich nur Zia Stefania erweichen mitzukommen. Edoardo brachte sie mit dem Auto oder der Ape bis zur Straße oberhalb von Punta Carena und holte sie dort später wieder ab. Meistens war auch Carmela dabei, aus Langeweile oder aus Furcht, etwas zu versäumen. Sie ging jedoch nicht weit ins Wasser, sie fürchtete sich davor.

Zia Stefania mochte den Strand nicht besonders – zu lose Sitten, zu viel nackte Haut –, und das Meer hasste sie geradezu mit Inbrunst. Ihr Ehemann Sergio, den sie im Jahr 1911 geheiratet hatte, war ein Fischer gewesen, der, wie nicht wenige *marinai*, im Meer den Tod gefunden hatte, und das gleich im ersten Jahr ihrer Ehe, noch bevor er seiner Witwe zum Trost wenigstens ein Kind gemacht hatte.

Aber wer außer ihr sollte denn sonst am Strand auf die Mädchen aufpassen? Also saß Zia Stefania schicksalsergeben in ihren gewohnten schwarzen Kleidern und Strümpfen zwei, drei Stunden lang auf einem Kissen unter dem mitgebrachten Sonnenschirm und musterte mit kritischem Blick die jungen Frauen in den knappen Badeanzügen. Bikinis waren in Italien zwar verpönt, mancherorts sogar verboten, aber manchmal hielten sich die Ausländerinnen nicht daran, oder sie wussten es nicht. Das war dann jedes Mal ein gefundenes Fressen für die Halbstarken am Strand. Sie stießen einander an, bekamen Stielaugen und rissen Witze. Der Strand war für Zia Stefania das reinste Sodom und Gomorrha und obendrein gefährlich. Sobald Elisa ihre Schwimmübungen machte, umklammerte die Tante ihren Rosenkranz und begann zu mahnen und zu klagen, aus Furcht, das Mädchen könnte auf der Stelle untergehen wie ein Stein. Das Gezeter war nervtötend, doch alleine ans Meer zu gehen erlaubte man Elisa nicht. Man fürchtete um ihre Sicherheit, natürlich, aber auch um ihre Tugend. Es schickte sich nicht für ein Mädchen, allein am Strand unterwegs zu sein, zwischen den Jungscliquen, die sich dort herumtrieben, und all den Fremden, den *forestieri*, die weder Sitte noch Moral kannten. Allzu schnell kam ein Mädchen ins Gerede, auch wenn es erst elf Jahre alt war.

Manchmal gelang es Elisa doch, für ein paar Stunden zu entwischen. Dann schnappte sie sich ihr Fahrrad und radelte zu einer der versteckten Buchten, wo während der Woche die Wahrscheinlichkeit gering war, auf Bewohner aus Anacapri zu treffen. Dort gab es auch keinen Sonnenschirm- und Liegestuhlverleih, der von Einheimischen betrieben wurde, welche Elisa kannten und verraten hätten.

An einem dieser heimlichen Übungsnachmittage wurde sie beobachtet. Ein blonder Junge saß auf einem Felsen nah am Wasser und verfolgte ihre Schwimmversuche. Er war vielleicht ein, zwei Jahre älter als sie und gut einen Kopf größer. Es musste ein Ausländer sein. Nicht nur weil er strohblond war und hellblaue Augen hatte, sondern weil die einheimischen Jungs nur in Schwärmen auftraten wie die Sardinen. Außerdem hätte ein Caprese sie niemals so ungeniert angestarrt.

Nach einer Weile kam er zu ihr ins Wasser und rief: »Mach es wie der Frosch!«

Elisa starre ihn misstrauisch an. Sie hatte kein Wort dieser fremden Sprache verstanden. War das Deutsch? War es etwas Nettes gewesen oder eine Beleidigung?

»*Come la rana!*«, wiederholte er in holprigem Italienisch und machte es ihr vor.

Elisa verstand und wandte verächtlich den Kopf ab. Der Junge erzählte ihr nichts Neues. Aber es bestand eben ein Unterschied zwischen Theorie und Praxis.

Er stieg wieder aus dem Wasser und lief über den Strand zu einem Paar, vermutlich seinen Eltern, die unter einem roten Sonnenschirm saßen und mit einem Kind, das einen weißen Sonnenhut mit breiter Krempe trug, Karten spielten. Gut, dachte Elisa, er hatte also verstanden, dass man ein fremdes Mädchen nicht anquatschte, selbst wenn es verbotenerweise ohne eine Aufsichtsperson unterwegs war.

Sie versuchte es weiter, schaffte zwei, drei Züge, ehe sie wieder sank und Wasser schluckte und mit den Beinen hektisch nach dem sicheren Untergrund tastete. Irgendetwas machte sie immer noch falsch, erkannte sie wütend.

Ein paar Minuten später kam er zurück und hatte etwas Seltsames dabei. Das Ding bestand aus acht rechteckigen Elementen, verbunden durch Schnüre. Er legte sich das Ding demonstrativ um den Bauch, nahm es dann wieder ab und reichte es Elisa.

Sie zögerte zuerst, aber ihr Wunsch, schwimmen zu lernen, war stärker. Sie nahm es, es war unglaublich leicht, die Schnüre waren schwerer als die Elemente. Inzwischen war die Mutter der Jungen näher gekommen. Unter dem Strohhut schaute ihr Haar heraus, es war so hell wie das ihres Sohnes. Ihr rot karierter Badeanzug war in der Taille eng geschnürt, die Brüste ragten spitz hervor. Sie trug eine Sonnenbrille mit schräg liegenden Gläsern, sie sahen aus wie überdimensionale Katzenaugen. Alles in allem wirkte die Frau auf Elisa wie ein Filmstar. Sie lächelte Elisa zu und sagte auf Italienisch mit einem harten Akzent, sie werde aufpassen, dass sie nicht unterging. Sie überprüfte die zwei Schleifen der Schnüre und bedeutete ihr dann, dass es losgehen könne.

Und Elisa schwamm. Dieser Gürtel war wie eine Zauberkraft, er hielt sie auf der Wasseroberfläche, sie ging nicht unter. Der Junge schwamm immer neben ihr, seine Mutter, die am Ufer stand, hatte es ihm befohlen, so viel hatte Elisa mitbekommen.

Er machte ihr vor, wie sie sich bewegen und wie sie atmen sollte. »Wie der Frosch«, sagte er und deutete auf seine Beine.

»Wiede Froosch«, wiederholte Elisa und versuchte, es ihm nachzumachen. Nach einer Weile klappte es ganz gut. Schließlich standen sie wieder im seichten Wasser und strahlten alle beide.

»*Toglierlo*. Nimm ihn ab«, befahl die Frau.

Elisa gehorchte. Hatte sie etwas falsch gemacht?

Die Frau nahm den Gürtel und entfernte zwei Glieder, dann band sie ihn Elisa wieder um. »Ancora!«

Elisa begriff. Noch immer trug sie der Gürtel gut, aber sie musste sich ein klein wenig mehr anstrengen. Atemlos beendete sie ihre Runde.

Der Junge bedeutete ihr, dass die Übung weiterging. Noch einmal wurden zwei Styroporkörper weggenommen, es waren jetzt nur noch vier, halb so viel wie am Anfang. Nun war es noch schwieriger, und Elisa kippte einige Male nach vorn. Doch es klappte.

Am Ende der Übungen zog sie den Gürtel aus und reichte ihn dem Jungen. »*Grazie.*«

Er deutete auf sich: »*Io sono* Albrecht. *Germania.* München.«

»Albrekt«, wiederholte Elisa und deutete auf sich. »Elisa, Italia.«

Sie bemerkte auf einmal, dass die Sonne schon recht tief stand. Sie sagte, sie müsse jetzt nach Hause.

»*Domani?*«, fragte er und hob den Gürtel hoch.

Elisa zuckte mit den Schultern. »*Forse.*« Vielleicht.

Sie schlüpfte in ihre Turnschuhe. Zum Trocknen blieb keine Zeit, sie zog das Kleid über den nassen Badeanzug. Dann ging sie eilig die Stufen hinauf, bis zur Straße, wo sie ihr Fahrrad hinter einem Ginsterbusch versteckt hatte. Bis sie nach Hause gefahren war, würden Anzug und Kleid hoffentlich trocken sein, und wenn nicht, musste sie über die Pergola in ihr Zimmer hinaufklettern und sich dort umziehen.

Doch dieses Mal hatte sie Pech. Schon am Tor lief sie ihrer Mutter direkt in die Arme.

»Wo warst du?«

»Bei Marta Rizzoli, wir haben für den Test in Mathematik gelernt.«

Elisa hatte noch nicht ausgeredet, da klatschte schon die Ohrfeige an ihre Wange. Angela hatte die nassen Flecken auf Elisas Kleid bemerkt. Sie hob es am Saum hoch und sah darunter den Badeanzug. Die Ohrfeige und die anschließende Predigt wären Elisa einigermaßen egal gewesen, viel schwerer wog die Woche Hausarrest, und noch schwerer, dass ausgerechnet Carmela dazu auserkoren wurde, die ordnungsgemäße Durchführung der Strafe zu überwachen. Was diese nur allzu eifrig und mit boshaftem Vergnügen tat.

Als Elisa zehn Tage später zum ersten Mal wieder ausbüxen konnte und in die Bucht fuhr, war die deutsche Familie nicht da. Aber das Schwimmen klappte viel besser, auch ohne den wundersamen Gürtel, und am Ende des Sommers konnte sie es. Es war das wunderbarste Gefühl, das sie kannte. So ähnlich stellte sie es sich vor, fliegen zu können. Plötzlich war alles leicht, und die kleinste Bewegung brachte einen voran. Wenn man sich auf dem Rücken flach ausstreckte und den Kopf ins Wasser legte, dann war da nur noch der Himmel über ihr und unter ihr das Meer, das sie trug wie ein mächtiges Kissen. Die Welt war still, und sie fühlte sich eins mit dem riesigen Ozean. Vor allen Dingen aber war sie inmitten der glitzernden Wellen unerreichbar für Carmela. Dort konnte sie ihr nicht auf die Nerven gehen mit ihrem Gequengel und ihren albernen Mädchenspielen. Sie stellte sich vor, sie wäre eine Nixe mit einem Schloss am Meeresgrund, in dem sie tun und lassen konnte, was sie wollte.

* * *

Vier Jahre war das mit den Schwimmübungen nun her. Elisa war inzwischen fünfzehn, ihr Bruder Niccolò sollte im Dezember seinen sechsten Geburtstag feiern, und Elisa fand, dass es für ihn höchste Zeit sei, schwimmen zu lernen. Ein Junge musste das können, das stellte sie immer wieder fest, wenn sie heimlich die *ragazzi* am Strand beobachtete. Manche tauchten sogar oder sprangen von Felsen. Wer von ihnen nicht gut schwimmen konnte, war erbarmungslosen Neckereien ausgesetzt. Es herrschte das Gesetz des Stärkeren, und Niccolò war eher von zarter Konstitution und für sein Alter nicht sehr groß. Er musste sich in der Schule und auch sonst behaupten können. Die Welt war brutal, man konnte sich nicht allein darauf verlassen, dass ihn der Name Santoro in allen Lebenslagen und vor sämtlichen Rabauken schützte. Elisa erkannte das glasklar, und im Gegensatz zum Rest der weiblichen Familienmitglieder, die den Kleinen nach Strich und Faden verhätschelten, wollte Elisa alles tun, damit er für den Kampf unter seinesgleichen gerüstet war.

Sie vergewisserte sich, ob die Schwimmflügel fest an seinen Ärmchen saßen. »*Allora*, Niccolò«, sagte sie dann, »jetzt geh tiefer ins Wasser, und dann machst du es wie der Frosch. Mit Armen und Beinen! Die Beine sind das Wichtigste.«

Angefeuert von Elisa, schwamm Niccolò drauflos. So langsam begriff er, worauf es ankam. »Schau, Elisa, ich schwimme!«, rief er begeistert.

»Bravo!« Sie winkte ihm lachend zu.

Ein paar männliche Jugendliche, die etwas weiter hinten

zusammenhockten, sich lässig gebärdeten und dabei rauchten, begannen zu johlen und zurückzuwinken.

»*Cretini*«, murmelte sie.

Wäre Elisa Santoro nicht die, die sie nun einmal war, wären sie ihr möglicherweise auf die Pelle gerückt oder hätten ihr Obszönitäten zugerufen, begleitet von anzüglichen Gesten. Dieses Verhalten setzte bei ihnen reflexartig ein, wenn sie ein junges Mädchen zu sehen bekamen, besonders hier, am Strand. Doch die Jungs ließen es dabei bewenden, sich gegenseitig anzurempeln und zu kichern. Sie wussten genau, wer das Mädchen im blau-weiß gestreiften Badeanzug war. Manche von ihren Müttern hatte schon in der Fabrik ihres Vaters am Webstuhl gesessen oder tat es noch. Deshalb wagten sie nicht, sie zu belästigen, denn es könnte sonst geschehen, dass der eine oder andere Lümmel ein paar Tage später vom eigenen Vater Prügel bezog.

Elisa drückte das Kreuz durch und hob das Kinn, wobei sie die Bande keines Blickes würdigte. Sie wusste, sie war unantastbar für diese Schwachköpfe. Manchmal, dachte sie, hatte es durchaus Vorteile, die Tochter eines Fabrikbesitzers zu sein.

Niccolò pflügte noch immer durch die kurzen, harten Wellen. Er schaffte jetzt schon zwanzig Meter am Stück. Elisa, die inzwischen schwamm wie ein Delfin und sogar für das Rettungsschwimmerabzeichen trainierte, war zufrieden. Er hatte begriffen, wie es ging. Bis zum Ende des Sommers mussten auch noch die Schwimmflügel verschwinden. Dann würde sie ihrem Vater stolz berichten, dass sie Niccolò das Schwimmen beigebracht habe, und er würde sie ganz bestimmt dafür loben.

Seit es Niccolò gab, war ihr Vater ein anderer Mensch. Der kleine Sohn war die Erfüllung seines Lebens, sein ganzer Stolz, sein Ein und Alles, woraus er überhaupt keinen Hehl machte. Niemand nahm es ihm übel, auch nicht seine Töchter. Söhne zählten nun einmal mehr, das war ein Naturgesetz. Er nannte Elisa jetzt nur noch selten seine Prinzessin, was allerdings auch an ihrem Alter liegen mochte. In den Augen ihres Vaters war sie mit fünfzehn Jahren schon fast eine junge Frau. Manche waren in dem Alter schon verlobt, es war nicht selten, dass Mädchen mit sechzehn oder siebzehn heirateten.

Ja, Niccolò hatte Elisa in seiner Gunst den Rang abgelaufen, aber das machte ihr nichts aus, im Gegenteil. Denn zu Elisas großer Erleichterung hatte das Gerede von einem Ehemann aufgehört, und nicht nur das. Neulich deutete Elisa vorsichtig an, sie würde gerne nach Abschluss des Gymnasiums studieren, Architektur oder Kunst vielleicht. Zu ihrer großen Freude und Überraschung hatte ihr Vater genickt und gemurmelt, man werde mal sehen, eins nach dem anderen.

Ein hoch aufgeschossener blonder Junge humpelte an ihr vorbei und ließ sich einige Meter von ihr entfernt auf einem zusammengefalteten Handtuch nieder. Mit schmerzverzerrtem Gesicht inspizierte er seine Fußsohle. Elisa schielte zu ihm hinüber und erkannte sein Problem: Seeigel.

Sie sah zu Zia Stefania, die unter dem Sonnenschirm auf einer Liege des Liegestuhlverleihs lag. Diesen Luxus genehmigte sich die Großtante inzwischen, und heute trug sie, als Gipfel der Frivolität, sogar ein geblümtes Strandkleid, wenn auch in gedeckten Farben. Sie musste eingeschlafen sein, der Strohhut war ihr über das Gesicht gerutscht und die Klatschzeitung lag neben ihr auf dem Boden, sodass nur noch der Wind in den Seiten mit den Fotos der Adeligen und Filmstars blätterte. Ein Glück. Anderenfalls hätte sie Niccolòs Schwimmversuche sicherlich mit besorgten Rufen und Ermahnungen begleitet, denn *il mare* war noch immer ihr erklärter Feind, dem sie nicht eine Sekunde lang traute. Das, was man in der Familie ihre *Vergesslichkeit* oder *Schusseligkeit* nannte, war zu der Zeit schon in einem fortgeschrittenen Stadium, doch ihre Dienste als Anstandsdame waren immer noch gefragt. Jedenfalls bestand Edoardo nach wie vor darauf, dass sie Elisa an den Strand begleitete. Sie waren mit der Vespa gekommen. Elisa – die von Rechts wegen eigentlich noch gar nicht fahren durfte, aber wer wollte etwas dagegen sagen – saß am Lenker, die Tante hinter ihr, und Niccolò stand auf dem Trittbrett. Für Carmela war bei dieser Konstellation leider kein Platz, sie blieb schmollend zu Hause.

Niccolò schwamm noch immer eifrig hin und her. »*Guarda*, Elisa, schau!«

Elisa ging zu ihrer Tante und holte vorsichtig, um sie nicht zu wecken, das Etui mit der Pinzette aus der Tasche. Es empfahl sich immer, sie dabeizuhaben, wegen der Seeigel oder Glasscherben.

»Hier, nimm die«, sagte sie zu dem Jungen.

Der Angesprochene, noch immer mit seinem Fuß beschäftigt, blickte auf, schaute sie überrascht an. »Danke«, sagte er auf Deutsch, um hastig ein »*Grazie*« hinterherzuschicken.

»*Tedesco?*«, fragte sie.

»*Sì.*«

Sie reichte ihm die Pinzette. »*Pinza*«, erklärte sie.

Er nahm sie und begann, die Stacheln aus seiner Fußsohle zu ziehen, was aber nur teilweise gelang. Elisa setzte sich neben ihn und beobachtete die Operation interessiert. Die Stacheln waren kaum greifbar, und wenn man zu fest drückte, brachen sie ab, und der Rest blieb in der Haut stecken.

»Du heißt Elisa«, sagte der Junge plötzlich auf Italienisch. Er hatte aufgegeben und reichte ihr die Pinzette.

Elisa nickte, wenig beeindruckt. Vorhin hatte Niccolò ihren Namen gerufen, man hatte es am ganzen Strand gehört.

»Ich kenne dich«, sagte er. »Vor vier Jahren…«

»Du bist der mit dem Schwimmgürtel!«, brach es aus Elisa heraus.

»Albrecht.«

»Stimmt. Albrecht«, wiederholte sie. »Ist lange her.«

»Wir waren die letzten drei Jahre nicht hier. Meine Eltern wollten lieber nach Korsika und nach Sardinien.«

»Wie ist es da?«

»Schön«, sagte er. »Aber hier gefällt es mir besser.« Er lächelte sie an.

Sie wandte verlegen den Blick ab. »Du hast Italienisch gelernt«, stellte sie fest.

Er nickte. »Ein bisschen. Wie alt bist du?«, fragte er.

»Sechzehn«, log Elisa. »Und du?«

»Achtzehn.«

»Wo wohnt ihr, ich meine hier, auf Capri?«

»In Marina Piccola. Ein Freund meiner Eltern hat da eine Ferienwohnung.«

»Wo sind deine Eltern?«

»Sie wollten auf den Monte Solaro steigen, aber ich hatte keine Lust. Wo wohnst du?«

»Ich bin aus Anacapri.«

»Können wir uns mal treffen?«, fragte er.

»Wir treffen uns doch gerade.«

»Ich meine, am Abend. Heute, zum Beispiel.«

Sie schüttelte den Kopf. »Meine Eltern würden das nie erlauben.«

»Eliiiisaaa!« Die Stimme von Zia Stefania schallte über den Strand. Elisa sprang auf. »Ich muss gehen.«

»Schade.« Er gab ihr die Pinzette zurück. »Sehen wir uns morgen am Strand?«

Sie zuckte mit den Achseln. »Du musst Zitronensaft drauf tun«, sagte sie. »Der löst die Stacheln auf, sie bestehen aus Kalk.«

»Zitrone?«, wiederholte er.

»Ja, oder Essig.«

»Elisa!« Zia Stefania machte Anstalten, sich vom Liegestuhl zu erheben, aber Elisa war schon unterwegs zu ihr. Sie warf die Pinzette in die Badetasche.

»Wer war das?«, fragte sie, halb streng, halb neugierig.

»Niemand.«

»Etwa so ein Flegel aus Capri? Du weißt, dass du mit denen nicht reden sollst. Die sehen auf uns herab und bilden sich weiß Gott was ein. Dabei sind sie falsch und verschlagen, eine Schlangenbrut…«

»Es war ein Deutscher. Er ist in einen Seeigel getreten.«

»Ein Deutscher? Madonna! Dass die sich überhaupt schon wieder in unser Land trauen. Aber immer noch besser als einer aus Capri. Wo ist denn Niccolò?«

Elisa fuhr herum und suchte mit den Augen das Wasser ab. Dort, wo er eben noch hin und her geschwommen war, war er nicht. Sie kehrte um und rannte zum Wasser, rief seinen Namen. Wo war er? Sie merkte, wie eine Faust nach ihrem Magen griff. Er war nicht da. Nicht im Wasser. Nicht am Strand. O Gott, was, wenn…? Sie wagte das Furchtbare nicht einmal zu denken. Mittlerweile stand auch Zia Stefania neben ihr und brüllte Niccolòs Namen. Ihr Blick war hektisch, sie war bereits wahnsinnig vor Angst. »Dein Vater bringt uns um, er bringt uns um«, flüsterte sie.

Die Leute wurden aufmerksam.

»Was ist los, kann ich helfen?«, wandte sich eine Frau hilfsbereit an Elisa.

»Ein Junge, etwa so groß!« Elisa deutete seine Größe an. Er ging ihr knapp bis unter die Brust. »Haben Sie ihn gesehen? Dunkle Locken, blaue Badehose, Schwimmflügel!«

Sie stellte die Frage noch weiteren Personen, jedem, der ihr in die Quere kam, während sie ziellos herumlief. Ein Strudel von Angst erfasste sie.

Lieber Gott, bitte! Bitte lass es nicht zu! Nicht ihn, nicht Niccolò! Ich werde dich nie wieder um etwas bitten, aber lass es nicht zu!

Etliche Badegäste waren inzwischen aufgestanden und begannen sich umzusehen, andere saßen aufrecht auf ihren Liegen und schienen nicht recht zu wissen, was sie tun sollten. Elisa geriet in helle Panik. Plötzlich hing ihrer aller Leben an einem seidenen Faden, der vielleicht schon gerissen war. Sie sah plötzlich überall Kinder, lauter Kinder, große, kleine, dunkelhaarige, blonde, Mädchen und Jungen. Nur Niccolò war nicht dabei.

»Niccolò! Niccolòooo!«

Sie wagte nicht mehr, aufs Meer zu schauen, aus Angst, seinen leblosen Körper zwischen den Wellen auftauchen zu sehen.

Mein Leben ist zu Ende. Wenn er tot ist, ist auch mein Leben zu Ende...

»Hier ist er! Das ist er doch, oder?«

Es war die Stimme von Albrecht, sie hatte gar nicht bemerkt, dass er sich trotz seines Handicaps an der Suche beteiligt hatte. Er stand vor einem größeren Felsen nah am Saum des Wassers. Dahinter hockten zwei kleine Jungs. Der eine trug ein rotes Käppi, blondes Haar schaute darunter hervor. Er hatte einen gelben Bagger aus Plastik, mit dem er ein Loch in den Sand grub. Es war schon so tief, dass sich Wasser darin sammelte, aber er baggerte weiter. Niccolò trug noch immer seine Schwimmflügel, saß daneben und beobachtete den Vorgang fasziniert und mit höchster Konzentration.

Elisa stand da und konnte gar nichts tun, außer sich die Tränen abzuwischen, welche sie erst jetzt bemerkte. Dieser Moment der Erleichterung! All das Entsetzen, das Grauen, löste sich wie eine Seifenblase auf. Plötzlich spürte sie die Sonne wieder auf ihrer Haut, hörte das Lachen, die Stimmen, das Kreischen der Möwen und Albrecht, der etwas zu dem kleinen Jungen mit dem Bagger sagte. Der Kleine antwortete, ohne von seinem Loch aufzublicken.

»Ein kleiner Holländer ist an allem schuld«, stellte Albrecht fest und lächelte Elisa an. Aber der war noch nicht zum Lachen zumute, der Schrecken, dieser Blick in den Abgrund, zeigte noch immer Wirkung. Am liebsten hätte sie Niccolò gleichzeitig umarmt, geküsst und ihm dann eine geschmiert, doch um den Vorfall nicht unnötig zum Drama hochzuspielen, tat sie nichts davon. Stattdessen funkelte sie Albrecht wütend an. War die ganze Aufregung nicht auch seine Schuld? Hätte er sie nicht in ein Gespräch verwickelt... Wortlos nahm sie den protestierenden Niccolò bei der Hand und brachte ihn zu ihrem Platz.

»Junge! Hast du uns einen Schrecken eingejagt!« Zia Stefania riss Niccolò in die Höhe und erdrückte ihn fast in ihren Armen.

Elisa setzte sich neben sie in den Schatten des Sonnenschirms und gab Niccolò etwas Zitronenlimonade aus der mitgebrachten Flasche. Er hatte Durst, und seine Wangen fühlten sich heiß an. Zeit zu gehen, dachte Elisa. Sie wollte auch wegkommen von Albrecht, der immer noch zu ihnen herüberschaute.

»Und du, Mine, du musst besser auf deinen Sohn aufpassen«, sagte Stefania streng. »Ich kann mich nicht immer um ihn kümmern. Ich verstehe, dass du dich ab und zu mit deinen Landsleuten unterhalten willst, aber Silvano sieht es nicht gern, wenn du mit anderen Männern sprichst. Du hast einen Capresen geheiratet! Du kannst nicht einfach weitermachen, wie du willst.«

»Habe ich mich denn schon öfter schlecht benommen?«, fragte Elisa, die begriff, dass der überstandene Schrecken in Zia Stefanias Hirn wieder einmal Zeiten und Personen durcheinandergewirbelt hatte. Das kam in letzter Zeit öfter vor.

»Ständig bist du mit Malen beschäftigt!«, schimpfte sie. »Als gäbe es nichts Wichtigeres.«

»Die Entwürfe für die Decken? Meinst du die?«

»Ja, die und diese Bilder, dieses wirre Zeug. Du hast einen Mann und einen Sohn!«

»Ich muss mich doch auch um die Firma kümmern.«

»Das ist Sache von Silvano. Er braucht dich nicht mehr.«

»Aber das alles war doch meine Idee!«

»Mag sein. Doch nun ist dein Mann an der Reihe, Mädchen! Er muss die Firma leiten, sonst verliert er das Gesicht. Du musst dich fügen!«

»Wird Silvano mich fortjagen?«

»Das sollte er! Er ist viel zu gutmütig. Anbinden sollte man dich wie eine Ziege!« Sie blickte ihre Großnichte böse an. »Das Haus hat er nur für dich gebaut. Alles so, wie du es wolltest.«

»Das gibt ihm nicht das Recht, mich darin einzusperren.«

»Das hättest du dir vor der Heirat überlegen müssen. Unsere Männer sind stolz, sie erlauben es nicht, dass man ihnen auf der Nase herumtanzt.« Zia Stefania zauste geistesabwesend Niccolòs Locken. »Der arme Junge! Er war erst zwölf. Der konnte sich doch gar nicht zurechtfinden. Wie hast du dir das gedacht? Dafür wirst du ewig in der Hölle schmoren!«

»Warum bin ich gegangen? Gab es Streit?«

»Streit gibt es doch dauernd bei euch. Ich hätte wissen müssen, dass etwas nicht stimmte, als es mal längere Zeit keinen gab. Bei Nacht und Nebel abzuhauen wie eine Diebin! Mit dem nächstbesten *forestiero*. Das hat mein armer Bruder nicht verdient.«

»Wer war der *forestiero*, kennst du ihn?«

»Ich kenne niemanden! Aber irgendeiner wird es schon gewesen sein.«

»Es muss doch nicht immer ein Mann dahinterstecken.«

»Was denn sonst?«, fauchte sie. »Dir fehlt es doch an nichts. Warum, wenn nicht wegen eines anderen, lässt eine Frau Mann und Sohn zurück? Ist es ein Künstler oder einer von dem reichen Pack, das sich auf unserer Insel herumtreibt?«

»Silvano hat mich geschlagen!« Es war ein Schuss ins Blaue. Angeblich war ihr Großvater Silvano ein sanftmütiger Mann gewesen, längst nicht so aufbrausend und launisch wie sein Sohn Edoardo. Doch stimmte das wirklich? Stefania, seine um fünf Jahre ältere Schwester, betonte stets nur dessen gute Seiten und die schlechten ihrer Schwägerin Wilhelmine. Angela äußerte sich grundsätzlich nie zu ihrem Schwiegervater, ganz nach dem Grundsatz, über Tote nichts Schlechtes zu sagen. Elisa spürte, wie ihr vor Aufregung das Herz klopfte. Noch nie war sie auf den verschlungenen Pfaden von Stefanias verwirrtem Geist so weit vorgedrungen.

Im Gesicht Stefanias lebten die ganze Wut und Verzweiflung längst vergangener Tage wieder auf. »Wenn, dann hast du es verdient!«, giftete sie drauflos. »Du hast nur Schande über uns gebracht. Hast du eine Ahnung, was wir aushalten mussten? Spott und Hohn und Getuschel, alles deinetwegen!« Ihre Augen verengten sich, ihr Atem ging keuchend. Elisa bekam es mit der Angst zu tun und beschloss, die Scharade jetzt lieber zu beenden. Sie ergriff Stefanias Schultern und schüttelte sie leicht. »Schau mich an, Tante, ich bin es, Elisa. Es ist alles vorbei!«

Stefania musterte sie einen Augenblick lang wie jemand, den man aus dem Schlaf gerissen hat. Dann lehnte sie sich zurück, schloss die Augen und fiel in einen erschöpften Schlummer.

Niccolò hatte die Limonade ausgetrunken und begann zu quengeln. Elisa schlug vor, im Sand eine Bahn für die kleinen Blechautos zu bauen, die er mit an den Strand geschleppt hatte, aber es funktionierte nicht, er war schon über den kritischen Punkt hinaus. Vielleicht hatte er auch zu viel Sonne abbekommen. Sie stand auf und klappte den Sonnenschirm zu. »Zia, wach auf! Lass uns zusammenpacken, Niccolò ist müde.«

»Deinen Eltern erzählen wir lieber nichts von der Sache am Strand«, sagte Zia Stefania später, als sie vor der Villa von der Vespa stiegen. »Es ist ja nichts weiter passiert. Du wirst diesen Deutschen bestimmt nicht wieder treffen, nicht wahr, Elisa, versprich es mir?«

»Nein, werde ich nicht. Danke, Zia Stefania.«

Dennoch musste Elisa wiederholt an den blonden deutschen Jungen denken. Albrecht. Schon fast ein Mann, wenn man es genau nahm. Sie hatte nicht vor, sich an das Versprechen zu halten, das sie Zia Stefania gegeben hatte. Ein Vorteil von deren zunehmender Schusseligkeit war, dass sie solche Versprechen schon in der nächsten Viertelstunde vergaß. Doch es sollte sich für Elisa keine Gelegenheit mehr ergeben, ohne Aufsicht an den Strand zu entwischen. Dieser Tag sollte Elisa als der letzte eines glücklichen Sommers und eines glücklichen Lebensabschnitts im Gedächtnis bleiben. Knapp sechs gute Jahre hatte das Schicksal der Familie Santoro gewährt. Danach brach das Unglück über sie herein.

Es begann damit, dass Niccolò nach dem Strandausflug über Kopfschmerzen klagte, seine Temperatur stieg an, und er wollte nichts essen.

Da Niccolò öfter einmal kränkelte, war zunächst niemand über die Maßen alarmiert. Niccolò bekam Tee eingeflößt und Saft gegen das Fieber. Man war sicher, es würde ihm am nächsten Morgen wieder besser gehen. Doch es ging ihm nicht besser. Er war bleich und apathisch und hatte noch immer Kopfschmerzen. Dottore Taccone wurde gerufen. Er kam zur Mittagszeit und versuchte es zunächst mit den üblichen Mitteln, die bisher immer rasch angeschlagen hatten. Doch am Abend ging es Niccolò eher noch schlechter, und der Doktor beschloss, das Kind müsse ins Hospital. »Nur vorsorglich und für eine weitere Diagnostik, die ich nicht vornehmen kann«, versuchte er die aufgeregten Eltern zu beruhigen.

»Bestimmt hat er einen Sonnenstich, das kommt davon …«, meinte Angela. Der Vorwurf war eindeutig an ihre Tochter Elisa gerichtet. Sie mochte es nicht, wenn diese den Jungen an den Strand mitschleppte, wo tausend Gefahren lauerten.

»Nein, das ist kein Sonnenstich«, sagte der Doktor mit ernster Miene, und da war sie wieder, die Angst, ähnlich der, die sie am Strand empfunden hatte, als Niccolò verschwunden war. Nur kam sie dieses Mal nicht überfallartig, sondern sie schlich sich leise heran. Denn Elisa vermisste im Gesicht von Dottore Taccone dessen zuversichtliches Lächeln, bei dessen Anblick es einem normalerweise schon gleich besser ging, erst recht, wenn er mit seiner sonoren Stimme, die tief aus seinem runden Bauch kam, versicherte, dass alles bald wieder in Ordnung käme. Jetzt war da kein Lächeln, nur Schweigen. Sie sah die tiefe Sorge im Gesicht des Hausarztes, der sie, seit sie denken konnte, behandelte, genau wie den Rest der Familie, und sie begriff, dass er ihnen etwas vorenthielt, etwas Schreckliches, von dem er schon wusste oder zumindest eine Ahnung hatte, die er nur nicht auszusprechen wagte.

* * *

Niccolò starb kurz nach dem Weihnachtsfest, das er im Kreis seiner Familie auf der onkologischen Kinderstation einer Klinik in Neapel verbrachte. Es war eine furchtbare Zeit. Seit jenem Tag im August drehte sich alles nur noch um Niccolòs Krankheit, um Blutwerte, um rote und weiße Blutkörperchen…

Manchmal spürte Elisa, wie ihr Vater sie ansah und dabei vor verhaltener Wut innerlich kochte. Da konnten ihm die Ärzte hundert Mal erklären, dass Leukämie eine Blutkrankheit war und ein eventueller Sonnenstich rein gar nichts mit dem Ausbruch der Krankheit zu tun hatte. In seinem Schmerz dachte Edoardo nicht mehr rational. Er wollte irgendjemanden für sein Leid verantwortlich machen. Vielleicht beneidete er Elisa auch nur um diese letzten glücklichen Stunden am Strand, die diese dort mit Niccolò verbracht hatte. Elisa, und nicht er, sein Papà.

Nie würde Elisa das Bild ihrer Eltern am Grab ihres kleinen Sohnes vergessen. Zwei reglose Säulen, erstarrt in bodenloser Trauer. Angela hielt die Prozeduren nur mit Tabletten durch, und Edoardo hatte schon vor Wochen zu trinken begonnen. Am Tag der Beisetzung war er nüchtern, was sein Leid noch verschlimmerte. Carmela und Zia Stefania heulten Rotz und Wasser. Elisa war wie versteinert, was böse Zungen ihr im Nachhinein als Gefühllosigkeit auslegten. Dabei hätte sie schreien mögen vor Schmerz und vor Wut. Und was hatte Padre Sebastiano zu alldem zu sagen? Dass der Herrgott den kleinen Niccolò auserwählt habe. Warum gerade ihn? Was war sein Vergehen, was sein Verdienst? Er war doch nur ein ganz normaler kleiner *ragazzino*. Wo blieb die Erklärung, mit der man weiterleben konnte, wie konnte Gott so etwas zulassen? Elisa gab sich selbst die Antwort: Weil er entweder nicht existierte, und falls doch, so war er böse oder absolut gleichgültig den Menschen gegenüber. Wofür brauchte man ihn dann? Elisa, die trotz der fortwährenden Indoktrination durch die Nonnen des katholischen Mädchengymnasiums nicht gerade durch Frömmigkeit glänzte, verlor in diesen Tagen die Reste ihres naiven Kinderglaubens. Nein, mit dem Allmächtigen brauchte man ihr nicht mehr zu kommen. Dies hatte sie ab sofort mit ihrem Vater gemeinsam.

In den folgenden Monaten führten alle ein Leben wie auf Zehenspitzen. Die Villa Santoro wurde zum Geisterhaus, die Bewohner waren die Gespenster. Wie Mehltau lag die Trauer über deren Leben. Zwischen Carmela und Elisa kamen die üblichen Streitereien zum Erliegen. Beide verband das Gefühl, nur noch einander zu haben. Mit Vater und Mutter war nicht mehr zu rechnen, das spürten sie, denn wie die meisten Eltern eines toten Kindes begriffen auch Edoardo und Angela nicht, was ihre Trauer für die noch lebenden Kinder bedeutete. Carmela und Elisa waren sich in den ersten Jahren nach Niccolòs Tod so nah wie nie zuvor und auch nicht mehr danach.

Oft hatte Elisa ihren langen Schulweg verflucht, doch inzwischen war sie froh, dass sie jeden Tag nach Sorrent musste. Sie ging an den Wochentagen sehr früh aus dem Haus, fuhr, zusammen mit anderen Schülern, mit dem Bus hinab nach Capri und mit der *funicolare* nach Marina Grande, um von dort das Schiff nach Sorrent zu nehmen. Zur Schule brachte sie ein Linienbus. Am Abend ging es in umgekehrter Reihenfolge zurück. So war Elisa den ganzen langen Tag aus dem Haus. Sie lernte leicht und gern, war konzentriert und sog alles auf, was man ihr bot. Sich in den Unterrichtsstoff zu vertiefen war ihre Flucht. Sie las sich kreuz und quer durch die Schulbibliothek, deren Angebot naturgemäß etwas einseitig war. Immerhin, es gab philosophische Werke und sogar ein paar Romane, von der braven Sorte. Die nicht so braven kursierten heimlich unter den Schülerinnen. *Lady Chatterley*, du lieber Himmel, das hätten die Nonnen nicht sehen dürfen! Es war nicht so, dass Elisa in der Schule ihren Kummer vergessen hätte. Die dunkle Wolke, die sie umgab, war allgegenwärtig. Manchmal gab es aber eine kleine Abwechslung, und wenn sie doch einmal mit ihren Schulkameradinnen über etwas lachte, musste sie sich nicht erschrocken umschauen, ob es jemand gehört hatte.

Kapitel 9

Gemischte Gefühle

Capri, Gegenwart

Nach der Wärme des Kaminfeuers fühlte sich in Catias Zimmer alles noch kälter an. Sie brachte es nicht einmal über sich, sich richtig auszuziehen, tauschte lediglich die Jeans gegen eine Jogginghose, kroch unter die Steppdecke und legte noch eine Wolldecke darüber. Doch ihr wurde nicht warm, sosehr sie auch die Füße aneinanderrieb. Verdammt, sie hätte eine Wärmflasche einpacken sollen! Wo hatte sie beim Packen eigentlich ihren Kopf gehabt? Keine Sonnenbrille, keine Wärmflasche, sie war überhaupt nicht gerüstet für das winterliche Capri, war prompt hereingefallen auf die Internetseiten mit den Bildern von blühendem Oleander, Bougainvillea und Hibiskus, auf sonnenbeschienene Felsen und das tiefblaue Meer. Dass es im Süden im Winter nachts recht frisch werden konnte und die Bausubstanz und die Heizungsinstallation den Temperaturen oft nicht gerecht wurden, hatte sie vollkommen verdrängt. Von der ausgekühlten Schwabinger Altbauwohnung in eine klamme Villa auf Capri, ein großartiger Tausch!

Sie stand auf und schlich, in die Decke gewickelt, hinab in die Küche. In einem der Hängeschränke fand sie eine angebrochene Packung Pulverkaffee und Teebeutel. Sie roch am Tee. Einigermaßen frisch. Vermutlich hatte Signora Tamborini die Sachen hier gelagert, für die Pausen zwischen ihrer nachlässigen Putztätigkeit. Catia setzte Wasser auf. Plötzlich musste sie an Oskar und Valentina denken. Valentina hatte Catias Selfie vom Schiff mit einem Daumen-Emoji beantwortet, viel mehr hatte Catia auch nicht erwartet. Von Oskar kamen noch ein paar Fotos, die plattes, rötliches Land zeigten und ein gelbes Känguru-Warnschild. *Die große Freiheit* schrieb er dazu, und in einer späteren WhatsApp-Nachricht stand: *Und wie ist Capri so?*

Schön, aber kühl und ihr fehlt mir, schrieb sie zurück.

Vor allen Dingen Oskar vermisste sie schmerzlich. War es für ihn wirklich sicher im australischen Outback? War er wirklich so frei und glücklich? Würde er es zugeben und zurückkommen, wenn es nicht so wäre?

Und galt das auch für sie?

Von Daniel dagegen – nichts. Was war los mit ihm? Er war doch sonst nicht der nachtragende Typ. Er, der Wortgewandte, suchte stets die Auseinandersetzung, den Disput, und fand Schmollen lächerlich und feige. Oder galt das nur für die anderen? Sollte sie ihn anrufen? Und wenn er nicht ranging? Aus Furcht davor ließ sie es bleiben, außerdem war es jetzt schon fast Mitternacht. Er war zwar bestimmt noch wach, aber er würde denken, etwas sei nicht in Ordnung, wenn sie ihn um diese Zeit anrief. Er ist ein bisschen gekränkt, das ist doch nur natürlich, versuchte sie sich zu beruhigen. Wäre sie umgekehrt nicht auch leicht angesäuert, wenn er sich nach Capri abgesetzt hätte? Für einen flüchtigen Moment dachte sie an Jakob Pfaller. Was würde er wohl zu alldem sagen? Sie bemerkte, dass es ihr vollkommen egal war. Er war ein Relikt aus einem anderen Leben, das sie hinter sich gelassen hatte. Wie hatte sie nur diesen monatlichen Kneipentreffen so viel Gewicht beimessen können? Kein Wunder, dass im Büro darüber getuschelt wurde. War ihr Leben wirklich so armselig gewesen?

Das Wasser kochte. Sie goss zwei Beutel Tee auf und legte die Hände um die warme Porzellankanne, während sie aus dem Fenster schaute. Der Wind bewegte ein paar Ranken, die bis über die Mauer ragten, eine fadendünne Mondsichel stand am Himmel, schleierdünne Wolken zogen daran vorbei. Das Mondlicht war schön und kalt, und sie fühlte sich einsam. Verspürte sie etwa jetzt schon Heimweh? Hatte sie sich überschätzt und das Angebot der Signora viel zu hastig angenommen und vielleicht nur, um Daniel zu bestrafen? Wofür? Er war, wie er war, sie hatte gewusst, wen sie heiratete, und sie hatte ihn stets gewähren lassen. *Wie man sich bettet...* würde ihre Mutter sagen. Nun saß sie hier fest, in diesem zugigen Palazzo, mit einer alten Frau, die anscheinend eine Menge zu verbergen hatte. War es nicht verdächtig, dass sie Catia, eine Fremde, mit hierher genommen hatte, obwohl offenbar auch Verwandte von ihr hier und in Neapel lebten? Die allerdings nicht gut auf sie zu sprechen waren.

Sie zog die Decke enger um ihre Schultern. Was war geschehen, dass eine Seite oder beide die Brücken abgebrochen hatten? So etwas, dachte Catia, würde sie selbst niemals zulassen. Sie stritt sich oft mit ihrer Mutter, hauptsächlich über Daniel, und es gab Zeiten, da war die eine oder die andere eingeschnappt und ließ eine Weile nichts von sich hören. Aber irgendwann fand man immer wieder zusammen.

Dass man sich von einem Mann trennte, okay, das kam alle Tage vor, aber doch nicht von seinen Kindern! Selbst wenn man sie, wie die Signora gesagt hatte, *alle drei nicht wollte*. Was war diese Frau für ein kaltherziges Monster? Worauf hatte sie, Catia, sich da nur eingelassen?

* * *

Die Espressomaschine blubberte, es war schon die zweite Ration. Catia hatte nicht viel geschlafen in dieser Nacht, sie war froh, dass sie vorbei war. Jetzt saßen sie und die Signora in der Küche, und Frau Santoro tunkte den Zipfel ihres Cornetto in den Kaffee. Ein elektrischer Heizlüfter blies einen warmen Strahl in den kühlen Raum. Der Himmel vor dem Fenster war grau. Es würde bald regnen, hatte die Signora vorhin prophezeit, als sie inmitten einer Farbexplosion in Form eines seidigen Morgenmantels die Küche betrat.

»Signora Santoro, darf ich Sie etwas fragen?«

»Raus damit!«

»Was hat es mit diesen lappigen Hörnchen auf sich? Ich meine, Sie sind doch eine Frau, die auf Qualität Wert legt...«

Die Signora lachte auf, sie schien erleichtert zu sein über diese harmlose Frage. »Das hat sentimentale Gründe. Die Cornetti waren oft meine Rettung auf dem Schulweg. Es gab sie am Kiosk an der Piazza Umberto I, von dort geht die Standseilbahn nach Marina Grande. Wenn ich zu Hause nichts gefrühstückt hatte oder schon wieder Hunger bekam, habe ich mir von meinem Taschengeld diese Dinger gekauft, die waren billiger als die frischen vom Bäcker. Ich habe die erste Hälfte der Packung auf der Überfahrt nach Sorrent gegessen und den Rest auf der Rückfahrt. So viel zum Thema gesunde Ernährung in jener Zeit.«

»Sie mussten jeden Tag nach Sorrent zur Schule?«

»Erst als ich ins Gymnasium kam. Katholisches Mädchengymnasium mit angeschlossenem Pensionat. Dort habe ich in der ersten Zeit nur übernachtet, wenn das Boot wegen schlechten Wetters nicht fuhr und ich nicht auf die Insel zurückkam. Dann wurde im Schlafsaal eine Pritsche für mich aufgestellt. Ich freute mich jedes Mal, und es war dann auch meistens recht lustig. Draußen tobte ein Sturm, das Dachgebälk im Schlafsaal ächzte, und das alte Gemäuer war voller Geräusche. Wir haben uns beim Schein unserer Taschenlampen Gruselgeschichten erzählt, flüsternd, damit die Nonnen nicht aufwachten.«

Catia schenkte noch zwei Tassen Kaffee nach und fragte: »Sie kennen Gruselgeschichten, Signora?«

»Ich kannte eigentlich nur eine, die vom Bove Marino, dem Meerochsen, eine hiesige Sage. Die einen behaupten, dass er wie ein Mönch aussehen soll, die anderen schwören, er sei eine

Art Zyklop. Er lebt hinter einer steilen Felswand an der östlichen Inselspitze, in einer Grotte. Nachts steigt er heraus und treibt auf der Insel sein Unwesen.«

»Was treibt er denn so?«

Sie winkte ab. »Der Bove Marino wurde einfach für sämtliches Ungemach, das Bauern und Fischer treffen kann, verantwortlich gemacht: verunglücktes oder gestohlenes Vieh, kaputte Netze, schlechte Ernten. Wahrscheinlich war er nur eine harmlose Mönchsrobbe.«

»Nichts für ungut«, lachte Catia, »aber Sie sind die miserabelste Gruselgeschichtenerzählerin, die mir je untergekommen ist.«

Sie hob die Augenbrauen und reckte ihr Kinn. »Warten Sie nur! Wir werden bei Gelegenheit mit einem Boot um die Insel fahren, und ich verspreche Ihnen, beim Anblick der hohen Felswand mit dem Tor zur Grotte des Bove Marino wird Ihnen das Lachen vergehen.«

»Mir wird jetzt schon angst.«

Die Signora schmunzelte jetzt selbst ein wenig und gestand: »Die Geschichte ist seinerzeit auch nicht besonders gut angekommen. Die anderen Mädchen kannten bessere.«

»Das klingt, als wären Sie gerne zur Schule gegangen.«

»Das bin ich. Wissen Sie, das Gymnasium war in den Fünfzigerjahren noch keine Selbstverständlichkeit für ein Mädchen von hier. In dem kleinen Bus, der ein knappes Dutzend Schüler täglich von Anacapri nach Capri-Stadt brachte, zur *funicolare*, war ich lange Zeit das einzige Mädchen.«

»Ich bin nie besonders gern zur Schule gegangen«, gestand Catia. »Das Gymnasium habe ich nach der zehnten Klasse verlassen. Meine Noten waren nicht die besten. In Mathe war ich immer gut, aber der Rest... Ich wusste nicht, ob ich studieren sollte, und wenn ja, was.«

»Bereuen Sie es?«

»Manchmal. Wenn Daniel mal wieder den Bildungsbürger raushängen lässt. Ich bin eher praktisch veranlagt.«

»Ja, mir scheint, Sie können zupacken, und Sie kochen sehr gut.«

»Danke!«

»Haben Sie Geschwister?«, wollte die Signora wissen.

»Einen älteren Bruder. Mario. Er ist Ingenieur, arbeitet bei einem Autozulieferer und wohnt mit Frau und Tochter in einer Doppelhaushälfte in Daglfing. Wir verstehen uns gut, aber wir sehen uns nicht oft. Seine Frau hat es mit der Esoterik, wir nennen sie die Erleuchtete. Sie und ich haben uns nicht besonders viel zu sagen. Dasselbe gilt für die Männer. Daniel hält meinen Bruder für einen spießigen Langweiler, und Mario hält Daniel für einen Schwätzer. Weihnachten sind wir immer alle bei meinen Eltern. Da halten wir es immerhin für ein paar Stunden miteinander aus. Aber viel länger dürfte es nicht gehen, dann wär's vorbei mit der Harmonie.«

Die schroffen Züge der Signora wurden auf einmal weich und melancholisch, als sie sagte: »Mein Bruder Niccolò kam am Nikolaustag 1951 zur Welt. Da war ich neun. Er starb im Januar 1958, mit gerade mal sechs Jahren, an Leukämie. Seine Lebenszeit war die schönste Zeit meiner Jugend und die beste, die meine Familie je erlebt hat. Danach kam die schlimmste.«

»Das tut mir leid. Ich wollte Sie nicht daran erinnern.«

Sie winkte ab. »Es vergeht bis heute kein Tag, an dem ich nicht an Niccolò denke. Sein Tod hat unsere Familie zerstört. Ich denke oft darüber nach, wie wohl alles gekommen wäre, würde er noch leben. Wir alle haben es nie verwunden, aber am härtesten traf es wohl meinen Vater. Zumindest erweckte er den Anschein. Meine Mutter hat wahrscheinlich ebenso gelitten wie er, aber sie tat es still für sich, ohne diese unterschwellige Wut, die meinen Vater schier zu zerreißen drohte. Dieses Haus war danach wie eine Gruft. Eine Gruft, in der ein verletztes Ungeheuer lebte, das jeden Moment in Rage geraten konnte.«

Catia spürte eine aufkommende Beklemmung. Sie wusste nicht, was sie sagen sollte, also wartete sie ab.

»Als nach Ostern ein Pensionsplatz frei wurde, habe ich ihn genommen. Das war das einzige Mal, dass meine Mutter sich für mich einsetzte, damit ich das durfte. Papà hat es mir wahrscheinlich nur erlaubt und bezahlt, weil er meinen Anblick kaum ertragen konnte.«

»Warum denn das?«

»Er machte mich für Niccolòs Tod verantwortlich. Ich hätte den Kleinen zu oft an den Strand geschleppt und der Sonne ausgesetzt. Diese vermaledeite Sonne!«, stieß sie hervor.

»Aber mit Verlaub, Signora, das ist doch Unsinn!«

»Wissen Sie, Catia, die Nordeuropäer sehnen sich nach der Sonne, das kann ich inzwischen verstehen, mir geht es ja selber so. Aber wir haben sie tatsächlich manchmal verflucht, besonders im Hochsommer, wenn sie in aller Frühe hinter dem Vesuv zum Vorschein kam und dann bis zum Abend erbarmungslos die Erde verbrannte.«

Catia musste an Oskar unter der sengenden australischen Sonne denken. Sollte ihm dort etwas zustoßen, würde sie es Daniel ihr Lebtag nicht verzeihen!

»Ich meinte, von zu viel Sonne bekommt man doch keine Leukämie«, präzisierte Catia. »Allenfalls Hautkrebs, Jahre später.«

»Das spielte keine Rolle. Mein Vater verspürte den Drang, jemandem die Schuld zu geben, und seine Wahl fiel auf mich. Gewiss hat er sich gewünscht, es hätte mich getroffen oder Carmela. Alle, nur nicht seinen einzigen Sohn. Damals habe ich meinen Bruder verloren und auch meinen Vater. Jedenfalls den, den ich davor hatte. Ich wusste, er würde sich eines Tages an mir rächen. Und so war es auch.«

»Was hat er getan?«, fragte Catia.

Sie schloss für einen Moment die Augen und sagte dann: »Nichts. Erst einmal. Er ließ mich ein paar Jahre lang in dem Glauben, dass Niccolòs Tod für mich keine Konsequenzen hätte. Ich war ab dem Frühjahr 58 nur noch an Sonn- und Feiertagen und in den Sommerferien zu Hause. Ich spürte, wie mich seine hasserfüllten Blicke durchbohrten, wenn er glaubte, ich würde es nicht bemerken. Wie war ich froh, zur Schule zu dürfen! Das immerhin hat er mir nicht genommen. Trotz der verkniffenen Nonnen und ihrer strengen Regeln konnte ich mich dort wie ein normaler Teenager benehmen und musste nicht im Büßergewand herumlaufen. Ich hatte dort eine Freundin, Marisa, sie war eine rustikale Person aus einfachen Verhältnissen, nicht so abgehoben wie manche anderen. Was konnte dieses Mädchen mit groben Bemerkungen um sich werfen! An sie erinnere ich mich am lebhaftesten. Ich lebte die nächsten zweieinhalb Jahre praktisch nur für die Schule, mir graute vor den Sonntagen und den Ferien.«

»Es war sicher eine schwere Zeit«, warf Catia ein.

»Als Kind, bevor es Niccolò gab, wollte ich immer eines Tages die Firma leiten. Nach seinem Tod hatte ich den Wunsch wegzukommen. Weg von meinem Vater, weg von diesem Trauerhaus. Ich lernte Sprachen. Deutsch, Englisch, ein wenig Französisch. Ich hoffte, ich könnte nach dem Abitur studieren, die Welt sehen.« Sie zuckte resigniert mit den Schultern.

Catia fielen die Reisesouvenirs im Grünwalder Wohnzimmer ein. »Und?«, hakte sie nach. »Haben Sie die Welt gesehen?«

»Ja. Aber erst viel, viel später.«

Kapitel 10

Karriere

Capri, Sardinien, Neapel 1960

»Studieren willst du?« Die Augen ihres Vaters verschwanden in seinem vom Alkohol aufgedunsenen Gesicht.

»Ja«, sagte Elisa mit einer Stimme wie ein mürber Keks. Vor zwei Wochen hatte sie ihre Prüfungen abgelegt. Es waren noch nicht alle Ergebnisse da, aber sie wusste, sie hatte bestanden, war sogar unter den Besten. Die anderen Mädchen hatten alle längst Pläne. Einige heirateten, was Elisa für Verschwendung hielt, aber die meisten wollten studieren, in Neapel, Rom, Perugia, Bologna…

Es war ein regnerischer Sonntag im Juni, Vater und Tochter befanden sich in der bräunlichen Höhle seines Büros, in dem nur die Schreibtischlampe brannte. Es roch nach kaltem Zigarrenrauch, durch die schmalen Fenster drang wenig Licht. Die anderen waren in der Messe. Edoardo sollte nach der Trauerfeier für seinen Sohn nie wieder eine Kirche betreten, und jedes Mal, wenn er an einer vorbeiging, spuckte er aus. Er hatte sich hierher zurückgezogen, um angeblich zu arbeiten, und Elisa hatte extra den Sonntag gewählt, um mit ihm zu sprechen. An diesem Tag musste man wenigstens nicht befürchten, dass Signorina Renzi, die blonde Nachfolgerin von Signorina Scotti, von seinem Schoß sprang, wenn man die Tür öffnete.

Nach Arbeit sah es indessen nicht aus. Auf dem Schreibtisch, unter dem Porträt des grimmig schielenden Silvano Santoro, stand eine Flasche Grappa. Wein und Schnaps waren inzwischen seine besten Freunde, was man auch roch, besonders jetzt, da er sich über die Tischplatte beugte und seiner Tochter, die aufrecht in dem Ledersessel saß, der für Besucher bereitstand, mit gefährlich leiser Stimme zuflüsterte: »Was glaubst du, wer du bist, Elisa Santoro? Es war nie die Rede davon, dass du studierst!«

»Wozu habe ich denn dann das Abitur gemacht?« Elisa hatte mit Widerstand gerechnet und wollte sich ihre Verzweiflung nicht anmerken lassen. Aber nun versagten ihr die Nerven. Das alles war zu wichtig, um so zu tun, als mache es ihr nichts aus. Es ging nicht um Hausarrest, nicht um ein Verbot, ins Kino zu gehen, sondern um ihr Leben, ihre Zukunft. Ihre Unterlippe begann zu zittern, Tränen stiegen ihr in die Augen.

»Hör auf zu heulen, verdammt noch mal!«

»Papà, hör zu. Ich könnte Kunst und Design studieren und danach unsere Decken und Stoffe entwerfen, ich bin jetzt schon besser als Signora Grifo. Oder ich studiere Wirtschaft. Ich würde lernen, wie man einen großen Betrieb leitet.«

»Die Firma, ja?« Seine Augen verengten sich noch mehr. »Darauf spekulierst du dein Leben lang, nicht wahr? Schon als Kind wolltest du meinen Posten haben. Deshalb war dir Niccolò von Anfang an ein Dorn im Auge, gib es zu!«

»Das ist nicht wahr!«, schrie Elisa, erschüttert über diese Unterstellung. »Bei allen Heiligen, das ist nicht wahr! Ich habe Niccolò geliebt, genauso wie du.«

»Was weißt du schon, wie ich ihn geliebt habe«, flüsterte er und goss sich einen Grappa ein. Nachdem er ihn in einem Schluck gekippt hatte, sagte er: »Du willst in die Firma? Bitte schön, das darfst du. Ja, ich brauche deine Hilfe. Aber nicht in ein paar Jahren, sondern jetzt.«

»Was heißt das genau?«

»Du wirst die Assistentin der Geschäftsleitung.« Er lächelte großspurig, wie einer, der ein Geschenk überreicht und sich schon auf den strahlenden Dank des Beschenkten freut.

Elisa begriff, dass sie sich in eine Sackgasse manövriert hatte. Doch im Grunde war es völlig egal, was sie vorbrachte. Wenn ihr Vater etwas beschlossen hatte, dann war er taub für Einwände und nur schwer von seinem Kurs abzubringen. Davon abgesehen, entsprach seine Bitte um Hilfe nicht nur einer Laune oder seiner Bosheit. Es war Elisa nicht verborgen geblieben, dass es mit der Firma gerade nicht zum Besten stand. Die Verkaufszahlen stagnierten, und es gab öfter Reklamationen wegen mangelnder Qualität. Die Seidenweberei hatte man aufgeben müssen. Signora Palermo war in Rente gegangen, und es konnte kein Ersatz für sie gefunden werden. Brauchte es noch ein deutlicheres Zeichen des Niedergangs als den Anblick des Stapels unbezahlter Rechnungen und Mahnungen unter dem Briefbeschwerer? Vielleicht diese Jammergestalt eines Direttore, den man sich nur ansehen musste, um zu wissen, dass das alles nicht mehr lange gut gehen konnte.

Trotz allem wurde Elisa von Mitleid ergriffen. Er war doch ihr Vater! Und er litt, und in seinem Leid schlug er um sich, und meistens traf er sie, weil sie ihm den größten Widerstand bot.

Das Unternehmen, die Arbeiterinnen und ihre Familie brauchten wirklich dringend Hilfe. Nicht auszudenken, sollte Capre di Capri pleitegehen. Im Dorf, in den Bars, in den Läden und auf dem Postamt zerrissen sie sich schon die Mäuler und begannen, Legenden zu spinnen um Aufstieg und Fall der Familie Santoro, die, man habe es ja immer schon gewusst, ihre Nasen einfach zu hoch trugen. Häme und Schadenfreude würden sich über die Familie ergießen, und dieser Gedanke war es, der Elisa zum Einlenken brachte. Dieses Schiff, das in gefährliches Fahrwasser geraten war und geradewegs auf die Klippen zuhielt, brauchte einen neuen Kapitän. Oder zumindest einen Steuermann, vielmehr eine Steuerfrau. Denn natürlich würde Edoardo sich nicht von heute auf morgen aufs

Altenteil zurückziehen. Er war schließlich erst Mitte vierzig und neigte typischerweise zur Selbstüberschätzung. Edoardo Santoro mochte angeschlagen sein, aber er hatte Erfahrung, die Elisa noch fehlte, sie war ja gerade erst achtzehn geworden. Die Lieferanten, die Einkäufer der Einrichtungshäuser würden sie nicht ernst nehmen. Dennoch galt es, still und nach außen unbemerkt den Kurs zu korrigieren. Irgendwann würde ihre Stunde schlagen. Bis dahin würde Elisa nach Möglichkeit das Beste für sich herausholen.

»Assistentin der Geschäftsleitung! Toller Titel«, höhnte sie nicht im Mindesten beeindruckt und wiederholte ihre Frage: »Was heißt das? Was sind meine Aufgaben, was darf ich entscheiden, und wie viel verdiene ich dabei?«

»Verdienen?« Er schlug mit der Hand auf den Tisch. Die Ader an seiner Schläfe gewann bedenklich an Umfang. »Du wagst es, mich nach einem *Gehalt* zu fragen? Meine eigene Tochter? Weißt du, wie viel deine Schule gekostet hat, deine Bücher, der Platz im Pensionat, die Fahrkarten? Soll ich dir vorrechnen, mein Fräulein, wie viel du *mir* schuldest? Wir sind ein Familienunternehmen! Denkst du etwa, deine Mutter kriegt ein Gehalt, dafür, dass sie euch großgezogen hat, oder Zia Stefania, dafür, dass sie uns hilft, wo es geht, oder ich, die ich euch alle durchfüttere? Was hast du für eine Vorstellung von einer Familie? Der Gewinn wird investiert, und was noch übrig ist, gehört uns allen. Du wohnst in einem schönen Haus, du bekommst Essen und Kleidung und ein Taschengeld, mehr nicht!«

Er rang nach Luft. Die Schreierei hatte sein Gesicht ganz lila werden lassen. Er deutete ans andere Ende des Büros, wo Elisa als Kind gemalt und gerechnet hatte. Dort stand jetzt ein größerer Schreibtisch, dem kleinen war sie längst entwachsen. »Setz dich! Lass uns keine Zeit verlieren, gehen wir die Bücher durch.«

* * *

Tatsächlich hatte Elisa vom Geschäft weniger Ahnung, als sie geglaubt hatte. Aber sie lernte schnell. Sie absolvierte einen Kurs in doppelter Buchführung, denn das hatten sie ihr auf dem *liceo* nicht beigebracht. Sie durfte gar nicht darüber nachdenken, was sie dort alles gelernt hatte, das nun brachlag. Aber sie verschwendete ihre Zeit nicht damit, Vergangenem nachzutrauern, sondern kniete sich in ihre neue Aufgabe. Schon bald zeigte ihr Engagement Wirkung. Die bestand vor allem darin, dass ihr Vater in ihrer Gegenwart nicht mehr trank und sich alles in allem wieder mehr zusammenriss.

Sie widmete sich den Beschwerden der Kunden über die Qualität der Decken. Tatsächlich gab es Webfehler, aber noch signifikanter waren grobe Stellen im Gewebe, die eigentlich nicht vorkommen dürften. Anhand der winzigen Signaturen, die die Weberinnen am Rand ihrer Decken hinterließen, versuchte Elisa herauszufinden, welche von ihnen schlechte Arbeit ablieferten. Es waren praktisch alle! Sie konnte es nicht fassen.

»Dann knöpf sie dir vor, der Reihe nach. Ich dulde keine Schlamperei«, befahl Edoardo seiner Tochter.

Es widerstrebte Elisa, Frauen, die ihre Großmütter sein könnten, zurechtzuweisen. Andererseits begriff sie, dass dies eine Bewährungsprobe war. Wenn sie eines Tages Chefin sein wollte, musste sie sich beizeiten Respekt verschaffen.

Elisa konfrontierte die Frauen in Einzelgesprächen mit den reklamierten Decken. Sie tat dies sachlich und freundlich, ließ aber durchblicken, dass man nicht geneigt war, Nachlässigkeiten zu akzeptieren. Das Ergebnis der peinlichen Befragungen war erstaunlich und schockierend zugleich. Eine der Arbeiterinnen spielte die Beleidigte, kündigte prompt und erzählte im Ort herum, dass Elisa sich nun als Chefin aufspielte. Die anderen zehn gelobten sämtlich Besserung, verteidigten sich aber damit, dass es auch an der Wolle liege. Die sei in letzter Zeit nicht mehr so fein und makellos wie früher und deshalb viel schwieriger zu verspinnen und zu verweben. »Sehen Sie hier. Und hier! Diese Verdickungen?«

Elisa sah sie.

»Dafür können wir nichts. Die mischen Schafwolle darunter oder die gröberen Haare vom Rücken.«

Die Wolle für die Decken kam schon lange nicht mehr aus Capri, insofern war der Firmenname nur noch Nostalgie. Sie stammte von einem Bauern auf Sardinien, der eine riesige Herde Wollziegen hielt und jedes Jahr höhere Preise für deren Wolle verlangte.

»Wir sollten hinfahren, Papà«, schlug Elisa vor. »Da stimmt etwas nicht. Die Qualität lässt nach, die Preise steigen, die betrügen uns.«

Edoardo war sofort einverstanden. Er befahl der Sekretärin, eine Straßenkarte von Sardinien zu besorgen, für nächste Woche die Fähre hin und zurück sowie den Mietwagen zu buchen und ihren Besuch bei jenem Lieferanten anzukündigen. Damit war die Renzi den ganzen Tag lang beschäftigt. Wahrscheinlich, dachte Elisa schadenfroh, wäre bis vor Kurzem noch die Sekretärin anstelle von Elisa mit ihrem Vater mitgereist und hätte im selben Hotelzimmer gewohnt.

Edoardos Techtelmechtel mit Silvia Renzi schien beendet – mangels Gelegenheit, und weil Elisa der Frau gedroht hatte, sie werde ihrer Mutter davon berichten, falls das nicht aufhöre. Signorina Renzi hatte dazu nur genickt. Elisa kam es fast so vor, als wäre sie erleichtert.

Elisa freute sich auf die Reise, die sie acht Tage später antraten. Sie war noch nie mit ihrem Vater verreist. Sie war überhaupt erst einmal in ihrem Leben verreist. Die Nonnen waren mit ihren Schülerinnen für fünf Tage nach Rom gefahren, um den Vatikan und die vielen Kirchen zu besichtigen. Davon zehrte Elisa noch heute. Und natürlich hatten sie sich im Geschichtsunterricht Pompeji angesehen. Das war alles. Entsprechend aufgeregt war sie. Carmela platzte vor Neid und wollte unbedingt mit.

»Das geht nicht. Es handelt sich schließlich um eine Geschäftsreise«, versetzte Elisa hoheitsvoll.

»Eine Geschäftsreise«, äffte Carmela sie nach. »Bilde dir bloß nicht so viel ein!«

* * *

Elisa durfte sich für die Reise ein neues Kleid nähen lassen. Es war einfarbig hellblau, und der Rock besaß raffinierte Kellerfalten, die ihn schmal erscheinen ließen und dennoch genug Bewegungsfreiheit boten. Das Kleid sah eleganter und erwachsener aus als die Kleider, die sie sonst besaß, und wenn sie es trug, fühlte auch sie sich elegant und erwachsen. Der Rock ging gerade mal bis zum Knie. Das missfiel ihrem Vater.

»Das hat man jetzt so, Papà. Das ist die Mode!«

»Wer sagt das?«

»Guck doch mal in eine Illustrierte!«

Das musste man gar nicht. Auch die Renzi trug die Röcke neuerdings nur noch bis zum Knie.

Sie setzten am Nachmittag über nach Neapel. Von dort ging es mit dem Schiff nach Cagliari, was die ganze Nacht dauerte. Sie hatten Schlafplätze auf der Fähre gebucht. Auf der Rückfahrt würden sie es genauso machen, so sparten sie das Hotel. Es blieb also nur ein Tag auf Sardinien.

Von Cagliari ging es mit einem Leihwagen noch über hundert Kilometer ins Landesinnere, in die Berge. Hundert Kilometer! Kaum zu glauben, wie riesig diese Insel war, verglichen mit dem gerade mal knapp sieben Kilometer langen Capri. »Dagegen ist unser Felsen ein Fliegenschiss«, meinte auch ihr Vater, der am Steuer des Fiat 600 saß und schwitzte.

An jeder Kreuzung sandte Elisa ein Stoßgebet gen Himmel, dass sie die Karte auch richtig las. Nicht auszudenken, sollten sie ihren Vater bergauf, bergab durch die Macchia in die Irre leiten. Trotzdem genoss sie die Fahrt durch das bergige Land. Es war ein großes Abenteuer, und tatsächlich kamen sie wie geplant gegen Mittag auf dem Hof an.

»Gut gemacht«, lobte Edoardo seine Tochter. Elisa strahlte.

Signor Ladoni war ein kleiner Mann von etwa fünfzig Jahren, der sie in Latzhosen und einem ärmellosen Wollpullover empfing. Sein Gesicht hatte die Farbe von grünen Oliven, sein Nacken war von der Sonne tiefbraun gebeizt.

Er bat sie auf die schattige Terrasse vor dem Hofgebäude, das frisch renoviert war und einiges hermachte. Es roch nach Ziegen, eindeutig. Hinter dem Stallgebäude befand sich eine riesige Weide, die in einzelne Parzellen aufgeteilt war. Wobei das Wort Weide etwas übertrieben war. Das wenige Gras war jetzt, im Juni, schon ziemlich trocken. Ob die Tiere davon lebten, oder bekamen sie noch etwas anderes? Doch bekanntlich waren Ziegen ja genügsam.

Signora Ladoni, klein und hutzelig wie ihr Mann, brachte einen Krug mit Weißwein und Wasser und eine Platte mit Tramezzini und Obst. Die Gäste griffen hungrig zu. Elisa rührte den Wein nicht an, und auch ihr Vater genehmigte sich nur ein kleines Glas. Er schien wirklich daran zu arbeiten, seinen Alkoholkonsum in den Griff zu bekommen.

Ein junger Mann schlenderte vorbei, Ladoni rief ihn heran. »Roberto! Zeig der jungen Dame doch ein bisschen die Gegend und die Tiere, während Signor Santoro und ich uns im Büro unterhalten. Ihr könnt die Ape nehmen.«

Elisa war drauf und dran zu protestieren. Schließlich war sie nicht den langen Weg mitgekommen, um dann zu den Ziegen geschickt zu werden, als sei sie ein kleines Kind. Aber ihr Vater hielt sie mit einem scharfen Blick zurück und meinte: »Ja, Figlia, schau dir diesen vorbildlichen Betrieb ruhig gründlich an.«

Elisa verstand, was er meinte. Sie würde die Augen offen halten und wenn möglich den Sohn des Hauses ein wenig ausquetschen.

Sie schätzte ihn auf etwa zwanzig. Er trug sein pechschwarzes, lockiges Haar ziemlich lang, hatte kräftige Augenbrauen, einen leicht arroganten Zug um die wohlgeformten Lippen und ein albernes Grübchen an seinem Kinn. Für ihn sprachen seine ausdrucksvollen hellbraunen Augen mit ein paar goldenen Sprenkeln darin und seine Statur. Er war groß und breitschultrig, was verwunderlich war angesichts der klein gewachsenen Eheleute Ladoni. Die Sarden, hatte ihr Vater auf der Überfahrt erzählt, seien keine richtigen Italiener, das sei ein ganz eigenes Volk, rückständig und unzivilisiert, noch ärger als die Sizilianer, eher vergleichbar mit den Wilden in Afrika. Verglichen damit ragte dieser sardische Ziegenhirte buchstäblich heraus. Man sah ihm an, dass er sich für den Schönsten weit und breit hielt. Bestimmt war er der Schwarm sämtlicher Bauerntöchter im Umkreis.

»Und? Wie gefällt dir Sardinien?«

»Es ist groß und staubig«, antwortete Elisa. Sie gingen nebeneinander auf einen Lagerschuppen zu, vor dem besagte Ape parkte. »Wirst du eines Tages den Betrieb übernehmen?«, fragte sie.

»Welchen Betrieb? O nein! Du denkst, ich bin der Sohn von Ladoni? *Mio dio!* Ich mache hier nur ein Praktikum.«

»Entschuldige.«

»Meine Familie stammt aus Messina, mein Vater stellt Stoffe her, ähnlich wie ihr, aber wir fertigen Stoffe für Anzüge, wir beliefern die besten Herrenschneidereien in Paris, London und Mailand.«

»Und dafür machst du ein Praktikum in einem Ziegenstall.« Elisa hatte das Gefühl, dass er ihr einen Bären aufband.

»Warum nicht? Ich will von Grund auf sehen, wo die Stoffe herkommen.«

»Das geht uns genauso.«

»Dachte ich mir schon, dass ihr den weiten Weg nicht einfach aus Höflichkeit gemacht habt. Was ist der Grund für euren Besuch?«

Elisa traute ihm nicht. »Was weiß ich schon? Mein Vater wollte, dass ich ihn begleite. Er brauchte jemanden, um die Landkarte zu lesen.«

»Ich verstehe.«

Auch er glaubte ihr kein Wort, das sah sie ihm an. Nur zu gern wäre sie den Kerl wieder losgeworden. »Mir ist heiß«, sagte sie. »Können wir uns die Tour sparen? Ziegen interessieren mich nicht so sehr, die gibt es bei uns auch. Ich möchte lieber auf der Terrasse auf meinen Vater warten.«

»Wie du willst.« Er verlangsamte seine Schritte. »Ich könnte dir aber auch etwas zeigen, das dich vielleicht interessiert. Und deinen Vater.«

»Was denn?«

»Es ist im Lagerschuppen«, sagte er und deutete auf ein breites Schiebetor.

Elisa zögerte. Dieser Roberto hatte etwas an sich, dass sie anzog und zugleich abstieß. Das Gefühl kannte sie bereits. Die tägliche Überfahrt nach Sorrent, zur Schule, bot eine Gelegenheit, sich im Umgang mit dem anderen Geschlecht zu üben. Bei diesen Gelegenheiten hatte Elisa registriert, dass es erstaunlicherweise den einen oder anderen gab, den sie im Grunde verabscheute, obwohl sie es dennoch nicht lassen konnte, ihn anzusehen oder zu provozieren. Es war ein spielerisches Hin und Her in Worten und Gesten, denn was sollte man auf einem voll besetzten Schiff sonst schon anstellen? Diese Situation war dagegen eine völlig andere. Sie war kein Schulmädchen mehr, sondern eine Frau, und Roberto kein pubertierender Lümmel, und ein finsterer Lagerschuppen war alles andere als ein geschützter Raum. Ihr Vater saß mit Ladoni im Haus, und sonst war weit und breit niemand zu sehen. Was, wenn er ihr da drin an die Wäsche ging? Sie müsste verrückt sein, ihm zu folgen. Es wäre ja geradezu eine Einladung, sie wäre selbst schuld.

»Du vertraust mir nicht«, stellte er mit bekümmerter Miene fest.

»Stimmt. Ich kenne dich nicht. Aber ich kenne deine Sorte.«

»Meine Sorte?«, lachte er. »Das klingt, als wäre ich ein Gangster.«

»Wer weiß?«

»Okay, ich verspreche dir bei allen Heiligen, dass du nichts zu befürchten hast.«

»Deine Heiligen können mich mal.«

»Ich schwöre es beim Leben meiner ganzen Familie!« Er legte die rechte Hand auf sein Herz.

Ihr Lächeln fiel koketter aus, als sie eigentlich wollte. »Vielleicht bist du in Wahrheit ein Waisenjunge?«

Er verdrehte die Augen. Dann nestelte er in seiner Hosentasche und reichte ihr einen schmalen Gegenstand aus Olivenholz. »Das ist ein Springmesser. Damit kannst du mich abstechen, falls ich frech werde.«

Elisa musste lachen und drückte auf den silbernen Knopf. Sie erschrak. Eine schmale spitze Klinge schnellte aus dem hölzernen Griff hervor. Sie sah gefährlich aus.

Solche Messer, dachte sie, haben nur Ganoven. Sie behielt es in der Hand. »Dann lass mal sehen, was da drin so interessant ist«, sagte sie in gelassenem Tonfall, obwohl ihr Herz aufgeregt klopfte.

Er schob das Tor ein wenig auf, sie schlüpfte nach ihm durch den Spalt in den Schuppen. Es roch nach Ziege und Motoröl. Durch hohe, schmale Fenster drang etwas Licht ins Innere. Staub tanzte in den Strahlen.

»Komm mit.« Er ergriff ihre freie Hand und führte sie an einem Trecker vorbei nach hinten. Neben allerlei Gerümpel und Gerätschaften standen dort etliche Holzkisten, wie man sie zum Transport auf Schiffen verwendete. Roberto hielt noch immer ihre Hand. Sie war warm und trocken und der Griff fest, aber nicht zu sehr. Er ließ sie los, zog einen Schemel heran und schob den Deckel der vordersten Kiste ein Stück zurück. »Greif mal da rein.«

»Was ist da drin?«

»Nur zu, keine Angst.«

»Ich habe keine Angst«, sagte sie ärgerlich. Sie stieg auf den Hocker und langte, ohne ihn aus den Augen zu lassen, vorsichtig in die Kiste. Sie spürte erst einmal gar nichts und dann etwas sehr, sehr Weiches, wie Kükenflaum. So leicht und flauschig, dass man zuerst gar nicht merkte, dass man es berührte.

»Das ist Ziegenwolle«, sagte sie. »Was soll daran Besonderes sein? Deswegen sind wir schließlich hier.«

Er griff nun ebenfalls in die Kiste, er brauchte dazu keinen Schemel, und holte eine Handvoll heraus. »Fühl doch!«

Sie zupfte an der Wolle, knetete sie, roch daran. »Sie ist feiner als unsere.«

»Schau mal auf die Kisten.«

Elisa betrachtete die Kisten, auf denen diverse Zettel klebten. Sie konnte kaum ein Wort lesen, die Schriftzeichen waren ihr vollkommen fremd. Manches glich mehr einem schmückenden Muster als einer Schrift.

»Was ist das?«

»Indisch. Die Wolle kommt aus Kaschmir. Das ist ein Hochland in Indien.«

»Kaschmir«, wiederholte Elisa.

»Es ist so«, begann Roberto. »Ladoni hatte im letzten Jahr Pech mit seinen Ziegen. Deren Wolle war einfach nicht so dicht wie sonst, vielleicht lag es am milden Winter. Jedenfalls musste er diese Wolle aus Kaschmir importieren, sonst hätte er seine Aufträge, die er mit den Großkunden hat, nicht erfüllen können. Er konnte nicht riskieren, ihnen einfach weniger zu liefern, sonst hätten sie sich einen anderen Lieferanten gesucht.«

»Verstehe«, warf Elisa ein, die einsah, dass die Rolle des Dummchens, das ihren Vater nur zum Spaß begleitete, nicht länger durchzuhalten war.

»Aber das ist natürlich sehr teuer, und er hat feste Lieferverträge, zum festen Preis.«

»Richtig, mit uns auch«, bestätigte Elisa.

»Um nicht draufzuzahlen, hat er der alte Gauner bei einigen Kunden doch noch ein bisschen Wolle vom Lamm reingemischt in der Hoffnung, es merkt keiner.«

»Ich wusste es! Dieser Betrüger!«, schimpfte Elisa. »Deshalb sind wir hier. Weil die Qualität nicht mehr stimmt, obwohl die Preise angezogen haben.«

Roberto nickte. »Mein Vater hatte auch diesen Verdacht. Deshalb dieses *Praktikum.*« Er zwinkerte vielsagend. »Er wird ab jetzt die Kaschmirwolle für die feinen Anzüge direkt importieren.«

»Aus Indien?«

»Na ja, nicht ganz, das wäre doch etwas kompliziert. Es gibt da einen Importeur...«

Elisa war jetzt wirklich interessiert. Diese indische Wolle würde die Qualität ihrer Decken noch feiner machen, und sie müssten sich nicht mehr mit Signor Ladoni, diesem *ladro*, diesem Dieb, herumärgern.

»Wer ist dieser Importeur?«

Roberto ging um die Kiste herum, und Elisa hörte das Geräusch von reißendem Papier. Er kam zurück und hielt ein Blatt in der Hand. Es war mit normalen Buchstaben bedruckt, aber bei dem schlechten Licht konnte sie nichts erkennen.

»Was kriege ich, wenn ich es dir gebe?«

»Du kommst lebend hier raus«, antwortete Elisa und hob die Hand, die noch immer das Messer hielt.

»*Cazzo!* Ist das der Dank?«

»Ich würde dich in mein Nachtgebet einschließen«, meinte Elisa.

»Zum Teufel mit deinem Nachtgebet. Wie wäre es mit einem Kuss im Austausch für diese sehr, sehr wertvolle Information?«

Er wedelte langsam mit dem Papier.

Elisa wusste, dass sie bereits jetzt etwas Verbotenes tat allein dadurch, dass sie ihm in den Lagerschuppen gefolgt war. Was bildete sich dieser Kerl eigentlich ein? Sie sollte ihn ohrfeigen. Gleichzeitig stellte sie sich vor, wie es wäre, ihn zu küssen, und kam zu dem Schluss, dass sie es wollte. Was zur Hölle war nur mit ihr los? Sie konnte diesen Kerl nicht mal ausstehen, aber wollte ihn küssen? Das war doch nicht normal! Sie musste an den Film denken, den sie neulich zusammen mit Carmela und Zia Stefania im Kino gesehen hatte. *Mata Hari*. Diese Spionin hatte noch ganz andere Dinge als Küssen getan – weil sie notwendig waren. In ihrem Fall ging es zwar nicht ums Vaterland, aber immerhin um Capre di Capri, um die Bezugsquelle dieser fantastischen Wolle. Ihr Vater musste ja nicht wissen, wie sie an diese Information gekommen war.

Elisa war im Küssen nicht völlig unerfahren. Die Person, die sie geküsst hatte, war ihre Mitschülerin Marisa Galiani. Angeblich hatte sie einen heimlichen Freund und auch schon andere Jungen geküsst. Man munkelte sogar, sie habe »es« schon gemacht. Jedenfalls verfügte sie über einen beachtlichen Wortschatz an Unflat und Schlüpfrigkeiten, was auch an ihren drei älteren Brüdern liegen mochte. Marisa wusste auch, wie Kinder gemacht wurden, und zahlreiche Schülerinnen des Pensionats verdankten Marisa Galiani ihre rudimentäre Aufklärung, denn selbst von der Biologielehrerin bekam man zu dem Thema nur verklausuliertes Gestammel zu hören, untermalt von moralischen Appellen an die weibliche Tugend. Der ganze Schlafsaal hing regelmäßig an Marisas Lippen, und das im wortwörtlichen Sinn. Marisa bot ihren Kameradinnen an, sie gegen Gebühr an ihren Erfahrungen praktisch teilhaben zu lassen. »Küssen«, dozierte sie, »sieht einfach aus, aber das ist es nicht. Man muss es lernen.« Einfache Küsse kosteten fünfzig Lire, Zungenküsse hundert, Erläuterungen dazu waren gratis. Selbstverständlich hatte auch Elisa dieses Angebot wahrgenommen. Sie war ein wenig enttäuscht, denn es fühlte sich an, als presse man seinen Mund gegen eine Aprikose, und eine feuchte Zunge in der Mundhöhle war auch nicht angenehm. Sie war ernüchtert. Da machte alle Welt so viel Aufhebens ums Küssen, jeder Liebesfilm, jeder Fotoroman endete mit einem endlos langen Kuss – und dann das! Entweder verstand Marisa doch nicht so viel vom Küssen, oder es lag eben daran, dass sie bloß ein Mädchen war und kein Mann. Aber Roberto war einer, und deshalb weckte Robertos unverschämte Offerte nun auch eine gewisse Neugierde bei Elisa. Sie würde dem Küssen noch einmal eine letzte Chance geben.

»Okay, einen Kuss. Aber nur einen ganz kurzen. Denk an das Messer.«

Ohne ein weiteres Wort zog er sie an sich, sie sah sein Gesicht, seine pechschwarzen Nasenlöcher, auf sich zukommen, sie merkte, wie ihr das Herz bis zum Hals schlug. Dann drückte er seine Lippen auf ihre. Der Kuss dauerte ein paar Sekunden, und es war anders als bei Marisa, härter, fordernder. Plötzlich spürte sie, wie sich seine Zunge zwischen ihre Zähne drängte und wie gleichzeitig seine Hand anfing, ihre Brust zu kneten. Sie stieß ihn mit einer heftigen Bewegung von sich weg und wischte sich mit dem Handrücken und einem unverhohlenen Ausdruck des Ekels den Mund ab. Mit der anderen zückte sie das Messer, dessen Klinge in den staubigen Sonnenstrahlen aufblitzte.

Er wich zurück und grinste sie an.

»Das Papier!« Ihre Stimme bebte leicht.

»Das Messer«, sagte er.

Sie tauschten. Elisa steckte das Papier in den Ausschnitt ihres Kleides, drehte sich um und marschierte forsch in Richtung Tür. Mission erfüllt, dachte sie.

»Der Importeur ist in Messina, am Hafen«, sagte er, als sie vor der Tür standen, im Schatten eines alten Maulbeerbaums, und er eine Zigarette aus der Tasche seiner Weste herausfummelte und sie anzündete. »Wenn ihr ihn besucht, du und dein Vater, dann schaut bei uns vorbei. Der Betrieb heißt Cesare Laganà, nach meinem Vater und meinem Großvater.«

»Wir heißen Capre di Capri«, versetzte Elisa. »Meine Großmutter Wilhelmine hat den Betrieb gegründet, nicht mein Großvater, wie alle behaupten!«

Er blickte sie etwas irritiert an, zog an seiner Zigarette und sagte: »Dann war sie eine bemerkenswerte Frau. So wie du.«

Elisa wurde verlegen. Was hatte sie geritten, ihm das zu

erzählen, was ging ihn das eigentlich an? Es mussten die Nachwirkungen ihrer Verwirrung sein. So etwas machte sie ja schließlich nicht jeden Tag, einen Wildfremden küssen. Bestimmt dachte er nun schlecht von ihr. Aber was juckte es sie, was er dachte? Zum Glück kamen in diesem Moment ihr Vater und Ladoni aus dem Haus. Sie verabschiedete sich.

»*Arrivederci*, Signorina Santoro«, lächelte er.

Wiedersehen? Lieber nicht, dachte Elisa und eilte auf ihren Vater zu.

Elisa merkte an der Art, wie er das Lenkrad umkrampfte und mit zusammengekniffenen Augen auf die Straße starrte, dass er wütend war. Also schwieg sie auf den ersten Kilometern, bis sie es nicht mehr aushielt und herausplatzte: »Wir müssen nicht mehr bei diesem Betrüger kaufen. Wir können viel bessere Wolle aus Indien beziehen.«

»Indien? Was redest du da?«

Mit dem Triumph eines Pokerspielers, der sein Blatt auf den Tisch legt, zog Elisa den zerknitterten Lieferschein aus ihrem Ausschnitt und reichte ihn ihrem Vater. Er studierte den Zettel, während Elisa das Lenkrad hielt.

»Woher hast du das?« In seiner Stimme schwangen Misstrauen und Anerkennung mit.

»Ich habe mich umgesehen, wie du es gesagt hast.« Sie wiederholte, was Roberto über die Machenschaften von Signor Ladoni erzählt hatte.

»Dieser sardische Gangster!«

»Was meinst du, Papà, sollten wir an unsere Reise noch einen Tag dranhängen und nach Messina fahren?«

* * *

Allmählich ging es mit der Firma wieder bergauf. Sie kamen mit dem Importeur aus Messina ins Geschäft, und die Kunden waren von der neuen Qualität der Decken begeistert. Elisa durfte bei den Entwürfen der nächsten Kollektion mitwirken und setzte sich mit ein paar kühnen, abstrakten Designs durch.

Beflügelt davon, unterbreitete sie ihrem Vater einen weiteren Vorschlag. Die meisten Decken wurden in den Norden und ins Ausland exportiert, aber natürlich konnte man sie auch auf der Insel erwerben. Bisher gab es sie aber nur auf Kommission in den exquisiten Boutiquen von Capri-Stadt.

»Wie wäre es mit einem Werksverkauf?«, fragte Elisa ihren Vater, der prompt antwortete: »An so etwas habe ich auch schon gedacht. Aber einen Anbau können wir uns im Moment nicht leisten.«

»Den brauchen wir nicht«, behauptete Elisa. »Wo früher Signora Palermo saß, lagern im Moment nur Krimskrams und ihre Mussolini-Kissen. Das Zeug und der Duce können woanders hin. Die Verkaufsstelle muss nicht besonders edel sein, im Gegenteil. Wir sind die Fabrik, das dürfen die Kunden ruhig sehen. Je rustikaler es zugeht, desto eher denken die Leute, sie machen ein Schnäppchen.«

»Wenn du meinst... Aber woher nehmen wir das Personal?«

»Es reicht, wenn der Laden zwei, drei Stunden am Tag geöffnet ist. Ich würde es gerne selbst machen, ich kann den Leuten außerdem viel über die Decken erzählen. Lass es uns ausprobieren, Papà.«

Er gab sein Einverständnis. Elisa legte sofort los, um von der laufenden Saison noch etwas mitzunehmen. Ein Eimer leuchtend gelbe Wandfarbe, einfach gezimmerte weiße Holzregale, ein paar Decken, die wie Wandteppiche an Stäben hingen, und zum 1. August konnte der Verkauf starten. Sie schalteten Anzeigen in der Inselzeitschrift und ließen mehrsprachige Prospekte drucken, die in den teuren Hotels und den Bars und Restaurants auslagen. Nach wenigen Tagen kamen die ersten Kunden. Man musste am Tor der Fabrik eine Glocke läuten, dann eilte entweder Signora Renzi in ihrem engen Rock powackelnd herbei und führte die Kunden in den Verkaufsraum, oder Elisa tat es selbst. Sogar Carmela fand

Spaß an der Sache, allerdings beherrschte sie kaum Fremdsprachen, und es waren überwiegend deutsche und skandinavische Urlauber, die ein wärmendes Souvenir mit nach Hause nahmen. Der Fabrikverkauf galt rasch als Geheimtipp, denn man konnte dort auch Ware mit kleinen Fehlern, die nicht zum Export taugte, zu einem günstigen Preis erhalten. So fanden endlich auch diese Decken ihre dankbaren Käufer unter den nicht ganz so gut betuchten Touristen und verstopften nicht länger das Lager.

* * *

Wäre es nach Elisa gegangen, hätte es ewig so weitergehen können. Endlich, glaubte sie, hatte ihr Vater akzeptiert, dass sie zur Geschäftsfrau und nicht zur Ehefrau geboren war. Wie naiv sie war, im Nachhinein betrachtet. Wie konnte sie nur glauben, dass sich Jahrtausende der Vorherrschaft des Patriarchats und eine jahrhundertelange Tradition im Umgang mit den Töchtern durch ein paar geschäftliche Erfolge wegwischen ließen?

Ohne Vorwarnung luden ihre Eltern eines Sonntags im September einen jungen Mann zum Mittagessen ein.

Paolo Domenico war einundzwanzig, sein Vater hatte eine kleine Werft in Marina Grande, der Name war bekannt, eine gute Familie. Obwohl Paolo ein Typ von nichtssagendem Aussehen war, erkannte Elisa ihn wieder. Er und seine Mutter waren vor etwa einem Monat bei ihr im Laden gewesen, in den sich sonst kaum Einheimische verirrten, und sie hatte damals schon den Eindruck gehabt, dass die beiden sich mehr für sie als für die Produkte interessierten. Was ging hier vor sich? Sie brachte kaum einen Bissen hinunter und kochte vor Wut. Carmela dagegen himmelte den Kerl unverhohlen an. Bitte schön, sie konnte ihn haben!

Wann immer Paolo das Wort an Elisa richtete, antwortete sie einsilbig oder patzig und kassierte dafür heimliche Fußtritte von ihrer Mutter und warnende Blicke von ihrem Vater. Am liebsten wäre sie aufgesprungen und gegangen. Doch sie blieb, um ihm unmissverständlich klarzumachen, dass er sich umsonst bemüht hatte. Ihr schlechtes Benehmen schien ihn jedoch nicht zu irritieren. Er quittierte alles, was sie sagte, abgeklärt und mit stoischer Ruhe. Elisa dämmerte, dass ihr Vater ihn vorgewarnt hatte. Wahrscheinlich hatten er und Paolos Vater längst etwas ausgekungelt. Sie musste ihre Taktik ändern, und zwar schnell.

Mit dem Dessert wurde sie etwas freundlicher, und beim *caffè* lächelte sie ihn sogar herausfordernd an.

»Carmela, hilf mir mit dem Abwasch. Elisa, warum zeigst du unserem Gast nicht den Garten?«, fragte Angela, die sich für keine Peinlichkeit zu schade war.

Carmela folgte ihrer Mutter schmollend in die Küche, während Elisa mit Paolo in den Garten ging. Sie trottete schweigend neben ihm her bis zur Pergola, die jetzt, im September, dicht mit Weinlaub bewachsen war, das sich langsam rötete. Pralle, helle Trauben hingen am Weinstock, über die Zia Stefania kleine Netze gestülpt hatte. Wespen schwirrten wütend drum herum. Elisa vergewisserte sich, dass niemand sie belauschte.

Sie war bis jetzt noch nie von einem Heiratskandidaten umworben worden, aber die Spielregeln waren ihr bekannt. Die meisten Mädchen redeten ab einem gewissen Alter von nichts anderem. So gehörten Ziererei und eine gewisse Verweigerungshaltung zum üblichen Repertoire eines anständigen Mädchens. Die Männer erwarteten das sogar, es herrschte die Meinung vor, ein Nein bedeute in Wirklichkeit ein Ja, und je keuscher die Angebetete, desto größer der Widerstand. Selbst wenn sie wirklich nicht wollte – wen interessierte das schon, solange sich nur die Väter und der künftige Bräutigam einig waren. Wer weiß, spekulierte Elisa, vielleicht gehörte dieser farblose Paolo ja zu der weit verbreiteten Sorte, die es insgeheim genossen, den Willen einer Frau zu brechen.

Er war eitel, das sah man ihm an. Das Haar glänzte mit seinen Schuhen um die Wette, sein Anzug war neu und chic, die Krawatte aus Seide, mit einem in zahlreichen Farbtönen changierenden Paisleymuster. So ein Stenz gab viel auf seine Mannesehre, und die Ehre eines Mannes hing immer auch von der seiner Frau oder seines Mädchens ab. Um ihn loszuwerden, galt es, ihn von ihrer Verworfenheit zu überzeugen. Er musste begreifen, dass mit ihr kein Staat zu machen war, dass sie keine vorzeigbare Ehefrau und Mutter für seine Kinder sein würde. Damit er es nicht für Koketterie hielt, musste sie schwere Geschütze auffahren.

Sie rückte nah an ihn heran, bis sie sich berührten und er nicht mehr zurückweichen konnte, weil sich hinter ihm der massive Holztisch befand, der die Hälfte der Pergola einnahm. Er hatte zu viel Rasierwasser aufgelegt, und sein Hals war rot wie der eines Puters. Entweder hatte er sich zu heftig rasiert oder es lag daran, dass er gerade einen ziemlichen Schrecken bekam, denn Elisa griff nach seiner Krawatte und hielt ihn daran fest, während sie sich noch fester an ihn drückte und mit einem lüsternen Ausdruck im Blick fragte: »Sollen wir rübergehen in den Schuppen und ficken?«

»Was? Ich... ich verstehe nicht...«

Elisa erklärte es ihm. Vielmehr flüsterte sie ihre Geschichte mit heißem Atem in sein Ohr. Sie habe in ihrer Zeit im Mädchenpensionat regelmäßig nachts das Gelände verlassen, um sich mit Jungs zu treffen. Doch seit sie nicht mehr zur Schule gehe, lasse ihr Vater sie kaum noch aus dem Haus, weshalb die unerfüllte Lust sie fast umbringe. Bei der anschließenden Schilderung dessen, was die männliche Jugend von Sorrent mit ihr und sie mit ihnen getan hatte, griff sie auf Marisas deftigen Wortschatz zurück sowie auf obszöne Zurufe und Angebereien, die sie sich oft genug von Halbstarken im Vorbeigehen hatte anhören müssen. Als sie fertig war, trat sie einen Schritt zurück, um in sein Gesicht zu sehen, in dem sich erwartungsgemäß Verblüffung, Abscheu und das Befremden spiegelten.

»Komm schon, mach's mir!«, drängte Elisa, überwand ihren Widerwillen und presste ihre Handfläche gegen seinen Schritt. »Oder soll ich es dir gleich hier mit dem Mund besorgen? Dann musst du aber die Augen offen halten, falls mein Vater um die Ecke kommt.«

»*Cazzo!* Nimm deine Hände weg, du Schlampe!« Angeekelt stieß er sie von sich. »Du ... du Nymphomanin! Das ist ja widerlich!« Er stolperte ein paar Schritte rückwärts und suchte mit weit ausgreifenden Schritten das Weite.

Elisas Puls raste, ihre Wangen glühten, und ihr war ein wenig übel. Sie war längst nicht so abgebrüht, wie sie geklungen hatte, sie fühlte sich beinahe so, als hätte sie all die schmutzigen Worte, die sie ihm zugeflüstert hatte, wirklich in die Tat umgesetzt. Aber besser, sich dieses eine Mal durchzuringen und selbst zu erniedrigen, anstatt ein Leben lang erniedrigt zu werden. Sie schüttelt sich wie ein Hund. War das ekelhaft!

Als sie wieder normal atmen konnte und ihre Wangen sich kühl anfühlten, ging sie zurück ins Haus, welches sie unter den misstrauischen Augen ihres Vaters betrat.

»Wo ist er hin?«, fragte er.

»Keine Ahnung, er hat mich einfach stehen lassen.«

»Was hast du denn Unfreundliches zu ihm gesagt?«, wollte Angela wissen.

»Nichts. Ich war ausgesprochen nett zu ihm, ich schwöre es.«

* * *

Paolo Domenico wurde im Hause Santoro nie wieder gesehen. Für dieses Mal war es gut gegangen. Aber wer weiß, der Nächste würde vielleicht nicht auf diesen Trick hereinfallen. Elisa begann, die Sonntage zu fürchten.

Sie hätte aber besser den nächsten Freitag gefürchtet. Den Nachmittag dieses Tages verbrachte ihr Vater gern einmal in seiner angestammten Bar an der Piazza Caprile. Meist kam er pünktlich zum Abendessen zurück, leicht angesäuselt, aber in gelöster Stimmung. Heute kam er früher als sonst, und Elisa erkannte sofort an seinem Gang, dass er wütend war. Sehr wütend. Sie ahnte, was geschehen war. Paolo hatte seinen Mund nicht halten können.

»Ist es wahr?«, brüllte er, noch ehe er durch die Tür getreten war. »Ist es wahr, was alle im Ort über dich erzählen?«

Elisa erwog, in ihr Zimmer zu fliehen, aber sie ließ es sein. Es wäre sinnlos, sie saß so oder so in der Falle. Sollte ihre Mutter ruhig sehen, was für ein Ungeheuer sie geheiratet hatte, wenn sie es nicht schon längst wusste, und der naiven Carmela sollten die Augen aufgehen, damit sie begriff, was sie von Männern zu erwarten hatte, und auch Zia Stefania würde vielleicht endlich realisieren, was ihr Neffe und Ziehsohn für einer war.

»Ist es wahr?« Er stand vor ihr im Esszimmer, wo Elisa und Carmela gerade den Tisch fürs Abendessen deckten.

Elisa schüttelte den Kopf.

»Nein?«

Sein Schlag gegen ihre Wange mit der flachen Hand ließ sie taumeln.

»Warum erzählst du dann solche widerlichen Sachen? Woher kennst du solche Wörter? Warum ruinierst du den guten Ruf unserer Familie? Hast du denn einmal auch an deine Schwester gedacht? Oder an deine Mutter und mich?«

Sie verzichtete darauf, sich zu rechtfertigen, auch nicht, als er schrie, sie sei noch schlimmer als die Nutten vom Straßenstrich in Neapel, sie habe die Ehre der gesamten Familie besudelt und verdiene es nicht, am Leben zu sein. Seine Ohrfeigen wurden zu Faustschlägen. Ihre Nase begann zu bluten, das Blut war plötzlich überall, und wer weiß, wie die Sache geendet hätte, wäre nicht irgendwann Zia Stefania energisch eingeschritten. Sie packte Elisa, zog sie weg und verbarg sie schützend hinter ihrem kompakten Körper. »Lass ab!«, schrie sie ihren Neffen an, und dann brachte sie wieder etwas durcheinander und schrie: »Silvano, komm zur Besinnung, sonst wirst du es bereuen. Hör sofort auf, du wirst sie noch umbringen, du stürzt uns noch alle ins Unglück!«

Die Nacht über und am nächsten Tag blieb Elisa in ihrem Zimmer und kam nur heraus, um das Bad aufzusuchen und sich mit dem rechten Auge im Spiegel anzustarren. Das linke war komplett zugeschwollen, die Schwellung des Auges ging über in die der Nase. Die Zähne auf der linken Seite taten ihr weh und fühlten sich locker an, ihre Unterlippe war aufgeplatzt, sie hatte blaue Flecken an Schultern und Armen. Ihre Gefühlslage war gemischt. Zunächst überwog der Hass auf ihren Vater, aber dann gewann eine Art grimmiger Zuversicht die Oberhand. Selbst wenn manche Leute an dem zweifelten, was man sich nun über sie erzählte, so war ihr Ruf auf der Insel doch arg ramponiert, so viel stand fest. Man würde ab jetzt über sie tuscheln, wohin sie auch ging, und nicht nur tuscheln, sie musste sich auf deftige Zurufe ihrer Altersgenossen gefasst machen. Das war gewiss nicht angenehm, aber es hatte einen großen Vorteil: Sie kam ab sofort als Ehefrau für niemanden mehr ernsthaft infrage.

Jemand klopfte an ihrer Tür. Es war Carmela.

»Komm rein«, knirschte Elisa. Ihr Mund fühlte sich an wie ein schlecht geöltes Scharnier, und so klang sie auch.

Ihre Schwester zuckte unter der Tür zurück. »Mein Gott! Tut es sehr weh?«

»Nur beim Lachen.«

Carmela schloss die Tür und setzte sich neben ihr aufs Bett. Sie hielt eine Tube Salbe in der Hand und eine Schale mit Profiteroles. Die Profiteroles würde sie nur in winzigen Häppchen essen können, da ihr Unterkiefer bei jeder Bewegung schmerzte.

»Die Salbe ist von Sofia Borgo, die Tante hat sie besorgt«, erklärte Carmela.

Elisa nickte zum Dank. Sofia Borgo mischte nicht nur Salben, Tees und Tränke, bei ihr dampfte auch regelmäßig die Gerüchteküche. Man konnte also davon ausgehen, dass ganz Anacapri Bescheid wusste.

»Warum hast du das nur gemacht, Elisa?«, fragte Carmela weinerlich.

»Weil ich musste«, presste Elisa hervor.

Aber Carmela war untröstlich. »Wie sollen Mama und ich noch durch den Ort gehen, ohne uns in Grund und Boden zu schämen? Und Papà? Sie werden über ihn lachen, über ihn herziehen …«

»Seine Schuld«, zischte Elisa aus halb geöffneten Lippen.

»Stimmen denn all diese schrecklichen Sachen, die du zu Paolo gesagt hast. Hast du dich nachts weggeschlichen und … du weißt schon?« In Carmelas Augen spiegelte sich eine Mischung aus Entsetzen und Sensationsgier und dem Bedürfnis, etwas über jene Dinge zu erfahren, die jedem Teenager im Kopf herumschwirrten, worüber man aber nur schwerlich Einzelheiten erfuhr.

»Was denkst du denn?« Elisas Versuch eines Lächelns scheiterte.

»Ich weiß es nicht«, gestand Carmela.

»Dieser Paolo sollte einfach nur verschwinden.« Inzwischen gelang es ihr, zu sprechen und dabei die Lippen und den Unterkiefer möglichst wenig zu bewegen.

Tränen quollen aus Carmelas Augen. »Du hast alles verdorben! Wie finde ich denn jetzt noch einen, der mich heiraten will?«

»Du bist sechzehn!« Elisa deutete auf ihr zerschundenes Gesicht. »Schau dir an, wozu sie in der Lage sind! Sie sind alle gleich, Carmela. Sie können noch so nett sein, aber sie tun es, früher oder später. Du kannst jede Frau in Anacapri fragen, da ist kaum eine, die noch nicht *die Treppe runtergestürzt* oder *gegen eine Tür gelaufen* ist.«

»Das ist nicht wahr. Papà hat unsere Mutter nie geschlagen!«

»Bist du da ganz sicher?«

Carmela zuckte mit den Achseln.

»Allein zu wissen, dass sie es dürfen, dass sie damit durchkommen, reicht schon, um in Angst zu leben. Willst du das, Carmen? Dein Leben lang vor einem Mann kuschen?«

»Was sagst du für Sachen, Elisa? Woher hast du das? Aus deinen gescheiten Büchern? Von den Nonnen?«

Von den Nonnen ganz bestimmt nicht, aber Carmela lag nicht ganz falsch. Gewisse Ansichten stammten aus einem Buch, das im Lyzeum heimlich die Runde gemacht hatte. Es stammte von einer Französin namens Simone de Beauvoir, und die Mädchen verschlangen es reihenweise. Der kollektive Eifer rührte nicht unbedingt daher, dass sie sich alle brennend für das Thema der Unterdrückung der Frau im Patriarchat interessierten, sondern weil der Titel *Das andere Geschlecht* die Hoffnung weckte, etwas über Sex zu erfahren. Was durchaus der Fall war, neben vergleichsweise trockenen Theorien, welche die meisten Mädchen weder interessierten noch verstanden. Doch bei Elisa hatten die Worte verfangen. Ihr war, als würde diese Französin, wenn auch in sehr komplizierten Sätzen, ausformulieren, was sie sich schon immer gedacht hatte. Ihrer Schwester ersparte sie die Literaturempfehlung und sagte: »Ich habe Augen im Kopf und einen Verstand. Die Ehe bedeutet für Frauen Unterwerfung. Dein Ehemann kann mit dir machen, was er will, solange er dich nicht umbringt, und selbst dann passiert ihm nicht viel. Du bist ihm ausgeliefert, er bestimmt über dein Leben. Du hast kein eigenes Geld, er sagt dir, was du tun darfst und was nicht, du musst Sex mit ihm haben, musst seine Kinder großziehen…«

»Hör auf!« Carmela hielt sich Ohren zu, aber Elisa riss sie wieder herunter.

»Hast du Angst gekriegt? Gut so.«

»Du bist widerlich! Wahrscheinlich ist alles wahr, was man sich über dich erzählt!«, schrie Carmela und sprang auf.

»Glaubst du mir nicht? Dann lies es nach. So steht's im Gesetz, und du musst es in der Kirche schwören. Gehorsam!«

Aber Carmela war schon aus der Tür, und Elisa tat nun der Kiefer ordentlich weh. Dabei hätte sie sich jedes Wort sparen können. Ihre Schwester war nicht mehr zu retten, im Gegenteil. Vor lauter Angst, wegen der Verfehlungen ihrer Schwester verschmäht zu werden und sitzen zu bleiben, würde Carmela den Erstbesten heiraten. Zum ersten Mal verspürte Elisa einen Anflug von Reue. Es stimmte schon, was ihr Vater und Carmela ihr vorwarfen, sie hatte nicht an ihre Familie gedacht, als sie Paolo diese haarsträubenden Entgleisungen ins Ohr flüsterte. Hätte sie doch nur mehr Zeit gehabt, sich einen Plan zurechtzulegen! Als man ihr diesen faden Kerl vor die Nase gesetzt hatte, war es reine Notwehr gewesen. Was geschehen war, war geschehen. Jetzt mussten alle damit klarkommen.

* * *

Am Montag konnte Elisa allmählich wieder mit beiden Augen etwas sehen. Die Schwellung war zurückgegangen, dafür war die Haut nun grotesk verfärbt, wie eine Malerpalette oder das Paisleymuster auf Paolos Krawatte.

Obwohl ihr nach wie vor manche Bewegungen Schmerzen verursachten, kleidete sie sich an. Sie würde in die Firma gehen, an ihren Platz im Büro, und ihre Arbeit machen so wie jeden Tag. Es sollten ruhig alle sehen, auch die Renzi, wie Edoardo Santoro mit seiner Tochter umsprang.

Doch dazu kam es nicht. Ihre Mutter eröffnete ihr, dass sie zusammen aufs Festland fahren würden.

»Wohin und wozu?«, fragte Elisa.

»Das wirst du dann schon sehen«, sagte Angela, und in ihrer Stimme war eine neue, bisher unbekannte Entschlossenheit und Härte. Sie puderte Elisa das Gesicht und reichte ihr eine große Sonnenbrille und einen Schal. Dann fuhren sie mit dem Roller hinab nach Marina Grande und nahmen das Schiff nach Neapel.

Angela Santoro sprach die ganze Zeit kaum ein Wort mit

ihrer Tochter. Dabei hätte es so viel zu sagen gegeben, dachte Elisa. Sie hätte ihrer Mutter so gern erklärt, warum sie keinen Ehemann wollte, hätte sie gern gefragt, ob sie zufrieden war, ob sie nicht manchmal von einem ganz anderen Leben träumte. Doch sie wusste, sie würde nur Lügen, Ausflüchte und Beschwichtigungen zu hören bekommen. Ihre Mutter würde sie nicht verstehen.

»Elisa ist wie von einem anderen Stern«, hatte Zia Stefania eines Tages im Scherz gesagt, und was Elisa und ihre Mutter anging, stimmte das. Seit jeher waren sie sich fremd und konnten sich kaum über mehr als Alltagsdinge verständigen.

Angela schleppte sie durch halb Neapel. An der Via Salvator Rosa, die zum Vomero führte, bog sie in eine Seitenstraße ein, zählte im Gehen die Hausnummern ab und blieb schließlich vor einem mehrstöckigen, altehrwürdigen Gebäude stehen. Sie läutete an der hölzernen Tür und drückte sie mit einiger Kraftanstrengung auf, als der Summer ertönte. Drinnen roch es nach Desinfektionsmitteln. Ein Pförtner saß hinter einem Tresen. Während sich ihre Mutter flüsternd mit dem Mann verständigte las Elisa mehrere Schilder, die fast alle auf Ärzte oder Rechtsanwälte hinwiesen. War ihre Mutter beunruhigt wegen der lockeren Zähne, oder wollte sie ihren Ehemann verklagen, weil der ihre Tochter halb totgeschlagen hatte?

»Zweiter Stock«, murmelte Angela und packte Elisa am Arm. Die stöhnte auf, denn ihre Mutter hatte eine ihrer Prellungen erwischt.

Es gab einen Fahrstuhl, aber den ließ Angela links liegen und nahm die Treppe. Im zweiten Stock mussten sie wieder klingeln. Das Schild an der Tür wies auf einen Dottore Andrea Longhi hin, ein Doktor der Gynäkologie.

Elisa beschlich ein Verdacht. Sie wich zurück, stieß gegen ihre Mutter, aber da öffnete eine Sprechstundenhilfe die Tür, und Elisa spürte, wie ihre Mutter ihr einen Schubs gab. Die Frau im weißen Kittel führte sie schnurstracks in eines der

Sprechzimmer, wobei sie Elisas angeschwollenes Gesicht mit einem so ausdruckslosen Blick streifte, als kämen täglich verprügelte Mädchen in die Praxis. Angstvoll schielte Elisa auf den Stuhl mit den zwei seltsamen Schalen davor. Sie wusste nun, was ihre Mutter vorhatte.

»Das ist nicht nötig, Mama. Es war alles gelogen.«

»Was nötig ist und was nicht, entscheiden wir«, sagte Angela eisig.

Der Arzt betrat den Raum, ein älterer Mann mit dicken Brillengläsern, grauem Haar und vom Tabak gelben Fingerspitzen. Er begrüßte Mutter und Tochter mit einem Händedruck. Elisa musste unter dem Rock ihre Unterhose ausziehen, die Sprechstundenhilfe half ihr auf den Stuhl und rückte ihre gespreizten Beine zurecht. »Mama, bitte!«, flehte Elisa. Aber die schwieg. Sie hatte sich so hingestellt, dass Elisa sie nicht sehen konnte, jedenfalls nicht, ohne sich den Hals zu verrenken.

»Keine Angst, Signorina, Ihnen geschieht nichts Schlimmes.« Der Arzt setzte sich vor ihr auf einen Hocker und blickte durch seine Brille auf ihr entblößtes Geschlecht.

Nichts Schlimmes? Was konnte schlimmer sein als das? Elisa schämte sich wie nie zuvor in ihrem Leben. Dottore Longhi zog sich Gummihandschuhe über und drückte einige Male auf ihren Bauch. »Nicht erschrecken, es wird etwas kühl«, sagte er, ehe er etwas Kaltes, Metallisches in sie hineinschob. Elisa blieb vor Schreck die Luft weg. Es tat nicht besonders weh, doch sie hatte panische Angst. Hätte sie sich nur auf die Situation vorbereiten können, hätte man ihr wenigstens gesagt, was passieren würde. Sie wünschte sich zu sterben. Dann glitt das Metall aus ihr heraus, und die Sprechstundenhilfe zog ihr den hochgeschobenen Rock wieder ein Stück herab. Der Dottore rückte auf seinem rollenden Hocker von ihr ab und meinte gut gelaunt: »Das war es schon, junge Dame.«

Elisa sprang vom Behandlungsstuhl, riss ihrer Mutter die Unterhose aus der Hand und verschwand hinter dem Paravent. Es sei alles intakt, hörte sie den Arzt zu ihrer Mutter sagen, und dass sie es auch noch schriftlich bekäme.

Mit gesenktem Blick stürmte Elisa aus der Praxis, die Treppen hinunter, ihre Mutter kam kaum noch hinterher. »Elisa, so warte doch!«

Aber Elisa wartete nicht. Sie stapfte den Weg zurück zum Fähranleger, ohne ein Wort, den Blick stur geradeaus gerichtet. Sie bestand nur noch aus Scham und Wut. Sie hierher zu schleppen, auf diesen Stuhl zu zwingen, aufgebockt wie ein Auto in der Werkstatt, bei dem man sich vor dem Kauf vergewisserte, ob der Auspuff in Ordnung und nichts durchgerostet war.

Sie bekommen es noch schriftlich.

Wozu? Für den nächsten Bewerber? Sollen sie es doch gleich neben der Post aufhängen, zwischen die Todesanzeigen, das Kinoprogramm und die Aufgebote, es an die Kirchentür nageln oder es rahmen lassen und in die Stammbar ihres Vaters hängen, damit die Väter potenzieller Heiratskandidaten sich vergewissern konnten: Elisa Santoro ist noch *intakt.*

Diese Demütigung würde sie ihnen nicht vergeben, niemals. Auf der Rückfahrt tat ihre Mutter zuerst, als ob nichts wäre, dann versuchte sie sich an einer Erklärung, die darauf hinauslief, dass Elisa ihnen keine andere Wahl gelassen habe. Elisa ließ die Worte an sich abprallen und behandelte sie wie Luft. Sie schwor sich, sie würde nie wieder ein freundliches und überflüssiges Wort mit ihren Eltern reden, nicht mit ihrer Mutter, und erst recht nicht mit ihrem Vater.

* * *

Es wurde Oktober. Die Zeugnisse der Misshandlung in Elisas Gesicht verschwanden, und ihre Zähne schienen wieder festzuwachsen, jedenfalls schmerzten sie inzwischen nicht mehr beim Essen.

Der Laden für den Werksverkauf war neuerdings ihr liebster Aufenthaltsort. Sie hatte einen Kaffeeautomaten und ein Sofa mit einem kleinen Tisch angeschafft. Über das Sofa drapierte sie lässig einige der Decken. Die Besucher konnten dort Platz nehmen und die Decken, die an der Wand hingen, auf sich wirken lassen. Der Direktverkauf hatte sich nicht schlecht angelassen, aber nun, da die Saison sich dem Ende zuneigte, wurde es extrem ruhig. Spätestens zu Allerheiligen würden sie den Laden schließen, dann begann die *stagione morta*.

Elisa hatte es sich angewöhnt, immer zwischen siebzehn und neunzehn Uhr im Laden zu sein, egal ob mit oder ohne Kundschaft. Dort war sie allein und musste nicht die Gegenwart ihres Vaters ertragen wie im Büro. Obwohl sie ihn aus tiefster Seele hasste und verachtete, hatte sie ihre Stellung in der Firma nicht aufgegeben. Wenn er sie loswerden wollte, musste er sie schon rauswerfen. Was er nicht tat. Er behandelte sie mit einer gönnerhaften Freundlichkeit, so als hätte er ihr etwas zu verzeihen und nicht umgekehrt. Sie dagegen erörterte mit ihm nur Belange, die die Firma betrafen, und selbst dabei verlor sie kein Wort zu viel. Sie wünschte ihm weder einen guten Morgen noch eine gute Nacht, sondern verfluchte ihn zigmal am Tag im Stillen.

Sie war dabei, die Regale abzustauben, die Decken auszuschütteln und sie auf dem Sofa zurechtzulegen, als der Gong durch den Laden schallte. Elisa spähte aus dem Fenster. Vor dem Tor stand eine sommersprossige junge Frau in einem roten Kleid mit lustigen weißen Tupfen, dazu passten ihre roten Pumps, die weiße Handtasche und die weiße Schleife im blonden Haar. Eine Schwedin, wie sich herausstellte. Ihr Begleiter wartete vor dem Tor neben seinem Roller. Elisa bat sie auf Englisch in das Geschäft. Eine 1b-Kundin, urteilte Elisa nach einer Weile. Inzwischen hatte Elisa ein Auge dafür, wer wirklich bereit und in der Lage dazu war, das Monatsgehalt eines normal arbeitenden Menschen für eine Wolldecke auszugeben, oder wer, wie diese Schwedin, angesichts der Preisschilder einen Schrecken bekam.

»Wir hätten auch Decken mit winzigen Fehlern zum reduzierten Preis«, begann Elisa vorsichtig.

Treffer. Die junge Skandinavierin reiste morgen ab und suchte noch ein Geschenk für ihre Mutter. Sie entschied sich für eines der neuen Modelle, die eine Art Baum mit Früchten in geometrischen Formen abbildete. Es war einer der Prototypen der neuen Kollektion, das Muster hatte später noch kleine Verbesserungen erfahren, und auf einer Seite war die Webkante nicht ganz sauber gearbeitet, doch all dies tat der Schönheit und der Qualität der Decke keinen Abbruch, wie Elisa versicherte. »Im Gegenteil, diese Decke ist einmalig, wie der Fehldruck einer Briefmarke, der hinterher viel mehr wert ist als die, die alle gleich sind. Sie wird Ihrer Mutter viel Freude machen.«

Als es ans Bezahlen ging, schaute die Kundin sich in einer konspirativen Weise um, als befürchtete sie heimliche Lauscher, und fragte: »Wird es vielleicht noch ein bisschen billiger, wenn ich keine Rechnung verlange?«

Derlei Ansinnen hatte Elisa bisher stets abgelehnt. Man wusste nie, wem die Leute davon erzählten, im Nu sprach sich so etwas herum, und plötzlich hatte man die *guardia di finanza* vor der Tür stehen.

Andererseits waren die 1b-Decken in der Buchhaltung längst abgeschrieben, weder die Renzi noch Elisas Vater wussten genau, wie viele es davon gab und welche noch in einem Zustand waren, der einen Verkauf zuließ. Kein Mensch würde es bemerken, wenn eine fehlte.

Elisa nahm der Schwedin das Versprechen ab, bis zu ihrer morgigen Abreise niemandem davon zu erzählen.

»*I promise*«, sagte die Frau und hob verschmitzt lächelnd die Hand.

»Auch nicht Ihrem Freund da draußen.«

»Sandro? Der ist nur ein Ferienliebhaber. Er arbeitet im Grand Hotel Quisisana als Poolboy. Ist nicht der Hellste, aber sehr gut in *fare l'amore*, Sie verstehen?« Sie zwinkerte Elisa zu.

Die nickte und musste lachen. Es fühlte sich seltsam an,

ihre Gesichtsmuskulatur schien vergessen zu haben, wie man lachte. Das letzte Mal musste Ewigkeiten her sein.

»Ich selbst wohne nicht dort. Kann ich mir nicht leisten«, plapperte die Schwedin drauflos. »Ich habe mich heimlich an den Pool geschlichen, da habe ich ihn kennengelernt. Also, dann! *Grazie! Arrivederci!*«

Elisa lächelte, während sie der Frau nachsah, die mit ihrem kostbaren Päckchen fröhlich tänzelnd auf das Tor zuging. Anscheinend stimmte es, was man sich über die Schwedinnen und deren lockere Moral erzählte. *Holiday lover!* Undenkbar für eine Italienerin. Ach, wäre sie doch nur in Schweden zur Welt gekommen! Lieber in Schnee und Kälte leben und dafür frei sein.

Frei. Ihr Blick fiel auf die abgezählten Scheine. Elisa bestahl nicht gerne ihre eigene Firma, sie hatte überhaupt noch nie etwas gestohlen. Doch die Dinge hatten sich geändert. Sie hatte inzwischen begriffen, dass sie ohne eigenes Geld ihrer Familie, ihrem Vater, vollkommen ausgeliefert war. Sie versuchte zwar ihr monatliches Taschengeld zu sparen, aber das war zu wenig und ging zu langsam. Sie brauchte eine Rücklage für den Fall der Fälle, für eine eventuell notwendige Flucht vor dem nächsten Paolo. Und hier lag es, das Geld. Sie stopfte das Bündel Scheine in ihren Büstenhalter. Es drückte ein bisschen, doch es fühlte sich gut an, ihr kleines Finanzpolster.

Kapitel 11

Die kleine Wachtel

Capri, Gegenwart

»Wenn Sie mögen, können Sie heute gern wieder mit der Vespa die Insel erkunden. Oder fahren Sie mal rüber nach Neapel. Haben Sie nicht noch Verwandtschaft dort?«

»Ich wollte eigentlich anfangen, die Tapete im *salotto* abzureißen. Damit hier mal etwas vorangeht«, fügte Catia hinzu. Denn im Haus und drum herum war seit einer Woche tatsächlich noch so gut wie nichts passiert. In den Anbau beispielsweise hatte Catia noch nicht einmal einen Blick werfen können, angeblich hatte die Signora den Schlüssel verlegt. Wann immer Catia etwas in Angriff nehmen wollte, hatte die Signora andere Pläne oder fand Ausflüchte.

So auch jetzt. »Was, heute? Haben Sie mal rausgeschaut? Ein Wetter zum Heldenzeugen!«, schwärmte die Signora.

»Was Helden angeht, bin ich bedient.«

»Es ist der erste richtige Frühlingstag.«

Dem konnte man nicht widersprechen. Die Luft war glasklar und der Himmel von einem geradezu unverschämten Blau, das hatte sie heute Morgen gleich beim ersten Blick aus dem Fenster festgestellt, und als sie es öffnete, war eine laue, verheißungsvoll duftende Luft ins Zimmer geströmt.

»Außerdem sind Sie nicht zum Renovieren hier. Tamborini hat versprochen, dass heute noch Leute kommen sollen, die das übernehmen.«

»Er wollte auch jemanden für den Garten organisieren, und was ist daraus geworden?«, wandte Catia ein, die von Tamborini nach wie vor nicht viel hielt. Dasselbe galt für seine Frau Anna, die Catia inzwischen ebenfalls kennengelernt hatte: eine Matrone, die ihren Gatten um einen halben Kopf überragte und bei jeder Bewegung einen markanten Schweißgeruch verströmte. Deshalb musste man ihr nicht nur hinterherputzen, sondern nach ihr auch noch gründlich durchlüften.

Die Signora verteidigte ihren Verwalter. »Wir sind ein bisschen spät dran mit dem Garten. Im März beginnt die Hochsaison in den Gärten, und die Hotels bringen ihre Außenanlagen auf Vordermann. Da bekommt man nur schwer Leute. Aber mit den Malern müsste es klappen, ich werde ihn gleich noch mal anrufen. Also, genießen Sie den schönen Tag, Catia, erobern Sie die Insel.«

Catia betrachtete Signora Santoro, die sich gerade vom Frühstückstisch erhoben hatte, mit amüsierter Wachsamkeit. Sie war heute besonders sorgfältig zurechtgemacht, hatte Make-up aufgetragen und das Haar locker hochgesteckt. Sie trug eine Art Kaftan in ornamentalen Rot- und Orangetönen und dazu Pantöffelchen aus Satin.

»Ich bin schon dreimal um die Insel gefahren und genauso oft kreuz und quer darüber. Sie ist einfach winzig!«

»Liebes Mädchen, Sie sind vielleicht rumgefahren, aber haben Sie sich auch etwas angeschaut?«

»Ja, sicher. Die Villa San Michele, den Arco Naturale und die Villa Jovis, oder was davon übrig ist.«

»Brav.«

»Zur Blauen Grotte fahren noch keine Boote, und in Downtown Capri waren wir ja gestern. Ich bin jetzt noch geblendet vom Luxus in der Via Camerelle, dabei war die Hälfte der Läden noch zu.«

Um diese Jahreszeit, hatte die Signora gemeint, könne man noch unbehelligt durch die Flaniermeile bummeln. Spätestens ab April sei es damit vorbei, dann wälzten sich dort die Touristenmassen durch. Sie beklagte sich, dass die alten Geschäfte, in denen die Capresen ihre handgenähten Kleider und Schuhe und ihr Kunsthandwerk verkauft hatten, schon lange verschwunden waren zugunsten von Chanel, Gucci, Hermès, Vuitton und Konsorten. »Dafür muss doch kein Mensch nach Capri kommen!«, schimpfte sie, um gleich darauf einige der Nobelboutiquen zu erstürmen. Geschwind und mit traumwandlerischer Sicherheit wählte sie Kleidung und Schuhe aus, an die sich Catia im Leben nicht herangetraut hätte, und das nicht nur wegen der exorbitanten Preise. Keine Frage, diese Frau war trotz ihres Alters eine Stilikone.

»Apropos geblendet. Danke noch mal für die Sonnenbrille«, sagte Catia. »Und für den schönen Schal.«

Sie brauche wirklich keinen, sie habe ein paar Tücher mit, hatte Catia protestiert, doch die Signora meinte, es seien gerade die sinnlosen Dinge, die einem am meisten Freude machten, und der Schal würde zu ihren Augen und ihrem Haar passen. »Ihnen stehen kühle Farben, Sie sind der nordische Typ, rein äußerlich.« So war Catia mit einer mondänen Sonnenbrille und einem Seidenschal in Blau- und Grüntönen vom Shopping zurückgekommen.

»Oh, bitte, nicht schon wieder!« Signora Santoro winkte ab, als wäre ihr nicht nur der Dank lästig, sondern auch Catias Anwesenheit.

Diese hatte tatsächlich den Verdacht, dass die Signora sie heute gerne aus dem Haus haben wollte, sich aber scheute, ihr das direkt mitzuteilen. Um sie noch ein wenig zu triezen und aus der Reserve zu lockern, erwiderte sie: »Ich bin doch zum Arbeiten hier, Signora, nicht zum Sightseeing. Sonst habe ich ein schlechtes Gewissen.«

»Gut, dann machen Sie Folgendes. Es gibt oberhalb von Marina Piccola ein Restaurant namens Piccola Quaglia. Fahren Sie dorthin, und erkundigen Sie sich, wann es öffnet.«

»Warten Sie…« Catia zückte ihr Handy und tippte darauf herum, während sie murmelte: »Piccola Quaglia, die kleine

Wachtel, sie öffnet… erst in zwei Wochen, am 25. März.« Sie blickte die Signora triumphierend an. Wenn sie sie loshaben wollte, musste sie schon rausrücken mit der Sprache oder sich einen anderen Grund ausdenken.

»Wer weiß, ob das stimmt. Google ist auch nicht allwissend. Fahren Sie trotzdem hin.«

»Zur kleinen Wachtel, sehr wohl.« Catia machte ein Gesicht wie ein Butler, der an die Schrullen seiner Herrschaft gewöhnt ist.

»Sie sind heute enervierend aufsässig, fast ein bisschen überdreht«, bemerkte die Signora und brachte es fertig, die Stirn zu runzeln und dabei gleichzeitig zu lächeln.

»Verzeihung.«

»Manche Inhaber von Restaurants öffnen auch außerhalb der Saison für Einheimische, wenn es sich noch nicht lohnt, das Personal für das gesamte Restaurant einzustellen. Man sitzt dann quasi in der Küche und isst, was auf den Tisch kommt. Aber das muss ich hier ja auch.«

»Schätzen Sie meine Küche etwa nicht mehr?«, kokettierte Catia.

»Sie kochen ausgezeichnet und übertreffen meine kühnsten Erwartungen.«

»Das wollte ich nur hören.«

Catia konnte wirklich gut kochen, und sie tat es auch gern, besonders, da sie hier die besten Zutaten bekam und dabei nicht auf den Geldbeutel schielen musste. Die Signora aß zwar nur winzige Portionen, aber wenigstens aß sie inzwischen vernünftig und ernährte sich nicht nur von Keksen und Cornetti.

»Darf ich in dem Restaurant Ihren Namen nennen, oder werde ich dann wieder rausgeworfen?«

»Dieser Scherz nutzt sich langsam ab«, versetzte die Signora hoheitsvoll. »Sie müssen sogar meinen Namen nennen. Aber vergewissern Sie sich vorher, dass das Lokal immer noch dem Ehepaar Orlando gehört.«

»Tut es, laut Google. Marisa und Enzo Orlando.«

»Marisa ist nämlich eine alte Schulkameradin von mir.«

»Oha! Da könnte es ja, rein theoretisch, schon sein dass sie bereits… ähm… in Rente sind.«

»Oder gestorben, wollten Sie sagen«, ergänzte die Signora und verriet: »Sie hat einen jüngeren Mann, diesen Enzo. Der ist hoffentlich noch rüstig. Sie wurde mit sechzig Witwe, ihr erster Mann hat ihr ein kleines Vermögen vererbt. Davon hat sie das Lokal gekauft und sich dazu einen zwölf Jahre Jüngeren angelacht.«

»So ein Luder.«

»Das können Sie laut sagen. Grüßen Sie sie von mir.«

»Warum rufen wir dort nicht einfach an und erkundigen uns, was Sache ist?«

Die Signora seufzte genervt auf.

Catia hob die Hände. »Okay, okay, ich fahre hin, ganz wie Sie wünschen.«

»Falls Sie danach immer noch vor Tatendrang strotzen, dann kümmern Sie sich um einen vernünftigen Internetanschluss für dieses Haus. Notfalls müssen Sie dafür halt aufs Festland.«

»Kann es sein, dass Sie mich heute unbedingt loswerden wollen?«

»Schön, dass Sie es endlich gemerkt haben.«

»Erwarten Sie einen Liebhaber?«

»Wäre schon möglich.«

»Donnerwetter. Sagen Sie es doch gleich.«

* * *

Im Schuppen schwang Catia sich auf die Vespa und stülpte den schwarzen Helm über ihren Kopf. Er hatte am Lenker des Rollers gehangen. Seine Form glich her eher einem alten Stahlhelm als einem modernen Vollvisierhelm, aber Catia fand ihn cool. Besonders zusammen mit der neuen Sonnenbrille, mit den großen, braun getönten Gläsern und dem Rahmen im

Leopardenmuster. Wer weiß, dachte sie übermütig, vielleicht lief sie auch bald so extravagant herum wie die Signora. Catia wünschte sich in deren Alter auch noch so viel Mut und Stil in Sachen Kleidung. Also galt es, am Ball zu bleiben und von der Meisterin zu lernen, sonst würde aus der grauen Maus nie mehr ein bunter Pfau. Sollte es Catia in gut dreißig Jahren allerdings nach wie vor am Geld mangeln, was sehr wahrscheinlich war, dann würde sie wohl weniger extravagant und eher wie ein Althippie daherkommen.

Sie warf noch einen prüfenden Blick in den samtig blauen Himmel, zog ihr neues Halstuch fest und tuckerte langsam aus der Einfahrt. Die Vespa war genau das richtige Vehikel für die engen Gassen von Anacapri und die kurvigen, oft schmalen Straßen außerhalb der Ortschaften, von denen einige nicht einmal geteert waren. Darum waren die Zweiräder auch in der Überzahl, neben den Ape-Dreirädern und den lautlos herumflitzenden *carrelli*. Sie glichen weniger normalen Elektroautos als vielmehr den Karren, die man sonst auf Golfplätzen sah. Sehr fortschrittlich, fand Catia. Aber auf einer Insel mit sieben Kilometern Länge kannte man auch keine Reichweitenprobleme.

Sie war tatsächlich gut gelaunt, das hatte die Signora richtig erkannt. Der Frühling war mit Macht über die Insel hereingebrochen, das Frieren nahm ein Ende, auch wenn Catia abends immer noch den Kamin befeuerte. Aber der Hauptgrund war: Gestern Abend hatte sie endlich, nach gut einer Woche, ein Videotelefonat mit Daniel geführt. In dem selbst gestrickten dicken Norwegerpullover, den Valentina ihm zu Weihnachten geschenkt hatte, saß er vor dem Bildschirm und meinte, sie solle den italienischen Frühling genießen, er gönne es ihr, in München sei es noch saukalt. »Auch wenn die ersten Irren schon in Daunenjacken vor den Cafés herumhocken.«

Es war eine normale Unterhaltung ohne Bitterkeit, Sticheleien und Vorwürfe, aber auch ohne Tiefgang. Dennoch ein Fortschritt, freute sich Catia. Sie hatte ihm gesagt, sie vermisse ihn, aber nur ein Grunzen zur Antwort erhalten. Na ja. Man durfte nicht zu viel erwarten. Irgendwann würde auch er zugeben, dass sie ihm fehlte. Es sei denn, er hatte sich schon anderweitig umgetan. Sie schob den Gedanken weit weg. Eifersucht, sagte sie sich, ist nur eine Form von Unsicherheit. Wenn er sie betrügen wollte, würde er das tun, ob sie nun auf Capri war oder nicht. Sie durfte nicht zulassen, dass das Gift sich ausbreitete, das ihre Mutter ihr vor der Abreise eingeimpft hatte. Sie hatte immer schon versucht, Catias Ehe zu sabotieren. Ja, dachte Catia, sie vermisste Daniel und die Kinder und auch ein bisschen ihren Vater, aber was ihre Mutter anging, war sie gerade recht froh, sie über tausend Kilometer weit weg zu wissen.

Und was, durchzuckte es sie, wenn ihre Tochter, Valentina, genauso dachte? Oder gar Oskar. Nein, nicht Oskar, bestimmt nicht. Aber bei Valentina war Catia nicht so sicher.

Laut Daniel hatte sie seit Catias Abreise jede Nacht zu Hause geschlafen und auch die meisten Abende *mit ihrem alten Vater verbracht*, wie er sich ausdrückte.

»Ist sie nicht mehr mit diesem Tom zusammen?«

Er versetzte, er habe Valentina nicht nach dem Grund ihrer neuen Häuslichkeit gefragt. Der Subtext hierzu lautete: Ich bin nicht wie du, die ihre Tochter ständig löchert und glaubt, alles wissen zu müssen.

Aber Catia fragte nach dem Grund, wenn auch nur sich selbst. Ihre bevorzugte Erklärung lautete: Valentina hatte mit Tom Schluss gemacht oder sich zerstritten, und der Zeitpunkt stimmte zufällig mit Catias Abflug nach Capri überein. Der *worst case* wäre dagegen, wenn Valentina wieder mehr Zeit zu Hause verbrachte, weil ihre Mutter nicht da war.

Unsinn! An diesen destruktiven Gedanken waren bestimmt die Erzählungen der Signora über ihre verkorkste Jugend schuld, die sie während der vergangenen Tage, meist abends am Kaminfeuer, zum Besten gab. Sie wusste über ihre Mutter nicht viel Gutes zu berichten. »Ihr Lebensinhalt bestand darin, meinem Vater alles recht zu machen. Ansonsten hat sie im Haus herumgestanden wie ein Möbelstück.« So lautete das harsche Urteil, ehe sie noch hinzufügte, Angela Santoro sei das abschreckende Beispiel einer typischen süditalienischen Ehefrau der Fünfziger- und Sechzigerjahre gewesen und der Grund, weshalb sie, Elisa, nie hatte heiraten wollen.

Hoffentlich sieht Valentina mich nicht auch so, dachte Catia, die ebenfalls dazu neigte, es allen recht machen zu wollen. Jedenfalls bis vor zwei Wochen. Es war doch schließlich kein Naturgesetz, dass Mütter und Töchter sich nicht verstanden, oder? Heute doch erst recht nicht mehr. Irgendeiner Generation musste es doch mal gelingen, diesen Teufelskreis zu durchbrechen.

Sie hatte Anacapri hinter sich gelassen und legte die Vespa in die inzwischen schon bekannten Kurven. Sie beschloss, dem Rat der Signora zu folgen und sich noch ein wenig auf der Insel umzusehen. Man konnte nie wissen, wann das Wetter umschlug, und in ein paar Wochen wäre es vorbei mit der Ruhe, wenn man der Signora glauben durfte, welche die bevorstehende Landplage der über die Insel hereinbrechenden Massen immer wieder mit düsterer Miene ankündigte, als handle es sich um die nahende Apokalypse. Sie hatte Catia mit ihrer Panik bereits ein wenig angesteckt, sodass diese sich vornahm, nach Möglichkeit sämtliche touristischen Höhepunkte bis dahin abgehakt zu haben. Also fuhr sie erst hinunter nach Capri-Stadt, parkte dort die Vespa und wanderte auf der Tragara, der Panoramastraße, zu den Gärten des Augustus. Die Aussicht von dort sollte angeblich eine der schönsten der Insel sein, und dieser strahlende Tag war ideal dafür. Der Garten war ursprünglich von Friedrich Albrecht Krupp angelegt worden, welcher auf Capri bekanntlich seinem Hang zur Knabenliebe frönte. Vielleicht hatte man die Anlage deshalb im Jahr 1918 in Giardini di Augusto umbenannt. Obwohl man bei den römischen Kaisern ja auch nie wissen konnte… Vorgestern hatte Catia die Ruinen der Villa Jovis besichtigt, eine der zwölf Villen, die Tiberius an seinem Rückzugsort Capri errichten ließ und in der er sich, wie es so schön hieß, *mit Griechen umgab*.

Von den Terrassen des Gartens, in dem es zwischen den Wegen und Statuen schon vereinzelt blühte, hatte man einen Einhundertachtzig-Grad-Panoramablick auf den Monte Solaro, die Bucht von Marina Piccola und die abenteuerlichen Serpentinen der Via Krupp. Der deutsche Industrielle hatte sie kurzerhand in die steile Felsküste schlagen lassen, um zu seiner luxuriösen Lasterhöhle, der Villa Krupp, zu gelangen. Mehr Dekadenz geht kaum, hörte Catia im Geist die Stimme von Daniel sagen.

Wie kamen die Inselbewohner über die Jahrhunderte hinweg damit klar, Anziehungspunkt für Fremde zu sein – römische Kaiser, Diktatoren, Literaten, Künstler, Lebenskünstler, Exzentriker –, welche hier ihre Spleens und Laster auslebten und sich sogar durch Bauten verewigten? Hatten sich die Einheimischen mit der Zeit daran gewöhnt, dass es auf ihrer Insel eine Parallelwelt gab, bekamen sie Übung darin, die Augen zu verschließen vor all den Dingen, die gegen Gesetze, Anstand und die Gebote der römisch-katholische Kirche verstießen? Oder war es ihnen egal, solange sie an all den Freaks gut verdienten? Manche waren sicherlich auch nützlich, und sei es, um den Ruf von Capri als Sehnsuchtsort der nach südlicher Sonne hungernden Nordländer zu festigen. Andere waren harmlos, so wie jener deutsche Aussteiger, der mit einer Ziege in der Mithrasgrotte hauste und sich für den Messias hielt. Später soll er die Ziege zugunsten einer Frau verlassen haben und zu Letzterer in die Villa Monacone gezogen sein, was in jeder Hinsicht eine Verbesserung gewesen sein dürfte. Was wohl aus der Ziege geworden war?

Da sie schon einmal hier war, erklomm sie auch noch die Aussichtsplattform Belvedere di Punta Cannone. Der Marsch dort hinauf dauerte nur zehn Minuten, aber er führte Catia deutlich vor Augen, dass es um ihre Kondition nicht zum Besten stand. Sie sollte in Zukunft lieber die Insel erwandern, anstatt mit der Vespa herumzufahren.

Die Aussicht war wirklich atemberaubend; die steil abfallenden Felsen, das Meer, so klar und blau, mit dunklen Flecken. Capri ist wie eine Festung, dachte sie. Das hatte schon Tiberius erkannt und sich hier in seinen letzten Jahren verschanzt. Dennoch war die Insel immer wieder besetzt und erobert worden. Wo sie gerade stand, hatten die Franzosen im Jahr 1808 eine Kanone aufgestellt, nachdem ein Schwager Napoleons die Insel den Engländern abgejagt hatte. Später, im 20. Jahrhundert, erhielt sie den Beinamen Piazzetta dei Pittori, Malerplatte. Was sich von selbst erklärte. Man blickte von hier auf die Augustusgärten, den Sirenenfelsen und die weißen Gebäude der Certosa San Giacomo, des Kartäuserklosters, dessen Besuch ebenfalls noch auf Catias Liste stand. Das Tyrrhenische Meer dehnte sich bis zum Horizont, weiße Jachten ankerten im Türkisblau der Bucht von Marina Piccola, vor der Kulisse der beiden Faraglioni-Felsen. Malerischer ging es kaum.

Allmählich begann sie zu verstehen, was die Leute seit jeher an Capri fanden.

Sie spazierte zurück in die Stadt und gönnte sich in einer Bar auf der Piazzetta eine Aranciata. Es ging auf die Mittagszeit zu, und sie wurde langsam hungrig. Zeit, nach Marina Piccola zu fahren, um die kleine Wachtel zu suchen und ihren Auftrag auszuführen.

Das Restaurant war nicht schwer zu finden, es lag am oberen Ortsrand von Marina Piccola. Das Gebäude war ein einfacher weißer Quader mit einer großen, zur Hälfte überdachten Terrasse. Oben befand sich vermutlich die Wohnung des Ehepaars Orlando, im Erdgeschoss, hinter den bogenförmigen Fenstern, lag das Restaurant. Über der Tür prangte ein Holzschild mit einer aufgemalten Wachtel, darüber stand *Piccola Quaglia* und darunter *Trattoria*. Catia hätte den Vogel ohne die

Schrift nicht unbedingt als Wachtel erkannt. Wer immer das gemalt hatte, war kein großes Talent, hatte sich aber redlich Mühe gegeben.

Das Anwesen wirkte schon etwas angejahrt, aber es war schlicht und schön, und Catia freute sich schon darauf, hier demnächst auf der Terrasse zu sitzen, die Aussicht zu genießen und sich bedienen zu lassen.

Sie stellte die Vespa auf den Parkplatz neben einen Roller und den Lieferwagen mit der Aufschrift eines Installateurs. Drei Männer saßen an einem Tisch unter der Pergola und aßen schweigend und andächtig. Zwischen ihnen standen Karaffen mit Weißwein und Wasser. Es gab Pasta mit einer Soße, die Catia nicht auf Anhieb identifizieren konnte, aber als sie vorbeiging und grüßte, wehte von den Tellern ein köstlicher Duft herüber. Die Tür stand offen, sie betrat das Restaurant. Es war innen geräumiger, als es von außen wirkte. Die Wände waren weiß gekalkt, ebenso die auf halber Höhe rundum laufende Holzverkleidung. Darüber hingen etliche Kunstwerke, die der Wachtel auf dem Türschild verdächtig ähnelten. Es gab Tiere und Landschaften und ein Seestück mit dramatischem Wellengang, der einem Segelschiff arg zusetzte, die Segel waren zerrissen und einer der Passagiere... Catia trat näher heran und musste leise kichern. Wer, bitte schön, hängte ein Bild in ein Lokal, auf dem sich einer im Strahl erbrach? Die Wirtsleute hatten auf jeden Fall Humor, und der unbekümmert zur Schau gestellte Dilettantismus dieser Bilder hatte etwas rührend Sympathisches. Hier wollte man weder hip noch elegant oder stylish sein, hier sollte sich einfach nur jeder wohlfühlen. Catia zählte zwölf Tische, aber nur zwei hatten rot-weiß-karierte Tischdecken. An der Stirnseite des Raumes gab es eine Theke, im Hintergrund Regale mit Weinflaschen und Spirituosen.

Eine ältere Frau mit kurzem grauem Haar trug einen Brotkorb aus der Küche, die durch eine klassische Schwingtür vom Gastraum abgetrennt war. Sie schaute Catia überrascht an, ehe sie sie freundlich grüßte und den Brotkorb nach draußen zum Tisch der Handwerker brachte.

»Wir haben leider noch geschlossen«, sagte sie zu Catia, als sie zurückkam, und wiederholte den Satz vorsichtshalber auf Englisch.

»Sind Sie Marisa Orlando?«

»Die bin ich, jawohl.« Sie stemmte die Hände in ihre füllige Taille.

»Ich soll Sie herzlich von Signora Santoro grüßen. Elisa Santoro. Ihre Schulfreundin.«

Die Frau näherte sich einen Schritt, ihr rundes Gesicht drückte Erstaunen aus, während sie Catia zuerst prüfend ansah und dann einen Wortschwall auf sie niederprasseln ließ. »Elisa Santoro, sagen Sie? Sind Sie eine Verwandte? Warum ist sie nicht selbst gekommen, geht es ihr nicht gut? Wo ist sie? Was hat sie die ganze Zeit gemacht, wieso hat sie nie mehr etwas hören lassen...«

Catia beeilte sich, die vielen Fragen so gut wie möglich abzuarbeiten, indem sie erklärte, wer sie war und wo sich die Signora derzeit aufhielt.

Marisa klatschte in die Hände. »Elisa! Mein Gott, es ist Ewigkeiten her, dass wir uns gesehen haben. In dem Jahr, in dem ihre Mutter gestorben ist, da waren sie alle hier, da war das Restaurant noch ganz neu, wie lange ist das her...«

»Zwanzig Jahre?«, soufflierte Catia.

»Ja, das kommt hin.« Marisa besann sich auf ihre Pflichten als Wirtin und deutete auf einen der Tische. »Setzen Sie sich! Möchten Sie etwas trinken?«

»Nur Wasser, bitte.«

Sie ging hinter die Theke, bückte sich und holte eine kleine Wasserflasche aus dem Kühlschrank.

»Die Signora bat mich, zu erkunden, ob Sie noch da sind und ob das Lokal schon geöffnet ist.«

»Und ob ich noch lebe, *vero*?«, lachte die Wirtin. »In unserem Alter muss man da schon nachfragen. Sagen Sie ihr, ich lebe noch und für sie habe ich immer geöffnet. Sie soll mich gefälligst anrufen und so bald wie möglich ihren *culo*, ihren Hintern, hierher bewegen.«

Ihr warmer Blick fuhr Catia direkt ins Herz. Sie lächelte und versprach, es auszurichten.

Marisa stellte das Wasser auf den Tisch.

»Danke. Signora Orlando, könnte ich vielleicht etwas von der Pasta probieren, die die Männer da draußen essen? Und wenn es nur ein Happen ist. Die riecht... ich weiß gar nicht, wie ich das beschreiben soll... einfach umwerfend.«

Marisa, die gerade Anstalten machte, sich zu ihr zu setzen, lachte auf, ging noch einmal in Richtung Küche und rief: »Nardo! Bring noch eine Portion Pasta!«

Wenig später kam der Koch mit dem Teller durch die Schwingtür. Er stutzte, als er Catia sah. Diese war ebenso verblüfft wie er.

»Was ist los? Servier der Signora die Pasta, ehe sie verhungert!«

Er platzierte einen weißen Teller vor Catia auf den Tisch. Die Pasta darauf waren schmale Tagliatelle mit einem bräunlichen Sugo, der wie eine Bolognese aussah.

»Verfolgst du mich etwa?«, fragte Bernardo.

»Das wäre das Letzte, was mir einfallen würde«, erwiderte Catia harsch.

»Ihr kennt euch schon?« Die Wirtin legte eine Gabel und eine Serviette neben den Teller.

»Flüchtig.« Catia fiel ein, dass sie ihm beim letzten Mal ihren Namen nicht genannt hatte. »Ich bin Catia. Ich arbeite für die Signora.«

»Angenehm. Bernardo.«

Wusste die Signora, dass Bernardo hier der Koch war? Hatte sie sie deshalb hierhergeschickt? Wozu sollte das gut sein? Sie wollte doch nichts mit ihrer Schwester Carmela zu tun haben.

»Essen Sie, *mangia, mangia!*«, forderte die Wirtin sie auf.

Catia befolgte den Rat, sog aber zuerst noch einmal den wunderbaren Duft in ihre Nase und brachte ihr kostbares neues Halstuch in Sicherheit. Dann nahm sie die erste Gabel und konzentrierte sich in den nächsten paar Minuten nur auf das Essen, denn das verdiente nichts anderes. Es war der schiere Genuss. Wer so gut kochte, dachte sie, der konnte kein völlig schlechter Kerl sein.

Marisa lehnte am Tresen, verschränkte die Arme vor ihrem fülligen Busen und beobachtete ihren Gast so aufmerksam, als vermute sie hinter Catias harmlosem Erscheinungsbild eine Inspektorin des Guide Michelin. Bernardo war hinter die Theke gegangen und ließ sich einen Kaffee aus der Maschine. Aber sie bemerkte sehr wohl, dass er sie aus den Augenwinkeln ebenfalls beobachtete.

»Schmeckt es Ihnen?«, fragte die Wirtin, nachdem Catia mehr als die Hälfte verschlungen hatte.

Diese verdrehte verzückt die Augen und fragte: »Woraus besteht der Sugo?«

Marisa Orlando tauschte ein verschwörerisches Lächeln mit ihrem Koch und sagte: »Raten Sie.«

»Kaninchen? Wildhase?«

»Falsch«, sagte Bernardo.

»Ziege? Lamm?«

»Auch nicht.«

»Irgendetwas, das einen kräftigen Eigengeschmack hat, aber ich komme nicht darauf. Hat es mit Wild zu tun?«

»Schon wärmer.«

»Rebhuhn?«

»Fasan.«

»Darauf wäre ich nie gekommen. Ich schwöre, ich habe im Leben noch nie eine so gute Pasta gegessen.«

»Die Pasta sind natürlich auch selbst gemacht«, sagte Signora Orlando stolz. »Bernardo ist ein wahrer Künstler, ein Glücksgriff.«

Der grinste und verzog sich wieder in die Küche.

»*Complimenti!*«, rief Catia ihm nach.

Die Wirtin verschwand nach draußen, denn die Männer verlangten die Rechnung. »Möchten Sie ein Stück Brot, um den Sugo aufzutunken?«, fragte sie, als sie mit den leeren Tellern und dem Brotkorb zurückkam.

»Unbedingt.« Catia wischte, wie zuvor schon die Männer, den Teller mit dem Brot aus. Dann lehnte sie sich zurück, legte eine Hand auf ihre Magengegend und lächelte glücklich.

Marisa setzte die Espressomaschine in Gang und kam mit zwei Tassen an Catias Tisch, wo sie sich mit einem erschöpften Seufzer auf einen der Stühle sinken ließ. »Ich freue mich immer, wenn Leute so gern essen wie Sie. Bernardos Pasta ist aber auch wirklich…« Sie legte drei Finger zusammen, führte sie zum Mund und machte ein Kussgeräusch. »Enzo, mein Mann, sagt immer, wenn er die Seele Italiens malen sollte, dann wäre es ein Teller mit Pasta!«

»Auf jeden Fall!«, stimmte ihr Catia zu und konnte sich die Frage nicht verkneifen, ob Enzo die Wachtel auf dem Schild und die Bilder, die an der Wand hingen, gemalt hatte.

»Ja, das war er. Er hat viele Talente!« Sie zwinkerte Catia auf anzügliche Weise zu, was diese veranlasste, rasch das Thema zu wechseln.

»Sie und Signora Santoro kennen sich also aus der Schule?«

»Sie war eine der wenigen dort, die keinen Dünkel hatte. Die anderen Mädchen kamen alle aus Familien, in denen man schon seit Generationen Geld hatte. Ihre Väter waren Professoren, Rechtsanwälte, Ärzte, Werftbesitzer. Elisa und ich hatten den gleichen Stallgeruch. Ihr war sehr wohl bewusst, dass ihre Großeltern noch Ziegen gehütet und Zitronen gepflückt hatten. Das waren ihre Worte, nicht meine. Und ich war ohnehin eine Außenseiterin. Ich stamme aus Amalfi, mein Vater war Fischer. Bis ich acht war, lebten wir von der Hand in den Mund, doch ein Vergnügen ließ sich mein Vater nie nehmen: Einmal die Woche spielte er in der Lotterie. Was hat meine Mutter jahrelang geschimpft über das rausgeschmissene Geld. Und dann hat mein Vater tatsächlich einen großen Batzen Geld gewonnen und ein Hotel gekauft. Von da an ging es bergauf.«

»Das klingt märchenhaft.«

»Irgendwie war es das auch. Ich war immer gut in der Schule gewesen, und weil nun Geld da war, schickten mich meine Eltern in dieses katholische Gymnasium. Sie meinten es nur gut, aber natürlich witterten die anderen sofort, dass mir noch der Fischgeruch anhaftete, bildlich gesprochen. Ich konnte anfangs kaum Italienisch, wir sprachen zu Hause nur Dialekt. Alle triezten mich deswegen, sogar die Nonnen. Elisa war als Einzige nett zu mir. Sie hatte es einfacher. Sie war zwar kein Abkömmling der High Society, aber es war bekannt, dass ihr Vater diese Fabrik besaß. Wäre Elisa nicht gewesen, hätte ich die Schule niemals abgeschlossen. Durch sie wurde ich mit der Zeit auch von den anderen akzeptiert. Am Ende ging ich gern dorthin und war sogar stolz auf meine Herkunft und auf mich selbst. Ich verdanke Elisa Santoro also eine ganze Menge.«

»Das ist schön zu hören.«

Catia war tatsächlich froh, jemanden so positiv über ihre Arbeitgeberin sprechen zu hören. Zumindest schien Elisa Santoro unter ihrer zuweilen rauen Schale einen guten Kern zu besitzen.

Die Schwingtür geriet in Bewegung, Bernardo, seinen Motorradhelm in der Hand, durchquerte die Trattoria und teilte seiner Chefin mit, er habe die Antipasti, die Fischsuppe und den Nachtisch vorbereitet und komme rechtzeitig zu der Feier zurück.

»Ein fünfzigster Geburtstag, vierzig Personen«, erklärte die Wirtin an Catia gewandt.

»Bis später«, sagte er und winkte Catia zu. »*Ciao*, Catia!«

»*Arrivederci*, Bernardo.«

Er blieb unter der Tür stehen. »Grüßen Sie meine Großmutter von mir.«

Ehe Catia etwas erwidern konnte, war er hinausgegangen.

Catia wandte sich an Signora Orlando, die nun ihrerseits fragte: »Haben die zwei sich noch gar nicht gesehen? Ich wollte ihm schon den Kopf abreißen, weil er mir nicht gesagt hat, dass seine Großmutter wieder da ist.«

»Ich verstehe nicht ganz… Ich dachte, das wäre Carmela.«

»Er nennt sie so, aber seine richtige Nonna ist Elisa Santoro. Bernardos Mutter ist Irene, die Jüngere von Elisas Zwillingstöchtern. Carmela ist seine Großtante. Wussten Sie das gar nicht?«

Catia schüttelte den Kopf. Warum, zum Teufel, hatte die Signora ihr das verschwiegen?

Dennoch beschloss Catia, ihren Ärger erst einmal hintanzustellen. Marisa Orlando war offenbar gut informiert über die Familienverhältnisse der Santoros. Es galt, die Gelegenheit zu ergreifen, um noch ein paar Informationen einzuholen. Was war wirklich geschehen, dass die Schwestern sich so hassten? Wer war überhaupt der Vater von Irene, Adele und Piero, den drei Kindern der Signora? Über den hatte diese sich nämlich bis jetzt gründlich ausgeschwiegen. Und wie war sie am Ende in München gelandet?

Doch ehe sie auch nur eine Frage stellen konnte, betrat ein kräftig gebauter Mann die Trattoria, der eine Plastikkiste mit Einkäufen vor seinem beachtlichen Bauch durch den Raum trug und sie mit Karacho und Gestöhn auf die Theke stellte. Sein grauer Haarkranz war zu einem Künstlerzöpfchen geflochten, Gesicht, Glatze und Unterarme waren braun gebrannt.

»Marisa, *carissima*! ich bin wieder da!«, trompetete er. »Sie hatten keinen Schwertfisch, da habe ich Doraden genommen, ich hoffe, das habe ich richtig gemacht!«

»Goldrichtig, mein Lieber.«

Er küsste seine Frau, die ihm ihre Wange hinhielt.

»Das ist mein Enzo!«, strahlte sie. »Enzo, das ist Catia, sie arbeitet für Elisa Santoro, meine alte Freundin. Sie ist wieder da! Ich freu mich schon so, sie zu sehen.«

Catia lenkte den Roller nach Capri-Stadt, um sich, wie befohlen, um den Internetanschluss der Villa zu kümmern. Sie fragte sich durch, fand den entsprechenden Laden, und binnen weniger Minuten war die Angelegenheit in die Wege geleitet. Zur Belohnung setzte sie sich auf die Piazzetta und verdrückte einen Eisbecher von der Größe und Form einer gotischen Kathedrale. Vorher machte sie ein Foto davon und schickte es an Valentina.

Prompt kam die Antwort: *Food porn, echt jetzt, Mama?*

Catia musste lächeln. Die Geschwindigkeit und die Beiläufigkeit dieser Art der Kommunikation ließ einen die Entfernung vergessen, und die Art der Bemerkung, die ebenso am heimischen Küchentisch hätte fallen können, zeigte Catia, dass zwischen ihnen nichts Verkrampftes mehr war.

Eine Gruppe junger Engländerinnen überquerte lärmend und Selfies knipsend die kleine Piazza, und der Anblick madenweißer Schenkel in Hotpants erinnerte Catia an den unmittelbar bevorstehenden Saisonbeginn. Sie verlangte die Rechnung, zahlte und brach auf.

Der Eisbecher und der Austausch mit Valentina hatten ihre Laune nur kurzzeitig verbessert. Während die Vespa die steilen Serpentinen nach Anacapri hinaufröchelte, erging sie sich in Selbstkritik. Es war wohl ihr Fehler anzunehmen, das Verhältnis zwischen ihr und der Signora sei ein vertrauteres, und sie stünde nicht auf derselben Stufe wie etwa die Tamborinis. Oder war sie jetzt ungerecht? Ja, ein bisschen schon. Denn es war ja nicht so, dass Frau Santoro Catia grundsätzlich gar nichts über ihr Privatleben erzählte. Das Drama um ihren kleinen Bruder hatte sie ihr ausführlich geschildert sowie die Sache mit diesem Paolo und die Folgen davon.

Die Signora hatte sich auch nach Catias Familie und Privatleben erkundigt, und Catia hatte ihr nur allzu bereitwillig darüber berichtet. Gestern Abend, beispielsweise, klagte Catia der Signora ihr Leid. Sie habe immer mehr das Gefühl, ihre Kinder gar nicht mehr zu verstehen. »Sie sind ständig umflackert von ihrer TikTok- und Instagram-Welt. Wenn Oskar sagt, er trifft einen Freund, weiß ich nicht, ob der Typ herkommt oder er zu ihm geht oder ob er damit meint, dass sie via Bildschirm miteinander sprechen. Bei Gesprächen mit ihnen bin ich nie sicher, ob das Gesagte nun Ironie ist oder ernst gemeint. Sie kommunizieren untereinander in Codes, die ich nicht verstehe, und ich trau mich nicht zu fragen, ich will nicht, dass sie mich für dumm halten.«

»Es ist normal, dass Kinder ab einem gewissen Alter ihre Eltern für dumm halten«, erwiderte die Signora. »Zumindest hinterfragen sie deren Ansichten und Lebensweise. Als ich so alt war wie Ihre Tochter jetzt, waren mein Vater und ich erbitterte Feinde, und für meine Mutter hatte ich nur Geringschätzung übrig. Wut auf meinen Vater und gleichzeitig Angst vor ihm, das war die Grundstimmung meines Lebens. Diese Gefühle haben mir die Leichtigkeit meiner Jugend genommen, sie haben alles vergiftet, auch das wenige Schöne.«

»Das tut mir leid«, murmelte Catia verlegen.

»Erst in letzter Zeit betrachte ich meine Eltern mit etwas mehr Milde. Sie lebten schließlich auch nur unter den Zwängen, denen sie sich nicht entziehen konnten: Gesellschaft, Kirche, Ehre, Machokult. Besonders meine Mutter hatte im Grunde nie eine Chance, sich zu entfalten.«

»Das klingt wirklich düster«, meinte Catia, und sie musste an den Besuch bei ihrer neapolitanischen Verwandtschaft denken.

Die Signora winkte ab. »Das waren vollkommen andere Zeiten und Verhältnisse. Aber eines ist schon wahr: Sie können nicht die Freundin Ihrer Kinder sein, das klappt nicht. Sie können nur für sie da sein, wenn es gilt, die Scherben aufzusammeln.«

»Waren Sie denn für Ihre Kinder da?«, fragte Catia vorsichtig, aber damit hatte sie sich schon zu weit vorgewagt.

»Sie hatten bereits jemand anderen dafür auserkoren«, erklärte die Signora schmallippig und beendete die Unterhaltung, indem sie zu Bett ging.

Catia fiel ein, wie Frau Santoro sich am ersten Abend über ihre Schwester ausgelassen hatte. Da war sie gar nicht diskret und reserviert gewesen, eher völlig außer Kontrolle. Bei dieser Gelegenheit hätte sie ruhig mal ein Sterbenswörtchen über ihren Enkel verlieren können. Oder war Bernardo bei ihr in Ungnade gefallen, weil er bei seiner Großtante Carmela im Laden arbeitete? In einem Anflug kindischer Rachsucht beschloss Catia, ihrer Arbeitgeberin ihre Begegnung mit Bernardo bei Marisa Orlando zu verschweigen. Falls die Signora wusste, dass ihr Enkel dort kochte, war die Information überflüssig, und falls nicht, dann war Catia wirklich schon gespannt auf ihr Gesicht, wenn sie bald dorthin zum Essen gingen.

Sie näherte sich der Villa und verringerte ihr Tempo. Es war eine schmale Straße, in der kaum Verkehr herrschte und man nur selten jemanden zu Gesicht bekam, weder in den weitläufigen Gärten, von denen einige akkurat gepflegt waren, andere eher verwildert, noch auf der Straße selbst. Ab und zu sah man Fahrzeuge von Handwerkern und Gartenbaufirmen in den Einfahrten stehen, aber die Nachbarn selbst schienen nicht da zu sein, oder sie ließen sich nicht blicken. Die meisten der hier angesiedelten Villen und Häuser dürften so alt sein wie das der Signora. Einige waren sehr schick renoviert, andere befanden sich in einem leicht verlotterten Zustand, ähnlich dem der Villa Santoro. Alles in allem herrschte in diesem Viertel am Ortsrand von Anacapri eine verblasste, zurückhaltende Vornehmheit, die lediglich an manchen Stellen gestört wurde durch die einförmigen Apartmenthäuser mit ihren noch immer geschlossenen Rollläden.

Einer der inseltypischen *carrelli* überholte Catias Roller lautlos, nur das Geräusch der Reifen auf dem Pflaster schallte überlaut durch die ruhige Wohngegend. Er blieb vor der Einfahrt zur Villa Santoro stehen. Catia bremste noch mehr ab und hielt an. Wollte die Signora noch ausgehen? Ohne sie?

Zwei Herren kamen durch das Tor und gingen auf den

Wagen zu. Der eine durfte etwa so alt sein wie die Signora. Er hielt sich sehr aufrecht, und seine grauen Locken wallten über den Kragen des anthrazitfarbenen Jacketts und des hellgrauen Hemdes, um dessen Kragen eine rote Fliege gebunden war. Sie harmonierte exakt mit den roten Hosen, die seine schlanken Beine umspannte. Die Erscheinung wurde abgerundet durch zweifarbige Lackschuhe und eine ockergelb geränderte Brille, sie war sozusagen die Kirsche auf der Torte.

Wow!, dachte Catia.

Der andere Herr durfte gut und gerne zwanzig Jahre jünger sein und war, was seinen Kleidungsstil anging, weit weniger offensiv als der Ältere. Er war grauhaarig, rundes Gesicht, runde Brillengläser, trug einen gut sitzenden dunkelblauen Anzug und hielt eine bauchige Ledertasche in der Hand. Die Herren zeigten ernste Mienen, das bemerkte Catia noch, ehe die beiden in den Wagen stiegen. Das Gefährt surrte an ihr vorbei in Richtung Ortskern. Catia widerstand der aufflammenden Versuchung, die Verfolgung aufzunehmen. Das wäre ja nun wirklich abartig. Die Herrenbesuche der Signora gingen sie schließlich überhaupt nichts an.

Sie schloss die Tür auf, rief laut, dass sie wieder hier sei, und lief prompt gegen einen Stapel großer Plastiksäcke, voll mit abgerissenen Tapeten, die einen moderigen Geruch verströmten. Die Maler waren also tatsächlich hier gewesen. Im *salotto* und im Esszimmer waren die Wände nackt, an einigen Stellen bröckelte der Putz. Die Tür zur Pergola stand offen. Wie eine blasse Eidechse saß die Signora unter dem Geflecht aus Weinreben und hielt das Gesicht in die letzten Sonnenstrahlen. Es sah aus, als wäre sie eingenickt. Auf dem Tisch standen drei Teegedecke und eine Schale mit Keksen. Neben ihr lehnte ein alter brauner Koffer am Tischbein.

Catia schaffte die Tüten mit den Tapeten in den Schuppen und brachte auf dem Rückweg Holz für den Kamin mit, denn die Nächte waren noch recht kühl. Sie holte Besen und Putzzeug und beseitigte die Spuren der Tapetenaktion. Noch immer hing der muffige Geruch im Raum, wahrscheinlich dünstete er aus den gerade befreiten Wänden. Ein Kaminfeuer würde helfen, die Feuchtigkeit zu vertreiben. Catia liebte diesen Kamin, und ihre Fähigkeiten des Feuermachens hatten sich auch schon gewaltig verbessert. Sie begann, die Scheite aufzuschichten.

»Die Zeugen Jehovas schaffen es bis in den letzten Winkel, nicht wahr?«, begrüßte Catia die Signora, als diese, leicht wankend auf ihren hohen Pumps, von draußen hereinkam. Den elegant-lässigen Kaftan und die Satinpuschen von heute Morgen hatte sie abgelegt und sich für den Besuch herausgeputzt, aber wie! Sie trug den engen schwarzen Rock aus der Boutique, die bunte Seidenbluse und darüber einen grob gestrickten schwarzen Pullover mit Goldfäden und einem weiten Ausschnitt. An ihren Ohren glitzerte es diamanten, und um den Hals hing eine grobgliedrige Goldkette.

»Das war die Camorra.«

»Na, dann.«

Sie wollte wissen, was Catia den Tag über erreicht habe.

»Der Internetanschluss ist in Auftrag. Sie schicken einen Monteur, dauert ein paar Tage.« Catia schob noch ein paar Scheite Anmachholz zwischen die zarten Flammen und pustete dagegen.

»Muss ich es Ihnen aus der Nase ziehen?«

»Was? Ach, die Piccola Quaglia. Ja, ich war dort. Ihre Freundin lässt Sie schön grüßen, sie freut sich, Sie wiederzusehen. Nur heute Abend geht es nicht, da müssen sie eine Geburtstagsfeier ausrichten.«

»Es hat keine Eile.«

Catia trug das Geschirr vom Tisch in der Pergola in die Küche. Danach brachte sie den Koffer herein. »Wo soll der hin?«

»Lassen Sie ihn einfach hier.«

Catia stellte ihn mitten in den Raum.

»Was haben Sie heute sonst unternommen?«, fragte die

Signora. Sie hatte sich in den Ohrensessel ans Feuer gesetzt und strich ihre Pumps von den Füßen.

Catia brachte ihr unaufgefordert die warmen Hauspantoffeln, die sie dankbar überzog. Sie erzählte der Signora von den Gärten des Augustus und der Malerplattform. »Es war traumhaft. Und fast keine Menschen waren dort.«

»Ja, momentan sind wir sozusagen noch unter uns.«

»Sagen Sie, Signora, wie ist es, wenn man immer auf einer Insel wohnt? Fühlt man sich nicht eingesperrt?«

»Das kommt sehr darauf an. Es gab durchaus Situationen, da fühlte ich mich eingesperrt. Oder nein, ich war es sogar tatsächlich. Aber im Allgemeinen ist es eher umgekehrt. Für die Insulaner ist es schlimmer, wenn sie auf dem Festland sind, das Wetter umschlägt und sie befürchten müssen, nicht mehr zurückzukommen.«

»Ging Ihnen das auch so, als Sie jeden Tag mit dem Schiff hin- und herfahren mussten?«

»Nicht unbedingt. Manchmal freute ich mich sogar, wenn es ordentlich stürmte. Es war für mich eine willkommene Abwechslung, eine Nacht im Pensionat zu verbringen.«

»Marisa hat sehr nett von Ihnen gesprochen«, verriet Catia. »Sie meinte, Sie waren die Einzige, die sie in der Schule nicht verachtet hat wegen ihrer einfachen Herkunft.«

»Wirklich? Das freut mich. Ich wusste gar nicht, dass sie sich wie eine Außenseiterin fühlte. Sie hatte immer ein ziemlich loses Mundwerk. Was hat sie noch alles über mich erzählt?«

»Nichts, nur das«, sagte Catia wahrheitsgemäß, und ehe sie noch in Versuchung kam, von Bernardo zu sprechen, wechselte sie – ein wenig holprig – das Thema und fragte, was es denn mit der geradezu legendären Feindschaft zwischen den Bewohnern von Capri und Anacapri auf sich hatte. »Ist das nur die übliche Rivalität zwischen Nachbarorten oder etwas mehr?«

Die Signora stellte eine Gegenfrage: »Sind Sie schon die Phönizische Treppe hochgegangen?«

»Nein. Ich fürchte mich vor dem Riesenmuskelkater, der mich danach heimsuchen wird.«

»Da müssen Sie durch«, sagte die Signora. »Die Feindschaft hat dort nämlich sogar ein steinernes Denkmal. Wo die Treppe heute die Fahrstraße kreuzt, kommen Sie an der Kapelle San Antonio vorbei. Die Kapelle liegt unterhalb des Ortes Capodimonte, und an dessen höchstem Punkt befindet sich die Porta della Differenza. Das war einst das mittelalterliche Tor zum Stadtgebiet Anacapri, früher war daran eine Zugbrücke. Bis zum Jahr 1877 waren die Orte lediglich durch zwei Wege verbunden, nämlich besagte Scala Fenicia, die einst von den Griechen errichtet wurde und damals noch keine Brüstung hatte, und den Passetiello. Der ist heute ein schöner Wanderweg, früher war es aber ein winziger, gefährlicher Pass. Weil beide Wege nicht für Fuhrwerke passierbar waren und nicht jeder einen Esel hatte, trugen die Frauen die Erzeugnisse der Gärten und Felder in Körben, die sie auf dem Kopf balancierten, hinunter nach Capri. Vermutlich hat das die Männerfantasien angeregt. Jedenfalls sollen die Burschen aus Capri hinter den schöneren Frauen aus Anacapri her gewesen sein.«

»Und das war der Grund für die ganzen Animositäten?«

»In Wirklichkeit war es wohl eher der Neid der ärmeren Anacapresen auf das reichere Capri, das zwei Häfen besaß und durch Fischerei, Handel und Schmuggel reich wurde. Jedenfalls hasste man einander aus tiefstem Herzen und kultivierte diesen Hass nach allen Regeln der Kunst. Fehden begannen aus nichtigem Anlass und endeten blutig. Heute haben der Tourismus und das viele Geld auf der Insel so manches verändert, auch wenn man unten in Capri immer noch glaubt, man sei etwas Besseres. Ich kann es aber nicht wirklich beurteilen, ich bin ja schon eine Weile nicht mehr hier gewesen. Zu meiner Jugendzeit betrachteten die aus Capri die aus dem Bergdorf als sture Bauerntölpel und die Leute aus Anacapri fanden die aus Capri-Stadt arrogant und lasterhaft.«

»Die Besucher, die heute bei Ihnen waren, sahen auch aus, als kämen sie aus Capri-Stadt.«

»Die beiden waren mein künftiger medizinischer Berater und mein Drogendealer.«

»Gab's ein Sonderangebot?« Catia deutete auf das Gepäckstück, das noch immer mitten im Zimmer stand.

Ein schelmisches Lächeln erhellte das müde Gesicht der alten Dame. »Holen Sie ihn schon her, Sie neugierige Person.«

Das ließ Catia sich nicht zweimal sagen.

Der Koffer enthielt Kleidung, wobei dieses Wort dem Inhalt nicht ansatzweise gerecht wurde.

»Armando behauptet, er habe sie aus sentimentalen Gründen all die Jahre aufbewahrt. Wahrscheinlich sind sie zufällig auf irgendeinem Speicher gelandet und ihm erst wieder in die Hände gefallen, nachdem seine Mutter gestorben war.«

Wer war Armando? Der Typ von eben, der aussah wie ein gut gealterter Popstar? War der Name schon mal gefallen? Doch gerade erschien Catia der Inhalt des Koffers interessanter als sein Überbringer. Sie holte Stück für Stück vorsichtig heraus und breitete die Sachen über dem Sofa und der Lehne aus. Man hätte meinen können, dass sie muffig rochen oder nach Mottenkugeln, nach so langer Zeit auf einem Speicher, aber stattdessen umwaberte die Stoffe ein zarter, altmodischer Lavendelduft. Es waren Kleider, Blusen, Röcke, Gürtel, Kostüme, Jacken und ein todschicker Trenchcoat in Hellgrau.

»Modellkleider nannte man das vor sechzig Jahren«, erklärte die Signora.

»Sie müssen hinreißend darin ausgesehen haben. Vielleicht sollten Sie das eine oder andere Stück wieder einmal tragen«, schlug Catia vor.

»Liebes Kind, schauen Sie mich doch an! Die sind mir viel zu weit und vor allen Dingen zu lang. Ich bin geschrumpft, in jeder Hinsicht.« Sie griff nach einem blauen Kleid mit weißen Streifen und hielt es mit ihren mageren Armen in die Höhe. »Donnerwetter, was für eine Oberweite ich damals hatte! *Holz vor der Hütt'n*, wie der Münchner zu sagen pflegt. Kein Wunder, dass alle verrückt nach mir waren.« Sie kicherte mädchenhaft. »Ich weiß noch, wir hatten diese spitz zulaufenden, fest gepanzerten BHs, in denen die Brüste aussahen wie Torpedos.«

»Solche Sachen sind heute wieder total angesagt, wissen Sie das?«

»Torpedo-BHs?«

»Vintagekleider aus den Sechzigern.«

»Tatsächlich? Nun, bedienen Sie sich. Vielleicht passt ja Ihnen das eine oder andere Stück. Ich lege keinen Wert mehr darauf.« Damit klappte sie den Koffer zu.

»Dieser Armando … War das der mit den roten Hosen?«

»Der lässt Ihnen wohl keine Ruhe, was?«

»Nein.«

»Wenn Sie uns noch einen Tee zubereiten, Catia, dann erzähle ich Ihnen von Armando.«

Kapitel 12

Die Verlobung

Capri, Ischia, Neapel, 1960–1961

Tatsächlich gab ihr Vater auch nach dem Debakel mit Paolo nicht so schnell auf. Als Nächstes präsentierte er ihr Armando Perrone. Die Perrones stammten aus Ischia, was Elisa ein bitteres Lächeln entlockte.

Am liebsten hätte sie ihren Vater gefragt, ob er denn sicher sei, dass ihr schlechter Ruf nicht längst auch schon die Nachbarinsel erreicht hatte, doch dazu hätte sie mit ihm sprechen müssen. Manchmal wurde sie durch ihr Schweigegelübde auf eine harte Probe gestellt, besonders wenn es galt, eine Bosheit loszuwerden. Aber sie musste sich nur an ihren Ausflug nach Neapel erinnern, an diesen Stuhl, an den Dottore und daran, wie sie da gelegen hatte, entblößt, schutzlos, ausgeliefert und gedemütigt. Dafür würde sie ihre Eltern bis in alle Ewigkeit mit Inbrunst hassen.

Was ihr Vater wohl mit dem Attest von Dottore Longhi angestellt hatte? Genügte ihm die Gewissheit, hatte er in der Bar davon erzählt oder diesen elenden Schrieb, den Elisa im Übrigen nie zu Gesicht bekommen hatte, womöglich gar jemandem gezeigt? Oder hatte er lediglich Angela beauftragt, an der einen oder anderen Stelle, beim Bäcker, in der *salumeria* oder auf der Post eine Bemerkung gegenüber den anwesenden Klatschweibern fallen zu lassen?

So oder so war Elisa gebrandmarkt. Sie hatte gegen die

Regeln verstoßen, hatte ihren Vater und den armen Paolo lächerlich gemacht und sich einfach zu viel herausgenommen. Diese Episode würde man sich noch nach Jahren erzählen, und kein junger Mann auf der Insel würde sich jemals freiwillig den Frotzeleien und dem Spott aussetzen, indem er um die Hand der ältesten Santoro-Tochter anhielt. Nicht einmal einer aus Capri-Stadt wäre so vermessen und verrucht, obwohl dort, nach Ansicht der Anacapresen, Unzucht und Lasterhaftigkeit seit jeher weit verbreitet waren. Elisa Santoro, die vor einigen Wochen noch in der Hierarchie der heiratsfähigen Mädchen ganz oben gestanden hatte, war auf Capri nicht mehr vermittelbar.

Nun also Ischia.

Dieses Mal hatte Edoardo die Eltern des Kandidaten gleich mit zum Sonntagsessen eingeladen. Er kündigte Elisa den Besuch ein paar Tage vorher, beim Abendessen, an und warnte sie: »Du wirst dich benehmen, *capisci*? Sonst kannst du ab sofort deine Tage in deinem Zimmer verbringen und häkeln!«

Sie tat, als wäre er Luft. Während des Essens überlegte sie fieberhaft. Perrone... den Namen kannte sie doch irgendwoher. Doch sie hätte sich lieber die Zunge abgebissen, als nachzufragen.

Der Rest des Abends verlief wie seit Wochen. Alle saßen im *salotto* vor dem Fernseher, bis auf Elisa. Sie mochte das Fernsehen und war vor »dieser Sache« oft seinen Verlockungen erlegen, doch inzwischen mied sie die Gegenwart ihrer Eltern, wann immer es nur ging und gerne auf eine möglichst demonstrative Art. Sie verbrachte ihre Abende konsequent allein in ihrem Zimmer. Zumindest las sie dadurch wieder mehr Bücher. Sie konsumierte alles durcheinander, von Aldous Huxley bis Virginia Woolf. Allzu wählerisch konnte sie dabei nicht sein, sie musste nehmen, was die Büchereien der Insel hergaben. Letzte Woche war es ihr gelungen, einen Roman von Alberto Moravia zu ergattern, den sie mit dem Umschlag einer Vampirgeschichte tarnte. Ihre Eltern hatten zwar keine Ahnung von Literatur, aber wer weiß, vielleicht war ihnen der Name dieses Skandalautors bekannt. Immerhin hatte er von 1941 bis 1942 auf Capri gelebt, genau in der Zeit, als Elisa geboren worden war. Sie redete sich ein, dass sie sich deshalb zu seinen Werken hingezogen fühlte und nicht etwa wegen gewisser Stellen. Hätten ihre Eltern geahnt, was sie las, wären sie bestimmt eingeschritten.

Heute, nach der Ankündigung ihres Vaters, fiel es ihr schwer, sich zu konzentrieren, und plötzlich fiel ihr ein, dass sie den Namen Perrone im Kundenverzeichnis der Firma gelesen hatte. Alessandra Perrone. Sie führte in Porto eine Boutique für exquisite Damenkleidung und Accessoires und nahm pro Saison etwa ein halbes Dutzend Decken in Kommission. Offenbar hatte ihr Vater seine sämtlichen geschäftlichen Kontakte nach Söhnen im heiratsfähigen Alter abgeklappert.

* * *

An dem Essen nahmen nur Elisa, Carmela und ihre Eltern teil. Zia Stefania hatte man vorher in ihrer Wohnung im Anbau verköstigt. Edoardo wollte nicht riskieren, dass sie sich bei Tisch danebenbenahm oder womöglich peinliche Familieninterna ausplauderte, seien es lange zurückliegende oder die jüngsten. Seit Kurzem verfügte die Tante über einen eigenen Fernseher und war dem Gerät hoffnungslos verfallen. Am liebsten mochte sie Quizsendungen, auch wenn man bezweifeln durfte, dass in ihrem Hirn auch nur eine der Antworten hängen blieb.

Signora Perrone war eine sehr attraktive Frau in ihren frühen Vierzigern mit rötlich gefärbtem Haar und hellblauen Augen. Ihr Mann Emilio, ein hochgewachsener, in Ehren ergrauter Herr, war gut zehn Jahre älter als sie. Er hatte einen einflussreichen Posten bei einer Verwaltungsbehörde der Region Kampanien in Neapel inne. Der Unterschied zwischen diesem Paar und ihren Eltern war nicht nur ein äußerlicher. Herr und Frau Perrone schienen einander ebenbürtig zu sein. Beide waren gebildet und selbstbewusst, und anders als Angela Santoro redete Signora Perrone ihrem Mann nicht ständig nach dem Mund.

Armando war einundzwanzig und hatte die blauen Augen seiner Mutter. Er sah ansprechend aus, roch gut und trug sein schwarzes Haar glatt zurückgekämmt. Er studiere Medizin an der Universität Federico II in Neapel, erzählte er auf Edoardos höfliche Nachfrage. Wobei Elisa sicher war, dass ihr Vater das alles längst wusste.

Carmela starrte ihn unentwegt an, als sei er das siebente Weltwunder, Elisa musste sie unter dem Tisch mit dem Fuß anstoßen, damit sie sich zusammenriss. Sie war sechzehn und benahm sich nach Ansicht ihrer Schwester wie eine läufige Hündin. Doch anscheinend schien *das* ihren Vater weniger zu stören als eine Tochter, die lieber für sich selbst sorgen wollte.

Armando begegnete Elisa mit liebenswürdiger Distanz, was sie ihm hoch anrechnete. Offenbar war ihm das Ganze so peinlich wie ihr. Auch Signora Perrone wirkte leicht angespannt, obwohl sie es gut überspielte. Vielleicht wusste sie einfach nicht, was sie mit Leuten wie ihnen reden sollte. Edoardo und Angela sprachen ja nicht einmal Italienisch ohne Fehler und Akzent, obwohl sie sich bemühten, besonders ihre Mutter. Das konnte nur schiefgehen. Elisa, von Wut und Bosheit erfüllt, lauerte einerseits darauf, dass ihre Mutter sich tüchtig blamierte, aber sie schämte sich auch, wenn sie es dann wirklich tat. Merkte Signora Perrone, dass hier generell etwas nicht stimmte? War ihr aufgefallen, dass Elisa nicht mit ihren Eltern redete? Denn davon rückte Elisa auch während dieses Essens nicht ab. Ein Schwur war ein Schwur.

Signora Perrone versuchte, Angela in ein Gespräch zu verwickeln. Was hatten ihre fade Mutter und diese Dame sich wohl zu erzählen? Kochrezepte, Erziehungstipps? Das Wetter, ah ja. Und die jährlich wachsende Zahl der Touristen auf beiden Inseln. Na, wunderbar. Die arme Signora Perrone konnte einem leidtun.

Die Männer schienen sich dagegen gut zu unterhalten, sie waren schon beim zweiten Grappa, und gerade ging es um Fußball. Man war sich einig, dass es um den italienischen Fußball zurzeit nicht gerade zum Besten stand.

Armando, der bis dahin ein paar Nettigkeiten mit Carmela ausgetauscht hatte, wandte sich nun an Elisa. »Mama hat erzählt, du hast dieses Jahr dein Abitur bestanden.«

»Ja.«

»Hast du schon einen Studienplatz?«

»Ich werde nicht studieren. Papà braucht mich in der Firma.«

»Ah, okay.« Ihre Antwort schien ihn verlegen zu machen, aber dann meinte er: »Also bist du eine Geschäftsfrau.«

Geschäftsfrau. Das klang eigenartig. Aber auch gut.

»Die gute Seele des Unternehmens«, ergänzte er scherzhaft.

»Nein. Ich bin eher das Hirn.«

Sie sagte es laut und deutlich. Carmela schnappte nach Luft, und Elisa zog ihre Beine rasch unter den Stuhl, um dem Tritt ihrer Mutter ausweichen. Die warf ihr einen flehenden Blick zu, den Elisa an sich abprallen ließ. Hatte ihre Mutter etwa ihren flehenden Blicken nachgegeben, als sie sie in die Praxis von Dottore Longhi schleppte?

Armando kicherte und kassierte einen Blick mit hochgezogenen Brauen von seiner Mutter, die jedoch ebenfalls lächelte, wenn auch kaum merklich.

Ob Edoardo Santoro die Worte seiner Tochter gehört hatte? Selbst wenn dem so war, ließ er sich nichts anmerken. Normalerweise hätte sie dafür eine Ohrfeige kassiert, die sich gewaschen hatte, aber jetzt war Harmonie angesagt, auf Teufel komm raus.

»Du bist witzig«, bemerkte Armando. »Meine Schwester wird dich mögen, die hat auch so ein Mundwerk.«

»Wie alt ist sie?«

»Nina ist vierzehn. Ein grässliches Alter. Sie hat heute ein Tennisturnier. Machst du Sport?«

»Früher bin ich geschwommen.«

»Jetzt nicht mehr?«

»Es ist zu viel zu tun.«

Seit Niccolòs Tod war sie nie wieder an diesem Strand gewesen und auch an keinem anderen. Sie hätte es nicht ertragen, den Ort zu sehen, an dem er zum letzten Mal glücklich war, im Wissen, dass er nun auf dem Friedhof lag, eingemauert in den kalten Stein der Familiengruft, die Edoardo errichten ließ, als sein Vater Silvano starb.

»Klar, als Hirn der Firma…«, grinste er, und Elisa senkte den Kopf, um ihr Schmunzeln zu verbergen.

Armando war ihr deutlich sympathischer als Paolo, schon weil er nicht krampfhaft versuchte, ihr zu gefallen. Sie schätzte seine unaufdringliche Art. Das hieß natürlich noch lange nicht, dass sie ihn lieben und ehren und ihm gehorchen wollte in guten wie in schlechten Tagen.

Andere Taktik, gleiches Ziel, dachte sie und war auf der Hut.

Zu ihrer Verblüffung war es Signora Perrone, die nach dem Essen Elisa bat, ihr doch die kleine Zitronenplantage zu zeigen, die sich hinter ihrem Garten befand und über die sie sich mit Angela unterhalten hatte.

»Sì, certo«, sagte Elisa und stand auf, froh, der Tafelrunde entfliehen zu können. Jetzt war sie aber wirklich neugierig. Wollte sie bei Elisa Gutwetter machen für ihren Sohn? Hatte sie das nötig? Armando sah blendend aus, er war ein angehender Dottore und stammte aus einer guten Familie. Er konnte andere Mädchen haben, bessere als Elisa Santoro, Tochter eines Deckenfabrikanten. Sah sie das ähnlich und wollte der eventuellen Schwiegertochter in spe auf den Zahn fühlen?

Wie Elisa vermutet hatte, interessierte Signora Perrone der Zitronenhain kein bisschen. Sie wirkte wahrhaftig nicht wie eine passionierte Gärtnerin. Die Frau im kleinen Schwarzen sah vielmehr aus, als käme sie gerade aus der Oper. Sie besaß geschliffene Umgangsformen und sprach ein einwandfreies Italienisch. Nur mit Angela hatte sie im Dialekt gesprochen, den sie aber nicht gut beherrschte. Sie war keine engstirnige Provinzlerin. Sie hatte selbst ein Geschäft und verdiente ihr eigenes Geld. Es würde dieses Mal einfacher sein, den Kopf aus der Schlinge zu ziehen. Signora Perrone würde Elisa verstehen, wenn sie ihr sagte, dass sie keinen Ehemann wollte, auch wenn ihr Sohn ein netter Kerl zu sein schien.

Sie blieben bei den Obstbäumen stehen, denn dort endete der gepflasterte Weg, danach wurde das Gelände zu unwegsam für die hochhackigen Schuhe der Besucherin. »Wir sollten uns nicht die Kleider ruinieren, indem wir uns in die Büsche schlagen«, meinte sie, und Elisa stimmte ihr zu. Auf Drängen ihrer Mutter hatte sie das hellblaue Kleid angezogen, das sie für die Reise nach Sardinien bekommen hatte.

Signora Perrone lächelte Elisa mit ihrem flammenden Lippenstiftmund an, aber ihre Augen waren hart, als sie sagte: »Lass uns Klartext reden, Elisa. Das scheint ohnehin deine Spezialität zu sein, wie man hört.«

Elisa schluckte. Also wussten die Perrones Bescheid – und waren dennoch hier. Seltsam.

»Konntest du nur diesen bestimmten Jungen nicht leiden, oder hast du eine generelle Abneigung gegen die Ehe?«

»Ich will gar nicht heiraten.«

Eine ihrer Augenbrauen zuckte. »Warum nicht?«

Elisa war versucht, ihr den gleichen Vortrag zu halten wie neulich ihrer Schwester Carmela, aber sie ahnte, dass die Signora das alles längst wusste. Also sagte sie nur: »Ich will als freier Mensch leben und für mich selbst sorgen.«

Die Signora nickte. »Das verstehe ich sehr gut.«

»Ich weiß. Sie sind anders als meine Mutter.«

»Niemand kann aus seiner Haut.«

Sie kramte ein silbernes Zigarettenetui aus dem kleinen

Handtäschchen, das an einem langen Riemen an ihrem Arm baumelte, öffnete es und bot Elisa auch eine an. Die lehnte ab aus Angst, husten zu müssen.

»Hör zu, Elisa«, sagte Signora Perrone, »du brauchst unserem Armando keinen Bären aufzubinden, mit wie vielen Männern du angeblich schon geschlafen hast. Denn diese Wette wird auf jeden Fall er gewinnen.«

Das Anzünden der Zigarette verschaffte Elisa Zeit, die Worte der Signora sacken zu lassen. Hatte sie eben richtig gehört?

»Du verstehst, was ich meine?« Sie schickte eine Rauchwolke in die Luft. Die Hand, die die Zigarette hielt, zitterte ganz leicht.

Elisa nickte. Sie war unangenehm berührt, aber auch erleichtert. »Danke, dass Sie es mir gesagt haben, Signora Perrone.«

»Alessandra. Sag Alessandra zu mir.«

»Entschuldigen Sie, wenn ich das frage, Signora... Alessandra, aber warum sind Sie dann hier?«

»Mein Mann weiß es nicht, und er darf es nicht wissen.« Sie ergriff Elisas Schultern und schüttelte sie leicht. Der Rauch ihrer Zigarette stieg Elisa in die Augen. »Du darfst es niemandem sagen. Keinem Menschen. Nicht deiner Mutter, nicht deiner Schwester und auch nicht deiner besten Freundin, hörst du? Mein Mann würde ihn umbringen!« Sie ließ Elisa wieder los.

Elisa begriff, dass das keine Redensart, sondern ernst gemeint war. Alle Männer, die Elisa kannte, hassten Schwule bis aufs Blut. Sie hatten für sie nur Verachtung und die schlimmsten Schimpfwörter übrig. »Mein Vater und Ihr Mann haben die Sache eingefädelt, nicht wahr? Und Sie konnten nichts dagegen sagen.«

»So ist es. Ich wollte, dass du es weißt. Wir Frauen müssen zusammenhalten und mit offenen Karten spielen.« Sie warf ihre Zigarette auf den Boden und zermalmte sie mit ihrer Schuhsohle.

Das *Wir* schmeichelte Elisa. »Ich werde nichts sagen, ich schwöre es.« Sie runzelte nachdenklich die Stirn. »Doch wenn ich nicht wenigstens einmal mit Armando ausgehe, denkt mein Vater, ich hätte wieder Gott weiß was erzählt oder getan.«

»Dann geht aus. Oder ekelt es dich vor ihm?«

»Nein«, versicherte Elisa. »Ich finde Ihren Sohn sehr nett. Aber was wird Armando dazu sagen?«

»Das lass meine Sorge sein. Geht ein paarmal zusammen aus, dann sind alle zufrieden, und danach lassen wir die ganze Sache langsam einschlafen. Es soll ja vorkommen, dass ein Paar erst nach einiger Zeit merkt, dass es nicht harmoniert, nicht wahr?«

Elisas Gedanken rasten. Besser hätte es gar nicht kommen können. *Nach einiger Zeit*, hatte sie gesagt. Genau das brauchte Elisa: Zeit. Zeit, um sich darüber klar zu werden, was sie wollte, Zeit, um Pläne zu schmieden.

Signora Perrone wirkte ebenfalls zufrieden, ihre flatterige Nervosität war verschwunden. Sie umarmte Elisa und sagte: »Ich wusste gleich, du bist ein vernünftiges, kluges Mädchen. Und schön noch dazu. Es ist ein Jammer, ich hätte dich wirklich gerne zur Schwiegertochter gehabt.«

Sie gingen wieder zurück. Mutter und Sohn tauschten einen Blick, während Signora Perrone sich hinsetzte und dabei ihrem Mann zuversichtlich zulächelte. Auch Elisa schenkte Armando bei der nächsten Gelegenheit ein schüchternes Lächeln, das dieser ebenso scheu erwiderte, dies wiederum zauberte ein Lächeln auf das Gesicht ihres Vaters, welches sich sofort reflexhaft in Angelas Miene widerspiegelte. Eine Orgie des Lächelns war ausgebrochen. Nur auf Carmelas Stirn zeichneten sich verräterische Runzeln ab, typische Zeichen für Neid und Missgunst.

Beim Abschied lud Signora Perrone die gesamte Familie Santoro für den nächsten Sonntag zu sich nach Hause, nach Porto, ein. So wollte es der Anstand, ehe man die beiden jungen Leute alleine zusammen ausgehen ließ. Die Santoros beeilten sich, die Einladung anzunehmen, es war schwer zu verhehlen, dass sie es kaum abwarten konnten, Elisa unter die Haube zu bekommen. Die senkte züchtig den Blick und behauptete, sich schon darauf zu freuen.

Auch Armando schien das Spiel begriffen zu haben. Wahrscheinlich waren Mutter und Sohn vertraut genug miteinander, um sich mit Blicken zu verständigen.

»Es wird mir ein Vergnügen sein, Sie wiederzusehen, Signorina Santoro«, sagte er übertrieben förmlich zu Elisa.

Aus purem Übermut tat diese etwas höchst Ungewöhnliches: Anstatt Armando zum Abschied brav die Hand zu geben, drückte sie ihm frech einen Kuss auf die Wange.

Carmela und Angela bekamen vor Verblüffung den Mund nicht mehr zu. Alle anderen, einschließlich Armando, lächelten.

Am Vorabend des Besuchs bei den Perrones sagte Elisa nach dem Abendessen zu ihrer Schwester: »Carmela, du solltest morgen vielleicht besser zu Hause bleiben.«

»Warum denn?«, ereiferte sich Carmela, die gerade die Teller zusammenstellte. »Wir sind alle eingeladen.«

»Armandos Schwester war auch nicht mit bei uns«, argumentierte Elisa.

»Umso besser, dann können sich die Mädchen dieses Mal kennenlernen«, mischte sich ihr Vater ein.

Elisa, die noch immer kein Wort mit ihren Eltern sprach, ignorierte ihn, strich Carmela leicht über die Wangen und sagte: »Aber du Dummchen blamierst uns womöglich. Das sind gebildete Leute, weißt du.«

Ihr war klar, dass sie damit nicht nur Carmela, sondern auch ihre Eltern beleidigte, und ihr Vater wusste das auch. »Rede nicht so mit deiner Schwester!«, herrschte er sie an, und Angela hängte sich an Carmelas ausgestreckten Arm, um sie daran zu hindern, auf Elisa loszugehen und ihr das Gesicht zu zerkratzen. »Hört auf! Alle beide!«

Zia Stefania blickte erschrocken von einem zum anderen.

Seht euch doch an!, hätte Elisa am liebsten gesagt. Sie hatte den Streit provoziert, da sie ausnahmsweise einmal am längeren Hebel saß. Ihre Eltern würden den Besuch bei den Perrones unter keinen Umständen absagen, und sie verspürte das niedere Bedürfnis, sie zu demütigen und ihren Vater zur Weißglut zu bringen. Zu Carmela, die immer noch von Angela festgehalten wurde, sagte sie: »Man sollte statt dir lieber Stefania mitnehmen, dann wird das weniger peinlich.« Sie wandte sich der Großtante zu. »Zia Stefania, wolltest du nicht immer schon mal nach Ischia?«

Die Angesprochene bleckte ihr neues Gebiss zu einem fratzenhaften Lächeln.

»Halt den Mund!«, knurrte Edoardo seine Tochter an.

»Du könntest den Perrones etwas über Großmutter Wilhelmine erzählen, Zia«, fuhr Elisa fort. »Mein Zukünftiger sollte schließlich Bescheid wissen über die Familie.«

Edoardo verpasste ihr eine Ohrfeige, aber nur eine leichte, schließlich sollte seine Tochter morgen nicht mit einer geschwollenen Wange bei den Perrones anrücken. Elisa legte ihre ganze Verachtung für ihn in den Blick, mit dem sie seinem standhielt. Dann warf sie den Kopf in den Nacken und ging hinaus.

»Sie treibt mich zum Äußersten. Sieh gefälligst zu, dass du sie endlich in den Griff kriegst!«, hörte sie ihren Vater sagen.

Die Antwort ihrer Mutter blieb aus, stattdessen jaulte Carmela: »Sie ist so gemein, ich hasse sie!«

»Sie hat den Teufel im Leib!«, flüsterte Stefania. »Wie konntest du diese Deutsche heiraten, Silvano, wir haben dich gewarnt!«

»Haltet die Klappe!«, brüllte Edoardo. »Ihr verfluchten Weiber, ihr geht mir dermaßen auf den Sack!« Mit diesen Worten setzte er sich vor den Fernseher.

* * *

Die Perrones wohnten in der Innenstadt von Porto, in einer Straße mit gepflegten Häusern aus dem vorigen Jahrhundert. Die Schilder mit den Namen waren aus blank poliertem Messing, ebenso die Klingelknöpfe und der Türknauf.

Carmela rümpfte die Nase und meinte: »Ich dachte, die hätten eine Villa so wie wir!«

»Ich auch«, stimmte Angela ihr zu.

»Es gibt Leute, die Geld haben und nicht damit protzen müssen«, stellte Elisa für die Allgemeinheit fest.

Es gab einen Pförtner, der ihnen den Fahrstuhl heranholte. Die Wohnung der Perrones lag im zweiten Stock. Erstaunlicherweise wollte Carmela lieber die Treppe nehmen, und auch Elisa folgte ihr. In den Aufzug zu steigen hätte bedeutet, die Nähe ihrer Eltern auf engstem Raum zu ertragen. Nicht auszudenken, würde er stecken bleiben. Sie erging sich in Fantasien über festsitzende und abstürzende Aufzüge und stieg hinter Carmelas aufdringlicher Duftwolke die Treppen hinauf. Ihre Schwester hatte sich herausgeputzt, als ginge es um sie. Ihre dralle Figur steckte in einem rosafarbenen Kleid aus Rayon. Sogar ihre Lippen hatte sie angemalt, im selben Farbton, doch Edoardo hatte sich auf dem Fährboot darüber aufgeregt, und sie musste die Farbe wieder wegwischen. Nun aber blieb sie auf dem Treppenabsatz stehen, holte einen kleinen Spiegel aus ihrem Handtäschchen und zog ihre Lippen erneut in einem knalligen Rosa nach.

Elisa wurde plötzlich von einem schier übermächtigen Widerwillen ergriffen. Was sollte das hier, wozu der Aufwand? Diese Farce mit Armando Perrone würde ihr ein paar Wochen Verschnaufpause verschaffen. Was war damit gewonnen? Sie würde in der Zeit nicht einmal Geld beiseiteschaffen können, denn der Laden war über den Winter geschlossen. Irgendwann würde alles von vorne losgehen, mit dem nächsten Paolo, Armando oder wie immer er dann heißen mochte. Ihre Schwester kam ihr in dieser Stimmung gerade recht: »Du siehst aus wie ein Bonbon!«, zischte sie Carmela zu.

»Und du wie die Putzfrau. Ist das der Rock von deiner Schuluniform, unter dem schon halb Sorrent seine Hände und wer weiß was sonst noch alles hatte?«

»Ich hab's nicht nötig, mich aufzutakeln.«

Elisa hatte auf Schminke verzichtet und sich mit dem schlichten blauen Faltenrock ihrer Schuluniform und einer weißen Bluse begnügt. Armando wäre es ohnehin egal, und über Carmela, die in ihrem Kleid aussah wie eine Brautjungfer aus einem amerikanischen Film, würden er und seine Mutter sich höchstens im Geheimen amüsieren.

Über ihnen hielt der Aufzug rumpelnd an. Die Tür quietschte, und der väterliche Ruf, wo sie denn blieben, schallte durch das Treppenhaus.

»Wir sind schon da!«, keuchte Carmela und hielt sich die Hand vor den Mund, als müsste sie husten, damit er den Lippenstift nicht sah. Elisa verdrehte die Augen und drückte auf den Klingelknopf.

Hinter der Tür näherten sich rasch Schritte. Signora Perrone persönlich empfing sie mit strahlendem Lächeln und schleuste sie durch einen Flur in ein großes Esszimmer.

Armandos Schwester Nina wurde vorgestellt, ein brünettes Mädchen mit einem hübschen Gesicht und einem drahtigen Körper. Sie hatte ihr Haar auf Höhe des Kinns schnurgerade abgeschnitten und trug eine Bluse ohne Ärmel, die ihre muskulösen Arme sehen ließ, und dazu einen dunkelblauen Faltenrock, der dem von Elisa sehr ähnlich war, was Elisa verlegen machte, Nina jedoch zu einem fröhlichen Quieken veranlasste. »Als wären wir Schwestern!«, rief sie und umarmte Elisa herzlich. »Komm, ich zeige dir die Wohnung!« Sie nahm sie an der Hand und zog sie mit sich fort. Carmela, obwohl nicht explizit zum Rundgang eingeladen, folgte den beiden.

Die Wohnung war weitläufig, die Zimmerdecken hoch und mit Stuck verziert. Die Einrichtung war eine interessante Mischung aus Möbeln, denen man ansah, dass sie über Generationen weitervererbt worden waren, und einigen eigenwilligen modernen Stücken. Die meisten Türen standen offen, jeder Raum hatte eine etwas andere Atmosphäre. Funkelnde Kristalllüster hingen im einen Raum, im nächsten Lampen, die wie Ufos aussahen. Es gab Ölgemälde in opulenten Rahmen, aber auch großflächige abstrakte Gemälde und duftige Aquarelle, die Blumen oder Landschaften zeigten.

Elisa erhaschte einen Blick in Armandos Zimmer. Die Möbel waren aus dunklem Holz, und mit dem von Büchern und Heften bedeckten großen Schreibtisch erinnerte der Raum an eine altertümliche Gelehrtenstube. Die Bücher im Regal waren medizinische Werke, philosophische Titel und politische Sachbücher, die nach Kommunismus und Sozialismus klangen. Auf dem breiten Metallbett lag ein Durcheinander aus Laken und Decken, an einer Wand hing die mannshohe Schautafel eines Skeletts, versehen mit den lateinischen Namen jedes einzelnen Knochens. Sonst gab es keine Bilder. Was hast du denn erwartet, fragte sich Elisa, nackte Männer?

»Dieser schlampige Kerl, er hätte ruhig mal aufräumen können«, sagte Nina und schloss die Tür.

Sie kamen an einem Regal mit Büchern vorbei, vor der Elisa eine kleine Weile fasziniert stehen blieb. Carmela dagegen starrte mit offenem Mund auf die Wand gegenüber. Dort hing ein riesiges Gemälde, ein Frauenakt mit verschobenen Proportionen in wilden Farben. Der Anblick verschlug ihr, die zum Glück bisher wenig gesagt hatte, gänzlich die Sprache.

»Und hier ist das Kaminzimmer, der Lieblingsplatz von Mama.«

Dort lag ein riesiger Perserteppich unter einer altehrwürdigen Chaiselongue, auf welcher sich ein Haufen Kissen in komplett unterschiedlichen Farben, Formen und Größen türmte. Elisa bemerkte über der Lehne eine Decke von Capre di Capri, einen ihrer beiden neuen Entwürfe, die sie mühsam durchgedrückt hatte, ihr Vater fand sie zu modern. Dabei war dieser hier gewissermaßen eher alt. Die Idee dazu war entstanden, als Elisa vor zwei Jahren mit ihrer Schulklasse auf jener fünftägigen Pilgerreise in Rom gewesen war.

»Mama liebt diese Decke, die ist von euch, nicht wahr?«, fragte Nina.

»Das Muster habe ich entworfen«, sagte Elisa. »Es ist den Renaissance-Uniformen der Schweizergarde nachempfunden.«

»Angeberin«, zischte Carmela.

»Ja, jetzt sehe ich es auch. Du bist eine Künstlerin!«, rief Nina ehrfürchtig.

Elisa platzte fast vor Stolz, sie fühlte sich bestätigt, ja, geradezu geadelt.

Sie überlegte, was wohl Signora Perrone von ihrem Haus und ihrer Einrichtung hielt, zum Beispiel von der riesigen, festungsartigen Schrankwand im Esszimmer, die belagert wurde von Heiligenfiguren aus Porzellan und Plastik, darunter auch eine Madonna mit einem elektrisch beleuchteten Heiligenschein. Die wenigen Bücher im heimischen Regal waren deutsche und italienische Klassiker, und die paar schönen alten Möbelstücke stammten von Großmutter Wilhelmine. Alles, was ihre Eltern später dazugekauft hatten, war teurer Schund, ausgesucht ohne Geschmack und Stil und nur, um zu signalisieren, dass man einen gewissen Wohlstand erlangt hatte.

Mit jedem Raum, den sie gerade durchwanderten, mit jedem hübschen und eigenwilligen Arrangement, das sie zu sehen bekam, wuchs die Verachtung Elisas für ihre eigene Familie. Sie genierte sich für die aufgetakelte Carmela, für ihre Mutter, die kaum einen korrekten Satz auf Italienisch zustande brachte, und für ihren Vater, der eine Mann-von-Welt-Attitüde an den Tag legte, als entstamme er einer Dynastie mächtiger Patriarchen. Damit konnte er vielleicht die Bauern in Anacapri beeindrucken, hier wirkte er einfach nur lächerlich.

Wie anders als ihr Zuhause war doch diese Wohnung der Perrones. Auf eine lässige und doch geradezu magische Art harmonierten die unterschiedlichsten Dinge miteinander, alt und neu, Tradition und Moderne. Zudem sah es nicht so aus, als hätte man sich auf den Besuch der Familie mit übermäßiger Sorgfalt vorbereitet. Nicht wie Angela, die tagelang vorher geputzt und aufgeräumt hatte. Sogar Zia Stefania hatten sie vor den Perrones versteckt. In dieser Wohnung dagegen schien man Gäste gewohnt zu sein, man machte ihretwegen keine Umstände und sein Heim nicht zu einem Museum. Eine aufgeschlagene Zeitung lag auf dem Tischchen neben dem Globus, auf der Anrichte stand ein benutztes Rotweinglas, ein Tennisschläger lehnte am Sofa, im Obstkorb war ein Apfel braun geworden, daneben krümmten sich zwei tote Wespen, und hier und da hatte sich eine kleine Staubschicht auf dem polierten Holz der Möbel abgelagert. Diese angenehme, zwanglose Lässigkeit war es am Ende, die Elisa am meisten imponierte.

Nina plauderte in einem fort, ohne die Verlegenheit und Verstocktheit, die Mädchen ihres Alters sonst für gewöhnlich an den Tag legten. Sie wirkte unbekümmert, als sei das Leben ein riesiger Spaß, der zu ihrer Belustigung arrangiert worden war. Aufgewachsen zwischen all diesen Sachen und mit einer Mutter wie Alessandra Perrone hatte sie wohl auch allen Grund, offen, fröhlich und selbstbewusst zu sein. Sie brauchte sich bestimmt nicht zu sorgen, in ein paar Jahren an den Nächstbesten verschachert zu werden. Sie würde studieren und frei entscheiden dürfen, wie und mit wem sie leben wollte. Mit einem Gefühl der Resignation erkannte Elisa, dass dieses Mädchen einen Vorsprung im Leben hatte, den sie selbst niemals würde aufholen können. Vielleicht hatte ihr Vater ja doch recht. Sie gehörte nicht an eine Universität, man würde ihr dort den Mangel an Tradition, Kultur und Bildung sofort anmerken. Ihr Platz war, wenn überhaupt, im Büro und im Laden von Capre di Capri, und früher oder später würde sie, genau wie ihre Mutter und deren Mutter, an der Seite eines Ehemannes enden, auf Gedeih und Verderb seinem Wohlwollen ausgeliefert.

Die Welt der Perrones durfte sie nur betreten und hineinschnuppern, weil besondere Umstände vorlagen. Wäre Armando ein normaler Mann, stünde an ihrer Stelle ein Mädchen aus einer angesehenen Familie mit alter Tradition und nicht die Tochter eines Neureichen, welcher man erlaubt hatte, das Abitur zu machen, ihr aber darüber hinaus keine Perspektive außer der Ehe bot.

»Hier seid ihr. Das Essen steht auf dem Tisch.« Armando war zu ihnen getreten. Er trug dunkle Hosen, ein weißes Hemd ohne Krawatte und darüber einen sportlichen College-Pullover. Er zwinkerte ihr zu. »Ich muss euch vorwarnen. Die Haushälterin hat frei, und Mama hat sich besondere Mühe gegeben, was bedeutet, dass es noch viel schlimmer ist als sonst. Macht euch gefasst auf matschige Pasta, zähes Huhn und halb gares Gemüse.«

»Wir werden auch das überleben.« Nina rollte mit den Augen.

»Bringen wir es hinter uns«, seufzte Armando. »Vielleicht können wir uns danach zum Sattessen in den Eissalon verdrücken.«

Elisa folgte ihm an die Tafel.

»Hast du gesehen, wie schmutzig es ist?«, wisperte Carmela ihrer Schwester auf dem Weg dorthin ins Ohr.

Elisa packte mit einem wütenden Zangengriff ihren Oberarm und zischte: »Halt einfach den Mund, ja? Du hast doch keine Ahnung.«

* * *

Ab sofort redete Elisa wieder mit ihren Eltern. Was nicht hieß, dass sie ihnen verziehen hätte. Aber Reden vereinfachte die Organisation ihrer Besuche bei den Perrones, auf die sie schon bald nicht mehr verzichten wollte.

Als Armando und Elisa das erste Mal allein zusammen ausgingen, fühlte es sich für beide seltsam an. Besonders Elisa wusste nicht, wie man sich gegenüber einem Jungen benahm, der Frauen prinzipiell nicht anziehend fand. Was musste er von ihr denken? Was glaubte er, dass sie über ihn dachte. Er wusste ja schließlich, dass sie wusste...

Elisa hatte sich mit dem Thema Homosexualität nie wirklich auseinandergesetzt. Sie kannte nur die derben Scherze, die Schimpfwörter, *finocchio, frocio, ricchione, culattone*, und die Verachtung, die schwulen Männern entgegenschlug. *Finocchi* waren bisher in ihrer Vorstellung widerliche, schmierige Typen, denen man ihre Abartigkeit schon an der Nasenspitze ansah, sofern sie nicht Tunten waren und grell geschminkt in Frauenkleidern herumrannten.

Armando passte überhaupt nicht in dieses Klischee. Er benahm sich nicht tuntenhaft und ihr gegenüber ganz normal, nur dass er ihr zum Glück nicht den Hof machte, seine Hände bei sich behielt, sie nicht zu küssen versuchte und nicht von Heirat oder dergleichen sprach. Was wollte man mehr? Sie war nicht sicher, ob er sich womöglich vor Frauen ekelte, also hielt sie beim ersten Treffen Abstand. Er hatte sie mitgenommen in ein kleines Programmkino. Dort lief der neue Film von Federico Fellini, *La dolce vita*, der von der katholischen Kirche zensiert worden war wegen der Szene, in der Anita Ekberg und Marcello Mastroianni in den Trevi-Brunnen stiegen. An dieser Stelle waberten ein Raunen und ein Kichern durch das Publikum, und einige pfiffen. Auch Elisa errötete, aber sie fand die Szene auch sehr schön. Ansonsten folgte sie der Handlung, die ihr ziemlich konfus erschien, mit zunehmender Verwirrung.

»Hat dir der Film gefallen?«, fragte Armando, als sie mit ihm aus dem Kino trat. Er bot ihr den Arm an, und sie hakte sich bei ihm unter. Als wären sie ein Paar.

»Ja, aber ich habe nicht alles verstanden«, gestand sie.

»Das sollte auch so sein«, meinte Armando. »Denk an die Schlussszene. Da ruft Marcello dem Mädchen Paola zu: Ich kann dich nicht verstehen.«

»Weil das Meer so laut rauscht. Hat er doch gesagt.«

»Das war eine Parabel. Er meinte damit die allgemeine Orientierungslosigkeit. Der ganze Film ist eine Parabel auf das dekadente, sinnentleerte Leben der wohlhabenden Gesellschaft, und damit sind nicht nur die Reichen gemeint, sondern wir alle, die wir konsumorientiert und oberflächlich sind.«

Elisa überlegte, ob sie selbst konsumorientiert und oberflächlich war. Wahrscheinlich ein bisschen.

»Warum hat dieser Steiner sich umgebracht?«, fragte sie.

»Braucht man einen Grund, um sich umzubringen? Braucht man nicht vielmehr einen, um am Leben zu bleiben?«, hielt Armando dagegen.

Elisa dachte darüber nach. Als Niccolò gestorben war, warum hatten ihre Eltern sich da nicht umgebracht? Wofür waren sie am Leben geblieben? Für Elisa und Carmela? Für sich selbst?

»Du musst mich für dumm halten«, seufzte Elisa. »Es tut mir leid, dass du dich mit mir abgeben musst. Sicher wärst du lieber … woanders.«

Er blieb stehen. »Ich halte dich absolut nicht für dumm, Elisa. Ich bin gern in deiner Gesellschaft. Wollen wir noch in eine Bar gehen?«

»Was werden deine Eltern sagen, wenn wir so spät nach Hause kommen?«

»Nichts«, antwortete er. »Und sie werden deinen auch nichts verraten.«

Es hatte durchaus Vorteile, dass Armando auf Ischia wohnte und sie auf Capri. Spätabends fuhren keine Schiffe mehr, und das elegante hölzerne Riva-Motorboot, das Emilio Perrones ganzer Stolz war, durfte laut seiner Anweisung nur bei Helligkeit und schönem Wetter den Hafen verlassen. Wollte Elisa also etwas mit Armando unternehmen, was über einen Spaziergang oder den Besuch eines Eissalons hinausging, war sie gezwungen, bei den Perrones zu übernachten.

»Elisa bekommt das Gästezimmer, ich verbürge mich für meinen Sohn und für die Sicherheit und Tugend Ihrer Tochter«, hatte Signora Perrone den Santoros feierlich versprochen. So fuhr Elisa nun fast jeden Samstag allein nach Porto, entweder mit dem Fährschiff, oder Armando holte sie bei schönem Wetter und ruhiger See mit dem Riva-Boot seines Vaters ab. Elisa liebte die Fahrten mit dem Motorboot und Armando am Steuer. Er sah dabei so majestätisch aus, mit dem Wind im Haar und dem Blick geradeaus nach vorn. Wie ein römischer Eroberer.

Am Sonntag, gegen Abend, kehrte sie für gewöhnlich wieder zurück. Ihr Vater musste den Perrones blind vertrauen, dass er Elisa sogar die Nächte außerhalb seiner Kontrolle auf einer anderen Insel, in einem anderen Haushalt verbringen ließ. Oder, spekulierte sie, er hegte insgeheim den ruchlosen Gedanken: *Falls sie über die Stränge schlägt und von Armando schwanger wird, bekomme ich sie umso schneller vor den Altar.* Sie kam zu dem Schluss, dass es durchaus so sein könnte. Seiner Tochter Freiheit und Freude zu gönnen, das entsprach doch überhaupt nicht seiner Art.

Elisa profitierte von ihrer Beziehung mit Armando in jeder Hinsicht. Die Perrones und die Gäste, die zuweilen kamen, eröffneten ihr neue geistige Horizonte. Es waren Geschäftsleute, aber auch Juristen, Ärzte und Professoren, allesamt gebildete, aufgeschlossene Menschen, die Ahnung von der Welt da draußen hatten und Gespräche über Dinge führten, von denen Elisa noch nie gehört hatte. Aber sie holte auf. Sie las die Zeitungen, die überall im Haus herumlagen, und sie lieh sich Bücher, über deren Inhalt sie mit Armando oder seiner Mutter sprach, manchmal sogar mit Nina, die für eine Vierzehnjährige verblüffend klug und belesen war.

Den Samstagnachmittag verbrachte Elisa oft bei Signora Perrone in der Boutique. Manchmal war Nina dabei, und sie beobachteten hinter der Ladentheke, wie die Kundinnen Kleider anprobierten und die Ladeninhaberin sie beriet. Dabei bekam Elisa automatisch Lektionen in Sachen Stil. Sie lernte, was man miteinander kombinieren konnte und was nicht und was zu welchem Typ Frau passte. Sie freute sich jedes Mal mit, wenn eine Kundin mit einer Neuerwerbung glücklich von dannen zog. War keine Kundschaft da, dann hieß es oft: »Elisa, sei so gut, probier doch mal diese Bluse an und den Rock dazu.«

Sie kam der Bitte nach und drehte sich vor dem goldgerahmten Spiegel.

»Das steht dir hervorragend! Oder, Nina, was meinst du?«

»Es ist wie für sie gemacht.«

»Nein, Alessandra, das geht doch nicht!«

»Schau doch, Elisa! Bei der Bluse ist eine Naht offen. Die kann ich so nicht mehr verkaufen.«

»Ich kann sie zunähen, man wird nichts sehen.«

»Das glaub ich dir, aber ich kann meiner Kundschaft trotzdem keine geflickten Sachen verkaufen. Nimm sie, oder ich muss sie der Wohlfahrt geben.«

»Gut, aber der Rock...«

»Der ist übrig von der letzten Saison. Er würde wie ein Fremdkörper im Laden hängen. Dir passt er wie angegossen, Nina ist er zu weit.«

So ging es mit Kleidern, Röcken, Jacken, Tüchern, Schals, Handtaschen und einem Paar Pumps in skandalösem Rot. Elisas Garderobe gewann an Umfang und an Qualität. Das meiste davon ließ sie im Gästezimmer der Perrones und nahm es erst gar nicht mit nach Hause. Ihrer Mutter wären diese großzügigen Geschenke nicht recht, und bei Carmela würden sie nur Neidattacken auslösen. Sie war ohnehin in letzter Zeit unausstehlich und fühlte sich vom Schicksal benachteiligt.

Zuweilen fragte Elisa sich, was die Ursache von Alessandra Perrones Großzügigkeit war. War es eine Art Bestechung? Ihr fiel öfter einmal der Satz ein, den Signora Perrone bei ihrem Gespräch bei den Obstbäumen gesagt hatte: *Mein Mann würde ihn umbringen!*

Also waren auch in dieser Familie nicht alle so tolerant und weltoffen, wie es schien. Käme Armandos Neigung ans Licht, würde all das Schöne, Gediegene seinen Glanz einbüßen. Dies war das Damoklesschwert, das über den Köpfen dieser Familie hing und wovor Alessandra Perrone sich fürchtete. Und Nina? Wusste Nina, was mit ihrem Bruder los war? Bestimmt nicht. Man konnte einem Teenager keine solche Last aufbürden, und es wäre auch zu gefährlich. Nina war sicher beliebt und hatte viele Freundinnen. Irgendwann würde sie sich verplappern. Umso erstaunlicher war es, dass Alessandra Perrone sie, Elisa, ins Vertrauen gezogen hatte. Ein ihr wildfremdes Mädchen. Wie verzweifelt musste Armandos Mutter tief im Herzen sein, wie viel Angst musste sie um ihren Sohn haben, um so weit zu gehen? Andererseits besaß Alessandra Perrone die Gabe, mit so viel Nonchalance und Herzlichkeit zu schenken, dass Elisa gern daran glauben mochte, dass es ohne Hintergedanken geschah.

Eines Nachmittags wurde sie von Alessandra genötigt, ein nachtblaues, enges Kleid mit einer Stola aus silbrigem Stoff anzuprobieren. Das Kleid war ein Traum, aber Elisa meinte, sie habe keine Gelegenheit, jemals so etwas zu tragen.

»Doch, heute Abend. Wir fahren alle zusammen nach Neapel und gehen ins Teatro di San Carlo. Die neue *Turandot* hat Premiere.«

* * *

Es lief in den nächsten Monaten gut für Elisa. Mit der Familie ihres Freundes kam sie in die Oper, ins Theater, ins Kino und in exquisite Restaurants. Sie genoss es, ihre kleine, muffige Welt in regelmäßigen Abständen verlassen zu dürfen. Fast automatisch erhielt sie dabei den gesellschaftlichen Schliff, der ihr in ihrem späteren Leben noch manche Tür öffnen sollte.

Auch in ihrem beruflichen Leben durfte Elisa einen Erfolg verbuchen. Eines Vormittags, gerade war die Post gekommen, öffnete Signorina Renzi einen großen Umschlag mit ausländischen Briefmarken, der an die Direktion der Firma gerichtet war. Kurz darauf stieß sie einen spitzen Schrei aus.

»Was zum Teufel…« Edoardo fuhr erschrocken herum, aber schon trippelte die Renzi in höchster Eile mit einem Heft in der Hand ins Büro und rief: »Signorina Santoro, Signore, sehen Sie! Wir sind berühmt!«

Es handelt sich um eine englische Illustrierte für Mode und Einrichtung, und kurz darauf musste auch Elisa nach Luft schnappen. »Papà! Sieh nur!«

In der Zeitschrift waren zwei der von ihr entworfenen Decken abgebildet. Mit hochroten Wangen übersetzte Elisa den Text und war sich dabei erst einmal nicht sicher, ob sie alles wirklich richtig verstand.

Dass die kostbaren und bewährten Decken von Capre di Capri in jeden Salon gehören, der etwas auf sich hält, weiß man in London und im gesamten Königreich schon lange. Nun hat offenbar auch die Queen Gefallen an den Kostbarkeiten von der kleinen Mittelmeerinsel Capri gefunden. Die neue Kollektion aus dem Hause Santoro, die mit frischen, avantgardistischen Designs der Tochter des Hauses aufwartet, wurde vom Palast in mehrfacher Ausführung geordert und soll angeblich nach Balmoral Castle geliefert worden sein. Eine kluge Wahl Ihrer Majestät, denn die Winterabende in Schottland sind lang und kühl.

»Heißt das, die englische Königin legt sich am Abend unsere Decken über die Füße?«, quiekte die Renzi.

»Vielleicht hat sie sie für ihre Pferde gekauft«, scherzte Edoardo.

»Ihre Pferde?« Die Renzi war wahrlich nicht die Hellste.

Er lachte gutmütig.

»Signor Santoro, also wirklich!« Sie versetzte ihm einen Knuff mit dem Ellbogen. Elisa übersah generös die vertrauliche Geste. Sie strahlte. Nicht einmal, nachdem sie ihr Abitur mit Glanz und Gloria bestandenen hatte, war sie so stolz und glücklich gewesen. »Es ist egal, was die Queen mit den Decken macht«, sprudelte sie hervor. »Die Leute müssen sich nur vorstellen, dass die Queen sie abends am Kamin über ihre Füße legt.«

»Du meinst, jetzt werden alle in England unsere Decken haben wollen?«, fasste die Sekretärin zusammen.

»Nicht nur dort. Dieser Artikel ist Gold wert«, erklärte Edoardo. »Der wird uns den Markt in Großbritannien öffnen, und wer weiß, vielleicht exportieren wir bald ins gesamte britische Empire.«

Elisa bezweifelte, ob die Renzi etwas mit dem Begriff Empire anfangen konnte, aber sie schwieg, denn gerade legte Edoardo in einer vollkommen ungewohnten Geste den Arm um die Schulter seiner Tochter. »Ich gratuliere dir, Elisa. Das ist dein Erfolg, er macht mich sehr stolz.«

Zum ersten Mal seit langer Zeit lächelte Elisa ihren Vater an.

* * *

Armando beklagte sich bei seinen Eltern, dass es auf Ischia in den Monaten außerhalb der Saison kaum Unterhaltung für junge Menschen gebe. Er wolle Elisa nicht immer wieder das Gleiche bieten. Also erlaubten die Perrones ihrem Sohn und seiner Freundin, ab und zu den Samstagabend in Neapel zu verbringen. Matilda Ganni, die Schwester von Signor Perrone, lebte mit ihrer Familie auf dem Vomero, und da ihre beiden Söhne Matteo und Claudio im Norden studierten und nur noch gelegentlich nach Hause kamen, war dort Platz, um Armando und Elisa unterzubringen. Elisa bekam das Zimmer von Armandos Cousin Claudio, einem glühenden Fan der Azzurri, das vollgepflastert war mit Fahnen, Wimpeln, Spielerporträts und Zeitungsartikeln über die siegreichen Spiele des SSC Napoli.

»Denkt gar nicht daran, nachts herumzuschleichen und Unfug anzustellen«, drohte Armandos ahnungslose Tante den beiden. »Ich habe einen sehr leichten Schlaf, ich höre eine Maus über den Flur trippeln.«

»Zia Matilda, was denkst du denn von uns?«, erging sich Armando in künstlicher Entrüstung und versprach hoch und heilig, Sitte und Anstand zu wahren.

Armando war ein schöner Mann, und bisweilen gab Elisa sich der einen oder anderen Fantasie hin und ertappte sich bei dem Wunsch, er möge sich in sie verlieben. Dann wäre er vielleicht von seiner unseligen Neigung geheilt. Aber im nächsten Moment sagte sie sich, dass dann alles auf Verlobung, Heirat, Kinder hinauslaufen würde und es längst nicht so schön wäre wie im Augenblick, da beide die Freiheit genossen, zu der ihnen ihre Scharade verhalf.

Sie vermied es, mit Armando über sein Liebesleben zu sprechen, und auch Armando schwieg sich im Großen und Ganzen darüber aus. Dabei hätte Elisa eine Menge Fragen gehabt. Aber wie und womit beginnen? Es waren zu viele unaussprechliche Dinge, die sie beschäftigten, und ein wenig fürchtete sie sich auch vor den Antworten. Man muss nicht alles bis ins kleinste Detail wissen, sagte sie sich. Es war auch so schon aufregend genug, das Nacht- und Studentenleben von Neapel kennenzulernen, die Bars, die Jazzlokale, die Programmkinos und die wilden Konzerte in den Kellerclubs.

Von diesen Ausflügen erzählte Elisa ihren Eltern nichts, und sie bat auch Alessandra, es nach Möglichkeit nicht zu tun. Aber die Gefahr war nicht sehr groß. Nach den jeweiligen Antrittsbesuchen hatten die Eltern der beiden so gut wie keinen Kontakt. Es erwies sich immer wieder als Vorteil, dass man auf verschiedenen Inseln lebte und in völlig unterschiedlichen Kreisen verkehrte.

Wie schön war es doch, mit einem jungen, attraktiven Mann auszugehen, der nicht eifersüchtig war, keine Heiratsabsichten hegte und sie nicht bevormundete, wie ein richtiger Freund oder Verlobter es garantiert getan hätte. Allmählich verloren sie ihre Scheu voreinander, und es kam vor, dass

Armando den Arm um sie legte, sie auf die Wange küsste, mit ihrem Haar spielte oder dass sich ihre Hände ineinander verflochten. Manchmal taten sie solche Dinge zu demonstrativen Zwecken vor Armandos Eltern, aber es kam auch vor, wenn sie allein waren. Ja, sie hatten sich gern, und vielleicht war Elisa auch ein wenig in ihn verliebt. In erster Linie aber sah sie in ihm die Eintrittskarte in ein anderes Leben. Sie brauchten einander, das hatten sie beide rasch erkannt.

»Wir müssen so viel Zeit wie möglich gewinnen«, sagte er bei einer ihrer ersten Verabredungen. »In zwei Jahren bin ich so weit, dass ich mein Examen machen kann. Danach kann ich mein eigenes Geld verdienen und bin nicht mehr abhängig von meinem Vater.«

Zwei Jahre. Das erschien anfangs wie eine Ewigkeit.

Elisa lernte Armandos Freundesclique kennen. Es waren Studenten, junge Männer und auch ein paar Frauen, die meisten von der Medizinischen Fakultät, aber auch welche, die andere Fächer studierten. Einer davon, Cipriano, schien ein engerer Freund von Armando zu sein. Mit seinen dunklen Locken sah er aus wie ein Engel, und die Blicke, die er und Armando sich heimlich zuwarfen, verrieten Elisa ihre Gefühle füreinander. Er studierte Klavier am Conservatorio di Musica San Pietro a Majella. Anfangs benahm Cipriano sich Elisa gegenüber reserviert, und auch ihr war seine Begleitung nicht unbedingt angenehm. Bestimmt wären die beiden lieber allein, dachte sie dann und kam sich vor wie das fünfte Rad am Wagen. Das legte sich, als sie sich näher kennenlernten. Einmal saß sie im Kino zwischen den beiden, und als es gruselig wurde, hielten beide ganz fest ihre Hand. Hinterher, in der Bar, lachten sie darüber, und beide legten den Arm um sie, küssten sie gleichzeitig auf die Wangen. Elisa hatte dabei das Gefühl, als eine Art Medium zu fungieren. Es war vollkommen undenkbar, dass zwei Männer sich in der Öffentlichkeit anfassten oder gar küssten, allenfalls zur Begrüßung ging so etwas durch. Nun saß sie zwischen ihnen auf einem Barhocker, und da sie bereits am zweiten Cocktail nippte, war ihr, als würde ein Strom der Liebe durch sie hindurchgehen, von Cipriano zu Armando, und ihr wurde selbst ganz warm dabei.

»Wir sollten zusammen weit fort, in ein anderes Land gehen«, fantasierte Cipriano. »Irgendwohin, wo man uns tun lässt, was wir wollen.«

»Und wo wäre das?«, erkundigte sich Elisa.

»Keine Ahnung. Vielleicht Indien?«, schlug Armando vor.

»Oder Amerika. San Francisco.« Cipriano seufzte voller Sehnsucht.

»Wenn ihr fortgeht, braucht ihr mich nicht mehr.« Elisa wurde traurig bei diesem Gedanken, auch wenn es nur Luftschlösser waren.

Nein, sie würden nicht fortgehen. Keiner von ihnen hatte eigenes Geld, und beiden war ihr Studium wichtig. Cipriano hatte hart gearbeitet und viel Glück gehabt, um am Conservatorio angenommen zu werden, so etwas warf man nicht einfach weg, und auch Armando wollte unbedingt sein Examen machen und Arzt werden. Dafür hatte er gelernt, dafür hatte sein Vater ihn vom Militärdienst freigekauft, auch wenn man das so natürlich nicht laut sagen durfte. Selbst ihre Liebe konnte die beiden nicht davon abhalten, ihre Ziele im Auge zu behalten. Elisa schloss daraus, dass Männer, selbst verliebte, nicht so dumm waren wie Frauen, die sich und alles andere opferten für die Liebe, oder was sie dafür hielten.

»Quatsch, wir nehmen dich auf jeden Fall mit.« Armando zauste ihr Haar.

»Wir lieben dich!«, bekräftigte Cipriano. »Tun wir doch, oder, Armando?«

»Ja. Wir verschwinden nur mit dir zusammen.«

»Ich liebe euch auch«, sagte Elisa. »Ihr seid die Einzigen, mit denen ich gern zusammen bin.«

* * *

Indessen erkundigte Edoardo Santoro sich immer ungeduldiger bei seiner Tochter, wann sie und Armando sich denn nun endlich verlobten. Anfangs erwiderte Elisa, sie könne ihn ja schlecht dazu auffordern. Dann erklärte sie, ehe Armando sein Examen bestanden hätte, sei an eine Heirat nicht zu denken, und das dauere ja noch zwei Jahre. Edoardo fand sich zunächst murrend mit dieser Erklärung ab, wohl vor allen Dingen, weil Elisa ihm sehr glaubhaft die Verliebte vorspielte. Sie musste sich dafür nicht allzu sehr anstrengen.

Die Adventszeit nahte, eine Zeit, zu der die Erinnerung an Niccolòs Tod jedes Jahr wieder schmerzlich präsent wurde. Edoardo suchte ein Ventil für seinen Kummer und fing wieder an herumzunörgeln.

»Meint er es überhaupt ernst? Er war schon ewig nicht mehr hier, sind wir dem feinen Herrn vielleicht nicht gut genug?«

Elisa besprach das Problem mit Armando.

»Dann verloben wir uns eben zu Weihnachten oder an *capo d'anno*, am Neujahrstag. Wenn wir ihn damit ruhigstellen …«

Elisa zögerte. Eine Verlobung bedeutete, den Betrug sozusagen amtlich zu machen. Vor diesem großen Schritt schreckte sie noch zurück. Ihr Vater würde sich nach der Auflösung einer jahrelangen Verlobung zu Recht getäuscht fühlen und sie mit dem Nächstbesten verheiraten. Aber auch ohne falsche Verlobung saßen sie auf einem Pulverfass, das ihnen jeden Augenblick um die Ohren fliegen konnte.

Sie musste möglichst schnell möglichst viel Geld beiseiteschaffen, um woanders ein neues Leben zu beginnen. Aber wo? Sie könnte ins Ausland gehen. Deutschland oder England. Sie achtete darauf, dass ihre Sprachkenntnisse nicht verkümmerten, und ließ sich von Armando aus der Bibliothek in Neapel Bücher in beiden Sprachen besorgen. Der Gedanke an ein neues Leben in einem anderen Land, wo sie voll und ganz auf sich gestellt wäre, flößte ihr Furcht ein, wenn auch nicht so viel wie das Schreckgespenst einer Heirat mit einem Mann, den ihr Vater für sie aussuchen würde.

Sie wäre nicht die Einzige, die Italien den Rücken kehrte. Viele Menschen aus Kampanien, Kalabrien, Apulien und Sizilien gingen in letzter Zeit nach Deutschland, auch Frauen. Eine Weberin hatte neulich gekündigt, weil sie in Deutschland angeblich für die gleiche Arbeit viel mehr Lohn erhielt. Edoardo hatte die Kündigung mit zusammengepressten Lippen zur Kenntnis genommen und sich anschließend mit Elisa über die Löhne der Weberinnen gestritten, denn Elisa fand, man müsse die Frauen für ihre harte und gute Arbeit besser bezahlen, wollte man sie nicht verlieren.

Aber sie, Elisa Santoro, Assistentin der Geschäftsleitung von Capre di Capri, Designerin der königlichen Decken, sie konnte sich doch nicht neben ihre einstigen Untergebenen in eine Fabrik stellen! Nein, es musste noch andere Lösungen geben. Nur welche?

* * *

Den Jahreswechsel feierten sie in einer proppenvollen, verräucherten Studentenkneipe in Neapel.

»Armando, darf ich dich etwas fragen?«

»Frag schon.«

»Warst du auch schon mal in ein Mädchen verliebt, oder waren es von Anfang an Jungs?«

»Als kleiner Junge war ich in meine Lehrerin verknallt. Mit vierzehn knutschte und fummelte ich mit einem Mädchen aus der Schule herum, aber schon damals kam mir der Verdacht, dass etwas nicht stimmte, weil ich immer feuchte Hände bekam, wenn ich ihrem älteren Bruder begegnete. Wenn die anderen ihre vulgären Witze über Frauen und Mädchen rissen und angaben, mit wem sie es angeblich schon gemacht hätten, ließ mich das kalt, obwohl ich natürlich mitgelacht habe.«

Elisa hatte rote Wangen bekommen. Es musste am Alkohol liegen, dass sie sich überhaupt traute, ihm die nächste Frage zu stellen. »Also hast du es noch nie mit einer Frau gemacht?«

»Doch, einmal. Nach einem Besuch im Stadion, die Azzurri hatten gewonnen und wir ziemlich gebechert. Da haben sie mich mit ins Bordell geschleppt, mein Cousin Claudio war dabei. Ich konnte schlecht Nein sagen, ohne dass es verdächtig gewesen wäre.«

Elisa braucht noch einen großen Schluck von ihrem Cocktail, ehe sie weitersprach: »Hat es geklappt? Mit der Frau, meine ich.«

Armando nickte und strich ihr eine Locke aus der Stirn. »Warum interessiert dich das?«

Sie umklammerte ihr Glas und murmelte in den Lärm hinein: »Denkst du, du könntest es mit mir auch machen?« Ihre Wangen brannten, sie wagte nicht, ihn anzusehen.

»Warum willst du das?«

»Ich will nicht länger eine Jungfrau sein«, platzte sie heraus. »Es scheint den Männern so furchtbar wichtig zu sein. Wegen ihrer Ehre. Wie kann die Ehre eines Mannes an einem winzigen Stück Haut seiner Tochter hängen?«

»Bravo, Elisa!« Armando klopfte ihr anerkennend auf die Schulter. »Du hörst dich an wie die Emanzen aus der Uni!«

Bei Elisa brachen alle Dämme, und sie erzählte ihm von der Untersuchung durch Dottore Longhi, zu der ihre Mutter sie geschleppt hatte, auf Geheiß ihres Vaters. »Ich hasse ihn! Wenn er mich das nächste Mal mit einem verloben will, will ich ihm sagen, dass er sich seine Ehre an den Hut stecken kann.«

»Ah, es geht um Rache. Und ich dachte, du willst es aus Liebe«, sagte Armando mit gespielter Enttäuschung.

Elisa kam ins Schwimmen. »Aber… aber natürlich ist es auch, weil ich dich mag. Ich meine, sonst könnte ich ja mit irgendwem…«

Er lachte. »Komm schon, das war ein Scherz.«

Elisa war nicht zum Lachen zumute. »Also, was ist nun? Machst du es? Bist du dazu in der Lage?«

»Du kannst so romantisch sein, Elisa.«

»Wenn es dir hilft, zünden wir ein paar Kerzen an.«

Er schien endlich zu begreifen, dass sie es ernst meinte. »Okay, im Prinzip spricht von meiner Seite nichts dagegen.«

»Du weißt, was du tun musst?«

»Schließlich werde ich bald Arzt sein.«

»Dann lass uns gehen.« Sie rutschte vom Hocker. »Deine Tante und dein Onkel kommen sicher nicht vor zwei Uhr zurück.«

»Nein«, wehrte er ab. »Nicht heute.«

»Jetzt kneifst du also doch!« Sie war enttäuscht über die Zurückweisung, und sie schämte sich.

»Du hast getrunken, Elisa, du würdest es hinterher vielleicht bereuen.«

»Ich bin beschwipst, nicht betrunken. Ich habe mir das gut überlegt, nicht erst seit heute.«

»Wir tun es, versprochen. Aber ein anderes Mal«, schrie er, denn es war laut geworden um sie herum. Die Stimmung war auf dem Höhepunkt, der Jahreswechsel stand unmittelbar bevor, und das ganze Lokal fing an, den Countdown bis zum neuen Jahr brüllend herunterzuzählen. Cipriano drängte sich durch die Menge zu ihnen durch und reichte ihnen je ein Glas Champagner. »Lasst uns anstoßen, meine Lieben. Auf ein wunderbares 1961.«

* * *

Und tatsächlich, in nüchternem Zustand erschien Elisa ihr Vorschlag vom Silvesterabend reichlich kühn, und sie genierte sich im Nachhinein über ihre offenen Worte. So kam sie erst einmal nicht mehr darauf zu sprechen.

* * *

Ein paar Wochen später bekam das Ganze eine gefährliche Dynamik von unerwarteter Seite: Carmela hatte sich verliebt. Der Auserkorene hieß Ciro Mariuzzo, er war zwanzig. Alle kannten ihn, seine Eltern, Pasquale und Pina Mariuzzo, hatten eine *salumeria* in der Nähe der Piazza San Nicola in Anacapri. Angela kaufte dort nicht oft ein, sie behauptete, man würde dort beim Abwiegen betrügen. Sie ging lieber in den neuen Supermarkt.

Ciro war in der Grundschule drei Klassen über Carmela gewesen und eine über Elisa. Sie erinnerte sich an ihn, seinen etwas gedrungenen Körper, sein rötliches Haar und die Sommersprossen. Carmela behauptete, er habe sie schon damals immer angelächelt. Elisa hielt das für romantischen Blödsinn, den sich Verliebte im Nachhinein ausdachten, um an ihrer Legende zu spinnen. Ciro hatte die Mittelschule beendet, seinen Pflichtwehrdienst abgeleistet, und nun bereitete er sich darauf vor, den Laden seiner Eltern zu vergrößern und das Sortiment zu erweitern.

»Gegessen wird immer, so hast du stets ein Auskommen«, lautete Angelas Kommentar zu dieser Verbindung. In Elisas Augen war Ciro nicht gerade eine glänzende Partie, aber sie verkniff sich sämtliche Bosheiten. Carmela war glücklich und ausnahmsweise gut gelaunt, was wollte man mehr? Ohne ihr ständig beleidigtes Gesicht war sie sogar recht hübsch, das fiel Elisa in diesen Tagen auf. Sie hatte einen großen Busen, was Männer anziehend fanden, weiches, lockiges Haar und einen sexy Schmollmund, fast ein bisschen wie die Bardot.

Carmelas siebzehnter Geburtstag, der 19. Februar, fiel auf einen Sonntag. Zur Feier erschien die gesamte Familie Mariuzzo: die Eltern Pasquale und Pina, natürlich Ciro, seine zwei Jahre jüngere Schwester Lina und der elfjährige Franco. Carmela war nervös. Schon ein paar Tage zuvor schlüpfte sie eines Abends kichernd zu Elisa ins Zimmer und verriet ihr, dass Ciro an ihrem Geburtstag bei ihrem Vater um ihre Hand anhalten wolle.

»Carmela, du wirst gerade mal siebzehn! Du musst doch nicht den Erstbesten nehmen.«

»Er ist nicht der Erstbeste! Du glaubst wohl, du bist was

Besseres, weil du auf dem Lyzeum warst und bloß noch so hochnäsig sprichst. Ciro ist ein anständiger Kerl. Ich liebe ihn, und er liebt mich. Soll ich dir die Briefe zeigen, die er mir aus der Kaserne geschrieben hat?«

»Nein danke.«

»Du bist verbittert und gehässig, aber das wundert mich nicht. Ich weiß Bescheid, Elisa!« Carmela funkelte ihre Schwester feindselig an.

»Ach ja?«, fragte Elisa nur scheinbar gleichgültig. In Wirklichkeit schlug ihr Magen gerade einen Salto.

»Du gönnst mir mein Glück nicht, weil du in Wirklichkeit unglücklich bist. Es ist nicht meine Schuld, dass dein Armando keine Anstalten macht, sich mit dir zu verloben oder dich gar zu heiraten.«

Elisa lächelte erleichtert. »Wir verloben uns, wenn er sein Examen hat.«

»Erzähl mir doch nichts! Examen! Er hält dich hin, bis er eine andere findet. Diese Leute sind außerdem keine guten Christen. Bei denen gab es nirgendwo ein Kreuz, nur diese furchtbaren Bilder und Bücher von Franzosen. Und wie schmutzig es war und das Essen total schlecht!«

»Jetzt reicht es aber«, herrschte Elisa ihre Schwester an. »Keine Sorge, ich gönne dir deinen Ciro von Herzen. Tu, was du für richtig hältst. Letztendlich geht mich das gar nichts an.«

»Ganz genau«, meinte Carmela und fegte in ihrem Nachthemd mit wehendem Haar aus dem Zimmer.

Aber darin sollten sich alle beide irren.

* * *

Dieses Mal musste man Zia Stefania nicht verstecken, denn die Mariuzzos hatten selbst eine Großmutter, die nicht ganz richtig im Kopf war und auf ihre alten Tage begonnen hatte, Wasser und Seife zu fürchten wie den Teufel. Es kursierten in

Anacapri eine Menge Anekdoten über Lucia, *die man schon von Weitem mit geschlossenen Augen erkennen konnte*. Zum Glück hatten die Mariuzzos sie zu Hause gelassen.

Nach einem guten Essen – Angela, Stefania und Carmela hatten sich selbst übertroffen – nahm man den Kaffee auf der Terrasse unter der Pergola, denn es war ein ausgesprochen milder Tag, der schon eine Ahnung vom bevorstehenden Frühling vermittelte. Edoardo hatte sich mit Ciro ins Haus zurückgezogen. Carmela rutschte auf ihrem Stuhl hin und her wie ein legekrankes Huhn. Natürlich wussten alle, was da drin vorging, und erwarteten einen strahlenden Ciro, der vor Carmela auf die Knie sinken und ihr einen Ring anstecken würde. Den hatte er nämlich schon gekauft, das hatte sein kleiner Bruder Franco ausgeplaudert. Endlich! Ciro kam mit hochrotem Gesicht auf die Terrasse, setzte sich hin und hypnotisierte seinen Teller. Edoardo stellte eine Flasche Grappa auf den Tisch und erkundigte sich scheinheilig, ob jemand einen wolle.

Ciros Vater Pasquale nickte und schaute Edoardo fragend an. Auch die Frauen waren irritiert, Carmela standen Tränen in den Augen, ihre Wangen hatten rote Flecken.

»Es ist so«, sagte Edoardo zu Pasquale, nachdem die beiden den Schnaps gekippt hatten. »Dein Sohn kann gern meine Carmela heiraten, es wäre mir sogar eine Ehre. Allerdings habe ich noch eine ältere Tochter, und ehe die nicht verheiratet ist, heiratet auch Carmela nicht. Das habe ich beschlossen, und das wird so gemacht«, setzte er mit entschlossener Miene hinzu, denn er erahnte bereits den Proteststurm, der auch prompt über ihn hereinbrach.

Der Tag endete mit einer heulenden, untröstlichen Carmela, einer resignierten Angela, einer stoisch lächelnden Zia Stefania, einem enttäuschten, sich tapfer haltenden Ciro, der mit seinen verstimmten Eltern und Geschwistern hastig aufbrach, und einer wütenden Elisa, deren Hass auf ihren Vater neu aufflammte.

Ja, auch sie war der Meinung, dass Carmela sich noch nicht

binden sollte. Doch das war nicht der Grund, warum ihr Vater Carmelas Schicksal an das ihre knüpfte. Nein, es ging bei diesem perfiden Schachzug ganz allein um sie, um Elisa. Es war schlau von ihm, das musste Elisa anerkennen. Ab sofort hatte ihr Vater eine zähe Kämpferin an seiner Seite, denn es war sonnenklar, dass Carmela ihrer Schwester keine ruhige Minute mehr gönnen würde.

Warum tat er das? Warum wollte er sie unbedingt in eine Ehe zwingen? Wollte er sie endlich aus dem Haus haben? Eher nicht, denn er sprach bisweilen davon, dass Elisa und Armando als Ehepaar in den Anbau ziehen könnten. Er wollte sie also um sich haben. Wozu? Um sie leiden zu sehen, sie zu kontrollieren? Geschah es aus Rache für Niccolò, dessen Tod Edoardo ihr noch immer anlastete? Oder ging es um *l'onore*, seine Ehre, die Elisa im letzten Jahr mit ihrer dreisten Paolo-Lüge beleidigt hatte. War ihm die Sache mit Dottore Longhi nicht Rache genug gewesen?

Oder, ein erschreckender Gedanke, ahnte ihr Vater etwas in Bezug auf Armando?

Ganz bestimmt wusste er nicht, dass Armando schwul war. In dem Fall hätte er vollkommen anders reagiert, wie, das mochte Elisa sich lieber nicht ausmalen. Doch vermutlich kam ihm allmählich der Verdacht, dass Elisa und Armando die Verlobung absichtlich hinauszögerten. Und das ging ihm gründlich gegen den Strich.

* * *

Sie besprach sich am darauffolgenden Samstag mit Armando, der die Dramatik sofort begriff.

»Würde es helfen, wenn wir uns verlobten?«, fragte Armando.

»Vielleicht«, sagte Elisa.

So erschien Armando eine Woche später bei den Santoros und hielt um Elisas Hand an. Elisa war anwesend, darauf hatte sie bestanden. Sie sei schließlich keine Kuh, die es zu verschachern gelte, hatte sie zu den beiden gesagt, als diese sich zu einem Männergespräch in den *salotto* zurückziehen wollten.

»Sie ist eine emanzipierte Frau, also soll sie ruhig dabei sein«, lenkte Armando ein.

»Sie ist was?«, fragte Edoardo misstrauisch.

»Selbstbewusst und dickköpfig«, erklärte Armando augenzwinkernd.

»Gut, dass dir das klar ist«, sagte Edoardo mit einem Seitenblick auf Elisa, die artig auf dem Sofa saß und Armando nach allen Regeln der Kunst anhimmelte.

»Wir werden heiraten, sobald ich mein Examen habe«, erklärte Armando, nachdem er sein Anliegen vorgebracht hatte.

»Und wie lange wird das dauern?«

»Nur noch ein gutes Jahr, anderthalb höchstens.«

»Was ist, wenn du durchfällst?«

»Ich gehöre zu den Besten meines Jahrgangs. Das wird nicht passieren«, sagte Armando mit heiligem Ernst und einem treuherzigen Augenaufschlag.

»Dann soll es so sein«, sagte Edoardo feierlich. »Ich hoffe, du stehst zu deinem Wort, wenn es so weit ist.«

Sie schüttelten sich die Hand, tranken den obligaten Schnaps, dann ging Armando mit operettenhafter Pose vor Elisa auf die Knie und fragte sie formvollendet, ob sie seine Frau werden wolle. Aus Richtung Flur hörte man einen erstickten Aufschrei, denn es verstand sich von selbst, dass Angela und Carmela mit den Ohren am Türblatt klebten.

Elisa hauchte ein Ja, und Armando zog die kleine Schachtel mit dem Ring aus der Tasche und steckte ihn ihr an. Der Halbkaräter funkelte, als Elisa ihre Hand ins Licht hielt. Edoardo nickte zufrieden. Er fühlte sich als Sieger, das sah Elisa ihm an. Es streifte sie ein Anflug von schlechtem Gewissen, aber sie sagte sich im selben Moment, dass ihre Familie nichts anderes verdient hatte, als belogen zu werden.

Dann stand sie auf, und Armando küsste sie zum ersten

Mal auf den Mund, und zwar derart ausgiebig, dass Edoardo ihm die Hand auf die Schulter legte und ihn mit gespielter Entrüstung zur Mäßigung aufrief.

Carmela und Angela konnten sich nicht länger beherrschen, sie stießen die Tür auf und drängten herein. Carmela umarmte ihre Schwester und besah sich den Ring mit großen Augen. Armer Ciro, dachte Elisa. Er wird wohl einen Kredit aufnehmen müssen.

Armandos Kuss spürte Elisa noch eine ganze Weile auf den Lippen. Er fühlte sich besser an als bei Marisa und Roberto, viel besser.

Kapitel 13

Alte Sachen, alte Geschichten

Capri, Gegenwart

»Signora, wann kommen denn die Maler zurück, um die Wände zu verputzen?«

»Gar nicht. Ich wollte es eigentlich so lassen.«

»Warum auch nicht? Es erinnert an eine Galerie in Prenzlauer Berg. Nur ohne Bilder.«

»Die Bilder kommen schon noch«, lautete die Antwort.

Catia begriff erst jetzt, dass das mit den Wänden kein Scherz war. »Und wann kommen diese Bilder?«, fragte sie.

»Ich warte jede Sekunde auf den Anruf der Spedition.«

Das war also der Grund, warum sie schon den ganzen Morgen durch die Räume tigerte, hier etwas verrückte und dort etwas vermaß.

»Spedition? Kommt noch mehr?«

»Nur ein paar Dinge aus dem Haus in Grünwald. Ich habe gern gewisse persönliche Gegenstände um mich herum.«

»Okay«, sagte Catia, wieder einmal vor den Kopf gestoßen.

»Nun seien Sie nicht eingeschnappt. Ich habe vergessen, es zu erwähnen, sehen Sie es einer alten Frau nach. Ich habe zu lange allein gelebt, ich bin es nicht mehr gewohnt, Rechenschaft über meine Pläne und Absichten abzulegen.«

»Das verstehe ich. Aber es geht nicht um Rechenschaft, Sie schulden mir nichts. Es würde den Alltag lediglich erleichtern, wenn ich über manche Dinge rechtzeitig Bescheid wüsste.«

»Gut, also heute kommen, so Gott will, ein paar Möbel und Bilder.«

»Dann sollte ich schleunigst noch mal durchwischen.«

»Es ist sauber genug. Das ist eine alte Villa auf dem Land, keine Halbleiterfabrik. Schauen Sie lieber mal in den Anbau. Dort sollte man mal durchlüften.«

»Ach, ist der Schlüssel wiederaufgetaucht?«

»Muss wohl so sein.«

»Gut so. Am Ende schimmelt es dort, dann müssen wir was unternehmen. Wenn Leute Schimmel sehen, drücken sie gleich den Preis. Apropos Preis. Haben Sie schon Kontakt zu einem Makler aufgenommen?«

»Was meinen Sie, Catia, wollen wir heute Abend in der Piccola Quaglia essen gehen?«

»Klar. Sie sind der Boss.«

»Fein. Dann kündigen Sie unseren Besuch für sieben Uhr an. Später kann ich nicht mehr viel essen.«

»Das war ein klassisches Ablenkungsmanöver, darauf falle ich nicht rein. Also: der Makler.«

Die Signora schnaubte, fegte an Catia vorbei und kramte im Küchenbüfett herum. »Hier ist der Schlüssel.« Sie legte ihn unsanft auf die Ablage. »Mit dem Makler will ich noch warten, bis es hier wohnlicher aussieht. Das hebt den Preis.«

»Es soll sogar Profis geben, die Häuser für den Verkauf und die Fotos dekorieren.«

»Das können wir selbst, Sie werden schon sehen.«

Catia nahm den Schlüssel. »Gut, dann wollen wir mal…«

»*Wir* wollen gar nichts. Ich setze da keinen Fuß hinein.«

»Spukt es da drin etwa? Liegt eine Leiche im Fundament?«

»Möglich ist alles«, meinte die Signora. »Nur Mut. Nehmen Sie die Taschenlampe mit. Keine Ahnung, ob es da drüben überhaupt Strom gibt.«

Es klang bei ihr, als spräche sie von einem fremden Kontinent. Catia verdrehte die Augen und ging nach draußen. Die Luft war mild, doch über dem Monte Solaro türmten sich graue Wolkengebilde, und ein kräftiger Wind zerrte an den Bäumen und den Schlingpflanzen. Es roch nach Regen.

Sie schloss die Tür des Anbaus auf, die sie vor ein paar Tagen vom Unkraut befreit hatte. Sie musste sich mit aller Kraft dagegenstemmen, um sie zu bewegen. Kreischend kratzte die Türkante über den Boden.

Der Anbau war dunkel, leer und kühl wie ein Grab. Catia fand dank der Taschenlampe den Sicherungskasten und legte den Hauptschalter um. Die Neonröhre im Flur flackerte auf und spendete ein kaltes, flirrendes Licht. In den meisten Zimmern hingen Glühbirnen an den Anschlüssen, die sich sogar anknipsen ließen. Ihre Schritte hallten durch die Räume; Flur, Küche, Bad, zwei große Räume, vermutlich früher Wohn- und Schlafzimmer, und zwei kleinere. Von irgendwoher tönte ein unregelmäßiges Klopfen. Was war das? Catia schauderte. Sie verspürte einen immer stärker werdenden Fluchtreiz, aber der Spott der Signora wäre ihr gewiss. Mit angehaltenem Atem inspizierte Catia ein Zimmer nach dem anderen. Kein Möbelstück stand mehr auf den sandfarbenen Fliesen. An manchen Stellen der weiß verputzten Wände zeichneten sich Ränder ab, wo früher Möbel oder Bilder waren. Es roch muffig, Schimmel war allerdings keiner zu entdecken, auch nicht im Bad, dessen Sanitärporzellan definitiv aus den Fünfzigerjahren stammte. Den Boden dort hatte man mit inseltypischen bunten Kacheln gefliest, bis jetzt das einzig Schöne in diesem Teil des Hauses. Die hölzernen Fensterrahmen waren ausnahmslos verzogen, man konnte sogar den Luftzug spüren, trotz der geschlossenen Fensterläden. In einem der kleineren Zimmer fand Catia die Ursache des Klopfens. Einer der Läden schloss nicht richtig, und der Wind trieb sein Spiel mit ihm. Kein Spuk also, nur Tristesse pur. *Miese Vibes* würde Valentina sagen. Kein Wunder, dass die Signora sich weigerte, diesen Gebäudeteil zu betreten. Oder gab es dafür andere Gründe? Hatte nicht diese alte Tante, Zia Stefania, hier drin gewohnt? Vielleicht war sie in einem der Räume gestorben. Andererseits, in alten Häusern wurde immer mal wieder gestorben, und Catia schätzte die Signora nicht so empfindlich ein.

Catia überlegte gerade, ob es eine gute Idee war, ausgerechnet heute die Fenster zum Lüften zu öffnen, da es doch sehr nach Regen aussah, als von draußen eine laute Hupe ertönte. Ein Laster mit der Aufschrift einer deutschen Spedition auf der Plane rangierte auf der Straße, zwei Männer gestikulierten wild und brüllten dem Fahrer Befehle zu. Wie bitte, dieses Trumm von einem Lkw sollte in die Einfahrt? Catia bangte um den Torpfosten, doch schließlich schaffte es der Fahrer. Zentimetergenau rollte das Fahrzeug zwischen den Pfosten durch, es passte auf jeder Seite höchstens noch eine Hand dazwischen.

Ein bisschen viel Lastwagen für ein paar Bilder und persönliche Gegenstände, wie die Signora sich ausgedrückt hatte. Diese trat jetzt vor die Tür und sprach mit den drei Männern. Dann ging sie mit einem von ihnen ins Haus. Catia beendete ihre Besichtigung des Anbaus und schloss die Tür wieder ab. Zumindest dieses Rätsel war gelöst. Es war einfach nur ein unwirtlicher Gebäudeteil.

Im Vorbeigehen warf Catia einen Blick in den inzwischen geöffneten Laderaum. Er war gesteckt voll. Das dürfte ein Großteil des Grünwalder Hausstandes sein. Was bezweckte sie damit? Sollten Möbel und Haus in einem Aufwasch verkauft werden? Aber wo wollte sie dann hin, im nächsten Winter, zurück in eine halb leere Villa? In eine noble Seniorenresidenz? Oder hatte sie es sich anders überlegt und wollte ganz hierherziehen. Warum sagte sie das dann nicht einfach?

Als Catia die Villa betrat, war die Signora schon eifrig bei der Sache, ihre Befehle schallten durch den Flur: »Die Gründerzeit-Stühle kommen hier herein, das Sofa nach nebenan, und die Bilderkartons stellen Sie am besten alle mal an diese Wand. Die Scheußlichkeiten von hier nehmen Sie mit zur Entsorgung. Diese Stühle, zum Beispiel, und diese Anrichte auch.«

»Jawoll, gnä Frau, des kriagn mer scho«, kam die Antwort in beruhigendem Tonfall und deftigem Bayerisch. »Is ja ned grad der nächste Weg vo Minga bis Capri. Aber schee isses scho. San Sie von do?«

»Ja, ich bin hier geboren und aufgewachsen, aber mein halbes Leben habe ich in München verbracht. Der Liebe wegen, sozusagen.«

»Und jetzt, in den reiferen Jahren, wenn i des so sog'n derf, ham'S des Hoimweh kriagt, gell?«

»So ist es«, antwortete sie.

»Guat, dann laden mir z'erst amol ab.« Der Mann, der mit der Signora gesprochen hatte, ging mit einem fröhlichen »Servus« an Catia vorbei und hinaus zu seinen zwei Helfern, wobei er inbrünstig seufzte: »Mei, so a Hütt'n wenn ma hätt', in der Lage. Do wär ma saniert!«

Catia bekam mit einem Mal schlechte Laune, deren Ursprung sie auf Anhieb nicht zuordnen konnte. Dann, als sie in der Küche die Espressokanne auseinanderschraubte und Pulver in das Sieb füllte, fiel es ihr ein: Dieser kernige Mensch von eben hatte der Signora in zwei Minuten mehr Vertrauliches entlocken können als Catia in den letzten zehn Tagen.

Am späten Nachmittag waren die Männer mit der Arbeit fertig. Der Himmel hatte sich pechschwarz gefärbt, und als der Lastwagen, nach erneutem Rangieren, endlich um die Ecke bog, zerplatzten die ersten schweren Regentropfen auf den Pflastersteinen der Einfahrt.

Sämtliche Möbel standen dort, wo die Signora sie haben wollte, und den Boden im *salotto* und im Esszimmer bedeckten seidig schimmernde Orientteppiche. Die vorige Einrichtung hatten die Umzugsleute restlos mitgenommen. Catia wollte lieber gar nicht erst darüber nachdenken, was diese Aktion wohl gekostet hatte.

Die Atmosphäre in der Villa Santoro hatte sich schlagartig verändert. Die Räume wirkten viel edler und repräsentativer als mit dem Sammelsurium aus den Überbleibseln der Mieterschaft. Wenn erst die Bilder hingen, die vor den nackten Wänden am Boden standen, und die Kartons ausgepackt und verschwunden waren, dann machte die Villa, besonders hier unten, bestimmt ganz schön was her.

»Sie haben Rudi verschont«, bemerkte Catia mit Blick auf das Rentier, das immer noch über dem Kamin hing und stoisch auf seine veränderte Umgebung blickte.

»Er hat mich gar so traurig angesehen.« Die Signora war in den Ohrensessel gesunken, der schon in der Grünwalder Villa neben dem Kamin gestanden hatte. Der andere Sessel war verschwunden. Die Hausherrin gähnte verstohlen.

»Sollen wir den Restaurantbesuch lieber verschieben, Signora? Sie wirken erschöpft, und draußen ist sowieso gerade Weltuntergang.«

Sie lehnte entschieden ab und arbeitete sich wieder aus dem Sessel. »Ich lege mich oben ein Stündchen hin. Bestellen Sie schon mal ein Taxi für kurz vor sieben. Das Wetter wird sich bis dahin wieder richten.«

»Wenn Sie es sagen«, murmelte Catia.

Die Schritte der Signora verhallten auf den Treppenstufen und im Flur.

Catia war ebenfalls müde und beschloss, sich auch ein wenig auszuruhen.

In ihrem Zimmer hatte sich nichts verändert. Noch immer stand der Koffer vor dem Fenster, den Armando Perrone vorbeigebracht hatte, allerdings war er inzwischen leer. Catia passten die meisten Sachen auch nicht. Sie waren ihr in der Taille zu eng und obenherum zu weit. Anscheinend hatten Frauen in den Sechzigern Figuren wie Sanduhren. Aber Weggeben kam nicht infrage. Allein die Stoffe waren wunderschön, zu Hause könnte sie versuchen, sie zu ändern. Vorerst füllten sie den Kleiderschrank in ihrem Schlafzimmer. Das alles ist doch irgendwie schräg, dachte Catia, als sie auf dem Bett lag, in ihre Capri-Decke gekuschelt. Was mache ich hier eigentlich, in einem fremden Haus, mit fremden Sachen aus einem fremden Leben?

* * *

Als sie ins Taxi stiegen, goss es noch immer in Strömen, und der Scheibenwischer lief während der ganzen Fahrt nach Marina Piccola auf höchster Stufe. Von wegen, *das Wetter richtet sich*.

Doch als sie den Parkplatz des Restaurants erreichten, ließ der Regen nach und über dem Meer riss der Himmel auf. Erst war es nur ein Streifen, durch den gleißend die Sonne hervorbrach, die einen golden flimmernden Teppich auf dem Meer ausrollte. Dann, als zöge jemand langsam einen Vorhang zur Seite, breitete sich ein tiefes Blau aus, das am Horizont in Rosa und Grau überging.

Catia und die Signora waren ausgestiegen und betrachteten unter dem aufgespannten Regenschirm das Naturschauspiel. Noch einmal überzog die sinkende Sonne das Meer mit Tausenden tanzenden Lichtern, ehe sie als scharf abgegrenzter gelber Ball hinter dem graurosa Band verschwand. Eine Gänsehaut lief Catia über den Körper.

»Wurde ja auch Zeit.« Die Signora klappte den Schirm zu.

»Woher wussten Sie, dass es aufhört? Sind Sie jetzt auch noch die Wetterhexe?«

Sie kniff die Augen zusammen. »Was genau meinen Sie mit *auch noch*?«

»Nichts, gar nichts.«

Die Signora hakte sich bei ihr unter. »Kommen Sie, die Vorstellung ist vorbei. Sie werden noch viele Sonnenuntergänge auf Capri sehen, aber wagen Sie es ja nicht, in meiner Gegenwart diesen albernen Schlager zu singen.«

»Ich muss Ihnen was sagen«, platzte Catia heraus und blieb stehen, kaum dass sie drei Meter vorangekommen waren.

»Ich hätte es Ihnen schon früher sagen sollen. Bernardo, Ihr Enkel – er arbeitet in der Piccola Quaglia.«

»Soso«, sagte die Signora. »Können wir jetzt endlich dort hineingehen? Ich bin ausnahmsweise sehr hungrig.«

Catia beschlich der Verdacht, dass die alte Dame längst über alles im Bilde war. Zum Glück verzichtete sie auf die naheliegende Frage, warum Catia erst in letzter Sekunde damit herausrückte. So blieb ihr erspart zu sagen: *Ich war beleidigt wegen Ihrer Geheimniskrämerei, und jetzt bin ich es gerade nicht mehr, vielleicht, weil mich spektakuläre Sonnenuntergänge im Meer sentimental machen.*

Was ja auch alles andere als eine vernünftige Erklärung war.

Bernardo kam ihnen am Eingang des Lokals entgegen. Er umarmte und drückte seine Nonna vorsichtig, als wäre sie zerbrechlich, und die sonst so schroffe, stolze Signora Santoro verwandelte sich augenblicklich in eine ganz gewöhnliche Großmutter, die ihrem Enkel die Wangen tätschelte und die Locken zauste, wobei ein zärtliches Lächeln auf ihrem Gesicht erschien und es in ihren Augenwinkeln verdächtig glitzerte. Fehlt nur noch die Feststellung, wie groß er geworden ist, dachte Catia gerührt und erleichtert.

Marisa Orlando erschien mit ausgebreiteten Armen in der Tür. Sie hatte sich für ihre alte Freundin geschminkt und das Haar toupiert, und unter der Schürze trug sie eine Bluse aus silbrig glitzerndem Stoff. »Elisa, du treuloses Biest!«, rief sie. »All die Jahre kein Lebenszeichen von dir!« Sie kam die Stufen herab und drückte ihrer alten Freundin zwei schmatzende Küsse auf die Wangen.

»Ach, was hätte es schon zu erzählen gegeben«, winkte diese ab.

Sie wurden von Marisa an einen gedeckten Tisch gebracht, und da es noch früher Abend war und das Lokal offiziell noch nicht geöffnet hatte, waren sie beide die einzigen Gäste. Wahrscheinlich, spekulierte Catia, war Bernardo nur wegen seiner

Großmutter hier. Er war nach der Begrüßung gleich wieder in der Küche verschwunden.

»Ich muss kurz Bernardo zur Hand gehen«, entschuldigte sich Marisa. »Mein Enzo ist heute in einer Versammlung des Gemeinderats. Er erwärmt sich neuerdings für die Lokalpolitik.«

»Ich kann Bernardo in der Küche helfen«, sagte Catia. »Dann können Sie beide sich ein wenig unterhalten.«

Marisa starrte Catia an, als hätte diese vorgeschlagen, mal eben das Haus anzuzünden.

»Lass sie ruhig«, sagte die Signora zu ihrer Freundin. »Ich übernehme die Verantwortung.«

»*Va bene*. Du musst es ja dann essen.« Marisa stellte eine vorbereitete Karaffe Weißwein auf den Tisch, ehe sie sich zögernd hinsetzte.

Catia betrat die Küche und verkündete, sie sei die neue Hilfskraft.

»Hab's gehört«, brummte Bernardo. »Es ist alles vorbereitet. Mit zwei Gästen werde ich gerade noch fertig.«

»Bist du sicher?«

Das Herzstück der Küche war ein riesiger Ofen mit etlichen Gaskochstellen und zwei Backröhren. Er hatte bestimmt schon Jahrzehnte auf dem Buckel. Zwei der Flammen brannten, ein schwarzer Eisentopf mit Deckel stand auf der einen, daneben köchelte etwas, das nach Fisch roch. An einem Gestänge über dem Dunstabzug hingen unterschiedliche Töpfe, Pfannen und Siebe. Neben dem Herd befand sich ein mächtiger Küchenblock, auf dem man locker ein halbes Rind zerlegen könnte. Er wurde flankiert von einer eindrucksvollen Sammlung von Messern. In einem Regal standen unterschiedliche Auflauf- und Backformen, darüber Gläser mit Eingemachtem und Gewürzen. Neuere technische Errungenschaften wie einen Dampfgarer oder eine Mikrowelle suchte man hier vergeblich. Dafür gab es eine Profinudelmaschine, einen mannshohen, altertümlichen Bosch-Kühlschrank, der vor sich hin zischte, brummte und ratterte, als führe er Selbstgespräche, und einen gemauerten Pizzaofen, der aber nicht befeuert worden war. Also keine Pizza heute Abend.

»Es ist nicht das teure Equipment, was eine gute Küche ausmacht«, sagte Bernardo, der offenbar ihre Gedanken gelesen hatte.

»Ich weiß. Diese Küche ist… wunderschön.« Es war nicht der passende Ausdruck für eine Restaurantküche, aber sie empfand es so. Jedenfalls fühlte sie sich in diesem leicht chaotischen, vollgestellten Raum ausgesprochen wohl.

»Draußen gibt es noch einen großen Grill. Im Sommer machen wir Barbecue-Abende.«

»Was kann ich tun?«

»Du kannst die Brote für die Bruschetta rösten.«

»Toaster oder Pfanne?«

»Ich sagte *rösten*!« Er nahm eine Eisenpfanne vom Haken, stellt sie nachdrücklich auf den Herd und knallte einen Kanister Olivenöl daneben. Catia, an raue Töne in Restaurantküchen gewöhnt, ließ sich nicht beeindrucken. »Ist das hier dein Hauptberuf?«, fragte sie.

»Im Sommer. Im Winter arbeite ich in einem Bistro in Neapel.«

»Und der *alimentari*?«

»Das war nur aushilfsweise. Ihr Sohn, mein Zio Vincenzo, hat eine neue Hüfte bekommen und befindet sich noch bis nächste Woche in einer Reha-Klinik auf Ischia. Meine Nonna… Großtante Carmela will nicht einsehen, dass es sinnvoller wäre, das Geschäft so lange zu schließen. Von Januar bis März lohnt es sich wirklich kaum. Sie hat nun einmal ihren Dickkopf, und in der Familie muss man sich gegenseitig helfen.« Er hob den Deckel von dem großen Topf, und ein köstlicher Duft breitete sich aus. Fischsuppe, definitiv.

»Ihr habt euch lange nicht gesehen, du und deine richtige Nonna, oder?«

»Ich war mal in München, beim Oktoberfest…«

»Klar, was sonst.«

»Vor acht oder neun Jahren war das.«

»Wieso nennst du deine Großtante Carmela auch deine Nonna?«

»Weil sie meine Mutter und deren Geschwister großgezogen hat, nachdem Elisa alles stehen und liegen gelassen hat und zu ihrem Freund nach Deutschland abgehauen ist.«

»Wann war das?«

»Irgendwann in den Siebzigern. Meine Mutter hat ihr das nie verziehen.«

»Deine Großtante wohl auch nicht.«

»Dein Brot brennt an!«

»Scheiße!« Catia zog die Pfanne vom Feuer. »Bin ich jetzt gekündigt?«

Er goss etwas Öl in eine neue Pfanne, stellte sie auf die Gasflamme und grunzte.

»Ich koche sonst wirklich gut, ich habe sogar eine Ausbildung.«

»Als Köchin?«, spöttelte er.

»Hotelfach. Ich kann einen Tisch für ein Galadiner eindecken und eine Stoffserviette zu einem Schwan falten.«

»Gut, setz dich raus und falte Schwäne, ich bringe euch gleich die Vorspeisen.«

Die beiden älteren Damen hatten die Köpfe zusammengesteckt wie Schulmädchen, aber das Thema war ernst. »Nein, ich war nicht dort«, hörte Catia die Signora sagen. »Ich war lange fertig mit diesem Mistkerl, ich hätte dem Sarg höchstens einen Fluch hinterhergeworfen.«

Die beiden verstummten, als Catia sich zu ihnen setzte. »Das Essen kommt gleich«, verkündete sie und nahm einen Schluck vom gut gekühlten Weißwein.

»Alles in Ordnung?«, fragte Marisa. »Mir war, als hätte ich Verbranntes gerochen.«

»Alles okay«, versicherte Catia.

Bernardo servierte die Bruschetta und danach die beste

Fischsuppe, die Catia je gegessen hatte. Wobei man diese Zahl an zwei Händen abzählen konnte, aber sogar die Signora aß die Suppe restlos auf. Catia brachte die Teller in die Küche.

»Du kochst die Ravioli *al dente*, ich mach den Rest, okay?«

»Krieg ich hin«, versprach Catia.

»Wenn sie zerfallen…« Er machte eine Geste des Halsabschneidens und deutete auf den Hackstock.

Angesichts dieser Drohung verzichtete sie darauf, Bernardo weiter auszuhorchen, und achtete höllisch auf die vier mit Ricotta und Trüffeln gefüllten großen Ravioli, die im siedenden Nudelwasser dümpelten, während er eine Soße hinzauberte, die auf jeden Fall viel Butter und etwas Salbei enthielt. Erst als das Gericht aufgetragen und von ihr und der Signora verspeist worden war, gesellte sie sich wieder zu ihm. »Es war köstlich.«

»Warum ist dann die Hälfte übrig?« Er wies anklagend auf den Teller der Signora.

»Deine Nonna hat es mit dem Magen. Sie hat aber in der letzten halben Stunde schon mehr gegessen als sonst die ganze Woche.«

Die geschmorten Wachteln zum Hauptgang hatte Bernardo schon gestern angesetzt, das Gericht köchelte in einer großen Eisenpfanne auf kleiner Flamme vor sich hin und verbreitete einen verführerischen Duft. Bernardo ging zum Hinterausgang, um eine zu rauchen. Catia begleitete ihn.

»Auch eine?« Er hielt ihr die Schachtel hin.

Catia nahm eine Zigarette. »Wusste Carmela, dass ihre Schwester wieder herkommt?«, fragte sie nach dem ersten Zug.

»Klar, im Ort bleibt nichts geheim. Die Tamborini konnte ihren Mund nicht halten.«

»Sag, warum ist Carmela eigentlich so sauer auf ihre Schwester? Weil sie damals abgehauen ist?«

Er zuckte mit den Achseln. »Ich bin damit groß geworden, dass die zwei sich spinnefeind sind. Die Santoros sind überhaupt ein unverbesserlicher Haufen von Sturköpfen. Verbohrt und rachsüchtig, alle miteinander, besonders die Frauen, und allen voran meine Nonna!«

»Welche?«

»Beide. Diese Familie ist so verkorkst! Manchmal würde ich am liebsten auch verschwinden.«

»Warum tust du es dann nicht? Gute Köche werden überall gesucht.«

»Für Marisa und Enzo ist es die letzte Saison, sie sind beide nicht mehr ganz so fit. Ich wollte sie nicht im Stich lassen. Aber danach möchte ich gern die Welt sehen.«

Catia überlegte noch, wie sie fortfahren sollten, da sagte er: »Carmela hat ihre Mutter, meine Urgroßmutter Angela, bis zu deren Tod vor etwa zwanzig Jahren gepflegt. Sie nahm fest an, dass sie das Haus allein erben würde. Aber es gab kein Testament, also erbten die Schwestern je zur Hälfte. Was nicht gerecht war. Carmelas Familie fehlte das Geld, um Elisa auszuzahlen, und Elisa wollte das auch gar nicht. Sie wollte das Haus. Das bekäme sie nur über ihre Leiche, verkündete Carmela, und Elisa meinte, dann solle sie doch bitte schön Tatsachen schaffen.«

»Ja, das klingt nach ihr«, meinte Catia.

»Am Ende einigte man sich über die jeweiligen Anwälte, dass die Villa verkauft und der Erlös geteilt werden sollte. Doch der Käufer war ein Strohmann, dahinter steckten Elisa und ihr deutscher Mann. Die Villa Santoro gehörte damit Elisa. Sie verlor keine Zeit und setzte ihre Schwester kalt lächelnd vor die Tür.« Er trat seine Zigarette aus.

Catia verspürte das rätselhafte Bedürfnis, die Signora zu verteidigen. »Letztendlich hat Carmela doch ihr Erbteil bekommen, zwar nur die Hälfte, aber auch das dürfte nicht wenig gewesen sein.«

»Rational betrachtet ist das so. Aber die zwei sind nicht rational – nicht im Umgang miteinander«, erwiderte er.

»Den Eindruck kann man bekommen.«

»Danach hat Elisa die Villa wie zum Hohn jahrelang leer stehen lassen. Später wurde sie ab und zu vermietet, aber sie selbst war nie mehr hier. Bis jetzt.«

Catia drückte nun auch ihre Kippe aus und warf sie ordentlich in den Mülleimer.

»Ich frage mich, was sie wieder hergetrieben hat«, meinte Bernardo.

Sein beiläufiger Ton gemahnte Catia daran, dass vermutlich jedes ihrer Worte unweigerlich seinen Weg in Carmelas Ohr finden würde. »Ich weiß es nicht«, sagte sie, was keine Lüge war. Denn seit heute, seit diese Bilder und Möbel gekommen waren, wusste sie es wirklich nicht mehr. »Ich kenne deine Nonna nicht sehr gut und auch noch nicht sehr lange«, fügte sie hinzu. »Ich bin nur so was wie ihr Butler.«

»Woher kennst du sie überhaupt?«

»Durch einen Zufall. Ich brauchte eine Auszeit von Ehe und Familie.«

Er ging wieder in die Küche, legte die Wachteln auf die vorgewärmten Teller und goss mit einer Kelle den Gemüse-Sugo darüber.

Catia, die ihm gefolgt war, bohrte nach: »Es muss doch einen Grund für all den Hass zwischen den Schwestern geben.«

»Rache«, sagte Bernardo.

»Rache wofür?«

»Meine Mutter erwähnte irgendwann einmal, Carmela hätte Verrat an Elisa begangen. Aber Genaues weiß man nicht. So, du kannst auftragen. Guten Appetit.«

* * *

»Das war ein schöner Abend«, sagte die Signora später, als die beiden wieder in der Villa ankamen. »Ich habe so viel gegessen! Der Junge kocht göttlich.«

»Das ist wohl wahr. Und er ist nett, wenn er mal aufgetaut ist.«

»Zum Glück schlägt er nicht seinem Vater nach, und der schlechte Umgang mit meiner Schwester scheint auch nicht auf ihn abgefärbt zu haben.«

»Da hat sich wohl Ihr Erbe durchgesetzt.« Catia lächelte schelmisch.

»Dass Sie mir bloß nichts mit ihm anfangen! Die Dinge sind auch so schon kompliziert genug.«

»Ich bin verheiratet«, erwiderte Catia entrüstet.

»Das sind die Schlimmsten.«

»Ich mag keine jüngeren Männer, als Liebhaber, meine ich. Sie sind hübsch anzusehen, und Ihr Enkel ist ein gelungenes Exemplar seiner Spezies, aber ich hätte bei einem jüngeren Mann wegen jeder Falte an mir Komplexe, also nein danke.«

»Sie sollten Ihr Licht nicht so unter den Scheffel stellen.«

»Da wir gerade beim Thema sind... Als Sie mir von Armando erzählten, da war doch noch diese Sache, die Sie von ihm wollten.«

»Welche Sache denn?«

»Sie fragten ihn doch, ob er auch was mit Frauen hatte, wissen Sie nicht mehr?«

»Ich weiß nicht mehr, was ich Ihnen erzählt habe. Es ist schon spät, jedenfalls für mich.« Die Signora stand auf. »Gute Nacht, Catia. Machen Sie nicht mehr so lang, wir haben morgen eine Menge zu tun.« Sie wies auf die Kartons und die Bilder.

Catia wünschte ihr ebenfalls eine gute Nacht. Sie trank noch ein Glas Wein, dann ging sie nach oben, machte sich bettfertig und überprüfte ihr Handy. Neue Fotos von Oskar und die Nachricht, er habe einen Job auf einem Weingut gefunden. Sie war erleichtert und auch ein wenig stolz auf ihn. Seine Schwester tat ihm unrecht, Oskar war erwachsener und selbstständiger, als sie und seine Mutter glaubten. Er hatte es bisher nur nie beweisen müssen. Sie vermisste die beiden. Und auch Daniel. Sollte sie ihn anrufen? Morgen vielleicht.

Sie schlüpfte unter die Bettdecke und dachte an ihre Unterhaltung mit Bernardo, der angekündigt hatte, er würde sich nach dieser Saison die Welt ansehen.

Auch Catia hatte seinerzeit vorgehabt, ein aufregendes, von häufigen Ortswechseln geprägtes Leben zu führen. Gegen den Willen ihrer Eltern entschied sie sich gegen ein Studium und für eine Ausbildung im Hotelfach. In diesem Beruf, so hoffte sie, würde sie viel herumkommen, was den Nachteil ausglich, dass die Arbeit anstrengend und nicht besonders gut bezahlt war. Während sie Hotelbetten bezog, Essen servierte oder in der Küche aushalf, träumte sie davon, sich nach der Lehre erst einmal gründlich in der Welt umzusehen, und wenn sie erst genug gesehen hätte, könnte sie vielleicht etwas Eigenes eröffnen, ein kleines Hotel oder ein Restaurant.

Mit einundzwanzig lernte sie Daniel kennen, in der Après-Ski-Bar eines Tiroler Hotels, wo er mit ein paar Kumpels seinen Studienabschluss in Politologie feierte. An ihrem freien Nachmittag begleitete er sie auf die Skipiste. Sie stellten fest, dass sie beide aus München kamen, und im Frühjahr, als der Saisonjob vorbei war und Catia im Hilton arbeitete, trafen sie sich wieder. Er war schlagfertig, witzig und stets unberechenbar. Wie er reden konnte, welche Leute dieser Typ kannte! Daniel lebte am Puls der Zeit, er brachte sie zum Nachdenken über Gott und die Welt. Und er sah bei alldem auch noch umwerfend gut aus, mit seinem störrischen Haar und den männlichen Gesichtszügen.

Sie hatte einen aufregenden Beruf gewollt, und nun bekam sie einen aufregenden Mann – und dafür einen langweiligen Job. Der Tausch machte Catia nichts aus. Mit der Zeit jedoch ließ die Faszination über Daniels Esprit nach, seine Witze und Sprüche wiederholten sich, und Catia blieb nur noch ein langweiliger Job. Solange die Kinder noch klein waren, betrachtete sie ihre Arbeit bei der Versicherung als Übergangsstadium. Es war ja auch ein gutes Gefühl, die Ernährerin der Familie zu sein. Eine Löwenmutter.

Doch aus dem Übergang wurde ein Dauerzustand, der

Druck und der Stress nahmen von Jahr zu Jahr zu, und irgendwann realisierte Catia, dass sie ihre Träume begraben konnte. Sie würde nicht mehr groß in der Welt herumkommen, sie war gefangen in ihrer Tretmühle, und je selbstständiger ihre Kinder wurden, desto mehr wurde ihr das bewusst.

Ein eigenes Restaurant... dachte sie, und da auch sie viel gegessen und getrunken hatte, schlief sie mit diesem Gedanken ein.

Kapitel 14

Väter

Capri, 1961

Es war schon öfter vorgekommen, dass Elisa und Armando in der Wohnung der Perrones oder auf dem Boot allein waren. Armandos Eltern hatten Besseres zu tun, als ständig darauf zu achten, den beiden eine Aufsicht an die Seite zu stellen. An einem Samstag im März fuhr Emilio Perrone mit Nina zu einem Tennisturnier aufs Festland, und Alessandra war in ihrer Boutique. Elisa packte die Gelegenheit beim Schopf.

»Erinnerst du dich noch an dein Versprechen vom Silvesterabend?«

»Was meinst du?«

»Du weißt sehr gut, was ich meine.« Um keine Irrtümer aufkommen zu lassen, begann sie, ihre Bluse aufzuknöpfen.

»Was, jetzt?«, fragte er mit gelindem Schrecken.

»Ja, jetzt. Ich bin nicht betrunken, und ich habe meine Meinung nicht geändert. Wenn sie uns schon zwingen, uns zu verloben, dann dürfen sie sich nicht wundern.«

»Gut. Okay. Wenn du meinst.« Armando wirkte etwas überrumpelt und überfordert.

Sie gingen Hand in Hand die Treppen hinauf. Elisas Herz hämmerte gegen ihre Brust. Armando verschwand kurz im Bad, kam mit einem Handtuch wieder und legte es auf das Bett. Er schloss die Tür ab. Elisa ließ die Jalousien herab und begann, sich auszuziehen, die Schuhe, den Rock… Mittendrin hielt sie inne. »Oder macht das der Mann?«, fragt sie, denn Armando war einfach im Zimmer stehen geblieben und sah ihr zu.

»Nein, schon gut. Es gibt keine Regeln«, sagte Armando.

»Vielleicht solltest du dich auch ausziehen«, schlug sie vor.

Er tat es in der Art, wie man sich auszieht, bevor man sich schlafen legt, schlüpfte aus seiner Hose, legte Hemd und Pullover über einen Stuhl und kam splitternackt auf sie zu. Seine Haut war makellos und weiß wie Marmor, der Körper kräftig und wohlproportioniert. Dieses schlaffe Etwas zwischen seinen Beinen sah anders aus als bei den Marmorstatuen in den Museen und war im Grunde das einzig Hässliche an seinem sonst so schönen Körper. Elisa, die sich inzwischen auf das Bett gesetzt hatte, wandte den Kopf ab. Das Skelett grinste ihr hämisch von der Wand entgegen. *Os nasale, os temporale, sutura sagittalis, sutura frontalis, mandibula, os lacrimale...* Verlegen schlang sie die Arme um ihre angezogenen Knie und wünschte sich, sie hätten diese Angelegenheit schon am Silvesterabend erledigt. Damals hätte der Alkohol manches einfacher gemacht. Vielleicht sollte sie vorher noch einen Schnaps trinken oder zwei? Aber bis der wirkte, hatte Armando es sich womöglich anders überlegt. Nein, jetzt und hier musste es gelingen, sonst gäbe es womöglich keinen zweiten Versuch. Die Matratze gab nach, als er sich neben sie legte. Sie streckte sich aus und wandte sich ihm zu. Durch die Jalousie malte die fahle Märzsonne ein Streifenmuster auf ihre nackten Körper.

»Du kannst es jederzeit sagen, wenn ich aufhören soll.«

»Du hast ja noch nicht mal angefangen«, erwiderte sie.

Er streichelte ihr Haar, ihre Schenkel, ihren Bauch und ihre Brüste. Elisa mochte seine Berührung. Verstohlen blickte sie an ihm hinunter. Es tat sich nichts. »Ekelt es dich vor mir?«, flüsterte sie.

»Kein bisschen.« Er blieb gelassen, malte die Linie ihrer Taille nach. »Du bist eine sehr schöne, verführerische Frau, Elisa.«

Armando hatte es nicht mit süßlichen Phrasen, deshalb waren diese Worte für seine Verhältnisse schon fast eine Liebeserklärung. Elisa entspannte sich ein wenig. »Du bist auch schön.« Sie strich über seine Brust. Sie mochte die harten Muskeln an seinen Armen und am Bauch. Wochentags ging er regelmäßig zum Gewichtheben. Was er sonst noch an den Wochentagen machte, hatte sie bisher erfolgreich verdrängt.

Er bekam eine Erektion. Sie beobachtete den Vorgang mit nahezu wissenschaftlichem Interesse, war aber auch ein wenig abgestoßen davon.

Theoretisch wusste Elisa, wie der Geschlechtsakt funktionierte. Im Pensionat war ein Buch mit Zeichnungen herumgegangen, und es gab von einigen Mädchen, allen voran Marisa, blumige Schilderungen von angeblich Beobachtetem oder Erlebtem. Die Realität, musste Elisa feststellen, war dann doch ziemlich anders. Aus Angst, etwas falsch zu machen, verzichtete sie darauf, ihn an entscheidender Stelle zu berühren.

Armando schien jedenfalls zu wissen, was er tun musste. Er widmete sich ihrem Körper mit Sorgfalt, war zugleich vorsichtig und gewandt, das war kein pubertäres Fummeln, das waren gelernte Routinen. Vielleicht, überlegte Elisa, dachte er gerade an Cipriano oder einen anderen und tat, was er auch mit ihnen tat. Sie spürte seinen tastenden Finger und musste sofort an Dottore Longhi denken, und dies machte sie plötzlich aggressiv, aber es war keine richtige Wut, allenfalls zu Anfang, dann verwandelte sie sich und wurde zu etwas, das in den Romanen immer mit *brennendem Verlangen* umschrieben wurde. Es war eine neue Empfindung, ein vollkommen egoistisches Gefühl, kaum zu ertragen, und doch auch schön. Sie zog ihn an sich. »Mach es!«

Zuerst merkte sie nicht viel, doch plötzlich war da ein Schmerz, ein Reißen, und dieser fremde Körperteil in ihr schob sich immer weiter voran, so als drängelte sich jemand rücksichtslos in einen übervollen Autobus. Sie wandte den Kopf zur Seite, nein, nicht das grinsende Skelett, lieber Karl

Marx, Aristoteles, Dante Alighieri, Hippokrates, Umberto Eco, Niccolò Machiavelli, Antonio Banfi... Gab es eigentlich auch Frauen, die bedeutsame Bücher schrieben? Sie dachte an die Diskussionen, die er mit seinen Studienkollegen führte und bei denen Elisa stets schweigend zuhörte, weil sie nicht einmal die Hälfte davon verstand.

»Tu ich dir weh?«, fragte er dicht an ihrem Ohr.

»Nein. Ist schon vorbei«, log sie, denn ein bisschen weh tat es immer noch, aber da war auch dieses andere Gefühl, eine eigenartige Freude am Schmerz, ein Nicht-aufhören-Wollen, obwohl es doch eigentlich unangenehm war, was ihr geschah. Aber irgendwie auch wieder nicht. Dann, urplötzlich und ohne Vorwarnung, zog er sich zurück, ließ sie da liegen, leer, verlassen, allein mit ihren gerade entdeckten Empfindungen.

»Was machst du, warum hast du aufgehört?«

»Wir wollen ja nicht, dass du schwanger wirst«, murmelte er, während er sich mit dem Handtuch zu schaffen machte.

Sie nickte. Anscheinend gab es noch eine Menge Dinge zu lernen.

Armando ging zu seinem Schreibtisch und zündete sich eine Zigarette an. Dann legte er sich neben sie und bedeckte ihre Körper mit dem Laken. Beide starrten an die Decke und rauchten abwechselnd.

»Geht's dir gut?«, fragte er.

»Ja. Dir?«

»Ich hab's überlebt«, feixte er.

»Ich danke dir!« Sie küsste ihn auf die Schläfe.

Beide brachen in verlegenes Gekicher aus.

»Du bist ein verrücktes Mädchen.«

»Frau, wenn's recht ist.«

Es brannte noch ein bisschen, aber es war gut, zu spüren, dass sie nun eine Frau war. Was für eine Befreiung! Endlich, dachte sie, endlich habe ich es dir heimgezahlt, Papà!

* * *

Am Sonntagnachmittag fuhr Armando sie mit dem Riva-Boot nach Hause. Das Meer war glatt und ruhig, die Sonne hatte schon Kraft. Sie waren früh dran und gönnten sich eine Rundfahrt um Capri. Obwohl Elisa hier aufgewachsen war, hatte sie manche Seiten der Insel nur selten vom Wasser aus zu sehen bekommen. Es war ein imposanter Anblick, wie die Berge, an den Kuppen noch grün, zu kahlen, steilen Felsen wurden, die jäh ins Meer stürzten, und sie fand es unheimlich, sich dem Schatten einer solchen Felswand zu nähern, sodass man die gähnenden Münder der Höhlen erkannte. »Bleib lieber weiter weg!«, bat Elisa.

»Keine Sorge, das Meer ist ruhig, und Strömung gibt's hier auch keine.«

»Aber hier irgendwo wohnt der Bove Marino.«

»Wer?«

»Der Meerochse. Er lebt in einer der Grotten. Nachts sucht er die Menschen heim und treibt üblen Schabernack und noch Schlimmeres.«

»Was seid ihr doch für ein abergläubisches Völkchen auf eurer putzigen kleinen Insel!« Armando steuerte das Boot weiter weg von der Felswand.

»Capri ist wie ein Brocken Gestein, der von einem riesigen Zyklopen in den Ozean geworfen wurde«, sagte Elisa, die den Satz so ähnlich irgendwo gelesen hatte.

»Capri ist ein felsiger Furz im Meer«, antwortete Armando.

»Oder das.« Sie lachten.

»Ich weiß nicht, warum Capri schon immer die Exzentriker dieser Welt angezogen hat.«

»Ich auch nicht.« Elisa blinzelte in die Sonne. Sie saß auf dem Mahagonideck, das Holz aufgewärmt von der Sonne. Sie war froh, dass sie nach wie vor diese Art Unterhaltungen führen konnten, launiges Geplänkel, mal tiefsinnig, mal albern. Nach dem einschneidenden Ereignis von gestern hatte sie um die Unbefangenheit zwischen ihr und Armando gebangt. Ihre Beziehung war nicht das, was sie ihren Vätern vorgaukelten, aber sie war auch kein bloßes Arrangement mehr. Armando war für Elisa im Lauf des letzten halben Jahres zu einem guten Freund geworden. Noch nie hatte sie einem Menschen so sehr vertraut wie ihm.

Er steuerte aus dem Schatten heraus, drosselte das Tempo und zündete zwei Zigaretten an, eine für Elisa.

»Denkst du, weil ich nun Sex gehabt habe, rauche ich auch regelmäßig?«

Er schaute verdutzt auf die zwei Zigaretten, dann grinste er. »Vermutlich sehe ich zu viele französische Filme.«

Das mochte sie so an ihm: Armando konnte sich über sich selbst lustig machen. Wenn er sich bei einem Fehler oder einem Irrtum ertappte, rief er freimütig: »Ich Idiot!« Und lachte dazu. Sie kannte außer ihm keinen Mann, der dazu fähig war. Die meisten hatten einfach nicht das Format dazu, sie nahmen sich alle furchtbar ernst.

Als sie ausgeraucht hatte, stützte sie die Arme auf das hölzerne Deck, drückte ihr Kreuz durch und sagte: »Wie wäre es, wenn wir tatsächlich heiraten würden?«

Er schaute sie zweifelnd an. »Elisa, das gestern ... das war eine einmalige Sache. Ich hab's getan, weil du es wolltest, und es war schön, ja, wirklich. Aber ich bin jetzt nicht *geheilt* oder dergleichen. Ich bin nach wie vor schwul. Ich liebe Männer!« Noch nie hatte er es in dieser Deutlichkeit ausgesprochen. Zum Glück waren sie allein auf dem Meer.

»Aber das denke ich doch gar nicht!«, verteidigte sich Elisa, die dabei flammend rot wurde. »Wirklich nicht. Du hast meinen Vorschlag falsch verstanden.«

»Dann erklär es mir.«

»Wir könnten nach außen ein ganz normales Ehepaar sein, und in Wirklichkeit geht jeder von uns seiner Wege. Natürlich müssten wir woanders hin. In den Norden vielleicht.«

»Eine Scheinehe?«

»Wieso Schein? Es ist eine richtige Ehe. Was geht es den Rest der Welt an, was wir im Schlafzimmer machen oder nicht? Von mir aus kann Cipriano bei uns wohnen. Wir könnten ihn als deinen Cousin ausgeben.«

Letzteres war Elisa über die Lippen gekommen, ohne dass sie darüber nachgedacht hatte, denn eigentlich wollte sie nicht mit Cipriano in einem Haus leben. Sie hatte Armando nur begreiflich machen wollen, was sie meinte.

Armando lachte. »Ich werde deinen Heiratsantrag an ihn weiterleiten, sozusagen.«

»Du nimmst mich nicht ernst.«

»Dein Vorschlag ist ja auch ziemlich verrückt«, gab er zu bedenken.

»Nein, Armando, nicht wir sind verrückt, sondern die Welt da draußen, die Männer wie dich verachtet und bestraft und als Kriminelle abstempelt. Was ist, wenn du erst Arzt bist, eine eigene Praxis hast, und es kommt raus? Dann kommt doch niemand mehr zu dir. Jeder Mann, der sich mal vor dir ausziehen musste, wird dich dafür umbringen wollen. Du weißt doch, wie die sind! Aber mit einer Ehefrau an deiner Seite wäre das Risiko deutlich geringer, meinst du nicht?«

Armando schüttelte den Kopf und murmelte, dass es zu früh sei, um jetzt darüber zu reden.

»Wir sollten zumindest darüber nachdenken«, widersprach Elisa. »Du denkst immer nur bis zu deinem Examen. Mag sein, dass du dann nicht mehr finanziell von deinem Vater abhängig bist. Aber was wird aus deinem Leben? Nenn mir ein einziges Land auf dieser Welt, in dem du mit Cipriano zusammenleben könntest, ohne dass es einen Skandal gäbe oder ihr sogar ins Gefängnis wandert.«

»Vielleicht eine einsame Insel?«

Elisa wischte den Versuch eines Scherzes mit einer Handbewegung beiseite.

»Und was ist mit dir?«, fragte Armando. »Wo wäre dein Gewinn bei diesem Handel?«

»Ich wäre nach außen hin eine ehrbare Ehefrau, ich hätte ein Dach über dem Kopf und könnte trotzdem tun, was ich möchte. Ich würde vielleicht studieren oder eine Arbeit annehmen, die mir gefällt.«

Wahrscheinlich hatte sie ihn überfordert. Sex mit ihm, der eigentlich doch Männer liebte, und dazu der Vorschlag zu heiraten, und das alles innerhalb von zwei Tagen, das war zu viel. Sie hätte damit noch warten sollen.

»Wenn man heiratet, gibt es kein Zurück, Elisa«, wandte er ein. »Bis dass der Tod uns scheidet. Irgendwann würdest du es bereuen. Irgendwann würdest du Kinder haben wollen und einen richtigen Mann.«

»Nein, das will ich bestimmt nicht!«, widersprach sie ärgerlich. »Es wäre nämlich geradezu unverantwortlich, Kinder in eine Welt zu setzen, die sich gerade mit Atomraketen rüstet, meinst du nicht? Und von den *richtigen Männern* habe ich jetzt schon genug.«

* * *

Die *stagione morta* ging zu Ende. Die Obstbäume schäumten weiß und rosa, der Himmel gewann sein intensives Blau zurück, in den Gärten von Anacapri wurde eifrig gewerkelt, die Terrassen vor den Restaurants und Hotels wurden gefegt, die Badeanstalten brachten ihre Liegen und Sonnenschirme in Ordnung. In Capri-Stadt füllte sich die Piazzetta allmählich wieder mit ausländischen Gästen. Elisa richtete den Raum für den Werksverkauf schon zeitig und mit viel Sorgfalt her. Den Artikel aus der englischen Illustrierten hatte sie vergrößern und rahmen lassen und hängte ihn an prominenter Stelle im Laden auf. Tatsächlich war die Zahl der Bestellungen angestiegen, nicht nur die aus Großbritannien, auch aus Deutschland, Österreich und der Schweiz.

Sie öffnete den Laden am 1. April, dem Karsamstag, an dem sich allerdings noch keine Kundschaft sehen ließ. Aber Elisa genoss es, wieder für ein paar Stunden in ihrem eigenen Reich zu sein. Carmela hatte sich inzwischen mit Ciro verlobt, wodurch sämtliche Gemüter sich ein wenig beruhigt hatten. Allerdings hielt Edoardo nach wie vor daran fest, dass Elisa vor ihrer jüngeren Schwester heiraten musste, da konnte Carmela noch so sehr quengeln und betteln, und auch Angela konnte bei ihrem Mann nichts dagegen ausrichten.

Nach Ostern trudelten die ersten Kunden ein, aber viele kamen nur zum Gucken. Eine englische Familie kaufte eine Decke, nachdem sie den gerahmten Artikel betrachtet hatten. Elisa hatte unter dem Tresen den Stapel mit der 1b-Ware liegen. Sie musste in dieser Saison unbedingt noch einige davon loswerden. Es ging auf neunzehn Uhr zu, und Elisa war dabei, den Laden abzuschließen, als die Klingel läutete und ein schlaksiger junger Mann mit ausladenden Schritten den Hof durchquerte. Er kam Elisa irgendwie bekannt vor, aber woher nur? Es war keiner von Armandos Freunden, er sah eher aus wie ein Sommerfrischler aus dem Norden, mit seinen halblangen Hosen, den breiten Sandalen und dem blonden Haar, das ihm auf einer Seite ins Gesicht fiel.

Auch er wirkte bei Elisas Anblick einen Moment lang verunsichert, dann aber schaute er sich im Laden um. Sein Blick verharrte auf dem gerahmten Artikel, noch länger aber auf einer der Decken, die daneben hing. Es war eine von denen, die in der Illustrierten abgebildet waren. Das Motiv zeigte zwei stilisierte Bäume, deren Früchte je zur Hälfte Äpfel und Zitronen waren, was sich durch rote und gelbe Halbkreise andeutete. Sie waren durch türkisblaue Ranken miteinander verschlungen. Die Kanten der Decke bildeten einen ornamental gestalteten Rahmen, der dem Ganzen eine arabisch-orientalische Anmutung verlieh.

»Gefällt es Ihnen?«, fragte Elisa.

Er wandte sich um und lächelte. Er hatte einen breiten, aber sehr schönen Mund. »Du bist das!«, sagt er auf Italienisch.

»Bitte?« Elisa schaute ihn fragend an.

»Weißt du nicht mehr?« Er wechselte ins Deutsche: »*Wie der Frosch?*«

»Albert!«, rief Elisa.

»Albrecht. Albrecht Feldmeier«, sagte er zackig, und für einen Moment sah es aus, als wolle er gleich salutieren.

Feldmeier? Der Name ihrer Großmutter? Das musste ein Zufall sein, wahrscheinlich kam der Name in Deutschland häufig vor.

»Du bist Elisa, das Mädchen, das mich zweimal versetzt hat.«

»Es tut mir leid.«

Er lächelte schelmisch. »Ich war jedes Mal furchtbar gekränkt. Du hast mir das Herz gebrochen.«

»Das eine Mal hatte ich Hausarrest, das andere Mal ist mein kleiner Bruder krank geworden und später gestorben.«

»Bitte entschuldige! Oje, hätte ich nur meinen Mund gehalten.« Er strich sich verlegen seine Haartolle aus dem Gesicht. Seine Wangen waren rot.

»Tja, offenbar standen unsere Treffen unter keinem guten Stern.«

»Bist du abergläubisch?«

»Das sind wir Süditaliener doch alle«, zog Elisa ihn auf.

Er deutete auf den englischsprachigen Artikel an der Wand. »Santoro war übrigens der Name meiner Großtante, sie war hier auf Capri verheiratet.«

»Wilhelmine?«

»Exakt. Wilhelmine Santoro, geborene Feldmeier.«

»Sie ist meine Großmutter. Wo ist sie?«

»Sie ist im letzten Jahr verstorben, Ende August.«

Die Nachricht war niederschmetternd. Was hätte Elisa gegeben, dieser Frau zu begegnen, die wie ein Gespenst durch ihr bisheriges Leben geisterte. Er kam zu spät, dieser Albrecht Feldmeier. Sie forderte ihn dennoch mit einer Handbewegung auf, sich zu setzen, und bot ihm einen Kaffee an.

»Danke.« Er faltete sein langes Gestell zusammen und nahm auf dem niedrigen Sofa Platz.

Elisa machte sich an der Maschine zu schaffen, wobei ihre Gedanken rasten. Warum hatte sich seine Familie nie bei ihnen gemeldet? Oder hatten sie es getan und waren von Edoardo abgewiesen worden?

»Musste sie leiden?«, fragte Elisa ihren Gast, als sie die zwei Tassen auf das Tischchen stellte und sich ans andere Ende des Sofas setzte.

»Nein, ich denke nicht. Sie starb, während sie im Sessel saß und eine Patience legte.«

»Eine was?«

»Ein Kartenspiel, das man allein spielt. Jeden Nachmittag zum Tee hat sie sich eine Patience gelegt. Sie hatte ein Herzleiden. Die letzten paar Jahre musste sie etwas kürzertreten, aber sie wohnte bis zuletzt bei uns.«

»Wer ist *uns?*«

»Meine Eltern, meine Schwester und ich. Früher noch meine Großeltern. Tante Mine war die Jüngste von vier Geschwistern. Mein Großvater Arthur war der Älteste, er hat damals die Textilfabrik und die Villa in Grünwald übernommen, meine Großmutter Ilse geheiratet und drei Kinder bekommen, zwei Mädchen und einen Sohn. Das ist mein Vater Karl.«

»Wo ist dieses Grünwald?«

»Grünwald ist ein Stadtteil von München.« Er griff nach einem kleinen Heft, das in der Tasche seines Hemdes steckte, und riss die letzte Seite heraus. Elisa gab ihm einen Stift, er notierte die Adresse und die Telefonnummer. »Falls du mal nach München kommst, musst du uns besuchen.«

Elisa steckte den Zettel in ihre Rocktasche.

»Weißt du, was seltsam ist?«, begann er.

»Hier ist so einiges seltsam.«

»Tante Mine, so nannte ich sie, hat gemalt. Sie hatte sogar ein paar Ausstellungen, und hin und wieder verkaufte sie sogar ein Bild. Und diese Decke…« Er deutete auf die mit den

Bäumen, die er vorhin intensiv betrachtet hatte. »...ist meiner Mutter aufgefallen, als sie beim Friseur in einer Zeitschrift blätterte. Es hängt nämlich ein ganz ähnliches Bild von Tante Mine bei uns im Wohnzimmer.«

»Der Entwurf ist aber von mir«, sagte Elisa, über deren Nasenwurzel zwei misstrauische Falten entstanden. Wollte er ihr etwa vorwerfen, sie hätte etwas kopiert, von dem sie gar nichts wusste?

»Das glaube ich dir«, versichert er rasch.

Das Motiv des Paradiesbaumes hatte Elisa schon in diversen Kirchen gesehen, und beim Anblick der Bäume des Obstgartens durch das Fenster ihres Zimmers war ihr dann die Idee gekommen. So war der Entwurf entstanden. Sie überlegte. Ganz Anacapri war von Gärten umgeben. Zu Wilhelmines Zeiten, vor etwa fünfzig Jahren, war das sicher genauso. Nonno Silvano hatte sogar eine Zitronenplantage besessen und bestimmt auch noch weitere Obstbäume. War es verwunderlich, dass sich die Motive von Großmutter und Enkelin ähnelten?

»Du siehst auch ein bisschen aus wie sie. Ich meine, ich kenne Bilder von ihr, als sie jung war. Ihr habt die gleiche Ausstrahlung.«

»Ach. Welche denn?«

Sein Blick war gründlich wie eine Röntgenuntersuchung. »Entschlossenheit. Energie. Willenskraft.«

Elisa musste an diverse Andeutungen von Zia Stefania denken, welche stets darauf hinausliefen, dass sie, Elisa, den Charakter von *la tedesca* geerbt hatte.

»Was hat sie sonst gemacht?«, fragte Elisa.

»Gemalt, wie gesagt. Sie hat nie mehr geheiratet und ihren Mädchennamen, Feldmeier, wieder angenommen. Sie unterhielt eine Art Salon, in dem sich einmal im Monat ortsansässige Künstler und Intellektuelle trafen. Es hatte einen Hauch von Fin de Siècle. Sie war eine große Dame, halb München war auf ihrer Beerdigung. Sie war einerseits ein bisschen schrullig, andererseits unkonventionell und modern. Ich mochte sie sehr.«

»Ich auch«, sagte Elisa. »Ich meine, wenn ich sie gekannt hätte.«

»Nach ihrem Tod sortierten mein Vater und ich ihre Papiere. Bei der Gelegenheit hörte ich zum ersten Mal den Namen Santoro. Sie hat nie über ihre Ehe gesprochen.«

»Auch nicht über ihren Sohn, Edoardo, meinen Vater?«

»Wir wussten, dass er existiert, aber sie hat ihn nie erwähnt.«

»Warum ist sie von hier weggegangen?«

»Keine Ahnung. Meine Großeltern leben leider nicht mehr. Großtante Agathe könnte was wissen, sie ist allerdings ein wenig...« Er machte eine wischende Geste vor seiner Stirn. »Aber mein Großonkel Cornelius lebt, und er hat auch noch alle Tassen im Schrank.«

»Cornelius.« Elisa war vor lauter Namen schon ganz wirr im Kopf.

»Nello, wie man ihn nennt. Er war damals auf Capri, nachdem Wilhelmine ihren Eltern von ihrer Verlobung geschrieben hatte. Er sollte seine Schwester zurückholen, doch er kam zu spät. Ein paar Tage zuvor hatte sie geheiratet.«

»Pech für ihn, Glück für mich«, meinte Elisa.

Albrecht lachte.

Es steht ihm gut, wenn er lacht, dachte Elisa.

»Er blieb damals drei Monate. Sie lebten alle zusammen in einem sehr einfachen Haus. Er half dabei, ein neues zu bauen, zumindest am Anfang. Schließlich fuhr er doch zurück. Deutschland befand sich ja bereits im Krieg, dem Ersten Weltkrieg, und er meldete sich freiwillig, der Idiot. Das kostete ihn sein rechtes Bein.«

»Das tut mir leid.«

»Er schwärmte uns oft von der Insel vor, darum waren wir in jenem Sommer, als du schwimmen gelernt hast, das erste Mal hier. Ich werde ihn ausquetschen, wenn ich wieder in München bin. Dann schreibe ich dir.«

»Das wäre schön«, sagte Elisa. Sie merkte, dass er auf ihren Ring schaute.

»Bist du verlobt?«

»Es ist kompliziert. Und du?«

»Ich bin nicht verlobt. Auch nicht verheiratet.«

»Warum sprichst du so gut Italienisch?«

»Ich hatte es in der Schule als Wahlfach. Und im letzten Semester studierte ich zwei Semester in Pisa. Architektur und Kunstgeschichte.«

»Sind deine Eltern auch hier?«

»Ja. Sie wollen vielleicht ein Haus auf Capri kaufen.«

»Das machen neuerdings viele.« Die *forestieri*, die Ausländer, würden allmählich die ganze Insel aufkaufen, wetterte ihr Vater. Dass dadurch auch ihre Villa im Wert stieg, nahm er zur Kenntnis, meinte aber, was nützte ihm das? Seine Familie müsse ja schließlich irgendwo leben. Außerdem wolle er gar nicht an der allgemeinen Profitgier teilnehmen, welche auf der Insel grassierte, besonders unter denen aus Capri-Stadt.

»Deine Eltern sollten lieber keinen Kontakt zu meinem Vater aufnehmen«, riet Elisa ihrem Besucher.

»Unsere Väter sind immerhin Cousins.«

»Mein Vater ist nicht gut auf seine Mutter zu sprechen. Wir dürfen nicht mal ihren Namen erwähnen.«

Albrecht blickte etwas verdutzt drein und meinte dann: »Nun, immerhin hat sie ihn verlassen. Ihr eigenes Kind!«

»Wir wissen nicht, warum, also sollten wir sie auch nicht verurteilen«, erwiderte Elisa. »Eines ist jedenfalls sicher, ohne Wilhelmine wäre mein Vater jetzt ein Bauer, genau wie mein Großvater. Aber das darf ich zu Hause nicht laut sagen«, fügte sie hinzu. Ihr fiel etwas ein. »Weiß mein Vater eigentlich, dass sie tot ist?«

»Mein Vater hat ihm geschrieben. Er hat nie geantwortet.«

»Da siehst du es.« Ihr Blick fiel auf die Wanduhr. Der Laden müsste schon seit einer halben Stunde geschlossen sein. »Ich muss nach Hause.«

»Sag, sehen wir uns noch mal?«

Elisa antwortete ausweichend. »Weißt du, es ist bei uns nicht wie bei euch. Ein Mädchen von hier kann sich nicht einfach mit einem jungen Mann treffen. Das gibt sofort Gerede.«

»Aber wir sind verwandt. Du bist meine Cousine zweiten Grades.«

Das machte die Sache in diesem Fall nicht besser. »Wo wohnt ihr?«

»Im Quisisana.«

»Ich ruf dort an«, sagte Elisa.

»Ich freu mich.« Er stand auf. »Was kostet die Decke?«

»Fünfzigtausend Lire.«

Er blies die Wangen auf.

»Die Wolle kommt aus Kaschmir, sie wird nur vom Bauchhaar der Ziegen genommen. Sie muss sehr, sehr fein gesponnen werden. Für diese Decken wird nur naturgefärbte Wolle verwoben. Die Farbstoffe bestehen überwiegend aus Pflanzen, Weinblättern, Granatapfelschalen, Walnussschalen, Blauholz, solche Dinge, und Mineralien für die Beize. Manchmal dauert der Prozess zwei Wochen. Aber dafür halten diese Farben für die Ewigkeit, sie werden sogar noch schöner.«

»Oh«, sagte er beeindruckt.

Elisa lächelte. Es war der übliche Vortrag, den sie den erschrockenen Kunden hielt. »Für manche Farben braucht es auch Tiere, genauer gesagt Insekten. Zermahlene Käfer. Das ist ein bisschen eklig und brutal, aber wir arbeiten daran, diese Farben durch Pflanzen zu ersetzen.«

Anfangs hatten sie bereits gefärbte Garne aus Kaschmir bezogen, aber die Fäden waren nicht fein genug gesponnen, und die Farben kamen nie in dem Ton an, den Elisa gewollt hatte. Das Grün war zu stechend, das Rot zu matt... Eine italienische Färberei musste her, und sie fanden sie im Hinterland von Neapel. Elisa und ihr Vater hatten sich die Färbeprozeduren selbst angesehen, und Elisa war fasziniert gewesen.

»Das wusste ich alles gar nicht«, gab Albrecht zu und strich vorsichtig über eine der Decken. »Das rechtfertigt natürlich den Preis.«

»Und denk an die Queen!«, setzte Elisa hinzu.

»Natürlich, die Queen!« Er grinste.

»Ich werde meine Mutter herschicken. Wie ich sie kenne, wird sie auf alle Fälle eine kaufen.«

* * *

Elisa schloss den Laden ab und auch das große Tor, denn wie es aussah, war sie die Letzte, die das Werksgelände verließ. Sie war einerseits traurig über den Tod ihrer Großmutter, aber auf eine seltsame Weise auch beschwingt. Dieser Albrecht war irgendwie... interessant. Aber auch weltfremd, zumindest, was ihre Welt anging. *Falls du mal nach München kommst*... Was stellte er sich eigentlich vor? Dass sie nach Lust und Laune herumreiste und mal eben zufällig in München vorbeischaute? Dass sie sich mit ihm auf die Piazza setzen und Limonade trinken konnte, ohne dass es für sie Konsequenzen hätte? In seiner Welt taten das vielleicht junge Frauen, aber nicht in ihrer. Und doch würde sie ihn wirklich gerne treffen. Sie könnte am Samstagnachmittag ein späteres Boot nach Ischia nehmen und ihn vorher im Quisisana treffen. Die Gäste dort kannte sie nicht.

In einer erregten Stimmung ging sie die den Hügel hinauf nach Hause, betrat den *salotto* – und sah das zornige Gesicht ihres Vaters und die angstvoll aufgerissenen Augen ihrer Mutter. Es konnte nicht um ihr verspätetes Erscheinen gehen, es musste etwas Schlimmeres sein. Ihr wurde flau im Magen. Edoardo kam auf sie zu und packte sie grob am Oberarm. »Hast du es gewusst?«, schrie er.

Eine schreckliche Ahnung erfüllte sie. »Was habe ich gewusst?«

»Lüg mich jetzt bloß nicht an!«, brüllte er. Speicheltröpfchen trafen ihr Gesicht, sie wollte zurückweichen, doch er hielt ihren Arm fest wie ein Schraubstock.

»Ich frage dich zum letzten Mal: Hast du gewusst, dass diese Kreatur, dein angeblicher Verlobter, ein *finocchio* ist?«

»Papà! Was redest du denn da?«

Er ließ ihren Arm los, aber nur um auszuholen und ihr einen Faustschlag zu verpassen, der sie durch das halbe Zimmer schleuderte. Angela eilte herbei, stellte sich vor sie und begann zu kreischen. »Lass sie in Ruhe! Sie hat es nicht gewusst, nicht wahr, Elisa? Du hast es doch nicht gewusst!«

»Wie kann man so etwas nicht merken?«, schrie Edoardo, schubste seine Frau beiseite und schlug erneut zu, aber dieses Mal konnte Elisa im letzten Moment ausweichen, er streifte nur ihr Ohr.

Elisas Gesicht fühlte sich an, als würde es gleich vor Schmerz explodieren. Sie hätte gute Lust, ihnen entgegenzuschreien, dass sie alles gewusst und es genossen hatte, sie zu belügen. Aber sie sah die unbändige Wut in den Augen ihres Vaters und bekam Angst. Jetzt war nicht der Moment für Trotz, jetzt galt es, standhaft weiter zu lügen.

»Was ist denn überhaupt los? Was ist mit Armando?«, rief sie.

»Nenne nie wieder diesen Namen in meinem Haus!«

»Aber ...«

»Verschwinde! Geh in dein Zimmer!«

Angela legte ihrer Tochter den Arm um die Schultern und schirmte sie vor ihrem Ehemann ab, während sie sie zur Tür hinausschob. »Tu, was er sagt, und sei bloß nicht frech, sonst bringt er dich um«, flüsterte sie.

Sie rannte die Treppe hinauf. Im Flur sah sie, wie sich die Tür von Carmelas Zimmer schloss. Elisa ging ins Bad und ließ kaltes Wasser über ihr Gesicht laufen, bis der Schmerz ein wenig nachließ.

Was war passiert? Woher wusste ihr Vater Bescheid? Es konnte im Grunde nur eines geschehen sein: Armandos Vater hatte gemerkt oder erfahren, was mit seinem Sohn los war, und er hatte sich verpflichtet gefühlt, Edoardo davon zu unterrichten.

Mein Mann würde ihn umbringen!

Da draußen, unter dem Pfirsichbaum, hatte Alessandra Perrone vor einigen Monaten gestanden und diese Worte zu ihr gesagt.

Elisa nahm einen kalten Lappen mit in ihr Zimmer und drückte ihn auf ihren Wangenknochen. Sie hielt es kaum noch aus vor Sorge. Wenn sie doch nur ans Telefon könnte! Doch der Apparat hing unten im Flur, und im *salotto* schrien sich ihre Eltern noch immer an. Vielmehr schrie ihr Vater, ihre Mutter weinte nur und versuchte, ihn zu beschwichtigen. Sie musste warten. Sie sollte im Augenblick nicht riskieren, sich von ihrem Vater beim Telefonieren überraschen zu lassen.

Verzweifelt saß sie auf ihrem Bett und überlegte, was zu tun war. Draußen wurde es dunkel. Sie hörte die Schritte ihrer Eltern auf dem Flur, die Türen von Badezimmer und Schlafzimmer. Angespannt wartete sie, während es in ihrem Gesicht pochte und das Fleisch um das linke Auge herum immer mehr anschwoll.

Als sie im Dorf die Uhr elfmal schlagen hörte, öffnete sie vorsichtig und Zentimeter für Zentimeter die Tür. Alles war still, bis auf das Schnarchen, das durch die Schlafzimmertür ihrer Eltern drang. Wie hielt ihre Mutter das nur ein Leben lang aus? Barfuß huschte sie die Treppe hinab, in den Flur, wo der Telefonapparat hing. Sie wählte die Nummer der Perrones. Überlaut schallte das Rattern der Wählscheibe durchs Haus. Was, wenn Armandos Vater abnehmen würde? Na und? Schlimmer konnte es ohnehin nicht mehr werden. Es klingelte und klingelte, aber niemand ging ran. Entmutigt legte sie wieder auf. Das war kein gutes Zeichen. Sie musste zusehen, dass sie morgen tagsüber ans Telefon gelangte, um Alessandra im Laden anzurufen.

Da sie nichts zu Abend gegessen hatte, nutzte sie die Gelegenheit und schlich in die Küche. Sie hätte aus Sorge um Armando eigentlich keinen Bissen hinunterbekommen dürfen, doch ihr Körper kannte anscheinend keine Moral, er verlangte seinen Tribut, ihr Magen knurrte schon seit Stunden. Sie tastete sich im Dunkeln zum Kühlschrank, dessen Beleuchtung ihr reichte, um sich zurechtzufinden. Sie schlang ein mit rohem Schinken belegtes Brot hinunter, schnitt ein wenig vom Provolone ab und trank ein Glas Milch.

Plötzlich erschien in ihrem Augenwinkel ein Schatten. Sie fuhr herum. »Zia! Hast du mich erschreckt.«

Zia Stefania schaltete das Licht ein, Elisa blinzelte geblendet. Die Tante blickte einen Moment lang auf Elisas Gesicht, dann jammerte sie etwas Unverständliches vor sich hin, kramte in der Dose mit den Keksen und nahm eine Handvoll heraus. In ihrem wattierten rosa Morgenrock setzte sie sich an den Tisch und schob sich einen Keks nach dem anderen in den Mund. Sie schien dennoch einen ihrer klaren Momente zu haben, denn zwischen zwei Keksen sagte sie: »Du darfst deinen Vater nicht so ärgern, Elisa. Er hat heißes Blut, das kann schlecht ausgehen.«

Elisa setzte sich zu ihr und zuckte mit den Achseln. Dann fiel ihr etwas ein. »Zia Stefania, weißt du eigentlich, dass Wilhelmine im letzten August gestorben ist? Die Frau deines Bruders Silvano«, fügte sie vorsichtshalber hinzu.

»Gott hab sie selig«, murmelte Zia Stefania und bekreuzigte sich.

»Hast du es gewusst? Hat Papà es dir gesagt?«

Sie schüttelte den Kopf.

»Sie hat bei ihrem Bruder Arthur in München gelebt, bei ihrem Neffen Karl und seiner Familie.«

»Der Junge kann nicht in München bleiben, er muss zurück.«

»Zia, verstehst du, was ich sage? Wilhelmine ist gestorben, deine Schwägerin.«

»Sie soll in der Hölle schmoren.«

»Zia, erinnerst du dich an Wilhelmines Bruder Cornelius?«

»Nello.«

»Ja, Nello. Er war kurz nach der Hochzeit bei Silvano und Wilhelmine.«

Die Tante lächelte. »Blond wie Stroh war der. Er hat immer gelacht.«

»Du und Nello – ihr habt euch wohl gut verstanden?«

»Er ist gegangen. Wollte lieber für den deutschen Kaiser kämpfen.«

»Nello ist noch am Leben, Zia. Er hat im Krieg ein Bein verloren, aber er ist am Leben.«

»Das rechte«, nickte Zia Stefania. »Ein Krüppel ist er.«

»Woher weißt du, dass es das rechte Bein ist?«

Ihre Großtante blickte sie an, als wundere sie sich über so viel Begriffsstutzigkeit. »Er hat doch Edoardo zurückgebracht.«

»Zurück von wo? Aus München? Papà war in München?«

»Der arme Junge wollte da nicht bleiben. So kalt, so dunkel, und alles grau. Fast ein Jahr war er fort. Er war so groß, als er wiederkam.« Sie reckte ihren Arm. »Sie haben ihn gut gefüttert, die Deutschen.«

»Heißt das, Wilhelmine hat Edoardo mitgenommen, als sie nach Deutschland ging?«

»Entführt hat sie ihn, dieses Weib. Aber Nello hat ihn zurückgebracht. Nello!« Sie lächelte erneut und stand auf. »Zeit fürs Bett. Morgen muss ich im Hain Zitronen pflücken.«

* * *

Der nächste Tag war ein Freitag, aber Edoardo machte keine Anstalten, in die Firma zu gehen. Als ahnte er, was Elisa vorhatte, lungerte er den ganzen Tag im Haus herum und telefonierte nur hin und wieder mit der Renzi, um ihr Anweisungen zu geben. Er log sie an, sagte, er habe es mit dem Magen und verbringe deshalb den Tag lieber zu Hause. Elisa blieb in ihrem Zimmer. Doch sie musste telefonieren, unbedingt!

Carmela brachte ihr Tee und zwei Tramezzini und stellte mit Genugtuung fest: »Du siehst furchtbar aus, wie Quasimodo!«

»Danke.«

Als Nächstes jammerte Carmela, was denn nun aus ihrer Hochzeit mit Ciro werden würde. »Warum muss bei dir immer alles schiefgehen?«, klagte sie ihre Schwester an. »Wenn sich das erst herumspricht, werden alle über uns lachen. Mein Gott, wenn Ciro das erfährt!«

»Wenn dein Ciro dich liebt, sollte es ihm egal sein, was mit dem Verlobten seiner Schwester ist, meinst du nicht? Betrachte es doch einfach als Test.«

Elisa hätte Carmela am liebsten hinausgeworfen, aber sie brauchte sie. Deshalb redete sie mit Engelszungen auf sie ein, bis sie sich ein wenig beruhigte. Sie gab ihr die Telefonnummern der Boutique auf Ischia und die Nummer der Perrones und flehte: »Bitte, finde raus, was mit Armando ist!«

»Was? Wieso? Er hat dich belogen – oder nicht? Auf jeden Fall ist er pervers und widerlich.«

»Trotzdem will ich wissen, was geschehen ist. Bitte! Sprich mit seiner Mutter.«

»Was krieg ich dafür?«

»Was willst du denn?«

»Die goldene Kette mit dem blauen Anhänger, die dir Zia Stefania geschenkt hat.«

»Der Stein heißt Lapislazuli, und die Kette ist von unserer Großmutter Wilhelmine.«

»Und?« Carmela lächelte grausam. Sie wusste um Elisas Bewunderung für Wilhelmine und dass sie an dem Andenken hing.

»Im Übrigen ist sie tot. Letztes Jahr im August ist sie gestorben, in München.«

»Mir doch egal.«

»Vater hätte uns das sagen sollen. Wir haben ein Recht darauf, so etwas zu erfahren, sie ist immerhin unsere Großmutter.«

»Woher weißt du das?«

»Ich weiß es eben.«

»Krieg ich nun die Kette?«

Carmela streckte die Hand aus.

»Erst die Information, dann die Kette.«

»Ich brauch Geld«, erklärte Carmela mit noch immer ausgestreckter Hand. »Für das Telefon in der Bar.«

Bis ihre Schwester von ihrer Mission zurückkam, saß Elisa wie auf heißen Kohlen. Sie dachte flüchtig an Albrecht, dem sie versprochen hatte, ihn anzurufen. Doch ihr Vater würde sie in den nächsten Tagen sicherlich nicht aus den Augen lassen, an ein Rendezvous mit ihrem deutschen Verwandten war also nicht zu denken. Albrecht hatte, wieder einmal, einen denkbar schlechten Zeitpunkt für sein Auftauchen gewählt.

Ihre Gedanken schweiften zurück zu dem nächtlichen Gespräch mit Zia Stefania. Also hatte Wilhelmine ihren Sohn gar nicht verlassen, wie alle stets behauptet hatten. Sie hatte ihn mitgenommen nach München, aber aus irgendeinem Grund war er wieder zurückgekommen. Weil er es wollte? Warum sonst? Vielleicht, dachte sie hämisch, war ihr Vater zu dumm gewesen, um richtig Deutsch zu lernen, oder zu schwach, um sich in einer fremden Umgebung durchzubeißen. Wilhelmine hatte lieber auf ihn verzichtet, als ihm etwas aufzuzwingen. Sie war eine gute Mutter. Nur hatte Edoardo das nicht begriffen. Er war die Schande der Familie, nicht sie.

Ruhelos tigerte sie in ihrem Zimmer auf und ab. Herrgott, wo blieb ihre Schwester denn nur? Was konnte so schwierig sein an einem Telefonat?

Sie hätte sich nie auf diese Sache mit Armando einlassen sollen. Was hatte ihr das gebracht? Ein paar neue Kleider, ihre Entjungferung und Einblicke in eine Welt, die ihr ab sofort verschlossen sein würde. Ach, Armando! Sie sah ihn am Steuer des schnittigen Riva-Boots, sah sein Lachen, sein wehendes Haar. Sie würde ihn so sehr vermissen. Ihn und das Leben, das er ihr geboten hatte.

Es wurde Nachmittag, ehe Carmela zurückkam. Sie hatte nur Nina erreicht. Armando lag in Neapel im Krankenhaus.

»In welchem?«

»Erst die Kette.« Elisa verdrehte die Augen und reichte ihr die Kette, schweren Herzens zwar, aber auch erleichtert. Ein Krankenhaus. Nicht die Leichenhalle auf dem Friedhof.

»Pass bloß auf, vielleicht ist sie ja verhext«, sagte sie zu Carmela.

Die zögerte einen Augenblick. »Blödsinn«, meinte sie dann und hängte sie sich um. »Er liegt im San Gennaro.«

»Wie geht es ihm?«

»Keine Ahnung. Seine Mutter ist bei ihm.«

* * *

Elisa rechnete damit, dass ihr Vater sie in der nächsten Zeit bewachen würde wie ein Schießhund, aber erstaunlicherweise packte er am Sonntagabend seine Reisetasche – was Elisa von Carmela erfuhr – und brach am Montag auf, zeitig genug für das Sieben-Uhr-Schiff nach Neapel. Angela wusste angeblich nicht, wohin er fuhr, und auch die Renzi, die Elisa wenig später anrief, war ahnungslos oder tat zumindest so. Es war Elisa im Grunde auch egal. Heute war er auf jeden Fall weg, und das reichte ja schon. Sie versuchte, Signora Perrone in ihrer Boutique zu erreichen, aber sie erwischte nur die Aushilfe, die sich zugeknöpft gab. Wenn Alessandra immer noch bei Armando in Neapel weilte, dann musste es ihm wirklich schlecht gehen, kombinierte Elisa. Vielleicht lag er im Sterben, umgebracht vom eigenen Vater. Sie zwang sich, nicht so schwarz zu sehen. Vielleicht war alles ganz anders. Vielleicht brachte sie ihn gerade weg, an einen sicheren Ort.

Zwei Stunden später verließ auch sie das Haus, angetan mit einem Kopftuch und einer großen Sonnenbrille, die ihr lädiertes Gesicht einigermaßen verdeckte. Sie war ein Geschenk von Alessandra. Als hätte sie es geahnt.

Niemand der noch im Haus Anwesenden hätte sie wirklich aufhalten können, aber um sich Auseinandersetzungen zu ersparen, stieg sie zum Fenster hinaus und kletterte über die Pergola nach draußen, durchquerte den Obstgarten, überwand das Mäuerchen und kam auf Schleichwegen durch fremde Gärten auf die Straße zurück. Im Laufschritt hastete sie die Phönizische Treppe hinunter nach Capri, nahm die *funicolare* nach Marina Grande und erreichte pünktlich das Mittagsschiff. Das Hospital San Gennaro hatte sie auf dem Stadtplan schon entdeckt.

An der Pforte der Klinik sagte sie, sie sei Armandos Verlobte, und man nannte ihr das Zimmer. Sie eilte durch die Gänge, es roch nach Putzmitteln und etwas Dumpfem. Vielleicht roch so der Tod.

Hätte Alessandra Perrone nicht an seinem Bett gesessen, hätte Elisa Armando im ersten Moment wohl gar nicht erkannt. Sein schönes Gesicht war mit Verbänden zugepflastert. An den Stellen, die herausschauten – das linke Auge, eine halbe Wange, der Mund – hatte die Haut sämtliche Regenbogenfarben angenommen.

»Armando! Mein Gott, Armando!«

Um seinen Hals lag ein Kragen aus steifem Plastikmaterial, sein linker Arm lagerte eingegipst in einem Gestell. Die Oberlippe war geschwollen und aufgeplatzt, aber er versuchte, dennoch zu lächeln. Auf dem Nachttisch stand ein bunter Blumenstrauß. Elisa drückte seine unverletzte Hand, dann lagen sich Alessandra und sie weinend in den Armen.

Armando konnte nicht sprechen. Sein Kiefer sei gebrochen, erklärte seine Mutter. »Aber das wird wieder. Nicht wahr, mein Liebling? Tu, was die Ärzte sagen, dann wird alles wieder gut.« Ihre Stimme klang schrill, sei es vor Aufregung, oder weil sie log.

Alessandra ging hinaus, angeblich, um Saft für ihn zu besorgen.

Elisa nahm die Sonnenbrille ab und setzte sich auf den Stuhl. Sie hielt seine Hand, schaute ihn stumm an und weinte. Er drückte ihre Hand. Sein Auge schielte auf ihre Verletzung. Sie strich mit der Hand über die Schwellung. »Es ist halb so schlimm.« Dann fragte sie: »War es dein Vater?«

Er drückte ihre Hand, was wohl ein Ja war.

Überfallartig brach es aus Elisa heraus. »Ich liebe dich, Armando.«

Vermutlich war ihre Wortwahl auch dem Gefühlsüberschwang angesichts seines Elends geschuldet, denn sie benutzte nicht das in der Umgangssprache gebräuchliche *ti voglio bene*, nein, sie sagte *ti amo*, was sonst nur in der Oper, in kitschigen Schlagern und in Romanen vorkam.

Er verzog den Mund zu einem entgleisten Lächeln. Er hatte noch nie viel übriggehabt für Pathos.

»Armando, wenn ich dir irgendwie helfen kann, dann tu ich es, koste es, was es wolle. Hast du das verstanden, *capisci?*«

Armando bewegte die Lippen und krächzte etwas, was Elisa letztendlich als »Cipriano« interpretierte.

Elisa hatte nicht damit gerechnet, dass ihr Angebot sofort in Anspruch genommen wurde. Es war wie ein Faustschlag in den Magen. Da setzte sie Himmel und Hölle in Bewegung, um hierherzukommen, machte ihm eine Liebeserklärung, und er dachte nur an Cipriano. Sie schluckte ihre Enttäuschung hinunter und versprach, Cipriano mitzuteilen, was geschehen war.

»Gut«, presste er hervor.

»Nicht reden!«

Elisa wusste nicht, was sie ihm noch sagen sollte. Sie wünschte, sie hätte auch vorhin geschwiegen.

Die Tür ging auf, eine Schwester kam mit einer Bettpfanne

herein und erlöste Elisa, indem sie sie bat, kurz das Zimmer zu verlassen.

»Ich wollte ohnehin gerade gehen.«

Sie küsste Armando auf die freie Stelle über dem Auge, setzte ihre Sonnenbrille wieder auf und wankte hinaus, den Flur entlang und die Treppen hinunter, während alles um sie herum in Tränen verschwamm.

Vor der Klinik stand Alessandra Perrone und rauchte. Dieses Mal nahm Elisa die angebotene Zigarette an. Sie rauchten eine Weile stumm.

»Wie schlimm ist es wirklich?«, fragte Elisa.

»Schwer zu sagen. Er hat auch innere Verletzungen. Bis gestern war er auf der Intensivstation, aber jetzt ist er zum Glück über den Berg. Hoffen wir, dass nichts zurückbleibt.«

»Es tut mir so leid!«, schluchzte Elisa, die die Tränen nun nicht mehr zurückhalten konnte.

»Mir tut es leid. Wir hätten dich da nicht mit reinziehen sollen.«

»Nein«, wehrte sie ab. »Es war meine Entscheidung. Und ich bereue es nicht.«

»Wir haben die ganze Zeit ein Leben auf Messers Schneide geführt. Da darf man sich nicht wundern, wenn irgendwann Blut fließt.«

»Wie hat Ihr Mann es erfahren?«

»Seine dumme Schwester, Matilda! Ihre Söhne haben irgendwelche Gerüchte aufgeschnappt, und die musste sie ihm brühwarm erzählen. Dieses Miststück! Es hat ihr bestimmt Freude gemacht, meine Familie zu pulverisieren. Emilio hat Armando beschatten lassen, von einem ekelhaften Typen, den er bezahlt hat, man stelle sich das vor! Den eigenen Sohn bespitzeln lassen von einem Detektiv. Wie im Kino.« Sie lachte bitter auf. »Prompt hat dieser Kerl ihn gesehen, in einer dieser Bars, in denen Schwule verkehren. Er hat ihn sogar fotografiert. Mein Mann hat Armando ein paar Tage später dort abgepasst und verprügelt.«

»Aber... Armando ist doch kräftig, wie konnte Ihr Mann ihn so zurichten?«

»Ich fürchte, Armando hat sich einfach nicht gewehrt. Im Grunde liebt und bewundert er seinen Vater. Vielleicht dachte er auch, er hätte es verdient.«

Bis zuletzt hatte Elisa glauben wollen, dass es anders war, dass Armando einer Bande von Schwulenhassern, Faschisten oder dergleichen Gesindel in die Arme gelaufen war. Nicht, dass es am Ergebnis etwas geändert hätte. Doch es war der eigene Vater. Was für ein Hass musste sich bei ihm entladen haben. Im Geist sah Elisa den distinguierten, vornehm gekleideten Emilio Perrone vor sich, wie er am Esstisch einen Hummer zerteilte, wie er liebevoll das Holz seines Riva-Bootes polierte, wie er im Lehnsessel Zeitungen las, Zigarre rauchte und in wohlgesetzten Worten über die politische Lage der Welt und Italiens schwadronierte. In der Oper hatte sie amüsiert bemerkt, wie er bei einer anrührenden Arie verstohlen sein Taschentuch herauszog und sich die Augen betupfte. So einer schlug seinen Sohn halb tot, nachdem er ihn hatte beschatten lassen, als wäre er ein Verbrecher. Unter dem Firnis von Bildung und Kultur lauerten also doch die archaischen Mechanismen und Bräuche, die nur einen Anlass brauchten, um zum Ausbruch zu kommen.

Ihr wurde schlecht, sie trat die Zigarette aus.

»Ich habe ihn angezeigt«, verriet Signora Perrone. »Sie haben ihn verhört und wieder laufen lassen. Sie halten alle zusammen. Aber ich werde ihm das nicht durchgehen lassen. Ich habe Belege seiner Schwarzgeldkonten mit den Bestechungsgeldern, die er kassiert hat, indem er der Camorra Aufträge zugeschustert hat. Ich werde ihn ruinieren, ich sorge dafür, dass er in den Knast geht.«

Sie hatte leise gesprochen, doch ihr roter Mund war von Hass verzerrt. Elisa wollte plötzlich nur noch weg.

Sie umarmten sich, und Elisa eilte davon.

Ihr Versprechen, Cipriano zu benachrichtigen, fiel ihr ein,

und die Ernüchterung fühlte sich an wie ein harter Kloß in ihrem Innern. Sie ging zu Fuß in Richtung Vomero und bog in die Via San Pietro a Majella, wo die gleichnamige Musikschule lag. Sie und Armando hatten dort einmal ein Konzert besucht, an dem Cipriano beteiligt war, erinnerte sie sich. *Neue Musik* hatte sich der Katzenjammer genannt, es war die reinste Folter gewesen.

Beim Pförtner hinterließ sie eine Nachricht, wo Armando sich befand. Das war alles, keine Einzelheiten.

Damit war das auch erledigt.

* * *

Edoardo Santoro kam am selben Abend von seiner Reise zurück. Er sagte nicht, wo er war, und niemand verlor ein Wort über Elisas Abwesenheit, obwohl man sicher sein konnte, dass Carmela gepetzt hatte. Elisa fand, dass das kein gutes Zeichen war. Er führte etwas im Schilde, ganz sicher.

Am Tag darauf forderte Edoardo Elisa auf, ihn in die Firma zu begleiten. Als wäre nichts gewesen. Und tatsächlich arbeiteten sie zusammen, wie immer. Die Renzi tat, als würde sie Elisas bunt marmorierte Gesichtshälfte nicht bemerken.

Es hätte inzwischen genug Gelegenheiten gegeben, im Quisisana anzurufen und Albrecht eine Nachricht zu hinterlassen. Nur welchen Inhalts? Sie konnte ja schlecht schreiben: *Mein Vater hat mir ein blaues Auge verpasst, ich kann mich nirgendwo sehen lassen, am allerwenigsten vor dir.* Anlügen wollte sie ihn aber auch nicht.

Außerdem regte sich ihr Gewissen. War sie noch ganz bei Trost? Armando, dem sie gerade erst ihre Liebe erklärt hatte, rang um sein Leben, und sie verspürte zur selben Zeit den Wunsch, einen anderen zu treffen. Was war nur los mit ihr? Hatte der Umgang mit Armando und seinen Freunden auf ihre Moral abgefärbt? Was gefiel ihr überhaupt an diesem Albrecht, den sie kaum kannte. Hatte es mit Wilhelmine zu tun?

War es, weil er anders zu sein schien als die hiesigen Männer? Weil er aus dem Norden kam und gute Manieren an den Tag legte? Die besaß Emilio Perrone auch…

»Elisa! Träumst du?«

Elisa blickte auf. Ihr Vater war schon gegangen, aber Signorina Renzi stand vor ihr. Bis Elisa wieder vorzeigbar war, betreute die Sekretärin den Werksverkauf. Eben kam sie von dort und verkündete freudig, sie habe eine der teuersten Decken an eine Deutsche verkauft. »Die mit den seltsamen Früchten, du weißt schon, die auch die Queen besitzt.«

»Der Paradiesgarten. Das freut mich sehr«, lächelte Elisa. »Eine Deutsche, sagst du? War sie allein?«

»Es war ein Ehepaar.«

»Haben sie sonst irgendwas gesagt?«

»Über die Decke, oder was meinst du?«

Elisa winkte ab.

»Die Frau erwähnte, dass sie morgen abreisen würden.«

So war es dann eben. Besser, sie traf ihn nicht mehr. Sie kannte ja nun seine Adresse in München. Sie würde ihm einen Brief schreiben, der alles erklärte. Fast alles.

* * *

Ende der Woche läutete bei ihnen zu Hause das Telefon. Aus dem Wettlauf der beiden Schwestern zum Apparat ging Elisa siegreich hervor, was gut war, denn Signora Perrone war dran. Sie teilte Elisa mit, Armando sei auf dem Weg der Besserung und habe für das Herbstsemester einen Studienplatz in Perugia in Aussicht. Sie selbst werde ihren Mann verlassen und mit Nina ebenfalls nach Umbrien ziehen. »Du hast noch Kleider in der Wohnung in Porto. Das hübsche Blaue mit den weißen Tupfen und das grüne Kostüm und noch anderes. Soll ich sie abholen lassen und dir schicken?«

Elisa lehnte dankend ab. »Ich fürchte, ich brauche sie nicht mehr. Wann und wo soll ich die Sachen denn tragen, etwa zum Kirchgang? Mein Vater lässt mich doch nirgendwo mehr hin.«

»Es ist eine Schande! Du bist so begabt, du solltest Kunst studieren.«

Dazu konnte sie nichts sagen.

»Elisa, ich danke dir für alles. Ich weiß, Armando hat dich sehr gemocht.«

»Ich habe ihn auch gemocht«, sagte sie und wunderte sich, wie selbstverständlich sie beide bereits die Vergangenheitsform benutzten.

Am Montag darauf eröffnete Edoardo Santoro der Belegschaft von Capre di Capri, dass er einen neuen Mitarbeiter eingestellt habe. »Er wird mein Assistent sein, meine künftige rechte Hand. Seinen Anweisungen ist Folge zu leisten, so als kämen sie von mir.« Bei diesen Worten blickte er Elisa an. Ehe die auch nur eine Frage stellen konnte, verließ er das Gebäude, um seine künftige rechte Hand persönlich von der Fähre abzuholen.

Was hatte das nun wieder zu bedeuten? Zu keiner Zeit hatte ihr Vater verlauten lassen, dass er jemanden einstellen wollte. Demnach, vermutete Elisa, war dieser Entschluss erst in den vergangenen Tagen in ihm gereift. Deshalb also die Reise.

War das ihre Strafe? Dass er einen Wildfremden auf ihren Posten setzte? Was sollte dann aus ihr werden?

Es war noch nicht die komplette Überraschung. Denn der Kerl, der allen, auch Elisa, wenige Stunden später lächelnd die Hand schüttelte, war kein anderer als Roberto Laganà. Der junge Mann, den sie auf Sardinien geküsst hatte, im Interesse der Firma. Nun nahm er Elisa ihren Job weg.

Elisa war schon lange nicht mehr naiv, schon gar nicht, was ihren Vater anging. Sie begriff vom ersten Moment an, was das Auftauchen von Roberto, just zum jetzigen Zeitpunkt, bedeutete. Es ging nicht um die Stelle, ihr Vater brauchte keinen Assistenten, nein, Roberto war der nächste Aspirant, den Edoardo als Ehemann für seine Tochter auserkoren hatte. Und dieses Mal würde es keinen Ausweg geben. Nach der Sache mit Armando durfte sie sicher sein, dass ihr Vater künftig jeden ihrer Schritte mit Argusaugen überwachte. Noch dazu hatte man den Feind nun sogar im Haus. Um ein Haar wäre Edoardo sogar so weit gegangen, seinen neuen Protegé im ehemaligen Zimmer von Niccolò unterzubringen. Dagegen protestierte jedoch Angela, und zwar mit ungewohnter Vehemenz. Sie hatte darin seit Jahren nichts verändert, bis auf eine Art Altar, bestehend aus Kerzen, Stofftieren und Fotos, den sie auf der Wäschekommode errichtet hatte. Außerdem lag der Raum auf demselben Flur wie die Zimmer der Mädchen.

»Sollen wir riskieren, ihm im Nachthemd über den Weg zu laufen?«, wehrte sich auch Carmela gegen das Vorhaben und führte an, dass ihr Verlobter Ciro dies auf keinen Fall gutheißen würde. Also brachte man Roberto im Anbau unter, in einem der beiden Zimmer, die Zia Stefania nicht benutzte.

»Warum kann er kein Pensionszimmer im Ort nehmen?«, giftete Elisa gegenüber ihrer Mutter. »Warum müssen wir ihn durchfüttern?«

Falls sie hoffte, ihre Worte würden Angelas Widerstand gegen den Dauergast wecken, sah sie sich wieder einmal getäuscht. Wie immer akzeptierte ihre Mutter auch diese Zumutung, ohne aufzubegehren. »Was macht es schon, wenn einer mehr am Tisch sitzt?«, sagte sie matt.

Elisa fiel auf, wie alt ihre Mutter geworden war. Angela war erst in ihren frühen Vierzigern, jünger als Alessandra Perrone, aber was für ein Unterschied! Ihr Haar war schon grau, sie unternahm nichts dagegen, ihre Figur war plump, der Rücken leicht gebeugt, ihre Augen glanzlos. Sie tat Elisa leid, aber sie war auch ein lebendes Mahnmal, was einer Frau geschah, wenn sie einen Mann wie Edoardo Santoro heiratete. Dieser

Roberto mochte vielleicht etwas charmanter und gewandter sein als ihr Vater, doch sie waren aus demselben Holz geschnitzt.

* * *

Etwa zwei Wochen nach seiner Einstellung kam Roberto zu ihr in den Laden. Elisa war, als füllte seine große, kräftige Gestalt den ganzen Raum aus. Die Wände rückten zusammen, das Atmen fiel ihr auf einmal schwer, wie aus dem Nichts befiel sie Panik.

Er wanderte die Regale ab, als würde ihm das alles bereits gehören.

»Was willst du hier?« Das war ihr Bereich, er hatte hier nichts zu suchen!

»Nichts. Nur mal schauen.«

»Du hast dich umgesehen. *Arrivederci!*«

Er lehnte sich gegen die Theke. »Ich musste oft daran denken, weißt du.«

Elisa ahnte, dass er auf den Kuss im Lagerschuppen anspielte. Sie ging nicht darauf ein, sondern fragte: »Warum spielst du eigentlich nicht bei dir zu Hause den Juniorchef, in eurer Fabrik in Messina?«

»Weil das schon meine Brüder tun«, antwortete er. »Ich bin leider nur der Drittälteste.«

Immerhin war er offen. Also würde Elisa es auch sein. »Hör zu, Roberto, ich weiß nicht, was mein Vater dir versprochen hat oder was ihr vorhabt, aber sollte ich in euren Plänen vorkommen, dann vergiss es.«

Roberto betrachtete das Bild mit den königlichen Decken. Das machte Elisa nervös, denn dahinter befand sich ihr geheimer Tresor, ein loser Feldstein, hinter dem ihre Ersparnisse lagerten. Sie hatte den Gedanken verworfen, das Geld in ihrem Zimmer aufzubewahren, denn Carmela schnüffelte dort bestimmt regelmäßig herum.

Er blieb stumm, spielte den Gleichgültigen. Elisas Ärger wuchs rasant, es fiel ihr immer schwerer, sich zu beherrschen. »Ist noch was?«, fragte sie scharf. Er wandte sich ihr zu. Die goldfarbenen Sprenkel in seinen hellbraunen Augen blitzten. Tigeraugen, dachte Elisa.

»Ich habe es gehört, Elisa«, sagte er. »Aber glaubst du wirklich, dass du das entscheidest?«

»Ja, allerdings«, fauchte sie. »Es geht schließlich um mein Leben. Ach, und noch was. Ich bin keine Jungfrau mehr.« Sie reckte das Kinn und verschränkte die Arme, gespannt, zu sehen, wie diese Bombe einschlug.

»Ich auch nicht«, meinte Roberto achselzuckend. »Gleiches Recht für alle.«

»Ach! Seit wann?« Seine kühle Reaktion machte sie wütend und verleitete sie zu unüberlegten Worten: »Eines sollte euch klar sein, dir und Papà: Ohne meine Entwürfe ist Capre di Capri nichts als eine gewöhnliche Wolldeckenfabrik. Wenn ich weggehe, dann könnt ihr einpacken!«

»Du wirst aber nicht weggehen, Elisa«, sagte er ruhig und bestimmt.

In nächster Zeit zeigte Elisa sich nach außen hin gelassen. Sie behandelte Roberto höflich, aber distanziert, und als er anfing, sie ins Kino oder auf eine Bootsfahrt einzuladen, lehnte sie diese Ansinnen freundlich, aber bestimmt ab. Bisweilen gab sie sich Fantasien hin, ihm Rattengift ins Essen zu mischen. Im Geist sah sie ihn mit Schaum vor dem Mund, sich in Krämpfen windend, und sich selbst kalt lächelnd an seinem Grab stehen. Diese Vorstellungen waren geeignet, ihre Wut zu kanalisieren, doch in der Realität war so ein Plan schwer umsetzbar. Sie hatte keine Lust, wegen Roberto als Mörderin im Zuchthaus zu landen, zudem bestand die Gefahr, Unschuldige – Zia Stefania oder Angela – zu erwischen.

Stattdessen plante sie ihre Flucht. Durch Verkäufe von Decken unter der Hand hatte sie inzwischen gut hunderttausend Lire gebunkert. Sie hoffte, es würde bis zum Herbst noch mehr werden. Armandos Verlobungsring könnte sie notfalls auch noch versetzen.

Es war nicht einfach, in der Zwischenzeit die Gelassene zu spielen. Nach dem schrecklichen Ende ihrer Beziehung mit Armando hätte sie eine Pause gebraucht, um Kraft zu sammeln und einen vernünftigen Plan zu schmieden. Stattdessen musste sie den Kampf erneut aufnehmen, dieses Mal gegen zwei Gegner, Robert und Edoardo. Oder vielmehr drei, sie hatte Carmela vergessen.

Nach Elisas geplatzter Verlobung begann ihre Schwester, erneut zu quengeln. Sie hatte Angst, ihr Ciro werde ihr womöglich von der Fahne gehen, sollte sich das Drama mit Elisa noch lange hinziehen. Denn Edoardo wich nach wie vor keinen Millimeter von seiner einstigen Ansage ab: Erst nach Elisa durfte Carmela sich vermählen.

Elisa erwog, an Albrecht zu schreiben und ihn zu fragen, ob sie notfalls für eine Weile in seiner Familie unterkommen könnte. Diese Leute waren reich, sie hatten Beziehungen, und schließlich war sie eine Verwandte. Wobei man nicht wusste, ob das in Deutschland ebenso zählte wie in Italien. Sie hatte es wirklich vor, doch mit jedem Tag, der verging, wurde es schwieriger. Was sollte sie ihm nur schreiben? Die Wahrheit über das Debakel mit Armando? Unmöglich. Sie könnte Albrecht von der drohenden Verlobung mit einem Kerl, den sie nicht mochte, berichten, aber auch das war einfach nur jämmerlich und widerstrebte ihr, denn es bestätigte sämtliche Vorurteile der Nordländer über die rückständigen Süditaliener. Und was, wenn er oder seine Eltern ablehnend reagierten oder wenn keine Antwort kam? Notfalls, überlegte sie, würde sie ihn oder seine Familie auf ihrer Flucht einfach anrufen.

Ihre Flucht. Darum drehten sich ab sofort alle ihre Gedanken.

In der Woche vor Ferragosto schenkte Roberto ihr einen

goldenen Anhänger mit ihrem Sternzeichen, dem Stier. Vielmehr versuchte er es, denn natürlich wies Elisa das Geschenk zurück. Dennoch mehrten sich die Anzeichen, dass Roberto sehr bald offiziell bei Edoardo um ihre Hand anhalten würde. Dass er ihren Widerstand ignorierte, ihn vielleicht sogar als besondere Herausforderung empfand, hatte er in letzter Zeit oft genug bewiesen. Eine Verlobung würde die Sache verkomplizieren. Lehnte sie ab, würde man sie noch mehr bewachen als ohnehin schon, ging sie zum Schein darauf ein, hätte sie nicht nur ihren Vater, sondern auch noch Roberto am Hals, der als Verlobter bestimmt glauben würde, ihr irgendwelche Vorschriften machen zu dürfen. Es musste also jetzt passieren, heute, am 10. August, einem ganz gewöhnlichen Donnerstag.

Sie holte ihr kleines Vermögen aus dem Versteck im Laden und rückte das Bild wieder gerade. Als sie hinter sich abschloss, war es ein seltsames Gefühl. Wenn alles klappte, würde sie diesen Raum nie wieder sehen. Sie würde auch ihre Eltern nie wieder sehen und Carmela. Kein großer Verlust, alle drei, sagte sie sich. Nur um Zia Stefania tat es ihr leid. Sich von ihr zu verabschieden, kam natürlich nicht infrage. Ihr verwirrter Geist würde sonst noch alles ruinieren.

Beim Abendessen – auch Roberto saß mit am Tisch – musste sie sich zwingen, etwas zu sich zu nehmen. Ihr Magen war wie zugeschnürt. Bisweilen registrierte sie die prüfenden Blicke ihrer Schwester. Carmela kannte sie gut und ahnte womöglich, was sie vorhatte. Oder machte Elisa sich nur verrückt, vor lauter Aufregung? Sie gab vor, Kopfschmerzen zu haben, und ging früh zu Bett. In ihrem Zimmer packte sie das Nötigste in ihre einstige Schultasche, ein paar Kleidungsstücke, Wäsche. Zum Glück war Sommer. Mit mehr Gepäck würde sie auffallen, womöglich würde irgendwer sich bemüßigt fühlen, in die nächste Bar zu gehen und ihre Eltern anzurufen. Das war der Nachteil einer kleinen Insel: Jeder kannte jeden. In Anacapri sowieso, aber auch in Marina Grande war Elisa keine Unbekannte. Die Ticketverkäuferinnen am Hafen kannten sie, die Angestellten der Bars und Bäckereien und jedes Mitglied der Besatzung der Fähre nach Sorrent. Aber sie hatte ohnehin vor, die Fähre nach Neapel zu nehmen. Von Neapel gingen mehr Züge nach Norden. Nur weg! Viel weiter reichten ihre Pläne nicht, jedenfalls nicht im Konkreten. Nach München? Nach Perugia, zu Alessandra und Armando Perrone? Doch zuerst galt es, dieses verfluchte Inselgefängnis hinter sich zu lassen. Erst dann könnte sie wieder klar denken. Vorher machten sämtliche Pläne gar keinen Sinn.

Carmela pochte an ihre Zimmertür, Elisa hörte es am Klopfen. Hastig schleuderte sie die Schultasche in ihren Kleiderschrank, verschloss ihn und legte sich auf ihr Bett. »Komm rein!«

Ihre Schwester huschte wie eine Maus ins Zimmer. »Ich wollte nur mal nach dir sehen.«

»Wieso?«, fragte Elisa misstrauisch.

»Wegen deiner Kopfschmerzen.«

»Die sind schon besser. Es ist wohl das Wetter.«

Vorhin hatte es ein Gewitter gegeben und noch immer regnete es. Gut so. Dann wären kaum Nachtschwärmer unterwegs, denen sie begegnen könnte.

»Was wirst du tun, wenn Roberto um deine Hand anhält?«

Elisa fluchte innerlich. Wenn Carmela nur wüsste, wie überflüssig ihre Fragerei war. Sie verspürte keinerlei Lust, sich die üblichen Klagen und Vorhaltungen ihrer Schwester anzuhören, aber ihr vorzulügen, dass sie Ja sagen würde, ging auch nicht. Das hätte womöglich Carmelas Argwohn geweckt. »Was schlägst du denn vor?«, fragte sie zurück.

»Sag Ja. Er ist doch ein schöner, stattlicher Kerl, ich weiß gar nicht, was du hast!«

»Bist du verliebt in ihn? Du kannst ihn haben. Er kann zumindest recht gut küssen.«

»Was? Nein! Ich bin nicht… Sag bloß, ihr habt euch geküsst?« In ihre Augen trat ein hoffnungsvoller Glanz. »Also magst du ihn doch! Du wirst Ja sagen?«

»Ich werde mir ein paar Wochen Bedenkzeit nehmen.«

»Wozu soll das gut sein?«

»Um für mich die besten Bedingungen auszuhandeln«, antwortete Elisa.

»Was für Bedingungen?«

»Meine Stellung in der Firma, zum Beispiel. Meine Rechte in der Ehe. Eine Frau sollte sich nicht unter Wert verkaufen.«

»Verkaufen? Was redest du da bloß? Eine Ehe ist doch kein Geschäft!«

»Natürlich ist sie ein Geschäft!«, widersprach Elisa leidenschaftlich. »Mehr als alles andere. Du tätest gut daran, deine rosa Brille abzunehmen und dir darüber ein paar Gedanken zu machen.« Dies, dachte Elisa, ist mein letzter Rat an dieses einfältige Geschöpf. Welchen sie natürlich nicht annehmen wird. Was mir aber egal sein kann, weil ich sie niemals wiederzusehen brauche.

Beide zuckten zusammen. Aus dem Kleiderschrank war ein Geräusch gedrungen.

»Was war das?«, fragte Carmela.

»Keine Ahnung.« Elisa vermutete, dass die hastig hineingeschleuderte Schultasche an der Wand des Schranks herabgerutscht war.

»Willst du nicht nachsehen?«, fragte Carmela

»Sollte ich wohl«, sagte Elisa und stand träge vom Bett auf, wobei sie murmelte: »Vielleicht sind es ja Ratten. Hol doch mal den Besen aus der Kammer.«

»Was? O nein! Lass zu!«, kreischte Carmela.

»Oder es sitzt Roberto da drin.«

Carmela sperrte den Mund auf. Elisa war nicht sicher, ob sie das wirklich glaubte, aber sie grinste und sagte nachdrücklich: »Gute Nacht, Carmela.«

Ihre Schwester verließ das Zimmer, doch Elisa war hundertprozentig sicher, dass Carmela draußen stand und an der Tür horchte. »Du kannst rauskommen!«, rief Elisa deshalb laut und vernehmlich, während sie stumm in sich hineinkicherte. Erst nach zehn Minuten schien Carmela begriffen zu haben, dass sie veräppelt worden war. Elisa hörte, wie sich ihre Schritte entfernten. Warum war sie überhaupt gekommen? Sicher nicht, weil sie sich um Elisas Kopfschmerzen sorgte. Irgendetwas musste Carmelas Misstrauen erregt haben. Hatte Elisa sich beim Abendessen zu nervös verhalten? Sie und Carmela kannten sich viel zu gut, die kleinste Regung der einen verriet der anderen, was diese dachte. Vielleicht sollte sie ihr Vorhaben auf morgen verschieben. Andererseits, was wäre morgen anders? Nein, es blieb bei ihrem Entschluss. Heute Nacht, wenn alle schliefen, würde sie verschwinden.

Sie legte sich aufs Bett. Bloß nicht einschlafen! Den Wecker zu stellen ging aber auch nicht. Also las sie in einem Kriminalroman von Agatha Christie, ohne dass auch nur einer der Sätze zu ihr durchdrang. Zwischendurch döste sie ein, aber um halb drei wurde sie schlagartig wach. Draußen donnerte es, und gerade hatte sie einen Blitz gesehen. Sie selbst fühlte sich ebenfalls wie elektrisiert. Jetzt! Lautlos stand sie auf, schlüpfte in ihre Schuhe und zog einen dicken Pullover über ihre Bluse, denn der hatte keinen Platz mehr in der Schultasche gefunden. Im Norden war es kalt, sie würde ihn brauchen. Die Taschenlampe! Sie steckte sie in die Rocktasche. Vorsichtig entriegelte sie das Fenster. Schon gestern hatte sie die Angeln nachgeölt und geübt, es ohne einen Laut zu öffnen. Sie hängte sich die Tasche um und schwang sich nach draußen. Die Pergola hinabzuklettern war eine der leichtesten Übungen, die sie seit Jahren schon praktizierte. Da saß jeder Tritt. Allerdings hatte sie den Regen nicht einkalkuliert, und ausgerechnet heute rutschte sie auf dem nassen Holz ab. Zweige knackten, etwas schrammte gegen ihre Wange, und sie landete unsanft auf der Terrasse. Panisch rappelte sie sich auf, blieb stehen und horchte. Nichts war zu hören. Sie atmete tief durch und tastete sich durch den dunklen Garten. Das Gewitter war noch weiter weg, doch der Wind frischte auf und wehte ihr Regenschleier ins Gesicht. Ein Nachtvogel schrie, und irgendetwas huschte über den Weg. Eine Katze, ein Fuchs? Sie schauderte. Erst als ihr Elternhaus außer Sicht war, wagte sie, die Taschenlampe anzuknipsen. Ihr Pullover war längst durchnässt, aber sie spürte weder Kälte noch Nässe. Freiheit! So lautete das Mantra ihrer Schritte. Sie mied die Straße, wählte den Weg über die Gärten und stieg im Schein der Taschenlampe die nicht enden wollende Phönizische Treppe hinab nach Capri-Stadt. Mit jedem Schritt wurde sie ruhiger, aber der heikelste Teil stand ihr noch bevor.

Im Morgengrauen erreichte sie Marina Grande. Sie hätte sich gern in einer der Bars an der Piazza Vittoria aufgewärmt, doch die hatten noch geschlossen, und es wäre auch zu riskant. Schlotternd vor Kälte stand sie in der Toreinfahrt eines Restaurants, von wo aus sie die Promenade, den Ticketschalter, die Station der *funicolare* und die Mole überblickte. Das Gewitter war an Capri vorbeigezogen, der Regen hatte inzwischen nachgelassen, aber noch brach die Sonne nicht durch. Himmel und Meer waren eine einzige graue Masse.

Langsam kam Leben in den Ort. Rolltore wurden hochgefahren, Mopeds und Roller knatterten in Richtung Hafen, Taxis brachten Touristen zur Mole, wo bereits das Fährschiff nach Neapel lag. Die Brücke war noch mit einer Kette abgesperrt. Der Ticketschalter wurde geöffnet, aber die meisten, die das Frühschiff nahmen, hatten eine Monatskarte.

Jetzt stehen sie zu Hause allmählich auf. Bald werden sie bemerken, dass ich nicht da bin. Bis dahin ist aber auch das Schiff schon weg.

Elisa hielt es nicht länger auf ihrem Beobachtungsposten. Sie blickte sich gründlich nach allen Seiten um. Kein bekanntes Gesicht zu sehen. Nirgendwo lauerte der Wagen ihres Vaters.

Die junge Frau am Schalter musste neu sein, Elisa kannte sie nicht.

»Einfach oder hin und zurück?«

»Einfach.« Elisa reichte ihr das abgezählte Geld.

Ein Pulk englischer Touristen mit Koffern versammelte sich vor der Mole. Elisa gesellte sich unauffällig dazu, und als der Steward die Kette vor der Brücke wegnahm, bewegte sie sich inmitten der schnatternden Menge die Mole entlang. Der Unterhaltung der Leute entnahm Elisa die Information, dass deren Flug von Neapel nach London gegen Mittag startete. London! Das wäre was. Aber ein Flug, nein, der war viel zu teuer.

Umringt von Briten, betrat sie das Schiff. Sie stieg sofort hinab zum unteren Deck und setzte sich an ein Fenster. Sie zog den nassen Pullover aus, öffnete ihre Schultasche, verschanzte sich hinter dem offenen Deckel und starrte gebannt auf die Treppenstufen. Von jedem Neuankömmling sah sie zuerst die Schuhe, dann die Beine, den Oberkörper, das Gesicht. Jedes Paar Männerschuhe ließ ihren Puls beschleunigen. Doch es waren lauter Pendler, die meisten waren noch müde und mit sich selbst beschäftigt. Die zehn Minuten bis zur Abfahrt waren die längsten ihres Lebens. Mit jeder Sekunde, mit jedem Paar Beine, das die Stufen herunterkam, wuchs ihre Nervosität. Etliche der Zugestiegenen kannte Elisa, und diese erkannten sie. Das ließ sich einfach nicht vermeiden. Da drüben saß die Frau vom Postamt, weiter hinten ein Klempner aus Anacapri, ganz vorn ein Nachbar aus ihrer Straße mit seinem Sohn, und jetzt erschienen auch noch zwei Frauen vom Kirchenchor, die ihre Mutter gut kannten. Sie nickten Elisa förmlich zu, als sie an ihr vorbeigingen.

Beruhige dich!, sagte sie sich. Ihr Vorhaben stand ihr ja nicht auf die Stirn geschrieben. Schließlich hatte jeder ab und an etwas auf dem Festland zu erledigen.

Endlich! Ein Beben ging durch den Schiffsrumpf, das Fährschiff legte ab. Elisa musste sich zusammennehmen, um nicht laut aufzujauchzen. Sie hatte es geschafft! Sie atmete tief durch, ihre angespannten Schultern lockerten sich. Sie schloss ihre Schultasche und schaute aus dem Fenster. Der

Monte Solaro hatte eine Mütze aus Wolken. Vielleicht, dachte sie, würde sie diesen Hafen, den Berg, die ganze Insel für lange Zeit zum letzten Mal sehen. Müsste sie nicht traurig sein, wenigstens ein bisschen? Aber dazu war sie viel zu aufgeregt.

Schritte näherten sich, dann plumpste ihr Vater neben ihr in den Sitz.

»Guten Morgen, Elisa«, sagte er.

Kapitel 15

Mare di sotto

Capri, Gegenwart

Als Catia aufwachte, war es schon fast zehn Uhr. Sie hatte verschlafen. Kein Wunder, bei dem Wetter. Dunkle Wolken zogen über den Himmel, und es stürmte, dass sich die Bäume bogen. Als sie nach einer Katzenwäsche herunterkam, war die Hausherrin schon dabei, die ersten Umzugskartons auszupacken.

»Signora, warum warten Sie nicht damit, das kann ich doch machen«, protestierte Catia und fügte kleinlaut hinzu: »Tut mir leid, ich habe total verschlafen. Dieser Primitivo gestern, das war wohl doch ein Glas zu viel.«

»Das macht nichts. Ich wollte ja auch nur sehen, ob gewisse Dinge heil angekommen sind.«

Die an die Wand gelehnten Bilder und die Umzugskartons verbreiteten eine Atmosphäre von Aufbruch und Veränderung, und Catia musste an ihre erste Zeit mit Daniel in der Schwabinger Wohnung denken. Wie stolz waren sie auf ihren kleinen Stuckpalazzo, wie verheißungsvoll lag die Zukunft vor ihnen. Damals hätte sie nie gedacht, dass diese Wohnung irgendwann der Zankapfel ihrer Ehe werden würde.

Auf dem Kaminsims standen nun zwei gerahmte Fotografien. Das eine Foto kannte Catia schon, es war jenes, das Frau Santoro zusammen mit ihrem Albrecht zeigte. Das andere war ebenfalls in Schwarz-Weiß, aber kleiner und grobkörniger. Auch auf diesem Foto war ein Paar zu sehen. Die Frau war dünn, ihr dunkles Haar fiel ihr wie ein Umhang um die Schultern. Ihr weißes Trägerkleid erinnerte ein wenig an ein Nachthemd, und lediglich der Blumenstrauß, den sie mit beiden Händen umfasste, ließ ahnen, dass dies ein Hochzeitsfoto war. Sie lächelte verhalten in die Kamera, doch ihre Augen zeigten einen entschlossenen Ausdruck, als habe sie vor, allem zu trotzen, was sich ihrem Willen in den Weg stellte. Der junge Mann neben der Braut sah auf die typisch süditalienische Art gut aus, jedoch waren seine Züge noch jungenhaft und ließen keinerlei Zweifel aufkommen, wer in dieser Ehe die Hosen anhatte.

»Das sind meine Großeltern«, erklärte die Signora. »Silvano und Wilhelmine Santoro, geborene Feldmeier.«

»Sie sieht Ihnen ähnlich.«

»Das höre ich öfter.«

»Wie wäre es erst einmal mit Frühstück?«, fragte Catia.

»Ich weiß gar nicht, ob ich schon wieder etwas zu mir nehmen kann nach der Völlerei von gestern Abend.«

»Wir haben heute viel zu tun, Sie müssen was essen, sonst kippen Sie mir noch um.«

»Bitte, Catia, nicht diesen Krankenschwesternton!«, kam es ungewohnt scharf.

»Sorry. Sie müssen mich deswegen nicht gleich fressen.«

»Und hören Sie auf, sich ständig zu entschuldigen.«

»Sie haben wohl schlecht geschlafen, was?« Catia ging in die Küche. Die Signora war tatsächlich bisweilen ein bisschen launisch.

Nach dem ersten Kaffee und einem ihrer pappigen Cornetti besserte sich die Stimmung der Hausherrin. Sie kam sogar ins Plaudern und erzählte Catia von ihrer gescheiterten Flucht.

»Natürlich war es Carmela, die mich in jener Nacht verraten hat. Sie schlief schlecht und wurde von dem Gewitter wach. Sie hat mein Zimmer kontrolliert – mein Vater duldete ja keine Schlüssel an den Türen –, und dann hat sie meine Eltern geweckt. Angeblich fürchtete sie, als alte Jungfer zu enden, falls ich für immer verschwände und nicht vor ihr heiratete, wie unser Vater es angeordnet hatte.« Sie schüttelte den Kopf. »Kann man so viel Dummheit und Egoismus fassen?«

»Sie war siebzehn!«, hielt Catia dagegen. »In dem Alter ist man nun mal ichbezogen und hat nur einen begrenzten Horizont. Sie sollten nicht zu hart mit Ihrer Schwester ins Gericht gehen. Sie war jung und außerdem verliebt.«

»Die Liebe!«, seufzte die Signora. »Die muss immer für alles herhalten, was man anderen antut.«

»Wenn immer alle so vernünftig wären, dann würden drei Viertel der Weltliteratur nicht existieren und die Filmindustrie könnte einpacken.«

Die Augen den Signora blitzten kampflustig, offenbar hatte sie Spaß an der Debatte. »Also würden Sie Ihrem Mann einen Seitensprung verzeihen, nur weil er Ihnen sagt, er sei verliebt gewesen?«

»N…nein, natürlich nicht«, stotterte Catia. Wie kam die Signora denn jetzt auf so etwas? Sie lenkte das Gespräch wieder in die ursprüngliche Bahn. »Wenn Sie schon auf jemanden wütend sein wollen, dann doch eher auf Ihren Vater, finden Sie nicht? Das mit dieser Heiratsrangfolge war doch vollkommen absurd. Es klingt wie ein albernes Märchen, in dem der König nach Lust und Laune idiotische Regeln aufstellt.«

»So war es aber damals«, konterte die Signora. »Wenn sich das Familienoberhaupt etwas in den Kopf setzte, hatte das zu geschehen, ganz egal, wie unsinnig es war und wie viele darunter litten.«

»Aber ihm haben Sie verziehen und Ihrer Schwester nicht?«

»Wer sagt, dass ich ihm verziehen habe? Nur ist mein Vater längst tot, aber meine Schwester lebt.«

»Meinen Sie nicht, eine von Ihnen beiden sollte einlenken und die Hand zur Versöhnung ausstrecken?«

»Ich wüsste nicht, wozu das gut sein sollte«, erwiderte die Signora.

»Für den Seelenfrieden. Fürs Karma?«

Die Signora verdrehte die Augen.

Catia sah ein, dass ihr Einfluss begrenzt war. Vielleicht reichte es einfach, ihr zuzuhören, womöglich tat es ihr gut, mit jemandem über ihre bewegte Jugend sprechen zu können. Urteile und Ratschläge waren dagegen nicht erwünscht.

»Meine Schwester hat später noch andere Dinge getan, die die meisten Leute wahrscheinlich als viel schlimmer empfinden würden. Doch für mich war ihr Verrat in dieser Nacht das Schlimmste, was sie mir je antat. Wer weiß, was aus mir geworden wäre, wäre ich frühzeitig von dort weggekommen.«

»Es hätte aber auch schiefgehen können.«

»Sie meinen, ich wäre in der Gosse gelandet?«

»Na ja, Sie hatten null Ahnung vom Leben, waren jung, schön und davor so gut wie nie von zu Hause weg. Da sind schon ganz andere auf dem Strich gelandet.«

Die Signora zuckte kurz mit dem Mundwinkel.

Catia wüsste gerne, was diese anderen Dinge waren, diese noch schlimmeren, die Carmela ihr angetan hatte, aber sie hatte inzwischen gelernt, die Signora nicht zu bedrängen. Sie würde es schon noch erfahren.

»Sie haben also diesen Roberto geheiratet«, hielt Catia fest.

»Ein paar Wochen später kamen seine Eltern zur Verlobungsfeier. Zwischen meiner künftigen Schwiegermutter und mir war es Abneigung auf den ersten Blick. Sie gehörte zur herrschsüchtigen Sorte, und da sie drei Söhne und eine Tochter in die Welt gesetzt hatte, trug sie ihre spitze Nase recht hoch. Ich nannte sie im Stillen die Generalin. Zum Glück wohnten wir nicht in Messina und kamen auch später nur an hohen Feiertagen dorthin. Noch im selben Jahr wurde geheiratet, mein Vater, Roberto und Carmela wollten keine Zeit mehr verlieren. Es war meine Hochzeit und gleichzeitig die von Carmela und Ciro.«

»Eine Doppelhochzeit, wie romantisch!«, jubelte Catia nicht ohne Ironie.

»Das war billiger«, erklärte die Signora. »Zwei Fliegen mit

einer Klappe. Ich stand also nicht nur mit meinem künftigen Ehemann, den ich nicht wollte, sondern auch noch mit meiner verhassten Schwester Carmela vor dem Altar. Man kann sich in der Tat nichts Romantischeres vorstellen.«

»Sie Ärmste!« Trotz allem musste Catia ein wenig kichern, während sie die Espressokanne noch einmal füllte und auf die Gasflamme setzte, denn sie hatte das Gefühl, dass das Frühstück noch etwas dauern konnte.

»Für das Dorf war es ein Riesenereignis, die Kirche war gesteckt voll. Wahrscheinlich haben alle darauf gewartet, dass ich im letzten Moment Nein sage und aus der Kirche renne.«

»Warum haben Sie es nicht getan?«

Sie winkte ab und lächelte nachsichtig. »Ach, Catia, Sie können sich wahrscheinlich den Druck nicht vorstellen, unter dem ich lebte. Als auf dem Schiff plötzlich mein Vater neben mir saß, kapitulierte ich. Mein Widerstand war gebrochen, ich war so unvorstellbar müde. Die Zeit mit Armando hat mir eine Menge gebracht, doch diese ständige Schauspielerei, die Lügen, das Versteckspiel, all das hatte an mir gezehrt, dazu kamen die zermürbenden Feindseligkeiten zwischen mir und dem Rest der Familie. Und immer die Furcht, dass die Bombe irgendwann einmal platzen würde. Es war, wie Alessandra Perrone gesagt hatte: Wir führten ein Leben auf Messers Schneide. Armando hätte es beinahe sein Leben gekostet.«

»Ist er wieder ganz gesund geworden?« Man hatte dem extravagant gekleideten Herrn nichts angemerkt, aber schließlich hatte Catia ihn ja nur flüchtig gesehen.

»Er verlor ein paar Zähne und behielt eine Narbe zurück, über dem Auge.« Sie deutete die Stelle an und meinte: »Die machte ihn nur noch attraktiver. Er war ein wunderschöner Mann, Sie hätten sich auch sofort in ihn verliebt.«

»Garantiert«, grinste Catia.

»Er wurde Facharzt für Innere Medizin. Wir verloren uns jedoch für lange Zeit aus den Augen. Es war seinerzeit nicht wie heute, da man die Leute auf Facebook aufspüren kann, auch noch nach Jahren.«

»Das hat Vor- und Nachteile«, murmelte Catia. Manchmal schaute sie sich die Profile alter Schulfreundinnen an, ihre scheinbar perfekten Leben. Sie bekam davon regelmäßig schlechte Laune.

Die Signora lachte unvermittelt auf und sagte: »Raten Sie mal, wohin mein Vater mich geschleppt hat, nachdem das Schiff in Neapel angelegt hatte.«

»Wieder zum Gynäkologen?«

»Nein, schlimmer: in ein Geschäft für Brautmoden. Ich sollte mir mein Hochzeitskleid aussuchen, da wir schon mal in der Stadt waren.«

»Haben Sie es gemacht?«

»Er hat welche ausgesucht, ich habe sie anprobiert. Ich war wie in Trance, mir war alles gleichgültig. Er hat sich für irgendeines entschieden, teuer und scheußlich, ich sah darin aus wie eine Sahne-Meringue.«

»O Gott!« Catia musste lachen. »Entschuldigung. Ich stellte es mir nur gerade vor. Haben Sie ein Foto?«

»Irgendwo sicher«, sie deutete in Richtung *salotto*, wo die Umzugskartons auf sie warteten. »Ja, er kannte kein Pardon mehr, machte gleich Nägel mit Köpfen. Ich fürchte, dieser Laden hat weder vorher noch nachher eine derart unglückliche Braut erlebt.«

»Wie haben Sie das nur ausgehalten?« Catia wollte sich lieber gar nicht ausmalen, was für eine Stimmung im Hause Santoro geherrscht haben musste.

»Ich weiß es nicht mehr.« Sie zuckte mit den Achseln. »Das ist keine Redensart, ich weiß wirklich nicht mehr viel aus dieser Zeit. Dieser Winter bis zu meiner Heirat und die ersten Monate als Ehefrau von Roberto sind wie ausradiert. Die Trauung, ja, ich habe ein Bild vor Augen, wie ich vor dem Altar stehe, aber viel mehr ist da nicht. Ich weiß, dass wir hinterher in den Anbau gezogen sind und Zia Stefania zurück ins

Haupthaus. Aber wenn Sie mich fragen, wie Roberto und ich klarkamen, wie unser Alltag ablief, ich könnte es Ihnen nicht mehr sagen.«

»Manchmal ist Vergessen ja auch eine Gnade«, warf Catia ein.

»Das ist wahr. Ich weiß nur, dass das Entwerfen neuer Deckenmuster in dieser Zeit meine einzige Freude war. An die Muster erinnere ich mich in allen Einzelheiten, ich könnte sie Ihnen aufzeichnen. Der Rest ist wie ausgelöscht. Die Nebel lichteten sich erst wieder, als ich gut ein Jahr später schwanger wurde und schließlich Piero zur Welt kam.«

Catia zog die blubbernde Espressokanne vom Herd, drehte das Gas ab und schenkte den *caffè* in zwei frische Tassen.

Die Signora fuhr fort: »Ich will nicht in Selbstmitleid schwelgen. So etwas ist mir zuwider, und es gibt auch keinen Grund dafür. Denn was mir damals passiert ist, war im Grunde alltäglich. Töchter wurden verheiratet, Punkt. Die meisten Ehen wurden arrangiert, und der Zweck einer Ehe war mitnichten romantisch. Das wurde uns Mädchen zwar vorgegaukelt, aber die Liebe war nur das Deckmäntelchen, dahinter standen knallharte ökonomische Interessen aller Beteiligten. Vielen jungen Frauen ging es wie mir, aber es gibt auch Geschichten von Entführungen, bei denen die Mädchen danach gezwungen wurden, ihren Vergewaltiger zu heiraten, nur so konnte die Ehre der Familie und ihre eigene wiederhergestellt werden. Es war nicht der Normalfall, es galt als rückständig und primitiv. Aber es kam vor.«

»Hat es denn Roberto nichts ausgemacht, dass Sie ihn gar nicht wollten?«

Sie schüttelte den Kopf. »Männer wie er sind von sich dermaßen überzeugt, sie halten sich für ein Geschenk der Götter an die Welt. Ein Roberto Laganà kann sich nicht vorstellen, dass eine Frau Gründe haben könnte, die Ehe mit ihm abzulehnen. Wenn doch, so muss der Fehler bei der Frau liegen und gehört korrigiert. Wir lebten damals noch im absoluten Patriarchat. Frauen hatten keine eigenen Bedürfnisse zu haben. Der Lohn für Frauen wie meine Mutter war eine gewisse gesellschaftliche Anerkennung, besonders, wenn sie Söhne hatten und in der Mutterrolle glänzten. Beruflicher Erfolg war dagegen eher verdächtig. Und ich fürchte beinahe, man hat dieses Denken hier noch immer nicht ganz überwunden.«

»Nicht nur hier«, widersprach Catia. »Meine Mutter hat es bis heute nicht akzeptiert, dass ich arbeiten ging und Daniel die Kinder versorgte. Dabei ging ich gern arbeiten, besonders als die zwei noch klein waren. Wissen Sie, ich liebe meine Kinder sehr, aber in den ersten Jahren war ich manchmal froh, acht Stunden am Tag außer Haus zu sein.«

»Und Sie haben deswegen heute noch ein schlechtes Gewissen«, ergänzte die Signora mit tadelndem Unterton.

»Ja, schon, irgendwie«, musste Catia zugeben.

»Dieser Mutterschaftswahn grassiert nach wie vor. Nur wird von den jungen Frauen heutzutage erwartet, dass sie gleichzeitig Karriere machen und tolle Mütter sind. Das nennt sich dann Gleichberechtigung. Eine Frau, die keine Kinder will, sich auf ihren Beruf fokussiert, ihr Leben genießt und auf Reisen geht, gilt nach wie vor als Egoistin. Während man das einem Mann nicht weiter übel nimmt.«

Die Unterhaltung wurde unterbrochen, denn die rote Ape knatterte durch das Tor und parkte in den Einfahrt.

»Was will die Tamborini denn hier?«, knurrte Catia. »Heute ist doch gar nicht ihr Putztag.«

»Vermutlich hat sie von dem Möbelwagen gehört und ist neugierig.«

Sie beobachteten, wie sich die massige Gestalt von Signora Tamborini aus der Ape schälte. Der Wind riss an ihrem Umhang und ihrem Haar.

»Gleich wird sie davonfliegen wie Mary Poppins«, lästerte Catia.

»Bei ihrer elfenhaften Figur ist das durchaus denkbar«, feixte die Signora.

Signora Tamborini kam tatsächlich außer der Reihe zum Putzen. Das verkündete sie jedenfalls, als Catia ihr die Tür öffnete und sie ihre Jacke im Flur an den Haken hängte, wobei sie prompt ihren Schweiß-Parfum-Dunst verströmte. Angeblich könne sie in den nächsten Tagen nicht wegen verwandtschaftlicher Verpflichtungen. »Sieh an, hier hat sich aber einiges verändert!«, rief sie und durchwanderte das Erdgeschoss, als sei sie in einem Museum und hätte Eintritt bezahlt. Dabei tat sie laut und vernehmlich ihre Ansichten über die neue Einrichtung kund. »So schöne Sachen! Das sind ja lauter Antiquitäten. Dieser Sekretär! Und die hübschen Stühle. Sind die auch bequem? Oje, diese Vitrine! Auf dem dunklen Holz sieht man jedes Stäubchen!«

Catia gesellte sich wieder zu Signora Santoro in die Küche, um sich nach deren Anweisungen zu erkundigen.

»Bringen Sie sie zum Schweigen«, knurrte die Signora.

»Killen oder knebeln?«

»Egal.«

Catia bat Signora Tamborini, in den nächsten Tagen oder ihretwegen auch erst nächste Woche wiederzukommen, wenn alles aufgeräumt sei. Momentan habe das Putzen ja nicht viel Sinn. »Wenn die Kartons verschwunden sind, können Sie alles von Grund auf sauber machen. Das wäre ohnehin mal fällig.«

Signora Tamborini hatte den dezenten Wink natürlich verstanden. Sie schnappte entrüstet nach Luft, besann sich dann aber und fragte: »Wo sind denn die anderen Sachen? Die, die hier waren?«

»Fort.«

»Sind sie im Anbau?«

»Nein, sonst hätte ich das gesagt.« Die Frau ging ihr wirklich auf die Nerven. »Auf Wiedersehen, Signora Tamborini! Und grüßen Sie Carmela Mariuzzo ganz herzlich, wenn Sie sie gleich aufsuchen werden.«

Die Frau des Verwalters schnappte sich ihre Jacke, warf den Kopf in den Nacken und schritt hoch erhobenen Hauptes hinaus. Catia schloss hinter ihr mit Nachdruck die Tür. Für euch ist da jetzt nichts mehr zu holen, ihr Geier!

»Was sollten denn die Grüße an meine Schwester?«, fragte die Signora.

»Die Tamborini ist eine Spionin und ein Tratschweib, ich weiß es von Bernardo.«

»Das war mir klar. Sie hätten nicht so grob sein müssen, am Ende sehen wir sie nie wieder. Gute Putzkräfte sind schwer zu kriegen.«

»Sie ist keine gute Putzkraft. Sie verpestet mehr, als sie säubert. Lieber mache ich es selbst.«

»Kümmern wir uns erst einmal um die Bilder«, ordnete die Signora an. »Mit Hammer und Nagel können Sie umgehen?«

»Ja, aber ich bin nicht schwindelfrei. Zu hoch dürfen wir sie nicht hängen.«

Die Signora rang die Hände.

»War ein Scherz. Ein paar Sprossen auf der Leiter schaffe ich noch ohne Sauerstoffgerät.«

Sie machten sich ans Werk, doch es wurde Nachmittag, ehe die Signora mit dem Ergebnis zufrieden war.

»Die Bilder machen echt was her. Ihre Großmutter Wilhelmine wäre stolz auf uns«, bemerkte Catia, als sie endlich fertig waren. Sie hatte Tee zubereitet und servierte dazu *pan di stelle*, diese dunklen Kekse mit den weißen Zuckersternen. Beide saßen ermattet auf den Gründerzeitstühlen. Die Signora war erschöpft davon, Anweisungen zu erteilen, immer wieder neue Varianten auszuprobieren und sie sich anzusehen, Catia vom Hämmern und Herumturnen auf der Leiter. Sie spürte jetzt schon jeden Knochen, das würde einen ordentlichen Muskelkater geben.

Die meisten Bilder waren mit den Initialen *W.F.* signiert. Wilhelmines Geist hatte nun also endgültig wieder Einzug gehalten. Ob die das wohl gewollt hätte? Immerhin hatte sie Capri doch verlassen, um in ihrer Heimatstadt München zu wohnen. Aber Geister hatten kein Mitspracherecht.

Die Farben und Motive einiger Bilder erinnerten Catia tatsächlich an die wertvollen Decken der Signora. Es gab auch ein paar andere Gemälde, ziemlich wirr und abstrakt, deren Initialen *E.S.* lauteten.

»Sind die von Ihnen?«

»Ja, ich habe auch ein wenig herumdilettiert.«

»Kommen Sie, die sind gut.«

»Danke.« Die Künstlerin schlug bescheiden die Augen nieder und nahm noch einen Keks.

Ein Bild unterschied sich von den anderen, es war ein Porträt, gemalt mit groben Pinselstrichen, aber doch fein genug, um den sehnsüchtigen Ausdruck der jungen Frau einzufangen, die darauf abgebildet war. Catia trat näher an das Gemälde heran. Die Signatur war nicht zu entziffern. »Sind das Sie?«, wollte Catia wissen.

»Ja. Eine Malerin, bei der ich Unterricht nahm, hat es gemalt.«

»Sie waren sehr schön, auch wenn Sie auf dem Bild ein bisschen traurig aussehen.«

Darauf ging die Signora nicht ein.

»Darf ich Sie etwas fragen, Signora Santoro?«

»Tun Sie das nicht ununterbrochen?«

»Wieso wollen Sie die Villa eigentlich verkaufen? Warum hinterlassen Sie sie nicht einfach Ihren Kindern und Enkeln?«

»Catia, haben Sie schon mal zusammen mit mehreren Leuten eine Immobilie geerbt?«

»Sehe ich so aus?«

»Es gibt nichts, was Verwandte so streiten lässt und spaltet wie das gemeinsame Erben eines Hauses, glauben Sie mir. Außerdem möchte ich auf jeden Fall verhindern, dass meine Schwester Carmela noch einmal in ihrem Leben einen Fuß in dieses Haus setzt.« Sie kicherte plötzlich vor sich hin. »Wissen Sie, was ich gemacht habe, als ich nach dem Tod meiner Mutter das Haus zurückbekam?«

Catia zuckte mit den Schultern. »Nein.«

»Ich habe mir Räucherstäbchen gekauft und alle Zimmer ausgeräuchert. Ich bin nicht abergläubisch, und mit Esoterik habe ich es sonst auch nicht, aber es war mir ein Bedürfnis. Ich wollte die Geister vertreiben.«

»Das hätte ich ja gern gesehen«, grinste Catia, doch gleichzeitig war sie auch erschüttert. Dieser glühende Hass, nach so vielen Jahren! Sie nahm einen Schluck aus einer hauchdünnen Tasse. Es war dasselbe weiße Teegeschirr, das sie bei ihrem Treffen in Grünwald benutzt hatten, die Signora hatte es vorhin extra aus einer der Kisten hervorgekramt.

»Wie erklären Sie mir das hier?« Catia machte eine umfassende Handbewegung. »Sie haben seinerzeit zu mir gesagt, meine Aufgabe sei es, Ihnen bei der Entrümpelung der Villa zu helfen. Stattdessen richten Sie sie quasi neu ein. Und wann immer ich auf einen Makler zu sprechen komme, weichen Sie aus.«

»Aber Sie müssen doch zugeben, dass die Räume jetzt viel besser aussehen mit den Bildern und den schönen Möbeln.«

»Da, Sie tun es schon wieder!«, rief Catia. »Wollen Sie mir nicht endlich sagen, was los ist, was Sie in Wirklichkeit vorhaben?«

»Sie sind in der Tat...« Den Rest des Satzes ließ sie stehen.

Catia schwieg beharrlich. Jetzt war die Signora an der Reihe.

»Was ich in Wirklichkeit vorhabe«, wiederholte die alte Dame, und ihre Stimme klang auf einmal belegt. »Nun gut. Sie sollen es wissen. Ich habe vor, hier zu sterben.« Hier setzte sie eine Pause, und das bleiche Gesicht wandte sich Catia zu. Die Signora saß mit dem Rücken zum Fenster, ihre Mimik war nicht zu erkennen.

»Sie verkaufen also nicht?«, frage Catia irritiert.

»Doch. Ich verkaufe, und meine Familie wird das Geld erben. Aber wer immer es kauft, kann erst nächstes Jahr einziehen. Denn bis dahin bin ich mit Sicherheit tot.«

Catia starrte sie stumm an. War das ein makabrer Scherz?

»Die Diagnose ist vernichtend. Krebs. Der Magen, die

Leber. Mir bleibt vielleicht noch ein halbes Jahr, und ich wollte die Zeit, in der es mir noch einigermaßen gut geht, hier verbringen, zwischen meinen Sachen und den Bildern. Mir bedeuten diese Dinge viel. So, jetzt wissen Sie es.« Sie presste ihre Lippen zusammen. Für sie schien alles gesagt.

»Das ... das ist ja furchtbar. Mein Gott, das tut mir so leid.«

»Sehen Sie! Genau diese Reaktion wollte ich möglichst lange hinausschieben. Deshalb habe ich nichts gesagt. Ich befürchtete, Sie würden mich dann anders behandeln. Ich hasse Mitleid.«

Gut, dachte Catia, wenn das so war, dann konnte man ja auch Tacheles reden. »Also wollten Sie das für sich behalten, bis ich Sie tot in Ihrem Bett vorfinde?«

»Ich hätte es Ihnen schon noch gesagt.« Sie lächelte gezwungen, als gelte es, auf Teufel komm raus gute Stimmung zu verbreiten.

»Ach ja? Wann denn?« Catia merkte, wie ihre Betroffenheit umschlug in Ärger.

»Ich hatte es jeden Tag vor. Aber es ist nicht so einfach, wie Sie vielleicht annehmen.«

»Wie wäre es damals gewesen, als Sie mir den Job anboten?«

»Wären Sie denn unter diesen Umständen mitgekommen?«

»Auf gar keinen Fall!«, rief Catia. »Sterbebegleitung stand für mich nie zur Debatte. Ich meine, ich mache ja viel, aber das ...«

Am liebsten hätte sie der Signora an den Kopf geworfen, wie scheinheilig, verlogen und niederträchtig sie ihre Vorgehensweise fand. Sie riss sich lediglich am Riemen, weil man es ja schließlich mit einer Todkranken zu tun hatte. Du lieber Himmel, und das ihr, die noch nie besonders geduldig und aufopfernd bei der Krankenpflege war. Es war ihr schon bei ihren Kindern schwergefallen, aber einer im Grunde wildfremden Frau beim Sterben zusehen – nie im Leben! Wobei es beim Zusehen sicher nicht bleiben würde.

»Ich verstehe, dass Sie erbost sind, Catia.«

»Ich bin nicht erbost, ich bin stinksauer!«

Die Signora seufzte und schloss für einen Moment resigniert die Augen. Catia ertrug ihre Gegenwart keinen Augenblick länger. Sie stand ruckartig auf und rannte die Treppe hinauf.

In ihrem Zimmer holte sie die Reisetasche vom Schrank und begann hastig, ihre Sachen zu packen. Sie musste von hier weg, ehe sie noch von Mitleid übermannt wurde und sich breitschlagen ließ zu bleiben. Die Kleider aus Armandos Koffer ließ sie an Ort und Stelle, ebenso das Halstuch, das die Signora ihr in der Via Camerelle spendiert hatte, sowie die extravagante Sonnenbrille. Die brauchte sie heute ohnehin nicht, das Wetter war noch immer schlecht. Sie ließ auch das Geld, das die Signora ihr gleich zu Anfang in einem dicken Umschlag ausgehändigt hatte, auf dem Nachttisch liegen und nahm nur so viel heraus, wie ihr für die zwei Wochen zustand und was vermutlich der Flug kosten würde. Sie wollte sich nichts schenken lassen, auch wenn all diese Beträge für die Signora sicherlich bedeutungslos waren. Für Catia waren sie es nicht, ihre Selbstachtung hing davon ab.

Als sie die Treppe herunterkam, war die Signora dabei, ein Silberbesteck in die Schublade einer Kommode zu legen. Es war angelaufen und gehörte geputzt. Das konnte nun die Tamborini machen, Catia ging das alles nichts mehr an.

»Nun werden Sie aber theatralisch«, bemerkte die Signora angesichts der Reisetasche. »Können wir denn nicht wie Erwachsene darüber reden?«

»Das hätten wir gekonnt. Jetzt ist es zu spät.«

»Catia, ich bitte Sie. Ich entschuldige mich in aller Form bei Ihnen. Ja, ich hätte es Ihnen früher sagen sollen. Was muss ich tun, damit Sie bleiben? Ich verdopple Ihr Gehalt.«

Die Worte bestätigten Catia nur in ihrem Entschluss. »Signora, Sie können nicht alles und jeden kaufen.«

»Gut, dann bitte ich Sie. Bleiben Sie, bitte, ich brauche Sie.«

»Was Sie brauchen werden, ist eine Krankenschwester. Es tut mir leid, Signora, dass es so endet mit uns. Aber Sie hätten mich nicht anlügen sollen.«

»Ich habe nicht gelogen, ich habe Ihnen nur nicht alles gesagt. Das mit dem Hausverkauf ist wahr, Sie müssen mir dabei helfen.« Den Worten folgte ein Knall, mit dem sie die Schublade schloss.

»Leben Sie wohl, Signora«, sagte Catia und registrierte im selben Augenblick, wie diese spöttisch ihre Mundwinkel verzog. Ein einfaches *ciao* hätte es auch getan. Catia durchmaß den *salotto*, das Esszimmer und strebte zur Tür.

Die Signora war ihr gefolgt, sie schien erst jetzt den Ernst der Lage zu begreifen. Ihr enttäuschtes, trauriges Gesicht war kaum zu ertragen.

»Sie können heute nicht gehen!«, rief die Signora.

»Und wie ich das kann, Sie werden schon sehen.«

* * *

»Sie hat was getan?« Carmela Mariuzzo beugte sich über den Tresen ihres Ladens. Die hellbraunen Augen hinter den dicken Brillengläsern blickten Anna Tamborini ungläubig an. Die Frau neigte zu Übertreibungen, da musste man vorsichtig sein.

»Alles, alles hat sie rausgeworfen. Das waren gute Sachen, völlig in Ordnung.« Anna Tamborinis Doppelkinn zitterte vor Erregung. »Auf die Idee, dass es Leute gibt, die das eine oder andere Stück vielleicht gebrauchen könnten, und sei es nur für die Enkel, die es heutzutage auch nicht leicht haben, darauf kommt diese Person ja nicht.«

»Bei der sitzt ein Klumpen Geld an der Stelle, wo andere das Herz haben.«

»Aber dass sie die guten Sachen wegwirft, ohne meinen Mann wenigstens zu fragen! Er hat sich all die Jahre aufgerieben, damit der alte Kasten nicht verkommt! Und das ist der Dank!«

»Dank?«, höhnte Carmela. »Was erwarten Sie denn? Dass eine Frau, die Mann und Kinder im Stich lässt, an die Leute denkt, die jahrelang für sie arbeiten? Ich musste diese bittere Erfahrung am eigenen Leib machen. Jahrelang habe ich unsere Mutter gepflegt, und zum Dank hat sie mich aus dem Haus geworfen – wie jetzt die alten Möbel!«

»Die Finger habe ich mir wund geschrubbt, damit alles glänzt und blinkt, wenn die noble Signora aus Deutschland wiederkommt, und dann so was!«

»Und diese neuen Sachen? Wo kommen die her?«

»Die sind nicht neu, das sind Antiquitäten, bestimmt sehr alt, aber alles gepflegt und vom Feinsten.«

»Typisch. Meine Schwester dachte schon als Kind, sie wäre etwas Besseres. Sie hatte das schönere Zimmer, die besseren Kleider, und wenn es etwas im Haus zu tun gab, war immer ich es, die meiner Mutter zur Hand ging. Madame hat sich stets gedrückt. Angeblich musste sie Schularbeiten machen oder malen oder sich am Strand herumtreiben.«

»Mit einem deutschen Möbelwagen sind die gekommen, ich hab's von Franca Castelli von schräg gegenüber. Den halben Vormittag war die Straße verstopft. Einfach rücksichtslos, so etwas.«

»Also stammen die aus ihrem Haus in Deutschland? Aber warum bringt sie sie hierher?«

»Diese Deutsche hat anklingen lassen, dass ich nicht gut genug putze. So eine Unverschämtheit!«

»Pah! Wenn damals Zia Stefania nicht ab und zu bei denen drüben im Anbau geputzt hätte, wären sie im Dreck erstickt. Unsere Mutter hat jahrelang für sie und ihre Familie gekocht, sonst wären die verhungert. Sie war sich ja sogar zu schade, ihre Kinder selbst zu erziehen, auch das habe ich ihr noch abgenommen!«

»Da stehen eine Menge Bilder herum, keine Ahnung, was

sie mit denen vorhat, eine Galerie aufmachen? Ich bin ja gespannt, ob da noch Putz an die Wände kommt. Sie hat alles abgerissen, die schönen alten Tapeten. Es sieht dort aus wie auf einer Baustelle.«

»Sie will hierbleiben. So muss es sein, anders kann ich mir das nicht erklären«, murmelte Carmela.

»Den Eindruck habe ich auch.«

»Diese Hexe! Meinen Bernardo hat sie schon eingewickelt, und ich wage mich kaum noch vor die Tür. Wenn ich ihr begegne, dann weiß ich nicht, was passiert.« Carmela Mariuzzo ballte die Fäuste. Ihr steifer Körper wandte sich in einer roboterhaften Bewegung um. »Vincenzo, hast du das gehört? Deine gottverfluchte Tante hat sich da oben häuslich eingerichtet!«

»Fein, dann werde ich sie mal besuchen«, tönte eine kräftige Männerstimmeaus dem Lager.

»Vorher bringe ich dich um! Wenigstens muss mein Ciro, Gott hab ihn selig, das nicht mehr erleben!« Carmela konzentrierte sich wieder auf ihr Gegenüber. »Die Bilder, was waren das für welche?«

»Sie waren eingepackt, und ich war ja nur ganz kurz dort. Als ich mit der Arbeit anfangen wollte, hat mich dieser teutonische Hausdrachen praktisch zur Tür hinausgejagt.«

»Sie hat schon früher gemalt. Ihren kleinen Sohn hat sie bei mir abgestellt, und sie hat sich auf irgendwelche Felsen gesetzt und gemalt!«

* * *

Der Wind riss ihr die Tür aus der Hand, als Catia sie öffnete. Dass es so arg stürmte, hatte sie gar nicht bemerkt. Sie war ja auch noch nicht draußen gewesen. Sie ging zu Fuß bis zur Bushaltestelle. Fensterläden klapperten, Palmen bogen sich in den Vorgärten, das Haar flog ihr um die Ohren. Wenigstens regnete es nicht. In den windgeschützten Gassen von Anacapri wurde es besser.

Der Bus nach Marina Grande fuhr erst in zwanzig Minuten, also blieb noch Zeit für einen letzten Negroni in der Bar an der Haltestelle. Sie musste daran denken, wie sie nur Stunden nach der Ankunft in der Villa hier am Tresen gestanden und die Atmosphäre aufgesogen hatte. Wie voll und lebhaft es in der Bar zugegangen war im Gegensatz zu heute. Es waren nur eine Handvoll Gäste da, bei diesem Wetter blieben die Leute wohl lieber zu Hause. So schließt sich der Kreis, dachte sie. An dem Abend war ich voller Enthusiasmus und Tatendrang, jetzt bin ich ernüchtert, enttäuscht und gescheitert, und die Bar ist auch leer. Der letzte Blick der Signora ging Catia nicht mehr aus dem Kopf. Hatte sie richtig gehandelt? Konnte sie eine Sterbende einfach im Stich lassen? Ja! Die Signora hatte sie getäuscht und belogen. Verarscht, auf Deutsch gesagt. So etwas tat man nicht, auch nicht, wenn man sterbenskrank war. Das durfte Catia sich nicht bieten lassen, es war auch eine Frage der Selbstachtung. Die Aussicht auf Daniels Gesichtsausdruck, wenn sie ihm bestätigen musste, dass er von vornherein richtiglag, war ihrer Selbstachtung wiederum nicht sehr zuträglich. Andererseits war es auch ein Zeichen von Größe, einen Fehler einzugestehen. Die ganze Capri-Aktion war von vornherein schwachsinnig gewesen. Das Geständnis der Signora von vorhin setzte dem nur die Krone auf. Daniel hatte ja so recht gehabt! Diese reiche alte Frau, die Catia im Grunde kaum kannte, sprang mit ihr um, als wäre sie ihre… Dienerin, ihre Leibeigene. Aber nein, da hatte sie sich getäuscht. Nicht mit ihr!

Der Bus kam.

»*Arrivederci!*«, rief ihr der Mann hinter der Theke nach, und Catia nickte ihm zu. Nein, ein Wiedersehen war wohl eher unwahrscheinlich.

Sie war der einzige Fahrgast in dem Kleinbus, der auf der Straße hinab nach Marina Grande ordentlich durchgeschüttelt wurde. Das Meer war unruhig, das sah man schon von hier aus. Prompt breitete sich ein flaues Gefühl in ihrem Magen aus, und sie musste an das Bild in der Piccola Quaglia denken, das mit dem sich übergebenden Passagier. Sie hatte die kunstsinnige Signora Santoro gar nicht gefragt, wie ihr denn die ausgestellten Werke in dem Restaurant gefielen.

Der Bus hielt am Fähranleger von Marina Grande, doch als Catia aussteigen wollte, rief der Fahrer: »Heute geht aber kein Schiff mehr, Signora.«

Sie ging zu ihm nach vorn. »Sind Sie sicher? Auch kein Tragflächenboot?«

»Ganz sicher. Zu viel Seegang. *Mare di sotto.* Haben Sie denn keine Nachrichten gesehen? Es wurde ein Orkan der Windstärke zehn oder elf vorausgesagt.«

Das also hatte die Signora gemeint, als sie sagte, sie könne heute nicht gehen. Hätte diese hinterlistige Person nicht etwas deutlicher werden können? Ließ Catia bis hier runterfahren, für nichts und wieder nichts. So ein Mist aber auch!

»Kennen Sie in der Nähe ein halbwegs günstiges Hotel?«, fragte Catia den Fahrer.

»Nein. Die haben alle noch zu. In Capri-Stadt, da finden Sie vielleicht was. Aber die Seilbahn geht auch nicht, Sie müssen ein Taxi nehmen.«

»Kann ich nicht mit Ihnen wieder zurückfahren?«

»Für mich ist Feierabend. Wenn keine Fähre kommt, ist es sinnlos, dann kommen auch keine Leute.«

Catia stieg aus und wurde beinahe umgeweht. Das Meer war dunkelgrau, Wellen klatschten wütend an die Mole, weiter draußen waren sie bestimmt meterhoch. Die entfesselten Elemente tobten sich gerade nach Herzenslust aus, eine Überfahrt wäre der Horror und außerdem gefährlich. Sie stellten den Verkehr ja schließlich nicht zum Spaß ein.

Sie flüchtete sich in eine Bar an der Promenade. Es gab nicht viele Gäste, nur ein paar Männer, die eigentlich auf der Fähre nach Neapel sein sollten, wie sie den Gesprächen entnahm. Sie bestellte einen Tee. Ihr war kalt, sie war hungrig, und sie merkte, wie sie müde wurde. Der Tag war anstrengend gewesen, körperlich und überhaupt. Und wenn sie einfach wieder zurückfuhr in die Villa, nur bis morgen? Nein! Sie wollte nicht angekrochen kommen wie der sprichwörtlich begossene Pudel.

»*Mannaggia!*«, fluchte sie. Musste sie sich denn ausgerechnet den Weltuntergang aussuchen, um sich mit der Signora zu überwerfen? Hätte sie das nicht bei schönem Wetter… Augenblick mal! Den Zeitpunkt ihrer Offenbarung hatte ja nicht sie, Catia, sondern die Signora bestimmt. Hatte sie Catias Reaktion vorausgeahnt? Und war es da nicht praktisch, wenn keine Fähre fuhr? Oder war das jetzt eine allzu böse Unterstellung?

Plötzlich hatte Catia eine Idee. Sie holte ihr Handy hervor und lauschte dem Klingelton.

»Trattoria Piccola Quaglia, Marisa Orlando am Apparat.«

»Signora Orlando, ich bin es, Catia. Die, die bei Signora Santoro…«

»Ich weiß, wer du bist«, sagte Marisa, und Catia fiel ein, dass sie sich gestern nach dem Essen, als die Signora, die Wirtin, Catia und Bernardo noch bei einer Flasche Wein zusammensaßen, irgendwann geduzt hatten.

»Ist etwas passiert? Mit Elisa?«

Warum fragte sie das? Wusste sie Bescheid über deren Zustand?

»Nein. Der Signora geht es so weit ganz gut«, versicherte Catia. »Aber ich bräuchte ein Bett für heute Nacht, die Fähren gehen nicht, die Hotels sind noch zu, ich hatte einen Streit mit der Signora, ich wollte eigentlich…«

»Sicher, sicher, komm her, Kind«, unterbrach Marisa den Wortschwall. »Wir finden schon ein trockenes Plätzchen für dich. Sag nicht, du bist mit dem Roller unterwegs?«

»Nein, ich bin mit dem Bus gefahren, und jetzt nehme ich mir ein Taxi. Ich bin dir so dankbar.«

»Man hilft, wo man kann. Ich mache dir ein paar Reste warm.«

Es war gar nicht so leicht, ein Taxi zu bekommen. Die Frau hinter der Theke, die sonst nicht viel zu tun hatte, telefonierte mit etlichen Leuten, ehe sie schließlich eines auftrieb. Es war schon dunkel, als Catia in der Piccola Quaglia eintraf. Geduckt rannte sie gegen den Sturm vom Parkplatz bis zur Terrasse.

Marisa Orlando hatte die Scheinwerfer des Taxis wohl schon bemerkt, sie riss die Tür auf und zog Catia in die Gaststube, als wäre ein Rudel Wölfe hinter ihr her. »Du bist ja klatschnass! Geh dich umziehen, sonst holst du dir noch den Tod. Danach gibt es erst mal was zu essen. Komm mit, ich zeige dir dein Zimmer.«

Catia folgte ihr eine Treppe hinauf. Rechts befand sich eine Tür mit der Aufschrift *privato,* links gab es zwei weiß lackierte Türen mit je einem gemalten Schildchen, auf einem war eine Ente zu sehen, auf dem anderen ein Frosch.

»Das waren früher Pensionszimmer«, erklärte Marisa. »Wir vermieten sie aber schon lange nicht mehr. Wir müssten renovieren, die Leute sind anspruchsvoll geworden.« Sie öffnete die Tür mit der Ente. »Dieses hier ist für Besuch vom Festland oder für Notfälle«, erklärte sie Catia mit einem Blick, der sie eindeutig der Kategorie Notfall zuordnete. »Das andere benutzt Bernardo in der Saison, wenn es spät wird. Sonst wohnt er bei Carmela und Vincenzo.«

Catia bedankte sich. Das Zimmer war schlicht möbliert, ein Doppelbett mit Nachtschränkchen, ein Tisch, ein Schrank, ein uralter Fernseher. Außerdem ein Fuchs, ein Schwan, eine Katze und eine Seeschwalbe. Die unvermeidlichen Tierbilder vom Künstler des Hauses entlockten Catia ein Lächeln. Die Wände hätten einen Anstrich vertragen, die Gardinen mit dem Sonnenblumenmuster waren auch nicht mehr ganz zeitgemäß, und die Dusche stammte wahrscheinlich aus den Achtzigern. Aber es war warm und trocken und vollkommen in Ordnung für eine Nacht.

Sie frottierte und kämmte sich das Haar, zog sich um und

ging wieder hinunter. Ein köstlicher Duft stieg ihr schon auf der Treppe in die Nase, sie merkte, dass sie sehr hungrig war.

Enzo stand hinterm Tresen und zapfte Bier. »Willkommen, liebe Catia!« Er kam ihr lächelnd entgegen und küsste sie auf beide Wangen. »Ein Bier?«

»Gerne!«

Der Tisch war für drei gedeckt, offenbar hatten die Wirtsleute auch noch nicht gegessen. Marisa kam aus der Küche, sie trug einen eisernen Topf vor sich her. »Es gibt geschmortes Kaninchen«, verkündete sie. »Und ein Tiramisu ist auch noch da. *A tavola!*«

»Ich sterbe vor Hunger!«

Beim Essen wurden heikle Themen gemieden. Es wäre auch schade gewesen, denn das Kaninchen schmeckte, wie erwartet, hervorragend. Hinter dem Tresen lief der Fernseher. In den Lokalnachrichten wurde über den Orkan berichtet.

»Das ist der Klimawandel«, sagte Marisa düster.

»Orkane gab es auch früher schon«, meinte Enzo.

»Ja, im Herbst. Aber doch nicht im Frühjahr.«

»Vielleicht hast du recht, *amore*. Warum sollten auch ausgerechnet wir in unserem kleinen Paradies verschont bleiben?«

»Die eine Saison werden wir hoffentlich noch überstehen, ohne dass uns das Dach wegfliegt oder die Insel im Meer versinkt«, murmelte Marisa und tunkte ihr Brot in die restliche Soße, die noch im Topf war, und sagte zu Catia: »Nur keine Hemmungen, nimm dir ein Brot. Der Sugo ist das Beste!«

»Es war alles wunderbar. Bernardo ist ein begnadeter Koch.«

»Das ist er. Aber das Kaninchen habe ich gemacht«, stellte Marisa klar.

Auch das Tiramisu konnte sich sehen lassen. Danach wäre Catia am liebsten schon ins Bett gegangen, aber es war noch nicht spät, und sie schuldete ihrer Gastgeberin eine Erklärung.

Die ahnte wohl schon, dass es keine guten Neuigkeiten gab. Vorsorglich schenkte sie schon mal drei Gläser Grappa ein.

Synchron kippten alle drei den Schnaps hinunter. Er brannte in der Speiseröhre und verursachte ein warmes Gefühl im Magen.

»Erzähl, Mädchen, was ist los? Was hat der böse alte Drachen nun wieder angestellt?«

Der böse alte Drachen. Der liebevolle Klang, in dem Marisa dies sagte, gab Catia den Rest. Noch während sie überlegte, wie sie anfangen sollte, liefen ihr die Tränen aus den Augen. Es war, als würde erst in diesem Augenblick die Nachricht vom unwiderruflichen Sterben der Signora zu ihr durchdringen.

»Oje«, hörte sie Marisa sagen. »So schlimm?«

Sie konnte nur nicken und vor sich hin schluchzen.

Marisa räumte den Tisch ab, während Enzo eine weitere Runde Bier zapfte. »Noch einen Grappa?«, fragte er besorgt.

Catia verneinte und versuchte, sich zusammenzunehmen. Schließlich war nicht sie es, die Grund zum Weinen hatte, sondern die todkranke Signora.

Ihr blieb nichts anders übrig, als Marisa Orlando schonungslos mitzuteilen, weshalb sie den Wunsch hatte, ihre Stelle bei Signora Santoro aufzugeben. Gleichzeitig verspürte sie den Drang, sich für ihr Handeln zu rechtfertigen. »Sie tut mir schrecklich leid, aber ich kann das nicht. Ich kann ihr nicht beim Sterben zusehen, ich wüsste nicht, was ich machen sollte, wenn sie … keine Ahnung, Schmerzen hat oder zusammenbricht. Nie hätte ich mich auf diese Sache eingelassen, wenn ich es gewusst hätte.«

Marisa war nicht allzu überrascht, von der Krankheit ihrer alten Freundin zu hören. Sie habe so etwas schon geahnt, ließ sie verlauten. »Wir werden alle nicht schöner«, meinte sie. »Aber ich bin schon ein bisschen erschrocken, als sie hier aufkreuzte. Sie sieht aus wie ein Gespenst, verglichen mit früher. Was war sie für eine bildschöne, stolze Frau, als sie jung war! Arme Elisa. Es muss ihr verdammt schwergefallen sein, um Hilfe zu bitten.«

»Das hat sie ja nicht«, widersprach Catia. »Sie hat mich

an der Nase herumgeführt. *Gesellschafterin. Hilfe beim Entrümpeln.* Von wegen! Sie braucht eine Krankenschwester. Ich bin… war Controllerin. Zahlen sind mein Ding. Und Kochen, ja, ich habe eine Lehre im Hotelfach, ich wollte immer mal…« Sie merkte, dass sie abschweifte. Der Schnaps und die zwei Bier zeigten allmählich ihre Wirkung. »Von Krankenpflege habe ich jedenfalls keine Ahnung, ich würde sie am Ende noch vergiften.«

»Jetzt übertreibst du aber«, widersprach Marisa.

Catia unterdrückte ein Gähnen.

»Du musst müde sein«, sagte Marisa. Sie sah selbst ein wenig mitgenommen aus. »Leg dich hin. Morgen sprechen wir noch einmal darüber, wie es weitergehen soll.«

Catia wünschte den beiden eine gute Nacht und wankte nach oben. Der Sturm strich um das Haus und heulte im Lüftungsschacht des Badezimmers.

Klar, Marisa wird mich überreden wollen, bei der Signora zu bleiben, dachte Catia, als sie kurz darauf wie ein gefällter Baum ins Bett plumpste. Daran hätte sie denken müssen, ehe sie ausgerechnet zu ihr geflüchtet war. Es hatte dennoch gutgetan, sich mit jemandem auszusprechen.

Davon abgesehen, stand ihr Entschluss felsenfest.

Kapitel 16

Die Geburt

Anacapri, 1963

Es war die Zeit der Mittagsruhe, doch Elisa verzichtete darauf. Wenn sie jetzt schlief, würde sie die halbe Nacht wach liegen. Jetzt, im Mai, wurden die ersten Kirschen geerntet, sofern sie nicht schon von den Vögeln gefressen worden waren, aber Elisa überließ das Ernten Zia Stefania und ihrer Mutter. Sie thronte im Obstgarten auf einem Hocker und malte. Ein breitkrempiger Strohhut schützte sie vor den Sonnenstrahlen, die durch die Zweige des Mandelbaums fielen, und beschirmte ihre Augen. Eine Sonnenbrille kam nicht infrage, das getönte Glas würde die Farben verfälschen. Vor ihr stand die Staffelei, auf einem Klapptisch lagen die Malutensilien und das Wasserglas. Wann immer sie sich nach vorn beugte, um einen Pinselstrich zu setzen, war ihr dieser sperrige Bauch im Weg.

Achter Monat. Wie sehr sehnte sie sich danach, wieder sie selbst zu sein, sich ungehindert bewegen zu können und diesen Parasiten loszuwerden, der sich in ihrem Körper breitgemacht hatte. Gleichzeitig fürchtete sie sich vor dem Tag X. Sie hatte noch das Gebrüll ihrer Mutter Angela bei Niccolòs Geburt im Gedächtnis, die blutigen Laken und die bleiche, ausgezehrte Gestalt der Wöchnerin, die sich von dieser Strapaze nur langsam wieder erholte.

Grundsätzlich würde es Elisa wenig ausmachen, bei der Geburt zu sterben. Sie fragte sich vielmehr jeden Tag, warum sie noch festhielt an diesem Leben, das sie seit ihrer Hochzeit führte. Ihr Leben als Elisa Laganà. Es fühlte sich nach wie vor fremd an, nicht nur der Name, einfach alles. Als würde das gar nicht ihr passieren, sondern einer Art Doppelgängerin, einem Geist. Nein, Sterben wäre nicht das Schlimmste, nur sollte es nicht allzu schmerzhaft zugehen. Ein sanfter Tod, das wäre schön.

Es stand bereits fest, dass Elisa ihr Kind im Hospital bekommen sollte, welches inzwischen eine Abteilung für Geburtshilfe hatte. Es sei nicht mehr zeitgemäß, Kinder zu Hause zur Welt zu bringen und im Notfall auf die Segnungen der modernen Medizin zu verzichten, hatte Roberto argumentiert.

Wieso mischte er sich da überhaupt ein, fragte sich Elisa, hatte aber nichts gegen seinen Vorschlag. In Angelegenheiten, die ihr im Grunde gleichgültig waren, fiel ihr das Nachgeben nicht schwer.

Roberto dagegen wollte alles kontrollieren, planen, überwachen. Regelmäßig fuhr er mit seiner Frau zum Arzt, um sie und das Ungeborene untersuchen zu lassen. Herztöne, Blutwerte, Urin. War es Fürsorge, oder traute er ihr nicht über den Weg? Er wusste, dass Elisa über die Schwangerschaft nicht sonderlich begeistert war, sie machte sich erst gar nicht die Mühe, dies zu verbergen, im Gegenteil. Fürchtete er, sie könnte ihrem Kind absichtlich Schaden zufügen, vielleicht, indem sie sich falsch ernährte, sich überanstrengte oder versuchte, ihren Zustand durch Geisteskraft oder schwarze Magie zu beenden? Elisa musste boshaft lächeln bei diesen Gedanken. Zum Glück gab es auf der Welt noch ein paar Dinge, die sich dem Einfluss der Männer entzogen. Weder konnten sie kontrollieren, was sich im Bauch ihrer Frau abspielte, noch hatten sie Einfluss auf den Ablauf einer Geburt. Dieses Warten und Nichts-tun-Können musste einen Menschen wie Roberto geradezu verrückt machen.

Seit man ihr die Schwangerschaft ansah, hatte Elisa kaum noch das heimische Grundstück verlassen. Sie genierte sich für ihren plumpen Körper, weil so jeder wusste, was sie und Roberto getan hatten. Die Natur war so grausam, so demütigend! Warum konnte eine Schwangerschaft nicht dezenter ablaufen, beispielsweise wie eine verborgene Krankheit. Warum hatten Neugeborene nicht die Größe von Goldhamstern? Dann wäre der Zustand einer Frau nicht für jedermann sichtbar und die Geburt ein Klacks.

Elisa betrachtete jeden Blick auf ihren Bauch als Verletzung ihrer Intimsphäre. Schon gar nicht konnte sie es leiden, wenn sie im Dorf Frauen begegnete, die sie mit beseeltem Lächeln beglückwünschten oder, der Gipfel der Unverschämtheit, ungefragt die Hände auf ihren Bauch legten, als wäre der Bauch einer Schwangeren plötzlich ein Allgemeingut. Im Supermarkt hatte es deswegen kürzlich einen Zwischenfall gegeben. Elisa schubste eine allzu forsche Nachbarin gegen ein Regal und zischte ihr zu, sie solle gefälligst ihre Hände bei sich behalten. Der Vorfall machte sofort die Runde im Ort. Wieder einmal war es Elisa, der man ein Fehlverhalten attestierte und über die getuschelt wurde, während die übergriffige Nachbarin ungeschoren davonkam. Sollte ihr Kind aus irgendeinem Grund tot zur Welt kommen, würden die Leute wahrscheinlich behaupten, sie hätte es verhext oder mit Tränken nachgeholfen. Der zweifelhafte Ruf, der ihr anhaftete, war auch durch ihre Heirat und ein nach außen hin vorbildliches Verhalten in der Rolle einer jungen Ehefrau nicht verblasst. Was Verfehlungen anging, hatten die Leute in Anacapri ein sehr langes Gedächtnis.

Sie betrachtete ihr Gemälde, eine reichlich eigenwillige Ansicht des Gartens. Ihre Technik ließ zu wünschen übrig, sie schaffte es einfach nicht, das, was ihr im Geist vorschwebte, eins zu eins auf die Leinwand zu bannen. Ihr fehlten die Grundlagen, das Handwerk. Die zwei Bücher, Anleitungen zur Malerei, die sie gelesen hatte, waren einfach nicht genug. Sie würde Malunterricht nehmen, sobald das Kind da war und sie wieder beweglich und vorzeigbar sein würde. Es gab eine Künstlerin in Capri-Stadt, bei der man Kurse besuchen konnte. Sollte Roberto ihr das verbieten wollen, würde er sie erst richtig kennenlernen. Als Mutter seines Kindes würde sie sich nicht länger von ihm Vorschriften machen lassen. Sie war nicht scharf auf die Mutterschaft, gewiss nicht, aber sie wusste natürlich, dass sie als Mutter einen höheren Stellenwert innerhalb der Familie und der Gemeinde haben würde. Besonders, wenn es ein Sohn wäre. Dann würden die Karten neu gemischt, und es wäre nicht mehr gar so einfach, sie zu gängeln. Ein Kind war eine Fessel, aber auch ein Druckmittel. Wollten Roberto und ihre Eltern, dass sie sich liebevoll und aufopfernd um den Nachwuchs kümmerte, hatten sie gefälligst dafür zu sorgen, dass es ihr, Elisa, gut ging und ihre Bedürfnisse berücksichtigt wurden. Auf mehr oder weniger subtile Weise machten das auch andere junge Ehefrauen so, das hatte Elisa schon beobachtet. Die Ehe war ein Machtspiel. Lediglich ihre Mutter Angela hatte nie vermocht, ihre Karten richtig auszuspielen.

Aber Elisa war nicht wie Angela. Sie würde sich nicht unterkriegen lassen.

Sie hatte zu malen begonnen, nachdem Roberto ihr nahegelegt hatte, in ihrem Zustand nicht mehr zu arbeiten. Als wäre ihr Körper im Büro oder im Werksverkauf der Gefahr der Überanstrengung ausgesetzt. Es war so lächerlich, so durchsichtig. Seit dieser Mensch seinen Fuß über die Schwelle von Capre di Capri gesetzt hatte, versuchte er, sie hinauszudrängen. Die Firma war zu klein für drei Leute in Führungspositionen, und dass in Wirklichkeit er der Überflüssige war, wollte Roberto natürlich nicht einsehen.

Nur an zwei Tagen pro Woche nahm Elisa jetzt noch ihren Platz im Büro ein. Eng war es darin geworden, seit auch Roberto seinen Schreibtisch dort stehen hatte. Elisa hatte sich geweigert, ihm den ihren zu überlassen.

Zum Glück war Elisa nicht so leicht zu ersetzen. Unter anderem war sie die Einzige, die gut genug Deutsch und Englisch konnte, um mit den Einkäufern der ausländischen Firmen zu telefonieren. Dafür wurde sie noch gebraucht, mit Betonung auf *noch*. Roberto schlug neulich vor, der Renzi zu kündigen und eine Sekretärin einzustellen, die Fremdsprachen beherrschte. Mit dieser Idee war er bei Edoardo allerdings auf kein positives Echo gestoßen.

Mit einer anderen schon.

»Was hältst du davon, wenn wir in der Saison Werksführungen anbieten?«, hatte Roberto gestern, beim Abendessen, zu Edoardo gesagt.

Elisa wäre ihrem Ehemann am liebsten ins Gesicht gesprungen. Genau diesen Vorschlag hatte sie vor ein paar Wochen geäußert. Da hatten beide, ihr Vater und Roberto, unisono Bedenken angemeldet. Es würde die Weberinnen bei der Arbeit stören, es wäre ein Sicherheitsrisiko, es könnten sich Spione der Konkurrenz einschleichen, oder Vertreter der Aufsichtsbehörden, und, und, und… Nun fing Roberto erneut davon an, und ihr Vater tat, als wäre dies eine der grandiosesten Ideen des Jahrhunderts. »Bravo, Roberto«, lobte er seinen Schwiegersohn. »Das ist ein guter Vorschlag. So etwas mögen die Touristen. Die Schnapsfabrik macht das auch, und sie verkaufen dabei wie wild.«

»Entschuldigung!«, intervenierte Elisa. »Das mit den Werksführungen war meine Idee. Und ihr zwei hattet alle möglichen Einwände!«

»Das mag sein, *amore*, aber sie kam zum falschen Zeitpunkt«, versetzte Roberto, der neben ihr saß und sich gerade eine Ladung Pasta auf den Teller lud.

»*Stronzo!*« Arschloch. Elisa genoss es, zu beobachten, wie sein Kiefer sich anspannte und seine Hand zuckte. Aber er beherrschte sich. Was blieb ihm auch anderes übrig?

Carmela dagegen riss entsetzt die Augen auf und stieß ihren Ciro mit dem Knie unter dem Tisch an. Die beiden tauschten einen Blick, schwiegen aber, um nicht ins Kreuzfeuer zu geraten. Das junge Ehepaar Mariuzzo kam mindestens dreimal in der Woche zum Essen. Carmela verstand sich nicht allzu gut mit ihren Schwiegereltern, vor allen Dingen aber störte sie sich an Großmutter Lucia, jener Alten, die sich vehement und erfolgreich gegen Wasser und Seife sträubte. Wann immer Carmela über deren Ausdünstung, die das ganze Haus verpestete, jammerte, dachte Elisa: Das hast du verdient. Das und noch Schlimmeres!

Es gab tatsächlich etwas, das für Carmela noch schlimmer war. Nach fast anderthalb Jahren Ehe war sie nach wie vor nicht schwanger. Anders als Elisa wünschte sie sich nichts auf der Welt mehr als ein Kind von ihrem Ciro. Mit Genugtuung registrierte Elisa die neidischen, verstohlenen Blicke, die ihre Schwester auf ihren Bauch warf. Wäre sie abergläubisch, hätte sie sich vielleicht davor gefürchtet. Nein, sie hatte kein Mitleid mit ihrer Schwester. Früher hatte sie Carmela nur verachtet, weil sie ganz einfach dumm war wie ein Kürbis am Wegrand, doch seit Carmela ihre Flucht vereitelt hatte, hasste Elisa sie mit Inbrunst. Aber sie hatte dazugelernt, sie ließ sich ihre Gefühle nicht anmerken und behandelte ihre Erzfeindin mit milder Freundlichkeit.

Im Stillen aber schwor sie beinahe jeden Tag, sich eines Tages für den Verrat an Carmela zu rächen.

Ihre Eltern taten, als hätten sie das Schimpfwort nicht gehört, bis auf Zia Stefania, die meinte: »So etwas sagt man bei uns nicht zu seinem Mann, Wilhelmine! Silvano, du darfst dir das von der Deutschen nicht gefallen lassen.«

Elisa lächelte ihrer Großtante zu und wandte sich dann an ihren Vater. »Und du? Du hörst dir seelenruhig an, wie er sich mit meinen Ideen brüstet. Leidest du etwa an Gedächtnisverlust?«

»Aber Figlia, es ist doch völlig egal, von wem die Idee stammt. Wir sind doch ein Familienunternehmen.«

»Ach, jetzt plötzlich! Gehöre ich nicht mehr zu dieser Familie? Warum duldest du, dass dieser *cretino* mich übergeht und rausdrängt?«

»Du bist schwanger, Elisa. Du wirst bald anderes zu tun haben, als dich um die Firma zu kümmern.«

»Fahrt zur Hölle, alle miteinander!«

Elisa stand auf und verließ den Tisch. Schwangere waren sakrosankt, hatten quasi Narrenfreiheit, das wusste sie genau, und niemand konnte ihr vorwerfen, dass sie diese Freiheit nicht bis an die äußerste Grenze und manchmal auch darüber hinaus ausreizte. Die ganze Familie fieberte der Geburt entgegen, um endlich, so hofften sie, wieder halbwegs sicher zu sein vor Elisas Bosheiten.

Sie ging hinüber in ihre Wohnung und setzte sich mit einem Buch auf die Bank, die vor der Tür stand, denn der Abend war noch lau.

»So redest du nicht mehr mit mir vor allen anderen!«, fuhr Roberto sie an, als er eine Stunde später vom Essen kam.

»Wie willst du das verhindern?«, fragte Elisa.

»Treib es nicht zu weit, ich warne dich.«

»Du bist so armselig! Setzt dich hier ins gemachte Nest und gibst den großen Zampano. Dabei hast du keine Ahnung.«

»Jetzt wirst du unsachlich.«

»Unsachlich? Gut, Roberto, ein kleiner Test. Nenn mir die Namen der Weberinnen der Kaschmirdecken.«

»Der Weberinnen?«

»Das sind die Frauen, die an den Webstühlen sitzen. Du hast ihnen doch allen am Anfang die Hand gedrückt und sie schmierig angelächelt. Nenn mir zwei Namen, nur zwei. Wie heißt die Vorarbeiterin, wie ihre Stellvertreterin?«

»Herrgott, ich habe sie vergessen. Ich komme nicht so oft in die Halle.«

»Ja, klar, was hätte der feine Herr da auch zu suchen?«, höhnte Elisa. »Sie heißt Anna Carbone, sie ist zweiundfünfzig, ihr Mann war bis vor zwei Jahren Mesner in der Kirche San Michele, ehe er starb. Sie hat zwei erwachsene Söhne, einer ist leicht behindert. Die andere heißt Rosalia...«

»Hör schon auf!«, herrschte er sie an. »Es ist nicht meine

Aufgabe, die Namen und Familiengeschichten jeder Weberin zu kennen. Ich kümmere mich um das Produkt, um Absatzmärkte, das erhält ihre Arbeitsplätze. Das ist wichtiger.«

»Geschwätz!«, schrie sie ihn an. »Ohne diese Frauen können wir einpacken. Also merk dir wenigstens ihre Namen, und wenn du das nächste Mal durch die Halle stolzierst, dann grüß gefälligst jede von ihnen und erweise ihnen Respekt. Heilige Muttergottes, dass mein Vater auf so einen Blender hereinfallen und mich an ihn verschachern musste!«

Roberto riss sich auch jetzt eisern zusammen. Natürlich wollte er sich nicht nachsagen lassen, seine hochschwangere Frau zu schlagen, und es sich dadurch mit seinem Schwiegervater verderben. Das beabsichtigte sie doch nur, es war leicht zu durchschauen.

Elisa kehrte ihm den Rücken, ging ins Haus und schloss sich im zukünftigen Kinderzimmer ein. Das war ein weiterer Vorteil dieser Schwangerschaft: Er ließ die Finger von ihr, in jeder Hinsicht. Obwohl, zugegeben, der Sex mit Roberto nicht das schlimmste Übel an ihrer Ehe war – wenn man von den Folgen einmal absah. Er bot ihr wenigstens ein Ventil für ihre Wut, und es zeugte nur von Robertos Ahnungslosigkeit und Selbstüberschätzung, dass er die Aggression, die sie dabei zuweilen an den Tag legte, mit Leidenschaft verwechselte.

* * *

Drei Wochen später war es so weit. Am frühen Morgen setzten die Wehen ein, und Roberto fuhr sie nach Capri ins Krankenhaus. Es war früh genug, aber Elisa war froh, als sie dort war. Die Schwestern, die Hebamme, sie alle strahlten Ruhe und Kompetenz aus, Elisa fühlte sich bei ihnen sicher. Sie schickte Roberto weg. Er sollte ihre Mutter herbringen, nur ihr erlaubte sie, bei der Geburt dabei zu sein. Auf gar keinen Fall sollte Roberto sie in dieser misslichen Lage zu sehen bekommen.

Die Geburt verlief im Großen und Ganzen normal und ohne Komplikationen, aber sie war nichts, was Elisa noch einmal durchleben wollte. Allerdings hatte man noch nie eine Gebärende erlebt, die während der Wehen fortwährend Familienmitglieder verfluchte, ganz besonders ihre Schwester und ihren Ehemann, welche sie beide inbrünstig zur Hölle wünschte.

Angela war dieses Verhalten peinlich, sie mahnte ihre Tochter zur Mäßigung.

»Lassen Sie sie, Signora, wenn es ihr hilft«, meinte die Hebamme.

Am frühen Nachmittag erblickte ein kleiner Junge das Licht der Welt. Elisa liebte ihn von der ersten Sekunde an. Das war ihr Fleisch und Blut, entstanden und gewachsen in ihrem Körper. Es war das reinste Wunder, sie begriff es erst jetzt, da sie ihn sah. Er gehörte ihr, sie wollte ihn mit niemandem teilen. Widerwillig ließ sie zu, dass Angela ihn kurz nahm, aber sie ließ ausrichten, dass sie sich erholen und niemand anderen sehen wolle. Roberto kam trotzdem. Stolz trug er seinen Sohn im Zimmer herum. Elisa war erleichtert, als er wieder weg war.

»Papà und Carmela sollen mir vom Leib bleiben«, sagte sie zu Angela.

»Ach, Kind. Woher kommt nur diese ganze Wut?«

»Von euch«, sagte Elisa, und dann schlief sie sein.

Als sie wach wurde, saß Angela noch immer an ihrem Bett. Das Kind war verschwunden. Mit einem Ruck fuhr sie in die Höhe.

»Wo ist der Kleine?« Sie hatten sich noch nicht auf einen Namen einigen können.

»Auf der Säuglingsstation, so wie die anderen auch.«

»Ich will ihn hier haben!«

»Elisa, beruhige dich. In einer halben Stunde bringen sie ihn dir zum Stillen.« Angela ergriff ihre Hand. »Es ist alles gut. Ruh dich aus.«

Elisa sank in die Kissen. Sie musste weg hier, das alles gefiel ihr nicht.

»Als du geboren wurdest, ging es mir genauso«, lächelte Angela. »Wenn Stefania oder Edoardo dich auch nur auf den Arm nahmen, wurde ich unruhig. Sie könnten dich falsch halten, sie könnten dich fallen lassen... Das sind die Hormone, weißt du. Das legt sich mit der Zeit.«

Hormone. Dieser Begriff musste neuerdings für alles herhalten, was man bisher als Launen oder Hysterie bezeichnet hatte. Sie erwiderte den Händedruck und lächelte. Eine Weile schwiegen sie, dann sagte Angela: »Ich weiß, dass du mich verachtest und für dumm hältst...«

»Nein, das stimmt nicht«, protestierte Elisa matt. »Ich verstehe nur nicht, dass du dir alles von Papà gefallen lässt.«

»Weil ich nur ihn habe«, sagte Angela. »Ihn und euch, meine Familie. Meine Mutter war schon tot, als ich Edoardo geheiratet habe, mein Vater war ein Säufer, er starb kurz danach. Ich bin nur sechs Jahre zur Schule gegangen, ich konnte nichts. Was hätte ich tun sollen, wohin hätte ich gehen sollen, wenn er mich verstoßen hätte?«

»Aber Mama! Sieh das doch mal von der anderen Seite. Wo wäre er denn ohne dich?«

»Ich war es immer gewohnt zu gehorchen«, fuhr Angela fort. »Ich kann Streit nicht leiden. In meiner Familie haben sie ständig gestritten, es ging schrecklich zu, du kannst es dir nicht ausmalen. Das wollte ich nicht für euch.«

»Aber du hättest dich trotzdem ab und zu wehren sollen, um dir Respekt zu verschaffen.«

»Kann sein«, gestand Angela ein. »Das sehe ich heute auch so.«

»Etwas spät«, meinte Elisa anklagend. »Es ist auch deine Schuld, dass ich nun in der Falle sitze.«

»Aber Elisa! Was für eine Falle? Du hast einen guten Mann, einen Sohn, du arbeitest in der Firma mit, und ich werde dir helfen, wo ich kann. Probleme gibt es überall.«

»Das Problem ist, dass ich mich nicht für dieses Leben, diesen Mann, entschieden habe, sondern ihr.«

»Roberto ist kein Ungeheuer. Er ist ein ganz normaler Mann. So wie … wie andere auch.«

»So wie Papà, wolltest du das sagen? Sie sind beide aus demselben Holz, nicht wahr? Lauter kleine Tyrannen.«

»Wir wollten dein Bestes, Elisa, das musst du uns glauben.«

»Denkst du auch, dass ich schuld an Niccolòs Tod bin? Ich wollte auch nur sein Bestes, als ich ihm das Schwimmen beibrachte.«

»Natürlich bist du nicht schuld, Elisa. Tief im Herzen weiß das auch dein Vater.«

»Und doch hat er sich an mir gerächt, indem er mich mit diesem Schwachkopf verheiratet hat.«

»Ach, Elisa«, seufzte ihre Mutter. »Du bist so intelligent, aber auch so dumm. Immer willst du mit dem Kopf durch die Wand. Dein Vater liebt dich sehr, mehr als Carmela. Deine Schwester hat gewiss nicht deinen hellen Kopf, Elisa, aber wo du widerborstig bist, ist sie geschmeidig wie ein Fisch. Sie hat am Ende erreicht, was sie wollte, ohne viel Kampf und Drama. Aber an dir und deinem Widerspruchsgeist hat Edoardo sich ständig aufgerieben. Das war nicht klug von dir.«

Elisa dachte über diese Worte nach. »Da ist etwas Wahres dran«, lenkte sie ein. »Es tut mir leid für dich. Du hättest eine bessere Tochter verdient.«

»Nicht doch«, sagte Angela und legte ihre Hände um die ihrer Tochter. »Elisa, du denkst, du müsstest immerzu kämpfen. Aber das hält niemand durch. Erlaube dir, zufrieden zu sein. Arrangiere dich, mach das Beste aus dem, was du hast. Du wirst sehen, es ist eine ganze Menge.«

Wie auf ein Stichwort erschien an dieser Stelle die Krankenschwester mit dem Säugling auf dem Arm. Nur das rote Gesichtchen schaute zwischen den weißen Tüchern hervor. »Da kommt Ihr kleiner Piero, Signora.«

»Piero?«

»Ihr Mann hat diesen Namen angegeben. Piero passt doch zu ihm, finden Sie nicht?«

Das Echo der Worte ihrer Mutter hallte noch in Elisas Ohr. *Arrangiarsi*. Eine sehr italienische Tugend. Den Mangel verwalten, geschmeidig sein, sich anpassen, hindurchmogeln, das Maximum aus dem Gegebenen herausholen. Wozu einen Streit um den Namen des Jungen entfachen? Sie selbst hatte noch keinen Vorschlag. Der richtige Name, hatte sie gedacht, würde ihr einfallen, wenn sie das Kind erst zu sehen bekäme. Piero war Robertos verstorbener Großvater mütterlicherseits. Nun, warum nicht? Hauptsache, er wurde weder ein Silvano noch ein Edoardo.

* * *

Pieros Geburt änderte alles. Elisas Gleichgültigkeit, ja beinahe Abscheu, die sie während ihrer Schwangerschaft für dieses in ihr wachsende Wesen empfunden hatte, verkehrte sich ins genaue Gegenteil. Ihre Arbeit in der Firma, die Elisa bisher so wichtig gewesen war, war ihr nun häufig lästig. Am liebsten hätte sie sich vierundzwanzig Stunden am Tag nur um dieses zauberhafte Wesen gekümmert, das sie hervorgebracht hatte. Aber sie erfüllte ihre Pflicht. Sie wollte sich nicht nachsagen lassen, sie sei unzuverlässig. Außerdem ahnte sie trotz ihrer überbordenden Muttergefühle, dass irgendwann wieder andere Zeiten kommen würden. Wenn Piero älter war, zur Schule ging, dann wäre Elisa wieder froh um eine sinnvolle Beschäftigung außerhalb von Haushalt und Mutterschaft. Sie durfte den Faden zum Familienunternehmen nicht abreißen lassen. Roberto wartete doch nur darauf!

Eines musste Elisa zugeben: Hausarbeit war nicht ihre Lieblingsbeschäftigung und schlug in ihrem Tagesplan wenig zu Buche. Ihre Mutter kochte am Abend wie selbstverständlich für alle, und wenn Elisa sich doch einmal selbst an einer Mahlzeit versuchte, dann würgte Roberto sie nur widerwillig hinunter. Nach einer besonders misslungenen Lasagne fragte er sie, ob sie ihn langsam vergiften wolle.

»Wieso langsam?«, erwiderte Elisa.

Praktischerweise frönte Zia Stefania gern ihrem ausgeprägten Putzfimmel. Die verwirrte Großtante konnte es nicht lassen, den Anbau, den sie für Roberto und Elisa wieder frei gemacht hatte, regelmäßig einer gründlichen Säuberung zu unterziehen. Sie ging dabei sporadisch und manchmal etwas planlos vor, und bisweilen wunderte sie sich über die fremden Möbel, aber sie staubte sie trotzdem ab. Ganz besonders hatte es ihr die neue Waschmaschine angetan. Stundenlang saß sie manchmal auf einem Schemel vor dem Bullauge und widmete sich der Wäschebeobachtung. Elisa hatte sie gerne um sich und war ihr dankbar für jede Hilfe. Roberto den Dreck wegzuputzen und seine Wäsche zu waschen war nichts, worum sie sich gerissen hätte.

Die Zeit, die ihr dadurch blieb, gehörte allerdings nicht ihr, sondern zum größten Teil dem Familienunternehmen Capre di Capri. Die Muster für die neue Deckenkollektion zeichnete sie auf der Pergola ihres Elternhauses, neben sich den kleinen Piero im Kinderwagen. Mit dem Entwurf allein war es noch längst nicht getan, das Bild musste übertragen werden in einen Plan für die Weberinnen, am besten mit diesen zusammen. Anna Carbone war dabei ihre liebste Partnerin, sie verstand am besten, worauf es ankam, und wenn sie Einwände hatte, hörte Elisa auf die erfahrene Frau. Es mussten Farbproben gesichtet werden, und dann konnte man nur hoffen, dass die Färberei den Ton richtig hinbekam. Wurden die neuen Deckenmodelle dann endlich gewebt, saß Elisa oft tagelang neben dem Webstuhl und nahm, wo nötig, letzte Korrekturen vor. Sie liebte diese Arbeit. Das Klappern der acht Webstühle hatte sie von Kind an begleitet. Sie hatte die Umsetzung der Musterpläne in gewebte Kunst über die Jahre perfektioniert, sie wusste, wo die Schwierigkeiten lagen, was ging und was nicht. Weder ihr Vater noch Roberto konnten Elisa darin ersetzen.

Das sollte sie ihnen vielleicht öfter einmal klarmachen, dachte sie.

Wenn sie mit den Auslandskunden telefonierte, nahm sie Piero kurzerhand mit ins Büro. An diesen Tagen durfte Edoardo dort nicht rauchen, anderenfalls riskierte er bösen Ärger mit Elisa.

Ihren Vater hatte man lange nicht mehr so zufrieden gesehen. Der kleine Piero war zwar kein Ersatz für den verstorbenen Niccolò, aber Edoardo war dennoch hingerissen von seinem ersten Enkel. Wenn Piero im *ufficio* zu quengeln begann, schob er ihn eigenhändig auf dem Hof der Firma herum, zeigte ihn voller Stolz den Arbeiterinnen und schaukelte den Wagen durch die Gegend, bis der Kleine wieder eingeschlafen war. Einmal nahm er ihn sogar mit in seine Stammbar. Elisa, die schon das ganze Firmengelände nach den beiden abgesucht hatte, stand kurz vor einer Panikattacke, als die beiden zurückkamen, der stolze Großvater leicht angesäuselt, sein Enkel friedlich schlummernd.

Auch Carmela liebte ihren Neffen, doch Elisa sah es nicht gern, wenn Carmela mit ihm alleine war. War der Kleine bei Angela, musste ihre Mutter ihr versprechen, ihn selbst zu beaufsichtigen und nicht ihrer Schwester zu überlassen.

»Das ist verrückt, Elisa. Für dein Misstrauen gibt es keinen Grund.«

»Ich will es nicht. Versprich es mir.«

»Gut, meinetwegen. Aber es kränkt sie.«

»Ist mir doch egal.« Um jemandem sein Kind zu überlassen, brauchte es Vertrauen, und das würde Elisa zu ihrer Schwester nie wieder haben.

»Könnt ihr zwei Streithennen nicht endlich einmal Frieden schließen?«, schnaubte Angela am Ende ihrer Geduld.

»Dazu besteht überhaupt kein Grund.«

Natürlich würde Carmela dem Baby nichts antun, Elisas Verstand sagte ihr das, aber in allem, was Piero anging, hörte sie lieber auf ihre Instinkte.

»Das wird schon noch, das sind nur die Hormone«, hörte sie Roberto zu Ciro sagen. Die beiden saßen beim Aperitivo auf der Terrasse und hatten Elisa nicht kommen gehört. Anscheinend hatte Carmela sich bei ihrem Mann beklagt und dieser bei Roberto. »Manche Frauen drehen nach einer Geburt regelrecht durch, sind ständig am Heulen«, fügte er hinzu.

Na so was! Roberto, der große Frauenversteher, höhnte Elisa im Stillen auf ihrem Lauschposten.

»Aber sie heult nicht. Sie ist nur gemein zu meiner Frau«, jammerte Ciro. »Was hat sie ihr nur getan, dass sie sie so grausam behandelt?«

Dieser rothaarige Waschlappen! Soll er seiner Frau doch selbst ein Kind machen, dann würde sie Ruhe geben.

»Warte nur, bis es bei euch so weit ist. Dann gehst auch du durch die Hölle, du wirst schon sehen.« Roberto lachte und klopfte seinem Schwager auf die Schulter.

Roberto, noch ganz erfüllt von seinen Vaterfreuden, gab sich generös und gestattete seiner Frau, bei Ricarda Fagosta, einer lokal bekannten Künstlerin aus Capri-Stadt, Malstunden zu nehmen. Immerhin, meinte er gönnerhaft, könne man Elisas Deckenentwürfen ansehen, dass in ihr eine kleine Künstlerin schlummerte. Elisa nahm das zweifelhafte Kompliment mit einem süffisanten Lächeln entgegen und sparte sich die Frage, woher er wisse, ob das, was in ihr schlummerte, groß oder klein war. Bestimmt war er froh über dieses neue Hobby seiner Frau. Denn solange diese malte, mischte sie sich wenigstens nicht in die Belange der Firma ein.

* * *

Ricarda Fagosta war ledig und das, was man eine Frau unbestimmten Alters nannte. Also irgendetwas zwischen vierzig und sechzig, Elisa konnte sich beim besten Willen nicht festlegen, zumal die Künstlerin, deren Bilder für kräftigen, pastösen Farbauftrag standen, diese Technik auch bei der Bemalung des eigenen Gesichts anwandte. Sie hatte lockiges, rot gefärbtes Haar, das sie mithilfe glitzernder Spangen und bunter Tücher zu kunstvollen Gebilden auftürmte, dazu trug sie derbe Latzhosen über einem alten Männerhemd. Sie lebte und arbeitete in einem schmalen Haus in der Via Posterula und hatte dort das gesamte oberste Stockwerk für sich. Ihr Atelier besaß ein großes Giebelfenster nach Osten, durch das viel Licht, aber nicht die pralle, erbarmungslose Sonne fiel, allenfalls am Morgen, wenn sie noch sanft und golden war. Die Malstunden fanden jedoch für gewöhnlich an den Nachmittagen statt.

Die Künstlerin hatte ein Faible für großflächige Bilder, Wohnung und Atelier waren damit vollgestellt, es war das reinste Labyrinth. Elisa hatte fürs Erste zwölf Einzelstunden gebucht. Sie ließ den Kinderwagen im Hausflur stehen – hoffentlich wurde er nicht gestohlen – und schleppte Malsachen und Baby hinauf ins Dachgeschoss.

»*Buongiorno*, Signora Fagosta!«, keuchte sie, als sie oben ankam.

»Wen haben wir denn da?«, strahlte die Malerin.

»Das ist mein Sohn Piero«, sagte Elisa, ehe sie merkte, dass die Frau gar nicht das Kind meinte, sondern sie selbst.

»Endlich lerne ich die Frau kennen, die diese wunderbaren Decken macht. Ich konnte mir bisher noch keine davon leisten, aber ich bewundere sie jedes Mal, wenn ich in den Geschäften eine sehe.«

»Danke, Signora Fagosta.«

»Ricarda. Sag um Himmels willen Ricarda zu mir, unter Künstlerinnen duzt man sich.«

Bei so einer Begrüßung fühlte Elisa sich gleich gut aufgehoben.

Ricarda schleuste ihre Schülerin durch die enge Wohnung bis ins Atelier. Sie räumte einen Sessel frei, auf den Elisa den schlafenden Piero legen konnte. Die Malerin betrachtete das Kind mit einiger Skepsis, aber sie sagte nichts dazu. Elisa hatte sich ausbedungen, Piero mitnehmen zu dürfen.

»Dann lass mal sehen, was du bisher gemacht hast.«

Elisa gab ihr die Mappe mit ihren gesammelten Werken. Angespannt beobachtete sie, wie die Expertin Blatt für Blatt betrachtete. Ihr Mienenspiel war unergründlich, aber Begeisterung sah anders aus. Schließlich klappte sie den Deckel zu. Elisa wartete ängstlich auf das Urteil.

»Deine Technik ist nicht schlecht, darauf kann man aufbauen. Ich sehe da viel Kraft, viel Wut auch, aber alles gezügelt, alles klein-klein, und dann diese viel zu schönen Motive. Das sind keine Wolldecken, Elisa, deine Bilder müssen nicht gefallen, nicht mal dir selbst.«

»Nicht?« Elisa war einigermaßen ernüchtert. Eben hatte sie die Decken doch noch gelobt, jetzt machte sie sie schlecht, oder wie sollte sie das verstehen?

»Deine Bilder müssen ein Aufschrei sein. Sie müssen ausdrücken, was du fühlst. Du musst es rauslassen.«

»Und wie mache ich das, es rauslassen?«

»Steh auf!«

Ricarda führte sie an eine große Staffelei. Über einen Rahmen von gut einem Meter zwanzig Durchmesser war eine Leinwand gespannt, darunter lag eine ausgebreitete Plastikfolie. Auf dem verkleckerten Tisch befanden sich allerlei Utensilien; Spachtel, Messer, Drähte, Lappen, Radiergummis, dazu zwei Einmachgläser voll mit Pinseln, feine und grobe. Außerdem standen da Farbdosen, die Ricarda jetzt der Reihe nach mithilfe eines abgebrochenen Malerspatels öffnete. Sie stellte das Glas mit den feinen Pinseln beiseite. »Die brauchst du nicht, heute sind wir nicht filigran, heute sind wir wüst.« Sie legte die groben Pinsel auf den Tisch, den breitesten drückte sie Elisa in die Hand. »So, und jetzt male!«

»Aber … aber was denn?«

»Egal. Und wenn es nur Striche sind oder Kleckse. Such dir die Farben aus, nach denen dir gerade ist. Du kannst nichts falsch machen, Elisa! In der Kunst gibt es kein Richtig und kein Falsch. Schütte meinetwegen die Farbe gegen die

Leinwand, aber mach was! Sei leidenschaftlich, drück dich aus.«

»Das ist ungewohnt«, gestand Elisa. »Bisher habe ich mir immer ein Motiv gesucht. Ich wollte etwas darstellen, wenn auch auf meine Art.«

»Jetzt stellst du dich und deine Gefühle dar.« Ricardas schwarz umrandete, türkisfarbene Augen leuchteten auf. »Du kommst schließlich von der Insel Capri, hier leben seit jeher die Künste. Das ist dein Erbe, das verpflichtet. Du willst doch keine Hausfrau sein, die hübsche Bilder von Blumen malt. Du hast eine Künstlerseele, befrei sie! Sei wild, sei wütend!«

Elisa starrte die Malerin mit offenem Mund an. War sie ein bisschen verrückt? Künstlerseele! Warum sprach sie immer wieder von Wut? Woher ahnte diese Ricarda, welche Gefühle in ihr brodelten? War es nicht vielleicht besser, diese dunklen Empfindungen an Ort und Stelle zu lassen?

»Was ist? Genierst du dich, hast du Angst?«

»Und wie!«, gab Elisa zu.

Ihre Lehrerin lächelte aufmunternd. »Nur Mut. Du kannst hier tun, was du willst, es dringt nichts nach außen. Wenn du dabei lieber allein bist, verschwinde ich so lange.«

»Das wäre mir lieber«, stieß Elisa erleichtert hervor.

Ricarda verließ das Atelier, Elisa hörte sie in der Küche hantieren. Es klang, als kochte sie Kaffee. »Entdecke deine weibliche Urkraft!«, hörte Elisa ihre Lehrerin über das Blubbern einer Espressokanne hinweg rufen.

Leicht gesagt. *Ein Aufschrei. Weibliche Urkraft.* Was meinte sie damit? Plötzlich musste Elisa an Pieros Geburt denken. Das war ein Akt weiblicher Urkraft gewesen, und was für einer. Meinte Ricarda das damit? Elisa nahm den groben Pinsel und mischte sich ein giftiges Rot. Dann holte sie tief Atem und zog ihren ersten derben Strich.

Binnen einer knappen Stunde warf Elisa ihr abstraktes Werk auf die Leinwand. Sie merkte nicht, wie die Zeit verging, und als sie den Pinsel niederlegte, stand ihr der Schweiß auf der Stirn. Sie fühlte sich großartig, ein bisschen wie nach einem Kampf. Hinter ihr ertönte ein Räuspern. Ricarda hatte sich ins Atelier geschlichen. Wie lange saß sie da schon und sah ihr zu? Egal. »Das«, rief Elisa enthusiastisch, »war besser als...« Ihr fehlte ein passender Vergleich. Besser als *alles*, dachte sie.

»Besser als Sex?«, ergänzte Ricarda.

Elisa wurde rot und kicherte.

Ricarda trat vor die Leinwand und betrachtete das Bild, auf dem man nichts erkennen konnte außer einer überwiegend roten Farbexplosion, mit einem anerkennenden Lächeln. »Ich würde es *Die Geburt* nennen.«

»Woher weißt du...?« Elisa starrte ihre Lehrerin fassungslos an.

»Dein Piero ist dein erstes Kind, also war seine Geburt bestimmt ein einschneidendes Erlebnis, das auch noch nicht lange zurückliegt. Es war klar, dass du dich an dieses existenzielle Gefühl erinnert hast.«

»Besonders, nachdem du das mit der weiblichen Urkraft gesagt hast. Du hast mich manipuliert«, stellte Elisa fest, aber sie lächelte dabei.

»Ich habe dir nur auf die Sprünge geholfen, das ist mein Job«, sagte Ricarda. »Außerdem betrachte ich dieses Bild als die Geburt deines schlummernden Talents.«

Der Unterricht hatte nicht nur Einfluss auf Elisas Malstil, der sich erst einmal komplett wandelte, das Malen bei Ricarda Fagosta wurde zu einem wichtigen Teil in Elisas Leben. Es ging nicht immer so wild zu wie in der ersten Stunde, Ricarda brachte ihrer Schülerin unterschiedliche Techniken bei.

»Du sollst möglichst viel kennenlernen. Nur so findest du raus, was du am liebsten machst und am besten kannst.«

Einen ganzen Nachmittag lang übte sie den Umgang mit Bleistiften verschiedener Härtegrade. Es war faszinierend, simple Bleistifte waren wie gemacht für ein Spiel mit Licht und Schatten. Sie lernte die Regeln des botanischen Zeichnens. Dabei war wenig Fantasie gefragt, vielmehr eiserne Disziplin. Nicht nur jedes Blatt, sogar jede Ader eines Blattes musste exakt vermessen und maßstabsgetreu zu Papier gebracht werden, und der Farbton musste so lange gemischt werden, bis er dem Original entsprach.

»Das ist so mühsam!«, jammerte Elisa. »Ich werde noch wahnsinnig dabei. Ein ganzer Tag für ein einziges Blatt!«

»Wer das kleine Einmaleins nicht kann, wird nie vernünftig rechnen können«, erwiderte die strenge Lehrerin. Am Ende dieser Geduldsprobe, die sich über vier Nachmittage hinzog, beherrschte Elisa die Grundlagen der Farbenlehre und konnte jeden Ton exakt mischen. Als Nächstes ging es an die Aquarelle, aber zwischendurch durfte Elisa immer wieder ein Bild malen, ähnlich dem ersten, bei dem sie nicht nachdachte und einfach nur auf die Leinwand brachte, was ihr in den Sinn kam. Ihre innere Anspannung, die Wut, die stets unter der Oberfläche schwelte, das alles fand in der abstrakten Malerei ein Ventil, was zur Folge hatte, dass sie zu Hause umgänglicher wurde. Dies nahmen sämtliche Familienmitglieder erleichtert zur Kenntnis, besonders Roberto. Aus seiner Sicht waren die Malstunden eine gute Investition. Zwischendurch erkundigte er sich allerdings, wann man denn ein Ergebnis zu sehen bekäme.

Sie hielt ihn zuerst hin und zeigte ihm schließlich die Bleistiftskizzen, die botanischen Studien und die Pflanzenaquarelle.

»Das ist alles?«

»Es ist schwieriger, als es aussieht. Ich brauche Stunden, nur für ein Blatt.«

Er schüttelte den Kopf, aber damit war das Thema erst einmal vom Tisch.

Je weiter der Sommer fortschritt, desto unerträglicher wurde die Hitze im Atelier. Piero schlief nicht mehr auf dem Sessel durch, wie am Anfang, er begann oft schon nach einer halben Stunde zu quengeln, und sie musste ihn stillen, und selbst das half nicht immer. Er, der sonst gut trank, schien in dieser Umgebung ihre Ungeduld zu spüren, er zappelte herum und schrie. Das war nicht der Sinn der Lektionen, erkannte Elisa, das ging so nicht weiter.

»Wir sollten rausgehen«, meinte Ricarda. »Landschaftsmalerei bietet sich auf Capri schließlich an. Dann kriegt dein Mann auch endlich etwas, das er sich übers Sofa hängen kann.«

Ricarda kannte Roberto nicht persönlich, aber Elisa hatte ihr schon einiges über ihn erzählt.

»Wieso magst du ihn nicht, ist er hässlich?«, fragte sie irgendwann.

»Wer sagt, dass ich ihn nicht mag?«

»Deine Bilder. Und die Art, wie du über ihn sprichst.«

»Er ist nicht hässlich, er sieht sogar recht gut aus. Er gefällt nur mir nicht.« Elisa deutet auf ihr Kinn. »Er hat da so ein albernes Grübchen.«

»Oh, wie scheußlich!«, rief die Malerin, und beide mussten lachen.

»Es ist aber nicht nur das, oder?«, fragte Ricarda.

»Nein. Mich stört grundsätzlich, dass er mein Ehemann ist.«

»Es hilft ungemein, eine Kunst zu beherrschen«, meinte Ricarda. »So hast du etwas für dich, das dir keiner nehmen kann.«

Elisa sah schließlich ein, dass sie Piero nicht überallhin mitnehmen konnte. Am Strand mochte es noch angehen, aber es wäre fahrlässig, ein Baby mit auf einen Felsen zu schleppen, von wo sie die Küstenlinie malen wollte. Außerdem hegte sie insgeheim den Wunsch, in diesen wenigen Stunden ganz für sich und unabhängig von den Bedürfnissen des Säuglings zu sein.

Sie bat Angela, während der wöchentlichen Malstunden

auf Piero zu achten. Sie waren in der Küche, Angela bereitete Tagliatelle zu, denn von den fertigen Teigwaren aus dem Supermarkt hielt sie nicht viel. Elisa hängte die Bandnudeln zum Trocknen über eine Schnur, die über den Tisch gespannt war. Bei dieser Arbeit konnte sie nicht viel verderben.

Ihre Mutter freute sich über die Bitte. Sie fand ohnehin, dass Elisa sich allzu sehr an den Kleinen band. »Du darfst ihn nicht ständig mit dir herumschleppen, er wird sonst ein *mammone*, ein Muttersöhnchen. Ich werde gut auf ihn achten, mach dir keine Sorgen.« Sie beugte sich über Piero, der in seinem fahrbaren Gitterbett lag und an einer Gummiente nagte, und kitzelte den Kleinen mit ihrem bemehlten Finger am Kinn. Er gab einen gurrenden Laut von sich.

»Das weiß ich. Mama, ich wollte dich noch etwas anderes fragen. Kann ich ein paar von meinen Bildern in Niccolòs Zimmer stellen? In Ricardas Wohnung können sie nicht bleiben, da ist es zu eng.«

»Habt ihr denn nicht genug Platz bei euch drüben?«, wunderte sich Angela.

»Ich will nicht, dass Roberto sie sieht. In das Zimmer geht er bestimmt nicht.«

Angela hörte auf, die Kurbel der Nudelmaschine zu drehen, und blickte ihre Tochter misstrauisch an. »Wieso darf Roberto die Bilder nicht sehen? Was ist denn da drauf?«

»Schweinereien.«

»Elisa!«

»Nichts Besonderes. Sie sind einfach nur privat!«

»Was heißt hier *privat*? Er ist dein Mann!«

»Eben. Was geht ihn mein Privatleben an?«

Wahrscheinlich hätte Roberto ihre Werke als Schmiererei abgetan und genörgelt, die Malstunden seien rausgeschmissenes Geld, wenn so etwas dabei herauskomme. Vielleicht unterschätzte sie ihn aber auch. Womöglich hätte er erkannt, was daraus sprach. So oder so, Elisa wollte auf keinen Fall, dass er sie zu Gesicht bekam. Auf diesen Bildern war sie nackter, als wenn sie einen Akt von ihrem Körper angefertigt hätte. Diese Bilder spiegelten ihre Seele.

Angela schüttelte nur den Kopf und sagte: »Stell sie in den großen Schrank, da schaut nie einer rein.«

»Danke, Mama.«

»Tu du mir auch einen Gefallen«, verlangte Angela. »Sei netter zu Carmela. Sie leidet so sehr darunter, dass sich bei ihr nichts tut.«

»Herrgott, sie ist neunzehn! Sie hat noch viele Jahre Zeit. Wie alt warst du, als Niccolò zur Welt kam? Weit über dreißig.«

»Das sage ich ihr auch jeden Tag, aber sie ist schon ganz verzweifelt. Lass sie doch öfter mit Piero zusammen. Ich bin ja dabei. Wer weiß, vielleicht löst das in ihrem Körper etwas aus, wenn sie häufiger ein Kind auf dem Schoß hat.«

»Was sind denn das für Ammenmärchen?«, amüsierte sich Elisa.

»Das sagt die Hebamme. Es hat angeblich mit den Hormonen zu tun.«

Die Hormone, wieder einmal.

»Meinetwegen«, seufzte Elisa. Wollte sie ungestört malen, musste sie Piero für ein paar Stunden aus der Hand geben, und tat sie das, verlor sie für diese Zeit die Kontrolle. In dieser Familie, das wusste sie, wurde einem nichts geschenkt.

* * *

Der nächste Malnachmittag war ein windstiller, brütend heißer Tag. Unmöglich, im Atelier zu bleiben. Ricarda hatte von einem Bekannten ein kleines Motorboot geliehen, das in Marina Piccola vor Anker lag. Sie trafen sich am Hafen und verstauten die Malutensilien im Boot. Ricarda warf den Motor an und steuerte aus der Bucht. Sie waren nicht die Einzigen. Segelboote und Motorjachten waren unterwegs, es wurden jedes Jahr mehr.

»Schwimmen kannst du doch? Nur für den Notfall.«

»Ja«, sagte Elisa. Sie hatte tatsächlich wieder damit angefangen, denn auch Roberto war gerne am Meer. Das immerhin hatten sie gemeinsam. Er schwamm ausdauernd, aber noch lieber schnorchelte er, während Elisa den Kopf möglichst über Wasser behielt. Sie wollte gar nicht so genau wissen, was sich unter ihr befand.

»Wie sollen wir bloß malen, wenn das Boot so schaukelt?«

»Wir skizzieren bloß. Du musst dich einfach den Bewegungen des Bootes anpassen. Es ist ohnehin kaum Wellengang.«

Elisa hielt das Gesicht in den Wind und ließ ihr Haar flattern. Es war schön, wieder einmal auf einem Boot zu sein.

Ricarda warf den Anker. Vor ihnen lag die Südküste der Insel, mit dem Leuchtturm von Punta Carena zur äußersten Linken und den Faraglioni-Felsen zur Rechten. Über dem Gipfel des Monte Solaro schwebte ein weißes Wölkchen, als würde er rauchen. Ansonsten war der Himmel von einem intensiven Blau, das vom Blau des Meeres noch vertieft wurde.

Ohne sich dessen bewusst zu sein, stieß Elisa einen tiefen Seufzer aus.

»Was ist? Ist dir übel?«, fragte Ricarda.

»Nein, nein. Ich musste nur gerade an jemanden denken. Armando. Sein Vater hatte ein Riva-Boot.«

»Sehr schick! Du hast darin bestimmt toll ausgesehen.«

»Wir beide«, nickte Elisa. »Armando war wirklich schön, nicht nur gutaussehend. Wir waren verlobt. Ich hätte ihn gern geheiratet, obwohl er schwul war.«

»Jetzt wird's interessant.«

»Ich habe es von Anfang an gewusst, aber nicht unsere Väter. Wir spielten auf Zeit. Aber dann sind wir leider aufgeflogen. Er wurde von seinem Vater verprügelt, und ich wurde von meinem verheiratet. Mit Roberto.«

»Da hast du ja schon einiges erlebt für deine jungen Jahre.«

»Jetzt erlebe ich gar nichts mehr.«

»So ein Unsinn! Mach mal die Augen auf, Elisa. Vor uns liegt die schönste Insel der Welt.«

»Leicht gesagt, ich kenne ja nur die Inseln hier im Golf.«

»Glaub es einfach. Warum sonst kämen so viele Fremde hierher?«

»Woher kommst du eigentlich? Du sprichst keinen Dialekt.«

»Aus Verona.«

»Das ist ein weiter Weg bis nach Capri.«

»Ich habe dafür auch einen Umweg um die halbe Welt genommen. Indonesien, Indien, Persien, die Türkei... Vor drei Jahren kam ich hierher. Ich wollte nur zwei Wochen bleiben, aber die Insel und ich, das war Liebe auf den ersten Blick. Sie ist so klein, und sie hat doch alles. Die Landschaft ist spektakulär, und es wohnen eine Menge interessanter Leute hier. Ich bin jetzt Mitte fünfzig, aber sag es keinem weiter. Kann sein, dass ich gelegentlich wieder für eine Weile verreise, aber ich werde wiederkommen. In meinem Alter weiß man gerne, wo man hingehört, und Capri ist dafür nicht der schlechteste Ort.«

»Aber nur, wenn man vorher die Welt gesehen hat.«

»Du schaffst das auch noch, Elisa.«

»Ach ja? Mit Mann und Kind? Nicht gerade die tollsten Voraussetzungen.«

»Männer kann man verlassen, und Kinder werden groß und verlassen einen. Ich sehe das Fernweh in deinen Augen, Elisa. Dich werden sie nicht für immer hier festhalten können.«

Sie verbrachten zwei Stunden zeichnend auf dem Boot. Ricarda schoss Fotos von der Inselansicht. »Daran kannst du dich später im Studio orientieren.« Sie machte auch ein paar Aufnahmen von Elisa. »Ich würde gern ein Porträt von dir malen, wenn du nichts dagegen hast.«

»Meinetwegen«, sagte Elisa. Wahrscheinlich würde kein Mensch sie darauf erkennen, denn das allzu Gegenständliche war Ricardas Sache nicht.

Sie fuhren langsam wieder zurück zum Hafen und vertäuten das Boot. Es war später Nachmittag. Sie ließen sich in einer Bar am Hafen nieder und bestellten Aranciata amara. Elisa streckte wohlig die Beine von sich. Sie fühlte sich wie eine Touristin. Ja, was Ricarda vorhin über Capri gesagt hatte, musste wohl wahr sein. Sie betrachtete die Ausflugsschiffe, die nun nach und nach anlegten, beobachtete die Menschen, die die Boote verließen, Paare, Familien, Jugendliche.

Sie versuchten, aus dem Auftreten und Aussehen der Leute auf deren Nationalität zu schließen.

»Briten. Eindeutig«, sagte Ricarda. »Unterschätzen die Sonne und sind nach zwei Stunden auf dem Boot rot wie die Langusten! Den Sonnenbrand möchte ich nicht haben.«

»Deutsche. Die Sandalen. Die sind so hässlich, keine Frau aus keinem anderen Land würde solche Latschen anziehen.«

»Franzose, der da. Rotweinflecken auf dem Hemd und dieser gallische Schnäuzer.«

»Neapolitaner. Kerle mit Goldketten, grell geschminkte Frauen, ungezogene Kinder, und alle laut und ordinär, schlimmer als eine Horde Spatzen.«

Sie lachten. Elisa stellte fest, dass sie während der letzten zwei Stunden so gut wie gar nicht an Piero gedacht hatte. Oder zumindest nicht in Sorge. Sie war ganz bei sich gewesen, bei ihrer Arbeit, dem Zeichnen. Ricarda hatte recht, es gab auch noch eine andere Elisa, irgendwo tief in ihrem Inneren.

Eines der Ausflugsboote, die Fahrten zu den Grotten durchführten, legte gerade an. Nacheinander und mehr oder weniger graziös erklommen die Passagiere die Mole. Dieser Mann, der gerade mit einem langen, kraftvollen Schritt vom Deck sprang... O Gott! Das durfte doch nicht wahr sein! Um keiner Täuschung zu erliegen, nahm Elisa ihre Sonnenbrille ab. Albrecht! Es durchfuhr sie wie ein Stromschlag. Das war Albrecht, ihr Cousin zweiten Grades. Dieses schmale Gesicht, die Augen, der Mund, das kräftige Kinn, seine hochgewachsene Gestalt und die lässige Art, sich zu bewegen, er war es, Irrtum ausgeschlossen.

Elisa unterdrückte den Reflex, aufzuspringen und zu ihm zu laufen. Wozu sollte das gut sein? Um sich zu entschuldigen, dass sie letztes Mal ihre Zusage, ihn anzurufen, nicht eingehalten hatte? Was musste er bloß von ihr denken! Sie fürchtete sich vor einer kühlen Reaktion, doch gleichzeitig strebte alles in ihr danach, ihn zu sehen, mit ihm zu sprechen, egal, was er ihr zu sagen hatte. Selbst wenn er gekränkt war, sie musste es wissen, vielleicht könnte sie sich erklären. Die Augen unverwandt auf ihn geheftet, stand sie von ihrem Stuhl auf und wollte gerade losmarschieren, da wandte er sich um, wieder hin zum schwankenden Boot, und half einer jungen Frau, den festen Untergrund zu erreichen. Sie war brünett und trug das Haar modisch kurz, was ihr hübsches Profil zur Geltung brachte. Ihr blaues Kleid enthüllte lange, braun gebrannte Beine. Als sie in ihren hochhackigen Sandaletten heil auf der Mole gelandet war, ließ sie sich gegen Albrecht fallen, als hätte sie gerade ein großes Abenteuer überstanden. Er schlang seinen Arm um ihre Taille, und sie lachten sich an, wie nur Verliebte sich anlachen. Arm in Arm gingen sie die Mole entlang. Ein schönes Paar, schlank, groß, harmonisch. Das konnte jeder sehen. War sie seine Freundin, seine Verlobte, seine Frau? Waren sie auf Hochzeitsreise?

War das nicht vollkommen egal? Was hatte Elisa das zu interessieren? Dieser Mann war nur ein entfernter Verwandter, noch dazu einer, den sie am besten aus ihren Gedanken entfernen sollte.

Sie sank zurück auf ihren Stuhl und setzte die Sonnenbrille wieder auf.

»Was ist los?«, fragte Ricarda.

»Nichts. Ich dachte, ich hätte jemanden gesehen, den ich kenne.«

»Wen denn?«

»Es war ein Irrtum.« Elisa beugte sich über ihre Aranciata und tat, als sauge sie am Strohhalm, während das Paar an ihnen vorbeiging. Einen Augenblick lang war ihr, als würde

Albrecht sie ansehen. Seine Schritte gerieten aus dem Takt, er wurde langsamer, aber die andere Frau hing an seinem Arm und zog ihn weiter, und er wandte sich ab und folgte ihr.

Kapitel 17

Der Auftrag

Capri, Gegenwart

Dieses Wetter, diese Aussicht! Catia saß vor einer Schale Müsli auf der Terrasse des Restaurants Piccola Quaglia. Irgendeine der Pflanzen, die um das Haus herum wuchsen, verbreitete einen süßlichen Duft, einen verführerischen Hauch von Frühling.

Das Orkantief hatte sich restlos verzogen, der Himmel zeigte sich in geradezu unverschämt unschuldigem Blau, als wäre nie etwas gewesen. Die Sonne schickte wärmende Strahlen durch das Geäst des Pfirsichbaums, der neben der Terrasse wuchs und einen Teil davon überschattete. Der Baum hatte im Sturm Federn lassen müssen oder vielmehr kleine Zweige und Äste, sie lagen verstreut auf dem Pflaster, Zeugen der tobenden Naturgewalten. Auch das Meer hatte sich noch nicht vollkommen beruhigt, es vergaß nicht so rasch wie der Himmel, und so sorgte ein ordentlicher Wellengang dafür, dass die ausschwärmenden Jachten und Ausflugsboote gut durchgeschüttelt wurden.

Vielleicht wäre es klug, mit der Rückfahrt noch einen Tag zu warten?

Suchte sie etwa nach einem Vorwand, um zu bleiben? Nein, sie durfte ihre Abreise nicht hinauszögern, sonst hätte das süße Gift ihrer Umgebung – das Meer, die Sonne, die Farben, die Sprache, die Blumendüfte und das gute Essen – Zeit zu wirken, und am Ende geriete ihr Entschluss ins Wanken.

Ehe sie gestern eingeschlafen war, hatte sie noch darüber nachgedacht, was sie eigentlich so wütend gemacht hatte. Die übertriebene Verschwiegenheit der Signora, klar, aber ein Satz der alten Dame hatte Catia einen besonderen Stich versetzt: Sie habe Catia ja nicht angelogen, sondern ihr nur nicht die ganze Wahrheit gesagt. Bei diesen Worten hatten sich in Catias Hirn ein paar Dinge vermischt, die absolut nicht zusammengehörten.

Vor zehn Jahren war sie dahintergekommen, dass Daniel eine Affäre hatte. Es war der Klassiker, sie sah eine SMS mit einem recht eindeutigen Text auf seinem Smartphone aufleuchten. Er hatte damals Stein und Bein geschworen, dass es eine einmalige Sache gewesen war, eine Veranstaltung im Literaturhaus, ein paar Drinks zu viel... Er war geständig und bereute den Fehltritt, und Catia schaffte es, ihm zu verzeihen. Schmerz, Wut und Enttäuschung schluckte sie hinunter. Aber sie blieb misstrauisch. Sie kannte seine Handy-PIN, hatte aber nie davon Gebrauch gemacht. Nun jedoch war ihr Vertrauen erschüttert. Bei nächster Gelegenheit überprüfte sie Daniels Korrespondenz mit betreffender Dame und entdeckte dabei, dass die Affäre seit einem halben Jahr ging. Der Idiot hatte es nicht einmal für nötig gehalten, die Nachrichten zu löschen! Dies kränkte sie fast noch mehr als der Betrug selbst. Zeugte diese Fahrlässigkeit nicht von absoluter Gleichgültigkeit ihr gegenüber? Zur Rede gestellt, hatte Daniel dann jenen denkwürdigen Satz von sich gegeben: Er habe ja nicht gelogen, sondern ihr nur nicht die ganze Wahrheit gesagt.

Sie hatte ihn gebeten zu gehen, und tatsächlich war er ausgezogen. Nicht zu dieser Frau, die war selbst verheiratet. Er kam bei seinen Eltern unter, was er als Demütigung empfand, und sicher hatte ihm seine resolute Mutter ordentlich den Kopf gewaschen. Es war das reinste Chaos. Oskar und Valentina waren acht und elf, Catia wusste bald nicht mehr, wo ihr der Kopf stand. Sie war gezwungen, ihre Mutter Renata um Hilfe zu bitten und sich von ihr anzuhören, sie habe es ja immer schon gewusst. Im Nu wurde etwas, das eigentlich nur Daniel und sie anging, zur Staatsaffäre. Ihre Eltern, ihr Bruder, ihre Schwägerin, die Schwiegereltern und, nicht zu vergessen, ihre Kinder – alle wurden in die Sache hineingezogen und gaben ihren Senf dazu. Oskar wurde schlecht in der Schule und benahm sich aggressiv, Valentina lief nur noch mit einer beleidigten Schnute herum, als wäre Catia die Schuldige an der Misere, ihre Mutter riss den Haushalt an sich, sodass Catia sich in der eigenen Küche nicht mehr auskannte. Sie war unkonzentriert bei der Arbeit und kassierte zum ersten und letzten Mal in ihrem Arbeitsleben eine Abmahnung.

Bis heute wusste sie nicht, was im Hintergrund alles abgelaufen war, wer welche Fäden zog, aber einige Leute setzten Daniel wohl ordentlich zu, alles zu tun, um Catia wieder gnädig zu stimmen. Also kroch er zu Kreuze, leistete Schwüre, engagierte sich wie nie zuvor. Drei Monate widerstand Catia seiner Charmeoffensive, dann verzieh sie ihm. Oder versuchte es wenigstens. Er zog wieder ein, und mit der Zeit gewann Catia Abstand von der Sache. Der Schmerz und die Kränkung verblassten, nach außen hin war alles wie vorher. Doch völlig vergessen und verzeihen konnte sie ihm nie, ein Rest von Misstrauen blieb. Hätte man Catia gezwungen, ihre Hand dafür ins Feuer zu legen, dass in den vergangenen zehn Jahren nichts Derartiges vorgefallen war, keine Kurzzeitaffäre, kein One-Night-Stand, so würde sie das lieber nicht riskieren.

An diesem strahlenden Morgen fragte Catia sich, ob all das etwas mit dem Heute zu tun hatte. War sie deswegen der Signora gegenüber allzu harsch aufgetreten, hatte sie deren Schwindelei so sehr getroffen, weil dieses Verhalten Catia an das von Daniel erinnerte? Sie sollte die Dinge auseinanderhalten und sich lieber auf das Hier und Jetzt konzentrieren, anstatt über Daniels alte Affären nachzugrübeln.

Marisa kam über die Terrasse auf sie zu. Sie trug zwei Schalen mit Milchkaffee an ihren Tisch und setzte sich zu ihr. »Ein herrlicher Tag, nicht wahr? Ich mag die Luft nach dem Regen. Man sieht wieder klar.«

»Ja, ein Tag zum Heldenzeugen«, zitierte Catia die Signora, die diesen Ausdruck öfter einmal benutzte. »Eure Trattoria ist übrigens ein Traum, nicht nur die Küche, sondern alles.« Sie machte eine umfassende Handbewegung.

»Es fällt uns nicht leicht, das aufzugeben«, erklärte Marisa. »Aber wir werden nicht jünger. Wir hoffen, dass wir einen ordentlichen Nachfolger finden. Jemanden, der die gute, einfache Küche zu schätzen weiß und der den Laden nicht umkrempelt, damit er schick wird für Instagram und wie die trendigen Schuppen überall auf der Welt aussieht, egal ob Capri oder Thailand.«

»Ja, das wäre schade«, meinte Catia. »Er ist sehr originell.«

»Wie geht es denn jetzt weiter?«, kam Marisa zum Punkt.

Catia seufzte schwer. Ihre Wut auf die Signora war größtenteils verraucht. Das hatte sie befürchtet. Dieser verfluchte Sturm. Ohne den wäre sie schon längst zu Hause oder säße zumindest in einem Flugzeug.

»Ich nütze ihr nichts. Sie braucht medizinisches Fachpersonal«, wiederholte Catia ihre Worte von gestern.

Marisa beobachtete einen Tanker, der unbeirrt durch die Wellen pflügte und Kurs auf das offene Meer nahm. Schließlich sagte sie: »Ich denke, sie braucht beides. Dich und eine Krankenschwester. Geld ist da, Platz ist da, und es gibt jede Menge schlecht bezahlter Pflegekräfte in diesem Land. Wo also liegt das Problem?«

»Sie mag keine Krankenschwestern.«

»Sie wird irgendwann eine mögen müssen«, meinte Marisa. »Das Alter hält eine Menge Zumutungen bereit, das muss auch eine Elisa Santoro begreifen.«

»Tja, ich fürchte, so weit ist sie noch nicht.«

»Aber dich, Catia, braucht sie erst einmal dringender«, fuhr Marisa fort. »Sie hat einen Narren an dir gefressen, darauf kannst du dir was einbilden. Sie ist sonst nicht diejenige, die rasch Vertrauen fasst. Als sie neulich hier war, hat sie sehr nett über dich gesprochen. Fast als wärst du …« Sie unterbrach sich.

Ihre Tochter?, ergänzte Catia in Gedanken und sagte: »Was ist eigentlich mit ihren Kindern? Wäre es nicht deren Job, sich um ihre Mutter zu kümmern?«

»Es ist kompliziert. Sie hat es seinerzeit mit ihren Mutterpflichten etwas schleifen lassen, das nehmen sie ihr bis heute übel.«

»Ich verstehe nur nicht, warum sie dann hierher wollte.«

Marisa wies mit einer Handbewegung auf die Aussicht. »Hier hast du deine Antwort«, meinte sie. »Capri ist ihre Heimat. Viele, die ihr Leben lang woanders waren, kommen im Alter zurück. Sofern sie es sich leisten können.«

Heimweh also, nichts weiter? Catia war nicht völlig überzeugt. Marisa wusste wahrscheinlich nicht, wie luxuriös und großzügig ihre Freundin in München-Grünwald gewohnt hatte. Okay, ja, die Landschaft, das Meer, die südliche Sonne … Doch die Signora hatte ihr halbes Leben in München verbracht. Sicherlich kannte sie dort viel mehr Leute als hier, vor allen Dingen Leute, die sie nicht anfeindeten. Und mit der ärztlichen Versorgung verhielt es sich in einer deutschen Großstadt wohl auch besser als auf dieser kleinen Insel. Warum nahm sie in ihren letzten Lebensmonaten diese Strapazen und Risiken auf sich?

»Vielleicht ist sie mit den Jahren ein wenig sentimental geworden«, überlegte Marisa laut. »Außerdem ist das Klima hier viel bekömmlicher als in Deutschland, besonders im Frühling. Wer weiß, vielleicht wartet sie im Geheimen doch auf ein kleines Wunder.«

»Nichts gegen die therapeutische Wirkung schöner Landschaften und die gute Luft in Anacapri, aber bei der Diagnose …«, widersprach Catia und deutete dann mit einer Kopfbewegung in Richtung Parkplatz. »Ach, sieh mal an, wer da kommt!«

Es war Bernardo auf seinem Roller. Etwas früh für den Küchendienst, fand Catia. Garantiert hatte Marisa ihn angerufen, um ihr Schützenhilfe zu leisten bei ihrem Plan, Catia zum Bleiben zu bewegen.

Ja, kein Zweifel. Als er den Helm abnahm und auf sie beide zukam, sah Catia ihm an, dass er über seine Nonna Bescheid wusste.

»*Buongiorno*, Bernardo!«, rief Marisa, ganz die Unschuld.

»So ein Zufall aber auch«, murmelte Catia.

Die Wirtin der Piccola Quaglia ging ins Haus, um ihrem Koch einen Kaffee zu machen.

Bernardo steuerte auf Catia zu, setzte sich ihr gegenüber und fragte ohne Umschweife: »Wie schlimm ist es?«

»Sehe ich aus wie ihr Leibarzt?«, entgegnete diese. »Sie sprach von ein paar Monaten, die ihr noch bleiben. Am besten fragst du sie selbst.«

Bernardo nickte betrübt.

»Was ist eigentlich mit deiner Mutter? Irene, nicht wahr? Von Neapel bis nach Capri ist es doch kein allzu weiter Weg. Sie könnte sie wenigstens mal besuchen.«

»Offiziell weiß sie gar nicht, dass meine Nonna hier ist.«

Catia verdrehte die Augen. »Und ich dachte immer, meine Familie sei schwierig.«

Marisa kam und stellte einen *caffè* vor Bernardo hin. »Vielleicht hofft Elisa im Stillen, dass sich ihr Verhältnis zu ihren Verwandten wieder bessert.«

Catia platzte der Kragen. »Im Stillen hoffen ist keine gute Strategie, besonders wenn man nicht mehr alle Zeit der Welt hat.« Sie schaute Bernardo an, der gerade von seinem Espresso trank.

»Sie würde nicht wollen, dass ihre Kinder bloß kommen, weil sie todkrank ist«, wandte er ein.

»Es geht doch nicht nur um sie«, regte Catia sich auf. »Wenn ich wüsste, dass meine Mutter bald stirbt, würde ich sie sehen wollen, egal, ob sie das will oder nicht. Und zwar nicht nur um ihretwillen, sondern weil ich sonst zeitlebens ein mieses Gefühl hätte.«

»Von dieser Seite habe ich es noch gar nicht betrachtet«, gestand Bernardo.

»Aber recht hat sie«, pflichtete Marisa ihrem Gast bei.

»Gut, ich werde mit meiner Mutter sprechen. Erwartet nicht zu viel.«

»Hast du es schon Carmela erzählt?«, fragte Marisa.

Er schüttelte den Kopf.

»Ich könnte mir nämlich gut vorstellen, dass deine Nonna etwas dagegen hätte«, ergänzte sie.

»Ich auch«, antwortete er mit einem schiefen Lächeln. »Ich werde ihr nichts sagen, aber es wird sich nicht geheim halten lassen. Man hat solche Dinge in Anacapri noch immer erfahren. Zumindest wird es bald Gerüchte geben.«

»Vielleicht vertragen sich Elisa und Carmela ja wieder – unter diesen Umständen«, wandte Catia ein.

»Da sehe ich schwarz«, sagte Bernardo.

»Jede Wette, dass das nicht passiert«, bekräftigte Marisa.

Catia seufzte. Was ging sie das alles eigentlich an? Sie sollte sich da nicht mit hineinziehen lassen und lieber zusehen, dass sie wegkam und ihre eigenen Probleme löste. Sich einen neuen Job suchen, sich um ihre arg strapazierte Ehe kümmern ...

»Was wirst du jetzt machen? Gehst du wirklich weg?«, fragte Bernardo.

Beide, Marisa und Bernardo, schauten Catia an wie bettelnde Hunde.

In diesem Moment piepte Catias Handy und vermeldete eine neue WhatsApp-Nachricht. Oskar? Die Signora? Catia nahm das Signal zum Anlass, um den fordernden Blicken der beiden zu entfliehen. Sie ging ein paar Schritte in Richtung Parkplatz und schaute nach.

Die Nachricht kam von Valentina. Sie wollte Catia besuchen. Sie hatte sich sogar schon einen Flug ausgesucht, er ging übermorgen.

Verdammt! Wenn sie jetzt ging, waren nicht nur die Signora, Bernardo und Marisa enttäuscht, sondern auch noch ihre Tochter. Was ungleich schwerer wog.

Und was ist mit mir?, fragte sich Catia. War sie wieder einmal versucht, es allen anderen recht zu machen und dabei ihre eigenen Bedürfnisse zu vergessen? Aber was wollte sie denn eigentlich? Ihr Blick wanderte hinaus auf das Meer. Die glitzernden Wellen, die weißen Schaumkronen, die Boote. Sie machte ein Foto von der Aussicht und schickte sie an ihre Tochter. *Bis übermorgen, freu mich,* schrieb sie unter das Foto.

* * *

Laute, schrille Töne schlugen Catia entgegen, als sie die Eingangshalle betrat. Es klang wie die Arie aus einer Verdi-Oper, allerdings war Catia in Sachen Klassik und Opern nicht sonderlich bewandert.

Die Signora kam ihr entgegengeflattert, in einem weiten Morgenmantel aus dunkelblauer Seide, von dem sich Kraniche und Zweige mit Lotosblüten in Grau und Rosa abhoben.

»Da sind Sie ja wieder«, stellte sie fest, als wäre Catia nur mal eben einkaufen gewesen. Catia hielt sich die Hände an die Ohren, denn gerade schraubte sich die Stimme einer Primadonna in schwindelnde Höhen.

»Rigoletto! Ein Genuss!« Die Signora trippelte in ihren bestickten Pantoffeln davon, die Musik wurde auf eine erträgliche Lautstärke gedrosselt.

»Freut mich, dass Sie es ordentlich krachen lassen«, sagte Catia.

»Wann, wenn nicht jetzt?«, erwiderte die Signora.

»Auch wieder wahr.«

»Dieser schreckliche Orkan!«, klagte sie nun. »Ich habe kein Auge zugemacht. Die Pergola ist halb zusammengebrochen, Tamborini muss sie wegschaffen, am besten, Sie rufen ihn gleich an.«

Catia ließ ihre Tasche mit einem Knall auf den Boden der Eingangshalle fallen.

»Wir müssen reden.«

»Von mir aus. Aber erst möchte ich Ihnen etwas zeigen, kommen Sie.«

Im *salotto* standen eine Stereoanlage von Bang & Olufsen und dazu zwei mordsmäßige Boxen in den Ecken. Das war aber nicht das, was sie Catia zeigen wollte. Sie deutete auf vier große Sofakissen, die golden schimmerten. »Diese Kissen sind aus Golestan, das liegt im Iran. Dort war ich mit Albrecht, da ist auch das Foto entstanden, das Sie so bewundern, allerdings in Isfahan. Golestan ist ein Dorf, es war früher bekannt für seine Seidenspinnereien. Wissen Sie eigentlich, wie Seide entsteht? Die Raupen fressen die Maulbeerblätter, dann verpuppen sie sich, und die Kokons werden in kochendes Wasser geworfen, dort weichen die Fäden auf und dann können sie aufgewickelt werden. Klingt sehr einfach, aber man muss dabei auf so vieles achten.«

»Interessant«, sagte Catia eisig. Schwafle du nur unnützes Zeug, dachte sie, halb verärgert, halb amüsiert. Halt mir meinetwegen noch einen Vortrag über Perserkatzen oder das Ikonenmalen, ich werde nicht darauf hereinfallen.

»Diese Kissenbezüge bestehen aus historischen Seidenstoffen, gewebt in traditionellen Mustern und mit Goldfäden. Echtes Gold, wohlgemerkt! Ich dachte immer, das Märchen mit dem gesponnenen Gold wäre wirklich nur ein Märchen. Aber dort, im Iran, verbringen sie dieses Wunder, ich habe es selbst gesehen. Die Kissen sind übrigens sehr wertvoll, ein paar Tausend Euro pro Stück, wenn man an den richtigen Sammler gerät. Nicht nur wegen des Goldes, sondern weil sie so alt sind, sozusagen historisch. Also seien Sie vorsichtig damit.«

»Ich werde mir Mühe geben«, sagte Catia und konnte sich die Bemerkung nicht verkneifen, dass hier das Wort *betucht* doch gleich ganz handfeste Formen annahm.

»Da mögen Sie recht haben«, antwortete die Signora. »Ich denke, das Wort kommt tatsächlich von den kostbaren Stoffen, die sich nur die Reichen leisten konnten. Es gibt zu den Kissen auch noch einen passenden seidenen Überwurf, den habe ich nur noch nicht gefunden. Ich hoffe, er ist nicht abhandengekommen.«

Catia nahm eines der Kissen in die Hände und knautschte es, was der Signora offensichtlich schier körperliche Schmerzen bereitete. Sie verzog das Gesicht, als hätte sie Zahnschmerzen.

»Signora Santoro, reden wir Klartext. Ich bleibe, wenn Sie zusätzlich eine Pflegekraft einstellen. Und außerdem muss ich genau wissen, was ich im Notfall tun muss, wenn es Ihnen... irgendwie schlecht geht.«

»Vorsicht! Die Goldfäden könnten brechen.«

»Signora? Haben Sie verstanden, was ich gesagt habe?«

Sie funkelte Catia zornig an: »Meine Liebe, ich bin weder ignorant noch dement. Natürlich habe ich entsprechende Maßnahmen getroffen, Sie müssen sich darüber keine Sorgen machen. Darf ich Sie bitten, das Kissen wieder hinzulegen?«

»Was für Maßnahmen?«, fragte Catia, die nach wie vor das Kissen als Geisel im Würgegriff hielt.

»Das hat Rinaldi alles geregelt, und er hat auch schon eine Pflegekraft im Auge, die in den Startlöchern sitzt und hier Quartier nimmt, wenn es nötig wird. Ich ziehe es allerdings vor, so etwas diskret zu handhaben. Wenn vor dem Haus der Wagen eines Pflegedienstes vorfährt, weiß meine Schwester im nächsten Augenblick, was los ist, und entzündet ein Freudenfeuer auf dem Monte Solaro, um das sie die ganze Nacht auf ihrem Besen herumtanzt.«

War das ihre ganze Sorge? Dass ihre Schwester nichts erfuhr? Catia wollte lieber nicht nachhaken. »Wer, zum Teufel, ist Rinaldi?«, fragte sie stattdessen.

»Dieser farblose Mensch, der mit Armando hier war. Dottore Giacomo Rinaldi. Er hat eine kleine, feine Privatklinik fürs…«, sie lächelte, »…*betuchte* Publikum in Capri-Stadt. Morgen muss ich hin, für ein paar Untersuchungen. Danach wird regelmäßig jemand von seinem Personal vorbeischauen. Sind Sie nun zufrieden?«

»Welche Medikamente müssen Sie nehmen, wo sind die, was verabreiche ich Ihnen im Notfall?«, insistierte Catia.

»Fentanyl«, sagte die Signora ohne Zögern. »Mein Nachttisch ist vollgestopft mit Pillen und Schmerzmitteln, ich könnte ganz Anacapri damit sedieren. Wenn es auf das Ende zugeht, lasse ich mich in ein Hospiz auf Ischia verfrachten, Armando hat dort eine hübsche Einrichtung aufgetan. Was halten Sie davon, Catia, wenn wir beide demnächst eine Bootsfahrt machen und uns den Laden mal ansehen?«

Catia schluckte. Aber sie hatte es ja hören wollen.

»Das Kissen!«, fauchte die Signora.

Catia legte es wieder zurück auf das Sofa und strich es glatt. »Und das alles konnten Sie mir nicht gleich sagen?«

»Es ist nicht gerade ein erbauliches Thema.«

»Oder wenigstens gestern?«

»Wenn ich da mal zu Wort gekommen wäre!«, versetzte die Signora. »Sie haben es doch vorgezogen, die beleidigte Leberwurst zu spielen, einen bühnenreifen Abgang hinzulegen und mich hier alleinzulassen. Noch dazu bei diesem Unwetter!«

Catia starrte sie an. Wie bitte? Statt einer Entschuldigung bekam sie nun auch noch Vorwürfe zu hören?

»Aber lassen wir das jetzt.« Die Dame des Hauses wischte die Ereignisse der letzten vierundzwanzig Stunden mit einer nonchalanten Handbewegung weg. »Ich freue mich, dass Sie wieder da sind, Catia. Ich hatte ernste Befürchtungen, Sie könnten mir im Sturm verloren gehen.«

»Und dabei bin ich noch nicht einmal gechipt.«

»Ihr Humor hat mir auch gefehlt«, stellte die Signora schmunzelnd fest und flötete: »Catia, meine Liebe, wären Sie so nett, uns eine Kleinigkeit zum Mittagessen zu zaubern? Ich fürchte, ich habe seit gestern keinen Bissen mehr gegessen.«

»Sie sind wirklich unglaublich!«, platzte Catia heraus.

»Sie werden lachen«, meinte die Signora. »Das höre ich öfter.«

»Mir liegt da noch eine Sache im Magen«, sagte die Signora nach dem Essen.

»Doch nicht meine Spaghetti Carbonara?«

»Nein. Obwohl ich, glaube ich, zu viele davon gegessen habe. Nein, es geht um den Verkauf des Hauses. Wissen Sie, ich kann Makler nicht leiden.«

»Was Sie nicht sagen.«

»Mir widerstrebt die Vorstellung, dass so ein Mensch dieses Haus taxiert, überall herumschnüffelt und dann Krethi und Plethi im Internet sehen können, wie ich eingerichtet bin. Am Ende wird noch eingebrochen, weil irgendjemand der Meinung ist, dass es hier etwas zu holen gibt.«

»Womit der Jemand recht hätte«, stimmte Catia ihr zu.

»Ich möchte auch verhindern, dass ein Bauträger das alles erwirbt, der dann das Haus abreißt und einen Komplex mit Luxuswohnungen hierhin setzt. Davon gibt es hier im Ort schon zu viele. Ach, was rede ich, sie verschandeln die gesamte Insel und im Grunde sämtliche Küsten des Landes.«

»Wie wäre es denn dann mit einer netten russischen Oligarchenfamilie?«

»Dafür ist die Villa zu wenig protzig und zu weit weg vom Jachthafen.«

»Guter Punkt.« Catia wurde wieder ernst: »Machen Sie es doch wie früher, als es noch kein Internet gab. Inserieren Sie in überregionalen Zeitungen, in Deutschland, Großbritannien und Skandinavien, und dann schicken Sie den Interessenten die entsprechenden Unterlagen. Damit trennen Sie die Spreu vom Weizen, Sie können erst einmal per Mail korrespondieren, und es werden nur wirklich Interessierte zur Besichtigung kommen. Für Neugierige ist der Weg dann doch etwas weit und umständlich.«

»Das ist eine gute Idee«, lobte die Signora.

»Ein Restrisiko bleibt natürlich«, wandte Catia ein. »Makler und Bauträger sind mit allen Wassern gewaschen. Aber Sie sind ja eine Frau mit Menschenkenntnis und würden wohl kaum auf Ihren eigenen Trick hereinfallen.«

»Meinen eigenen Trick?«

»Mit dem Sie Ihre Schwester beim Hausverkauf vor zwanzig Jahren über den Tisch gezogen haben.«

Sie zog ihre Augenbrauen zusammen. »Ihre saloppe Ausdrucksweise gefällt mir gar nicht.«

»Sorry!«

»Das war meine persönliche Vendetta, und ich hatte meine Gründe. Aber das führt jetzt zu weit.« Sie wedelte ungehalten mit der Hand. »Wirklich, Catia, Sie schaffen es immer wieder, vom Thema abzulenken.«

»Man lernt von den Besten«, entgegnete Catia und fuhr fort: »So oder so, irgendwann werden Sie um eine Besichtigung des Hauses nicht herumkommen. Niemand kauft die Katze im Sack, schon gar nicht bei der Summe, um die es hier gehen wird. Haben Sie schon eine Vorstellung davon, was Sie verlangen können?«

Die Signora murmelte etwas von gut drei Millionen, das habe Armando über den Daumen geschätzt. »Ich möchte, dass Sie das übernehmen, Catia.«

»Die Besichtigungen? Klar, kann ich machen. Wenn Sie mir die Informationen geben, die ich brauche.«

»Nein, alles. Das, was sonst der Makler tun würde.«

»Das geht nicht. Ich habe keine Ahnung von der Materie.«

»Sie sind doch nicht auf den Kopf gefallen. Sie bekommen natürlich dieselbe Provision, die ein Makler verlangen würde. Was nehmen die heutzutage, fünf Prozent?«

»Signora, mit Verlaub, das ist verrückt.«

»Zweifeln Sie etwa schon wieder an meinen Geisteskräften?«

»Natürlich nicht, aber…«

»Tatsache ist doch: Ich allein kann und will das nicht

machen. Ergo brauche ich jemanden, der es für mich tut. Und Sie dürfen jetzt entscheiden, ob ich das Geld einem Makler in den Rachen werfe oder ob Sie es sich verdienen.«

Catia wurde allmählich bewusst, dass die Signora das tatsächlich ernst meinte. »Und wenn ich es verbocke?«

»Wie denn? Entweder es kauft jemand die Villa oder eben nicht. Für die rechtliche und finanzielle Abwicklung des Kaufs gibt es Anwälte, Notare und Banken. Die braucht man sowieso, das nimmt einem ein Makler auch nicht ab. Sie sollen nur den richtigen Käufer finden, und zwar auf eine Weise, die mir nicht meine letzten paar Monate vergällt.«

»Warum gerade ich? Warum fragen Sie nicht... Bernardo?«

»Bernardo ist Koch.«

»Ich bin Controllerin!«

»Eben. Sie können mit Zahlen umgehen. Niemand aus der Familie sollte den Hausverkauf übernehmen. Das gäbe nur böses Blut. Bernardo wird seinen Anteil erben, keine Sorge.«

Catia zögerte noch immer. Worauf würde sie sich da einlassen? Am Ende würde sie von den Erben angefeindet werden, weil sie deren Ansicht nach zu wenig Geld herausgeholt hatte. Solche Geschichten kannte man doch.

Die Signora beugte sich über den Tisch. »Catia, finden Sie nicht, dass es für Sie langsam mal Zeit wird, auf einen grünen Zweig zu kommen?«

Dem war nichts entgegenzusetzen.

»Manchmal, nicht oft, gibt einem das Schicksal eine Chance, etwas zu verbessern. Die sollte man dann nicht verstreichen lassen. Dieses Geld wäre doch ein netter kleiner Grundstock, für was auch immer Sie sich noch vom Leben erträumen.«

»Schon, aber...«

»Aber was?«

»Signora, Sie schulden mir nichts. Ich bleibe auch ohne dieses Angebot bei Ihnen, Sie müssen das nicht tun.«

Sie lehnte sich zurück. »Haben Sie den Eindruck, dass ich Sie kaufen möchte?«, fragte sie unumwunden.

»Nein! Ich weiß nicht. Ein bisschen? Ich bin verwirrt«, gestand Catia. »Ich hatte noch nie die Aussicht auf so viel Geld auf einmal.«

»Diese Provision ist weder ein Geschenk noch ein Almosen, und ich will Sie auch nicht bestechen oder korrumpieren«, stellte ihr Gegenüber klar. »Zwischen uns wird sich dadurch nichts ändern. Ich halte Sie lediglich für einen anständigen Menschen und glaube, Sie sind am besten geeignet für diese heikle Aufgabe. Mehr steckt nicht dahinter.«

»Okay, wenn Sie das sagen.«

»Sie sind also einverstanden?«

»Ja, ich versuche es«, sagte Catia mit hochroten Wangen und rasendem Puls.

»Das ist ein Wort!«

»Aber dann muss hier schleunigst aufgeräumt werden. Die Kartons müssen verschwinden und der Garten hergerichtet werden.«

»Ich fange schon an, es zu bereuen.«

»Noch etwas: Meine Tochter möchte mich besuchen, geht das in Ordnung? Valentina kennt sich sehr gut aus mit Fotografie und Medien, sie kann mir helfen.«

»Natürlich. Sie haben völlig freie Hand.«

»Ich glaube, ich brauche jetzt erst mal einen Schnaps.«

»Nur keine Hemmungen, bedienen Sie sich.« Die Signora stand auf. »Ich werde inzwischen eine kleine Siesta halten. Nach dieser einsamen Schreckensnacht habe ich etwas Schlaf dringend nötig.«

Kapitel 18

Die Unzufriedene

Capri, 1963–1965

Am Weihnachtsfest drehte sich alles um den inzwischen sieben Monate alten Piero, der allerdings das meiste davon verschlief. Obwohl durch ihn die Erinnerungen an Niccolò erst recht wieder hochkamen und die eine oder andere Träne floss, war es dennoch seit Langem wieder einmal ein harmonisches, beinahe schon glückliches *Natale* in der Familie Santoro.

In den Monaten danach war Elisa außerordentlich beschäftigt. Einerseits wollte sie so viel Zeit wie möglich mit Piero verbringen und ihn nicht allzu oft der Obhut von Angela und Carmela überlassen, andererseits wurde es Zeit, ihre Stellung im Familienunternehmen wieder zu festigen, wollte sie nicht von Roberto an Wiege und Herd verdrängt werden. Deshalb nahm sie nach und nach ihre Tätigkeit in der Firma wieder auf, sehr zum Missfallen ihres Ehemanns. »Willst du unseren Sohn von deiner Mutter und deiner Schwester erziehen lassen?«

»Er ist bei ihnen gut aufgehoben, und außerdem nehme ich ihn doch schon mit, sooft es geht.«

»Er ist kein Säugling mehr, er krabbelt überall im Büro herum und öffnet alle Schubladen. Das ist viel zu gefährlich.«

»Dann soll Papà seinen Schnaps eben höher lagern.«

Nein, sie ließ sich die Arbeit von ihm nicht ausreden, und sie hatte dazugelernt. Änderungsvorschläge und neue Ideen besprach sie erst einmal allein mit ihrem Vater und erst danach – oder auch gar nicht – mit Roberto.

»Papà, wir müssen mehr in Werbung investieren«, sagte Elisa an einem trüben Februartag. »Bisher haben wir uns auf unsere Qualität verlassen und darauf, dass die Kunden anerkennen, dass die Decken in Handarbeit entstehen und sozusagen kleine Kunstwerke sind.«

»Damit sind wir doch auch gut gefahren«, meinte Edoardo.

»Aber das reicht in Zukunft nicht mehr. Wir müssen uns neu erfinden.«

»Was hast du nun wieder vor?«

»Wir müssen unseren größten Trumpf ausspielen. Und der heißt Capri.«

»Wie soll das gehen?«

»Mit einer Werbekampagne. Wir könnten mit den gängigen Capri-Klischees arbeiten. Capri hat einen mondänen Ruf. Wir müssen es schaffen, den auf unser Produkt zu übertragen. Die Botschaft lautet: Wer eine Decke von Capre di Capri auf dem Diwan liegen hat, der hat Geschmack, Geld und Stil, der gehört zur High Society, zur Avantgarde.«

Edoardo gefiel diese Vorstellung, er fragte: »Wie willst du das bewerkstelligen?«

»Wir sollten Anzeigen schalten, farbige, mit Fotografien von Capri. Die Blaue Grotte, die Zitronenhaine, ein Fischerboot, die Faraglioni-Felsen, das tiefblaue Meer und die Felsküsten, die Villa San Michele, die Ruinen der Villa Jovis, Früchte auf dem Markt, frisch gefangene Fische… All das, was Touristen an unserer Insel lieben und fotografieren. Und irgendwo im Bild liegt dann, wie zufällig hingeworfen, eine unserer Decken. Oder jemand hat sie umhängen, ein alter Fischer, eine Marktfrau…«

»Eine Marktfrau? Warum kein knackiges Mannequin?«, wandte Edoardo ein.

Elisa verdrehte die Augen. Typisch! »Weil das alle so machen. Und wir sind nicht wie alle«, erklärte sie. »Außerdem werden diese Decken überwiegend von Frauen gekauft, denn die richten für gewöhnlich das Haus ein, also sollte unsere Botschaft in erster Linie ihnen gelten.«

»Wer soll diese Fotos machen? Und diese Anzeigen…?«

»Eine Werbeagentur. Wir brauchen eine Kampagne in Norditalien und in Nordeuropa. Überall, wo die Menschen Geld haben.«

»Bist du übergeschnappt? Hast du eine Ahnung, was so etwas kostet? Ein Vermögen!«

»Wenn wir nichts tun, kommt es uns noch teurer zu stehen. Wir müssen investieren, Papà, sonst sind wir bald abgehängt. Schau doch in die Bücher! Die Umsätze stagnieren schon seit einer Weile, in manchen Ländern gehen sie sogar zurück.«

»Hm, da ist was dran. Ich bespreche das mit Roberto.«

»Er wird dagegen sein, allein, weil der Vorschlag von mir kommt. Du und ich, Papà, wir sollten das entscheiden. Wir sind Herz und Hirn dieses Unternehmens. Roberto ist nur… der Blinddarm!«

»Elisa, so darfst du nicht über deinen Ehemann reden.«

»Ich rede über Roberto als Teil dieser Firma. Als den, der sich hier eingenistet hat, wenig nützt und von den Früchten unserer Arbeit lebt wie die Made im Speck.«

»Jetzt bist du ungerecht. Kannst du dem Jungen nicht wenigstens eine Chance geben?«

»Ich bin nur realistisch. Denk über meinen Vorschlag mit der Kampagne nach, Papà. Ich suche in der Zwischenzeit nach Agenturen und hole Angebote ein.«

So war dieses Mal Roberto der Letzte, der von dem Vorhaben erfuhr.

Er meinte süßsäuerlich: »Gratuliere, Elisa. Da hast du den Alten ja prima hinter meinem Rücken eingewickelt. Du hättest mich einweihen sollen, wir müssen zusammenarbeiten und solche Pläne gemeinsam fassen. Diese Nummer war intrigant und rachsüchtig.«

»Was du nicht sagst«, erwiderte sie.

In den folgenden Monaten achtete Elisa mit kleinlicher Sorgfalt darauf, dass in der Firma nichts ohne ihr Wissen geschah. Daneben widmete sie sich mit Leidenschaft der Werbekampagne, bei der sie mit einer Agentur namens Rossi & Neri aus Neapel zusammenarbeitete. Sie war froh über die neue Aufgabe, denn zu ihrem Leidwesen fielen die Malstunden bei Ricarda für unbestimmte Zeit aus. Die Künstlerin hatte beschlossen, ein paar Monate in Goa zu verbringen. Elisa musste erst einmal auf dem Globus nachsehen, wo Goa lag. Es fiel ihr schwer, sich mit der gebotenen Herzlichkeit von ihrer Lehrerin zu verabschieden. So sehr wünschte sie sich, an ihrer Stelle zu sein: von ihrem eigenen Geld zu leben und niemandem Rechenschaft zu schulden. Einfach losziehen zu können, hinaus in die Welt. Sogar der Gedanke an ihren Sonnenschein Piero bewahrte sie nicht völlig vor solchen Gefühlen und heimlichen Wünschen.

Ob sie jemals verheiratet war, hatte sie Ricarda vor Wochen einmal gefragt. »Nein! Ich wollte es nie, und ich habe es stets geschafft, mich selbst über Wasser zu halten.«

»Wie?«, fragte Elisa.

»Ich war zwanzig Jahre lang Kunstlehrerin in Verona. Das hat mich ernährt. Dann habe ich eine kleine Erbschaft gemacht und den Absprung ins eigenständige Künstlerdasein gewagt.«

Vor ihrer Abreise zeigte sie Elisa das Porträt, das sie von ihr angefertigt hatte. Es war nicht unbedingt naturgetreu, aber entlarvend. Elisa fand, sie sah darauf entrückt und traurig aus, als würde sie sich nach etwas sehnen. Am liebsten hätte sie es Ricarda abgekauft und es zu ihren eigenen in das Schrankversteck gepackt. Doch sie konnte Roberto schlecht um Geld für ein Bild bitten und es ihm dann nicht zeigen. Denn er wäre der Letzte, der es sehen sollte.

In der Sache mit dem eigenen Gehalt hatte Elisa sich nämlich immer noch nicht durchsetzen können. Es war himmelschreiend ungerecht. Sie und Roberto arbeiteten beide für dasselbe Unternehmen, aber das Gehalt erhielt Roberto auf sein

Konto, der ihr jeden Monat mit großer Geste das Haushaltsgeld auf den Küchenschrank legte. Elisa wurde nicht müde, diesen Missstand bei ihrem Vater anzuprangern. Sie wollte die Hälfte. Auf ein eigenes Bankkonto. Aber damit biss sie auf Granit. Offenbar befürchteten beide, sie würde das Geld nehmen und verschwinden, wie schon einmal. Völlig abwegig war dieser Gedanke nicht, zuweilen träumte Elisa sich weit fort, zusammen mit Piero. Vielleicht, wenn er älter wäre...

Damit Elisa Ruhe gab, steckte ihr Vater ihr in unregelmäßigen Abständen heimlich etwas Bares zu. Doch es war nicht mehr als ein Taschengeld und nicht das, was sie wollte und was ihr zustand. Es war vielmehr demütigend. Sie nahm es dennoch an. Wer weiß, wofür es irgendwann nützlich sein würde.

Im Frühjahr mussten die Fotos für die Werbeanzeigen gemacht werden. Elisa war bei allen Terminen dabei. Nicht, weil sie die Kompetenz der Agentur anzweifelte, aber es machte ihr Freude, und es war eine Abwechslung, verglichen mit dem üblichen Trott. In einer Sache waren Guido Rossi, der Leiter der Kreativabteilung der Werbeagentur Rossi & Neri, und ihr Vater jedoch einer Meinung: Nichts gegen Marktfrauen und wettergegerbte Fischer, aber eine junge Frau auf dem einen oder anderen Bild wäre sicher kein Schaden. »*Sex sells*, das ist ein Naturgesetz«, grinste Rossi. Er war Ende vierzig, trug Maßanzüge über halb offenen Hemden ohne Krawatte, und sein grau meliertes, wallendes Haar fiel ihm bis über die Schultern, ein Umstand, der Edoardo zunächst ein misstrauisches Stirnrunzeln entlockt hatte. Aber sein Konzept hatte am Ende überzeugt, außerdem war es praktisch, dass die Agentur in Neapel ansässig war.

Sie würde jetzt nicht auch noch ein Mannequin bezahlen, protestierte Elisa.

»Dann nehmen wir Sie, Signora Laganà. Ein schöneres und authentischeres Modell werden wir sowieso nirgendwo finden. Sie sind ab sofort das Gesicht der Insel Capri und der Decken von Capre di Capri.«

»Praktisch die *capra*, die Ziege von Capri«, ergänzte Elisa, wohl wissend, dass sowohl ihr Vater als auch Roberto das niemals erlauben würden. Aber sie täuschte sich, irgendwie gelang es Rossi, die zwei für die Idee zu begeistern, und so posierte Elisa zuerst in aller Herrgottsfrühe – »Das Morgenlicht schmeichelt jedem Teint« – auf dem Deck einer gemieteten Luxusjacht vor dem Tiberiusfelsen und den Faraglioni. Auf einer anderen Fotoserie saß sie in einem zitronengelben Sommerkleid auf bröselndem Gestein zwischen den Ruinen der Villa Jovis, die Decke diente hierbei als Sitzunterlage.

Das Posieren war anstrengend und dauerte ewig. Sie wurde geschminkt und frisiert, immer wieder, es war ein Riesenaufwand. Ihr Haar klebte vor Spray, dabei sollte sie doch natürlich aussehen.

»Natürlichkeit heißt nicht Natur«, sagte die Maskenbildnerin, die ihr zum hundertsten Mal mit einer Quaste über das Gesicht puderte.

Elisa machte alles brav mit. Schließlich, dachte sie, konnte sie die Bilder am Ende immer noch aussortieren. Von bestimmt zwanzig Motiven, die sie und die Agentur ausgewählt hatten, sollten am Ende ohnehin nur sechs für die Anzeigen verwendet werden. Sie würden parallel zur neuen Herbstkollektion 1964 erscheinen, etwa ab September. »Wenn die Leute gerade wieder aus den Ferien zurück sind, die Blätter fallen, die Tage kürzer und kühler werden, dann sehen sie diese Bilder und sehnen sich zurück – und kaufen sich hoffentlich ihr exklusives kleines Stück Capri.« So hatte es Guido Rossi formuliert.

Eine Woche nach den letzten Aufnahmen saß sie im Konferenzraum der Agentur. Man war bei Capre di Capri übereingekommen, die Auswahl der Bildmotive Elisa zu überlassen. Als Frau habe sie einen besseren Blick für das Ästhetische, diese Fähigkeit wurde ihr immerhin uneingeschränkt zugestanden. Deshalb war sie allein mit der Fähre nach Neapel gefahren und hatte vom Anleger ein Taxi genommen. Es fühlte sich an wie eine kleine Geschäftsreise. Was es ja auch war.

Die fertigen Fotos lagen in langen Reihen auf dem Konferenztisch. Sie waren besser, als Elisa sich erträumt hatte, der Fotograf hatte tolle Arbeit geleistet. Als sie die Aufnahmen von sich selbst sah, war sie sprachlos. War das wirklich sie, diese wunderschöne Frau? Die Fotos auf der Jacht waren die besten, der Meinung war auch Guido Rossi. »Das da müssen wir für die Kampagne nehmen, ich flehe Sie an!« Er vollführte eine dramatische Geste des Bittens. Auf dem bewussten Foto saß Elisa im Schneidersitz auf dem Deck, nah an der Reling, neben sich ein Champagnerglas. Sie blickte über ihre Schulter in die Ferne, sehnsüchtig, aber mit einem kleinen Lächeln, am linken Bildrand sah man die Faraglioni-Felsen, über dem Boot kreisten Möwen – der Steuermann hatte sie mit Fischhäppchen angelockt. Die Decke von Capre di Capri, um die es ja schließlich ging, ringelte sich hinter ihr auf den Planken, als wäre sie ihr gerade von den Schultern geglitten. Den nackten Schultern. Das Kleid, das sie trug, hatte nur hauchdünne Träger.

»Das hat Sex-Appeal!«, schwärmte auch Rossis Assistentin.

Dem war nicht zu widersprechen, und wollten Roberto und ihr Vater nicht *ein knackiges Mannequin*? Bitte, da hatten sie es! Wenn sie es grundsätzlich billigten, dass eine junge Frau ihre Haut für ein Produkt zu Markte trug, dann konnten sie es nicht ablehnen, nur weil es die eigene Tochter und Ehefrau war. Welche außerdem zum Familienunternehmen gehörte und daher wirklich hinter dem Produkt stand. Das würden die zwei Machos wahrscheinlich nicht so sehen, schwante es Elisa, aber das war ihr jetzt egal. Es wäre in den Tat eine Dummheit, dieses Foto nicht zu verwenden.

»Das nehmen wir«, sagte sie.

Die Werbung würde auch in deutschen Zeitschriften erscheinen, geplant war die *Bunte,* ein Klatschblatt, und die *Constanze*, eine Frauenzeitschrift. Aus irgendeinem Grund wünschte Elisa sich plötzlich, Albrecht möge dieses Foto von ihr zu sehen bekommen. Im selben Moment schalt sie sich eine dumme Gans. Selbst wenn er die Anzeige entdeckte und sie darauf erkannte, was würde passieren? Wahrscheinlich würde er zu seiner hübschen brünetten Freundin oder Frau sagen: *Schau mal, die kenne ich, wir sind sogar verwandt.* Oder er sagt nichts und denkt: *Diese Ziege aus Capri hat mich immer wieder versetzt, auf sie ist kein Verlass, ich pfeife auf sie.*

»Signora Laganà? Elisa?« Rossis Stimme brachte sie zurück ins Hier und Jetzt. »Das Fischerboot, nehmen wir das?«

Die Auswahl der restlichen Motive war schnell getroffen, und Rossi brachte Elisa in seinem Wagen persönlich zum Fähranleger.

»Falls Sie mal einen Job suchen, Signora Laganà, unsere Agentur sucht immer Leute mit guten Ideen. Sie haben Talent, Sie haben verstanden, worauf es in der Werbung ankommt.«

»Das ist sehr freundlich von Ihnen«, sagte Elisa errötend. »Aber ich sehe da leider keine Möglichkeit.«

»Nun, man weiß nie.«

Auf der Rückfahrt dachte sie über das Angebot nach. Ein Job mit einem eigenen Gehalt ... Hatte Rossi das ernst gemeint? Selbst wenn, wie sollte sie das bewerkstelligen? Jeden Tag hin- und herpendeln? Unmöglich. Trotzdem, gut zu wissen, dass sie woanders eine Chance hätte, dass diese Leute, Profis immerhin, ihre Ideen und Vorschläge respektierten.

Doch ab sofort ging es nicht mehr darum, wessen Idee das alles war, jetzt musste die Kampagne zünden. Anderenfalls standen sie vor einem Berg Schulden, und Elisa hätte es zu verantworten, das Familienunternehmen in große Schwierigkeiten gebracht, wenn nicht sogar in den Ruin getrieben zu haben.

Entsprechend nervös und reizbar war sie, je mehr es auf den Herbst zuging. Die Einkäufer der großen Waren- und Möbelhäuser waren schon seit Monaten über die Werbeaktion informiert worden, einige hatten daraufhin die Zahl ihrer Bestellungen erhöht, aber nicht so signifikant, dass damit die Kosten der Anzeigen schon gedeckt wären.

»Es muss funktionieren! Sonst verbringe ich den Rest meines Lebens neben meiner Mutter am Herd und muss mir jeden

Tag das selbstgefällige Grinsen von Roberto und die anklagende Miene meines Vaters ansehen«, sagte Elisa zu Ricarda. Die Malerin war im Juni aus Goa zurückgekommen, tiefenentspannt und mit neuen Inspirationen im Gepäck.

»Du würdest staunen, mit wie wenig Geld man in Indien leben kann«, antwortete sie.

»Will sagen?«, fragte Elisa genervt. »Soll ich nach Indien verschwinden? Und Piero?«

»Ich will gar nichts sagen. Nur, dass es immer einen Ausweg gibt. Man braucht nur etwas Mut.«

Elisa schätzte Ricardas Gesellschaft sehr, aber manchmal war sie einfach zu weltfremd. Im Geist sah Elisa sich in einer Hütte leben und Piero in einer Hängematte unter Palmen schlafen. Ja, sicher war so ein Leben möglich. Nur nicht für jeden. Ricarda, die immer nur auf sich allein gestellt war, hatte keine Ahnung, wie das war, eingebunden zu sein in diesen Organismus, der sich Familie nannte. Ja, Elisa haderte zuweilen mit ihren verschiedenen Rollen, besonders mit der der gehorsamen Ehefrau, aber sie hatte sich mit viel Zähigkeit einen gewissen Respekt im Familien- und Firmengefüge erkämpft. Sie wollte ein gutes Zuhause für Piero, sie war nicht frei wie Ricarda. Nun, da diese alles infrage stellte, erkannte Elisa, dass ihr Leben im Grunde gar nicht so schlecht war. Wenn die Werbemaßnahmen griffen und die Umsätze wieder stiegen, dann wäre auch ihr Platz im Unternehmen gefestigt. Sie war vielleicht nicht glücklich, aber wer war das schon auf Dauer? Sie war einigermaßen zufrieden, sie hatte Piero, sie hatte ihre Arbeit, und mit den Schattenseiten, namentlich mit Roberto, musste man sich eben abfinden. *Arrangiarsi.* Das war die Formel, wenn schon nicht für das Glück, dann wenigstens für eine gewisse Ausgeglichenheit.

Dabei hätte Elisa trotz ihrer gerade einmal zweiundzwanzig Jahre eigentlich wissen müssen, dass nie etwas blieb, wie es war.

* * *

Ende September überkam sie zunächst einmal eine große Erleichterung. Die Nachbestellungen der Luxusdecken zogen an, und schon jetzt war sicher, dass die Einnahmen die Ausgaben für die Werbekampagne decken würden. Dabei war das Weihnachtsgeschäft noch gar nicht berücksichtigt.

Ihr Vater, Elisa, Roberto und die Renzi feierten diesen Zwischenschritt mit einer Flasche Champagner. Piero, inzwischen über ein Jahr alt, stakste auf wackeligen Beinen im Büro herum, stets verfolgt von den aufmerksamen Augen seiner Mutter und Signorina Renzi, die Piero zwar *unglaublich süß* fand, aber stets bemüht war, die Büroeinrichtung vor seinem Entdeckerdrang zu bewahren.

»Ehrlich, Figlia, ich hatte deinetwegen viele schlaflose Nächte, aber nun hat sich erwiesen, dass du richtiglagst. Ich gratuliere dir und uns allen!« Edoardo ließ mit feierlicher Miene den Korken knallen.

Das Lob, noch dazu in Gegenwart von Roberto, ging Elisa runter wie Öl. Was ihr dagegen weniger bekam, war der Champagner. Kurz nachdem sie ihr Glas geleert hatte, rannte sie ziemlich überhastet zur Toilette und übergab sich. Danach stand sie vor dem Spiegel und sah das Entsetzen in ihren eigenen Augen. Ein schrecklicher Verdacht machte sich breit, und sie begann zu beten, dass es nicht wahr war, dass es nur ein verdorbener Magen war, dass sie Champagner am helllichten Vormittag einfach nicht vertrug.

* * *

Die erneute Schwangerschaft empfand nicht nur Elisa als schiere Katastrophe. Sie und Angela zogen es so lange wie möglich hinaus, Carmela darüber in Kenntnis zu setzen, aber Anfang Dezember verplapperte sich Zia Stefania bei einem gemeinsamen Abendessen, als sie Elisa anhielt, mehr zu essen, es müsse ja jetzt für zwei reichen.

Elisa versuchte noch, das Gesagte herunterzuspielen, aber

es war schon zu spät. Die Blicke, die zwischen der Tischgesellschaft hin und her flogen, Angelas resignierter Seufzer, Robertos dümmlich-stolzes Grinsen und Edoardos besorgter Ausdruck, mit dem er seine Jüngste ansah, das alles war nicht mehr einzufangen.

Carmela erbleichte, als hätte ihr eine Schlange ins Herz gebissen. Ciro runzelte bekümmert die Stirn, und während er Roberto und Elisa mit gepresster Stimme gratulierte, griff er unter der Tischkante nach Carmelas Hand. Die zog sie wütend weg. Wie ein Trauerkloß saß er danach vor seinem Teller, im wahrsten Sinn des Wortes, denn offensichtlich betäubte er seinen Kummer mit allzu reichhaltigem Essen. Armer Ciro, dachte Elisa, denn garantiert hatte der Rotschopf zu Hause nicht viel zu lachen. Elisa wusste ja, wie fordernd und penetrant ihre Schwester sein konnte, wenn sie etwas wollte. Und ihr Kinderwunsch war inzwischen zur fixen Idee geworden, er beherrschte ihr gesamtes Denken und Dasein. Ja, Ciro konnte einem wirklich leidtun.

Für Carmela selbst empfand Elisa, wie üblich, wenig Bedauern. Obwohl sie ihr eine Schwangerschaft durchaus gegönnt hätte, allein schon deshalb, weil man nie wusste, zu welchen Abgründen Neid und Missgunst sie trieben. Sie hätte gerne mit Carmela getauscht und den immer dicker werdenden Bauch ihr überlassen.

Wie sollte das künftig gehen mit zwei kleinen Kindern? Bestimmt würde Roberto erneut versuchen, sie ans Haus zu binden und sich bei Edoardo einzuschleimen. Erst neulich hatte er verlangt, endlich Prokura zu erhalten.

»Wenn du das Erbe deines Vaters einem Windhund in den Rachen werfen willst«, hatte Elisa ihrem Vater vor Augen gehalten, derweil der Firmengründer Silvano Santoro stoisch von der Wand herabschielte.

Derselbe Kampf, den sie längst ausgefochten glaubte, begann erneut. Nur kämpfte sie dieses Mal quasi mit einer Hand auf dem Rücken, denn es galt, auf Piero Rücksicht zu nehmen. Elisa wollte nicht, dass er zwischen Eltern aufwuchs, die sich ständig stritten, deshalb war die Firma ihr Kriegsschauplatz, aber zu Hause, in Pieros Gegenwart, bemühte Elisa sich um einen partnerschaftlichen Umgang mit Roberto. Leider schloss das auch den ehelichen Verkehr mit ein, denn auf dieses Recht pochte Roberto – mit den entsprechenden Folgen. Damit würde nach diesem Kind Schluss sein, schwor sich Elisa. Sollte er sich ihretwegen eine Geliebte anlachen oder zu den Huren gehen, Hauptsache, er hörte auf, sie andauernd zu schwängern.

Elisas erste Schwangerschaft war zwar ebenfalls von ihr unerwünscht gewesen, aber sie war doch auch, auf gewisse Weise, ein Abenteuer. Die Veränderung ihres Körpers zu beobachten, das gespannte Warten, wie es denn sein würde, ein Kind zu bekommen und zu haben, das alles war neu, spannend und aufregend, und es setzte bei Elisa Kräfte frei, sowohl ihre kreativen als auch die, die sie brauchte, um sich gegen Roberto zu behaupten. Zwischendurch hatte sie die Rolle der launischen Prinzessin sogar ein wenig genossen, wie sie sich heute, im Nachhinein, eingestand.

Doch nun war der Lack ab. Schwanger zu sein war nicht mehr neu, sondern nur noch belastend. Sie wusste, was auf sie zukam, und es erfüllte sie mit einem großen Überdruss und mit einer geradezu bleiernen Müdigkeit. Es war dieselbe alles beherrschende Müdigkeit und Resignation wie damals, nachdem Armando aus ihrem Leben verschwunden war.

Warum, dachte sie, kann es mit mir nicht einmal aufwärtsgehen? Warum muss immer wieder ein Rückschlag kommen, der mich an den Anfang zurückkatapultiert. So musste es Sisyphos ergangen sein, und genauso fühlte sich Elisa.

Erst einmal jedoch änderte sich nichts, außer dass Elisas Umfang immer mehr zunahm. Schon kurz nach Weihnachten hatte sie Dimensionen jenseits von Gut und Böse angenommen.

»Ich sehe aus wie eine Seekuh!«

»Beim ersten Kind ist der Bauch oft kleiner als danach«, meinte Angela.

Elisa war das nicht mehr geheuer, und beim nächsten Untersuchungstermin bekam sie die Bestätigung, dass tatsächlich etwas anders war. Die Ärztin in der Klinik, die ihren Bauch abhörte und abklopfte, brauchte eine Ewigkeit. Elisa versuchte, ihren Gesichtsausdruck zu deuten. Stimmte etwas nicht? War es tot? Sie hatte doch heute Morgen noch Tritte gespürt. Elisa wappnete sich für das Schlimmste, und diese Ärztin, deren Untersuchung zu keinem Ende kommen wollte, machte die Sache von Minute zu Minute quälender.

Elisa riss der Geduldsfaden. »Was ist denn? Nun reden Sie schon!«

Die Ärztin nahm die Bügel des Stethoskops aus den Ohren. »Ich kann Sie beruhigen. Sie sind beide wohlauf«, lächelte sie. »Gratulation, Signora Laganà, wie es aussieht, bekommen Sie Zwillinge.«

Nur gut, dass sie auf der Pritsche lag, denn Elisa verlor gerade jeglichen Halt. Sie rang nach Luft, aber hier, in diesem Untersuchungsraum, schien es einfach nicht genug davon zu geben. Zwillinge. Das war das Ende. Von allem.

Wie es aussieht, hatte die Ärztin gesagt. Hieß das, es gab noch einen Hoffnungsschimmer, dass sie sich irrte?

»Sind Sie sicher?«, presste sie hervor.

»Ziemlich, ja.«

Elisa schluckte und rang noch immer nach Atem, während die Ärztin fortfuhr: »Zur Sicherheit für Sie und die Kinder überweise ich Sie zu den Kollegen aufs Festland. In der Uniklinik in Neapel haben sie moderne Ultraschallgeräte. Damit können Sie die Föten sehen, fast wie auf einer Fotografie.«

»Wie beim Röntgen?«

»So ähnlich, nur besser. Man sieht den ganzen Körper, nicht nur die Knochen. Keine Angst, es tut nicht weh, und es kommt auch völlig ohne schädliche Strahlung aus.« Die Augen der Dottoressa Prodi leuchteten vor Begeisterung. »Die

Bildgebung mit Ultraschall ist ein Meilenstein in der pränatalen Diagnostik«, dozierte sie. »Darauf sollten Sie auf keinen Fall verzichten. Dann hätten Sie Gewissheit. Signora Laganà? Haben Sie mich verstanden?«

Die Ultraschalluntersuchung fand eine Woche später statt und bestätigte die Vermutung. Zu dem Zeitpunkt hatte Elisa sich schon damit abgefunden. Sie hatte nichts dagegen, dass Roberto mitkam. Er hielt während der Untersuchung ihre Hand, und Elisa war sogar ganz froh, ihn dabeizuhaben. Trotz allem war es faszinierend, die Babys zu sehen, auch wenn Elisa nicht viel mehr als graue Schatten erkannte und runde Kreise, was wohl die Köpfe sein sollten.

Roberto war die Untersuchung sehr zu Herzen gegangen. Zu Elisas großer Verwunderung wollte er hinterher unbedingt in den Dom San Gennaro, den Ort des Blutwunders von Neapel. Er zündete drei Kerzen an, für Elisa und die zwei Ungeborenen. Elisa war gerührt über die Geste, zumal Roberto sonst nicht durch übermäßige Frömmigkeit hervorstach. Machte er sich Sorgen um sie und den Nachwuchs?

Elisa war nach etwas Süßem, sie gingen in ein Café in der Altstadt. Sie bestellte eine Schokoladentorte, Roberto einen Espresso und dazu einen Kognak. »Ich beneide euch Frauen. Ich meine, in dir wächst ein Mensch, sogar zwei, du erschaffst Leben. Das ist doch ein unbegreifliches Wunder.«

»Irgendwie schon«, stimmte ihm Elisa zu. »Obwohl es ja täglich tausendfach passiert. Es leben nun bereits über drei Milliarden Menschen auf der Erde, die Menschheit wächst exponentiell. Wo soll das noch hinführen?« Sie deutete mit der Kuchengabel auf ihren Bauch. »Meinst du, die kleinen Würmer da drin werden später noch genug zu essen haben?«

»Solange sie auf Capri leben werden, ganz bestimmt. Die Insel hat doch alles. Ich mache mir eher Sorgen, dass vorher ein Atomkrieg ausbricht«, gestand Roberto. »Immerhin war es vor zwei Jahren in Kuba schon beinahe so weit.«

»Eigentlich sollte man aufhören, Kinder in die Welt zu setzen«, überlegte Elisa. »Das Leben ist viel zu gefährlich.«

»Wenn wir Männer Kinder bekommen müssten, wäre die Menschheit wohl längst ausgestorben«, bemerkte Roberto.

Elisa, überrascht von solchen Einsichten ihres Mannes, lächelte.

Roberto nahm ihre Hand. »Warum müssen wir uns ständig bekriegen, Elisa?«, fragte er. »Können wir nicht Frieden schließen?«

Es war eigenartig mit Roberto. In Augenblicken wie diesem dachte Elisa zuweilen, dass sie sich ohne den Druck ihres Vaters vielleicht früher oder später ohnehin mit ihm eingelassen hätte. Damals, auf Sardinien, war er ihr zwar unverschämt vorgekommen, aber etwas an ihm hatte sie auch angezogen, denn nur wegen dieses Zettels auf den Kisten hatte sie ihn nicht geküsst, auch wenn sie sich das bis heute gerne einredete. Dann wieder sagte sie sich, dass es vermutlich nur Neugierde gewesen war und ein kurz aufflammendes sexuelles Verlangen, welches sich mehr auf ihn als Vertreter seines Geschlechts gerichtet hatte und weniger auf ihn als Person. Schließlich kannte sie ihn damals ja gerade einmal seit fünf Minuten.

»Wir sind doch friedlich«, meinte Elisa. »Wir leben in friedlicher Koexistenz. Gut, ich liebe dich nicht, wie du sicherlich weißt, aber wenn wir im Kriegszustand lebten, wäre das da wohl nicht passiert«, erwiderte Elisa und tätschelte ihren Bauch. Denn eines musste sie zugeben: Manchmal – nicht immer – war Sex das einzige Gebiet, auf dem sie sich verstanden. Zumindest für kurze Zeit. Danach, wenn er schnarchend neben ihr lag, verabscheute sie ihn erneut aus vollem Herzen.

»Tja, was soll ich dazu sagen?« Er grinste selbstgefällig, und Elisa hatte in derselben Sekunde schon wieder genug von ihm.

Die Nachricht von der Zwillingsschwangerschaft, die Roberto der Familie beim gemeinsamen Abendessen verkündete, sorgte für Reaktionen unterschiedlicher Art. Edoardo äußerte die Hoffnung, es würden zwei Jungs oder ein Pärchen werden, Angela zeigte Freude und Besorgnis, Zia Stefania reagierte verwirrt wie immer, Ciro sah aus, als hätte er einen Schlag auf den Kopf erhalten, und bei Carmela brach sich der blanke Hass Bahn. Sie verzog ihren Mund zu einer bösen Grimasse. »Zwillinge, ja? Warum nicht gleich Drillinge? Vielleicht klappt es damit beim nächsten Mal. Das hätte auch keiner vermutet, dass aus dir so eine Zuchtsau wird, das ist…« Weiter kam sie nicht, denn zur Überraschung aller Anwesenden verpasste Angela ihrer Tochter eine Ohrfeige, die diese zum Schweigen brachte. Womöglich hatte sie gespürt, dass, wenn sie nicht zur Tat geschritten wäre, Elisa das Gleiche getan hätte – mit unvorhersehbaren Folgen.

Carmela jaulte auf wie ein getretener Hund. Sie blickte ihre Mutter entgeistert an, hielt sich die brennende Wange und rannte dann heulend und Verwünschungen ausstoßend aus dem Haus. Ciro ging ihr nach. Im Anschluss daran herrschte betretenes Schweigen. Elisa warf ihrer Mutter einen dankbaren Blick zu.

Nach diesem Zwischenfall ließ Carmela sich wochenlang nicht blicken, was in der Villa Santoro niemand wirklich bedauerte.

Aber dann stand sie eines Tages vor Elisas Tür. Sie wolle sich für ihren Ausbruch entschuldigen. Allerdings wirkte sie auf Elisa nicht besonders reumütig. Wahrscheinlich hatte Ciro sie geschickt oder Angela.

»Schon gut«, sagte Elisa, ebenfalls mit wenig Überzeugung. »Komm rein und trink eine Tasse Tee. Piero würde sich freuen.«

Sie trat über die Schwelle und begrüßte ihren Neffen. Piero lief auf seine Tante zu und umarmte sie. »Komm, Zia Mela!«, sagte er und deutete auf seine Spielecke im Wohnzimmer, wo er gerade einen Turm aus bunten Bauklötzen aufbaute.

»Ich komme gleich, mein Schatz. Mach schon mal alleine weiter.«

Carmela ging hinüber zu Elisa, die in der Küche Wasser aufsetzte. »Ich will dir das da zurückgeben.« Sie griff in ihre Rocktasche, und zu Elisas Erstaunen kam die Kette mit dem in Gold gefassten Lapislazuli-Anhänger von Wilhelmine zum Vorschein.

»Danke«, sagte Elisa. »Aber wieso?«

»Das Ding ist verhext!«, stieß Carmela hervor. »Darauf lastet ein Fluch, ich will es nicht mehr in meinem Haus.«

»Was redest du bloß für einen Unsinn?«

»Das hast du doch selbst gesagt, als du mir die Kette gegeben hast.«

»Das war ein Scherz, Carmela«, sagte Elisa nachsichtig. Sie goss Wasser in die Kanne mit den Teebeuteln. Typisch, dachte sie. Sie erinnerte sich, ihrer Schwester noch andere Dinge gesagt zu haben, gut gemeinte und nützliche Ratschläge und Weisheiten, die sie wahrscheinlich längst vergessen und erst recht nicht beherzigt hatte. Aber solchen Unsinn merkte sie sich.

Carmela setzte sich an den Tisch und schob den Anhänger von sich weg auf die andere Seite der Tischplatte, als ginge von ihm eine gefährliche Strahlung aus. »Ich will ihn nicht mehr. Womöglich ist dieser Stein schuld daran, dass ich keine Kinder kriegen kann.«

»Wenn das der Fall ist, dann nehme ich ihn liebend gern zurück. Ein Verhütungsstein, darauf hat die Menschheit nur gewartet!«

»Du kannst gut Witze machen, Elisa, sieh dich nur an!« Carmela legte den Kopf auf den verschränkten Armen ab und begann hemmungslos zu weinen.

Elisa stellte die Tassen auf den Tisch und setzte sich breitbeinig auf den Stuhl neben ihr. Sanft legte sie die Hand zwischen die zuckenden Schulterblätter ihrer Schwester. Als Carmela sich einigermaßen beruhigt hatte, reichte Elisa ihr ein Taschentuch.

»Entschuldige«, keuchte Carmela und schnäuzte sich lautstark. »Siehst du, was das mit mir macht? Ich bin nicht mehr ich selbst, ich bin eine hysterische Furie. Wenn ich Frauen mit Kinderwagen sehe, verfluche ich sie im Stillen, ich streite mich mit Ciro wegen nichts, ich sage gemeine Sachen …«

»Das hast du früher auch schon gemacht«, warf Elisa ein.

Für einen Moment sah es so aus, als wollte Carmela schon wieder aus der Haut fahren, aber dann grinste Elisa, und Carmela rang sich ebenfalls ein Lächeln ab. Plötzlich mussten beide lachen, wobei Carmela jedoch Tränen aus den Augen rannen.

Sie tranken von ihrem Tee. Nebenan fiel ein Turm aus Bauklötzen um, und Piero weinte zornig auf.

»Mama kommt gleich!«, rief Elisa und sagte: »Carmela, hör mir zu: Anstatt an Flüche zu glauben, solltest du zu einem guten Arzt gehen. Nicht zu Taccone, zu einem Spezialisten, auf dem Festland. Ich kann Dottoressa Prodi, meine Frauenärztin, um eine Adresse bitten, wenn du willst.«

Carmela schniefte und nickte.

»Lass dich gründlich untersuchen, und Ciro sollte dasselbe tun. Vielleicht liegt es an ihm, hast du daran schon gedacht?«

»Das kann nicht sein. Bei ihm funktioniert alles.« Sie senkte verlegen den Blick. »Er will andauernd, und er kann auch immer, es hätte längst klappen müssen. Also nein, an ihm liegt es bestimmt nicht.« Carmela schüttelte heftig mit dem Kopf.

Drüben im Wohnzimmer brüllte Piero nach seiner Zia Mela.

»Das hat vielleicht gar nichts zu sagen«, wandte Elisa ein.

Carmela stand auf. »Danke für den Tee.« Sie ging hinüber zu Piero und schaffte es, ihn mit wenigen Worten zu beruhigen.

Wirklich schade, dachte Elisa. Und ungerecht, denn Carmela wäre eine wunderbare Mutter, eine viel bessere als sie.

* * *

Im April kamen die Zwillinge zur Welt. Zwei gesunde, wenn auch etwas leichtgewichtige Mädchen. Dieses Mal war Elisa dran mit der Namensgebung, und sie entschied sich für die Namen Adele und Irene. Roberto nahm es achselzuckend hin. Weil es sich um Mädchen handelte, waren ihm die Namen nicht so wichtig.

»Niemand in unserer oder Robertos Familie heißt so«, wunderte man sich in den Familien dennoch, und Carmela meinte: »Typisch Elisa. Immer eine Extrawurst!«

Elisa verteidigte ihre Entscheidung. Sie gab an, der Klang der Namen gefalle ihr, außerdem wolle sie die Mädchen nicht schon von Geburt an mit der Bürde des Namens irgendeiner Verwandten, womöglich wieder aus Robertos Familie, belasten. Neue Namen für einen Neuanfang, dachte sie. Sie hatte insgeheim mit Wilhelmine für eine der beiden sympathisiert, aber die Idee dann doch wieder verworfen. Erstens konnten Italiener den Namen nicht korrekt aussprechen, sie verschluckten das H, zweitens würde sie damit nur ihren Vater unnötig provozieren.

Die nächsten Monate versanken für Elisa in einem einzigen Sumpf aus Geschrei, Windeln, Schlaflosigkeit, Krankheiten und vollgesabberter Kleidung. Sie war umgeben von drei fordernden Wesen, für deren körperliches und seelisches Wohlbefinden sie zuständig war. Piero reagierte mit Eifersucht auf die Zwillinge, die seine Mutter Tag und Nacht beanspruchten. Er hing auf einmal wieder mehr denn je an Elisa, welche an die mahnenden Worte ihrer Mutter denken musste, sie züchte sich einen *mammone* heran.

Die Mädchen schrien viel, kränkelten oft, schliefen lange nicht durch und wollten anfangs einfach nicht richtig wachsen. Ihre Mutter und Carmela halfen, wo es ging, und sogar Zia Stefania schob bisweilen den Zwillingskinderwagen im Garten umher. Weiter weg ließ man sie nicht, schon gar nicht mit den Kindern, denn sie kam auf die seltsamsten Ideen oder fand nicht mehr nach Hause. Ohne die Hilfe von Mutter, Schwester und Tante wäre Elisa bestimmt wahnsinnig geworden.

Es fiel ihr schwer, es sich einzugestehen, aber die Zwillinge waren einfach ein Kind zu viel. Mindestens. Nie kam beim Stillen der Mädchen dieses innige Gefühl einer perfekten Symbiose auf, so wie es mit Piero gewesen war. Es glich vielmehr einer Abfertigung, Adele und Irene waren lediglich zwei Körper, die ihr die Milch aus den Brüsten saugten und ihre Kräfte gleich mit. Elisa wollte am liebsten gar nicht mehr in den Spiegel schauen, denn dort blickte ihr ein nur vage bekanntes Gespenst mit stumpfem Haar und glanzlosen Augen entgegen.

Im September, die Zwillinge waren fünf Monate alt, zog sie einen Schlussstrich und stillte die beiden ab, obwohl Irene, die Zweitgeborene, immer noch recht klein war und nur langsam zunahm. Diesen Moment, das Kind zum letzten Mal anzulegen, den sie bei Piero lange hinausgezögert und schließlich bedauert, sogar heimlich beweint hatte, er war nun eine Riesenerleichterung. Es schlug die Stunde des Milchpulvers und der Gemüsebreie, die es im Supermarkt inzwischen sogar fertig zu kaufen gab. Sie hatte damit ein winziges Stück Freiheit wiedererlangt und tastete sich langsam zurück ins Leben.

Sie ging wieder stundenweise in die Firma. Auf die Idee, eines ihrer Kinder mitzunehmen, kam sie nicht mehr, und sie hatte kein Problem damit, dass sich Angela und Carmela um ihren Nachwuchs kümmerten. Im Gegenteil.

Ihre Lektionen im Zeichnen und Malen bei Ricarda Fagosta waren seit der Geburt der Zwillinge so oft ausgefallen, dass Elisa sie schließlich ganz sausen ließ. Aber diese kleinen, wiederkehrenden Fluchten vor dem Alltag fehlten ihr sehr, deshalb wollte sie wieder damit anfangen.

»Ich fühle mich gerade wie neugeboren«, gestand sie, als sie nach langer Zeit wieder den ersten Nachmittag bei Ricarda im Atelier verbrachte.

»Du hast abgenommen.«

»Ich weiß, ich sehe furchtbar aus.«

»Nein, du siehst schön aus. Der Babyspeck ist weg. Jetzt muss nur noch das innere Leuchten zurückkommen, dann bist du eine wunderschöne Frau.«

»Danke«, sagte Elisa verlegen. Komplimente von Männern waren eine Sache, aber von einer Frau? Manchmal rätselte Elisa, ob Ricarda vielleicht lesbisch war. Sie einfach zu fragen wagte sie nicht. Ricarda benahm sich ihr gegenüber herzlich und fürsorglich, aber stets korrekt. Wahrscheinlich war es für eine Malerin normal, solche Dinge auszusprechen. Sie nahm ja auch sonst kein Blatt vor den Mund.

»Eines weiß ich ganz sicher: Sollte ich noch einmal schwanger werden, dann springe ich von den Klippen«, verkündete Elisa.

»Dagegen lässt sich was machen«, sagte Ricarda. »Nimm doch einfach diese neue Pille.«

Elisa hatte davon gehört. »Und das soll funktionieren?«, zweifelte sie. Es gab viele Tipps und Tricks, durch deren Anwendung man angeblich nicht schwanger wurde, die sich dann aber doch als Mumpitz herausstellten oder nur unzuverlässig waren.

»Es ist Wissenschaft, kein Hokuspokus.«

»Wenn das stimmt... Das wäre zu schön, um wahr zu sein.«

»Es sind Hormone. Sie gaukeln deinem Körper vor, schwanger zu sein, und eine Schwangere kann logischerweise nicht schwanger werden.«

»Woher weißt du das alles denn so genau?« Immerhin war Ricarda in einem Alter, in dem sie das Problem nicht mehr betraf.

»Clara, eine Frauenärztin aus Sorrent, kommt neuerdings zum Malunterricht.« Ricarda begann zu kichern. »Soll ich dir mal ihre Bilder zeigen?«

»Ich weiß nicht. Wäre ihr das denn recht?«

»Sie hat damit kein Problem.« Ricarda hob das Leintuch

von einem Stapel Bilder und lehnte die fünf Werke nebeneinander gegen die Wand. Die Bilder waren sich sehr ähnlich, sie sahen aus wie längliche Blüten in Rot- und Blautönen.

»Was ist das?«, fragte Elisa.

»Das, was sie jeden Tag zu sehen bekommt.«

»Doch nicht etwa...?«

»Ganz genau.«

Elisa wurde knallrot, konnte den Blick aber dennoch nicht abwenden. Unwillkürlich musste sie an Dottore Longhi denken, an diesen fürchterlichen Nachmittag, an diesen grässlichen Stuhl. Was, wenn der auch solche Bilder malte? Dieser Gedanke war allerdings so absurd, dass nun auch Elisa in ein verschämtes Kichern ausbrach. »Pack das weg. Das ist ja...« Sie ließ den Satz unvollendet. Ja, was war das? Pornografisch? Ordinär? Nein, so sahen die Bilder nicht aus. Sie waren sogar sehr ästhetisch, erinnerten tatsächlich an Blumen. Ricarda stellte die Bilder wieder zusammen und deckte sie zu, wobei sie erklärte: »Clara sagt, diese Pille wird die Welt revolutionieren, die Zeit der Unterdrückung der Frau ist damit vorbei. Keine muss mehr ungewollt schwanger werden. Soll ich dir ihre Adresse geben?«

»Ja«, sagte Elisa und dachte im selben Atemzug laut nach. »Aber was ist mit Roberto? Er würde das bestimmt nicht wollen.«

»Der Papst hat auch schon dagegen gewettert, aber wen wundert das?«

»Da hast du es«, sagte Elisa.

»Du musst es deinem Roberto ja nicht auf die Nase binden und deinem Priester auch nicht«, meinte Ricarda. »Sprich mit Clara, die erklärt dir alles.«

Elisa nickte. Sie war so aufgeregt, dass sie an diesem Nachmittag nichts Vernünftiges mehr zustande brachte. Doch das war unwichtig, sie genoss es dennoch, hier zu sein. Allein die Ruhe im Atelier war schon ein Genuss. Wobei Ruhe relativ war, durch das Fenster drangen der Motorenlärm von Mopeds und Rollern und deren Hupen hinauf in die Dachwohnung, gelegentlich auch Stimmen und Hundegebell. Aber kein Babygeschrei, das war die Hauptsache.

Am Ende der Stunde drückte Ricarda ihr die Einladung zu einer Vernissage in die Hand: »Samstagabend in der Musikschule in Capri-Stadt. Um neunzehn Uhr ist Eröffnung. Ich stelle einige meiner Werke aus und mit mir noch ein paar andere Künstler. Du kommst doch?«

»O ja!«, nickte Elisa. Sie würde hingehen, nichts würde sie davon abhalten. Endlich wieder einmal aus dem Haus kommen, Menschen treffen… Sie merkte erst jetzt, wie ausgehungert sie war, nach Kunst, nach anderen Menschen, nach anregenden Gesprächen. Nach einer Welt abseits ihrer Familie und den engen Kreisen ihres derzeitigen Lebens.

»Diese Ärztin, Clara, habe ich übrigens auch eingeladen«, sagte Ricarda. »Also komm besser ohne deinen Mann.«

Es war höchst fraglich, ob Roberto seine Frau allein zu der Vernissage gelassen hätte, aber zum Glück brauchte Elisa seine Erlaubnis nicht, denn er war gar nicht da. Am Donnerstag fuhren Roberto und Edoardo mit dem Zug nach Mailand, zur Möbelmesse, wo Capre di Capri zum zweiten Mal einen kleinen Ausstellungsstand betrieb. Elisa hatte sich deswegen mit allen beiden herumgestritten, weil auch sie gerne dorthin gereist wäre. Doch ihr Vater meinte, eine Messe sei Männersache. Die besten Geschäfte mache man abends, an der Hotelbar, dort sei Trinkfestigkeit gefragt, dort hätten Frauen, zumindest anständige, nichts zu suchen. »Und jemand von uns muss ja schließlich im Büro sein, sonst lackiert die Renzi sich bloß den ganzen Tag die Nägel«, fügte er hinzu. Als hätte ihn das jemals gestört.

Roberto stimmte seinem Schwiegervater uneingeschränkt zu und war überdies der Meinung, die Mädchen seien noch nicht alt genug, um fünf Tage ohne ihre Mutter auszukommen. Elisa ahnte, warum die beiden ohne ihre Begleitung dorthin wollten. Das letzte Mal hatte Roberto jedenfalls Lippenstift am Hemdkragen gehabt.

Nun aber war sie froh, ihre beiden Zerberusse los zu sein. Kaum waren sie am Donnerstagmorgen auf der Fähre, ging Elisa zum Friseur. Es war höchste Zeit, sich wieder ein wenig um sich selbst zu kümmern. Die Friseurin schnitt und glättete ihr das Haar und schminkte sie nach dem neuesten Trend, den die Stars in den Illustrierten ihr verrieten. »Wisch das weg«, sagte Elisa. »Dieser Lidstrich, ich sehe ja aus wie Kleopatra. So kann ich unmöglich durchs Dorf laufen.«

Die Friseurin zerstörte seufzend ihr Kunstwerk, aber dennoch verließ Elisa den Salon nicht nur mit einem gewagten Pagenschnitt, sondern auch mit erhobenem Kinn, einem federnden, aufrechten Gang und etlichen neuen Schminksachen. Ein längst verschollen geglaubtes Lebensgefühl kehrte zurück: Selbstbewusstsein und sogar eine gewisse Zuversicht.

Angela betrachtete die Frisur mit Skepsis und fand es zunächst auch nicht in Ordnung, dass Elisa allein ausgehen wollte. »Was ist, wenn Roberto davon erfährt?«

»Es werden nur Bilder gezeigt, Mama, es ist keine Orgie. Ich werde es ihm erzählen, wenn er wieder da ist. Vielleicht nimmt er mich dann nächstes Jahr mit nach Mailand.« Sie konnte es sich nicht verkneifen hinzuzufügen: »Oder glaubst du, dass die beiden am Abend brav in ihren Hotelzimmern sitzen?«

Ein Hauch von Bitterkeit lag im Lächeln ihrer Mutter, als sie einlenkte: »Eigentlich hast du recht, Elisa. Geh aus, amüsier dich. Du hast dir ein bisschen Abwechslung verdient.«

* * *

Elisa brachte die Kinder zu ihrer Mutter, dann schminkte sie sich dezent, nur der Lippenstift war etwas röter als sonst. Nachdenklich stand sie vor dem Kleiderschrank. Das meiste war völlig aus der Mode, in letzter Zeit hatte sie sich gar nichts mehr genäht oder gekauft. Sie entschied sich schließlich für ein knielanges schwarzes Etuikleid mit Pailletten am Ausschnitt. Es war zeitlos schön und stammte noch aus den Beständen von Alessandra Perrone. Elisa hatte es lange nicht mehr getragen. Wann auch? Zu den üblichen Festivitäten, die in Anacapri anlässlich diverser christlicher Feiertage stattfanden, erschien es ihr immer eine Spur zu elegant und außerdem zu schade, um es klebrigen Kinderhänden auszusetzen. Doch für diese Vernissage war es wie geschaffen, genau wie die roten Pumps mit den halbhohen Absätzen, die sie aus den Tiefen des Schranks hervorholte. Sie stammten aus derselben Quelle wie das Kleid und waren praktisch neu, denn rote Schuhe waren nichts, was eine anständige Frau in Anacapri tragen sollte, wollte sie nicht ins Gerede kommen. Von den Lästerzungen und Sittenwächterinnen des Ortes wären heute Abend sicherlich keine zugegen, und da Elisa nicht an Hexerei oder Flüche glaubte, hängte sie sich schließlich noch den Anhänger um, den Carmela ihr zurückgegeben hatte. Wahrscheinlich komme ich jetzt gleich mit der Ape von der Straße ab und stürze in die Schlucht, lästerte sie in Gedanken. Dann hieß es, nichts wie weg, ehe ihre Mutter sie in diesem Kleid und in diesen Schuhen zu sehen bekam.

Roberto besaß seit Kurzem einen Fiat Cinquecento, aber wie die meisten hiesigen Frauen hatte Elisa keinen Führerschein. Sie brauchte ihn nicht wirklich, die Distanzen waren überschaubar, man kam mit dem Moped oder dem Ape-Dreirad überallhin.

Als sie in der Aula der Musikschule eintraf, in der die Vernissage stattfand, waren schon eine Menge Leute da. Stimmen schwirrten durch den Raum, man hörte fremde Sprachen, Englisch, Schwedisch, Deutsch. Elisa wunderte das nicht. Es existierte auf der Insel eine Art Parallelgesellschaft von Ausländern, die sich entweder auf Capri niedergelassen hatten oder zumindest die Sommermonate hier verbrachten. Dies hatte Tradition, besonders die Deutschen hatten die Insel lange Zeit als eine Art Künstlerkolonie betrachtet. Für diese *forestieri* war Capri ihre zweite Heimat, und da man ja nicht immer nur am Strand liegen oder auf der Piazzetta von Capri-Stadt herumlungern konnte, machte man es sich zur Aufgabe, die Kultur zu fördern oder selbst zu schaffen. Sie bildeten Cliquen, meist innerhalb ihresgleichen, aber man verkehrte auch mit anderen Nationalitäten, sofern man sich verständigen konnte, was bei den meisten der Fall war. Selbstverständlich stellte man sich nicht auf dieselbe Stufe mit den gewöhnlichen Urlaubern, und auf die Tagestouristen sah man ohnehin vom hohen Ross herab und betrachtete sie als Plage.

Einheimische verkehrten nur selten in diesen Kreisen. Da war die Sprachbarriere, aber auch ein gewisses Misstrauen und Vorurteile auf beiden Seiten. Berührungspunkte gab es oft nur, wenn es ums Geschäftemachen ging.

Der Zweite Weltkrieg war eine Zäsur gewesen, danach herrschte in der Kunstszene vorübergehend Flaute. Inzwischen gab es wieder viele Projekte, darunter reichlich verrückte, wie Dichterlesungen und Happenings in Höhlen oder auf Berggipfeln.

Diese Ausstellung war ein vergleichsweise konservatives Ereignis. Die Bilder hingen artig am weiß gekalkten Mauerwerk des Saals und an einigen provisorisch errichteten Stellwänden, jemand spielte im Hintergrund dezent Klavier, ein junger Mann lief mit einem Tablett mit Sektgläsern herum, eine schwarz gekleidete Frau servierte bunte Häppchen.

Elisa entdeckte Ricarda. Sie sprach mit einem ihrer Künstlerkollegen, die ebenfalls hier ausstellten, William Morris, ein Engländer, der auf Capri lebte. Elisa hob zur Begrüßung die Hand und lächelte ihr zu. Danach schlenderte sie durch die Ausstellung. Außer dem Bürgermeister von Capri-Stadt und seiner Frau erkannte sie auf Anhieb niemanden von den Gästen.

Sie war an der Wand von Morris' Bildern gelandet. Er malte die bekannten Capri-Motive, aber nicht unbedingt naturgetreu. Die Villa Jovis stellte er in Form umgestürzter Dominosteine dar, im Hintergrund hockten drei Göttergestalten und spielten Karten, das Antlitz des Kaisers war auf einer der Spielkarten zu sehen. *Götterpartie* lautete der Titel des Werks, das verriet ein kleines Schild, welches daneben angebracht war.

»Witzig, was?«, meinte eine Frau, die neben Elisa getreten war. Sie sprach englisch und sah auch sehr britisch aus, Elisa hatte durch den Werksverkauf längst einen Blick dafür bekommen. Sie dürfte Mitte dreißig sein und trug auffällige Ohrringe und eine dazu passende Kette aus rautenförmigen Granatsteinen, in Silber gefasst.

»Ja, ist mal was anderes«, sagte Elisa.

»Du hast einen tollen Anhänger.« Die Frau deutete auf Wilhelmines Schmuckstück.

»Es ist ein Erbstück. Mir gefallen deine Kette und die Ohrringe. Sonst ist Granatschmuck oft so altbacken, aber dieser nicht.«

»Danke! Ich bin Kate Barnes. Schmuckdesignerin.«

»Oh! Ich bin Elisa. Ich designe Decken.«

»Doch nicht die Santoro-Decken?«

Sie nickte.

»Du bist das? Wow. Ich bewundere sie so sehr, sie sind großartig.«

»Danke«, sagte Elisa erfreut. »Wo verkaufst du deinen Schmuck?«

»In verschiedenen Geschäften in Capri-Stadt und Marina Grande. Einen eigenen Laden habe ich noch nicht, leider, aber ich plane es.« Sie kramte in ihrer Handtasche und reichte Elisa eine Visitenkarte. »Wir sollten uns mal treffen, auf einen Kaffee, wo es ruhiger ist. Ruf mich an.«

»Mach ich«, sagte Elisa und steckte die Karte ein.

Es kam vor, dass lokale Künstler und Kunsthandwerker den Wunsch äußerten, ihre Produkte bei ihr im Werksverkauf zu präsentieren. Bisher hatte Elisa das stets abgelehnt. Sie brauchte den Platz für die Decken, wo sollte sie da noch Bilder aufhängen, Skulpturen herumstellen oder Töpfereien unterbringen? Außerdem, wenn man diese Schleuse erst einmal öffnete, dann gab es kein Halten mehr, dann stünde jede Woche jemand auf der Matte. Doch diese Kate Barnes war sympathisch, und Elisa wollte gern noch mehr von ihrem Schmuck sehen. Schmuckstücke, dachte sie, brauchen nicht viel Platz. Und es war an der Zeit, sich auch geschäftlich aus ihrer Isolation zu befreien. Warum sollten nur Männer Beziehungen pflegen?

Der Kellner mit dem Sekt kam vorbei, Elisa griff nach einem Glas, und da sie durstig war, trank sie es in wenigen Schlucken aus. Sie war jetzt bei Ricardas Bildern angekommen. Die meisten kannte sie schon, aber hier, in sorgfältiger Hängung, wirkten sie anders als im Atelier. Bedeutsamer, ernsthafter. Es ist wie mit unseren Decken, dachte Elisa. Auf die Präsentation kommt es an.

Sie ging weiter – und stand sich selbst gegenüber. Das Porträt, das Ricarda letztes Jahr von ihr gemalt hatte! Sie hatte es vollkommen vergessen. Nun hing es hier, gut ausgeleuchtet, an einer mit blauem Stoff bespannten Stellwand. Sie merkte, wie sie flammend rot wurde. Wahrscheinlich hatte sie schon jeder in diesem Saal erkannt. Es war nicht richtig, dass Ricarda sie nicht gefragt oder wenigstens gewarnt hatte. Ja, im Grunde hatte Elisa kein Recht an diesem Bild, es gehörte allein der Künstlerin. Von all den Modellen, deren Gesichter und Körper in den Museen der Welt zu sehen waren, hatte wahrscheinlich keines ein Mitspracherecht erhalten, ob und wo das Bild gezeigt wurde. Bilder waren schließlich zum Anschauen da. Sie las das Schild mit dem Titel und bekam den nächsten Schrecken. *Die Unzufriedene.* Was fiel Ricarda bloß ein? Ihr Bild aufzuhängen war eine Sache, aber dann so ein Titel! Sie fühlte sich bloßgestellt. Was, wenn Roberto mitgekommen wäre? Hatte Ricarda ihr deshalb geraten, ihn nicht mitzubringen?

»Elisa, du hast dich selbst ja schon entdeckt!« Ricarda eilte auf sie zu, ihr folgte eine hochgewachsene, dunkelhaarige Frau um die vierzig in einem ziemlich spektakulären roten Kleid. »Elisa, das ist Clara Infantino. Die Gynäkologin«, wisperte Ricarda in Elisas Ohr. »Clara, das ist Elisa. Wie man sieht.« Sie deutete mit beiden Händen zugleich auf Elisa und deren Abbild an der Wand. So etwas wie ein Unrechtsbewusstsein schien sie nicht zu empfinden.

Die zwei Malschülerinnen begrüßten einander.

»*Piacere!*«, angenehm, sagten alle beide und reichten sich die Hände.

Elisa verzichtete darauf, sich wegen des Porträts bei Ricarda zu beschweren. Es war ohnehin zu spät. Das Gemälde zeigte ja schließlich nichts Unanständiges. Es war kein Akt und erst recht nicht das, was diese Clara zu malen pflegte. Möglicherweise begann inzwischen der Sekt von vorhin zu wirken, jedenfalls sah sie die Angelegenheit mit einem Mal nicht mehr so eng. Vielleicht, dachte sie, sollte sie ihren Ärger mit einem weiteren Glas hinunterschlucken.

»Das Porträt ist eines der besten Bilder hier«, meinte Clara. »Du hast eine intensive Ausstrahlung, und Ricarda ist es gelungen, sie einzufangen. Ich war leider zu langsam, sonst hätte ich es gekauft.«

»Was ... was heißt das?«, stotterte Elisa. »Es ist doch nicht ... Hat es etwa schon jemand gekauft?«

Ricarda legte ihren Finger triumphierend auf den kleinen roten Punkt neben dem Schild, der Elisa in ihrem Furor noch gar nicht aufgefallen war.

Verkauft. Okay, dann würde es wenigstens bald weg sein und wanderte nicht noch durch weitere solcher Ausstellungen. »Darauf müssen wir trinken!«, meinte sie.

»Sehr wohl, kommt sofort.« Ricarda ging zu dem jungen Mann mit dem Tablett und holte Sekt für sich und ihre Freundinnen. Sie stießen an. »Auf die Künstlerin und ihr Modell!«, sagte Clara.

»Wer hat es denn gekauft?«, wollte Elisa wissen. Womöglich hing sie für alle Zeiten beim Bürgermeister über dem Sofa. Oder im Rathaus.

»Ein Deutscher.« Ricarda senkte ihre Stimme. »Für tausend Mark! Er hat nicht mal versucht zu handeln.«

»Was?«, rief Elisa.

»Ja, du bist ganz schön teuer, meine Liebe«, bestätigte Ricarda fröhlich. »Ah, da ist er ja.« Ricarda winkte ihren Kunden heran. Der junge Mann war braun gebrannt, das blonde Haar kurz geschnitten, er trug Jeans und Turnschuhe sowie ein weißes Hemd unter einem schwarzen Sakko.

»Recht lässig, der Herr. Aber sehr attraktiv, wenn man auf den arischen Typ steht«, meinte Clara mit Kennerblick und nahm automatisch Haltung an, Brust raus, Schultern zurück.

»Guten Abend, die Damen«, sagte Albrecht auf Italienisch. »Ich habe sehr gehofft, das Modell für dieses Bild heute noch zu sehen, und da ist es.« Er lächelte ihr zu.

»Elisa, das ist Signor Feldmeier«, sagte Ricarda.

Elisa umklammerte ihr Glas, sie war außerstande, einen Ton hervorzubringen. Ihre Blicke verhakten sich ineinander.

»Und das ist Elisa Laganà. Die geniale Designerin der Santoro-Decken.«

»Wir kennen uns«, erklärte Albrecht Ricarda. »Wir sind sogar verwandt.«

»Hallo, Albrecht.« Elisa hatte endlich ihre Stimme wiedergefunden, doch sie klang belegt. Ihr Blick löste sich von seinem, sie suchte den Saal ab. War er allein hier? War seine Freundin vom letzten Jahr dabei? Sie bezweifelte, dass sie die Frau wiedererkannt hätte, sie hatte sie am Bootsanleger von Marina Piccola schließlich nur ein paar Augenblicke lang gesehen. An diesem Tag, erinnerte sie sich, auf dem Boot, hatte Ricarda sie gefragt, ob sie sie malen durfte, und Elisa hatte zugestimmt. Und nun, über ein Jahr und eine Zwillingsgeburt später, hing das Bild vor ihr an der Wand, und Albrecht war wieder hier und hatte es gekauft. Das alles war surreal.

War sie überhaupt wach, oder war das gerade ein verrückter Traum?

»Was machst du hier?«, fragte Elisa schließlich. Ihr fiel beim besten Willen nichts Originelleres ein.

»Meine Eltern haben ein Haus gemietet, ich besuche sie.«

Ich. Aha. Also war er alleine hier. Das hieß das doch, oder? »Wollten sie nicht eines kaufen?«, erinnerte sich Elisa.

»Sie haben nichts Passendes gefunden.« Seine hellblauen Augen schauten sie noch immer unverwandt an, es war schwierig, diesem Blick auszuweichen. Fast schon unanständig, dachte Elisa, wie er mich anstarrt.

»Du siehst gut aus«, sagte er. »Die Frisur steht dir.«

»Danke.«

Ricarda schien die seltsame Stimmung zwischen den beiden zu spüren. Sie stupste Clara an, und die beiden gingen davon.

»Warum hast du das Bild gekauft?«

»Weil es mir gefällt.«

»Hast du mich darauf erkannt?«

»Natürlich.«

»*Die Unzufriedene*«, zitierte er. »Stimmt es, bist du unzufrieden, Elisa?«

»Ein saublöder Titel«, stieß sie wütend hervor.

Ja, sie war unzufrieden, und nicht nur das, sie war unglücklich, und dabei hatte sie alles, was eine Frau sich nur wünschen konnte: drei gesunde Kinder, einen Beruf, eine schöne Wohnung und einen Mann, der... na ja, einen Mann eben. Und doch wollte sie manchmal, zum Beispiel jetzt gerade, am liebsten laut schreien vor Verzweiflung. Er hatte kein Recht, ihr Bild zu kaufen, ihr Unglück zu sehen, jeden Tag, wann immer es ihm gefiel. Das war nicht richtig. Das war, als hätte er ihre Seele gekauft.

Sie merkte, wie ihr die Tränen in die Augen schossen. Bloß das nicht! Albrecht war der letzte Mensch, bei dem sie sich ausweinen sollte, und schon gar nicht hier, vor allen Leuten.

Sie murmelte eine Entschuldigung, ließ ihn stehen und bahnte sich mit eiligen Schritten einen Weg durch die Gäste. Draußen musste sie erst einmal anhalten und ihre Tränen wegwischen, denn sie sah alles wie durch einen Schleier.

Wo hatte sie gleich noch mal geparkt? Ach ja, ganz da hinten, in der Gasse. Weil der kleine Parkplatz schon voll gewesen war. Sie stolperte über das grobe Kopfsteinpflaster. Verdammte Schuhe, verfluchte Absätze! Wäre sie doch nie hergekommen!

Da stand sie, die Ape. Jetzt noch den Schlüssel in der Handtasche finden, und dann nichts wie weg. Was für ein peinlicher Auftritt. Dieser Albrecht brachte es fertig, immer im falschen Moment zu erscheinen, dafür hatte er offenbar einen Riecher. Sie merkte, wie ihr schwindelig wurde. Sie hätte nicht so viel trinken sollen. Sie hatte zu Hause vor Aufregung kaum etwas gegessen, und sie wusste doch genau, dass sie seit der Geburt der Zwillinge und der Stillzeit so gut wie nichts mehr vertrug. Sogar das hatten sie ihr genommen!

Sie fand den Schlüssel und wollte gerade aufschließen, als sie Schritte hörte und einen Schatten wahrnahm, der auf sie zukam. Albrecht erreichte sie und legte eine Hand auf ihre Schulter. »Lass mich fahren«, sagte er gut gelaunt. »Ich wollte immer schon mal so ein Ding steuern.«

»Was willst du von mir?«, schrie sie ihn an. »Ich bin verheiratet, ich habe drei Kinder! Drei!«

Er nahm ihr den Schlüssel aus der Hand und sagte sanft: »Steig ein, Elisa.«

Sie gehorchte. Es war wirklich besser, wenn sie nicht mehr fuhr. Er setzte sich neben sie, startete den Motor, und sie holperten langsam die Gasse entlang.

Elisa starrte stumm aus dem Fenster. Ihr war nicht gut, vom Sekt womöglich oder von all dem, was sie in der letzten halben Stunde erlebt hatte. Sie heftete ihren Blick auf das Meer. Der Mond war fast voll und legte einen silbernen Schleier über das Wasser. Dazwischen glommen die Positionslichter von ankernden Booten. Da stimmte etwas nicht. Sollte das Meer nicht auf der anderen Seite sein? Das war nicht der direkte Weg nach Anacapri, das war der genau entgegengesetzte.

»Wo fährst du hin?«, fragte sie.

»An den Strand.«

Sie sagte nichts. An den Strand. Als wäre das ganz normal. Als wären sie zwei ungezogene Teenager, die sich nachts heimlich an eine Bucht verdrückten.

Er warf ihr einen kurzen Seitenblick zu. »Oder musst du nach Hause?«

»Nein. Fahr an den Strand«, sagte sie.

Kapitel 19

Valentina

Capri, Gegenwart

Wie sie angekündigt hatte, ließ sich Signora Santoro am nächsten Tag zu Dottore Rinaldi in die Privatklinik chauffieren. Catia bot an mitzukommen, doch die Signora wollte sie nicht dabeihaben, was dieser im Grunde auch lieber war. Sie hatte eine schönere Aufgabe. Voller Vorfreude richtete sie das Zimmer neben dem ihren für Valentina her. Sie putzte, lüftete das Bettzeug, suchte nach hübschen Handtüchern, bügelte die Bettbezüge und hängte schließlich die Kleider aus Armandos Koffer in den Schrank. Vielleicht würde Valentina das eine oder andere Stück gefallen.

Danach begann Catia, die Reste der Pergola abzureißen. Sie schuftete wie wild, aber es ging recht langsam. Das Gerüst war angedübelt, und die Weinranken widersetzten sich ihrem Beschnitt.

Eine tiefe Stimme tönte durch den Garten. »Hallo? Ist wer da?«

»Auf der Terrasse!«, rief Catia, die gerade mit einer Latte kämpfte, die nur noch an einer Schraube hing, das aber hartnäckig.

Bernardo kam um die Ecke mit einem in Papier eingewickelten Blumenstrauß in der Hand.

»Du hättest besser angerufen. Sie ist heute den ganzen Nachmittag in einer Privatklinik, zur Untersuchung.«

»Dann komme ich morgen wieder. Gibst du ihr die Blumen?«

»Ja, klar. Hast du Zeit für einen *caffè*?«

»Sicher, gern.«

Catia verschwand in der Küche, setzte die Espressokanne auf und befreite den Strauß vom Papier. Weiße Lilien und rote Rosen. War das nicht ein bisschen arg förmlich? Solche Blumen legte man auf einen Sarg. Doch sie konnte ihm ja schlecht sagen, er solle sie wieder mitnehmen und etwas Fröhlicheres besorgen.

Während sie die Blumen in der Vase anordnete, wurde ihr klar, dass sie ein Problem hatte. Die Signora wusste bis jetzt nicht, wo Catia den Sturm ausgesessen hatte. Sie hatte nicht gefragt, und Catia hatte nichts gesagt. Aber nun wäre es wohl gut, ihr bald zu beichten, dass Marisa und Enzo Orlando sowie Bernardo und möglicherweise auch bereits dessen Mutter Irene über ihren Gesundheitszustand Bescheid wussten.

Sie stellte den Strauß auf den langen Tisch im Esszimmer. Der Kaffee war durchgelaufen, sie trug die zwei Tassen und die Zuckerdose auf einem Tablett auf die Terrasse.

»Hast du schon mit deiner Mutter gesprochen?«, fragte Catia.

»Nein. Ich wollte erst mit meiner Großmutter reden.«

»Sie wird mir den Kopf abreißen, wenn sie erfährt, dass ich es euch verraten habe.«

Sein Blick streifte die beschädigte Pergola. »Was hast du damit vor?«

»Abreißen. Der Sturm hat ihr den Rest gegeben, das Holz ist sowieso morsch. Aber ich habe es mir einfacher vorgestellt.«

»Ich helfe dir. Ich habe ja noch Zeit.«

Zu zweit ging der Abriss deutlich schneller. Den Wein schnitten sie zurück und ließen ein paar Längs- und Querlatten der Pergola übrig, damit der Rest der Pflanze noch ein wenig Halt hatte. Bernardo schleppte das abgerissene Holzgerüst zum Schuppen, sägte die längsten Teile durch und legte sie auf einen Stapel. Das konnte man klein hacken und verfeuern, genau wie die dickeren Abschnitte des Weinstocks. Nur müssten die erst trocknen, erklärte er.

»Den Rest schaffe ich alleine. Danke für die Hilfe.«

»Kein Ding. Grüß sie von mir.«

Er ging davon, sie hörte, wie er seinen Roller startete.

Sie zerkleinerte die dünneren Ranken mit der Astschere. Man könnte die Pergola neu errichten, der Wein würde rasch nachwachsen. Eine so alte Pflanze hatte Wurzeln, die tief hinab in die Erde reichten, mehrere Meter, das hatte Bernardo ihr verraten. Sie würde wieder austreiben. Aber lohnte sich das noch, eine neue Pergola?

Der Gedanke erschreckte sie. Diese abgerissene Pergola führte ihr auf grausame Weise vor Augen, dass die Zeit für die Signora sehr rasch ablief. Wahrscheinlich sah sie den Weinstock, den sie von Kind an kannte, noch einmal grün werden, aber nur dieses eine Mal. Sie konnte vielleicht sogar noch seine Trauben ernten, aber nur dieses Jahr. Und bis das Holz so weit war, verfeuert zu werden, war sie schon nicht mehr da. Wie mochte das sein, wenn man wusste, dass man alles zum letzten Mal machte? Das letzte Osterfest, der letzte Sommer, die letzten Pfirsiche aus dem Garten… Catia legte die Astschere hin, setzte sich auf das Mäuerchen am Rand der Terrasse und verbarg das Gesicht in ihren Händen. Ihre Augen wurden feucht.

Ich kann das nicht, ich kann das nicht, ich kann das nicht!

»Was treiben Sie denn da? Meditieren Sie, nachdem Sie das Haus zur Hälfte abgerissen haben?«

Catia wischte sich hastig über die Augen. »Signora! Ich habe Sie gar nicht kommen hören.«

»Ha! Kein Wunder.« Sie deutete auf ihre Füße, die in brandneuen Sneakers mit goldfarbenen Applikationen steckten.

»Wollen Sie für einen Inselrundlauf trainieren? Einen Marathon kann man hier ja wohl vergessen, eher kriegt man den Drehwurm.«

»Der Dottore hat sie mir praktisch verschrieben.«

»Designer-Sneakers auf Rezept?«

»Feste Schuhe. Eigentlich wollte er, dass ich mir einen Rollator besorge. Aber eher würde ich mich entleiben, als mit so einem Ding um die Häuser zu ziehen.«

»Das war klar.«

»Also habe ich mir halt diese Kloben angeschafft.«

»Und sonst? Wie sieht's aus?«, fragte Catia mit aufgesetzter Munterkeit.

»Es brechen harte Zeiten an.« Sie ließ sich auf einem der Stühle nieder. »Rinaldi hat mir einen Diätplan mitgegeben. Kein Alkohol mehr und keinen Kaffee. Höchstens koffeinfreien, aber wozu sollte man dann Kaffee trinken? Und kein fettes Essen.«

»Ich werde mich danach richten. Wie wär's mit Gerstenkaffee? Orzo ist schwer angesagt in den hippen Cafés. Ist nicht nur magen-, sondern auch klimafreundlicher.«

»Großer Gott!«

»Gut, die Völlerei und Sauferei hört auf, ich sorge dafür«, versprach Catia.

»Ich verlasse mich auf Sie«, sagte die Signora. »Ich bereue es, dass ich als junge Frau nie viel Interesse am Kochen hatte. Ich hätte von meiner Mutter und Großtante Stefania viel lernen können. Sie haben in mageren Zeiten kochen gelernt, das war von Natur aus eine bekömmliche Küche. Sie richteten sich nach den überlieferten Rezepten ihrer Mütter und Großmütter, die Pasta wurde selbst gemacht, die Eier kamen von eigenen Hühnern. Und natürlich der Fisch. Den gab es reichlich, der stammte noch von hier …«, an dieser Stelle lächelt sie verschmitzt, »… von den berühmten Capri-Fischern. Bis Anfang der Sechzigerjahre gab es keine Supermärkte. Das Essen war gesund, man wurde nicht dick davon.«

»Heute nennt man das Mittelmeer-Diät, und es gibt superedle Kochbücher darüber«, bemerkte Catia und fragte: »Sollen wir einen Gemüsegarten anlegen?«

»Denken Sie, das lohnt sich noch?«

Ein Schweigen machte sich breit, in dem man nur das Zwitschern der Vögel hörte, das von Tag zu Tag lauter wurde.

»Ich schau mal, was ich Gesundes zum Abendessen finde.« Catia stand auf. Sie fand es schwierig, so zu tun, als ob sich zwischen ihnen nichts geändert hatte. Die flapsigen Bemerkungen, die kleinen Scharmützel, all das konnte nicht darüber hinwegtäuschen, dass etwas anders war, vollkommen anders. Es fühlte sich an wie beim Fotografieren, wenn man sie aufforderte, ganz natürlich zu sein. Woraufhin sie sich prompt verkrampfte und jedes Lächeln zur Grimasse verkam.

»Ach, lassen Sie es. Sie haben schon genug geschuftet. Gehen wir lieber zu Marisa in die kleine Wachtel.«

»Äh, ja. Wie Sie meinen.« Catia verharrte in der Tür zum *salotto* und sagte: »Ach, übrigens, Bernardo war vorhin hier. Er wollte Sie besuchen. Er hat mir auch mit der Pergola geholfen.«

Vermutlich hatte etwas in ihrem Ton nicht ganz so beiläufig geklungen, wie es beabsichtigt war, denn die Signora bekam auf einmal ganz schmale Augen. »Er weiß Bescheid, oder?«

»*Ich* habe es ihm nicht gesagt«, versicherte Catia. Denn genau genommen stimmte das ja auch. Marisa hatte ihn angerufen. Aber solch feine Unterschiede waren der Signora sicherlich egal. »Dann sollte das also nur ein ganz normaler Großmutterbesuch werden?«, fragte sie mit einem lauernden Unterton.

»Nein, wohl eher nicht«, gestand Catia.

Notgedrungen erzählte sie der Signora von ihrem Aufenthalt in der Piccola Quaglia während der Sturmnacht.

»Warum sind Sie dorthin, warum um Himmels willen sind Sie denn nicht hierher zurückgekommen?«

»Weil ich sauer war. Ich wollte am nächsten Tag nach Hause.«

»Und wer oder was hat Sie umgestimmt?«

»Das spielt keine Rolle«, winkte Catia ab. »Jetzt bin ich ja hier.«

Sie wollte nicht zugeben, dass Valentinas Ankündigung ihres Besuchs den letzten Ausschlag gegeben hatte. Wahrscheinlich wäre sie ohnehin hiergeblieben, wozu Ursachenforschung betreiben? Sie setzte hinzu: »Aber seiner Mutter hat Bernardo noch nichts gesagt. Und Ihrer Schwester auch nicht, das würde er bestimmt nicht tun, da er ja weiß, dass Sie und...« Sie verstummte unter dem eisigen Blick der Signora, die mit gefährlich leiser Stimme fragte: »Wer, zum Teufel, hat Ihnen die Erlaubnis gegeben, sich in meine Familienangelegenheiten einzumischen?«

»Das habe ich nicht«, verteidigte Catia sich, und nun schwindelte sie vorsichtshalber doch, aber nur ein bisschen: »Ihre Freundin Marisa hat sofort gemerkt, dass Sie nicht gesund sind. Sie hat mich gefragt, was mit Ihnen los ist, und da konnte ich einfach nicht lügen.«

»Warum nicht? Alle Welt lügt ständig!«

»Daraufhin hat Marisa Bernardo angerufen. So war das.«

»*Mannaggia la miseria!* Ich wette, es wird keine zwei Tage dauern, und Carmela weiß alles. Ich mag mir gar nicht ausmalen, wie sie triumphieren wird, mich zu überleben.«

»Ist es denn so wichtig, was Carmela denkt? Ehrlich gesagt, finde ich das Zelebrieren dieser Feindschaft reichlich kindisch, besonders unter diesen Umständen und...«

Die Signora schnitt ihr scharf das Wort ab. »Reden Sie nicht von Dingen, von denen Sie keine Ahnung haben!«

Catia hob abwehrend die Hände. »Okay, schon gut, Sie haben ja recht, es tut mir leid.«

»Was ist mit meinen Kindern? Wieso haben Sie vorhin Irene erwähnt? Was soll das, wieso tut ihr mir das an?«

»Niemand tut Ihnen irgendetwas an.« Catia bemühte sich um einen ruhigen Tonfall, obwohl sie langsam die Nase voll hatte. »Die Leute mögen Sie nun mal, weiß der Teufel, warum.

Bernardo und Marisa machen sich Sorgen und ich auch. Wenn Sie mich fragen – was Sie nicht tun werden, aber ich sage es Ihnen trotzdem –, ich finde, Ihre Kinder haben ein Recht darauf, zu erfahren, wie es um ihre Mutter steht.«

»Ach! Sind Sie nun auch noch die Anwältin meiner Kinder?«

»Jemand muss es ja sein«, konterte Catia. »Und auch für Sie sollten Ihre Kinder wichtiger sein als diese Dauerfehde mit Ihrer Schwester. Hassen Sie sie meinetwegen aus vollem Herzen, aber gestatten Sie ihr doch nicht, über Ihr Leben zu bestimmen. Schon gar nicht jetzt!«

»An Ihnen ist eine Briefkastentante verloren gegangen.«

»Seien Sie ruhig zynisch. Das hilft ja manchmal gegen die Angst.«

»Ich habe keine Angst vor dem Tod«, erwiderte die Signora. »Nur ein bisschen vor dem Sterben.«

»Das meinte ich nicht«, sagte Catia, die gerade eine Art Geistesblitz hatte. »Ich glaube, Sie fürchten sich davor, dass Ihre Kinder nicht kommen könnten, selbst wenn sie von Ihrem ernsten Zustand erfahren.«

Die Signora warf Catia einen wütenden Blick zu und kniff die Lippen zusammen. Catia machte sich darauf gefasst, in ihre Schranken gewiesen zu werden. Doch die Signora schwieg. Sie gab es nicht zu, dass an Catias Worten etwas Wahres dran war, das wäre wohl auch zu viel verlangt, aber sie leugnete es nicht. Wortlos stand sie auf und ging in ihren neuen Sneakers ins Haus. Sie wirkte auf einmal alt, krank und gebrechlich.

Catia wich von der Tür zurück, um sie durchzulassen. Ihr war ein wenig mulmig zumute. War sie zu weit gegangen?

Sie würde der alten Dame gerne versichern, dass sie sich umsonst sorgte, dass ihre Kinder ganz gewiss kommen würden, sobald sie vom Zustand ihrer Mutter erfuhren. Aber die Signora würde zu Recht erwidern, woher Catia das denn wissen wolle. Sie kannte Piero, Adele und Irene ja nicht einmal, geschweige denn wusste sie, was damals vorgefallen war und was die drei ihrer Mutter vorzuwerfen hatten. Also hielt sie nun besser den Mund und wartete ab.

Im Esszimmer blieb die Signora vor dem Blumenstrauß stehen, zog eine Augenbraue hoch und meinte: »Sie haben schon Grabschmuck besorgt?«

»Bernardo«, seufzte Catia.

»Guter Junge.« Seine Großmutter lächelte nachsichtig.

»Möchten Sie vielleicht Tee, Signora?«

»Ja, Tee wäre gut. Lindenblüten. Man wird ja bescheiden.« Sie steuerte ihren Lieblingssessel an, und wenige Minuten später brachte Catia ihr Tee und Kekse.

»Wollen Sie immer noch in die kleine Wachtel?«, fragte sie vorsichtig.

»Viel Lust habe ich nicht. Aber irgendwann muss ich es ja hinter mich bringen, dann lieber gleich.«

»Wir könnten auch morgen hingehen, wenn meine Tochter Valentina dabei ist.«

»Sie meinen, dann müssen die zwei sich zusammenreißen und können nicht dauernd vom Sterben reden?«

»So in etwa.«

»Schlaue Idee, so machen wir es.« Die Signora gähnte verstohlen hinter vorgehaltener Hand. »Mir reicht es auch für heute. Die Prozeduren, die ich in dieser Klinik über mich ergehen lassen musste! Die haben mich praktisch auf links gedreht, mein Innenleben ist nun öffentlich.«

»Hat man Ihre Seele gefunden?«, erkundigte sich Catia.

Die Signora lächelte maliziös. »Schwarz wie ein Stück Kohle. Das Herz übrigens auch.«

* * *

Catia stand an der Mole und richtete ihren Blick auf das Tragflächenboot, das immer näher kam. Valentina hatte einen schönen Tag für ihre Anreise erwischt. Ein paar launische Frühlingswolken trieben sich am Himmel herum, doch wenn die Sonne dahinter hervorkam, ließ sie das Meer türkis aufleuchten, und man bekam eine Ahnung davon, wie schön es hier erst im Sommer sein musste. Die Boote im Hafen waren inzwischen mehr geworden. Die Möwen auch.

Das Touristenaufkommen war noch immer moderat, aber auch mit diesem *aliscafo* kam ein Pulk mit Rollkoffern und Rucksäcken an. Catia entdeckte Valentina erst nach einigen unruhigen Sekunden. Angeregt plaudernd und gestikulierend ging sie die Mole entlang, zwischen zwei jungen Kerlen mit Rucksäcken, die deren Köpfe überragten, was sie wie Riesen aussehen ließ.

»Ich bin so froh, dass du hier bist!« Catia schloss ihre Tochter in die Arme. Es waren noch nicht einmal drei Wochen vergangen seit Catias Abreise, aber es fühlte sich an wie drei Jahre.

»Warum? Was ist los?«

»Nichts. Ich freu mich einfach nur.«

»Muttern auf Capri – das lasse ich mir doch nicht entgehen. Klingt, als wärst du ein Filmstar, und mit dieser Sonnenbrille siehst du auch so aus.«

»Danke!«

Sie fuhren mit der Seilbahn von Marina Grande nach Capri-Stadt und setzten sich erst einmal auf die zentrale Bühne der Insel, die Piazzetta, wo man die cremefarbenen Markisen schon ausgefahren hatte. Sie wählten die Sonnenseite. Valentina war noch für den deutschen Vorfrühling gekleidet, mit Jeans und einem dicken Kapuzenpulli, den sie jetzt auszog. »Hier ist es ja richtig warm, und der Oleander blüht schon! Und dieses Licht! In München ist alles noch grau und kalt.«

Catia freute sich über die unverhohlene Begeisterung ihrer Tochter, die sonst eher zu Understatement neigte. Ja, hier war wirklich eine andere Welt.

Die zwei Rucksacktouristen, mit denen Valentina gesprochen hatte, saßen auf der Kirchentreppe und aßen Tramezzini. Valentina winkte ihnen zu.

»Australier«, erklärte sie, und Catia dachte automatisch an Oskar, und wie schön es wäre, wenn er seine Schwester begleitet hätte. Doch das war ja nicht möglich, weil Daniel ihren Sohn ans andere Ende der Welt gelockt hatte. Sie grollte ihm immer noch deswegen.

»Wie war die Überfahrt?«

»Toll. Das Ding ist total schnell, und Capri sieht vom Wasser aus gesehen imposant aus, so steil und felsig.«

»Es ist sehr felsig. Und es hat einen legendären Ruf.«

»Ja, auf Capri haben wirklich schon jede Menge schräge Leute gewohnt, ich hab es auf dem Flug gegoogelt. Sogar Lenin war schon da.« Valentina griff nach der bunten Eiskarte und fragte in kindlichem Ton: »Krieg ich ein Eis?«

»Warst du denn brav?«

Sie grinste.

»Was hat dein Vater dazu gemeint, dass du mich besuchst?«

»Ich habe ihn nicht um Erlaubnis gebeten, falls du das meinst.«

»Wollte er nicht mitkommen?«

»Hast du ihn denn eingeladen?«

Catia schüttelte den Kopf.

»Was ist los mit euch, lasst ihr euch scheiden?«

»Nein!«, erwiderte Catia heftig. »Wie kommst du darauf?«

»Na ja. Ihr redet anscheinend nicht allzu viel miteinander.«

»Er ist beleidigt, weil ich den Job hier angenommen habe, ohne vorher seinen weisen Rat einzuholen. Aber ich wollte einmal etwas tun, worauf ich Lust hatte. Und ja, zugegeben, etwas Abstand tut auch ganz gut. Nach zweiundzwanzig Jahren zeigt wohl jede Ehe ein paar Abnutzungserscheinungen. Es sollte eine Art Neustart werden.«

»Na, hoffentlich wird aus dem Reset kein Systemcrash.«

Eine Kellnerin kam an den Tisch. Valentina bestellte einen Schokoladeneisbecher, und Catia schloss sich ihr an. Als die Bedienung wieder weg war, beugte sich Valentina über den Tisch und begann: »Ich muss dir was sagen, über Papa.

Eigentlich habe ich ihm versprochen, es dir nicht zu erzählen, aber ich finde, du solltest es wissen…«

»Was sollte ich wissen?« Catia versuchte, sich zu wappnen, für was auch immer.

Valentina antwortete nicht gleich, denn die Eisbecher wurden serviert.

Was, wenn Daniel sie betrog? Wäre das der Schlusspunkt ihrer Ehe? Erstaunlicherweise merkte sie, dass der Gedanke daran seinen Schrecken verloren hatte. Fast rechnete sie sogar damit. Er war von ihr düpiert worden, es wäre typisch für ihn, sich eine junge Dame zu suchen, die sein gekränktes Ego bauchpinselte und bewundernd an seinen Lippen hing, wenn er seine Bonmots abfeuerte. So wie Catia vor langer Zeit. Gleichzeitig war sie erschrocken über sich selbst. Diese Coolness, das war doch gar nicht sie. Jedenfalls nicht die alte Catia. Und sie liebte ihn doch noch. Oder? Ja! Aber dennoch war ihr Daniel nicht mehr so wichtig wie früher. Er war nicht mehr das zentrale Gestirn, um das sie kreiste wie ein blasser Mond. Im Grunde war das doch eine Entwicklung, die zu begrüßen war. Nannte man das nicht Emanzipation?

»Er hat einen Job. Einen festen«, hörte sie Valentina sagen.

Sie brauchte ein paar Sekunden, um das Gesagte zu verstehen, dann ließ sie die angehaltene Luft aus ihrem Brustkorb entweichen und fragte: »Wirklich? Bei welcher Zeitung?«

»Keine Zeitung. Er arbeitet jetzt an drei Tagen pro Woche als Energieberater für die Verbraucherzentrale.«

»Er macht *was?*«

»Er hat eine Fortbildung besucht, und jetzt geht er zu Leuten und berät sie, wie sie Energie sparen, mit welchen Geräten, und was sie am Haus ändern sollten. Er hat so ein Ding, mit dem man den Stromverbrauch messen kann. Unser Kühlschrank ist übrigens jenseits von Gut und Böse und erst die alte Stehlampe!«

»Ist das ein dauerhafter, regelmäßig bezahlter Job?«, vergewisserte sich Catia, die kaum glauben konnte, was sie da hörte.

»Die Einzelheiten kenne ich nicht. Ich versteh auch gar nicht, warum er so ein Geheimnis daraus macht. Als müsste er sich dafür schämen.« Valentina schob sich einen Löffel mit Schokoladeneis in den Mund.

»Für ihn ist das beschämend, er empfindet das als Kapitulation, zumindest als einen Abstieg.«

»Verstehe. Journalist klingt ja auch so viel besser als Energieberater«, spöttelte Valentina.

»Für ihn schon. Er wollte immer, dass wir ihn für einen Intellektuellen halten, einen Schöngeist.«

»Dabei fand ich seine Intellektuellen-Attitüde meistens peinlich. Oder ist dir das so wichtig, was er macht?«

»Früher mal war ich sehr beeindruckt davon«, gab Catia zu. »Heute kommt es mir mehr darauf an, was dabei finanziell rausspringt. Ich bin froh, dass er endlich in der Realität angekommen ist.«

»Dann solltest du ihm das vielleicht sagen«, schlug Valentina vor, in einem fragenden Ton, als hätte man es mit begriffsstutzigen Teenagern zu tun.

»Wie denn, wenn ich es offiziell gar nicht weiß?«

»Ich nehme den Verrat auf meine Kappe. Mir verzeiht er alles. Hauptsache, ich werde kein Scheidungskind.«

Catia merkte, wie sie unter der Sonnenbrille feuchte Augen bekam. Sie drückte ihrer Tochter die Hand, dann löffelten beide ihr Eis und beobachteten das Treiben auf der Piazzetta.

»Ach, Italien!«, seufzte Valentina, verschränkte die Hände im Nacken und blinzelte in die Sonne.

»Und wie läuft es in deinem Liebesleben so?«, fragte Catia zaghaft und war auf eine genervte Reaktion gefasst.

Valentina ließ die Arme sinken. »Tom ist ein Arsch.«

Catia schwieg und wartete ab, doch es kam nichts mehr. Es reichte ja auch. War sie deshalb hier, um ihren Liebeskummer auszukurieren, und nicht, weil sie unbedingt Capri oder gar ihre Mutter sehen wollte? Hatten sie das heutzutage überhaupt noch, Liebeskummer?

Egal. Sie war hier, das war die Hauptsache. Mit *Tom ist ein Arsch* konnte Catia gut leben, mehr brauchte sie gar nicht zu wissen. Im Grunde war es ja doch immer wieder dieselbe alte Geschichte.

»Ich muss dir auch was sagen«, begann Catia. »Ich brauche deine Hilfe. Bei etwas… Geschäftlichem. Ich bin sozusagen unter die Häusermakler gegangen.« Sie schilderte Valentina den Auftrag der Signora, die Villa nach ihren Spielregeln zu verkaufen. »Du kannst besser fotografieren als ich, du bist fit mit den Medien, du musst mir helfen!« Sie schaute ihre Tochter flehend an.

»Klar helfe ich dir«, versicherte Valentina. »Die Hütte wird verscherbelt, die Kohle krallen wir uns!«

»Vale, bitte! Rede bloß nicht vor Signora Santoro so daher!«

»Natürlich nicht, was denkst du denn von mir?«, grinste Valentina. »Wie ist die überhaupt so, deine Signora?«

»Ziemlich speziell.«

* * *

Valentina hätte keinen besseren Zeitpunkt für ihren Besuch finden können, und das nicht nur wegen des geplanten Hausverkaufs und der damit verbundenen Tätigkeiten. An nur einem Abend erstellte sie ein Exposé für potenzielle Villenkäufer, das nun nach und nach mit Fotos, alten Grundrissen und dem Gutachten des Architekten gefüttert wurde, den Catia bestellt hatte. Wenn alles fertig war, wollten sie die ersten Anzeigen schalten.

Valentinas Bewunderung für die Villa und deren Einrichtung, ihr Interesse am Garten und an Capri überhaupt erfreute die Signora, und trotz beinahe sechzig Jahren Altersunterschied verstanden die zwei sich auf Anhieb.

An jenem Abend, an dem Valentina eine Vintage-Modenschau mit dem Inhalt von Armandos Koffer und ihr selbst als Model veranstaltete, meinte die Hausherrin: »Heirate bloß nicht vor dreißig. In deinem Alter war ich schon Ehefrau und hatte mein erstes Kind. Und die Zwillinge ließen auch nicht mehr lange auf sich warten.«

»Ganz schön jung«, fand Valentina. »Aber Mama war auch nicht älter, als sie Papa geheiratet hat. Es hat auch Vorteile. Man kann noch einiges reißen im Leben, wenn die Blagen erwachsen sind und man noch halbwegs gut erhalten ist so wie Mama.«

»Danke!«, sagte Catia.

»Das ist wahr«, sagte die Signora. »Auch ich habe erst angefangen zu leben, als ich bereits in einem Alter war, in dem man bei uns damals schon als leicht angejahrt galt.«

»Eineiig oder zweieiig?«, fragte Valentina, die manchmal etwas sprunghaft sein konnte.

»Bitte?«

»Die Zwillinge.«

»Zweieiig. Sehr verschieden. Adele kam mehr nach mir, vor allem in ihrer Art, und Irene – sie war manchmal meiner Schwester erschreckend ähnlich. Wir beide haben uns nie wirklich verstanden. Manchmal hatte ich fast den Eindruck, sie empfand mich als ihre Feindin. Sie spielte mir Streiche, und wenn ich sie bestrafte, rannte sie zu Roberto oder zu Carmela und ließ sich von ihnen trösten.«

»Mit meiner Mutter war es auch nie leicht«, bekannte Valentina. »Sie ist ein Kontrollfreak. Aber sie hat sich gebessert.«

»Hallo? Ich bin anwesend!«

Die Signora musste lachen, was in ein Husten überging.

»Woher stammt eigentlich dieses Rentier?«, fragte Valentina.

»Von den letzten Mietern. Norweger, fett im Lachsgeschäft.«

»Gab es noch mehr Mieter mit Kohle?«, fragte Valentina.

»Du bist ganz schön neugierig«, mahnte Catia.

Valentina warf ihrer Mutter einen strafenden Blick zu. »Ich bin nicht neugierig, sondern ich habe eine Idee. Wir könnten diese Norweger fragen, ob sie Interesse an einem Hauskauf hätten oder jemanden kennen, für den es infrage käme. Reiche Leute haben Connections zu anderen Reichen, und Mundpropaganda ist hundert Mal besser als jedes Exposé. Warum sollten wir das nicht nutzen?«

»Hervorragend, Valentina!«, lobte die Signora. »Fragen kostet ja nichts. Ich suche dir morgen die Adressen der Mieter raus.«

Catia führte ebenfalls Recherchen durch, allerdings hatten die nicht immer mit dem Hausverkauf zu tun. Neben dieser Aufgabe verfolgte sie noch eine geheime Agenda, sie nannte es das Projekt Familienzusammenführung. Sie wusste, dass sie damit im äußersten Fall riskierte, von der Signora hinausgeworfen zu werden. Die Provision für den Hausverkauf könnte sie dann auch vergessen. Und doch konnte sie nicht anders. Die Stimme der Vernunft riet ihr, es zu lassen, die des Herzens sagte ihr, dass sie die Signora nicht sterben lassen konnte, ohne dass deren Kinder rechtzeitig davon erfuhren. Blieben sie trotzdem weg, dann hatte sie es wenigstens versucht. In diesem Fall musste die Signora ja nicht davon erfahren.

Nach allem, was man über Irene gehört hatte, war diese wohl die härteste Nuss – abgesehen von Carmela, aber die ordnete Catia von vornherein in die Rubrik »hoffnungsloser Fall« ein. Wichtiger als Carmela waren die Kinder der Signora. Um Irene sollte sich zunächst Bernardo kümmern, schließlich war sie seine Mutter, und ihrem Sohn würde sie wohl eher Gehör schenken als einer Wildfremden. Vielleicht könnte Irene dann ihre Schwester Adele informieren. Catia begann mit Piero Laganà, dem erklärten Liebling der Signora. Sie googelte ihn. Er war auch mit fast sechzig noch ein attraktiver Mann, ein typischer Süditaliener, mit grauen Locken, samtigen dunklen Augen und einer markanten Nase. Er sah der Signora ein bisschen ähnlich, die Augen und die hohe

Stirn hatte er von ihr. Den weichen Mund wahrscheinlich eher von seinem Vater, ebenso wie das schwach ausgeprägte Grübchen am Kinn. Er galt in seinem Beruf als Koryphäe, jedenfalls fand Catia auf Anhieb jede Menge Hinweise auf wissenschaftliche Artikel, davon einige sogar in der renommierten Zeitschrift *Nature*. Irgendwo stand auch seine Mailadresse. Ob er immer noch auf Grönland war? Wie oft hatte er seine Mutter in den letzten Jahren wohl gesehen? Die Signora wusste mit einem Handy umzugehen, aber benutzte sie es auch, um ihrem Sohn mitzuteilen, wie es um sie stand? Falls dem so war, machte Catia sich lächerlich. Dieses Risiko musste sie eingehen.

Sie schrieb ihm eine Mail, nannte ihren Namen und ihre Funktion und führte an, dass der Gesundheitszustand seiner Mutter wirklich ernst sei.

Sie wissen bestimmt, Ihre Mutter ist nicht der Typ, der jammert und um Hilfe bittet, und am liebsten würde sie ihre fortgeschrittene Krankheit wohl verschweigen und hoffen, dass Sie zufällig vorbeikommen. Aber die Tatsache, dass sie wieder nach Capri gezogen ist, betrachte ich als eine Art stummen Hilferuf. Daher finde ich, Sie sollten darüber Bescheid wissen, bitte entschuldigen Sie meine Indiskretion. Vielleicht wäre es Ihnen möglich, Ihre Mutter bald einmal zu besuchen. Ich füge Ihnen vorsichtshalber ihre aktuelle Mailadresse an und die Handynummer sowie auch meine.

Mit herzlichen Grüßen, Catia Heubeck

* * *

Die Signora und Catia waren übereingekommen, Valentina mitzuteilen, dass Signora Santoro krank war, jedoch keine näheren Einzelheiten, das hatte sich die Hausherrin ausgebeten, und in diesem Fall hielt Catia sich daran. Schon aus eigenem Interesse, denn sie war nicht wild darauf, dass Valentina ihrem Vater verriet, dass Catias Stellenbeschreibung sich von der Gesellschaftsdame zur Sterbebegleitung gewandelt hatte. Auch das mit dem Maklerhonorar wollte sie ihm erst sagen, wenn sie das Geld tatsächlich hatte. Es konnte noch so viel schiefgehen, das waren alles ungelegte Eier.

Nun musste man nur aufpassen, dass Valentina die alte Dame mit ihrem Unternehmungsgeist nicht überforderte.

»Wie wäre es mit einer Bootsfahrt rund um die Insel«, schlug Valentina beim Frühstück vor. Es war ein warmer, windstiller Tag Anfang April, der schon einen Hauch von Sommer in sich trug.

»Ja, fahrt nur, ich habe hier zu tun«, meinte die Signora.

»Sie müssen mitkommen, Elisa, bitte!« Valentina verzichtete auf die respektvolle Anrede, die ihre Mutter bevorzugte, im Gegenzug fand sie es in Ordnung, dass die Signora sie duzte.

»Ich weiß nicht recht«, zögerte die Signora.

»Sie als Eingeborene können uns alles viel besser erklären«, meinte Valentina verschmitzt.

»Also gut«, gab die Signora nach. »Mieten wir ein Boot. Aber eines für uns allein, ich möchte mich nicht inmitten einer Horde betrunkener Briten auf hoher See wiederfinden. Kannst du das in die Wege leiten, Valentina?«

»Bin schon dabei.« Sie griff nach ihrem Smartphone.

Zwei Stunden später standen sie vor einem umgebauten Fischkutter, auf dem ein schweigsamer Marokkaner gerade die letzten Vorbereitungen zum Auslaufen traf.

Für den maritimen Ausflug hatte Valentina das blau-weiß gestreifte Kleid aus den historischen Beständen der Signora angezogen, dazu passten ihre weißen Turnschuhe. Die Signora trug ebenfalls ihre neuen Sneakers zu einem pinkfarbenen Leinenkleid und einem kurzen, gemusterten Jäckchen. »Ein Stilbruch erster Güte, diese Schuhe zu diesem Kleid, aber was will man machen? Das Alter verlangt einem viele Kompromisse ab.« Das Outfit wurde abgerundet von einem riesigen Strohhut, den sie mit gefährlich spitzen Hutnadeln an ihren Dutt getackert hatte. Für den Fall heftiger werdender Winde hatte sie noch ein blaues Seidentuch dabei, mit dem sie ihn festbinden konnte.

Valentina machte Fotos, als sie an der Mole standen.

»Sie sehen klasse aus mit diesem Hut, Elisa. Wie auf einem Gemälde von Monet oder eine Romanfigur von Emily Brontë.«

»Du machst dich auch nicht schlecht in meinem Kleid. Ach, das war noch eine Mode, die Frauen schmeichelte!«

»Wenn sich die beiden Stilikonen nun an Bord begeben könnten«, sagte Catia, die in Jeans und T-Shirt mit so viel Glamour nicht mithalten konnte.

Die Signora genoss die Bootsfahrt und wirkte glücklich, während sie redete und gestikulierte. Tatsächlich wusste sie zu beinahe jedem Felsen und jeder Bucht eine Geschichte zu erzählen, sei es eine historische Anekdote oder ein persönliches Erlebnis.

So langsam konnte Catia verstehen, weshalb die Signora zurückgekommen war. Es hatte nicht in erster Linie mit ihrer Familie zu tun, auch war es nicht nur die Sehnsucht nach Sonne, Licht und Schönheit, es waren die Erinnerungen an die Zeit, als sie jung war. Zudem schien sie an einem Punkt angekommen zu sein, an dem sie sämtlichen Ballast abgeworfen hatte und in der Lage war, nur noch die Gegenwart zu genießen.

»An diesem Strand, in dieser kleinen Bucht, haben Albrecht und ich uns zum ersten Mal geliebt«, erklärte die Signora, kurz nachdem sie die Faraglioni-Felsen passiert hatten. Sie thronte vorn, am Bug, Catia und Valentina ihr gegenüber auf der Bank. Der Kapitän und Steuermann saß hinten am Ruder, wo der Motor hoffentlich laut genug war, um die voluminöse Stimme der Signora zu übertönen.

»Nachts natürlich«, setzte sie hinzu. »Es war der beste Sex, den ich bis dahin hatte. Ich war sehr verliebt und ein bisschen betrunken.«

Catia und Valentina tauschten vielsagende Blicke unter ihren Sonnenbrillen, ehe Valentina sich demonstrativ die Ohren zuhielt und laut »lalalalala« sang.

»Was denn? Habt euch nicht so. Ich war auch mal jung!«

»Wer ist Albrecht?«, fragte Valentina.

»Mein Cousin zweiten Grades aus München.«

»Inzest, auch das noch!«

»Vale, also bitte!«, zischte Catia ihre Tochter an.

»Höchstens ein wenig Inzucht«, korrigierte die Signora. »Aber wir hatten nie Kinder. Damals, als ich mich von ihm verführen ließ, war ich noch mit Roberto verheiratet, dem Vater meiner Kinder.«

»Oha!«, grinste Valentina. »Ich habe mir gleich gedacht, dass Sie es faustdick hinter den Ohren haben.«

»Du hast heutzutage gut lachen«, meinte die Signora. »Ich denke, ich übertreibe nicht, wenn ich sage, dass ich damit mein Leben riskierte. Eine Frau aus dem Süden, die in den Sechzigerjahren ihren Mann betrog, lief zumindest Gefahr, krankenhausreif geprügelt zu werden.«

»Sie müssen diesen Albrecht sehr geliebt haben«, meinte Valentina.

»Das habe ich. Sieben Jahre lang, mit nur einer kleinen Unterbrechung, trafen wir uns heimlich, wenn er auf Capri war, meistens im Frühjahr und im Herbst. Ich glaube, ich habe manchmal nur auf diese wenigen Tage und Wochen im Jahr hingelebt. Heute ist es mir selbst unbegreiflich, wie das so lange gut gehen konnte. Ich hatte es wohl wirklich faustdick hinter den Ohren. Jedenfalls hatte ich Fantasie, ich erfand die abenteuerlichsten Ausreden, um mich fortschleichen zu können, ich wurde immer geschickter im Täuschen und Lügen.«

»Und was war dann?«, fragte Valentina gespannt.

»Dann...«, sagte die Signora gedehnt, »...fand ich Mittel und Wege, um mich aus meiner Ehe zu lösen.«

»Einfach so?«

»Einfach? Einfach war da gar nichts. Aber weißt du, Kind, die Dinge, um die man hart kämpfen muss, die haben dann auch Bestand.«

»Bleiben Sie so. Dieses Lächeln!« Valentina zückte ihr Handy und schoss Fotos von der Signora als Galionsfigur.

»Nicht wahr, ich mache mich gut auf Booten«, schmunzelte diese.

»Haben Sie schon mal an eine Karriere als Altersmodel gedacht? Die sind gerade schwer angesagt.«

»Ich war sogar mal ein Model.«

»Echt jetzt?«

»Zwei Tage lang. Ich konnte dem nichts abgewinnen«, versetzte sie hoheitsvoll.

Catia hörte ihr Handy piepsen. Oskar? Eher nicht, in Australien war es ja mitten in der Nacht. Sie schaute nach und stieß einen kleinen Jubelschrei aus. »Er hat angebissen!«

»Ich wusste gar nicht, dass wir eine Angel dabeihaben«, bemerkte die Signora.

»Lars Halvorsen. Der norwegische Wikinger hat geantwortet. Der Papa von unserem Rudi. Er ist interessiert an der Villa und will sie noch einmal besichtigen.«

Kapitel 20

Die Befreiung

Capri, späte Sechziger- und frühe Siebzigerjahre

Am Morgen des 6. Januar 1971 stand Elisa früh auf, um heimlich mit ihrer Mutter die Geschenke herzurichten, welche angeblich die alte Befana über Nacht gebracht haben sollte. Bisher hatte Zia Stefania den Kindern am Dreikönigstag von der Weihnachtshexe Befana erzählt, was dem einen oder anderen Kindskopf unter den Erwachsenen zuweilen einen billigen Scherz entlockte. Vor zwei Monaten war Edoardos Tante jedoch gestorben, an einem Schlaganfall, der innerhalb weniger Tage zu ihrem Tod führte. Darum würde Nonna Angela den Kindern heute die Geschichte der Befana erzählen: Die Hexe Befana hörte von den Hirten, dass das Jesuskind zur Welt gekommen war, und wollte es besuchen gehen. Der Stern von Bethlehem sollte sie zur Krippe führen, und so schwang sie sich mit ihren Geschenken auf ihren Besen. Sie war jedoch spät dran, es war schon hell und der Stern bereits erloschen. In der Hoffnung, doch noch das Christkind zu finden, flog sie von Haus zu Haus und machte allen Kindern, die sie dort antraf, Geschenke.

Elisa vermisste ihre Großtante und deren sanfte Verwirrtheit und schonungslose Offenheit, wo andere verschämt schwiegen. Obwohl ihr Geist zunehmend in anderen Sphären weilte, so war auf sie doch stets Verlass gewesen. Es war kurios, wenn man es genau betrachtete: Die Verrückte der Familie war

Elisas engste Verbündete gewesen, die anderen, die Normalen, hatten sie dagegen immer wieder enttäuscht.

Nein, das Leben ohne Zia Stefania war nicht mehr dasselbe.

Piero war inzwischen fast acht Jahre alt. Er hatte ihr anvertraut, dass er nicht mehr an die Befana glaubte und auch nicht mehr an Babbo Natale, den Weihnachtsmann, der am Weihnachtstag die Süßigkeiten brachte. Längst hatte der kluge Schlingel durchschaut, dass sein Onkel Ciro unter dem Kostüm von Babbo Natale steckte. Aber die Zwillinge glaubten noch an die Befana, und auch Piero hörte sich die Geschichte jedes Jahr geduldig an, denn er wusste, dass das Erzählen zum Ritual gehörte und die Einleitung zur anschließenden Bescherung war.

Die Päckchen lagen im Wohnzimmer der Großeltern Edoardo und Angela, zwischen dem Tisch mit der kostbaren handgeschnitzten Krippe und dem Weihnachtsbaum, einer Mode, die in den letzten Jahren in vielen Haushalten um sich gegriffen hatte. Die roten Pakete waren für Piero, er bekam neue Lego-Steine und ein ferngesteuertes Rennauto. Die hellblauen waren für Adele und die rosafarbenen für Irene, sie enthielten unter anderem eine Barbiepuppe für Irene und einen Malkasten und Stofftiere für Adele, die es mit Puppen nicht so hatte.

Adele und Piero saßen bereits auf dem Sofa und warteten, ihre Beine in den Bluejeans zappelten ungeduldig. Piero liebte diese Hosen, all seine Freunde hatten welche und die älteren Jungs sowieso. Selten hatte eine Mode so eingeschlagen. Adele, die ihrem Bruder stets nacheiferte, wollte prompt auch eine Jeanshose, also hatte Elisa ihr ein hübsches Modell mit einem Latz gekauft. Es war pflegeleichter und robust, was bei Adele durchaus angebracht war. Die Fünfjährige spielte gern raue Spiele, kletterte auf Bäume oder stürzte mit Pieros Fahrrad, das sie sich immer wieder heimlich schnappte.

»Sie ist genauso wild und unmöglich, wie du früher warst«, meinte Angela mit sorgenvoll gerunzelter Stirn. Aber anders als Elisa hatte Adele in ihrer Mutter eine verständnisvolle Fürsprecherin auf ihrer Seite. Elisa hatte eher Probleme mit der mädchenhaften und schnell beleidigten Irene. Sie war wie Carmela, sie hätte deren Tochter sein können. Was für eine boshafte Laune des Schicksals!

»Wo ist Irene?«, fragte Elisa, als sie ins Wohnzimmer kam.

»Ist sie nicht bei euch?«, erwiderte Angela.

»Nein, nicht dass ich wüsste.«

»Sie wollte ihr hübsches Kleid anziehen. Adele, willst du nicht auch ein Kleid anziehen? Nachher machen wir ein Foto, willst du darauf wirklich diese hässlichen Hosen tragen?«

»Die sind schön«, protestierte Adele.

»Dieses eitle Geschöpf!« Elisa ging hinüber in den Anbau, aber dort war nur Roberto, der in der Küche stand und mit Carmelas Hilfe noch ein Geschenk in rotes Papier einpackte. »Damit bist du aber verdammt spät dran«, stellte Elisa fest. »Was ist da drin?«

»Ein Kassettenrekorder für Piero. Von Onkel Ciro«, antwortete Carmela an Robertos Stelle.

»Ihr dürft ihn nicht so verwöhnen. Die Mädchen werden eifersüchtig sein. Ist er dafür nicht auch ein bisschen zu jung?«

»Sein Kumpel Gianni hat auch einen«, meinte Roberto. »Ich zeige ihm, wie man ihn bedient.«

Elisa hatte im Augenblick weder Zeit noch Lust auf Grundsatzdiskussionen über Kindererziehung. »Ist Irene hier?«

»Sicher nicht«, sagte Carmela. »Sie wäre doch reingekommen, um zu sehen, was wir einpacken.«

Elisa schaute trotzdem in alle Zimmer und meinte dann: »Bestimmt hat sie sich versteckt. Herrgott, sie macht mich noch wahnsinnig!«

»Nur ruhig, wir werden sie schon finden«, sagte Roberto, der zu spüren schien, dass seine Frau sehr angespannt war. Wie so oft in letzter Zeit.

Alle drei gingen hinüber zu den Großeltern.

»Piero, Adele, helft mir eure Schwester suchen.« Die beiden, so Elisas Kalkül, kannten Irenes Verstecke sicher am besten. Sie maulten, aber sie sahen ein, dass es ohne Irene keine Bescherung geben würde.

Die ganze Familie schwärmte aus, man suchte im Haus und im Garten. Nach und nach verwandelte sich Elisas Ärger immer mehr in Sorge. Was, wenn sie weggelaufen war? War sie nicht gestern Abend wegen irgendetwas sauer gewesen? Weswegen? Elisa erinnerte sich nicht, sie war zu aufgeregt, und Irene war so oft beleidigt. Ständig fühlte sie sich benachteiligt und unterstellte ihren Eltern, besonders ihrer Mutter, dass diese Adele bevorzugte und lieber mochte. Damit hatte das Kind sogar recht, auch wenn Elisa sich redlich Mühe gab, gerecht zu sein und Irene genauso zu lieben wie ihre Schwester. Es wiederholen sich unweigerlich die alten Muster, erkannte Elisa. Es war zwischen Adele und Irene wie mit ihr und Carmela, und Elisa hatte kein Rezept, wie man diesen Teufelskreis durchbrechen könnte.

Sie versuchte es im Schuppen. »Irene! Komm raus, zeig dich, es ist jetzt kein Spaß mehr.«

Nichts.

Sie lief durch das Tor, hinaus auf die Straße. Es war den Mädchen streng verboten, das Grundstück zu verlassen, ohne Bescheid zu sagen. Aber vielleicht wollte Irene sie provozieren. »Irene! Wo bist du? Wir machen uns Sorgen! Bitte, Irene!«

Es war kalt, die Straße nass. Irrte ihr Kind etwa durch Anacapri? Wohin wollte sie? Zu Carmela und Ciro, wohin sie immer flüchtete, wenn ihr zu Hause etwas gegen den Strich ging? Das Paar wohnte seit drei Jahren in einem kleinen gemieteten Haus unweit des *alimentari*. Carmela hatte darauf gedrängt, sie wollte nicht länger mit ihren Schwiegereltern unter einem Dach leben. »Wahrscheinlich bekomme ich deshalb kein Kind, weil mir alle jeden Tag auf den Bauch starren und vorwurfsvoll glotzen! Meine Nerven sind zu angespannt, ich bin dort nicht glücklich.«

Natürlich war sie auch im neuen Haus nicht glücklich, und schwanger wurde sie auch nicht.

Jetzt bemerkte Elisa ihren Schwager Ciro. In seinem wiegenden Gang kam er die Straße entlang, sein rötliches Haar war ein auffallender Farbfleck im Wintergrau.

»Elisa? Was machst du draußen in der Kälte, ohne Jacke?«

»Hast du Irene gesehen? War sie bei euch?«

»Nein. Wieso?«

Sie merkte, wie ihr dir Tränen kamen, und ließ sich von Ciro überreden, wieder ins Haus zurückzukehren. Inzwischen war auch Angela in Tränen aufgelöst und Carmela kurz davor.

»Sie taucht wieder auf, sie spielt euch sicher nur einen Streich«, meinte Ciro, der ruhende Pol in all der Aufregung.

Elisa kämpfte ihre Panik nieder und dachte noch einmal scharf nach. Irene war angeblich zurück in den Anbau gegangen, um sich umzuziehen. Vielleicht hatte sie dort beobachtet, wie Carmela und Roberto den Kassettenrekorder für Piero einpackten. Das hatte ihren Neid geweckt, und so hatte sie sich entschlossen, in irgendeinem Versteck zu schmollen und es ihnen heimzuzahlen. Elisa hatte vorhin zwar in sämtlichen Räumen nachgesehen, allerdings nicht sehr gründlich. »Ich suche noch mal bei uns drüben«, murmelte sie und ging zurück in ihre Wohnung.

Irene hockte in Elisas Kleiderschrank. Elisa war grenzenlos erleichtert und atmete tief durch. *Danke, lieber Gott!* Dann bemerkte sie ihre vom Bügel gerissenen, zerknitterten Kleider, Irenes Schmollmund und den vorwurfsvollen, bösen Blick, mit dem das Kind sie von unten herauf ansah, und es war um ihre Beherrschung geschehen. Elisa packte Irene grob am Arm und zerrte sie aus dem Schrank, obwohl diese sich mit aller Kraft gegen die Tür stemmte. Sie stellte sie auf die Beine und verpasste ihr eine saftige Ohrfeige.

Irene heulte auf, vor Wut und vor Schmerz, und Elisa, der die Hand wehtat, packte Irene an den Schultern, schüttelte sie und brüllte, was ihr eigentlich einfiele, allen das Fest zu verderben. »Warum machst du das, was haben wir dir getan?«

»Ich hasse dich!«, schrie Irene.

»Du bist ein böses Kind! Die Befana weiß das, für dich gibt es keine Geschenke!«, fauchte Elisa zurück.

Dann war plötzlich Roberto hinter ihr. Irene riss sich von Elisa los und warf sich in seine Arme.

»Ist gut, meine Kleine, es ist schon gut«, gurrte er und strich seiner Tochter tröstend übers Haar.

»Gar nichts ist gut. Sie gehört bestraft!« Elisa war noch immer außer sich.

Doch Roberto zischte Elisa zu, sie solle sich gefälligst zusammenreißen, und plötzlich waren auch Angela und Carmela da, und alle stürzten sich voller Freude auf Irene. »Komm, wir gehen in dein Zimmer und suchen dir ein hübsches Kleid aus, und dann gibt es Geschenke«, sagte Carmela und schob ihre Nichte vor sich her. Irene drehte sich um und warf Elisa einen triumphierenden Blick zu.

»War das nötig?«, fragte Roberto eisig.

»Es war nur eine Ohrfeige. Sie hat sie verdient.«

»Ich meine das, was du zu ihr gesagt hast. Dass sie böse ist.«

»Sie hat es extra gemacht, um uns Befana zu verderben«, erwiderte Elisa. »Es ist ihr ja auch gelungen.«

»Sie ist ein Kind, verdammt noch mal, und Kinder verstecken sich ab und zu, das ist doch normal. Herrgott, Elisa, was ist nur los mit dir?«

Was los war?

Sie war eine schlechte Mutter und eine noch schlechtere Ehefrau. Eine Ehefrau, die ihren Mann seit Jahren betrog und die seit Monaten an Liebeskummer litt.

* * *

Vor fünf Jahren, in der Nacht nach der Vernissage, kam sie erst in den frühen Morgenstunden nach Hause. Sie glühte wie nach einem Sonnenbrand, sie war erfüllt von ihm, seiner Stimme, seinen Berührungen, sie konnte noch immer seinen Duft an sich wahrnehmen, und ihre Augen glänzten fiebrig, als sie sich im Badezimmerspiegel betrachtete. Die Frau, die ihr dort entgegenblickte, war eine andere als noch Stunden zuvor.

Wie sollte sie in drei Tagen wieder Roberto unter die Augen treten? Er würde ihr sofort ansehen, dass sie ihn betrogen hatte, dass sie nicht mehr dieselbe war.

Sie hatte etwas nicht Wiedergutzumachendes getan. Sie war eine untreue Ehefrau. Aber sie bereute keine Sekunde davon. Jedenfalls noch nicht.

Im Morgengrauen legte sie sich zu Bett und träumte sich zurück in seine Umarmung.

Sie schlief nicht lange, und als sie sich gerade ankleidete, kam ihre Mutter vorbei. Mit den Kindern war alles gut gegangen. Ob es denn schön gewesen sei, gestern Abend? Sie sei ja sehr spät zurückgekehrt. Ob sie nicht zu ihnen zum Frühstück kommen wolle?

Elisa konnte es kaum glauben. Jeder musste doch sehen, was mit ihr los war, und ihre eigene Mutter bemerkte nichts?

Albrecht hatte sie gebeten, geradezu angefleht, ihn heute Nachmittag oder auch am Abend in dem gemieteten Ferienhaus zu besuchen. Seine Eltern seien schon abgereist, er wolle noch eine Woche bleiben.

Nein, es musste ein Ende haben. Jetzt und sofort. Es war einmal gut gegangen, aber es durfte sich nicht wiederholen. Auf gar keinen Fall.

Doch als die Kinder am Nachmittag zusammen mit Angela und Zia Stefania die letzten Äpfel ernteten und einkochten, meinte Elisa leichthin, sie wolle kurz zu Ricarda, sie habe zugesagt, ihr beim Aufräumen in der Galerie behilflich zu sein.

»Geh nur«, sagte Angela, und so fuhr Elisa wie der Teufel auf dem Moped zu diesem Ferienhaus in Marina Piccola und verbrachte den Nachmittag mit Albrecht, die meiste Zeit davon im Bett.

Sie war dreiundzwanzig, Mutter von drei Kindern und entdeckte gerade, dass Sex und Liebe auch zusammengehen konnten.

Sie traf ihn in dieser Woche noch dreimal, auch nachdem Roberto und Edoardo von der Messe zurück waren. Sie riskierte dabei jedes Mal Kopf und Kragen, aber es war ihr egal. Ein bis dahin nie gekannter Fatalismus hatte sie ergriffen, sie war nicht einmal nervös, wenn sie ihrem Mann oder dem Rest der Familie Lügen auftischte. Wahrscheinlich war es diese Kaltblütigkeit, die dafür sorgte, dass sie mit ihren Ausreden durchkam.

Albrecht versprach, im Frühjahr zurückzukommen. »Bis dahin müssen wir überlegen, wie es mit uns weitergehen soll«, sagte er beim Abschied.

Wie es mit uns weitergehen soll. Darüber, und besonders über dieses *Uns*, dachte Elisa schier ununterbrochen nach, während sie nach außen hin wieder funktionierte wie immer. Vielleicht, überlegte sie amüsiert, half ihr bei alldem die zurückliegende Zeit mit Armando. Dadurch hatte sie Übung bekommen im Täuschen und Lügen.

Sie traf sich mit Kate Barnes, der Schmuckdesignerin, und Ricarda in deren Atelier in der Via Posterula. Kate und Ricarda hatten eine Idee und wollten Elisa dafür begeistern: ein gemeinsames Ladengeschäft in Capri-Stadt. Man bräuchte nur einen Raum, der groß genug war und nicht gar so viel Miete kostete. Elisa musste nicht lange überzeugt werden, sie war sofort dabei.

Sie fanden ein passendes Objekt in der Via le Botteghe, und zur nächsten Saison eröffneten Elisa Laganà, Kate Barnes und Ricarda Fagosta ein gemeinsames Geschäft. Es war eine Mischung aus Laden und Galerie, sie nannten es Capri Originale. Ricarda stellte dort ihre Werke und die anderer capresischer Künstler aus, Elisa präsentierte und verkaufte die Decken von Capre di Capri und Kate ihren Schmuck.

Die Ladengalerie Capri Originale lief von Beginn an überraschend gut. Die drei Frauen teilten sich die Arbeit und die Anwesenheit im Laden. Für Elisa war die Galerie eine wunderbare Gelegenheit, um aus dem Dunstkreis ihrer Familie auszubrechen und unter Menschen zu kommen. Für Kate und Ricarda, die in der Nähe wohnte, war der Laden so etwas wie ihr zweites Wohnzimmer, und so hielten sich die Inhaberinnen oft auch gemeinsam dort auf, plauderten mit Kunden oder untereinander. Bisweilen tranken sie nach Geschäftsschluss noch einen Martini auf der Piazzetta oder vor einer Bar. So bekam Elisa ziemlich viel mit vom Leben in Capri-Stadt, das sich, man musste es wirklich zugeben, sehr stark von Anacapri unterschied, besonders was Weltoffenheit, Spaß und Glamour anging.

Roberto und Edoardo hatten von Anfang an nichts gegen den Laden. Edoardo ließ sich von Elisa überzeugen, dass in Capri deutlich mehr Menschen ihren Weg in die Ladengalerie fanden, als dies im Werksverkauf in Anacapri der Fall gewesen war. Und da Elisas Geschäftsideen bis jetzt nicht die schlechtesten waren, willigte ihr Vater ein, die Decken künftig in Capri-Stadt zu verkaufen. Da Elisa nicht überall gleichzeitig sein konnte, musste Roberto notgedrungen mehr Verantwortung in der Firma erhalten, und auch den Werksverkauf musste sie schweren Herzens schließen.

Für Elisa hatte der neue Laden in der Via le Botteghe aber auch noch eine andere Funktion. Sie benutzte ihn ab sofort als sichere Adresse, an die Albrecht seine Briefe schicken konnte. Die Briefe, in denen er sie als die Liebe seines Lebens bezeichnete oder, wenn ihn Eifersucht und Zweifel quälten, schrieb, sie beide seien ein Unheil füreinander. Doch schon im nächsten Brief träumte er wieder von einem gemeinsamen Leben, irgendwann, wann immer Elisa bereit dafür sei.

Der Dienstplan der drei Geschäftsinhaberinnen folgte keiner festen Regel. »Wir sind Künstlerinnen, keine Kleingeister oder Beamte«, meinte Ricarda. Sie einigten sich von Woche zu Woche, manchmal auch von einer Stunde auf die andere, wer sich wann im Laden aufhielt. Dies bot Elisa immer wieder Anlass, kurzfristig zu verschwinden, weil sie bei Capri Originale gebraucht wurde. Meistens stimmte es auch.

Von Mitte November bis Mitte Februar blieb die Ladengalerie zu Elisas Leidwesen geschlossen, nur für die Einheimischen lohnte sich die Öffnung nicht.

Im Mai, ein Jahr nach der Vernissage in der Musikschule, die für Elisa und Albrecht am Strand endete, kam Albrecht tatsächlich für zwei Wochen auf die Insel. Wie sehr hatte Elisa ihrem Wiedersehen entgegengefiebert. Der Winter war ihr endlos erschienen, die kurzen, dunklen Tage erfüllt von Zweifeln und bangen Fragen. Hatte er zwischenzeitlich eine andere kennengelernt? War er zu dem Schluss gekommen, dass das Ganze sinnlos war und keine Zukunft hatte? Ab und zu rief sie ihn heimlich aus der Firma oder aus einer Telefonzelle an. Aber es war nicht dasselbe. Bis zuletzt war sie nicht sicher, ob er wirklich wiederkommen würde, aber nun stand er da, in der neu eröffneten Ladengalerie Capri Originale, und sie wagte nicht, auf ihn zuzustürzen und ihn zu umarmen, denn die Fensterscheiben waren groß, jeder konnte sie von der Straße aus sehen.

Kate und Ricarda waren eingeweiht, anders ging es nicht. Sie waren verschwiegen, verstanden sie und würden sie niemals verraten. In den zwei Wochen seines Hierseins benutzte Elisa ihren angeblichen Dienst im Laden immer wieder als Alibi, um sich mit Albert zu treffen. Genauso lief es im Herbst. Und im nächsten Frühjahr. Denn er kam wieder, Jahr um Jahr, meist im Frühjahr und oft noch einmal im Sommer oder im Herbst.

So ging es erstaunliche fünf Jahre lang.

Niemals schöpfte Roberto auch nur den geringsten Verdacht. Es mochte damit zu tun haben, dass Elisa, seit es Albrecht in ihrem Leben gab, nach außen hin viel ausgeglichener war als früher. Endlich benahm sie sich wie eine untadelige Ehefrau, also konnte man die Leine etwas lockerer lassen.

Als Mutter hingegen war Elisa nicht gerade ein leuchtendes Vorbild. Nicht, wenn man die Maßstäbe zugrunde legte, die im Italien der späten Sechzigerjahre galten. Doch irgendwann hatte man in der Familie eingesehen und akzeptiert, dass Elisa nun mal eher eine Geschäftsfrau war. »Das Mütterliche liegt ihr nicht, sie hat schon als Kind lieber gemalt oder im Matsch gespielt, als Puppen herumzutragen«, resümierte Angela.

Damit die Kinderschar nicht größer wurde, nahm Elisa heimlich die Antibabypille. Es schien Roberto weder zu wundern noch zu grämen, dass sie nicht mehr schwanger wurde. Möglicherweise fand er auch, dass drei Kinder genug waren. Zumal seine Töchter, besonders Irene, ihren Papà geradezu anhimmelten. Nur Angela machte sich Gedanken. Vielleicht, so ihre Vermutung, sei bei der komplizierten Zwillingsgeburt *etwas kaputtgegangen*.

Während Piero schon früh geredet hatte und schon bald eine wache Intelligenz und einen gewissen Forscherdrang erkennen ließ, waren die Zwillinge eher Spätzünder. Das sei nicht ungewöhnlich, erklärte Dottore Taccone, da die Mädchen viel untereinander kommunizierten und weniger mit den Erwachsenen, hinke ihre Sprachentwicklung etwas hinterher. Das würde sich mit der Zeit geben und hieß nicht, dass sie dümmer seien als andere, beruhigte er die Eltern.

Carmela hatte immer noch kein eigenes Kind, und allmählich befürchteten alle, ohne es auszusprechen, dass es wohl auch nichts mehr werden würde. Carmela schien sich ebenfalls damit abgefunden zu haben. Sie bemühte sich sehr um ihren Neffen und ihre Nichten. Elisa ließ sie gewähren, ihre anfänglichen Bedenken hatten sich zerstreut. Nur ab und zu versetzte es ihr einen Stich, wenn die Zwillinge ihre Mädchengeheimnisse lieber mit Carmela teilten als mit ihrer Mutter.

Aber alles im Leben hat seinen Preis. Diese simple Lektion hatte Elisa bereits gelernt.

Im Sommer letzten Jahres stellte Albrecht ihr ein Ultimatum. Elisa solle ihren Mann verlassen und mit den Kindern zu ihm nach München ziehen. Anderenfalls wäre es besser, sie würden sich trennen. »Sie sind noch jung, sie werden rasch die Sprache lernen, sie können auf gute Schulen gehen. Sie haben dort bessere Chancen als hier, besonders die Mädchen. Und wir wären endlich zusammen, eine Familie.«

Elisa verstand ihn gut. Er war jetzt über dreißig, hatte sein Studium abgeschlossen und arbeitete in einem renommierten Architekturbüro. Er plante, demnächst den Seniorchef abzulösen und sein eigenes Büro zu eröffnen. Es war nur natürlich, dass er eine Frau wollte, die am Abend zu Hause war und mit der er verreisen konnte, und keine, die er nur ein paar Tage im Jahr unter fragwürdigen Umständen traf.

Es hatte zwischendurch wohl auch die eine oder andere Frau in seinem Junggesellenleben gegeben. Sie konnte ihm seine verzweifelten Versuche, seine Situation zu ändern und von ihr wegzukommen, nicht einmal übel nehmen. Er war sogar so ehrlich, ihr davon zu erzählen, und auch, dass diese Versuche scheiterten, weil er einfach nicht mit dem Herzen bei der Sache war. Elisa fand seine Aufrichtigkeit ehrenwert, aber sie wollte keine Einzelheiten hören. »Wenn es eines Tages vorbei ist, dann sag es mir. Was dazwischen passiert, davon will ich nicht wissen.«

Trotzdem ahnte sie es bisweilen. Sie merkte es am Ton seiner Briefe und an deren Frequenz. Manchmal kamen drei pro Woche, dann wieder nur einer oder zwei im Monat. Im Geheimen rechnete sie immerzu damit, dass es eines Tages aus wäre, und versuchte, sich innerlich darauf vorzubereiten.

Bei jedem Brief, den sie erhielt, dachte sie einen Moment lang daran, dass es der sein könnte, in dem er ihr mitteilte, dass er die Richtige getroffen hätte. Eine Frau aus gutem Haus, ledig und ohne Anhang. Jedes Mal war sie grenzenlos erleichtert, wenn es nicht so war.

Stattdessen verlangte er nun, nach fünf Jahren, diesen großen Schritt von ihr. »Es ist mir egal, ob du verheiratet bist. In München weiß das keiner, und es gibt genug Paare, die in wilder Ehe leben.«

Sie zögerte, zauderte. So lange, bis er wieder wegfuhr, ohne eine Antwort erhalten zu haben.

Sie dachte aber immer wieder darüber nach. Nein, es ging nicht. Die Kinder waren so sehr eingebettet in diese Familie, Piero ging inzwischen zur Schule, es wäre grausam, sie aus ihrer Welt herauszureißen, sie wegzubringen in ein fremdes Land mit einer fremden Sprache. Abgesehen davon, würde Roberto seine Frau bestimmt nicht einfach weglassen. Nie im Leben, eher würde er sie umbringen. Sie müsste heimlich fliehen und ihre eigenen Kinder entführen.

Sie erinnerte sich an die Rede von Zia Stefania, nachts am Küchentisch, als Elisa sie vom Tod ihrer Schwägerin Wilhelmine unterrichtet hatte. Demnach hatte Wilhelmine ihren Sohn Edoardo nach München mitgenommen, wo er offenbar unglücklich war und wieder zurückkehrte. Elisa hatte ihren Vater nie danach gefragt, und nun wagte sie es nicht, aus Furcht, sich zu verraten.

Aber ihren dreien wollte sie diese Erfahrung ersparen.

Kurz vor Weihnachten schrieb Elisa Albrecht einen Brief, in dem sie ihm ihre Gründe darlegte, warum das nichts werden konnte, obwohl er ihre große Liebe war und immer sein würde. *Unsere Liebe darf nicht zum Unglück meiner Kinder werden*, schrieb sie. Deshalb würde sie bleiben, wo sie war, und ihn freigeben für eine Frau, wie er sie verdiente.

Es kam keine Antwort. Was sollte er auch schreiben?

Elisa schwankte zwischen Trauer und Erleichterung. Es war

vorbei. Keine Heimlichkeiten mehr, kein schlechtes Gewissen. Aber schon im nächsten Moment sah sie ihn vor sich mit einer anderen Frau, verliebt, so wie damals mit der Brünetten in Marina Piccola, und es krampfte sich in ihrem Inneren alles zusammen. Sie war eine Kommilitonin gewesen, er war mit ihr einen Sommer lang zusammen, das hatte er ihr erzählt, genauso wie Elisa ihm die ganze Wahrheit über sie und Armando erzählt hatte.

Das alles spielte jetzt keine Rolle mehr. Ihr Platz war hier, sie musste ihn vergessen, ihren schönen Teutonen.

Wie schon zu Beginn ihrer Ehe versuchte sie, sich mit ihrem Dasein auszusöhnen. Es waren nicht nur die Kinder, die sie hier hielten, sagte sie sich. Sie hatte etwas erreicht, erkämpft, es gab für sie eine Menge zu verlieren, ihren Beruf, den gemeinsamen Laden. Sie hatte Freundinnen, sie traf interessante Leute. Sie war jemand, hatte ihren Platz in der Gesellschaft der Insel. Was für eine Arroganz, von ihm zu erwarten, dass sie das alles hinwarf und ihm in ein fremdes Land folgte, wo sie niemand war und nichts hatte. Außer ihm.

Warum nur war Elisa dann trotzdem so unglücklich?

Es lag auch am Winter. Das Leben kam zum Erliegen, alles war geschlossen, Meer und Himmel die meiste Zeit eine Melange in Grau. Wenn man sich dann noch gerade von seiner großen Liebe getrennt hatte – war es ein Wunder, dass man sein Kind anschrie und kurz davor war, sich einen Strick zu nehmen?

Durchhalten, sagte sich Elisa. Es wird wieder Sommer, die Farben werden zurückkommen, und das Leben geht weiter, weil es das muss.

Es wurde ein Sommer ohne Albrecht. Wenn sie in der weitläufigen Galerie Capri Originale saß und las, malte oder zeichnete, um nicht untätig auf Kunden zu warten, hoffte sie insgeheim, dass er jeden Moment zur Tür hereinkäme, so wie damals auf Ricardas Vernissage. Sie würden Kaffee trinken und stundenlang launige Gespräche führen... Doch er kam nicht durch die Tür, und der Postbote brachte nur Rechnungen. Hatte er eine Frau zum Heiraten gefunden? Ein Teil von ihr gönnte ihm ein glückliches, zufriedenes Leben, ein anderer wünschte ihn und die unbekannte Rivalin zur Hölle.

Ricarda hatte eine Idee, wie sie ihre Freundin aus dem Tief herausreißen könnte. Als sie zu Saisonbeginn, Ende Februar, die Galerie putzten und mit neuen Bildern und Decken bestückten, sagte sie: »Weißt du was? Wir machen zum Herbst hin eine Ausstellung mit deinen Bildern. Du bist so weit, die Vernissage wird eine große Sache, eine Party mit Musik und einer Dichterlesung, was meinst du?«

Früher hätte Elisa Tausende Bedenken gehabt, aber ihr Selbstbewusstsein als Künstlerin war gewachsen, seit es Capri Originale gab. Bei manchen Werken, die Ricarda dort von anderen Kunstschaffenden ausstellte und verkaufte, hatte sie schon gedacht: Das kann ich auch, wahrscheinlich besser.

»Okay«, sagte Elisa.

»Okay? Einfach so?«

»Ja. Lass uns mit der Planung beginnen. Ich habe Zeit, ich kann wieder mehr malen, die Zwillinge sind endlich in der Schule.«

»Und der Liebste ist übers Meer gen Norden entschwunden«, ergänzte Ricarda.

Natürlich wussten Kate und Ricarda Bescheid. Sie hatten jahrelang Elisas Affäre gedeckt, also verdienten sie nun auch die Wahrheit.

»Scheißmänner, zum Teufel mit ihnen«, murmelte Elisa.

Plötzlich brachen beide in ein Lachen aus, wobei es bei Elisa ein Lachen und Weinen zugleich war.

»Weißt du noch, was ich dir mal über die Kunst gesagt habe, Elisa?«

»Du redest den ganzen Tag über Kunst, wie soll man sich das merken?«

»Dass du damit etwas hast, was dir keiner nehmen kann. Es wird Zeit, darauf zurückzugreifen.«

Elisa befolgte den Rat. Wenn die Kinder in der Schule waren, streifte sie in der Gegend herum, auf der Suche nach Inspiration, und um allein zu sein mit ihren Gedanken, den kreativen und den trüben. Sie malte ein Bild nach dem anderen. Die Ausstellung war ein Etappenziel zurück ins Leben, und sie konzentrierte sich nur darauf. Kleine Schritte, dachte sie. Ein Bild nach dem anderen, einen Tag überleben, den nächsten, eine Woche, einen Monat. Diese Therapie half ihr tatsächlich über ihre Verzweiflung hinweg. Zumindest am Tag. Die Nächte hingegen waren ein ganz anderes Kapitel.

* * *

Im Juni verkündeten Ciro und Carmela der Familie die Nachricht von Carmelas Schwangerschaft. Angela und Edoardo waren begeistert, Roberto zog erstaunt die Augenbrauen hoch und gratulierte ihr etwas hölzern, und Elisa seufzte erleichtert auf. Endlich, dachte sie, hatte dieses Jammern ein Ende!

Man könnte meinen, nach all der Zeit des Hoffens, Sehnens und der Enttäuschungen würde Carmela euphorisch sein und mit beseeltem Lächeln einherwandeln, wie man es bei anderen zum ersten Mal Schwangeren beobachten konnte. Aber so war es nicht. Carmela freute sich natürlich, aber nicht so, wie Elisa es erwartet hätte. Diese kannte ihre Schwester gut genug, um zu merken, dass ihr etwas auf der Seele lag. Als sie kurz vor den Sommerferien ihre Kinder bei ihr abholte – die drei gingen regelmäßig nach der Schule bei Carmela vorbei, um dort Kuchen oder Eis zu essen –, fragte sie Carmela ohne Umschweife, was ihr aufs Gemüt schlug.

»Es ist nichts. Ich bin überglücklich, was denkst du denn?«

»Carmela, lüg mich nicht an, das klappt bei mir nicht.«

»Ich habe einfach schreckliche Angst, dass noch etwas schiefgeht. Ich trau mich einfach nicht, glücklich zu sein. Ich bin's erst, wenn es da ist und …« Sie stockte.

»Und was?«

»Wenn es eben gesund ist«, setzte sie unwirsch nach.

»Warst du schon bei der Ultraschalluntersuchung?«

»Nein. Ich weiß nicht, ob das nicht vielleicht schädlich ist.«

»Ist es nicht. Aber mach, wie du denkst. Du bist jung und gesund, du wirst ein prächtiges Kind bekommen, glaub mir.«

»Wenn du das sagst.« Carmela lächelte zögernd. »Willst du mal meinen Bauch anfassen?«

»Nein, will ich nicht!«

* * *

Die Ausstellung von Elisas Bildern bei Capri Originale fand Ende September statt. Ricarda hatte viel Reklame dafür gemacht, und es gab schon zahlreiche Anmeldungen für die Vernissage.

»Wo sind denn eigentlich deine ersten Bilder, die abstrakten?«, fragte Ricarda.

»Gut versteckt. Und da bleiben sie auch«, antwortete Elisa.

»O nein! Die sind gut, du musst sie zeigen. Sie demonstrieren deine Entwicklung, und sie waren so spontan und kraftvoll.«

»Niemals!«

Denn dieses Mal kam auch ihre Familie zur Vernissage. Elisa legte keinen Wert darauf. Die Malerei war ihr geistiges Refugium und Capri Originale ihr räumliches. Sie hatten in beiden Sphären nichts zu suchen, sie verstanden nichts von Malerei, und Elisa war nicht scharf auf ihre Kommentare. Doch es ließ sich nicht vermeiden. Alle dachten, Elisa wäre gekränkt, wenn sie der Vernissage fernblieben, andererseits wären sie tödlich beleidigt und Roberto womöglich voller Argwohn, sollte Elisa sie ausladen. Doch sie waren wie Fremdkörper in der Ausstellung, und ihre anerkennenden Worte klangen hohl in Elisas Ohren.

»Warum hast du deine Bilder mit E.S. signiert und nicht mit E.L.?«, fragte Roberto gekränkt.

»Es reicht schon, wenn ich deinen Namen tragen muss, meine Bilder müssen das nicht auch noch«, gab Elisa zurück, wonach er sich wortlos abwandte und unter die lokale Prominenz mischte.

Ja, verschwinde nur, dachte Elisa, denn das alles erinnerte sie so sehr an ihre erste Nacht mit Albrecht, die Vernissage, ihr Porträt, den Strand... Umso unerträglicher war ihr Robertos Anwesenheit.

In gut einem Monat war die Saison vorbei. Sie war noch am Leben, die Familie gesund, Carmela endlich schwanger. Ihre Bilder fanden sogar Käufer, sie war nun eine lokale Künstlerin. Alles schien in Ordnung.

Vor ihr lag der nächste Winter und dahinter kein Ziel.

* * *

Im Dezember 1971 kam Vincenzo zur Welt, ein gesunder Junge mit dunklem Haar und einer kräftigen Stimme.

»Ich hatte schon befürchtet, er würde Ciros rotes Haar bekommen«, vertraute Angela Elisa an.

»Das kann ja noch kommen.«

»Bloß nicht. Sie werden ihn in der Schule hänseln. Ich finde, der Kleine sieht eher aus wie Piero.«

»Mama, sieh den Tatsachen ins Auge: Alle Neugeborenen sehen mehr oder weniger gleich aus, nämlich rot, runzelig und hässlich. Bis auf das eigene natürlich.«

Wieder ein Winter ohne Albrecht, schon der zweite. Ein Weihnachtsfest mit vier Kindern und strahlenden jungen Eltern, Befana, der Karneval. Und dann, im Februar, die ersten Anzeichen des nahenden Frühlings. Elisa funktionierte. Sie war nicht unglücklich, aber auch nicht glücklich, und sie dachte viel zu viel an Albrecht. Sie erwog, ihm einen freundschaftlichen Brief zu schreiben, sich zu erkundigen, wie es ihm gehe. So wie man einem entfernten Verwandten schreiben würde, der einem zufällig wieder einmal in den

Sinn kam. Sie konnte sich nicht aufraffen. Sie war noch nie gut darin gewesen, ihre Gedanken in Worte zu fassen, selbst, als sie sich noch Liebesbriefe schrieben, spiegelten die Worte auf dem Papier nie wirklich wider, was sie empfand. Dann schon eher ein Bild.

Die Ladengalerie öffnete wieder, ein Lichtblick!

Nach wie vor war da diese leise Hoffnung, Albrecht würde zurückkommen. Doch Elisa versicherte sich selbst, dass es nicht passieren würde. Sie sollte sich endlich damit abfinden und aufhören, dauernd an ihn zu denken.

Im August war die Insel so voll wie nie zuvor. Die Menschen schienen zu verreisen, was das Zeug hielt. Elisa überlegte, ob sie Roberto auch einmal vorschlagen sollte, in den Urlaub zu fahren. Aber wohin? Indien? Viel zu weit weg und zu teuer. Ihr fiel nichts ein, und außerdem hatte sie wenig Lust auf seine Gesellschaft, und auf einer Reise wäre man noch enger zusammen als hier. Alleine oder mit Ricarda würde er sie wohl kaum fortlassen.

Es sei denn, sie erpresste ihn. Das Mittel dazu besaß sie, sie müsste es nur einsetzen.

Neulich hatte Elisa den kleinen Vincenzo auf dem Schoß gehalten. Er war acht Monate alt, ein wahrer Wonneproppen mit dunklen Locken und großen braunen Augen. Als sie ihm einen Rest Brei vom Kinn wischte, spürte sie es. Das kleine Grübchen. Es war noch nicht zu sehen, es würde sich erst in ein, zwei Jahren zeigen. So war es bei Piero auch gewesen. Elisa wurde schlecht vor Wut. Aber sie ließ sich nichts anmerken. Sie hatte gelernt, dass man manche Trümpfe besser zurückhielt, um sie zum richtigen Zeitpunkt auszuspielen.

Für diesen Trumpf, dachte sie nun, müsste es aber schon eine sehr lange Reise sein.

Sie faltete die Decken neu und legte sie auf einen ordentlichen Stapel ins Regal, als Albrecht hereinkam. Elisa glaubte zunächst an eine Sinnestäuschung. Es passierte nämlich, dass sie sich einbildete, ihn zu sehen. Ein Gesicht auf der Piazzetta, eine schlaksige Gestalt, die die Mole entlangging, eine Geste, ein Profil, die Haltung eines blonden Männerkopfes, ein Lächeln in einer Gruppe Touristen. Solche Momente bewirkten, dass sie wildfremde Männer anstarrte oder verfolgte, bis sie ihren Irrtum bemerkte. Dabei hätte sie jedes Mal geschworen… Aber er war es wirklich, es sei denn, der Wahnsinn hätte sie fest im Griff. Das blonde Haar trug er nun länger, ein paar kleine Fältchen um die Augen waren neu, ein unsicheres Lächeln spielte um seinen Mund. Sie stand reglos vor dem Regal, nur ihre Augen suchten panisch den Raum ab. War er allein? War ihm vielleicht jemand gefolgt, eine Frau, seine Frau, die er ihr vorstellen wollte?

»*Buongiorno*, Elisa!«

Nein, es gab keine andere Frau, und wenn es eine gegeben hatte, dann gab es sie jetzt zumindest nicht mehr. Das hörte sie sofort am Klang seiner Stimme. Sie ging ein paar Schritte auf ihn zu, er kam ihr entgegen, und sie ließ sich von ihm umarmen. Seinen Körper zu spüren, seinen Duft zu atmen, wie hatte sie ohne das nur existieren können?

Minutenlang standen sie da und hielten einander fest. Es war Elisa egal, ob man sie von draußen sehen konnte. Danach drehte sie das Türschild um, sperrte die Tür ab und zog ihn nach hinten ins Lager.

»Fängt jetzt alles wieder von vorn an? Gerade warst du einigermaßen über den Berg.« Ricarda verdrehte die Augen.

»Ich war nie *über den Berg*. Ich habe mir nur nichts anmerken lassen«, entgegnete Elisa. »Dieses Mal ist es anders.«

»Ach ja? Was denn?«

»Ein paar Dinge eben.«

Elisa fragte ihn nicht, was in den letzten anderthalb Jahren geschehen oder nicht geschehen war. Er war zurückgekommen, nur das zählte. Sie richtete ihr Augenmerk ab sofort auf die Zukunft.

»Gib mir noch ein, zwei Jahre Zeit«, bat sie Albrecht.

Er reagierte ähnlich wie Ricarda. »Was soll bis dahin anders sein?«

»Es wird gemunkelt, dass man sich in Italien auch bald scheiden lassen kann.«

»Die Kirche und die Mehrheit im Parlament ist nach wie vor dagegen.«

»Die Kirche verliert an Einfluss, sogar hier. Und die Regierungen wechseln bei uns wie das Wetter.«

»Und wenn es nicht passiert?«

»Gehe ich trotzdem. Ich habe einen Plan. Vertraust du mir?«

»Was bleibt mir anderes übrig?«

»Du könntest mir sogar helfen.«

»Soll ich deinen Mann ermorden?«

»Fürs Erste würde es genügen, wenn du dich nach einem Internat im Norden Italiens umschaust. Eines mit gutem Ruf und dem Schwerpunkt Naturwissenschaften.«

Als ersten Schritt nahm sie sich Carmela vor. Sie besuchte sie am Vormittag, wenn ihre Schwester mit Vincenzo allein zu Hause sein würde.

»Wo habt ihr es getrieben und wie oft?«, fragte sie unumwunden, kaum dass sie die Küche betreten hatte. Sie verzichtete darauf, sich hinzusetzen.

Carmela erbleichte. Sie saß am Küchentisch und zog gebrühten Tomaten die Haut ab. Vincenzo krabbelte auf einer Decke herum und lutschte an den Bauklötzen, die Piero ihm vererbt hatte.

»Versuch erst gar nicht, mich anzulügen. Es gibt Beweise«, setzte Elisa nach.

»Es war nur einmal. Ich… ich wollte das nicht. Du warst unterwegs, ich habe die Kinder zu Bett gebracht, und… und da ist es eben passiert.«

»Etwa in unserem Schlafzimmer?«

»Nein. Nein, im Wohnzimmer. Das Sofa. Wir hatten noch ein Glas Wein getrunken, und dann… Elisa, es tut mir so leid.«

»Unsinn. Dir tut gar nichts leid. Du hast mal wieder bekommen, was du wolltest, gratuliere.« Sie blickte hinunter auf das Kleinkind, das sich fröhlich glucksend daranmachte, eine Schublade auszuräumen. »Und wie immer auf meine Kosten und ohne Rücksicht auf Verluste.« Sie wandte sich um und ging zur Tür.

Carmela war aufgestanden. »Was wirst du tun? Wirst du es Ciro sagen? Bitte nicht, es würde ihn umbringen!«

»Nein, das überlasse ich dir.«

Am Abend gab Elisa sich ganz besondere Mühe und kochte ein für ihre Verhältnisse recht aufwendiges Abendessen, bestehend aus Pasta, Gemüse und gebratenem Fisch.

Schon als sie Roberto den Weg entlangkommen sah, wusste sie, dass Carmela ihn zwischenzeitlich angerufen und gewarnt hatte. Wie ein geprügelter Hund schlich er ins Haus.

Als er den hübsch gedeckten Tisch sah, stutzte er, hob den Kopf und fragte: »Willst du mich vergiften?«

»Das habe ich nicht vor.«

Sie setzte sich und schöpfte die halb rohe Pasta mit dem leicht versalzenen Pesto aus Basilikum und Pinienkernen auf die Teller.

»Elisa, es tut mir leid. Ich bereue es wirklich. Das hätte nicht passieren dürfen, aber sie war… sie hat es darauf angelegt. Wir wissen, wieso. Ich bin ihr in die Falle gegangen.«

Zuzutrauen wäre es ihrer Schwester schon. Irgendwann hatte sie bestimmt begriffen, dass es an Ciro liegen musste. Was lag näher, als sich dem Schwager an den Hals zu werfen, in den sie immer schon verliebt war und der sich von seiner Frau zu wenig wertgeschätzt und vernachlässigt fühlte.

»Du armes, unschuldiges Opfer! Gewiss hat sie dich vergewaltigt.«

»Elisa, ich sage doch, es tut mir leid. Aber wärst du nicht ständig weg gewesen…«

»O nein!«, fuhr sie ihn an. »So einfach kommst du nicht davon. Die Schuld auf mich abwälzen, das würde dir so passen.«

Eine Weile aßen sie stumm, dann fragte er: »Gut, was willst du?«

»Dir ist klar, dass mein Vater dich rauswirft, wenn er es erfährt.«

Er verzog höhnisch den Mund. »Ah, darum geht es. Du willst mich endlich aus der Firma raushaben. Das war doch von Anfang an dein Ziel. Bitte, du hast gewonnen. Ehe ich mich feuern lasse, gehe ich freiwillig. Ich kann ja Zimmerkellner in einem Hotel werden, oder vielleicht kriege ich einen Job am Hafen.«

»Du sollst in der Firma bleiben, aber ich möchte, dass Piero hier rauskommt. Es gibt da ein Internat, es liegt in der Nähe von Mailand, am Comer See…«

»Du willst mir meinen Sohn wegnehmen? Das ist deine Rache?«

»Ich möchte das Beste für Piero. Er ist sehr klug, besonders in den Naturwissenschaften, ich habe mit seinen Lehrern gesprochen. Er muss die bestmöglichen Chancen haben. Er wird in den Ferien zu Hause sein, niemand will ihn dir wegnehmen.«

»Er kann nach Neapel auf das *liceo tecnico* gehen.«

»In ein, zwei Jahren wird jeder im Dorf wissen, dass sein Cousin auch sein Halbbruder ist. Du weißt, wie Kinder sind, sie werden ihn gnadenlos verspotten. Ich möchte ihm das ersparen. Er soll eine gute Ausbildung bekommen und Schulkameraden aus aller Welt haben. Er muss weg von dieser kleinen, beschränkten Welt, ehe er auch so wird, wie… wie alle anderen hier.«

»Wer soll das bezahlen, dieses Internat?«

»Wir. Ich. Meine Bilder verkaufen sich in letzter Zeit gut.«

»Ach ja? Davon hast du mir ja noch gar nichts erzählt.«

»Du hast mir ja auch nicht erzählt, dass du mit meiner Schwester schläfst.«

Sie nahm die Teller mit den Nudeln vom Tisch und servierte zerfallenes, angebranntes Fischfilet und verkochtes Gemüse.

»Deine Eltern werden dagegen sein«, prophezeite Roberto. »Dein Vater spricht jeden Tag davon, dass Piero eines Tages die Firma übernehmen soll.«

»Mein Vater hat mir *mein* Leben versaut, das reicht. Ich werde nicht zulassen, dass er Piero Steine in den Weg legt. Aus ihm soll einmal mehr werden als ein Deckenfabrikant.«

»Ach, so ist das! Wir sind dir nicht mehr gut genug, seit du in Künstlerkreisen verkehrst. Haben dir das diese zwei Lesben eingeredet?«

»So redest du nicht mit mir. Nie mehr«, sagte Elisa ruhig und bestimmt. Bis jetzt schlug sie sich gut. Dass während der gesamten Unterhaltung ihr Herz raste wie wild, war ihr nicht anzumerken. »Piero wird auf dieses Internat gehen. Das ist der Preis.«

»Der Preis?«

»Für mein Schweigen und dafür, dass ich keinen Skandal daraus mache.«

Roberto sah ein, dass er damit noch einigermaßen billig davonkam. »Weiß Piero es schon?«

»Ich werde es ihm sagen. Es wird ihm gefallen. Nichts ist für einen intelligenten Menschen schlimmer, als wenn er seine Intelligenz nicht ausleben darf.«

Roberto schob angeekelt seinen Teller von sich. »Was bist du nur für eine Frau? Nicht mal kochen kannst du, und jetzt schickst du auch noch deinen zehnjährigen Sohn in die Fremde!«

»Da ist noch etwas, Roberto«, lächelte Elisa. »Fass mich nie wieder an, ja?«

* * *

Piero war anfangs nicht begeistert, aber Elisa zeigte ihm die Prospekte, die das Internat geschickt hatte. »Sie haben dort alles, was man sich denken kann. Ein Chemielabor, Sportplätze, sogar eine eigene Sternwarte.« Sie wusste, dass ihn Sterne und das All faszinierten. »Wenn es dir gar nicht gefällt, musst du nicht bleiben«, versprach sie.

Ein paar Wochen später saßen Elisa und ihr Sohn zum ersten Mal alleine in einem Zug. Es war für beide gleichermaßen aufregend. Sie fuhren nach Mailand, wo sie in einem Hotel übernachteten und sich am Morgen noch den Dom anschauten, ehe es mit dem Regionalzug weiterging, in Richtung Comer See, und das letzte Stück mit einem Taxi.

»Schau mal, Mama, man kann die Berge sehen! Sind die hoch!«, rief Piero.

Als sie vor dem Schultor aus dem Taxi stiegen und das weitläufige Anwesen mit den Sportplätzen betrachteten, konnte Elisa kaum glauben, dass es wirklich funktioniert hatte. »Du wirst dich rasch eingewöhnen und es mögen«, sagte sie zu Piero, der ängstlich ihre Hand umklammerte.

Ihr hätte diese Schule auch gefallen. Zu dem Schluss kam sie nach einem Rundgang mit einem jungen Lehrer, der es verstand, Piero und eine Gruppe anderer Jungen und deren Mütter und Väter zu begeistern und den Kindern die Ängste vor dem, was auf sie zukam, zu nehmen. Ja, diese Schule war ein ganz anderes Kaliber als das katholische Mädchengymnasium in Sorrent. Hoffentlich wusste Piero dies zu schätzen und zu nutzen.

Er bekam ein Zimmer mit drei anderen Jungen, sie stammten aus Venetien, der Emilia-Romagna und aus Bozen.

»Am Anfang wird es nicht leicht sein, Piero. Versuch, richtiges Italienisch zu sprechen, nicht Dialekt, sonst lachen sie dich aus. Du wirst dich wahrscheinlich öfter einmal nach deinem Zuhause zurücksehnen. Das ist nicht schlimm, und du darfst ruhig weinen, wenn dir danach ist. Aber versuch, tapfer zu sein. Es ist eine tolle Schule, es ist nur zu deinem Besten.«

So redete sie ihm zu, ehe sie ihren kleinen Sohn mit seinem riesigen Koffer zurückließ und ging.

Ihr Plan sah vor, ein paar Monate abzuwarten, bis Piero sich auf dem Internat wirklich wohlfühlte. Danach wollte sie Roberto verlassen und zu Albrecht nach München ziehen. Von dort war es nicht allzu weit bis an den Comer See. Sie könnte Piero regelmäßig sehen und ihn in den Ferien nach München holen. Albrecht hatte angeboten, die Kosten für die Schule zu übernehmen. »Lass nur, es geht schon, und wie sollte ich das Roberto erklären?«, hatte Elisa gesagt. Doch später würde sie vielleicht auf sein Angebot zurückgreifen müssen. Für Piero, der es verdiente, etwas aus sich zu machen.

»Was ist mit den Zwillingen?«, fragte Albrecht.

Das war ein wunder Punkt. Elisa war zuvorderst um Pieros Wohl besorgt; was mit den Mädchen geschehen sollte, darüber war sie sich noch nicht im Klaren. So anstrengend die beiden als Babys gewesen waren, so unkompliziert waren sie inzwischen, wenn man von Irenes gelegentlichen Intrigen und Gemeinheiten einmal absah. Die Schule hatte sie noch enger zusammengeschweißt. Sie lebten auf ihrem Zwillingsplaneten, hatten ihre eigenen Zeichen, Codes und Geheimnisse und waren sich selbst genug. Sie stritten sich, natürlich, aber sie hingen auch sehr aneinander. Die Erwachsenen, respektive Elisa, nahmen sie zur Kenntnis, aber sie schienen nicht mehr wichtig zu sein.

»Ich werde Adele anbieten mitzukommen. Es muss ja nicht sofort sein. Sie kann mich erst einmal in den Ferien besuchen. Irene wird sich ohnehin weigern.«

»Wie kannst du da sicher sein?«

»Irene hängt an Carmela und an meiner Mutter. Sie braucht mich nicht und mag mich nicht, wir beide kommen nicht gut klar miteinander. Ich weiß, so etwas sollte man als Mutter nicht sagen, aber es ist so.«

An Weihnachten kam Piero nach Hause. Er schwärmte von

seiner neuen Schule und hatte offenbar auch schon Freunde gefunden. Elisa fiel ein Stein vom Herzen. Sie machte sich nichts vor, sie hatte nicht zuletzt ihre eigenen Interessen verfolgt, als sie ihn dorthin schickte. Es war für sie wie eine Erlösung, zu wissen, dass er gut zurechtkam. Sie hatte die richtige Entscheidung für ihn getroffen, wenn auch aus egoistischen Gründen.

Pieros Entwicklung hatte in den vier Monaten im Norden einen Riesensatz gemacht. Er war als stilles, etwas schüchternes Kind abgereist und kam als selbstbewusster, zuweilen etwas altkluger Junge wieder. Sogar Roberto musste das anerkennen. »Aus unserem Sohn ist ein kleiner Klugscheißer geworden«, meinte er halb ironisch. »Bald wird er uns alle in die Tasche stecken.«

Dich jetzt schon, dachte Elisa, doch sie schwieg und lächelte, um den weihnachtlichen Frieden zu wahren. Wenn alles so lief, wie sie es sich vorstellte, würde es ohnehin das letzte Weihnachten mit Roberto und ihrer Familie sein.

* * *

Wie ungleich die Charaktere in der Familie verteilt waren. Anders als seine Mutter Carmela schien deren Sohn Vincenzo über ein sonniges Gemüt zu verfügen. Der Einjährige war ein süßes, pflegeleichtes Baby. Was konnte er dafür, dass er für die Familie zur Zeitbombe wurde, die alles sprengen sollte? Es wurde immer offensichtlicher, dass er seinem angeblichen Vater Ciro kein bisschen ähnelte. Stattdessen sah er immer mehr exakt so aus wie Piero als Kleinkind, genau wie Elisa es vorhergesagt hatte. Sie beobachtete, wie Angela und Edoardo eines Abends über dem Fotoalbum saßen und tuschelten. Es dauerte nicht mehr lange, und im Ort begann ebenfalls das große Raunen.

Carmela tat, als würde sie nichts davon bemerken, doch Elisa fiel auf, dass Ciro in letzter Zeit immer schweigsamer wurde. Er kam nicht mehr zu den gemeinsamen Abendessen, und auch Carmela machte sich rar, und wenn sie zu Besuch war, war sie dünnhäutig und gereizt.

Am Ostersonntag gingen Carmela und Angela in die Messe, Elisa passte auf die Zwillinge und Vincenzo auf. Ciro, der sonst gerne Kinder hütete, fühlte sich nicht wohl, und Roberto und Edoardo betrachteten Babysitten als Frauenarbeit und damit unter ihrer Würde. Nach der Messe wollte Carmela ihren Mann zum gemeinsamen Mittagessen bei ihren Eltern abholen. Sie verschwand in dem kleinen Haus. Kurz darauf hörte Angela, die auf dem Trottoir stand und wartete, einen gellenden Schrei.

Ciro hatte sich am Dachbalken erhängt. In seinem Abschiedsbrief entschuldigte er sich bei Carmela, dass er ihr kein Kind machen konnte. Er verzieh ihr den Fehltritt mit dem Schwager, doch er könne mit der Schande und dem Gespött nicht länger leben. *Lieber tot sein als ohne Ehre leben*, schrieb er.

Carmela war verzweifelt, und wäre der kleine Vincenzo nicht gewesen, wäre sie ihrem Mann vielleicht in den Tod gefolgt. Dazu kam, dass die Mariuzzos Carmela für den Tod ihres ältesten Sohnes verantwortlich machten und sie und die ganze Familie Santoro ab sofort mit ihrem Hass verfolgten. Seine Mutter, Pina Mariuzzo, beschimpfte Carmela als Hexe, Pasquale Mariuzzo spuckte vor ihnen aus, und Ciros jüngerer Bruder Franco schwor Rache. Carmela fühlte sich allein nicht mehr sicher, sie und Vincenzo zogen zurück in ihr Elternhaus.

Elisa war zutiefst schockiert von den Ereignissen. Nach ihrem Dafürhalten waren nicht Carmela oder Roberto schuld an Ciros Tod, sondern die engstirnige, scheinheilige, bigotte Gesellschaft Süditaliens im Allgemeinen und die gehässigen Klatschmäuler von Anacapri im Besonderen. Diese versteinerte Gemeinschaft, in der Rache und Ehre mehr zählten als Glück und Vergebung, diese ständig unterschwellig vorhandene Gewalt, all das widerte sie an. Sie wusste, ihre Familie hätte im umgekehrten Fall genauso reagiert wie die Mariuzzos. Sie wollte so nicht mehr leben, sie wollte hier nicht mehr leben.

Es machte ihr im Grunde nicht viel aus, Carmela und Vincenzo wieder im Haus zu wissen. Es war sicher das Klügste, was man im Moment tun konnte, ehe noch jemand zu Schaden kam – und das alles nur, weil zwei Menschen Sex hatten. Aber das sagte sie nicht. Sie erkannte die Gunst der Stunde. So tragisch und makaber das sein mochte, doch sie nutzte Robertos schlechtes Gewissen, das Chaos nach Ciros Tod – Selbstmord, eine schwere Sünde! – und Carmelas Wiedereinzug in den Schoß der Familie als Vorwand, um die Eifersüchtige zu spielen und ihren Ehemann und ihre Familie zu verlassen.

»Du hast uns das eingebrockt«, sagte sie zu Roberto. »Ich kann mich nicht mehr im Dorf sehen lassen, erst recht nicht jetzt, da meine Hure von Schwester sogar wieder hier wohnt und ich euren Bastard täglich sehen muss.« So redete sie, gegen ihre innere Überzeugung, denn dies waren die Denkmuster ihrer Eltern und ihres Ehemannes, das war die Sprache, die sie verstanden. Hätte sie gesagt, sie wolle in Freiheit leben, selbstbestimmt und mit dem Mann, den sie liebte, hätte Roberto sie eher totgeschlagen, als sie gehen zu lassen.

»Wo willst du denn hin?«, fragte er verdattert, als er zusehen musste, wie Elisa ihre Koffer packte.

»Nach Deutschland. Ich habe dort Verwandte, Nachfahren meiner Großmutter väterlicherseits.« Sie legte das schwarze Kleid in den Koffer und strich es zärtlich glatt.

»Aber die kennst du doch gar nicht!«

»Ich habe sie vor Jahren mal am Strand getroffen. Wir schreiben uns Weihnachtskarten. Sie werden mich sicher aufnehmen, Blut ist dicker als Wasser.«

Die zurückliegenden Ereignisse hatten Roberto ziemlich mitgenommen, auch er befand sich in einem Ausnahmezustand. Nur so war seine Zurückhaltung zu erklären. Er fühlte sich schuldig und begriff weder, dass er von seiner Frau belogen wurde, noch dass Elisa für immer ging. Offenbar glaubte er an eine Schmollphase, an eine Strafe für seine Untreue. So etwas kam bisweilen vor. Betrogene oder zu hart geschlagene Ehefrauen gingen für eine Weile zu ihren Eltern oder zu anderen Verwandten, sozusagen als Warnschuss für ihren Ehemann. Wenn sie sich dann wieder beruhigt hatten oder die Sehnsucht sie übermannte, kamen sie zurück, und alles war wie vorher.

Elisa verzichtete darauf, ihn aufzuklären. Die Zwillinge würde sie in den Sommerferien nachholen. In diesen oder in den nächsten. Hauptsache, sie war erst einmal weg.

Kapitel 21

Catias Traum

Capri, Gegenwart

Liebe Catia, ich danke Ihnen sehr für Ihre Mitteilung. Ich bin froh, dass Sie bei meiner Mutter sind. Ich weiß von ihrem Umzug nach Capri, wir stehen in Kontakt. Von ihrem ernsten Zustand hat sie mir jedoch nichts berichtet, was wiederum typisch ist für sie. Ich habe hier noch Verpflichtungen, aber ich könnte in etwa zwei Wochen nach Capri kommen. Oder befürchten Sie, dass es dann zu spät sein wird?

Herzliche Grüße, Piero Laganà.

Wenigstens einer, dachte Catia und schrieb ihm, dass zwei Wochen wohl in Ordnung seien, bis jetzt halte sich seine Mutter tapfer, Capri schien ihr gut zu bekommen.

Es klopfte an ihre Tür. »Mama, bist du fertig?«

Catia schickte die Mail weg und klappte den Deckel des Laptops zu. »*Arrivo!* Ich komme!«

Sie waren auf dem Weg zum Restaurant Piccola Quaglia, wieder einmal. Inzwischen gingen sie bestimmt alle zwei Tage dort essen. Valentina hatte sich sofort in das kleine Lokal mit der grandiosen Aussicht und den witzigen Bildern an den Wänden verliebt. Sie schwärmte für die hervorragende Küche und vielleicht auch ein wenig für den Koch. So kam es Catia jedenfalls vor. »Musst du denn nicht mal wieder an die Uni?«, hatte sie ihre Tochter vor ein paar Tagen gefragt. Immerhin war sie nun schon über zwei Wochen hier. Dass sie es so lange mit ihr aushielt, hätte Catia nie zu hoffen gewagt.

»Willst du mich loswerden?«

»Nein. Ich frage nur. Was macht deine Bachelorarbeit?«

»Die ist fast fertig, ich arbeite daran. Und ehe dieser Deal mit der Villa nicht über die Bühne gegangen ist, gehe ich nirgendwohin.«

»Ich sehe Dollarzeichen in deinen Augen, mein Kind«, grinste Catia. »So kenne ich dich ja gar nicht.«

»Wir stecken eben beide voller Überraschungen.«

Das Restaurant hatte inzwischen auch offiziell wieder geöffnet, es kamen täglich mehr Gäste. Die Signora vertrug die in Italien üblichen späten Mahlzeiten nicht, deshalb trafen sie regelmäßig gegen sieben Uhr am Abend dort ein. Zu dieser Zeit begegnete man noch keinem Capresen, aber inzwischen schon deutschen Familien und Rentnerpärchen. Die Saison hatte definitiv begonnen.

Sie nahmen auf der Terrasse Platz, und Marisa brachte ihnen selbst gemachte Grissini zum Knabbern und stilles Wasser. Aus Solidarität mit der Signora, die keinen Alkohol trinken sollte, verzichteten auch Catia und Valentina auf Wein.

»Elisa, wie war es eigentlich, als Sie dann nach Deutschland gekommen sind?«, fragte Valentina. »Waren Sie glücklich, oder hatten Sie Heimweh?«

»Beides«, sagte die Signora. Seltsamerweise ließ sie sich von Valentina stets bereitwillig aushorchen. »Ich vermisste die Farben und die Sonne Capris, und natürlich fehlten mir die Kinder.« Sie nahm einen Schluck Wasser und blinzelte in die tief stehende Sonne. »Im darauffolgenden Jahr, 1974, wurden in Italien endlich Scheidungen legal. Davor galt ja nur: *Bis dass der Tod euch scheidet.*«

»Bestimmt ist die Mordrate im Land danach gesunken«, lachte Valentina.

Die Signora meinte, das sei eine interessante Frage, das

müsse man einmal recherchieren. »Ich habe in den Jahren zuvor jedenfalls sehr viele Mordpläne geschmiedet. Seid ihr jetzt schockiert?«

»Mich kann nichts mehr schockieren«, erklärte Catia.

»Kaum war dieses Gesetz gültig, habe ich über einen Anwalt die Scheidung in die Wege geleitet. Und ich habe diesen verhassten Namen, Laganà, abgelegt und meinen Mädchennamen Santoro wieder angenommen. Ich glaube, erst da wurde Roberto wirklich klar, dass ich nicht wiederkommen würde und dass ich einen anderen Mann hatte. Das versetzte ihn in Rage. Im Sommer wollte ich die Zwillinge besuchen und Adele fragen, ob sie mitkommen wollte. Ich telefonierte deswegen mit Roberto, doch er drohte, sollte ich je wieder einen Fuß auf die Insel setzen, würde er mich umbringen. So etwas war damals keine leere Drohung. Sogar meine Mutter schrieb mir und warnte mich vor ihm. Er wäre mit einer milden Strafe davongekommen. *Verbrechen aus Leidenschaft*, nannten die Richter das, wenn Männer ihre Frauen töteten, weil diese tatsächlich oder auch nur angeblich untreu waren.«

»Ich glaube Ihnen«, versicherte Valentina.

»Für meinen Vater war ich nach meiner Abreise übrigens auch gestorben. Weil ich in seinen Augen das Gleiche getan hatte wie seine Mutter. Es würde mich nicht wundern, wenn er ihnen verboten hätte, meinen Namen auszusprechen, genau wie früher den von Wilhelmine.«

»Krass«, staunte Valentina, und die Signora schaute eine Weile lang traurig in den Sonnenuntergang.

»Mein Vater war allerdings mein kleinstes Problem«, fuhr sie fort. »Ich versuchte, das Sorgerecht zu erstreiten, aber kein Gericht fühlte sich zuständig, und ich hatte schlechte Karten, da ich ja meinen Mann verlassen hatte. Der Streit zog sich hin und verschlang eine Menge Anwaltskosten, aber es kam nichts dabei heraus. Nur Piero sah ich regelmäßig. Er war alt und klug genug, um sich gegen seinen Vater durchzusetzen und sich von dieser archaischen Gesellschaft zu distanzieren. Er blieb auf seiner Schule und verbrachte jedes Jahr die Hälfte der großen Ferien in München. Manchmal fuhren Albrecht und ich hin und besuchten ihn am Wochenende. Albrecht übernahm das Schulgeld, als Roberto nicht mehr zahlen konnte.« Ein boshaftes Lächeln stahl sich über ihr Gesicht. »Die Firma Capre di Capri ging nämlich drei Jahre nach meinem Weggang pleite.«

»Ha!« Valentina reckte den Daumen.

»Albrecht kaufte aus der Konkursmasse einen großen Posten Decken auf. Sie waren noch jahrelang beliebte Geschenke bei der Verwandtschaft und im Bekanntenkreis. Ich besitze noch heute einige davon.«

»Wann haben Sie die Zwillinge wiedergesehen?«, wollte Catia wissen.

»Erst zehn Jahre danach. Sie waren achtzehn, wir trafen uns in Neapel. Es war eine sehr beklemmende Begegnung.« Sie schlug für einen Moment die Hände vor die Augen, ehe sie weitersprach. »Sie hatten allen Grund, böse auf mich zu sein, ich hatte sie im Stich gelassen. Außerdem waren sie jahrelang der Gehirnwäsche durch meine Familie ausgesetzt. Sie behandelten mich wie eine entfernte Verwandte, die man anstandshalber treffen muss. Wir hatten uns nicht viel zu sagen. Trotzdem bestand ich von da an auf regelmäßigen Treffen, ich besuchte sie, wenn sie nicht kommen wollten. Aber es wurde nie mehr ein inniges Verhältnis, und dann...« Sie verstummte, denn Bernardo trat an den Tisch und begrüßte alle drei Damen mit *baci* auf die Wangen. Er servierte Linguine mit Limettensoße, zwei normale Portionen und eine winzige für seine Nonna. Alle drei aßen stumm, andächtig und nachdenklich.

»Wie lief es mit Albrecht?«, fragte Valentina, die Indiskretion in Person, nach der Vorspeise. »War es die große Liebe oder nur eine Illusion? Haben Sie es bereut? Ich meine, Sie haben ja einen hohen Preis bezahlt...«

»Vale! Bitte!«

»Was denn? Ich muss das wissen. Ich bin jung und naiv, ich profitiere gerne von der Lebenserfahrung älterer Menschen.«

»Ach!«, schnaubte Catia. Allerdings interessierte sie die Antwort der Signora ebenfalls brennend.

»Es war alles so fremd!«, bekannte die Signora. »Diese Villa! Mir war bis dahin nicht klar, dass ich es mit schwerreichen Leuten zu tun hatte.«

»Altes Geld«, warf Valentina ein.

»Du sagst es«, pflichtete ihr die Signora bei. »Albrecht und ich hatten die Wohnung unterm Dach, denn seine Eltern lebten noch im Haus. Sie begegneten mir freundlich, jedoch etwas reserviert. Sie hatten sich für ihren Sohn sicher eine andere Frau gewünscht. Zum Glück waren sie viel auf Reisen. Ich war in der ersten Zeit ganz auf Albrecht angewiesen, was mir auch nicht gefiel. Ich wollte Freiheit und ein selbstbestimmtes Leben, und nun fand ich mich erneut inmitten einer Familie wieder, abhängig von einem Mann und noch dazu in einem Land, das kalt und fremd war und dessen Sprache ich nur unzureichend beherrschte. Ja, ich gebe zu, manchmal suchten mich Anfälle von Reue und Verzweiflung heim. Andererseits – München in den frühen Siebzigern! Die Szene in Schwabing, die Jazzkeller, die Nackten im Englischen Garten, der Feminismus ... Es war schon auch faszinierend.«

»Ja, damals ging es voll ab«, meinte Valentina, geradeso als wäre sie selbst dabei gewesen.

»Albrecht merkte, dass ich nicht zufrieden war. Er schlug mir vor zu studieren. Ich war über dreißig, das war für die damalige Zeit nicht mehr gar so jung. In dem Alter ein Studium zu beginnen, das klang für mich abwegig, geradezu abenteuerlich. Doch er blieb hartnäckig und drängte mich dazu, eine Bewerbungsmappe zusammenzustellen. Ich wurde an der Kunsthochschule angenommen, und in den nächsten fünf Jahren studierte ich Kunst und Design. Es war das Beste, was ich je gemacht habe, auch wenn mich anfangs die jüngeren Studenten schräg anschauten. Ich begann auch wieder zu malen. Albrecht arrangierte Ausstellungen für mich, ich verdiente mein erstes eigenes Geld. Es war nicht viel, und ohne seine Hilfe wäre selbst das nicht zustande gekommen, aber es war ein erhebendes Gefühl. Ich kam mir nicht mehr gar so nutzlos vor. Mitte der Achtzigerjahre starb sein Vater, und seine Mutter zog zu Albrechts jüngerer Schwester an den Chiemsee. Wir hatten das Haus für uns. Sein Architekturbüro florierte, und ich bekam über ihn Aufträge zur Innendekoration der Häuser, die er geplant hatte. Ab da verdiente ich richtig gutes Geld. Nicht, dass wir es dringend nötig gehabt hätten, aber mir war es wichtig, eine eigene Arbeit zu haben.«

»Das erklärt, warum die Villa Santoro so irre eingerichtet ist.«

»Irre?«, wiederholte die Signora pikiert.

»Irre gut«, präzisierte Valentina. »Sie haben einen Wahnsinns... einen sehr individuellen Geschmack.«

»Albrecht und ich sind viel gereist, ich holte mir praktisch überall auf der Welt Inspirationen. Jedes Jahr unternahmen wir mindestens eine große Reise fünf, sechs Wochen lang. Wir fuhren in den Nahen und den Fernen Osten, nach Amerika, nach Indien, Peru... Wir hatten ein sehr gutes Leben. Natürlich gab es auch Probleme und schwierige Zeiten, aber unter dem Strich war es die richtige Entscheidung. Ich bereue manches im Leben, aber dies nicht.«

Bernardo kam mit drei Tellern. »Seeteufel mit Mangold!«

Die Pastateller waren noch nicht abgeräumt. Catia stellte sie rasch zusammen. Irgendwie klappte der Service heute nicht so gut wie sonst. Die Wasserflasche war leer, es kam keine nach, und wieso servierte eigentlich Bernardo, wo war denn Marisa?

»Fangt an zu essen, ich komme gleich.« Catia trug die benutzten Teller ins Innere des Lokals. Marisa stand an der Theke und zapfte Bier.

»Wo ist Enzo?«

Marisa verzog bekümmert das Gesicht. »Enzo hatte heute

Mittag einen Bandscheibenvorfall. Wie oft habe ich ihm schon gesagt, er soll keine Bierkisten tragen! Er liegt oben, vollgepumpt mit Schmerzmitteln. Und die Aushilfskraft hat uns versetzt. Das kann heiter werden, wenn es nachher voll wird.«

»Wir schwimmen jetzt schon«, murmelte Bernardo im Vorbeigehen.

»Ich esse nur rasch meinen Fisch, dann helfe ich«, sagte Catia, ohne groß darüber nachzudenken.

»Danke!« Marisa schenkte ihr ein gestresstes Lächeln, und Bernardo nickte.

»Haben Sie ihn geheiratet?«, fragte Valentina gerade, als Catia zurück an den Tisch kam.

»Ja. Aber erst von wenigen Jahren, als er schwer krank wurde. Er wollte, dass die Erbangelegenheiten geklärt sind und seine Nichten und Neffen mich nicht aus dem Haus werfen können.« Sie zwinkerte Valentina zu. »Es hat sich also gelohnt.«

»Äh, so habe ich das nicht gemeint«, murmelte sie.

Catia probierte den Fisch. Er war köstlich, der Stress hatte sich noch nicht auf die Qualität des Essens ausgewirkt.

»Apropos Kohle!«, sagte Valentina, nachdem der Hauptgang gegessen war. »Morgen kommt der Wikinger zur Schlossbesichtigung.«

»Ich weiß. Jetzt wird es ernst.« Die Signora hob plötzlich den Kopf und schaute über Valentinas Schulter. Ein Mann kam auf dem Weg vom Parkplatz zur Terrasse, es sah aus, als hinkte er ein wenig. Er kam Catia bekannt vor. Woher nur? Doch, ja, es fiel ihr soeben ein. Er sah aus wie der Mann auf dem Hochzeitsfoto der Signora, das diese neulich von irgendwo hervorgekramt und Catia gezeigt hatte – ehe sie es in die Asche des Kamins warf. Der Mann steuerte direkt auf ihren Tisch zu, erst ein paar Meter davor wurde er langsamer.

»Wen haben wir denn da?« Die Signora zeigte sich nur ganz kurz überrascht, dann wies sie mit graziler Geste auf den vierten Stuhl. »Setz dich, Vincenzo. Was macht die neue Hüfte? Darf ich vorstellen, Catia und ihre Tochter Valentina, meine zwei guten Geister. Und das ist mein Neffe Vincenzo.«

Er setzte sich. Catia nickte ihm freundlich zu, dann stand sie auf und sammelte die Teller ein. »Wenn Sie uns entschuldigen würden, Signora, es gibt heute Abend einen kleinen Personalengpass. Wir müssen einspringen.« Bei diesen Worten stieß sie Valentina leicht mit dem Knie an. Die kapierte, erhob sich ebenfalls und folgte ihrer Mutter ins Innere des Restaurants.

»Hier kommt die Verstärkung«, sagte Catia zu Marisa.

»Ach, das war ernst gemeint?«, begriff Valentina.

»Kannst du Bier zapfen?«, fragte Marisa.

»Ist der Papst katholisch?«

Catia verschwand in der Küche, wo Bernardo gerade ein Gratin in den Ofen schob und sich das Geschirr am Spülbecken stapelte.

»Dein Onkel Vincenzo ist hier, er sitzt bei deiner Großmutter.«

»Ah«, grinste Bernardo. »Die Front bröckelt, man schickt den ersten Unterhändler.«

»Und was tut sich an der Mutterfront?«, fragte Catia, während sie die Teller von Essensresten befreite und sie dann in den Geschirrspüler stellte.

»Sie zickt noch rum.«

Die Schwingtür ging auf. »Zweimal Seeteufel, einmal Saltimbocca! Zack, zack! Und das Küchenpersonal wird angehalten, nicht so viel zu schwatzen.«

»Ich glaub's ja nicht!«, lachte Catia und warf einen Lappen nach Valentina.

Sie hatte alle Hände voll zu tun an diesem Abend, aber sie merkte, wie sie allmählich wieder zu alter Form auflief.

»Mama ist in ihrem Element«, bemerkte Valentina zu Marisa.

»Ja, ich merke es.«

Gegen neun Uhr bat Catia Valentina, mit der Signora nach Hause zu fahren. »Wir schaffen das schon.«

Um Mitternacht waren die letzten Gäste fort. Marisa und Catia nahmen noch ein Glas Wein an der Bar.

»Ich fürchte, wir halten diese Saison nicht mehr durch«, meinte Marisa bekümmert. »Das ist nun schon Enzos dritter Bandscheibenvorfall. Er muss sich operieren lassen, und bis er wieder fit ist, ist der Sommer vorbei.«

»Wenn du meine Hilfe brauchst, ich springe gern ein. Ein Restaurant wie dieses war früher mein Traum.«

»Dann kauf es uns doch ab!«

»Ja, klar. Und wo nehme ich die Millionen her?«

»Nein, nein, nein!« Marisa wedelte mit der Hand. »Das sind keine Millionen. Das Gebäude hat zwar sehr viel Charme, aber es ist alt und nicht viel wert. Eine Viertelmillion, wenn überhaupt.«

»Ja, aber der Grund. Die Lage! Die ist eigentlich unbezahlbar.«

»Der Grund gehört der Stadt Capri. Wir zahlen nur um die dreitausend Euro im Jahr. Wie nennt man das ...«

»Erbpacht.«

»Ja, ich glaube.«

»Aber eines Tages wird die Stadt den Grund an einen Investor verkaufen.«

Marisa schüttelte den Kopf. »Nein, das wird nicht passieren. Dieser Teil hier oben gehört offiziell nicht zum Ortsgebiet. Alle Häuser an diesem Hang wurden in den Nachkriegsjahren schwarz gebaut. Sie dürfen bleiben, man kann sie renovieren, aber es darf nichts Neues dazugebaut werden. Das wurde von der Provinzregierung beschlossen, um wenigstens diesen Teil der Insel vor der übermäßigen Bebauung zu retten.«

»Ein weiser Entschluss.«

»Ich bin erschlagen, wir können ein anderes Mal darüber reden, Catia. Du musst dir auch mal unsere Wohnung ansehen. Es ist wirklich nichts Tolles, aber wenn ich morgens aufstehe und aus dem Schlafzimmerfenster schaue, dann geht mir das Herz auf, weil ich weiß, ich lebe an einem der schönsten Plätze der Welt.«

»Wo wollt ihr wohnen, wenn ihr das hier aufgebt?«, fragte Catia.

»Bei meiner Enkelin Lea in Amalfi.«

»Auch nicht schlecht.«

»Sie haben ein *agriturismo*, da ist genug Platz. Sie bekommt im Sommer ihr drittes Kind, sie braucht Hilfe. Ich freue mich darauf, aber ich würde unser Lokal so gerne in guten Händen wissen.«

In dieser Nacht machte Catia kaum ein Auge zu, und wenn doch, dann tanzten vor ihrem inneren Auge Zahlen in schwindelnden Höhen auf und ab.

* * *

Catia bat Valentina, mit der Signora einen Ausflug zu machen, während sie dem Norweger die Villa zeigte. »Geht shoppen«, riet sie ihrer Tochter. »Du wirst dein blaues Wunder erleben.«

»Bist du sicher, dass du das alleine schaffst?«, flüsterte Valentina in der Küche, als die Signora sich oben in ihrem Zimmer ausgehfertig machte.

»Nein. Aber so wollte sie es. Wir werden sehen.«

»Mama, hier geht es um Millionen!«

»Was du nicht sagst. Das ist mir noch gar nicht aufgefallen.«

»Ich finde, du siehst das ein bisschen zu locker.«

»Und du zu verkrampft. Halt dein Handy bereit, falls es Fragen gibt.«

An Lars Halvorsen war rein äußerlich nicht viel von einem Wikinger. Er war schlank und drahtig, glatt rasiert und sein graues Haar akkurat geschnitten. Catia holte den Mann vom Fähranleger ab. Er hatte nur einen kleinen Rollkoffer bei sich und ein längliches Paket. »Was haben Sie da drin, ein Gewehr?«, fragte sie.

»Ja, ich wollte hier ein paar seltene Vögel abschießen. Wanderfalken und dergleichen.«

»Waidmannsheil!«

Auf der Fahrt mit dem inseltypischen Cabrio-Taxi nannte sie ihm vorsichtshalber noch einmal die Bedingungen. Kein Investor, Nutzung als Privathaus, Übernahme erst im nächsten Jahr.

»Ein kleines Gastgeschenk«, sagte er, als sie in der Küche der Villa standen und er den langen Karton öffnete. Es war ein riesiger Wildlachs auf Trockeneis. »Er stammt aus dem Bach auf unserem Grundstück.«

»Wunderbar. Die Signora wird begeistert sein.«

Catia führte ihn im Haus herum.

»Die Einrichtung hat sich stark verändert. Das ist wirklich... nobel. Bleibt das alles hier?«

»Das meiste schon.«

»Darf ich ein paar Fotos machen und meiner Frau schicken?«

»Aber sicher.«

Als er vor dem Rentier stand, musste er herzlich lachen. »Das haben Freunde von uns mitgebracht. Witzbolde. Wir haben uns hier in den Ferien immer sehr wohlgefühlt und waren ganz traurig, als sie uns gekündigt hat.«

»Es ist ein wunderschönes Haus«, sagte Catia. »Es hat Charakter.«

»Bis auf den Anbau«, sagte er.

»Er ist scheußlich. Ich würde ihn abreißen«, meinte Catia.

»Ich auch«, grinste er.

Nach dem Rundgang setzten sie sich auf die Terrasse. Catia kochte Kaffee, während Halvorsen das Gutachten des Architekten studierte.

»Warum verkauft Signora Santoro nicht an einen Investor?«

»Sie hasst diese Apartmentklötze. Anacapri ist ihr Heimatort, sie fühlt sich verantwortlich.«

»Aber ein Bauträger würde das Doppelte bezahlen.«

»Das Doppelte wovon?«, fragte sie.

Er griff in die Innentasche seines Jacketts, zog einen Füller von der kostspieligen Sorte hervor und schrieb eine Zahl auf den Rand des Gutachtens.

Catia hatte Mühe, ihr Pokerface beizubehalten. »Häuser mit so großen Grundstücken gibt es nicht mehr viele auf der Insel«, sagte sie.

Er überlegte und schrieb eine neue Zahl auf den Plan.

»Sie sind praktisch kaum noch zu bekommen. Man hat hier absolute Privatsphäre.«

»Sie sind ein harter Knochen«, meinte Halvorsen.

»Der Garten ist ein bisschen vernachlässigt, aber Sie und Ihre Frau können daraus ein Paradies machen. Ihre Tochter wäre Ihnen ewig dankbar dafür, dass Sie ihr dieses große Grundstück auf dieser kleinen Insel gesichert haben.«

»Woher wissen Sie, dass ich eine Tochter habe?«

»Sie hat Spuren hinterlassen. In meinem Kleiderschrank.«

»Teenager! Okay, was schwebt Ihnen denn vor?«

Nun war es an Catia, eine Zahl hinzuschreiben.

Er holte tief Luft. Catia fand allmählich Spaß an der Sache.

»Okay, hier ist mein letztes Angebot.« Er schrieb es hin.

»Warten Sie«, sagte Catia. Sie nahm ihr Handy, schickte die Zahl an Valentina und schrieb dazu. *Antworte in zehn Minuten, nicht früher!*

»Kommen Sie, wir schauen uns noch den hinteren Garten an.«

Halvorsen ging mit. Es war ein wunderschöner Frühlingstag, überall begann es zu blühen und zu duften. »Dieser Teil ist verpachtet, aber Sie müssen das ja nicht so handhaben. Dort hinten gibt es Obst- und Zitronenbäume. Gehören zum Lachs nicht Zitronenscheiben?«

Er lachte. »Sie machen das wirklich gut.«

Valentina hielt sich an die Abmachung. Nach exakt zehn

Minuten kam die WhatsApp, die aus einer langen Reihe Smileys bestand.

Catia starrte mit sorgenvoller Miene auf den Bildschirm.

»Und?«, fragte er.

Sie wandte sich an Halvorsen. »Wenn wir uns zwischen meinem und Ihrem Angebot in der Mitte treffen könnten, dann gehört dieser Traum Ihnen.«

Der Norweger atmete schwer. Er ging noch einmal um das Haus herum, allein.

Catia bekam weiche Knie. Mist, sie hatte den Bogen überspannt.

»Also gut«, sagte er, als er wiederkam. »Ich hätte meiner Frau die Fotos nicht schicken sollen. Sie will das Haus unbedingt. Hand drauf!«

Catia reichte ihm die Hand. Ihre Knie zitterten.

»Ich wohne in diesem Hotel mit dem unaussprechlichen Namen…«

»Quisisana. Das heißt so viel wie, *hier wird man gesund.*«

»Es sollte *hier wird man arm* heißen. Dennoch würde ich Sie und Ihre Auftraggeberin gerne heute Abend dorthin zum Essen einladen. Dann können wir alles Weitere besprechen.«

»Ich denke, das lässt sich einrichten«, lächelte Catia. »Andererseits wüsste ich da noch ein anderes Lokal. Ein Geheimtipp. Wenn Sie es nicht gar so nobel mögen, aber dafür eine grandiose Aussicht und die beste Küche der Insel genießen wollen.«

»Ich bin dabei!«

Als er weg war, steuerte Catia erst einmal den Kühlschrank an und genehmigte sich einen ordentlichen Grappa. Viereinhalb Millionen! Gratuliere, Catia Heubeck, gut gemacht!

Drei Millionen war die Schmerzgrenze der Signora gewesen.

Sie war schon gespannt auf das Gesicht der Signora, wenn sie ihr den erzielten Preis nannte, aber erst einmal rief sie Bernardo an. »Es ist ein Notfall! Kannst du heute Abend in der Wachtel einen riesigen Lachs zubereiten? Für einen sehr wichtigen Gast…«

* * *

Mitte April wählte Catia einen besonders ruhigen und windstillen Tag aus, um mit dem *aliscafo* nach Neapel zu fahren. Sie betrachtete die Küste, die Stadt, den Vesuv. Das alles kam ihr immer noch wunderbar vor, aber längst auch vertraut. Ihr wurde klar, dass sie das erste Mal seit Wochen die Insel verließ. Nein, sie hatte sich nicht eingesperrt gefühlt. Kein Inselkoller. Wie es wohl wäre, wenn man immer hier lebte? Auch nicht anders, dachte Catia. Sie wälzte seit Tagen solche Gedanken hin und her. Seit Marisa ihr das Angebot gemacht hatte. Aber warum zerbrach sie sich überhaupt darüber den Kopf? Sie konnte doch nicht einfach hierbleiben und ein Restaurant kaufen. Das war doch eine vollkommen verrückte Idee.

Catia hatte nun schon mehrmals dort ausgeholfen. Sie redete sich ein, damit Marisa und Enzo einen Gefallen zu tun, aber es war die beste Gelegenheit, um den Betrieb kennenzulernen und ein Gespür dafür zu entwickeln, was bei den Gästen gut ankam. Sie hatte auch die Wohnung besichtigt, die über dem Lokal lag. Ja, sie war sehr einfach. Kein Stuck, kein Parkett, nicht mal sonderlich hohe Decken. Dafür bunt geflieste Böden, schlechte bis gar keine Isolierung und stromfressende Öfen. Etwas anderes hatte sie auch nicht erwartet. Doch es gab drei Schlafzimmer, davon zwei mit Meerblick, einen hübschen *salotto* mit einem Kamin und eine zweckmäßige Küche mit Platz für einen großen Esstisch und eine Speisekammer. Was brauchte man mehr? Natürlich müsste man ein wenig renovieren…

Über all diesen Überlegungen schwebte ein Schatten. Daniel. Auch wenn er inzwischen eingesehen hatte, dass es noch andere Berufe gab als den des freien Journalisten und erfolglosen Schriftstellers, so konnte sie nicht damit rechnen, dass er ihr nach Capri folgen würde, falls – und es war ein großes FALLS – sie das Lokal übernehmen würde. Gut, sie könnte den Winter mit ihm in München verbringen, aber was wäre das für eine Ehe? Wollte sie das? Nein, sie wollte ihren Mann behalten, aber sie merkte mit jedem Tag mehr, dass sie sich dieses Lokal ebenso sehr wünschte. Einmal ihren Traum leben. So wie Daniel es seit zwanzig Jahren tat. Er war im Großen und Ganzen gescheitert, und vielleicht würde sie das ebenfalls. Aber stand ihr nicht auch wenigstens ein Versuch zu?

Natürlich sollte sie, die Controllerin, vorher unbedingt einen genauen Blick auf die Buchhaltung des Lokals werfen. Wobei die Bücher nicht sehr repräsentativ seien, hatte Marisa gemeint. Was im Klartext hieß, dass der größte Teil des Umsatzes an der Steuer vorbeigeflossen war. Bargeld lautete hier das Zauberwort, und Catia musste dabei unweigerlich leise lachen.

Vorgestern war die Signora mit ihr nach Capri-Stadt gefahren, zu einer Bank im Zentrum. Dort schien man bereits im Bilde, händigte ihr einen sehr dicken Umschlag aus, schon fast ein Paket, und dann gingen sie mit einer Bankangestellten in den Keller, wo die Schließfächer lagen. Die Angestellte öffnete ein Fach und entfernte sich dann diskret. In der Mitte des Raums gab es einen Metalltisch, auf den die Signora den Umschlag legte.

»Darin sind zweihundertfünfzigtausend Euro. Das Schließfach läuft auf Ihren Namen.«

»Erstens«, sagte Catia, die sich vorkam wie in einem Mafiafilm, »ist das zu viel. Fünf Prozent von viereinhalb Millionen sind zweihundertfünfundzwanzigtausend Euro…«

»Betrachten Sie die Differenz als Bonus. Geben Sie es Ihrer Tochter, sie hatte ja die Idee mit dem Norweger. Sie ahnen nicht, wie sehr es mich erleichtert, dass das alles so kurz und schmerzlos vonstattenging.«

»Das ist sehr großzügig von Ihnen, vielen Dank. Aber warum überweisen Sie es mir nicht einfach?«

»Sind Sie verrückt? Dann würde der Staat, egal welcher, die Hälfte einkassieren. Und wovon würden Sie dann...« Hier verstummte sie abrupt, was Catia signalisierte, dass sie über Marisas Angebot im Bilde war.

»Aber das geht doch nicht!« Catia blickte sich hektisch um, als lauerten die Fahnder der *guardia di finanza* bereits in den Ecken.

»Es ist allein Ihre Sache, wie Sie das handhaben«, sagte die Signora. »Ich betrachte meinen Part hiermit als erledigt. Wenn Sie unbedingt ehrlich sein wollen, bitte schön. Das können Sie sich ja noch überlegen. Nun würde ich Sie bitten nachzuzählen.« Damit öffnete sie den Umschlag, aus dem etliche mit Banderolen zusammengefasste Geldbündel purzelten. Bis jetzt war das alles wie ein abstraktes Zahlenspiel gewesen, aber nun, beim Anblick des Geldes, wurde Catia klar, dass es Realität geworden war. Sie hatte mal eben, im Handumdrehen, eine Viertelmillion eingenommen. Catia nahm jeden einzelnen Packen einmal in die Hand. »Ich will es nicht nachzählen, ich wollte es nur mal anfassen«, erklärte sie.

»Wenn Sie es dann genug angefasst haben, legen Sie es in das Fach mit der Nummer 1709.« Sie reichte Catia den Schlüssel. »Ich habe nämlich nicht vor, den Tag im Keller dieser Bank zu verbringen.«

Danach nahmen sie einen Cocktail auf der Piazzetta, die Signora ohne, Catia mit Alkohol.

»Ich weiß gar nicht, wie ich Ihnen danken soll.«

»Sie danken mir am meisten, wenn Sie es für sich verwenden, für Ihre Interessen«, sagte die Signora und meinte anschließend, sie wolle nun nicht länger über Geld sprechen.

Das Boot wurde langsamer, da war schon die Hafeneinfahrt. Vor lauter Grübeln und Nachdenken war die Zeit rasch verflogen, doch herausgekommen war wieder nicht viel. Sie sollte mit Daniel darüber reden. Der Ehemann wäre doch normalerweise der Erste, mit dem man seine Zukunftspläne besprach. Nur, was war zwischen ihr und Daniel denn gerade die Norm?

Es war ein gutes Gefühl, wieder einmal in das Gewusel einer Großstadt einzutauchen. Sie konnte nicht widerstehen, fuhr mit dem Bus in die Altstadt, setzte sich vor eine Bar und ließ die Szenerie auf sich wirken, das Stadtleben, das vollkommen anders war als das in München. Schneller, lauter, lebendiger, voller Gerüche und deutlich weniger geregelt und aufgeräumt. Für Shopping und Sightseeing würde sie sich später noch Zeit nehmen, erst einmal hatte sie etwas zu erledigen. Sie zog noch einmal Google-Maps zurate, ehe sie sich auf den Weg machte.

Die Bibliothek lag in einem Außenbezirk von Neapel, der weder besonders schön noch besonders hässlich war. Das Gebäude war ein schmuckloser Quader und befand sich auf einem Gelände, das verschiedene Schulen beherbergte.

Catia erkannte Irene sofort. Sie sah aus wie eine jüngere Ausgabe der Signora, nur war ihr Haar braun und zu einem Bob geschnitten. Sie sortierte gerade einen Stapel Bücher in die Regale ein, als Catia sie ansprach und sich vorstellte.

Irene musterte sie. »Sie sind das. Bernardo hat mich vorgewarnt, dass Sie vielleicht auftauchen. Was wollen Sie?«

»Wenn er Sie vorgewarnt hat, dann wissen Sie ja, was ich will. Sie bitten, Ihre Mutter zu besuchen.«

»Das ist meine Sache, denken Sie nicht?«

»Sie lebt nicht mehr sehr lange.«

»Ich hörte davon. Nun, wir müssen alle mal sterben. *Permesso!*« Sie schob Catia zur Seite, um an ein Regal zu kommen. Dann durchquerte sie den Raum und setzte sich an einen kleinen Tisch, der sich in einer Leseecke für Kinder befand. Ohne aufgefordert worden zu sein, nahm Catia ihr gegenüber auf einem niedrigen Plastikhocker Platz.

»Ich schätze Ihre Bemühungen um meine Mutter. Doch ich fürchte, Sie denken, dass wir irgendeine Bedeutung für meine

Mutter hatten, Adele und ich. Aber so war es nicht. Sie ist gegangen, und wir sind geblieben. *Basta.*«

»Sie wollte Sie und Adele holen. Ihr Vater hat es vereitelt. Er hat sie bedroht, und er meinte es wohl ernst.«

»Das mag sein. Aber für meinen Bruder hat sie dennoch rechtzeitig eine Lösung gefunden. Eliteinternat. Hat sich dann ja auch ausgezahlt. Was aus uns wurde, war ihr egal.«

Dem konnte Catia nicht widersprechen. »Wie wäre es, wenn Sie ihr dennoch verzeihen würden? Nach so vielen Jahren?«

»Warum sollte ich das?«

»Weil sie Ihre Mutter ist. Von der Sie übrigens sehr viel erben werden.« Das konnte Catia sich nun beim besten Willen nicht verkneifen.

Irene atmete tief ein, ihre Schultern unter der dunkelblauen Bluse hoben sich, ehe sie sie resigniert herabfallen ließ. »Wissen Sie, Catia, es hat mir nicht viel ausgemacht, als sie ging. Sie und ich waren über Kreuz, seit ich denken kann. Ich betrachte nach wie vor Carmela als meine Mutter. Sie hat dafür gesorgt, dass ich eine gute Kindheit hatte, trotz allem. Schlimm war es nur für Adele. Sie war meiner Mutter so ähnlich oder wollte es wenigstens sein. Sie malte, sie tat alles, um ihr zu gefallen. Aber Elisa hatte immer nur Augen für Piero. Also eiferte Adele Piero nach, trug Hosen, kletterte auf Bäume. Sie hat sich solche Mühe gegeben, ihre Aufmerksamkeit und Liebe zu erringen. Aber falls es unserer Mutter jemals auffiel, so hat sie das nicht weiter interessiert. Ihr Liebhaber und Piero waren ihr wichtiger als alles andere.«

»Ich verstehe«, sagte Catia. Sie stand auf und fügte förmlich hinzu: »Es tut mir leid, wenn ich Sie belästigt habe.«

»Sie meinen es sicher nur gut«, sagte Irene in versöhnlichem Tonfall. »Sie hätten sich nicht extra herbemühen müssen.«

»Eine Bitte habe ich noch. Haben Sie eine Telefonnummer oder eine E-Mail-Adresse von Ihrer Schwester Adele?«

Irene sprang auf, ihre Augen funkelten bedrohlich. »Soll

das etwa ein makabrer Scherz sein? Verschwinden Sie! Auf der Stelle!«

»Entschuldigung. Ich wollte nicht... Warum glauben Sie, dass das ein Scherz sein soll?«, fragte Catia ziemlich perplex.

»Meine Schwester ist tot.«

Catia starrte sie an.

»Das wissen Sie nicht? Hat sie Ihnen das zu sagen vergessen? Warum wundert mich das nicht?«

»Es tut mir sehr leid«, flüsterte Catia. Oje, war das peinlich! »Was ist passiert?«

»Sie hat sich umgebracht. Mit siebenundzwanzig. Ist das nicht das Alter, in dem sich die meisten Leute umbringen? Amy Winehouse, James Dean...«

»O Gott, so jung. Denken Sie, Ihre Mutter trifft eine Schuld daran?«

»Nein, das denke ich nicht.« Irene war jetzt wieder beherrscht und für ihre Verhältnisse fast schon freundlich. »Wenn, dann war das höchstens ein kleiner Mosaikstein. Adele war eine unglaublich intensive Person. Sie lachte viel, weinte viel, stritt mit einem, sie konnte sehr herzlich sein und dann wieder völlig gleichgültig. Sie litt seit der Pubertät an Depressionen. Sie kämpfte dagegen an, machte Therapien, nahm Medikamente. Aber dann genügten wohl ein einziger schwacher Moment und eine Packung Tabletten. Ihr Mann hat sie gefunden, der Ärmste. Er war am Boden zerstört.«

»Hatte sie Kinder?«

»Zum Glück nicht. Bernardo ist Elisas einziger Enkel.«

»Es tut mir leid, Irene. Auf Wiedersehen.« Catia wollte jetzt nur noch weg.

»*Ciao*, Catia.«

Das geschieht dir recht, Catia Heubeck, schimpfte sie im Stillen mit sich selbst, als sie in einem Pulk von Schülern an der Bushaltestelle stand. Das kommt davon, wenn man sich in die Familienangelegenheiten anderer Leute einmischt!

Die Lust auf Shopping und Sightseeing war ihr gründlich

vergangen, aber es wäre ohnehin nichts daraus geworden. Ihr Handy klingelte, es war Valentina. »Mama, du musst sofort kommen, Elisa, sie ist zusammengebrochen, sie ist nicht mehr bei sich, ich habe den Notarzt gerufen… Ich muss aufhören, da kommen sie!«

»Ruf Doktor Rinaldi an!«, brüllte Catia über die lärmende Schülerschar hinweg. »Die Nummer hängt am Kühlschrank.«

»Ein kleiner Kreislaufzusammenbruch.« Dottore Rinaldi lächelte Catia und Valentina beruhigend an. »Der Notarzt konnte sie stabilisieren, sie liegt jetzt oben und schläft. Gönnen Sie ihr ein paar Tage Ruhe, aber sorgen Sie dafür, dass sie hin und wieder aufsteht, damit der Kreislauf wieder in Schwung kommt. Hat sie sich vielleicht in den letzten Tagen übernommen?«

»Das kann sein«, sagte Catia zerknirscht. »Sie war recht agil. Wahrscheinlich zu sehr.«

»Sie muss aufpassen, gerade jetzt, wenn es heißer wird. Isst sie denn regelmäßig?«

»Ja. Und sie hält sich auch an Ihren Plan.«

»Gut. Nun, das wird das Schicksal dennoch nicht aufhalten. Ich würde dazu raten, dass so bald wie möglich Signorina Bello hier ihr Quartier aufschlägt.«

»Wer?«, fragte Valentina.

»Adenike Bello. Eine sehr engagierte, qualifizierte Pflegekraft«, antwortete Rinaldi.

»In Ordnung«, sagte Catia, die fragenden Blicke ihrer Tochter ignorierend. »Ich werde mit ihr reden und rufe Sie dann an. Danke für alles, Dottore Rinaldi.«

Catia brachte den Doktor zur Tür und sagte: »Was meinen Sie, könnte Armando sie vielleicht wieder einmal besuchen? Ich glaube, das würde sie freuen.«

»Ich denke, er hat das ohnehin vor, aber ich richte es ihm gerne aus.«

Kaum war Catia wieder in der Küche, fiel Valentina über sie

her. »Was läuft da, was meinte er mit Schicksal, das man nicht aufhalten kann?«

Catia ließ sich auf einen Stuhl fallen. »Mach uns einen Tee, bitte. Ich werde es dir erklären. Wir müssen auch noch über eine andere Sache reden.«

»Kannst du mich jetzt sehen? Du musst schon die Kamera aktivieren, Catia.«

»Stimmt, sorry. Ah, jetzt!« Daniels Gesicht erschien auf dem Bildschirm.

»Ist das da hinten der berühmte Sonnenuntergang?«

»Was? Ah, ja. Das ist er.«

Es war früher Abend. Catia hatte gerade nach der Signora gesehen, die aber noch immer schlief. Jetzt saß sie in ihrem Zimmer vor dem Fenster, und hinter ihr färbte sich der Himmel rot.

»Schön, dich zu sehen«, sagte sie.

»Ja, ebenso. Du siehst gut aus. Richtig erholt.«

»Wirklich? Wenn du wüsstest, was hier los ist.«

»Ich hörte, du bist unter die Immobilienmakler gegangen.«

»Und du unter die Energieberater.«

Er zog eine Grimasse. »Unsere Tochter ist eine grässliche Klatschbase.«

»Ich freu mich darüber. Es zeugt von einem gewissen... Pragmatismus.«

»Ja, vielen Dank auch! Ich wusste, dass dir das gefällt«, stieß er hervor.

»Daniel, ich muss etwas mit dir besprechen. Es gibt da ein Lokal, das ich günstig erwerben könnte...« Sie schilderte ihm die Einzelheiten, lang und breit. Er ließ sie reden, ohne sie zu unterbrechen. Es war auch nicht nötig, sein Gesicht sprach Bände. Dennoch sagte Catia: »Ich wollte dich bitten, ob du bald mal kommen könntest, um dir das anzusehen.«

»Wozu? Offenbar hast du dich ja schon entschieden.«

»Nein, das habe ich überhaupt nicht.«

»Genauso, wie du dich ohne meine Mitsprache entschieden hast, deinen alten Job zu kündigen und diese Frau nach Capri zu begleiten.«

»Was nicht der schlechteste Deal war, oder?«, gab sie selbstbewusst zurück.

»Trotzdem. Wenn das ganze Geld für den Hauskauf draufgeht, wie soll das dann gehen, zwei Wohnungen?«

»Es geht nicht«, sagte Catia. »Du müsstest die Schwabinger Wohnung entweder allein finanzieren oder hierherziehen.«

»Ich soll nach Capri auswandern?«, rief er schockiert. »Und was soll ich dort machen?«

»Schreiben? Oder mir mit dem Restaurant helfen.«

»Das kannst du nicht ernst meinen.«

»Warum nicht?«, erwiderte Catia. »Daniel, seit über zwanzig Jahren tanze ich nach deiner Pfeife, lebe in dieser heruntergekommenen, überteuerten Wohnung in einer total überteuerten Stadt und strample mich ab, um das alles zu finanzieren. Nur weil du das so willst und damit du deinen Träumen nachjagen konntest. Meinst du nicht, dass ich jetzt mal dran bin? Wo steht eigentlich geschrieben, dass immer nur Frauen ihren Männern folgen, wenn die sich beruflich verändern? Warum kann es nicht mal umgekehrt sein?«

Er bekam seinen schmalen Mund und fragte: »Hat dir das deine neue Chefin eingeredet?«

»Nein. Das sind die Worte deiner Tochter.« Das stimmte. Sie hatte Valentinas Meinung zu dem Thema fast eins zu eins zitiert.

»Eine kleine Familienverschwörung, wie nett.«

»Valentina möchte ein paar Monate hierbleiben und mir über die erste Zeit hinweghelfen.«

»Du ruinierst also nicht nur alles, was wir hier haben, für deinen Spießertraum, sondern auch noch die Zukunft deiner Tochter.«

»Es war ihre Idee. Sie ist begeistert von meinem *Spießertraum*. Was haben wir denn schon in München? Uns gehört gar nichts, außer ein paar alten Möbeln. Aber hier hätten wir ein Haus. Es ist nicht das Tollste, wahrscheinlich würdest du es eine Bruchbude nennen, aber es wäre *unsere* Bruchbude. Man könnte was daraus machen.«

»Weiß Oskar auch schon Bescheid? Was hast du für ihn vorgesehen, eine Stelle als Pizzakoch?«

»Wirst du nun kommen und es dir ansehen?«, fragte Catia, die allmählich die Nase voll hatte von seinen Zynismen.

»Ich denke, das muss ich nicht. Ich gehe gern in Kneipen, aber ich wollte nie eine haben. Es mag ja pittoresk sein und all das, aber ich bin nicht der mediterrane Typ. Wenn du das durchziehen willst, Catia, dann ohne mich.«

Sie starrten einander an. Wie Gegner, dachte Catia. Sie schluckte. »Weißt du was, Daniel? Du hast recht. Ich habe mich schon entschieden, und zwar gerade in diesem Moment. Danke für die Entscheidungshilfe. *Buona notte!*« Energisch klappte sie den Deckel des Laptops zu. Ihr Herz schlug ihr bis zum Hals, und ihr Magen krampfte sich zusammen. Sie rannte ins Bad und schüttete sich kaltes Wasser ins Gesicht. War es das? Hatte sie gerade ihrer Ehe den Todesstoß versetzt?

Sie wankte zurück auf den Flur, wo ihr die Signora im seidenen Morgenmantel und mit blassem Gesicht begegnete.

»Signora! Sie sind ja aufgestanden!«

»Und Sie machen ein Gesicht, als wäre ich auferstanden.«

»Wie geht es Ihnen?«

»Es geht wieder. Es war eine kleine Schwäche, machen Sie bloß kein Gewese darum! Ein paar Tage Ruhe und gutes Essen, und ich bin wieder auf dem Damm.«

* * *

Drei Tage nach dem Zusammenbruch der Signora bezog Adenike Bello das einstige Kinderzimmer von Niccolò. Sie arbeitete in der Klinik von Dottore Rinaldi, der sie nun für eine

Weile entbehren musste. Die Eltern von Adenike Bello waren vor zwanzig Jahren aus Nigeria nach Italien gekommen, damals war Adenike vier Jahre alt gewesen. Nun war sie vierundzwanzig und ausgebildete Krankenpflegerin. Sie war eine ernsthafte junge Frau, die ihre Aufgabe sehr genau nahm. Jeden Tag wurde bei der Signora der Blutdruck gemessen und zusammen mit Catia ein Speiseplan erstellt.

»Diese Intrige hat Armando angezettelt, das trägt seine Handschrift!«, beschwerte sich die Signora bei Catia.

»Welche Intrige?«

»Er schickt mir eine farbige Krankenschwester, weil er denkt, die kann ich nicht so leicht rauswerfen, wenn sie mir auf die Nerven geht. Weil es dann hieße, ich sei eine Rassistin.«

»Ist das nicht etwas weit hergeholt?«, meinte Catia.

»Sie ist eine sympathische Person, aber mir geht diese übertriebene Fürsorge auf den Geist!«

»Es ist ihr Job. Und es ist gut, dass sie da ist«, sagte Catia. »Es hätte neulich auch schiefgehen können.«

Adenike wiederum war mit der Aufgabe der Betreuung der noch immer recht fitten Signora unterfordert. Sie fing an zu kochen und sauber zu machen.

»Das müssen Sie nicht. Normalerweise koche ich, und zum Putzen kommt die Tamborini.«

»Werfen Sie sie besser hinaus«, sagte Adenike. »Ich habe neulich gesehen, wie sie einen silbernen Tortenheber mitgehen ließ. Ich putze gern, vor allem diese schönen Sachen. Ich komme sonst um vor Langeweile.«

»Meinetwegen, tun Sie, was Sie wollen«, antwortete Catia. »Und danke für den Tipp mit der Tamborini.«

Armando kam zu Besuch, farbenfroh und lässig gekleidet wie immer.

»Wer ist das denn?«, fragte Valentina fasziniert, nachdem die beiden im *salotto* verschwunden waren.

»Ein Ex-Lover.«

»Warum hat sie den nicht geheiratet, sondern den anderen Idioten?«

»Weil er schwul ist.«

»Das wird ja immer besser.«

Wie er in seiner Mail versprochen hatte, traf Piero knapp zwei Wochen später auf Capri ein. Der Sohn der Signora sah tatsächlich jenem Vincenzo sehr ähnlich, der neulich in der Piccola Quaglia aufgetaucht war. Über das Gespräch mit ihrem Neffen hatte die Signora nie auch nur eine Andeutung verlauten lassen.

Piero war blass, er kam ja auch direkt aus Grönland. Mit ihm zusammen besuchte auch Irene ihre Mutter für einen Nachmittag. Sie nickte Catia freundlich zu, als sie die Villa betrat und sich neugierig umschaute. Keine der beiden verlor ein Wort über ihre letzte Begegnung.

Die Signora war überglücklich, das sah man ihr an. Sie schloss die beiden in die Arme, zeigte ihnen die Villa und wusste zu jedem Bild und jedem Möbelstück etwas zu erzählen.

»Sie soll sich doch schonen! Und dauernd kommen Leute«, beklagte sich Adenike bei Catia.

»Diese *Leute* sind für die Signora wichtiger als ihre Gesundheit, also kommen Sie ihr besser nicht in die Quere. Nehmen Sie sich den Nachmittag frei.«

Das ließ Adenike sich nicht zweimal sagen.

»Mission Familienzusammenführung erfüllt«, konstatierte Catia gegenüber ihrer Tochter. »Verschwinden wir an den Strand. Du darfst die Vespa fahren.«

* * *

Catia machte Nägel mit Köpfen. Sie kaufte die Piccola Quaglia. Ab Juni würde das Lokal ihr gehören. Der Kaufpreis, der beim Notar beurkundet wurde, war ein Bruchteil des wahren

Preises, der Rest floss in bar. Was allen klar sein musste, auch dem Notar, aber niemand verlor auch nur ein Wort darüber oder machte eine Anspielung.

»Das ist Italien«, meinte Valentina lapidar und fragte die Orlandos: »Hattet ihr je Probleme mit der Mafia?«

»Die Frage kommt ein bisschen spät«, meinte Enzo und lachte. »Nein, bis jetzt noch nicht. Wir sind zu kleine Fische, wir interessieren die nicht.«

»Wirst du mich als Koch behalten?«, fragte Bernardo, als er Catia zum Kauf gratulierte.

»Aber natürlich! Das Ganze steht und fällt mit dir als Koch.«

»Es kann aber sein, dass ich nächstes Jahr woanders hingehe.«

»Ich habe dich nicht mitgekauft, das ist mir schon klar, dass du nicht ewig bleibst. Vielleicht kümmerst du dich darum, jemanden anzulernen. Nicht dass dann plötzlich das Essen nichts mehr taugt.«

»Wie wäre es mit dir? Meine Nonna sagt, du kochst gut, das ist ausbaufähig.«

»Ich brauche trotzdem einen Koch. Aber ich werde versuchen, möglichst viel von dir zu lernen, damit ich notfalls zur Stelle bin.«

»Ich auch«, meldete sich Valentina zu Wort.

»Darüber reden wir noch«, sagte Catia.

Piero hatte sich ein paar Wochen freigeschaufelt, er wollte länger bleiben, und da es allmählich eng wurde in der Villa Santoro, bot Valentina an, ins Gästezimmer der Orlandos zu ziehen. »Ich werde ein bisschen mitarbeiten. Dann lerne ich alles kennen.« Catia war das recht. Zwar wusste Valentina inzwischen Bescheid über den Zustand der Signora und kannte deren Prognose, aber etwas zu wissen war eine Sache, es mit ansehen zu müssen eine andere. Da war Valentina in der Piccola Quaglia besser aufgehoben.

»Fang bitte keine Affäre mit dem Koch an«, ermahnte sie ihre Tochter.

»Ich werde mir Mühe geben«, versprach Valentina. »Aber süß ist er schon, das musst du zugeben. Oder wolltest du ihn für dich?«

»Darf ich dich daran erinnern, dass ich verheiratet bin, und zwar mit deinem Vater.«

»Ich dachte nur…«

»Was dachtest du? Dass wir uns trennen werden oder schon getrennt sind? Das wäre dennoch kein Grund, mich meinem zukünftigen Angestellten an den Hals zu werfen.«

»Ist ja gut. Komm wieder runter!«

»Entschuldige. Du hast recht, es ist gerade etwas kompliziert.«

Kompliziert war noch ein Euphemismus. Es herrschte ganz einfach seit jenem Videotelefonat Funkstille zwischen Catia und ihrem Ehemann.

* * *

Die Signora, Catia, Piero und Adenike nahmen ein leichtes Mittagessen zu sich. Es gab ausnahmsweise einmal deutsche Küche, nämlich neue Kartoffeln mit Frankfurter Grüner Soße, zubereitet von Catia aus Kräutern vom Markt. Als alle fertig waren mit dem Essen, stand Adenike auf, nahm die Teller mit und machte sich in der Küche daran, die Espressokanne aufzusetzen. Einen am Tag hatte Dottore Rinaldi der Signora angeblich erlaubt. Sie sah die nahenden Besucher durch das Küchenfenster, sie kamen langsam die Einfahrt entlang.

»Da kommt schon wieder jemand«, sagte sie anklagend, obwohl seit einigen Tagen niemand mehr hier gewesen war, von Dottore Rinaldi einmal abgesehen.

»Wer ist es?«, fragte die Signora.

»Ein Mann und eine ältere Frau.«

Catia und Piero wechselten einen raschen Blick. Beide eilten zum Küchenfenster und dann zurück an den Esstisch.

»Mama, es sind Vincenzo und Carmela.«

»Ist das auch Ihr Werk?«, fragte die Signora Catia.

»Nein, ich schwöre es«, versicherte Catia.

Die Signora war ihr natürlich längst auf die Schliche gekommen, aber sie war ihr nicht böse, schon weil ihr Piero nun hier war und Irene versprochen hatte, bald wieder vorbeizuschauen. Aber das mit Carmela war etwas anderes, das wusste Catia, und daran wollte sie sich nicht die Finger verbrennen. »Ich bin ja nicht lebensmüde«, fügte sie leise hinzu.

»Mein Werk ist es auch nicht.« Piero hob die Hände in Unschuld.

»Vincenzo, der Idiot! Ich hatte ihm neulich gesagt, er solle sich keine Mühe geben.«

»Das hat er wohl doch getan«, stellte Piero fest. »Und wir werden jetzt höflich sein und die beiden hereinbitten. Und du wirst dich benehmen, Mama!«

Gut, dass er da ist, dachte Catia. Sie wäre dieser Situation nicht gewachsen gewesen.

»Noch ist das mein Haus«, erwiderte seine Mutter, aber dann wedelte sie unwirsch mit der Hand. »Meinetwegen. Aber wenn ich vor Aufregung auf der Stelle sterbe, dann seid ihr schuld.«

Adenike blickte verunsichert von einem zum anderen.

»Das war ein Scherz«, klärte Catia die junge Frau auf.

»Ich geh öffnen.« Piero strebte zur Tür.

»Ich räume die Messer weg«, sagte Catia.

Man hörte die drei reden, es schien eine herzliche Begrüßung zu sein.

Dann kam Carmela herein. Sie schien schlecht zu Fuß zu sein, sie hing wie ein Regenschirm am Arm ihres Sohnes, der nach seiner Hüftoperation selbst noch hinkte.

Die Signora stand auf. »Na, ihr seid ja ein tolles Paar!«

»*Buongiorno*, Elisa«, sagte Carmela.

Dann schauten sich die zwei Schwestern über den Tisch hinweg lange an. Wie in *Zwölf Uhr mittags*, dachte Catia. Nur ohne Colts.

»Du solltest einen Stock nehmen, wenn du nicht mehr laufen kannst«, sagte die Signora.

»Du siehst aus wie ein Gespenst.«

»Und du wie eine zusammengeschnurrte Rosine.«

»Ich hörte, dir geht es nicht gut.«

»Du wirst mich überleben. Es sei denn, Gott hat ein Einsehen und lässt dich vorher noch von einem Bus überrollen.«

»Benehmen!«, raunte Piero im Hintergrund.

Seine Mutter wies auf einen der Stühle. »Setz dich.«

Carmela blieb aber stehen und schaute sich um. »Schöne Sachen hast du mitgebracht. Man erkennt das Haus kaum wieder.«

»Die stammen aus der Familie unserer Großmutter Wilhelmine.«

»An der hattest du ja immer schon einen Narren gefressen. Diese Bilder da kenne ich«, sagte Carmela. »Das sind deine, sie waren im Schrank in Niccolòs Zimmer.«

»Es sind nicht dieselben«, sagte Elisa. »Wie hätte ich die denn mitnehmen sollen?«

»Stimmt auch wieder«, sagte Carmela und setzte sich nun endlich ihrer Schwester gegenüber an den Tisch.

»Was steht ihr alle so herum?«, fragte die Signora in die Runde.

»Können wir euch allein lassen, ohne dass ihr euch an die Gurgel geht?«, zögerte Piero.

»Man wird sehen«, sagte seine Mutter.

»Rauchen wir eine«, flüsterte Piero seinem Halbbruder Vincenzo zu, und Catia machte Adenike ein Zeichen, mit ihr in die Küche zu verschwinden.

»Ein *caffè* wäre nett!«, rief ihnen Carmela hinterher.

Catia antwortete nicht. Sie hatte nicht vergessen, wie dieser alte Drachen sie aus dem *alimentari* geworfen hatte. Aber mit Entschuldigungen hatten es die Santoro-Schwestern alle beide nicht so.

In der Küche musste sie erst einmal tief durchatmen.

»Wer ist das?«, fragte Adenike neugierig.

»Ihre Schwester und Erzfeindin.« Sie füllte zwei Espressotassen. Als sie sie ins Esszimmer trug, sagte die Signora gerade: »Carmela, es gibt viel, was ich dir bis heute übel nehme, aber für eines möchte ich dir danken. Dass du so gut für meine Mädchen gesorgt hast. Das wollte ich dir noch sagen, da du gerade hier bist.«

»Danke«, sagte Carmela. »Das mit Adele tut mir leid. Es war, als hätte man mir das Herz rausgerissen.«

Catia ging wieder in die Küche. Das eben hörte sich ja recht zivilisiert an. Sie hätte gern noch mehr von der Unterhaltung mitbekommen. Kekse! Zum Kaffee gehörten unbedingt *biscotti*. Sie schüttete eine Ladung in eine Schale und machte sich auf den Weg zurück ins Esszimmer.

»Warum bist du hier? Willst du mich leiden sehen?«, fragte die Signora, als Catia wieder hereinkam.

»Ich werde mich um dich kümmern. Ich bin deine Schwester.«

»Nein danke. Ich bin bestens versorgt.«

»Denkst du, ich lasse dich alleine unter lauter fremden Leuten sterben?«

»Das wäre mir lieber, ehrlich gesagt.«

»Ich komme ab jetzt öfter vorbei, ob es dir passt oder nicht.«

»Es passt mir nicht. Andererseits, wenn ich dich jeden Tag sehen muss, verliert der Tod seinen Schrecken.«

»Du kommst in die Hölle, das ist dir klar?«

»Was soll ich im Paradies? Dort würde ich am Ende noch dich treffen. Übrigens weißt du, wer mich hier schon zweimal besucht hat? Armando!«

»Satan persönlich! Sieht er immer noch so gut aus?«

»Zum Niederknien!«

Catia hatte den Espresso schon mit größter Langsamkeit serviert und im zweiten Gang noch in Zeitlupe die Kekse auf den Tisch gestellt, aber nun fand sie wirklich keinen Vorwand mehr, um zu bleiben. Es war auch nicht notwendig, sie hatte genug gehört. Sie überließ die beiden Damen sich selbst und schloss leise die Tür.

Ihr Job war erledigt. Sie wurde hier nicht mehr gebraucht.

Epilog

Daniel

Capri, Gegenwart, drei Monate später

Catia und Valentina waren schon den ganzen Vormittag bei der Arbeit. Später würde es zu heiß dafür werden. Es war Juli, und sie hatten inzwischen die sengende Sonne zu fürchten gelernt. Gestern hatten sie die alte Farbe vom Holzgeländer an den Treppenstufen zur Veranda abgeschmirgelt, heute wurde es neu gestrichen. Sie arbeiteten konzentriert und schweigsam. Die Stimmung war ein klein wenig gedrückt. Vor drei Tagen war die Signora in der Familiengruft der Santoros bestattet worden. Carmela und Adenike hatten sie bis zuletzt versorgt, auch Irene kam jedes Wochenende vorbei, Catia und Valentina in unregelmäßigen Abständen. Von Mal zu Mal war die Signora bleicher und dünner geworden, als wollte sie wie ein Geist verschwinden. Und doch kam ihr Tod für Catia einigermaßen überraschend, hatte die Signora doch bei der letzten Begegnung noch ihren baldigen Besuch in der Trattoria Piccola Quaglia angekündigt mit den Worten: »Mal sehen, ob es noch so ausgezeichnet schmeckt wie sonst!«

Das sich an die Beisetzung anschließende Essen fand hier statt, und wie es für einen Leichenschmaus typisch war, wurde die Zusammenkunft mit der Zeit sogar recht fröhlich. Es hätte ihr gefallen – und geschmeckt, dachte Catia, die mit Bernardo am Grill stand.

Das Lokal lief bis jetzt gut, der Besitzerwechsel hatte keine

Stammgäste vergrault, und die Touristen kamen ohnehin. Es war noch viel zu tun, erst einmal im Lokal, und im Winter musste man sich dann die Wohnung vornehmen. Die Signora hatte Catia etliche Bilder, die kostbaren seidenen Sofakissen und eine edle Anrichte vererbt. Die Sachen verlangten nach einem entsprechenden Ambiente. Doch Catia hatte es nicht eilig. Es war ihr Projekt, ihr Traum, es lief gut an. Sie würde das alles nach und nach schaffen, *piano, piano*, und notfalls auch allein. Ohne Daniel. Das war der Wermutstropfen in ihrem neuen Leben als Restaurantbesitzerin.

Sie hatte Valentina das Versprechen abgenommen, sich nach der Saison nach einem vernünftigen Job umzusehen. »Wir haben dich schließlich nicht studieren lassen, damit du als Küchenhilfe endest.«

»Aber ich werde das hier doch erben!«

»Du oder Oskar. Wer von euch netter zu mir ist.«

»Das Rennen wird der kleine Arschkriecher gewinnen«, maulte Valentina. »Ich hätte nicht gedacht, dass er sich in Australien so gut durchschlägt. Er wird allmählich erwachsen.«

»Er fehlt mir.«

»Mir auch«, gestand Valentina. »Aber bald wird er ja wiederkommen.«

Über Daniel sprachen sie inzwischen nur noch selten.

Catia wollte nach der Übernahme des Restaurants die kitschigen Bilder von Enzo Orlando abhängen und durch andere ersetzen. Aber Valentina und Bernardo bedrängten sie, sie an Ort und Stelle zu lassen.

»Das ist doch das Markenzeichen dieser Trattoria«, argumentierte Valentina. »Dilettantische Bilder und genial einfache Küche. Lass die bloß dran, die sind unser Alleinstellungsmerkmal.«

»Gut, gut, ich habe verstanden. Wenn ihr meint«, lenkte sie ein, und die Kunstwerke blieben hängen.

Aber ein neuer Anstrich der Außenwände und der Veranda war wirklich kein Luxus, und daran arbeiteten sie nun.

Ein Taxi fuhr auf den Parkplatz. Gäste, jetzt schon? Catia machte erst gegen Mittag auf, es war noch zu früh. »Wenn es Gäste sind, vertröste sie auf später. Aber sei höflich«, sagte sie zu Valentina und ging ins Haus. Sie hatte Durst, sie musste dringend einen Schluck Wasser trinken.

Als sie wieder herauskam, sah sie Daniel auf der Terrasse, flankiert von zwei sehr großen Koffern. Valentina sprang um ihn herum wie ein junger Hund, er dagegen stand ruhig da, die Hände im Rücken verschränkt, und schaute sich mit Feldherrnmiene um.

Catia rannte auf ihn zu. Einen Moment lang zögerten beide, dann umarmten sie sich. Es fühlte sich zugleich fremd und vertraut an, und sie dachte noch, wie das gehen konnte, als er sie losließ und meinte: »Das ist also der Palazzo. Nun ja. Auf den Bildern wirkte das alles größer. Aber die Aussicht, die kann sich wirklich sehen lassen. Wusstet ihr, dass Tiberius angeblich nach Capri kam, um den intriganten Machenschaften seiner Mutter in Rom zu entfliehen?«

»Nein«, sagte Catia. »Aber was ich weiß, ist, dass es hier eine Menge für dich zu tun gibt.« Damit drückte sie ihm den Malerpinsel in die Hand.